「新編」日本女性文学全集

岩淵宏子＋
長谷川 啓［監修］
橋本のぞみ［編集］

7

六花出版

監修
岩淵宏子
長谷川啓

第七巻　目次

凡例

◆本文には、原則として常用漢字を採用した。ただし、底本に用いられている字体が、常用漢字ほかの場合は、できるだけ正字体にするようにつとめた。その際、人名用漢字も、原則として常用漢字と同様のものとして扱った。

［例］　欝→鬱　壷→壺　纒→纏

◆字体表の如何に拘わらず、底本の字体を優先する場合がある。

［例］　恥⇅耻　灯⇅燈　伜⇅倅　妊⇅姙　州⇅洲　竜⇅龍　濶⇅闊

◆括弧の取り扱いや数字表記、単位語などは、底本に従い、全集として統一を図ることはしない。

◆振り仮名は底本に従って付した。ただし総ルビの原稿は、その難易度を測って調整した。

◆字体における例示以外の詳細は、版元・六花出版の内規によった。

◆［　］は、六花出版編集部の補足であることを示す。

◆作品の中には、人権の視点から見て不適切な語句・表現もあるが、作品発表時の状況をあらわすものであることから、組み直すにあたり、底本のままとした。

大谷藤子《おおたにふじこ》

須崎屋

秋祭りの間だけと思って雇入れた女中のふみは、祭りがすんで二三日たつと急に体工合が悪いと言いだして、妙なよちよち歩きをするのであった。立ち居が億劫そうで、階段を昇り下りするときなど顔を顰《しか》めて喘ぐので、はっはっという激しい息づかいが少し離れた台所の方まで聞えてくるほどであった。風呂場で桶を持ったまゝ突然たちすくみ腰をかゞめてじっと動かなくなったり、座布団のようなものにさえ蹴つまずいてよろけたり、やがて何か側のものにしがみつきそうな眼つきをしてそろそろと歩き悩んだ。若い娘だというのに、腰を伸ばしてはは身動きができないらしかった。夜更けて、黒い塊りが縁側を転がって行くのをぎょっとして見まもると、ふみが躄《いざ》りながら便所へ行くのである。

「ひどい脚気だってことですから、お主婦さん」

客の膳を台所に運んできて、がちゃんと茶碗が打っ突かりあって吸い残しの汁が飛び散るほど慌てゝ板間に置くと、こう言いかけたまゝ、ふみは夢中になって便所の方へ向うのである。手間どり、しばらくして痛みを押しこらえた顔で彼女は戻ってきて、食器を洗っている主婦のさだに手伝おうともしないで、今夜にでも帰してもらいますがねよと言うのであった。

「家で病気になったんだから、もう少し様子をみて、癒りかけたときにしたらいゝと思うがねよ。病気にして帰したと言われると、人聞きがよくないし、脚気だったら、お客さんに厭がられることもないから」

「だって、お主婦さん。辛いからねよ」

と、ふみは不意に顔を赤くした。そして、じっとしていられないように、絶えず身体を揺すぶるのであった。

見違えるほど血色がわるく、いつのまにか額のあたりに疲れた陰影がたゞよい、それが娘らしい疲れの表情にしては何んとなく濁りを感じさせた。

　この町の秋祭りには、毎年、その二日間こゝが俄かに活気づいた中心地となって近隣の村々から人が流れこみ、揉みあうほど賑わい、村に通ずる街道には丸いゴム風船などが幾つかふわふわと現われ、それを糸で引っ張る子供たちが人通りをぬけて埃りをたてながら遠ざかって行ったりする。朝早く霜柱を踏みくだきながら、三里四里と距たった土地から出かけてくるものも少なくない。この人出を初夏の頃から待ちかねていた須崎屋（さだの旅館）は、稼業不振でじりじりして秋祭りの儲けで一息つこうとしていたのであるが、中食とか休憩とか泊りまでを当てこんでいたのにかゝわらず今年に限り手持不沙汰なほどで、徒らに人々はぞろぞろと素通りするばかりであった。

　須崎屋は、町では安宿と呼ばれ、屋根庇の低く突き出た薄穢ない旅館である。宿泊料は僅かであったが、それを数多く掻き集めれば結局は高い泊り賃をとる宿屋と理窟は同じだというのが、さだには舅である九蔵の口癖であった。高い宿料を奪んだくりさえすれば高級な旅館だっていうが、そこだけが別に夜が長いってわけでもあるまいに、たかゞ皿数を一つか二つ多くして、うやうやしげに東京言葉で給仕するだけで大摑みな金儲けをしようったって田舎町では通用しねえ、などと九蔵は嗤った。旅の商人だの、町村視察の小役人だの、神社まわりの団体だの、見物好きな爺さん婆さん連まで引っくるめて吸いよせるには、その人たちが居馴染めるような気易い宿にするのが何よりだ、と彼は何十年も言いつゞけてきたのであった。そのためか、この須崎屋も一時は繁盛したことがあって、その頃は安宿と言わず三等旅館のうちに数えられ、今でも町に足踏みしたもので知らぬものはなく、老人たちは若い時代の町を述懐するたびに須崎屋がいろいろの記憶の切っ掛けになるほどであった。開業した当時から、洋服姿の泊り客は殆んど稀れで、百姓風とか商人風の客ばかりで、九蔵の口癖にもかゝわらず町に郡役所のあった頃でさえ小役人とか村役場の吏員や小学校の先生たちまで引っくるめて吸いよせることは出来なかった。たった一度、その小役人が泊ったとき九蔵は動転して、帳場で煙管を逆にくわえたり意味もなく周囲のものを怒鳴りつけたりした。それ見ろ、と言いたげな顔つきになるのを制えつけて無理に渋面をつくっているらしいのは、ひとりでにひょいと笑いかけるのでも解った。特別扱いすることはないと低い声で言いつけているときでも、その客が手を鳴らせば側のものを掻き退けるようにして九蔵は階段を駆けあがるのである。

「こうみると、百姓や商人のお客さんが、お役所の方を寄せつけねえもんを持っているようでもある。どっちが同宿したがらねえのか解るような気もするが、洗いたてゝ考えると、こんがらがって腑に落ちねえ。わしらが悪いんでねえことだけは確かだがね」

こんなことを、郡役所が廃止になるときまで、九蔵は、ぶつぶつと言いながら頭をひねったりした。それを言わなくなり、金は金儲けをしたがるものだとか世間に出してやれば側の金を自然に呼んで肥え太って戻ってくるものだなどと、楽しそうに、あちらこちらへ金を融通するようになった。その頃から、九蔵の旅館は安いと言い触らしながら、結局は他より勘定か高くつくと噂されはじめたが、客がサイダーと言えば気をきかせたふうをみせて水菓子を添えて出し、ビールと言えば頼みもしないのに缶詰を切ったりするのであった。

さだが嫁入った当時、九蔵は細かい稼ぎを積り積らせることに熱中し、それは投機的に大金を目指すより根強い欲心を思わせたが、それにもかゝわらず旅館は日増しに寂びれてきていた。客たちは、どんなに素朴で感情に動かされることの少ない田舎の男女でも、突然、気前がよくなったり、一言の弾みで財布の口を閉ざしてしまったりする気紛れさをもっていて、九蔵がちやほやと纏いつこうとすればするほど妙に出し惜しみをしたがるのである。雨降りの日などに駆けこむ客は、茶代を少し奮発しようと、いそいそとした気持でいるのだが、後生大事に摑まえたら放さないような扱い方をされると、いつのまにか鐚一文でも余計には出すまいという気になる。そして宿を出立してから、茶代の分だけを余分なものと思い、不必要なつまらぬ買物などしてしまうのである。九蔵があくせくするようになってから、客足は減るばかりであった。そして、さだを息子の嫁にもらうと、今までいた二人の女中に暇を出し、代りにさだが何から何まで追い使われ体の安まるときもなかった。その頃、須崎屋は返済される当てもない数通の貸金の証文が唯一の財産で、幾口かの借財さえ出来ているほどになっていた。

一年に一度の書き入れどきの秋祭りに、今年はまた背負い投げを喰ったほど人々は通りすぎてしまい、迎える準備をしておいた部屋部屋の薄汚れた畳に、秋の陽射しをうけた庭樹の影が長く長く伸びて、うっすらと物佗びしくゆらゆらしていた。ときたまの客が、浮きたった高声でがやがやしたが、旅館のなかに漲っているひっそりとした静けさを却って際立たせるように、その声ばかりが筒抜けてひゞきわたるのであった。例年の三分の一ほどの儲けしかなく、このがらりと外れた目算狂いは、乗合自動車が数を増して、料金を値下げしたので短時間に行き来できるようになったためとか、不景気に逼迫しきった人々の生活が、激しい風となって須崎屋に吹きこんできたためばかりではなかった。須崎屋の客を奪いとるような安宿が、半年ほど前から町の一角で新たに開業したからである。その宿屋は、新築の明るさと身綺麗な女中と、田舎客の好みをそゝるような安っぽい飾りつけをして、特に秋祭りの間だけ茶一杯でも飲みに立ち寄れば粗品を進呈するというのであった。

「こうまで不景気がひどくなると、行商人の姿は少なくなるし、百姓衆は生きているとも思えない顔だね。それを相手にする宿屋も根が枯れたと同じこったが、わしも頼りねえ人間たちを狙って商売を始めたもんだ」

と、九蔵は落ちついていられないらしく家の中を行ったり来たりするのである。

近在の農家ほど吝いくせに巧い言葉にひっかゝって、瞞され易いものはないなどと言って高い利息で金を貸しつけていた頃は、何より気乗りのする相手にしていたのに、世の中が不景気になりさえすれば真っ先きに吹き飛ばされそうになる農家が気に喰わぬと九蔵は反感をもった言い方を今はするのであった。新しく出来た安宿のことは何故か噂も聞かぬ振りして、金廻りの悪い時世になったのは知りぬいているが、これほど行き詰まっているたあ思わなかった、などと客足の少ないのは人々の暮し向きがいよいよ乏しくなった証拠だと言った。

還暦の祝いを四五年も前にすませた九蔵は、この頃になって急に、もって生れた気質がねっとりと凝りかたまってきたようにみえ、算盤をはじいたり宿帳をめくったりする手つきや眼の色に側のものが寄りつけぬほど余裕のない感じがあった。帳場から表通りを眺め、入ってきた客の頭から足許まで素早い視線をあびせるのは長年の習慣であったが、その顔に探ぐるような露骨さが隠しきれぬほどになった。今の客から心附けをもらったにちがいないなどとさだを疑い、勝手に稼がれては赤の他人と同じだと機嫌をわるくしたりした。暇なときは、町をぶらぶらと歩きまわり、世間の噂を嗅ぎまわって、さだの半襟などを買い戻ると、客商売をしているくらいなら気をきかして少し色気を出さねえか、と言い、どこの宿屋でも働いている女が客を釣って気前よくさせるもんだとそゝのかすような調子である。秋祭りに、若い娘を手伝わせようと言いだしたのは九蔵で、ふみを頼んでくると直ぐ、白粉を買いなと十銭白銅を二つ手に握らせたりした。

「いっそ、繁子をも呼んで用事をさせましょうかねよ」

と、さだが言うと、主人持ちの孫を呼ぶほど耄碌はしねえと九蔵は頭から撥ねつけた。

「繁公は後継ぎだからな。つまらない客の相手には出さねえ」

九蔵は、義歯を抜きとり茶飲み茶碗に指を突っこんで洗いながら、ふみの後姿を見送って言うのであった。あの娘だったら、料理屋の酌婦をさせても客がつく代物だなどと低く笑った。二三里距たった町からさだの親戚の口添えで、ふみは雇われたのである。田舎娘にしては垢ぬけのした顔立ちで、愛想もよく、まめまめしくさだを負かすくらい働いた。年に一ばん忙しいときだというのに、あんたが来てくれたんで骨休みしているようだ、とさだは節太な荒くれた手を拭き拭き、台所でふみに幾度となく言うのであった。お舅さんには内緒だけれど、と一そうひそめた声である。

「思うようにならないもんだねよ。こんなお客さんの少ないお祭りも初めてだけんど、その上あんたが体工合を悪くしたりして、まるで今年のお祭りは家では病人を一人つくったのが儲けごとだったんだね」

ふみが帰り仕度をしている側で、さだは名残惜しげに言いながら、ふみの風呂敷包みのなかに花王石鹸を一つ押しこんでやったりした。そして五十銭銀貨らしいものを紙に折りつゝみ、どうせ私の心附けだから帯〆めを買う足しにもならないほどだけどねよ、とふみの懐ろに入れてやるのであった。気の毒がり、押し戻そうとするふみに、大騒ぎするほどの物ではないにと叱りつけるようにした。

「若いうちから病身では、案じられる。あんたぐらいの年頃にはねよ、病気の方で逃げて行くもんだのに」

「お主婦さんから頂き物をするのは心苦しいから、やはり納めておいてもらえませんかねよ」

「何んの。お舅さんはあの通りだし、遠慮していたらお給金まで貰い損うじゃないかね」

と、さだは紙包みをふみの手に押しつけ、二人は低い声で言い争った。

　ふみを帰して十日ほどたち、風が俄かに膚寒く、縁側に吹きつける木の葉の音が秋闌《た》けた感じであった。祭りのすぎたあとは潮が引き去ったあとと同じような空虚な、だらけた気分が町に漲り、何んとなく家並みが醜くさらけだされた感じで、それも少しずつ平常な姿らしく思い馴れるようになってきていた。裏通りには、また夥《おびただ》しい紙きれだの折箱だのが散らばり、落葉と一緒に風に吹かれているのが、愉しげだった雑閙の思い出を冷たく呼び醒ますような汚れた感じであった。

　口添えして、ふみを寄越してくれた親戚からさだは手紙を受けとり、「おふみ殿、関節を痛められ歩行困難にて或は此のまゝ足が不自由になるかと万一の場合を予想いたし」と、ていねいに読み辿るのであった。さだの夫の伊之吉を、激しく非難した手紙である。伊之吉に強いられ、ふみは、その悪疾をうけたというのであった。さだは慄える指先きで手紙を折りたゝみ、しばらく、じっと身動きもしないでいた。

「親爺が生きている間は、小遣も自由にならねえ」

　と、夫の伊之吉が言うのを、さだは聞き馴れていた。さだばかりでなく、彼と言葉を交わしたものは、必ず耳にするのであった。四十を過ぎたというのに、家のことは何一つ口出しが出来ず相談もされないと父親の九蔵を不平がり、年寄りは隠居のことでも考えているのが側のものに功徳だなどと言った。

「それでもわし等のように、きまった落ちつきばも持たねえ者より結構な身分でしょう。あんたは、どうせ須崎屋さんの主人になるんだから」

　と、泊りつけの行商人などは、またかといいたげな顔つきをするのであった。

「違う、違う。おれは、自分の物を一度でいゝから持ってみたいんだね。あんたの方が自由で、楽しい身の上なんだと思っているんですぜ」

　伊之吉は、吐きだすように言い、須崎屋の帳場へ座るのは腰が曲がってからだろうなどと呟やいたりした。

「あんたは意気地がねえ。今時、落ちついて死ねるところを持っているだけでも有り難いことにしなければなあ。暮しに困らない人間は、すぐ気を腐らせて辛抱が出来ねえから駄目ですな」

　と、相手は自分の苦労話しなどをして、それに引きくらべ伊之吉は文句の言える境遇ではないと笑うのであった。

酒を飲むと、伊之吉は急に気が荒くなり、蔭でならべていた不平を九蔵に向って真っ直ぐに突っかゝって行くのである。

「一人前になっていねえって、町のものから軽くあしらわれるのを、いつまで気長に我慢しているんかね」

そんなことを言って、帳場にいる九蔵の横顔を見据えるのであった。

「お前の手に渡したら、須崎屋は三月とたゝねえ間に商売をたゝむことになるぞ。また、お客さんの気持も飲みこめないくせに、欲ばかり出したって始まらねえ」

と、九蔵は相手にならず、自分が苦労しているのも皆なに気楽な暮しをさせたいからだ、などと算盤をはじいたりしているのであった。

「子供の頃から、気楽だと思ったことがねえ。買いたいものも買わせないし、そのくせ身上《しんじょう》は摺ってしまったじゃねえか」

と、伊之吉は次第に毒づいた。こんなとき、九蔵は十銭の金にも粘りづよく拘泥わる気質なのにかゝわらず、黙りこくって息子の言葉を聞き流すのであった。取りあわれず、伊之吉が勢いにまかせて父親に煙草入れを投げつけたことがあったが、酔っぱらい奴とうるさげに言い、九蔵は初めて振り向いた。

「須崎屋を持ち張って行ける見込みがついたら、その日から、お前に譲るよ。親の物を欲しがって焦れている間は、その見込みがねえもんときめている」

と、九蔵は言った。

伊之吉の酒の量が多くなり、町の酒屋は勘定書を須崎屋に持ってくるのであった。それを支払うわけはないなどと九蔵は幾度も押し問答をし、今度だけは払うとしても以後は自分のところへ来ても無駄だから伊之吉に貸し飲みをさせてくれるなと断わるのであった。

「少しぐらい誤魔化したって、親爺に知れるもんか」

台所にきて、伊之吉はさだが留める手を払いのけて客に使う酒を立ち飲みしたりした。そして、顔馴染の客の部屋へ訪ねて行き、長いこと話しこむのであった。やがて、伊之吉は酔っぱらうと結局は遠まわしに強請《ゆすり》みたいになって、執っこく客に引っからみ、小遣銭を借りたがるという噂がたった。酔えば必ず白眼の多い斜視になる伊之吉の眼が、そんなときは相手の顔からじいっと離れず、間に挟まれた小さな火鉢などが彼を近づけぬ僅かな頼りに思えていた相手は、伊之吉が手を振ったり身動きしたりするたびに火鉢のあることを考えてもいないらしいことが解り、いよいよその眼が何か迫りよってくる感じがするのであった。

「あんたも、前には、おとなしい人だったがなあ」

と、客は嘆息するのである。

「そのうちに、おれが帳場へ座ったら、あんたを特別扱いするし、その時は倍にして戻す気だから安心していゝわけだがね」

と、伊之吉は客を困らせるのであった。

酔っていないときは、男にしてはしなしなしすぎるほどの痩身を、伊之吉は、人々の視線から摺りぬけるようにして九蔵の代理で出歩いたりした。殆んど背だけが人々の眼に残るほどで、誰かと顔を突きあわせると照れくさげに気候や天気模様の挨拶などして、全身に弱々しげな感じをみせるのであったが、そんな伊之吉の態度は年毎に募って目立ってくるばかりであった。そして、酒気を帯びていないと、眩しげな眼つきをするのが癖になった。毎日のように家を出て、裏路づたいに渓流へ下りて行き、釣りをして伊之吉は一日を送り黄昏近く帰ってくることが多かった。

「伊之吉も、やくざ者になったか、さだが蔭で碌でもねえ知恵をつけたに相違ねえ」

と、九蔵は言うことがあった。須崎屋のために働き通してきた自分に、息子が微塵も感謝せず、事毎に楯ついたりするのには冷たい他人の血が働らきかけたのにちがいないと思うらしく、さだに当てこするのであった。

「もっと陽気に、立ちまわれねえのか」

さだに、九蔵は怒鳴りつけたりした。

伊之吉が珍らしく家にいて、客のない部屋に寝ころび、そのまゝ半日もすごしたときであったが、さだが縁側を通りすぎようとすると声をかけた。

「ふみは病気だって、本当か」

頭だけ擡《もた》げ、細長い眼を釣りあげるようにして伊之吉はさだを見上げた。

「あんたのせいだっていうがねよ。恥じを知らねえにも程がある」

と、さだは思わず声が癇走った。

「へえ。誰が、そんなことを言った。質《たち》のわるい病気にとっ憑かれたとは噂で聞いたが、おれには関係がねえよ」

「だって、ちゃんと名指してきたがねよ」

「お客さんの悪戯だろう。それとも、親爺だったら面白くなるぞ」

伊之吉は、急に起きあがり、ねばねばした唾が唇の隅から垂れ流れかけたのを手で拭きながら、宿酔らしい鈍い顔に妙な笑いを浮べた。そして、こけた頬を手で撫でながら、親爺はあの娘が気に入っていたんだからな、と言った。

「あんたも、だんだん狡るい根性になるばかりだねよ。自分のことを、人になすりつけるのが上手だねよ」

「おれを名指したら、あの娘も見当ちがいをやったな。鐚一文にもならねえこった」

「本当のことを言ったまでだがねよ」

「その本当のことが、却って喰いちがいさ。おれが小遣も自由にならねえ男だと知ったら、別な相手を言ったろうによ。女同志じゃ解らねえだろうけんど、なかなか手管のある娘だから」

「それだけ委しいんだったら、言いわけは無駄だがねよ。狡るくって、聞いていられない。お舅さんの名まで引っぱりだして、親子の情もない人だねよ」

と、さだは夫から眼を外らして、伊之吉は再び寝ころぶのであった。正直にしていたら親爺と一緒には暮らせねえ、と彼は呟やいた。

「そんな考えだから、家のなかに厭なことばかり持ちあがるんだねよ」

「親爺の気に入るようにしたかったら、おれは、お前を追んださなければならねえときが幾度もあったね」

伊之吉は眼を閉じ、声をたて、笑った。その空疎なひゞきが、人気のない隣りの部屋で低く反響した。子供のときには誰にだって負けねえ気だったんけど、いつの間にか腹の底まで意気地がなくなってきた、と伊之吉は言った。

「それだからって、嘘まで吐くことはないがねよ」

「ふみのことか、親爺は、どうだっていうんだ」

「つくづくと、あんたもあきれた人になったもんだねよ」

親も子も、――とさだは次第に気づき、それにしても伊之吉が何一つ自分の行動が真っ直ぐに言えず狡るい逃げ場だけ知っている腰の弱さに、腹がたってくるのであった。あんたより、私の方が何もかも知っているから、お舅さんのことを言うのは聞きたくないがねよ、と彼女は早口に言い捨て機嫌わるく立ち去った。そして台所にきて、じっと突っ立ったまま、板間に飛びちっている水滴の痕などを見詰めていた。台所口の障子に吹きつける木の葉が、弾むような音を一つ二つと立て、二階から伊之吉の咳がつゞけざまに聞えた。

「須崎屋も、これでは客が寄りつかないはずだ」

と、さだは猫背を折りまげて洗い物をはじめるのであった。

さだは、自分の手の指先きがときどき妙に慄えるのを、この頃になって気づいた。これは神経的なもので、町の知りあいの医者は、心をのんびりともちなさい、お主婦さん、と注意してくれたのであった。

この手の慄えは、癒りにくい病気の徴候のように二年ほど前に彼女にとり憑いたのであったが、自分では今まで心にとめないできたのである。その後、何か心に衝撃をうけるたび、指先きがぶるぶるしだすのを、そんな場合であるために気づくだけの余裕がなかった。その前からもそれらしい気振りはあったのかも知れなかったが、最初だと思われるほど目立ったのは、二年前の夏、東京へ奉公に出してあった一人息子の源作が危篤だという電報をうけとり、丁度そのとき送りださねばならぬ客の下駄を、さだはかたかたと微かに触れあわせる音をたてながら、幾度も揃えなおしたのであった。

「伊之吉は、家に置いて我がまゝをさせといたから、あんならちもねえ者になった。源公だけは、他人のなかで仕込むつもりだ」

と源作が小学校へ通い始めた頃から、九蔵は言っていた。

いよいよ源作が町を出発するときは、母親のさだが連れて親しい家に挨拶にまわったりしたが、骨組の弱々しげな少年で、頸窪《ぼんのくぼ》のへこんでいるあたりが一そう細く頼りなげであった。この子の方が平気なくらいで、とさだは自慢とも愚痴ともつかぬ口振りで、たった独りの息子を手放すのかと思うと夜も眠れないほどだ、などと涙を拭いた。源作は、よそ行きの顔でかしこまって、ときどき着物の膝がはだかるのを気にしていた。座っているときの癖で、手を後ろにやり足の指をいじりながら、あちこち眺めまわすのである。小柄なため十四とはみえず、結び垂れた新調の兵子帯は痩せた幼い腰を感じさせた。この子は親爺に似ず真面目一方だし、お舅さんの気性もうけついでいないらしいし、それだけが力とも楽しみとも思って自分は生きている、とさだは頼もしそうに源作をちょいちょい見やった。

源作さえ早く一人前になれば、万事が楽しく立ち直るにきまっているから、そのときばかりが待たれる、と彼女は繰り返した。常になく打ち明け話しをしたがり、それは源作を手放す心の動揺が、不意に新たな心の働きとなって、ふだんは腹の底に澱ませている思いが掻きたてられ活動しはじめたかのようであった。日頃は、さだは口数の少ない方で、相手が何か面白そうなことを話しかけても、彼女の応答が簡単すぎるために興をそぐという始末であった。多人数のなかへ出ると、猫背なのを一層前こゞみにして、横顔だけしか見えないような恰好に座り、ひそひそと答えるのである。こんなとき、人眼にこだわるためか、彼女は平素の物ごしをわざとらしいまでに強めてみせる癖があって、いつもはそれほどにもみえぬ猫背も思いのほかにひどいと人々に思わせた。須崎屋で働いているときは、客に向って笑い声をたてることさえあるにかゝわらず、ひそひそとしか話さなかったり、平べったい鼻と出額の横顔をむけて片隅にいるさだは、それが平常の彼女の姿に感じる陰気さの深いことを誰にも鮮やかに気づかせるのであった。彼女も、伊之吉とは違った意味からではあったが、町内の人たちの前へ出るのを避けるようにしていた。

そんな彼女が、急に舅や夫の蔭口をしたりして打ち明け話をしたがったのは、源作の暇乞いのときばかりで、わくわくと落ちつかぬ顔つきでしゃべり、茶を飲もうとして膝の上へこぼしたりした。さだも、心の状態によっては相当に饒舌なのだと人に思わせ、自分でもはっと気づくのであった。やがて源作が、今の苦労を埋めあわせてくれるだろうし、世間でも少しは自分たちを見直してくれるときがくるにちがいないなどと彼女は、黙りこみたいと心では思いながら自然に言葉がほとばしり出すのである。

「源公も、意気地のねえ奴だった。子供のまんまで死なくってもよ」

と、九蔵が、今でも源作が生きていた頃のことを述懐し烈しい音をたてゝ煙管をたゝいたりすると、さだは階段などを上りかけていた足をすくませ暫らく顔色が変るのであった。

源作が死んだとき、さだは初めて舅の眼に涙が溢れそうになったのを見たのであるが、九蔵は、その後ときどき源作の名を口にするたびに何か苛々と悪く言うのであった。

「どうせ、もう子供は生れなかろう。源作のような陰気くさい孫だったら、生れない方がましだから丁度いゝ」

などと、九蔵は言い、あの子も大きくなれば伊之告のようになったんだろうと笑ったりした。さだは、耳を澄まして聞くのであった。

源作が死ぬと、さだは、これで自分も手紙の苦労がなくなったとそんなことを思い、当てどのない空しい気持で体を動かすのも億劫になるときがあった。死に目に会えず、伊之吉が抱え戻った晒木綿に包まれた骨壺の蓋をとり、それを覗きこんだときは、これが源作か、とそれだけの感じが堂々めぐりするばかりで却って常よりも思いが溢れてこぬのが源作に済まないようであった。こんなに量が少なく、こんなに細い骨の源作が自分の腹を痛めた子か、とさだは誰にも見せたくない気がした。源作から子供っぽい手紙が来なくなり、自分も返事を書くときがなくなって、それを思う日がきてから、彼女は初めて息子はどこを探しまわってもこの世にはいないのだと恐ろしくなった。それにもかゝわらず、座って、手を後ろにやり足の指をいじっている源作のあの姿は、生きていたときと同じに彼女の眼にちらつくのであった。

さだは、読むことは出来ても自分では手紙らしい手紙が書けず、源作への返事のたびに二日もかゝって苦心したものである。そして源作の主人へ用事でもあると、弱々しく哀願するように伊之吉に一筆頼むと言うのであった。その主人の手紙は、今でも、時候の挨拶などを言ってよこしたりしたが、さだは、それを見たくなかった。

いろいろの出来事にぶっつかるたび、源作は死んだ方が幸福だったと思ったり、生きていてくれたらと思ったり、さだは自分も死ぬときのことを考えるとそれも怖いのであった。平素は、あの世があるような気がして漠然と拠りどころを感じているのに、突きつめてくるとさだは、そんなものがあるとは思えなくなり、怯えた顔つきをするのであった。

須崎屋が改築するそうだ、と町で噂されるようになったのは、その翌年の早春であった。樹々の枝が少しずつ艶を帯び、固くこびりついていた芽が微かにふくらみはじめて、まだ冬の姿の山山にも何か暖みに似たものが感じられた。季節の変り目らしく、雪は雨となり、また雨が雪となったりして、それでも一日一日と冬から遠ざかって行った。さだは、炭籠《すみかご》を提げ、客の火鉢に気を配って行ったり来たりしていた。こんな用事も、あと一月もすれば閑になるからねよ、と彼女は火鉢に炭を継ぎながら客と話した。

改築されると言う噂を、さだは客の一人から聞き、それを笑い消したのである。そんな金があったらねよ、と彼女は言った。雨漏りでもしないようにするか疾うに畳代えでもしていたでしょうけんど、などと言った。伊之吉に、その話をすると、おれが知るもんかと答え、おれも町で聞いて来たと突っ放すような調子である。そして、くるりと背を向け、さだの側を去って行った。

それから一週間ほど過ぎ、町の有力者である岸坂の家へ行儀見習いがてら女中勤めをしている娘の繁子が、そっと帰ってきて、母娘は台所にしゃがみこみ、ひそひそと話している間に、さだは手にしていた小鉢を危うく辷り落しそうにした。

「どうしたんかねよ、おっ母さん」

と少し声を高め、繁子が母の手許をじろじろ見つめたとき、さだは黙って慄える指先きで小鉢を撫でまわしていた。そんなことにならない前に打ちあけてくれゝばよかった、とさだはやっと低く言って、小鉢を板間に置き何気ないように手を前掛けの下にかくした。だってねよ、お祖父さんも承知の上だからって岸坂の旦那が怒るんだもの、と繁子は不貞腐れた顔つきになってつんとした。ときどき父親の伊之吉に似た眼を眇眼《すがめ》のようにする繁子は、それが相手の感情と焦点のあわぬ表情にみえ、何かいじらしい気持をそゝらせたが、ぽてぽてと娘らしく肥りだした膝をひろげるようにしゃがんで不貞腐れた顔つきをすると、その眼は妙に淫らなものに感じられるのであった。よくもまあ、奥さんに顔向けの出来ないことを……、と呟きながらさだの方が却って顔を赤くするのに、あんな肺病やみのお婆さんを旦那が好きになれないのは解るがねよ、と繁子は奥さんという言葉を聞いたゞけで急に意地のわるい言いかたをした。そして自分の強味を仄めかすのである。

帰りぎわになると繁子は、母の古ぼけた鏡台などを引きずり出し、顔に安白粉をつけたりして、そわそわと落ちつかなかった。死んだ源作の姉であるが、繁子は、五つ六つの頃まで殆んど毎夜のように寝小便をして、その匂いが泌みこんでいるかと思われる浅黒い肌をだらしない着物の下からちらちら覗かせながら、彼女は男の子たちと隠れ遊びをするのが好きであった。物蔭から、ひょっこりと男の子が照れた顔つきで現われ、そのあとから繁子が眇眼《すがめ》を何んの変りもなく瞬きながら出て来たりした。そんな遊び仲間から離れ、ほかの女の子が男の子と少しでも親しげに話したりすると、悪口を言ったり囃したてたりするようになったのは、九つぐらいの歳からで、そうした悪口には大人でなければ知らぬ秘密をずけずけと口走るのであった。

「亡くなったお祖母さんに似ているのかも知れないねよ」

と、さだは、繁子の性質をもてあますとき、腹立ちまぎれに思わず言うことがあった。九蔵の妻は、昔、町の料理屋へ流れて来た酌婦だったといわれ、伊之吉が二十歳の夏に死んだのである。今でも、長火鉢の銅壺とか縁側や階段に、よく拭きこまれた光沢が彼女を思わせるのであった。真面目な女で、気質もよかった、と町の老人たちは彼女を思い出して話すときは誉めるものが多かった。

「こんな稼業の家にいれば、どんな子だって老《ま》せるだろうじゃねえか」

と、母親のことをさだに言われると、伊之吉は、決して聞き捨てにせず庇った。

宿の手伝いをさせたがる九蔵に頼み、きちんとした家は六ケしいから厭だと言う繁子に納得させ、このためには夫とも幾度か争ったほどであるが、さだが嫁いで初めて自分の心を貫ぬいて年頃になった繁子を岸坂の家へ奉公させたのは、行儀を見習わせたいつもりであった。だが、この日、さだは自分の娘が半年も前から岸坂の主人と関係し、それも九蔵と話しあいの上だと知った。話しあったとすれば、舅のことだから岸坂から金を摑ませられたか有利な約束をされたにちがいないと、さだは想像するのであった。秋祭りに、繁子を呼ばなかった九蔵の気持も思い当り、もしかすると須崎屋の新築のことも岸坂から出ているのかも知れないと、さだは気をまわすのである。しかし、繁子が母に打ち明けたのは岸坂との関係ではなく、そんなことはどうでもい、というように
「奥さんが、おっ母さんに会いたいって言うけんど、何もあやまったり私を引きとるなんて言わないでねよ」と、それを気にするのであった。

「奥さんは、知っておられるのかねよ」

「知らないかもわからないけれどねよ。わざわざ、おっ母さんに会いたいって言うところをみると、肺病やみで神経がつよいから嗅ぎつけたかも知れないよ」

根が痴鈍にみえる繁子は、母に相談しただけで直ぐけろりとして、却ってさだの方が足をさらわれ助けを求める人間のようにあがいている顔つきで、一日たち二日たち、人から体工合を訊ねられたりした。

岸坂に取り入り、金を融通してもらい、九蔵が町から

半里ほど離れた渓流を見下ろす地に鉱泉旅館を計画していることは、やがて、着手する時機を噂されるようになった。九蔵は毎日のように土地を物色して歩き、渓流に沿って坂路をのぼったり下ったりし、山々を見あげたりした。老齢とは思えぬ足どりで、ずんぐりと丸い体をせかせかと息を切らしながら行く姿を人々は見るのであった。襟巻を首に巻きつけ、ときどき禿げあがった額が光った。百姓たちは、畑への往き帰りに黙って鈍い瞳を九蔵の方へそゝぐのであったが、遠ざかって村の誰かに出会うと何か話しあいながら、振りかえって暫らく九蔵の姿を見送るのである。

「結構なお話で」

こう知りあいの者などに言われると、なあに、と渓流に架けられた高い橋の方などを九蔵は手をかざして熱心に眺めながら、相手が立ち去るのも気づかぬのであった。

この町の近在に鉱泉が湧くとは誰も知らず、九蔵自身も知らないことであったが、それは岸坂の知恵である。鉱泉を看板にして、眺望のよいところを選び旅館を開業したなら、宣伝さえ行きとゞけば町の宿屋の客を殆んど吸収しつくすことも困難ではあるまい、などと岸坂は大きなことを言い、反り身になって九蔵を見下ろすようにするのであった。

「酒で儲けるんですな。須崎屋さんも、これで返り咲きする意気込みでやって貰いたい」

と、岸坂は言った。面白い客が押しかけるにちがいないから、抜け目なく扱った方がいゝと意味のある笑いを浮べたりした。

岸坂は、町の銀行の重役だったこともあったが、その銀行が破綻したとき財産を失ってしまったらしいと言われているにかゝわらず、派手な生活をしている男である。責任を負わず、財産を何かの方法で隠匿していたのにちがいないというものもあった。そして今は、町会議長などをつとめ、妙に気六ケしげな表情をして大股に町通りを歩いたりした。笑っているときでも、岸坂は眼だけは少しも柔らがず強く相手にそゝがれるのであった。

梅の花が盛りを過ぎ、一そう匂い高く、その白っぽい花に乱れた疲れが感じられる頃、須崎屋の狭い庭にも土を破って緑色の草の芽がぞくぞくと頭をのぞかせてきた。表口は、屋根庇が低く平屋の形になっているので、土間から帳場のあたりは明るい季節から取り残されて陰気くさかったが、そこからつゞく二階建ての手摺りなどには俄かに暖みを増した陽の光りが眩しいほど鮮やかに照っていた。舅が帳場にいないのは、この頃の常で、その代り伊之吉が父親の煙管などをくわえて長火鉢の前に物倦げに座っていることが多かった。

「今更、脱け殻みたいな帳場をまかせられたって、楽しくもねえ」

と、伊之吉は頬杖を突いて通りを眺めたりしているのである。

その舅がいないときを見はからい、さだは前掛けを外し羽織だけ着換えると、こそこそと台所口から裏路を辿り岸坂の家を訪ねて行った。途中で髪をかきあげたり、腰紐の緩みを締めなおしたりして、路々には物やわらかな微風が流れているのであった。

「あれほど頼んどいたのに！　ふだんは引っこみ屋のくせに、こんなときは出しゃばって人を困らせるのかねよ」

と、岸坂の勝手口で、ちょうど母と顔を突きあわせた繁子は声をひそめて腹立たしげに言った。そして、さだの胸を両手で押しやるようにし、こんな恰好で来て恥ずかしくないかねよと強く言い、さだは少しよろけた。

「奥さんが会いたいとおっしゃるのを放ったらかしておくのは、申訳けないと思ってねよ。もっと早く出かけるつもりだったのに、どうも体の調子がわるかったんでなあ」

と、さだは他所へ出たときの癖で弱々しげな顔をし言いわけするのを、繁子は眇眼《すがめ》をじっと母にそそいで黙っていたが、ついと奥の方へ向いて歩いて行った。畳を摺って行く後姿を眺めると、物堅く育ちのよい娘らしいものが感じられ、この娘のどこに淫らな心が宿っているかと思わせるのである。柱などに手を触れながら歩く様子が、感じようによっては何かに甘えているようでもあり緊まりのない心が動作となって現われているようでもあった。しかし、こうした繁子のわずかな動作が、恰好のとれぬほど肥え太った彼女の後姿の印象を弱めてみせる。彼女は、母親のさだに似た平べったい鼻の側に長いこと腫物ができていたときなど、そこから人眼を外らさせるつもりか足が引き釣るとか腰骨が痛むとか言いつゞけ、手で撫でさすってみせたりした。生れながらに繁子は、他人に本当の姿を見せぬすべを心得ているかのようである。

「別に大した用事もないのですけれど。繁子が、何とか申しましたか」

と、岸坂の妻は噂ほどにも病人らしくなかったが、肉附きの悪い青ざめた顔に探るような眼つきであった。小鼻が凋み、襟から抜け出るほど首が細く痩せて、全体としての感じが鋭かった。さだは、心は緊張しているのだが、相手が話し馴れぬ身分の人だという思いが今日の対座には一そう拘泥《こだ》わりとなるためか、却って分別のない鈍間《のろま》な眼つきをしているのであった。隅の方で猫背を前こゞみにし応答にまごついている母より、茶を運んできた繁子の方が、ここでは場馴れて平気げでもあり分別もありそうにみえるのである。

「そっちへ行くと、お庭だがねよ」

間もなく暇乞いして、さだが出口とは反対の方へ向うのを繁子は袖をひき、焦れったげに言った。何にかに気をとられているように、娘の顔をぼんやりと眺めてから、さだは黙って踵を返すのであった。

「どんな話だったかねよ。ひどいことを言わなかったかねよ」

別れぎわに、繁子は低く訊ね、母を熱心に見つめると、眇眼《すがめ》が一そうひどくなるのであった。

「お前は、知っているだろうにねよ」

と、さだは娘が立ち聞きしていたらしい気配を想いだしていた。

「だから、奥さんの話を、どう聞いたかとたずねているんだのに」

繁子が言うのに、さだは背を向けたまま勝手口の戸に摑まりかけ、手を二度ほど見当はずれに辷らせた。奥さんは利口に人をあやつるのが巧いのでねよ、何もかも知りぬいているってことが今日は解った、と繁子が声を弾ませて言うのにも、さだは答えなかった。そして下駄を穿いてから、うるさく言ってくれるな、とさだは常の声とちがい、油気のない髪の後れ毛が一そう乾いてみえるのであった。

岸坂の家を遠ざかり、さだは裏通りを喪心の表情で歩いて行った。どこからか蛙の鳴き声が聞え、冬は押し流され春の気配が漲ろうとするときのどちらとも落ちつききれぬ季節が感じられ、妙な慌たゞしさが蛙の声一つからも煽られるのであった。その気分が、さだの心に当てどのない不安を更に募らせるのである。

岸坂の妻は、さだの予想を裏ぎり、須崎屋の新築の話を中心にして繁子の問題に触れたのであった。最初、新築のことで何か用事があるのかとさだは思ったほどである。人手が欲しくて繁子を引きとる気になっているかと漸く岸坂の妻は繁子の名を口にし、自分の家では彼女を使い馴れているので主人とも相談したが暫らく一二年は手許に置かせてもらえないだろうかと言った。そのとき、青ざめた顔に、病人らしい感じ易さからか涙ぐんだりした。しかし、新しく開業する折りだから繁子に働かせたいというので、あなたの方から引きとりたいとのことなら無理に押しきるほどの気はないのだから、そこは考えてくれるようにと附加えた。

さだは、その最後の言葉が、奥さんの本心ではないかと考えるのであった。岸坂を怒らせず九蔵に因縁をつけられず、自然な形ちで繁子を引きとらせようと促しているらしく感じたのである。この想像は、岸坂の妻の前にいるときは少しも浮ばず、却って、その一家の醜い事件を気づかぬらしい人柄の良さに打たれたのであったが、別れると同時に覆いをとりのけたように妙に冷たい底意のようなものだけがはっきりと迫ってくるのであった。さだは、永年の生活から自然に疑ぐり易くなっている心で、まだ新築の敷地を探している頃なのに、わざわざ自分を呼びよせて今日明日にも繁子の問題を何んとか取りきめたげにするのは、奥さんをあせらせるものが繁子に根ざしていると思わないではいられなかった。してみれば、岸坂の妻は繁子の不仕鱈《ふしだら》を気づき、それをさだも知っているものときめて、進んでさだが引きとるように誘いかけたものともうけとれるのである。繁子を手放したくないと言ったときの涙も、とりようによっては自分の立場に胸が迫ってきたのかも知れず、さだは思い迷った。

下駄を引き摺り、さだは、のろく歩きながら小石に幾度も蹴つまづくのであった。人に出会うと不意にどぎまぎし、顔を赤らめたりしたが、そのくせ猫背をこゞめて通りすぎて暫らくしてから誰だったかというようにぼんやり振り返るのであった。

「噂によると、お目出たいことですな、お主婦さん」

夜の床をのべに、さだが顔を出すと、泊りつけの老人がにこにこしながら言った。

「人の運不運は、そのときどきのもんだね。長生きをすると、それがわかる。金はころげこむ、商売は新規蒔き直し、やはりこの世は楽しいことにきまったね。運のいゝときは、路ばたの石塊までが金に見えるもんだが、今のお主婦さんは、その気持だろう」

「気楽を言うのは止めてもらいたいがねよ、お爺さん」

「俺しも湯屋に泊ったことがあるが、客は金まわりがよくってな、またゝく間に銭の置き場もねえほどの身の上になるね」

「嘘つきだねよ。噂を聞き歩いて、本当のことを知っているくせに、それがお爺さんの悪い癖だねよ」

と、さだは横を向いて布団をひろげながら、習わしの愛想笑いを引っこめ厭な顔をした。この老人は、年に二三回は須崎屋へ泊り、そのたびに商売の品物が変っているのである。荷の中が安毛布だったり、木綿の反物だったり、染物屋の代理で来たなどと言うこともあった。

「悪いことは聞き流しにするのが俺しの性分だし、何んにしても目出度いことには変りがねえんだからなあ。この次、町へ来るときは俺しも財布の都合さえつけば、その新しい宿へ訪ねて行きます。やれやれ、永年の落ちつき所がなくなる」

「今度、町へきたときだって須崎屋はこのまんまだろうねよ。物事は、そんなに捗るもんじゃないからね」

と、さだが言っても、老人は独りではしゃぎ独りで淋しがった。

朝、山麓の村から眺めると、町には仄白い靄が棚びき一夜の疲れを眠りこけている姿にみえた。やがて靄が次第に薄れ、朝の陽射しが白い壁などに反射してすがすがしい町の全貌が緑色の平地に現われ、六月の空は明るかった。

近くに点々と散在する農家にくらべ、町の家並は遠眼に何か粧いを感じさせたが、その飛沫のように一軒だけぽつんと離れて町の家らしい建物が見え、それが新築の須崎屋である。陽が高く昇り、白壁の反射にも新鮮な朝らしい光を思わせなくなった頃、まだ須崎屋の雨戸は閉ざされていることが多かった。その建物が今では九蔵とか伊之吉とかさだの姿を思い描かせるほどに見馴れたものとなったが、ふてぶてしい感じもするのである。須崎屋が町から引き移って、十ケ月目になっていた。

「儲けているそうだのに、吝ち吝ちして酒屋の払いなど溜めるってことだ」

と蔭で須崎屋を悪く言うものがあった。

鉱泉旅館須崎となってから、大抵は勤人や羽振りのよい商人などが自動車でやってきて、町の人でも半日ぐらいをかけて遊んだりした。九蔵は今までとちがい、言葉つきまで丁寧になって、いつも足袋を穿き身なりも小綺麗にしていた。さあさあ何卒、などと言って客の持物を大切そうに抱えて自分から部屋へ案内した。そして障子を開け放ち、見晴らしのよいことを自慢するのである。

「思ったよりもお客さんが多いが、こゝを自分のものにするのは何時のことか、わしが死ぬまでかゝるかも知れねえ」

九蔵は、こんな独り言をときどき言った。

やがて、須崎屋の湯は効かぬと噂がたち、一風呂あびて酒を飲むために来る客が多くなり、そして連込の客も少なくなかった。それを相手にすれば、九蔵も伊之吉も飲みこみが早く、気転もきくのであった。

「別に、湯が目当てでもないでしょうにねよ」

などと女中たちは、客から何んの病気に効くのかと訊ねられると、づけづけと答えた。

「胃腸病によいというけれど、若い旦那は、いつも腹工合がわるいって言いますがねよ」

と笑ったりした。

この旅館は主人が小五月蠅くって勤めが辛いばかりか、娘さんが意地悪だから、と若い女中は客と話しこむたびに言うのであった。給金は僅かしか出さず、この上の働きは自分たちのやりかた一つだと九蔵は突っ放し、ここは…………………………筈だなどと女中たちに意味ありげな眼つきをしてみせるのである。女中は三人もいて、それに繁子が客の酒席に出て笑いふざける声が帳場の方へまで聞えてきたりした。そのたびに、九蔵は妙な笑いを浮べるのである。

「繁公は、わしの気に入りだ」

とさだに言うこともあった。

繁子を引きとるまでには、なかなか九蔵が承知せず、岸坂を訪ねたあの日から、さだは娘を連れ戻したいと幾度となく頼んだ。何んたる頭の悪い女だとか長いこと客扱いしてきたのに掛け引きを知らない女だとか、九蔵は、さだを睨みつけたりした。

「いつになっても邪魔こそすれ、重宝だと思わせたことは一日だってねえ。繁公を呼び戻せば、岸坂さんとは、あたり前の貸借関係だけになるじゃねえか。利息もきびしく取りたてるだろうしよ」

と、九蔵は言った。

「家へ嫁にきたのは、少し見当ちがいだったようだな。町の名物になるだろうって眼をつけた岸坂さんが、初めっからこの須崎屋へ算盤勘定をしねえ筈もなし、繁公を引きとったら実も蓋もねえことは解っているのに」

九蔵は、こんなことを言って、たまに繁子が帰ってくるのさえ機嫌をわるくした。奥さんの病気はどうかなどと繁子に訊ね、何れは繁子が岸坂の妻になるときを待っているらしい口吻であった。

だが、繁子を帰したのは岸坂である。彼は、後継ぎの娘には自分の稼業を仕込んだがよいと九蔵にすゝめ、繁子がいれば客の出入りも違うからなどと説いた。どうせ呼び戻されるだろうからと繁子には言い、岸坂は新しい女中を雇入れたのであった。それでも旅館が新築できるまで、繁子はぐずぐずと岸坂の家にいたが、九蔵は岸坂の心に抗えば何もかも立ち消えになり落成しかゝっている建物も自分の手から放れるかも知れぬと怖れ、黙って繁子を迎えたのである。

「岸坂さんも、底の知れねえ人だった。須崎屋を自分のものにするまでには、永い苦労をしなければならねえ」

と、九蔵は溜息をついた。

そして、女中を探すとき伊之吉が、ふみを頼もうかとにやにやしながら言うと、九蔵は、ふざけたことを吐《ぬか》すなと怒鳴りつけた。今までとちがい、呑気な心でいると野たれ死にでもすることになる、などと九蔵は言った。

「おれが、帳場をやりさえすれば、どんどん儲けてみせるのに。第一、この旅館ができたのは繁公のおかげなんだから、親爺のおれが自由にして差支えねえ筈だ」

伊之吉は、板前の男から酒をせびり、毎日のように九蔵に突っかかり、こんな言葉をくりかえすのであった。

客の前には若い娘を出すに限ると舅に言われ、さだは台所だけで動きまわっていたが、ときどきそっと脱けだして源作の墓に長いこと蹲《うずく》まっていることがあった。繁子を呼び戻したいと岸坂に言ったことがあるにちがいないなどと、九蔵は機嫌のわるいたびにさだを責めるのであった。源作の墓には、初夏の微風がそよぎ、若草が伸び伸びと陽の光を浴びていた。

岸坂は、知人を引き連れ自動車で須崎屋に乗りつけ、入浴したり酒を飲んだり、自分の経営している旅館のように振舞うのであった。

山村の女達

その朝、山の根の石垣のある家から、せいがひょっこりと現われ、あたりを見まわした。年に一度の小薩張りした装《な》りで、紺の風呂敷包みを背負っている。小枝の朝露をぱっと散らして雀が一羽、また一羽、驚いたように飛び去った。

せいは老いた眼をしょぼつかせながら、しばらく、裾をはし折ったなりできょとんとしていた。やっと石垣から離れ、包みの結び目へ手をやり揺すりあげるようにすると、人目のないのを知って、のろのろと坂路を下りて来る。秋の畑仕事が一段落つくと、待ちかねていたように、せいは紺の大きな風呂敷包みを背負い、東京の息子のところへ出かけて行く。そこで冬の間を過すのを、ずっと毎年の慣わしにしていた。けれども、この朝はちがっていた。毎年、こんな身仕度のせいが、こうして坂路を下りて来ると、

「見さっせえ、おせいさんが出かけるよん」

「へえ、どれ、どれ。早えもんだなあ、もうそんな時期が来てるたあ思わなかった」

あちらこちらで、そんなふうな高声が聞え、冬に入ったという意味がこもる。一瞬、平和な、休息の思いが誰の胸にも湧いた。何かしら温められる感じで、たちまち賑やかな笑い声になったりした。

「さあさあ、あと一と息だ。日が短けえから、ちょっくら片づけちまおう。こっちも、おせいさんに負けねえだけ骨身を休めるようにしなければなあ」

言いあいながらも、紺の風呂敷包みが見えがくれしながら街道の方へのろのろと遠ざかって行くのを、ゆっくりと見送っている。それほど吻《ほ》っとした気持になれた。

忙しい季節も、やっと過ぎたのであった。そう今更ながら気づいて、重荷の下りた顔を見合わせると、迫ったこの冬の休息が心にはもう宿っているのである。今も、せいはそのように何から何まで毎年の通り、年に一度の東京行きの身ごしらえで下りて来る。けれども、ちがっていた。畑にいた人たちは、思いがけないことを見つけたように忙しい手を休めて、少し声を低めて言いあった。

「どうしたんかさあ。何か面倒なことでも持ちあがったんじゃねえかさあ。こんな忙しい最中になあ」

「ふんとになん。おらあ、去年は、おせいさんが出かけるまでに仕事が片づききらなかったから、今年こそはちう気で我武者羅にやってきたんだが、これじゃあ出来ねえ相談だよん。まさか、家にいられねえわけでもあんめえけんど」

「そんなことがあるもんけえ。跡取りの夫婦だって、齢は若えけんど、まるっきり赤の他人たあ違うもんなあ。心配ごとでなければいゝが、聞いてみたって家のうちのごたごただったら、おせいさんは話すめえから」

　そんな眼で見られているのに、せいは気づかなかった。毎年なら、畑にはひろびろと葉影一つなくなって、麦を蒔いたあとの真新しい平《なら》した土ばかりが、一と目で見わたされるのに、今年は桑の葉もまだ落ちず下葉が少し黄ばみかけたぐらいだった。一日一日と跪く散って行くとはいえ、あちらこちらの樹立ちは色づき初めながら繁みはなお深く、人の姿をさえぎっていた。去年のことを思っても、木の葉は散り、かこい木に埋もれていた家々はいつのまにかくっきりと露き出され、山を行く人の姿さえ、黒く、ありありと遠くから眺められたのである。せいは、葉蔭にさえぎられた彼方で、眼が自分に向けられ、いろいろに取沙汰されているのに気づかなかった。なるべく、誰からも見つからなければよいが、と気をもんでいる。

　せいは、よく独り言をいう。息子に会いに行くのも、今年でおしまいなような気がする、見納めになるような気がするけれど、どうか寒いときに往生をとげたいものだといったりする。路を歩きながらでも、癖のようにそんな独り言をいった。村の衆が百姓仕事に追われているときに、葬式の迷惑をかけて、厄介な心がけの悪い女だったと後のちまで思われるのがせいは辛いのだった。こんな独り言も、人は耳馴れて、せいの口癖だとされて、今は誰も笑いながら聞き流すようになっている。せいも、たのしそうに言っている。笑われれば、せいも一緒になって声をたて、笑って、一番最後までせいが声高く笑った。自分が言いたくてたまらないことを、難かしい顔もしないで笑いながら聞いてくれるのが、せいは満足なのである。けれども今朝は、しんと黙りこんで、ひそやかな草履の音だけさせながら、遠慮そうに坂路を下りる。

　黙りこんだせいは、ときどき路ばたの木に手をさゝえ、一と息しては歩いた。妙にひっそりすると、ひとりで何か言い言い歩いているときには、それに紛れて、それほどにも感じられないはっとするような姿をみせた。口癖の通りな、おぼつかない老耄のせいが、とぼとぼと歩いていた。

　せいは、いつも遠慮しているように見えたけれど、殊更、毎年の東京への旅立ちには気がねをみせて、何かすまないという体つきをしながら家々の前を通りすぎるのだった。畑にいる村の衆には、ずいぶん遠いところからでも挨拶して、見逃して下され、と心の中で言っていた。生れながらに、せいにはそんな気持があった。こうして百姓暮しから脱け出して行くのが、わがまゝな、恥かしいことのように思われた。骨身を使わないでいられる東京へ出かけて行って、村では誰も食べていない勿体ないものばかり食べて、口の奢り、身の安楽をするような気がして、そんな思いをしようとして村から出かけて行くのは、村の衆を袖にするようで申訳けがないのであった。罰があたる、と漠然とした怖れのようなものさえせいは感じる。こゝに生れて、何十年と百姓暮しをしてくれば、何んとなくそうした気持が体うちを流れているような年寄りになるのだが、せいは殊にそうであった。せいは、畑を守っている村の衆に、隠しごとにでもしなければ出来た振舞いではないという気かする。こうした感情になると、持って生れた気質のよさがそのまゝ固まってしまい、気がねの強情となり、お祭り騒ぎをして出かけたくねえから、と言ったりすると、まったく頑なになって、この年寄りの長旅にと思っても誰も荷物を背負ってやることも出来なかった。

「勿体ねえこった。ひと頃は、こゝからまだ一里も奥から、小鹿野の町まで二里半も歩いて、炭背負いをして稼いだおれがなあ、東京へ出かけるからって荷なんど持ってもらったら、あんまりじゃねえかなん。この村中、どこも歩いて行けねえ気がしてくる。このぐれえの荷さえ持てなくなって、また、東京へ行きたがる量見だと思うかなん」

こんなふうに言い出すと、人の言いなりになって嬉しそうにしている日頃のせいとは、まったく違ってくる。けれども、やっぱり、せいは隠しごとにして出かけられるような性分ではなかった。家のまわりや、畑にいる村の衆に、気がねしながらでも言葉をかけて行くのが好きなのであった。

そのせいが今朝は、鍬の音が聞え人影がちらりとしても、ぼんやりと眺めわたしはするけれど、ひっそりと行き過ぎる。

「なにか、聞きこんだこたあねえかなん」

畑の中では、もう、せっせと動きまわりながら、声だけはやはり低く抑えて言った。

「聞かねえがさあ。この頃では、おせいさんも食い扶持をとられるちう話だが。取るほうの若え夫婦《もん》だって悪い気からじゃねえにきまっている。暮しに困ればこそのこったなん」

そんな声が、爽やかな朝の微風のなかに消える。

めいめいが何か考えこむように黙りこむと、掘りかえした土の匂いばかりがきつく漂った。今の言葉から、自分の身の上にも思いあたるようなものが、何んとなく感じられ、それぞれの気持で、しばらく黙々と働いていた。

畑にいれば、自然に手足だけは働かせないではいられなかった。それに、このあたりの畑は、持主の村長あがりの男が、用もないのにちょいちょい顔をみせる。玉蜀黍《とうもろこし》の粉一升で、饅頭いくつが出来るとこせこせ言ったりして、重箱の隅を楊子でほじくるという村の衆から評判の男である。顔を見せれば冗談などを言って、女たちを笑わせて、そのまゝ帰って行くけれど、こんな男が用もないのに出かけてくるというのが、わからないだけに気味わるかった。

「ちょっくら、たずねてみべえか」

茄子畑にしゃがんでいた女が、やがて立ちあがると、黙っているまわりを見まわしながら、誰へともなく言った。朝食のための茄子を前掛けにいれて、一と足さきに帰ろうとしているのである。いつもなら気易く大声で呼びかけるのに、今朝は何か言葉がかけにくかった。それで、せいは誰からも気づかれないと同じに、のろのろ歩いていた。

男の声が、鍬の音にまじって答える。

「よさっせえ。気の毒な思いをかけるかも知れねえ。そっとしておいてやりなせえ」

そこへ、ずっと離れた畑から、もよという年寄りがわざわざ寄ってきて、こゝにいる働き盛りの若いものと一緒になって、せいの姿を眺めようとするのであった。落ちこぼれの穀を拾っていたもよは、せいよりも十も歳が少なかったが、歳ばかりとはみえないほど較べものにならない元気な老婆だった。その辛疎な物言いに似つかわしく、衰えというものを感じさせなかった。こんなときに相手が欲しくってたまらなくなり、何か言わないでは心の納まらない性分だった。

「年を老ると、もう一ぺん世の中が変るからなん。若えもん繁昌で、どこへ行っても子守の出来ねえほど年を老ったもんは、居場所がなくなってなん。じゃまだの、粗末だの、ちう文句が寝た間もついてはなれねえんさあ。そうしたもんだとわしらのように覚悟がついてしまえば、大きに気が楽だけんども、おせいさんのように大事にされたがってべえいると面白くねえことが持ちあがるんさあ。なんの、あの人だって若えときゃあ、年寄りの舅《しうと》姑御《しうとめご》に、もろこし粥だってろくに食わせたもんじゃなかったからなあ」

もよは、畑にいるものにもせいにも向ける、癖の悪態をつきながら、せいの姿が物陰にかくれると、一緒に歩くようにして畑の畦まで歩いて行った。そして伸びあがって眺めた。

「おせいさんも、まるで足が緩《のろ》くなったなん。あの足で、おもしれえことでも待ってるかと思って、東京まで行くんだから、ちっとぐれえはいいことがなくちゃあ気の毒だがさあ、それでも、きっと帰ってくるところをみると、足腰のばして落ちつけるようなところでもねえとみえる。……おれはなあ、ちいっとべえ聞きこんだが、やれやれ、面倒なことさあ」

誰も、このお喋りに乗っていかなかった。

もよの早耳は、聞えていた。それが、この年寄りの一ばんの楽しみになっていた。村の衆の間にいざこざが起ると、その切っかけはもよがつくっていることがたびたびだった。自慢の早耳が、そんなときに火を掻きたてるようなぐあいになった。もよの口の端にかゝると、どんな秘しがくしの軋みあいでも、表だった揉めごとにならないではいない。もよの口には戸が立てられないので通っていた。けれども、もよは、理屈やのもよで通っていた。

誰も、畑のことから手を休めないで、聞いているような聞いていないような振りをしていた。それでも、もよは平気で、いいたいだけ言いまくった。聞きたくもないといった綺麗げな顔つきをしているけれど、頭の両側で耳はちゃんとあいているとと思っているのである。

「この二三日、あの人は、おたみさんのとこへ行ききしているがなあ。それというのが、容易ならねえ相談ごとのようだが、いくら気丈だからって、おたみさんは若えから、なんの足しにもなるめえにさあ。おまけに後家になってからちうもの、おたみさんは気べえ強くなって、あんな根性っぱりと同じになれったって年寄りには無理なこった。まるで男の生れ変りみてえに、暮しているんだからさあ。亭主は大事にしなせえよ。今も、おれは、おせいさんに会ってきたけんど、いろいろ話してさあ、おたみさんよりも年功のついたおれの智恵のほうがよかあねえかといってやったがなん。そんなこったから、おせいさんも無理をして出かけるとみえて、今年は、からっきし荷が小せえ」

それはその通りであった。もよは坂路まで出て行って、せいに挨拶したのである。いつも、芋だの蕎麦粉だの豆の類などを紺の風呂敷に包みきれないほどにして、東京の息子へ土産にするのだけれど、今年はそれらが間にあわないで毎年の半分ぐらいしかない包みを大切そうに背負っていた。その、いつもより軽い包みでさえ、せいを前へのめらせるようにする。それほど弱っていた。桑畑をかきわけ、枝々の露に濡れながら、なおも掻きわけて顔までぬれながらそこへ出たもよは、挨拶よりも何よりも、そのせいの荷ばかり眺めていた。

せいの風呂敷に泥がついたまゝなのを見たり、履いている藁草履が男手でつくったものでなくせいの手づくりだと見たりした。せいは、金を出して買った下駄を大切にして、小鹿野の町まで行ってからいつも藁草履と履きかえる。そこから電車の出る秩父町までの乗合自動車に乗る。ガソリンがないというので来なくなったけれど、去年までは、渓流を越えた向うの街道まで乗合いが来た。そんな頃でも、せいはやっぱり小鹿野の町まで一里だけは歩いた。新聞紙を貰って、草履をつゝんで、帰りにはまた履いて来る。

せいは、思いがけなく、もよから声をかけられたので、はっとしたように、もう畑かなん、と笑顔をして、すぐ何かに気を奪《と》られているようにもとのぼんやりした顔にもどった。御精が出ますこったなん、といいながら立ちどまることも忘れているのであった。まるで、そんな言葉が、いつもの歩きながらの独り言とちがわなかった。足許に、陸稲《おかぼ》の黄がかった穂が一つ、捨てられたまゝ朝露に濡れているのを、歩きすぎようとして気づき、小石をきしませて激しくせいは足を退いた。そして少しよろけながら、手をさし延べてこゞみこむと、その短かい穂を拾いあげた。土でよごれているのを丁寧に掌で拭いて、帯の前の新しい手拭を下げているところへ挿し入れた。手間どりながらそんなことをしている間、もよは黙って眺めていた。

　せいが歩きだしても、もよはまだそこにいた。日の出が迫ったらしく、そこゝの蜘蛛の巣が急に美しい線を描き、宿った露がきらめきだした。ほんの気づかないほどの間《ま》ではあるけれど、あたりがぱっと蒼白く冴え、陰影が東の山の根にたちこめて、その陰影のこもった山は、奥深い、はかり知れないような大いさを見せた。植付けてからまだ年若いたみの家の杉山が、ぽつぽつと点々のまゝ、その陰影に吸いこまれたように見定め難くなっている。たみは、杉のことばかりしたがるという評判だった。

　その山の根にしがみついたようにあるせいの家を、もよは探る眼つきで見あげ見あげした。

　ちょうど、そのとき、藁葺屋根が柿の木の間からのぞいているせいの家から、天秤棒で水桶をかついだ女の姿が出てきて、何んの変ったさまもなく、石垣のところを渓の方へ静かに歩いて行った。間もなく、前よりも重い足どりで戻ってくると、男の姿がぶっつかるように近づいて、ちょっと何か言いあい、男が代ってその水桶をかついでやった。そのあとを女がついて、二人はすぐ見えなくなった。もよは、溜息をついた。今朝は、よけいに気が合って仲よくしているなあ、年寄りを邪魔にすると罰があたるぞい、と声に出して力んだ。自分の息子夫婦をもそこに見た気がしたのである。もよの息子夫婦は、お人よしとさえいわれていたけれど、それでも、この母親とだけはうまくいかなかった。それで、もよは、子供のときと同じに息子を折檻して、しょっ引き廻してでも自分の言うことを聞かせたがるけれど、もう息子は子供ではなかった。女房もあり、子供が三人もある身なのであった。働くだけがしんしょうのようなその日暮しでも、一家の主人なのであった。いきりたつ母親を、軽がると抱えて囲炉裏ばたへはこぶことも出来るのであった。仕事が忙しくってならねえから、片づけてからにして呉んな、とそんなとき息子は言った。無口な息子は、たった一と言、そんなふうに言うだけで、黙っているのであった。嫁は息子と同じ呼吸《いき》をしているかのように、野良でも家でも寝ても起きても息子の側で、なくてはならないものになっていた。もよは、もう口だけで力むようになった。外へ出て、家から家をまわって手伝いをしたり、布団の洗濯直しが始まる頃には、きっと何処かの家へ雇われる。おれなんぞは、たった一ぺんだって男衆から優しくしてもらった覚えがねえ、おれなんぞの若えときは、男衆に水桶をかつがせたりしたら恥じだちうふうに仕込まれたもんだ、とせいの家をしげしげと見あげながら、自分の息子の嫁をそこに見たように、もよは顔をしかめて、どこへ行ってもこの頃はあんなふうさあ、と呟やいた。ちょうど、せいが路をまがりかけている後姿を眺めると、おせいさんも後の方に眼がついていねえで、なんぼうか仕合せなこった、といい捨てゝ自分の畑へひき返した。あたりは明るく蒼白いほど冴えわたり、陽の光りをうける前の一瞬の歓びの緊張がみなぎって、微風さえも冴えて鳴り、露はきらめいて、その中を行くせいの小づくりな荷ばかり大きい後姿が、路をまがって行くのを見たのであった。

「いろいろ、おせいさんと話したがなあ、苦労して守ってきたしんしょうちうものは、死ぬまで自分の手で握っているこった。譲ってやったら、もうはや、お寺に納める粉までも若えもんの領分になってさあ。こないだも田端の年寄りが、子供にやろうちう気で、柿を穀桶にうめて熟《う》ましておいたら、嫁の機嫌が悪くって、おうじょうしたちうがなん。おせいさんのあの荷も、苦労して、つくったんさあ。そんなにまでして、どうするこったか。やっぱり帰って来ざあなるめえにさあ。よくよく踏んどまりちうもんをつけねえと、今度はおせいさんもなあ、……どこにもいられなくなるがなん」

もよは、そんなことを言いながら、薩摩芋の蔓を直してやったりしている。口が辷り出すと、もよは、せいと話しらしい話しをしなかったことなどは、思い出しもしなかった。そんなことは些細なことなのであった。もよは嘘が大嫌いで、人が嘘をいったりすると、悪くいい毒づかないではいられなかった。そんな性分だった。自分では、いつも、嘘をいっているつもりはなかった。たゞ、いろんな想像をして、それを本当だと思うだけであった。知っていることに、だんだん大きな尾鰭れをつけて、それの方が見ただけのことよりも納得がいくのであった。

ときどき、もよは、ここの畑は蔓返しもよくしてあるし、繁《ほ》きぐあいもいゝなん、などといいながら、つい、いつのまにか手伝っている。よその畑へきて話しこむと、きっと、いつとはなしに仕事の仲間にはいって手伝いながら、気のすむまで喋っていた。今年は、こげえたま取れそうだか、この畑も芋べえ取れるようじゃあ悪いにきまったなん、といったりした。さっきから、洗いざらしの前掛けを茄子でふくらませて、黙って突っ立ったなり、何とはない振りをして女が、どこからか子供の泣き声が聞えてくると、あわてゝ立ち去りそうにしながら、たまりかねて初めて口をきいた。とっくに帰らなければならないのに、帰りかねていたのである。

「それで、どうして、誰もおせいさんを留めなかったんかさあ」

　それ見たことか、おれの話しを聞きたがっていたくせに、といいたげな顔つきをして、もよは声に力を入れた。

「それどころか、そんなどころか、おせいさんのほうが頼んでも留めてもらいたかったんだもん。それを、誰も、見て見ないふりをしたんさあ。ああして、いったん出かけてしまっちゃあ、もうはや、あとの祭りちうもんで、もとへもどすこたあ先ず大変だなん。このせつの若えもんは、自分せえよければちう気べえ強くってなあ、それへもってきて、おせいさんがあの齢でまだ東京へ行くちう根性っぱりだから、こすれだしたら、きりがねえんさあ。満洲へ行ってる息子が帰ってきたんで、何もかもそれがもとだなん」

「へえ、いつ帰ってきたかさあ」

　と、今度は、少しはなれたところから男のこごんだ声がした。

「さあさあ、朝めしがおくれるよん。そのうち、何もかも、その耳を塞いだって聞えてくるからなん。今から帰ってくるようじゃあ、あっちを引きあげてまたこの村で落ちつく気かも知れねえが、こゝじゃあ跡取りがきまっているんだから、一と揉めなんさあ」

　それから、もよは、またしても伸びあがって、眼でせいの姿をさがした。そのとき、こゝから眺めおろすようなところに、せいの遠く離れた姿が小さく、まだ歩いていた。そこは、街道への岐れ路にさしかゝるところであった。せいは、そのまゝ街道の方へ出て行かないで、反対へ向って歩いて行った。やがて、その路を折れて、更に細い路を辿って、たみの家へ入って行く。

「おれが思った通りだなん。ああして、泣き言をいいに行ったなん。こちとう（自分たち）には、ろくな挨拶もしねえでさあ。もうはや、ぼうふらのわくほどの齢をしながら、まだ、家のうちのことを告げ口しに他人の家へはいって行くんだからなん。あにがさあ、おらあ別におせいさんを悪くいうつもりはねえがさあ。見たまんまを言ってるだけだがなん」

もよは、すっかり機嫌をわるくしていた。自分には一と言も明かさなかった。どんなにかしたいと思った立話しの相手にもならなかった。そのせいが、人の家へはいって行くのは、見ただけでも腹が立つのである。もよが、あにがさあ、といい始めたら、何もかも押しのける調子がある。こうした辛辣な口ぶりには、誰も馴れていた。けれども、いつも恐れた。どんなことをいい出すかわからないと思われ、嘘であろうとなかろうと聞く人の耳に残るのは同じなのであった。そして、それを言ったのはもよだったなどということはすぐに消えてしまって、たゞ噂だけが喧しく流れ、渓向うまで流れ、誰知らぬものもなくなる。三里も奥の両神山の麓で人家が杜絶えると、やっと黙ることさえあった。雲を衝いて聳えたつその山の向うに重畳と、嶮岨な山脈がある。その果てしもないような彼方に何があるのか知っているものはないのであった。何日もかゝって辿り下ればゞ、信州へ出られるなどと、昔も今も口にしたものさえないのであった。もよでさえ、そんなふうな噂になっては、自分から出たことだとは知らないで、それみたことか、やっぱりそうだったなん、という風になった。女たちは何をいい出すかわからないもよの様子を見ると、いつも恐れた。

「そんなにまで言わねえでもさあ」

畑を行ったり来たりしていた女が、小耳にはさんで、大まかに、こんなことをいって行き過ぎると、もよはそれへ喰ってかゝった。

「綺麗な口はきかっしゃるな。秩父町も、この頃じゃあ、武甲山が底《しった》なしのセメントだちうんで、流れもんの職工が景気よくうようよしているちうからなあ。そんなところの飲み屋へ娘を前借で出してさあ、紅おしろいで、うれしげにしちゃあいるんけど、気をつけてやらねえと可哀想だがなん。そんなところで亭主を探したちう話しだが、いつの間にか、また独りになって稼いでいるってなん。秩父からけえった人の話しじゃあ、元気に暮しているちうから、今度は気をつけてやるこった。人のことどころじゃねえがなん。あにがさあ、おれなんぞの若えときゃあ、今のもんにはわからねえほど子供を大事にしたもんだ。それゃあ、今のもんのように子供をちやほやしなかったけんども、親の心はずっと深かったもんだ。ちやほや可愛がっていると思うと、自分の暮しのために辛抱が出来なくなってさあ、酌婦に売ったりするんだからなん。昔はなあ、ちゃんと、縫物からお蚕《こ》さま飼いから、畑仕事まで、味噌ごしれえまで仕込んでから嫁にやったもんだ。それでも先方《むこう》様のお気に入らなければ、いつ何んどきでも引きとる腹でさあ。それほど仕込んだ娘でも、役にたたねえっていわれゝば、それから先きは掘じくって聞いたり言わせたりするのは、恥じだちうほど堅かったもんだ。このごろは、何もかもぐうたらでさあ、見ていられねえなん」

　理屈やのもよは、当っていった。朝の陽は、いつか向うの山一めんに射しかけて、明るく、うすら紅いようにぱっとして、その裾にある家々もそれを浴びていた。爽やかな風のなかで、こちらから眺めると、それらの家々はもう陽射しも暖もって気倦るそうにさえ見える。こちらの、もよたちの住んでいる耕地は、東の山裾にあって、日影っぽう、と子供同志の間でいいはやされるほど、陽のあたるのが一ばん遅かった。渓向うの役場や学校のあるあたりに、だんだん人影がちらつきだした。どこかで、拍手を打つ音が聞える。もよの隣家には、神信心の男がいるのであった。どこからか、朝飯だよう、と高く呼んでいるのが聞えてくる。学校へ行きましょ、と声を揃えて女の子供たちの呼んでいるのが聞える。それらが木霊して、山の中でも言っているようである。もよは立ちあがり、腰のあたりをぱたぱたと叩いて、ついた土を払った。もう帰らなければならなかった。それでも、まだ言った。

「ふんとうに、この節の男も女も、からっきしなまくらもんになったなん」

　毒づいている言葉の裏から、かすかな嘆きのようなものがたゞよってきた。身のまわりを見まわして、たすきの工合を直したりしながら、少しずつ静かな低い声になった。いきりたっていたのが、少しずつ納まって行くようでもあり、着物についた泥を指先でこそげ落しながら、何んとなく弱い声になった。

「年寄りにもしてやらねえ水汲みまでしてやって、女房の機嫌べえとるんだからなん。少しましな男だと思えば、洋服べえ着たがってさあ、……。それで思いついたが、ここの畑を持ってる人も、二た昔も前になあ、その洋服で、また見たこともねえちうほど後光のさすような美《い》い男だったがなん。まったく、どきどきさせられたもんさあ。見ただけで惚れるちうなあ、こんな男か、とおれは思ったことがあるからなん……」

　もよは、低い声で続けた。

「なんでもかでも、年を老っちゃあ、おしまいさあ。口じゃあ言えても、手足が駄目だからなん。それでも、言わねえもんは損するからなん。こちとうは、黙っていた日には、今日が日にも居ねえと同じにされるから、だんだん口べえ出して、おれもいるぞと気づかせてやるんさあ。あんな美い男でも年をとれば、今じゃあ酒ぶとりがして、まるで相《そう》がちがってしまったから、ほかのもんが変るのはあたりめえなわけだ。けんども、酒ぶとりがしてから、いっそ貫禄が出て立派だちうもんもあるんだから、物は見ようでなあ。なんとしても、ちゃんとしたところへ出れば村一ばんの男っぷりだからなん。まったく、これだけあ、どうしようもねえことさあ。それが、おたみさんのあとべえ追っかけまわしているようじゃあ折角の男も台なしだなん。誰も知るめえと思ってるか知らねえけんど、追っかけられてべえいた人が、今度という今度は、い丶恥をかきながら追っかけまわして、あったら器量をおとしてしまったなん。そのうち、知らねえなあ、おせいさんだけちうことになるんさあ。いつだって、あのひとは、そういうことは知らねえ。このせつのように、笑えば金歯まで抜かれるちうくれえ世智辛くなっても、あのひとは、いつだって自分のおとむらいのことっきり言えねえんだからなん」

もよは畑の畦を伝って、まだ残って鍬を使っている男の傍でちょっと足をゆるめた。畦のところで一段落にして帰ろうとして、男は忙しげにしていた。女たちは、もう誰もいなかった。もよよりもあとから歩いてきたものも、挨拶して帰ってしまった。小学校のほうから、子供のどよめきが聞える。いろんな物音が、だんだん賑やかになって、朝の感じが消えて行く。

もよは、もう、たみの家のほうを見なかったし、いつだって、呼ばれるまでは食事に帰らないのである。それが、今朝はこんなに遅いのであった。もよは、その声を待っている。だんだん、ひとりになりそうである。こゝに、この鍬を使っている男が残っているだけであった。もよは、呼び迎えられて帰りたかった。誰もいなくなっても、たったひとりに残されても、呼ばれて帰りたいのであった、息子夫婦に、そうされたいのであった。その声を、もよは待っている。我慢して、待っている。もよは、もう、たみの家のほうを見たりする気はなくなって、たゞ何んとなくそこらを落ちつきなく眺めまわしたりしながら、男の近くで手間どっていた。

「この頃のもんは、申しわけだけの朝仕事《あさつぱか》をして、飯べえ急ぐから呆れたもんだなん。囲炉裏ばたで、飯の出来るのを待ってるちうもんもある時世だから、ちょっくら畑へ顔を出しただけでも大骨折りをした気になるんさあ。昔は、朝っぱかで一日の半分仕事は出来るといったもんだがなん。行きてえと思えば、今日が日にも東京へ行くちうもんもあるもんだから、みんな働くときゃあ大きな顔をして、恩にきせたがるんさあ。見さっせえ、昔あ、この耕地のどこの家にも土蔵《くら》があったもんだが、今じゃあ、その跡べえ残っていて、ちゃんと土蔵を持って出ている家は二三軒しかねえんだからなん。穀をしまっておくには、土蔵に限ったもんだが、今じゃあ、それほどの穀もとらねえんさあ。土蔵なんざあ売っぱらっちまって、要らねえちう顔でいるがなん。それじゃあ、新しく建てて見ろったら、それだけの甲斐性がねえんだから、それがおっかねえなん。口べえ達者でさあ。おせいさんなんざあ、自分ひとりが悪く思われなけれゃあ、村中のもんが逆さに歩いたってかまわねえ気だがなん。こちとうは、くよくよするなん」

男は、大きに尤も、とか、そうかも知んねえ、といったり、はあてね、といったりしながら仕事にかゝりきっている。柔かい土が、さくっ、さくっと鳴り、小石の音さえしない。もよは、その鍬の動きを眺めながら、次から次へ言いたいことがひき出されてきて、くどくどと、足許の土が踏み固められている。それほど長く立っていた。男は、鍬を肩にかついだけれど、もよが話しの引っ切りをみせないので、そこに立っていなければならなかった。それでも、少しずつ歩いて路へ出た。もよは、ひとり残されたくないのである。こんなに遅く、家のものから忘れられ、食事に外れて畑に唯ひとり残っているような、そんなことになりたくなかった。心では、この男に縋りついている。もよは、思わず知らず跟いて路へ出ると、息をもつかないほど喋り、男は何をいう隙もなかった。押しとゞめて別れの挨拶をすることなど思いもよらなかった。村の衆は、こんなとき、どんな長い我慢でもした。面と向っていると、自分都合をみせまいとして、どんな辛抱でもする。それだけ、蔭へまわって言いたいだけのことをいう。もよは、話の中で溜息をついた。どこかで、子供が呼んだようである。間もなく、もよのそんな嗄れ声では掻き消すことが出来なくなった。

「お父っちゃん、まんまだよう。早く帰えってくれいよう」

もよは、たったひとりになった。強情なもよは、さっさと男から背を向けて、白髪の入りまじった多い髪を枝に引っかけたりしながら人目のないところまで来ると、腰を下ろした。手は、いつかしら、そこらに一つ二つ落ちている枯枝を拾っている。そんなものがあれば拾わないではいられない。もよばかりではなかった。情けなく、腹立たしく、心はどうしようもないときでも、思わず手だけはそんな見つけものを放っておかなかった。もよは、それらの囲炉裏に焼《く》べられそうな木切れがたまにあるのに誘われて、やがて、あたりをうろついた。

「木拾いだね、おもよさん」

重箱の隅を楊子でほじる村長あがりの男が、通りすがって声をかけた。もう朝飯のあとの腹ごなしに、自分の持地をのぞいてみたりするところなのである。もよは、へえいっと腹の底から出たような声といっしょに改まった辞儀をした。自分たちとはまったく縁のない本を読みこなし、町風の身ごなしをし、どこからどこまで百姓とみえないこの男の前へ出ると、もよたちは誰も気がねする。知識というものか町風をこなした生活というものか、もよたちには何かしら寄りつけないような、品よく上に見えてならない。しらず知らず敬って扱い、自分をへりくだらせる。けれども、そんなでありながら、自分の息子たちにあの男のようになれとは願わなかった。息子たちが少しでも似たような気振りでもすれば、親たち周りが責めたてる。嗤いもした。百姓熱心に仕込むには、あの男のようになってはならないと思うのであった。もよは、殊にそれがひどかった。息子は、いつだって、この母親の前では新聞も気楽には読めなかった。もよは急に気づいて、村一ばんの男振りの村長あがりの男に、腹の底から打ちとけたようにわざとひどいことを言ってみる。

「お早いですなん。こんなに早くから、じっとしていさっしゃれねえようじゃあ、駄目だがさあ。あったら台なしに見せてさあ。それほど苦労しなすっても、どうしようもねえんでしたら、止しなせえよ。あんな情のこわい女には、男の優しい心を持って行ったたって無駄だからなん。手べえ焼かせるだけさあ。杉山のことっきり考えてねえようなひとには、情けちうもんはわからねえからなん。この婆あに打ちあけてくだされやあ、きっと纏めて進ぜたにちげえねえけんど、今じゃあ手遅れですよん。世間の噂を知って、情の剛え上にも用心しているんだからなん」

「それゃあ、耳よりな話しだが、今からでも、ひとつ、そんなに手を焼いてるちうもんを纏めてもらいてえもんだね。お頼み申しますから、さあ」

村長あがりの男は、相をくずすようにして、もよよりも打ちとけた言葉つきをした。もよが本気で言い、この男が冗談で応えているのさえわからないほどであった。いつだって、この男が村の衆相手に打ちとけているときは冗談が多いのである。けれども、自分では村の衆と同じになって心をぶちまけていると思い、それが好きなのであった。好きだということを、もよは知っている。打ちとけた口をきくには、媚び心が湧いてからであった。この村長あがりの男は、ずっと前に、百姓をしたいとか農村を知りたいとかいう若い男を東京から連れてきた。若い男は、村の百姓家に寝起きして、畑仕事を手伝い、へたへたになるまで働いたけれども、そうして二年も暮しながら、ほんとうには何一つ百姓など知らないで引きあげて行った。熱心な、真面目な、その若い男に村の衆は出来るだけのよい扱いをした。何んでも距てをつくらず、いっしょの気持で暮した。尊敬もした。けれども、根っからの百姓には、やっぱり、それも待遇《もてな》し心であった。村長あがりの男に打ちとけるのと同じであった。かまわなかったり、ぞんざいにしたりした。骨の折れる仕事は無理にみえたけれど、それだって村の衆と同じにしてもらった。それが若い男を喜ばせる一ばんのもてなしだと知っていたのであった。

村長あがりの男さえ客にして扱い、知らない土地の仕癖をどこかに泌みこませているその若い男に、そんなふうなもてなしをするのは、尊敬するよりも無理な、気持の重荷であった。気遣いの多い、扱いだったのである。けれども、真面目な若い男は、すっかり百姓になった気で、村の衆とまったく心の底まで見せ合う仲になったと思った。それで、村の衆は、こんなふうに自分たちを慰めたのであった。

「百姓には百姓に合うような話しをしてくださるしなあ、同じもんを何んでも御馳走だって食べてくださるんだからさあ。えらいお方だ」

けれども、その若い男には馳走でも村の衆には馳走ではなかった。誰が何んといっても、もっとよいものを食べたかった。いっしょに肥桶をかつぎ、それから種を蒔く。若い男は、汗を拭きながら、尊い歓喜さえおぼえるのに、村の衆にはそんな湧きたつ歓喜などよりも、たゞ変りのない永久があるばかりであった。種を蒔いたりしたあとの明るい若い男の顔つきは、とうてい、村の衆にはわからなかった。父祖の代から、こうして暮し、子孫もこうして暮し、珍らしくも尊くも思ったりしないでも、執着し、命をあずけて生きている。そうして二年も、村の衆と一つになったと思い、労苦の尊さがわかったと思い、熱心な若い男は東京へ戻った。たった一つ、ひと目でわかる村の衆との深い違いは、決して肥桶の匂いが泌みつかないことだったけれど、村の衆はそれを知っても若い男は知らなかった。それから一年もすると、熱心な若い男の書いたものを村の衆は読んだ。読めないものも、読んでもらうほどにした。面白かった。村長あがりの男は、人に会いさえすれば、こんな吹聴をする。

「わしたちの気づかないところまで見ている。大したもんだ」

そして、満足のあまり、ここんとこがまったくこの村をそっくり出している、などと声をあげて読んできかせた。村の衆は、語りあった。

「へえ、こんな百姓衆もどこかにいるんかさあ。面白れえね。世間は広えから、そんなこともあるにちげえねえ」

熱心を若い男は、ときおり、いろんなことを尋ねてよこした。堆肥のことなどを尋ねてきたこともある。蒟蒻畑のことを訊いてきたこともある。けれども、堆肥の匂いも、その下に生れる呑気な馬鹿な太った虫のことも伝えることは出来なかった。それらの匂いは、村に生れたものには昔を思い出させるような懐かしい匂いであった。昔は蒟蒻も作ったけれど今はふり向かなくなり、煙草もこの耕地ではだんだん作らなくなった。煙草を植えたあたりの桑は、その脂《やに》の匂いが泌み入って、蚕のために毒なのでまったく使えなかった。そして土地を選ぶのに苦労して、それよりも蚕へ熱中するようになっている。けれども熱心な若い男は、熱心なあまり、だんだん適しない土地で蒟蒻をつくったり夢のような収穫をしたり、草原など残しておけない山村の平地でどんどん秣を刈ったりするのであった。

「うめえことをしてるがさあ」

そんなふうに村の衆は感心した。辛苦して働いているのが書かれていても、そんなふうに働いているのは毎日ふつうのことで、それほど苦労に感じるのは村の衆ではなく若い男なのである。畑のことでは親子兄弟が仇のように争いながら、畑にしない草原があって、山へ行かないでも秣が刈れる。村の衆は読んで、気楽な、たのしい気がした。そのうちに、村長あがりの男が、まったくこの村から人間までそっくりだ、などと頻りに言いたてたので、村の衆はふっつりと若い男を相手にしなくなった。山師だとか、おたん茄子だとかいいあい、軽蔑の色を浮べないでは名も口にしなくなった。こんなふうになると、村の衆の気持はせきとめようもなく頑なになった。そうして村長あがりの男は、さすがに若い男とちがい、どんなに打ちとけても村の衆から別扱いされている自分に気づいていた。それは尊敬であり、一歩ふみ外せば蔭の嘲笑であった。

村の衆の素朴な顔には叶わない。その素朴な顔にさえぎられ、裏側で考えていることが汲みとれない。村長あがりの男は、あるとき、一人の女にかゝわりあったことがある。どうして、あんな女にと誰も信じなかったほど、その女は醜いのに、不思議と心は惹かされた。たった一つ、その女からは虚偽が感じられなかった。別れてから、ずっと後に、村長あがりの男は、こんなことを思ってていた。女が醜いと虚偽がないような感じをあたえる。まったく、真実ばかり、と思わせる。けれども、醜い女こそ心のまゝばかりを言っては暮せないのである。嘘偽りをいって機嫌をとりでもしなかったら、誰からも愛されないからである。美しいものからではなく、そうして醜いものからのほうがだまされるのはどうしたことだろう。

村長あがりの男は、そろそろ村の衆も境いをとってくれたかと思うときがある。それでも、なお、その素朴な顔には叶わない。そんなときに、寄り合いがあって、村の衆は夜が更けるまで念入りに言いつくして、そして村長あがりの男の意見に大賛成し、これで片づいたという顔で帰って行く。帰りながらの路すがら、道連れにいう。

「どうせ、やってみたところで、口でいうほど都合よくは出来めえ。考えることはうめえが、こちとうの手間ひまはどうとも思わねえんだから」

「出渋る人が多いちうのは、もうわかっているんさあ。ぐずぐずしているうちに、立消えになってもらったほうが助かると思うがさあ」

村長あがりの男は、あの別れた醜い女と、村の衆の素朴な顔と、だまされる気持は同じに思った。そして、村の衆の間では、自分たちを素朴だなどと誰も一度だって思ったことさえなく、互いの気持はすぐ汲みとれるのである。

村長あがりの男のそうした気持を、もよは何となく気づいていた。それも、気易くされるのを好くという風にだけとっている。もよは、それに乗って言いたいことをいい、明けっ放しにみせているともらいたい機嫌とりをする。相手を機嫌よくさせる上に、好きな悪口が言える。もよは、それが大気に入りであった。

「また、重箱の隅をほじくりなさるんだなん。そんなふうだと、ふんとうに、あのひとに嫌われていらっしゃるちう気もするなん。木で鼻をくゝったようなひとだけんど、くらべもんにならねえ大まかなたちだからなん」

「はてな、そんなにすぐ愛相をつかさねえでさあ」

村長あがりの男は、声に出して笑った。

「骨は折ってみべえけんど、どうなったって面白くも何んともねえにきまっているがさあ。こんなことじゃあ堅えで通ったひとですからなん。石でも叩く音を聞いてるようなもんで、すぐ莫迦ばかしくなるにちげえねえからなん。」

枯枝を藁でくゝって抱えたもよは、そんなことを言いながら、村長あがりの男のあとをついて行く。がっしりした見事な体格が、この頃では酒肥りがして、後ろのもよが小さくみえるほどである。もよの口でさえ、村一番の男なのであった。もよは、この男のあとをついて家へ戻るつもりであった。帰るつもりはなかったのに、こうした人の相手をして、つい帰ったということにしたかった。もう、陽は、せいの家のある山の根にまで射している。また何かしら、朝らしい蔭は残っているけれども、杉やら雑木の間から、ちらちらと沢に射しこんでくる光りは、静かな真昼を思わせた。浅い水底が照らされて、ゆらゆらしている。こゝを下ったところに、あの熱心な若い男の架けた板の橋がある。ちょろちょろ、ちょろちょろ、というような流れの音が聞える。村長あがりの男は、沢を飛び越えた。もよも、水からのぞいている石に片足をかけて、飛び越えた。石がぐらついて濡らした足に、土よごれさせながら歩いた。

「こゝいらのわずかなところが、おせいさんの地所だがなん。あんまりわずかなもんだから、地つゞきでも持ってるもんでねえと、よく知らねえぐれえだが、こんなところまで跡取り夫婦が騒ぎたっているんだがさあ。書き換えのことで揉めぬいてさあ。満洲から帰ったちう二番息子が、こゝへ落ちつきでもして、譲ってやるちう気になるかと、もうはや、おせいさんをいたぶるんですがなん。総領は子供のときから東京へ年季に出して、今じゃあ一軒持つし子供もあるし、二番目のは満洲へ行って百姓をしてえって飛び出すし、おせいさんもおせいさんさあ、実の子でねえのへ跡を継がせるとなりゃあ少しは我慢ちうもんをしねえじゃあなん」

沢に沿って、四五十年は経たらしい杉や樅の樹が、雑木のなかにまじっている。村長あがりの男は、独り言のようにいった。

「こゝを買いとりたいってひとがあるんだが……。こゝは杉を植えると繁《ほ》きると見抜いているらしいが、何んしても、反歩にしてどれほどもねえようだね」

「それは、おたみさんのことでしょうなん」

村長あがりの男は黙ってしばらく歩いた。それで、もよも黙りこんだ。気負って、ずけりと言ったのが、もよのつもりでは、村長あがりの男が笑って何かいい返す筈であった。微かに、ちょろちょろ、ちょろろお、ちょろろお、といっているような沢の流れの音が後ろのほうで聞えている。聞きとれないほどになったとき、急に耳近く、また聞えてきた。同じ音をつゞけるように、けれどもずっと低い音である。

田に沿って、草の生い繁った中を細い流れが流れていた。のぞいている草の先きが、すうっとついては流れ、またもとに戻り、それをくりかえしている。それに沿った小路を村長あがりの男ともよは歩いていた。どんなときでも、村長あがりの男に黙りこまれると、気に入らないと思われているのか邪魔にされているのか、それに似たような窮した気持にさせられる。もよたちは、誰もそんな気づまりを知っている。もよは、空腹のため疲れて、少し喘いでいる息をおさえおさえ、何か言いかけられるのを待ちながら、跟いて行った。

ふと、村長あがりの男は気づいたように、もよを振りかえり、少し驚いた顔つきをした。もよは疲れきっていた。歩きながら、さんざん喋ったので、なおのこと腹がへっていた。それでも、枯枝をかゝえたなり、足を土にまみれさせながら、遅れまいとして急いでいた。村長あがりの男が、一と言、二た言、話しかけると、もよは飛びつくようにいった。

「それがなん、それがなん」

村長あがりの男は、いつもよりのろく歩いていたのだけれど、なお歩きよどむようにしてやった。坂上のほうから、話し声がしてくる。こんなことを言っている
「へえ、それは初めて聞くなん。あのひとがなあ」

「おらも、さっき聞いたべえだからなん」

もよたちが歩いているとも気づかないで、話し手の女の声が低く熱心に何か言っている。突然、新しい声が大きく言った。

「うちのおばあさんを見なかったかなん。朝飯も食べね

えで、出たっきりなんだがさあ。いくら探してもいねえでさあ」

もよの心に、怒る歓びが湧いてきた。わくわくする歓びである。

「したいまんまのことをしていたのも、倦きたとみえるなん。年寄りがいなくなっても半日は気がつかねえでさあ」

もよは、村長あがりの男を見あげて硬ばって笑った。村長あがりの男も笑いかえした。もよは、自分の笑いはわかったけれど、村長あがりの男の笑った意味はわからず、心の中で気を悪くした。二人は、女たちが寄り合って立話しをしているところへ通りかゝった。もよは、駆け寄ってきた嫁に枯枝の束をつきつけるようにし、嫁の差し出した手拭に包んだ饅頭を震える手でうけ取った。嫁は畑へ出なければならなかったので、朝のうちに家の中を片づけ、ついでに三時頃の小昼飯にするつもりで、大きなもろこし饅頭をつくった。思いきって、久しぶりで小豆の餡まで入れたのである。盆のようなときでなければ砂糖は使わなかった。餡を入れたので、子供たちが側から食べはじめるので、別に分けて笊に入れて納いこんだりした。姑がこれが好きなので、出かけるときに何んとはなしに二つばかり手拭に包んできたのであった。もよは人前なので、一と言も嫁にいわず、枯枝を持たせたまゝ、先きに立って行く。そゝけだっているようなだけで、変ったところはなかった。けれども、誰も気づかないところで膝頭が震えている。もよは路ばたの井戸に寄り、嫁に水を汲ませた。足を洗うのである。その間に、嫁は新しい履物をとりに家へ走り戻った。また立話しをしている女たちが、声をひそめるようにして笑っていた。もよが自分のことかと烈しい眼つきで見遣ると、こちらを見てはいなかった。女たちの眼は、村長あがりの男の後姿を見送っていた。

「そうら、なあ。誰でも知ってるじゃねえかなん」

もよは、急に力を入れて、こりこりと足を洗いながら、口に出してまで言った。


浮雲が流れるともなく流れ、遠く三峰山のあたりまで冴えた秋空に、鷹が翼をひろげて翔っている。そんな日がつづいて、柿の実が艶やかに色づいてきた。

雀が、めっきりと喧ましくなって、田や畑に群れつどい、縄に下げた空缶の鳴りひゞく音に、ぱっと舞い立っては、また舞い寄る。烏の声も、急に騒がしくなった。

そして収穫は近づいてくる。

早くも、渓流の音は細く低くなり、やがて冬の訪れを思わせた。その磧から吹きあげる風に、たみの家の裏手にある高い銀杏の葉が、まだ青味をおびたまゝ舞い散った。その散り敷いた葉を踏みながら、たみは柄のとれた錆びた古鎌で鍋の墨をかりかりと掻き落していた。

この家に嫁いでから、こうしてこの背戸で鍋墨を掻くのも久しかった。いつも、こゝに置き捨てゝある古鎌は、たみを思わせるほどである。子供が遊びに持ち去ったり、草こそげに使ったりしても、きっと古鎌はまたこゝに置いてある。そして、この銀杏の樹も、屋根棟も、たみを思わせる。それほど、暮してきたのであった。亡くなった人たちと同じに、この先きの命をこの家に託して年代のついた空気の中へ吸いこまれてしまうまで、暮して行く。底光りのする柱、煤にまみれてきた天井、青苔の生える裏縁の下、そして糸車や機台を積んだまゝ何十年となく誰もかまわない土蔵の暗い片隅にさえ、たみは沁みこんで、先祖と同じように子孫の心の中に生きる。ここを離れることは出来なかった。もう、たみも四十に間近いのであった。若いといわれるより、落ちつきが値打ちの齢になっているのであった。十二になる娘があるのであった。今となって、足を掬われ、この生活を奪いとられてはならない。たみは、かりかりと激しく墨を掻いた。韻のこもった響きが、高く、渓流を距てた彼方のほうへ伝わって行く。

たみは激しい気持になると、口をきかなかった。囲炉裏ばたへ戻ってきても口をきかなかった。囲炉裏ばたでは、さっきから十二の娘が、上手に薪を燃そうとして、煙りに噎せたりしていた。こんな母の顔を娘は見たことがなかった。すぐに激怒するけれど、何か仕事をしているうちにさらりとしてしまう母しか知らなかった。不安になって、ときどきこっそりと母のほうを偸み見しては、小さい娘は薪ばかり直している。そして、小さい頸をまげては、むせび咳をした。

「そんなふうにして、育つからなあ。女衆の声が、東京もんのようによくねえのは、そのためにちげえねえなん」

側から、せいが、女の子を見て独り言をいった。

せいは昨日からたみの家の厄介になっていた。ちんまりと囲炉裏ばたに座って、ときどき静かな声でわけもないことを言って、お婆さんはそんなことべえいうんだなん、と女の子に笑われたりしながら、誰の気にもとまらないようにみえたけれど、誰にも知られずに自分でさえ気づかずに不思議と心の柔ぐようなものをたゞよわせている。それは、あきらめに似て、あきらめではなく、運命への忍従というようなものでもなく、何かしら永久へ通じるような、或る安らかさがどことなくたゞよっている。辛いことが起きたなん、とせいはたみに言ったけれど、それも風雪の中で山の樹木が囁やきかけるような、自然の呟きに近かった。激しい風に倒れ伏しそうになりながらも、合間あいまの微風には樹木は歓び戦ぐのであった。そして、いつも陽射しを迎え風雪を迎え、老樹さえ若緑りをつくって生きぬいて行く。総領はとにかく、落ちつくものとばかり思っていた二ばん目の息子まで家を出てしまうと、たった独り、屋根棟の朽ちた家にとり残され、そのときせいはこんなことを言った。

「こゝよりほかに、おれのいてえと思うところは決してどこにもねえもんなあ」

人にもいい、独り言にもいって、それは屋根棟にまで泌みこむほどであった。それは今となって、ときおり屋根棟のどこからか生きて叫びかけるようで、跡取りの養子夫婦の心を重たくさせるほどである。

そんなことを言わなくなってから、また何年か、せいは独りで息子たちを待った。一緒だった頃に息子たちの使った箱膳が、仄暗い棚の上にずっと置いてある。そこから、自分の使い古した箱膳を一つだけ運んできては、ひとり食事をする。嫁にきたときからのものなので、まったく古びきって片方の縁が欠けていたりして、息子たちの膳が新しいものにさえみえる。こんな齢になってから、新しい膳を下ろすのは無駄になって勿体ないから、とせいは言って、息子の膳を使わない。そして息子の側へ自分のを並べて、いつも三つの膳を並べておいた。

せいは、あてもないのに息子たちを待った。ことに、総領のほうを待った。東京に一家を持ったにしても、この故郷の家が捨てられるはずはないと思うのであった。そして一ばん永く一緒に暮した二ばん目の息子の話しになると、恐ろしそうにさえした。せいは、その息子が出かけるとき、見送ることも出来なかった。どこまで見送ってよいか、わからなかったのである。行っても行っても、別れるときはないのであった。その晩、たった独りのせいは囲炉裏ばたに座り、いつまでも身動きもしないで、火をぼんやりと見まもっていた。息子は、薪を炉の近くに運んで、束ねた葛蔓まで切って、すぐ母が使えるように仕度しておいてくれた。ごそごそと、それを二三本とって、のろく焼べながら、ふと、あたりを見まわすようにした。せいは涙をこぼした。山の根のこの家は、もう、せいよりほかに動くものがない。ときどき、ぼう、ぼう、と夜鳥の鳴くのが聞えた。

やがて日が経った。せいは、生れて初めて満洲の話しを聞きたがるようになった。せいは地図をさえ見せてもらう。何もわからなかった。けれども、母の心でそれがわかるのである。母は、老耄したようにさえみえる齢で、息子といっしょに海を越えた心になる。そこへ行って、果てもない広い土地で、息子といっしょに百姓をしている。厳しい寒さも知っている。どんな難かしいことでも、母の心でわかろうとする。息子の住む土地の話しは慰めになり、その土地へ愛執した。

月日が過ぎて行った。珍らしい大風雨のあとで、たみが畑地を見まわりがてら、せいを見舞うと、あちらこちらの雨漏りを金だらいや盥や水桶まで出してうけたまゝにしてあって、火のない囲炉裏ばたにせいは座っていた。

「雨はあがったかなん。ずいぶん寒くなったもんだなん」

と、せいは言った。すぐにも薪を届けてやらなければ、とたみは思った。年寄りの独り住いで、薪も思うようにはならなかった。雨のあがったことさえ気づかず、そうしているせいは、もう立居にさえ不自由なほど年老ってみえた。

「なんの、おれは気の向いたことをしているんだからなあ。かまわねえでおくんなせえよ。これでも、この家もなあ、おれがいねえじゃあ、どうにもならねえんでなあ。すぐ鼠と蜘蛛の巣になるからなん。おらが守って、跡を継ぐもんに渡してからでねえと、あの世へ行って御先祖様に会わせる顔がねえからなん」

たみが、あまり雨漏りがひどいようだから、今夜だけでも寝泊りに来るようにというと、せいはそんなふうに応えた。

そうして、また日が経った。

せいは、或日、食事の茶碗を新しく買った。使い馴れたのが壊れたわけではなかった。ちょうど、二三日泊りで帰ってきた総領は、向いあって膳についた母の小さな茶碗を見ると、縁つゞきの娘を連れてきて一緒に暮すようにしてはどうかと気がねらしく勧めた。家を留守にするのを嫌って、二ばん目の息子が行ってしまってからは、せいは一度も東京へ出かけなかった。一刻も、若いものが側にいなければならぬと母の姿を見てとって、留守番とも話相手ともするつもりでその娘を連れてくることを総領は頼んだ。せいは、素直に聞きいれた。こんなときには、せいは素直に息子の言葉を聞いた。そうして、また東京へ出てきていたゞきたいと息子は頼んだ。この村の仕来たりで、人が亡くなると、その人の生前の食膳が墓へ供えられる。生前に使った茶碗に箸まで、そっくり供えるのであった。せいは、こんなことを言ったことがある。

「新しい膳を買ってくれるちうのは何よりだが、おらも、この齢になってしまって、雨ざらしにさせるだけだからなあ。それよりも茶碗だけは、そのうちに別なものにしておきてえもんだなん」

こんな大きな茶碗を年寄りが使ったと、亡くなったあとで人目にさらして、卑しげにとられるのは、せいは恥かしかった。そんな細かい心遣いは、村の衆の誰もしていなかった。墓場には、ひゞの入った大きな茶碗が雨にさらされて、転がっている。けれども、せいはそれから忘れたように新しいのをとゝのえようともしないで過ぎた。それが、今、子供の使うような小さなのを使っているのを見たのであった。せいは気に入って、大切に扱いながら、にこにこと模様を眺めたりする。いかにも満足した顔をした。それから、縁つゞきの娘が引きとられ、婿をとってやるまで、総領は母のところへ頻繁に帰ってきた。そして、せいの息子を待つ望みも失われたのであった。

跡取りの若い夫婦は、せいにひどい仕打ちをしたことはなかった。けれども、東京には血を分けた総領がいるのに、という心を忘れないのであった。総領は、小遣いにと五円ずつ月に送ってくる。それをせいは若夫婦に差し出さないではいられない気持になる。働いて一家を持ちはっているのは、若夫婦なのであった。せいがいなくても、この家は暮して出て、さしさわりはないのであった。もしも一年も東京へ泊ったら、総領のところへ落ちついたと思い、この家では待つものもないのであった。悪い心からではなく、それが自然なのであった。せいは、いてもいなくてもかまわない人間というだけではなく、硬いものも食べられないような年寄りなのであった。これまで、何もかもせいでなければならなかったこの家が、不思議な力でも湧いたように、せいへ指図する。それを察して、せいは動かなければならなかった。

「それは、わしらがしますからさあ。日向ぼっこでもしていておくんなさい」

何気ないふうに跡取りの夫婦は口を揃えていう。仕えている気持でもあり、必要のない人にしてしまう。こうして家が自分から跡継ぎの手にわたり、持ちさられて行くのは、せいには安心なわけであった。けれども、それが、どんなことなのか、初めてわかった。働くものだけが真っ先きに立つのであった。せいが落ちこぼれの豆を拾い歩くと、そのあとから、跡取り夫婦の誰かゞすぐに拾い直したりした。せいは、眼が衰え、ひどい拾い残しをするのである。そうして、齢の衰えと、役にたゝなくなったことを、はっきりとせいに思わせるのであった。それも別に、跡取り夫婦は悪い心からではなかった。

せいは、何んとなく、仕事の出来ない埋合せに東京の息子のところへ出かけなければならないと思う。そんな心とは知らないでも、跡取り夫婦がそれを喜ぶのがわかった。せいは、そうして喜ばせたいのであった。そして秋の仕事が片づくと、東京へ出かけて行く。けれども、東京の家には、村の女衆とはまったく違った身綺麗な、しなやかな、虫を見ても吃驚するような嫁がいて、下にもおかない客扱いをする。田舎のお母さん、と呼ぶのである。もう、お帰りになるんですの、というのは秩父の家を指すのであった。総領も、母が帰るのは秩父の家を指していう。いつになっても、せいは泊りにきたので、帰ってきたのではなかった。

せいは、もう、若いものの繁昌を眺めて満足するよりほかはない齢になっていた。そうしたせいの姿が、たみには自分の行末の姿をそこに見るような気がした。そして、それはたみには、恐ろしい不安を感じさせる。せいは、そこでさえ静かな落ちつきを心につくってきた。けれども、たみの性分ではそんなことは出来なかった。また、どんなつもりかさえわからないのに、二ばん目の息子が帰ってきたと聞いただけで、この惨めさである。たみには、たゞ惨めに思われた。こんなにも年老ってから、いたぶられ、母心のやり場がない。二ばん目の息子を、せいが、どんなに思っているか、たみにはわかっていた。

たみは、自分の老後の姿をせいから見る気がした。今のうちに防がなければならない。この家を他人に継がせるくらいなら、泥溝《どぶ》へうっちゃったほうが、まだましであった、どんなにしても防がなければならないと、たみはせいの姿を見て思った。自分には、せいのように仏心にはなれないのであった。

たみの良人は庶子を遺して亡くなった。それも、亡くなったあとでわかった。どういう内密ないきさつを経てからか、こゝからずっと離れた秩父町の手前の長若村の奥に、その男の子は養われていた。母は、今も秩父町の生家で働いている。その生家は、町では古い旅館であった。庶子として届けておいたことが、どれほど重要な意味になるか、田畑ばかりを相手に暮して来た良人は知らなかったにちがいない。それとも、たみに、娘のあとへ子供があるものと気楽に考えたのかも知れなかった。けれども、この家を継ぐものは、その男の子なのであった。たみが駆けずりまわり、生れて初めて弁護士を訪ねてさえ、そうなのであった。

「そんなはずはないと思いますから、御面倒でも調べてみておくんなさいまし。わたしに、ちゃんとした子供があるのに、そんな素性もわからないものを……。何んにも一と言もわたしには文句がつけられないって、そんな勝手な横車は世間が承知しませんがなん」

たみは、こんな言葉でしか言えないのが苛立たしかった。声を震わせながら、同じことばかり繰り返した。たった一人の信頼できる味方だと思い、訪ねたのであった。この人を動かしさえすれば、生涯の明るみへ出られる気がして、すがりつくような必死な眼つきになる。この人を動かさなければならなかった。けれども、どうにもならないものを感じている。生れて初めてのように心は圧せられていた。弁護士は、たみのそうした身の上を気の毒がるというよりも、遅い理解を憫《あわ》れむような顔つきで眺めた。けれど、たみには、自分の身の上にふりかゝったこんな恐ろしいことは、理解などのしようがなかった。

「あなたの亡くなられた御主人がお決めになっておいたんですよ」

「亭主《うち》だって、こんなことになるとは思わなかったんです。娘は跡継ぎだからって、言い暮していたんですもん。可哀想だから、引きとる気でいますけんど、まだ、その上に跡を継がせろといわれては立つ瀬がなくなりますよん」

「それでも、娘さんには血を分けた弟さんですからね」

それは、そうであった。けれども、たみとは何んの関係もなかった。たみは、どんなに根掘り葉掘りしても、どうしようもないことだけはわかった。この人から厭がられるだけなのであった。

男の子には、どうしても叶いませんからな、と弁護士が言ったのが、最後の決定のように思えて座を立った。その一と言は、不思議な力でたみの口を噤ませた。

たみには、生涯かゝっても、これぱかりは理解できない。けれども、だんだん事実としてわかってきた。たみは、役場などから届けられる書付に、その男の子の親権者になっている自分の名をつくづくと眺めるようになった。良人の名は子の名に代えられ、それは見馴れない名であった。そして、自分の子なのであった。お互いに知らない母子なのであった。可哀想に……と思うこともある。そんなあとで、たみは黙りこんで、まったく誰とも口をきかなかった。

せいの跡取り夫婦は、こんなふうに言うのである。

「別に頼んだわけでもねえけんど、出かけて行って、うまい工合に話しをつけねえとお前たちへも義理がたゝねえからって、おっ母さんは行かっしゃったんだから、わしらには何んともいうこたあ出来ねえがさあ」

それは嘘とは思えなかった。帰ってきた二ばん目の息子がどうする気かと、不安がった気持もわかる。しかし何故か、たみはむらむらとした。東京から音沙汰のあるまで、自分の家で遊んでいてもらうから、とたみが言っても、おっ母さんがその気なら、というのであった。ちょうど、たみは杉の下刈りを始めていたので、畑とちがって山へ出かけてしまうと家には娘一人になるからと言いつくろって、しばらく家をせいに頼みたいという風にしたけれど、たみは腹をたてていた。たみは、こんなせいの身の上が身に泌みる。怒りたつ気持には、底に自分の身の上があった。跡取り夫婦がせいに優しく尽すのを見ればたみにも明るい心が湧くはずなのである。

「あんまり、考えねえこったなん。生きてる間にゃ、肝のつぶれるようなことに幾度も出っくわすもんだと思ってなあ。それでも、別に、おっ潰されもしねえで、やって行けるもんだと思わっせえよ。おれのことならなあ、伜の腹を聞いてみねえとわからねえけんど、家を出た上は、どんなことがあっても齧りついて一と旗あげろ、ちうよりほかはねえんだからなん。若えもんは気が短けえから、言って聞かせべえと思ってなあ。おれは、葬式の費用だけは、いつだって仕度が出来てるから安心しきっているんさあ。自分のことはなあ、もう考えることもねえ」

せいは、また、こうも言った。

「まだ、おれに相談もねえうちから、出て行ったら、飛んで行ったようでなあ。それだけやあ、恥かしいと思っていたんさあ。それになあ、伜だって、どういうわけで帰えってきたのか、まだ、よくもわからねえんだから、こっちで妙なぐあいにとったら気の毒でなん。こんなことで大騒ぎしたら、この齢まで生きて世間に恥をさらすようで、路も大っぴらには歩けねえからなん。まったく、伜にも面目ねえ、こんな有様でなあ。おかげで、しばらく様子をみることになって、なんとも有難えと思ってなあ」

たみの家の囲炉裏ばたで、せいは昨日も言い、今朝もこういった。厄介をかけてすまない、と独り言もいう。せいが独り言をいうようになれば、心も落ちついてきたのであった。葬式の費用も用意してあるとは、せいの楽しい話しで、いつも巾着に入れて身につけていた。そんな話しのとき、顔も明るく満足げになった。それを幾らかずつ出して、跡取りに遣ったりしていたのである。まだ、おれも大丈夫だからなあ、用にたてば何よりだ、とそのたびにせいは言った。

たみが、昨日から山へ行かないで、家にばかりいるのをせいは心配して、ときどき頼んだ。

「おれのことは、どう考えたって、これっきりのもんだから、山へ出かけてくだせえよ。留守番は、二人がつとめるからなあ」

と、十二の女の子を見遣る。おばあさんは、そんなことべえ言うよん、と女の子は言った。どんなに機嫌がわるくても、母に、家にいてもらいたかった。たみは、急に、あらあらしい怒りが湧いた。

「わしゃあ、もう何んにもしないつもりでいますよん。厭なこった。きっぱりと、わけのわからねえもんは引きとらないし、そのかわり自分でもどうなったってかまわない気でいますからなん。誰もそのつもりでいて呉れいなあ」

たみが激情に駆られると、誰にも鎮めることは出来なかった。亡くなった良人にさえ、一緒のときは物を投げつけたりした。せいは黙って、静かな、心許なげな眼つきをして、いるかいないかのように座っている。せいが黙っているとそんなふうになった。やがて、しばらくすると、忘れたように明るくさえある声でまた言い出した。

「考えねえようにしなせえよ。考えても考えても、きりのねえことがあってなあ、好きなようになってくれねえもんだ。そんなときには、働くのが何よりなんさあ。じっとしていると、悪い揉めごとをつくりたがるもんだからなあ」

「もう言わねえでおくんな。そうでなくっても、沢山なんですよん。仕事などする気はないんですからさあ」

けれど、杉山は、一番刈りをすませたあとに、人影が埋まるばかりの茅や蔓草が生い繁っている。放ってはおけなかった。去年、今年と植付けた山は、殊に、その杉が小さく雑草に隠れてしまって、二番刈りを待っている。下刈りはしてやらなければならなかった。丹精してきた杉が難儀して、痩せて、いじけてしまう。たみは、立ちあがった。やはり山へ心が急がれる。自然に、下刈り用の長柄の鎌のある方へ歩いていた。

　たみは、亡くなった良人が、長く患っていた頃から、杉山の仕事に心を打ちこむようになった。生家が、そればかり仕事にしている財産家だったので、たみにも心はあったけれど、この村では畑と蚕ばかりに追われているので自然それに倣って暮してきた。永い間、そうして、村が暮して出ているので、何か深い拠りどころでもあるようにみえた。山には雑木ばかりなので、杉のようなものには適しないのかともみえた。けれども、その雑木の中にまじって杉は伸びている。村の衆は、一年の収穫を追って、何十年の年月のかかる殖林などは初めから考えもしなかったのである。そんな余裕がないともいえた。また、山を自然にまかせていられる心の余裕があるともいえた。

たみは生家のものからも言われ、生家の近くの山地ほどではないにしても充分にこゝにも杉が生い育つはずだと知った。山のあの面この面に、整然と植付けられた小杉、そゝりたつ若杉がそれへつゞいて尾根まで覆い、また鬱蒼とした老樹が他の側を覆っている。深緑りの、それよりも暗いほどの色濃さに、冬も山は深い。それが、たみの生家のあたりの山々である。それが、ほんとうの山であった。

「なんだ、雑木だけじゃないかね」

　たみの生家のあたりでは、雑木の山を見ると、そういって嗤う。それは正しかった。けれども無理もあった。杉であれば、その山まで高く値打ちづけられる。山の品《ひん》がちがっている。伐るときは、雑木など較べものにならないような、何層倍の値段になるとしても、三十年以上の歳月を経た後なのであった。雑木なら、十年もたてば値になる。植付けなどしなくても、伐った根から芽を噴いて、また成長してくれる。何の手数もかけず、伸びるのをさえ忘れていても、いつのまにか自然に繁っている。安くても千本が十二三円から十四五円もする苗を吟味して買い入れ、植付けから下刈りから枝打ちまで、さまざまな庇護をかけなければ杉は物にならなかった。

たみは、新緑の季節になると男たちを雇入れ、生家のものに指図してもらって、一町歩ほどの山へ杉苗を植付けた。それが最初であった。そこに、千七百本の植付けができた。それから、ずっと毎年つゞけてきた。初めの頃は、生家から何から何まで世話になった。今では、苗を一緒に取り寄せてもらっているだけである。生家では、茨城の方から苗を取寄せている。苗が悪くては、まったく駄目なのであった。たみは、もう誰の手引きもいらなかった。

こんな山狭いの村に暮して、山だけしかないのに、それに心を遣らないなら生活しないのも同じであった。けれども、誰も、狭い畑と田に熱中している。山は深く、果てもなくつゞいている。けれども、狭い畑を争っている。たみは初め、心を決める前、これは女の仕事ではないような気がしてならなかった。それでも、しなければならなかった。三代を経て、それだけの歳月をかけなければ山にはならないといわれ、それだけの歳月をかけなければ杉山では暮せないといわれるけれど、その最初の代の人になろうとは誰も心がけなかった。その最初の代の人の辛苦が、孫の代になって酬いられるのであった。この眼で、収穫が見られないことへは、手を出そうとしなかった。女でも、たみが手をつけなければ一代遅れるのである。それは、どんなにしても取返しはつかなかった。たみが、下刈りの鎌を手にするのを見ると、囲炉裏ばたのせいは独り言をいった。

「それがいゝなん。そうしなせえよ。山じゃあ、待ってるからなあ。枯枝べえ欲しがって行くもんには、わからねえこった。山の神様は、そんなもんでも怪我あやまちのねえように守ってくださるがなあ、待っていさっしゃるのはあんたなんだからなん。大方、今頃は、お宮の外まで出てござって、手を引いて、軽くのぼれるようにしてやろうと思っておいでなさるなん。出かけて行くところだちうのは、神様には見透しだからなあ」

たみは井戸端へ行って、鎌をといでいる。砥石の音をきゝながら、少しずつではあるけれど心が静かになって行く。たみは、いつもそうなのであった。一つのことにしか心が向けられない。熱情とも、激情ともなってたぎりたつ。けれども山へ出かけようとすると、そんな気持が内にひそんでいった。苛ただしい気持では、とうてい、とりかゝれない仕事なのであった。村長あがりの男が近寄ってきたのも気づかないで、たみは静かな砥石の音をさせていた。村長あがりの男は、しばらく、黙って凝っと眺めていた。

「そろそろ水が冷めたくなるね。どうかね、い、山でも手に入りそうな話しでもあるかね」

突然、声をかけられ、たみは顔をあげると赤くなった。何かしら、この男だけには、こんなふうなところを見られるのは羞かしかった。がさつな、男と少しも変りのない恰好に思われてくる。たみは砥石を片寄せるふうをして、俯向きながら手拭被りの下へ赤らんだ顔をかくした。まったく不意だったのである。この人の前で控え目になるのは、村の衆も同じだけれど、たみのはちがっていた。たみも弱く受け身になる。そのとき、独り、家を切り盛りしてきた長い間に、ときおり身内の熱てるようなわけのわからない焦燥が、素直に燃え立った。

「つい、この間、滝前ってとこまで行って、見せてもらいましたけんど、松っきりしか育たないような瘦せ山だったんで、値を聞く気にもなれませんでしたよん」

「それゃあ、わしも、お供してみたかったね」

そんなことを話しながら、何んとはなしに二人は山の根のほうへ坂路をのぼって行った。村長あがりの男は、たみの水を入れた一升瓶を下げてやった。たみの山仕事に、熱心な興味をもっている。いつも、そればかり話している。たみは、ときどき、山からの帰り、町からの帰り、ふと現われた村長あがりの男から声をかけられることがあった。そこまで送るから、とたみは言われた。二人は、自然に低い声になる。村の衆は、何んでもないことでも口さがなく言いたてようと待っているのである。そして、何んでもないことを話しても、囁くようにされると心は妙に寄り添った。ただ、それだけのことだけれど、たみは帰ると、良人の位牌へ手を合せて詫びるのであった。村長あがりの男は、先きに立って坂路をのぼりながら、こんなことを言った。

「先達て、少しばかりの杉を売ってみたがね。曾祖父さんの時分に、ちょっと植えて、それっきり続けないでしまったんだね。続けていたら、わしの身の上も今とはちがっていたわけかな。今度、それを伐ったわけだが、年輪を見ると、涙がこぼれるようだった。樹は、伐っちゃあならないよ。一度、ばさりと倒れたら、百年もそれっきりだ。あんたを見ているんで、そんな気が強くしたんたがね」

たみは、黙って跟いて行った。ときどき男の顔を見たがるように、眼をあげて揉み上げのあたりを見詰めた。たみは、もう若さは過ぎていた。けれども、男への情熱がなくなってる齢ではなかった。この村長あがりの男が、ふとして見せる時折りの眼のなかに、たみのそうした心を掻きたて惹きよせるものがあった。それだからって、どうという気持ではなかった。もう、分別のある齢なのであった。ちゃんとした女で暮すのがしんしょうの齢なのであった。そんなとき、村長あがりの男は何んでもない話しをしていた。たみも同じように、それへ言葉を返しているだけであった。

「森林の火災保険だけは入っておきなさい。県からの補助金も、面倒がらないで、苗代ぐらいにはなるから貰ったほうがいいね」

そうして、たみの力になってくれる。この男の心を惹くのが、自分よりも山の仕事だったとしても、たみは一そう山の仕事に張りが出るのであった。

「才能からは心の崇高さは生れない、っていう言葉を読んだが、わしの曾祖父さんにそれを聞かせてやりたかったね。ずいぶん面白くねえことばかりやって、村を荒したらしい。いろんな仕事の出来る人だった。山を伐るときは、やはり憶われたね。この村だったら、才能からは立派な百姓が生れねえってことになるんだな」

それを知りながら、百姓になりきれない自分へ向けて言っているようでもあった。小作に出して、熱心に耕させてから、土地が肥えたと見ると、小作料を上げる。それが気に入らなければ、値上げして他の家に貸しつける。そんなふうな才覚は、悪い気持からではなく、この男の身についたものなのであった。村の衆は、それを油断ならないように蔭で悪く言った。この位の身分の男になれば、粉一升の饅頭の数を読んだりしてはならないのである。村長あがりの男は歩きながら、低く笑ったようであった。たみには、この男の優しさだけがわかる。賢さに教えられている。寂しい笑いを聞いたと思った。

村長あがりの男は、急に振り返ると、黙って水瓶をたみの手へわたした。もよの話し声が聞える。

「追っかけて行けば間に合うべえって、おせいさんに言われたんだがさあ。ああに、今すぐでなくってもいゝ用なんだが、そこらにいさっしゃれば話してえと思ってなん。若えもんの足にゃあ叶わねえなん」

それから、もよは大声をあげた。

「おうい、おうい、おたみさんよう」

山のこだまが、そのまゝくりかえす。村長あがりの男は、黙って横へ逸れると、桑畑の畦路を行く。たみも跟いて行った。何をいう間もなく、そこからたみは別れて山へのぼって行った。独りでいる姿でなければ、もよに見られてはならなかった。村長あがりの男の手の暖もりをそのままおさえて、たみは水瓶を下げていた。そして、杉山へ着いたときは、もう疾うに村長あがりの男のことは忘れていた。

翌日も、その翌日も、たみは山へ出かけた。尾根を越えて、また下った谷間となっているところに、最初の植付けをした杉山がある。繁きぐあいもよく、杉の葉の強い匂いが微風にたゞよっている。たみは、その匂いを胸一ぱいに吸いこんだ。こゝをすませれば、今年の下刈りは終るのであった。雇った二人の男が、せっせと茅を刈っている。ひっそりとしたなかに、ぱさぱさと茅の音、そして絶え間なく鎌に刈られる音がつゞく。

思いがけない近さで、ぱさっというように聞えたと思うと、羽を鳴らして大きな鳥が飛び立ったりした。どこからか、静かに小鳥の鳴くのも聞え、色づき始めた山々は、ひそやかに過ぎた。

男たちは、ときどき鎌をといだ。湿った草から、もう冷気がくる。手も足も冷えた。

「今日は早く片づけて、おしまいにしましょうなん。酒でも振舞うから、そのつもりでやっておくんなさいよ」

たみは、杉にからまった蔓草を切ってやったりしながら、傷められたのはないかと見てまわった。また雪に傷められるのを案じるほどの大きさになっていないけれど、それだけに一樹ずつが風にもあたり、稀れに通る人の悪戯をもうける。まだ、一樹、一樹が離れたまゝ、老杉のことを思えば子供のように幼く立っている。こゝは最初のことだったので、馴れないために、立枯れを多くつくった。ほかのところも、一昨年の旱魃《ひでり》には立枯れが出た。たみは、そっと蔓草をとってやり、葉を撫でてみる。若い、強い杉の匂いを嗅いでみる。

これまでは植付けるのが楽しみで、それから手入れへと、執心が深まるばかりで、愛着のほかには何もなかった。けれど、今、たみは静かに見わたしながら、何十年か先きのことを想っている。こゝが小暗く繁り、この杉たちが頭の上高く見あげるようになって、こんな下刈りの日のことなどは夢となる。恐ろしいほど深い山になるときがくる。そんなふうにだけなら、たみはたびたび考えた。そして、深い歓びが湧いた。そうならなければならない。たみは、その一樹へ手をやって何んとはなしに戯れるように触ってやりながら、そうならなければならないと心で言い聞かせる。そうした杉山が、崇厳なような深さをつくっている生家の山をたみは思った。山に馴れた生家のものでさえ、独りでは恐ろしいほどだ、といった。その何十年か先きのこの山を、我がもの顔にするのは誰だろう。村の衆から、そんな山の持主としてちやほやされながら、自分の手柄のように得意になって、こゝを歩きまわるのは誰だろう。そして惜しげもなく売り払い、自分などが考えてもみられない贅沢をする。たみは、そこへしゃがみこんだ。じっとあたりを見まわしながら、誰からも忘れられたように、しゃがみこんでいた。

馴れた杉の匂いにつゝまれて、静かな、たゞ静かな時が流れている。昔から未来へまでも変りなくつゞいているようなこの静けさには、どんな足掻きも役にたゝない気がされる。たみは、地に体をこすりつけて転がりまわり、谷底へ転がり落ちてやりたい。その恐ろしさで、この静けさを破ってやりたい。たみは、じっと身動きもしなかった。押してても引いても、どうにもならないこの大きな沈黙は、たみが叫びまわり転げまわっても、土のわずかな一と所を擦っているだけである。たみは、ふと、せいのことを思い浮べた。時がたった。たみには長い時がたった。やがて、たみは立ちあがり、また、しばらく歩きまわった。

もう綺麗に下刈りのすんだところに、一樹、一樹が気持よさそうにみえる。その仕合せげな、風に揺らいでいる若杉は、たみには自分のために伸びていてくれるような愛情がわく。この谷間で、今から、こんなこんもりとした稚なさで、凄まじい風雪を堪えて伸びて行ってくれる。たみは、いつになっても、どんなときでも、杉山だけは放っておかれない。そして、たみは、この若杉が好きなのではいられない。風にも、雪にも、見まわらないでであった。伸びて行くのが好きなのであった。生家の老杉よりも、たのしいのであった。植付けは、しないではいられない。せいのことを思い浮べながら、たみは、こんな気持が静かに自然にわいていた。

杉山だけは放ってはおかれない。老耄とさえ村の衆からいわれているせいは、たみも気づかないのに、いつということもなくたみの心へそんなふうに宿っている。せいのようにはなりたくないと烈しく思い燃えながら、しかし心の底の足掻きは鎮められていた。それは、しばらく、たみの顔を蒼白ませた。

ふと、たみは下のほうに幼く立っている一本の杉に眼をとめると、あわてて走り下りて行った。その幼い杉は、誰かの悪戯の傷をうけて、ほかのにくらべると、一そう幼くいじらしい子供のように小さく立っていた。たみは、それにからまる蔓草を、ほとんど憎しみをもって切り払ってやった。その杉の幼い立ち姿に、一人の子供の姿が思い浮んだ。小さな男の子であった。やっぱり、引きとってやらなければならなかった。亡くなった良人の子供なのであった。そして、母と呼ばれる間柄なのであった。たみは、そこに突っ立ったなり、考えこんでいた。この杉山の、一樹の不幸も見過しには出来ない。……亡くなった良人の子供なのであった。せいの静かな、老いた姿がたみの心をなだめていた。この山の仕事の忍苦の歓喜に通じる気持であった。

たみが山から遅く帰って行くと、坂を下りきったところに女の子とせいが出迎えていた。夕闇の中に、もう一人、よく見るともよである。

「遅かったなん。子供が待っているんだから、もうちっと早く帰っておやんなせえよ、なあ」

と、せいは後ろに跟いてきながら、つくづくと言った。

女の子は、いつのまにか袷を着せてもらっている。母の下げてきた空の水瓶をうけとって、歌をうたいながら、後になったり先きになったりして行く。たみは黙って、その後姿を眺めた。夕闇の中で、その柄が哀れなように色褪せてみえる。たみは自分の髪から櫛をとって、ちょっと、娘の髪をかきつけてやった。もよは、初めから、珍らしく黙りこんでいた。ずっと黙りこんで、それでも帰るふうもみせず一緒に歩いていた。そのうち、たまりかねたように声をひそめて言った。

「見ていられねえがなん。おれのような憎まれもんでも、今度という今度は、切ねえ気がしてならねえ。あのひとの家へ今日たづねてみたが、おれは、あのひとの身の上が切なくってなあ」

いつになく、不安そうに、もよはそれだけで口を噤んだ。せいは、いつもの静かな笑顔で女の子に手をひっぱられて、よろけたりしながら先きを歩いている。もよは、そちらを見るのもつらいように顔をそむけて、ときどき何か口の中でいったりした。たみは、不安になりながらも、黙っていた。そうして、明後日からは家にいられるのだから、と女の子を眺め、せいを眺めやった。もよも言いたくはない顔で、たゞ跟いて歩いているだけであった。

翌日、山へ出たたみは、刈られた茅の跡を踏みながら、ゆっくりと上の方へのぼって行った。下刈りのすんだ男

たちが、もう腰を下して待っている。たみは、若杉の間に見えるその姿に眼をやると、

「御苦労さん。また来年、頼みますなん」

そこの枝に下げかけてある空の弁当包みを取って、ふと味噌の匂いがたゞようのを抱えながら、男たちの方へ近づいて行った。

風の声

その駅で電車を降りると、二月の刺すような冷たい風が吹きつけてきた。東京から電車で一時間半ばかりのところだが、海沿いの埃っぽい荒涼とした感じの町である。見知らない町へ来たという気持が、吹く風の肌ざわりからも感じられた。

「竹井さんですか」

階段をのぼりかけると不意に私に声をかけるものがあった。体格のよい若い娘が私の前に笑顔で立っていた。見知らぬ娘のその人なつっこい笑顔が佐々木繁子にそっくりだったので、私は身震いのようなものを感じ懐かしさも感じた。これが繁子と彼の間に生れた娘なのかと心に鳴り渡るような気がした。私は繁子の死にたいして悔みを述べ、迎えにきてくれたことへ礼を言った。

「よく、わたしがわかりましたね」

「駅へ降りる人を呼びとめては、竹井さんですかって訊ねたんですよ。これで三人目……」

と、娘は笑った。

車をひろい、町はずれにあるマンションへ行く。そのあたりは家らしいものもなく、広い木立ちもない寒々とした土地に巨大な建物がニョッキリと立ちあがるような姿でそびえていた。佐々木繁子はそのマンションの十一階に住んでいたのである。

「どうして訪ねてきてやらなかったのだろう。十一階で死ぬなんて……」

私はあたりを眺めまわして心の中で呟きながら、その孤独を思わせる風景がつらくなった。

昨年の十一月、繁子は私を訪ねてきて「今度、引っ越したの」と言った。

「娘の近くなの……」

名刺に新住所を書き入れて、私に渡した。彼女が結婚してから私は訪ねて行ったことがなかったので、新住所を書いてもらっても意味がないようにそのときは思った。いつも彼女が私を訪ねてきて、それは一方通行のようなかたちだった。彼女が結婚してからだから、そんな状態が三十年あまりも続いたのである。二三年前に彼女の夫がガンで死んだときも、私は見舞いにも行かなかったし悔みにも行かなかった。

昨年の暮、彼女を知っている友人から彼女が病気だということを私は聞いた。それも相当に悪いというのだった。私は初めて彼女の名刺を取り出し、電話番号が書き入れてあるのを有難く思った。

「ご心配をおかけして、どうもすみません。年が越せないかも知れないってお医者さんから言われたんですけどね。……でも、もう元気になりましたのよ」

かすれたような声で、彼女は言った。

「そんなに悪かったの？　起きていては駄目じゃないの。誰か、そばについていてくれるの？」

「娘が、ときどき見にきてくれます。あれは結婚しているので、こちらの都合ばかり言っていられませんわ。……いま、お電話でちょうどよかったの。起きてトイレへ行ったところだったので……」

「大事になさいよ」

「あと一と月もすれば、きっとお伺いするわね。大丈夫、もう峠をこしたから……わたし、悪運が強いから、すぐ元気になってお伺いしますからね」

それが最後の電話になった。

私はその電話のあと、彼女のことは少しも心配しなかった。彼女は病気だったが、おいおい恢復に向っているのだと信じこんでいた。一と月もたてば、ひょっこり彼女は訪ねてくるだろうと軽く考えていた。

「わたしより若いのだから……」

と私は自分に言い聞かせて、電話もかけなかったし、彼女のことは忘れるともなく忘れていた。その間、彼女は死と戦っていたのだった。

私の心に遠い昔の或る日のことかで浮んできた。それは長い歳月がたっていろんなことがあっても、忘れることが出来ないほど心に焼きついていた。そのころ、私は湯島の露路奥に繁子と二人で借家住いをしていた。

おでんと書いた大きな赤提灯のさがっている店屋の横をはいった露路で、そのおでんやのところから向うに湯島天神の鳥居が見えた。その反対がわの坂道を降りると、電車が走っていた。

あのとき私は坂道をかけ降りて、繁子に訊ねていた。

「どこへ行くの？」

繁子は叔母の家へ行くと言って出かけたのだが、叔母の家へ行くのとは反対がわの電車を待っていた。私は、その姿を見ただけでくらくらした。

「佐々木さんのところへ……」

彼女は私から眼をそらして答えた。

「佐々木さんだって？　まあ、あきれた……うちを出るときは叔母さんのところへ行くって言ったくせに……」

「許して……」

私は虫の知らせのようなものがあって、彼女が家を出るとすぐ追いかけてきたのだった。佐々木三郎は私の友人で会社へつとめていたが、私は彼から結婚してほしいと言われていた。一週間待つから、それまでに返事をしてくれ、と彼は言った。

私は彼が好きだった。故郷の村で婚約していた従兄が私の親友と恋愛して、結婚したので、その怨みといいたい心の痛手がやっと薄らいできたところだった。私は繁子に隠さず佐々木三郎とのいきさつを話した。


夕方になると、勤め帰りに立ち寄ってくれる彼が待たれるようになっていた。コツ、コツと靴音が露路に聞えてくると、それは誰の靴音よりも格調のある優雅な響きに思われて、私は胸がときめいてくるのだった。それにしても、一週間どころか一と月あまりたつというのに、彼と私との間には何事もおこらなかった。

「じゃあ行ってらっしゃい」

私は突き放すように繁子に言った。いつもの繁子なら、私がそう言えば思いとどまるのだが、電車がくると飛び乗って行ってしまった。

その晩、私は湯島天神の境内で一人でベンチに腰をおろしていた。あれから四十年近い月日がたっているから、いまはどうなっているか知らないが、そのころは境内に屋台が一つか二つ出ていて、仄暗い灯火をともしていた。その一つは、おでんやだった。酒好きな佐々木は、よく私と繁子をつれて、おでんの屋台に立ち寄ることがあった。灯りのぐあいで、人の顔が赤茶けてみえたが、浅黒い佐々木の顔は酒のせいもあって奇妙にどす黒く赤茶けて不気味なほどだった。

そんな帰りに、繁子は私にささやく。

「結婚すればいいじゃないの。結婚なさいよ」

私は不意に胸をかきむしりたくなった。何故、繁子は帰って来ないのだろう。彼女は佐々木に会いに行ったきり、帰って来ないのである。初めのうち私は、もしかしたら繁子は佐々木に会って私との結婚をまとめるつもりかも知れないと思い直して、救われたような気がしたのだった。繁子が私を裏切るとは思いたくない。裏切るなんて、そんなことをするはずがない。何ごとも悪いほうへ、悪いほうへと考えるのは私の悪い癖だが、その悪い癖を取って捨てれば気が楽になる。彼女は裏切るはずがないと思うことにした。

昼ならば、すぐ向うの下のほうに不忍池が見えて、その向うに上野の森がこんもりと黒ずんで見えた。しかし、いまは夜だから、ネオンサインに色どられて、池も森も見えない。その見えないということが、この夜にかぎってもどかしく、ネオンサインを叩き消してやりたくなるのである。

不意に若い女の叫び声がした。不忍池のほうへ降りる長い石段の下のあたりから聞えた。

「だから言ったじゃないか。夜はここを登るのは無理だって……」

と、男の声がする。

女は男にささえられて暗い石段をのぼりたかったのだと私は思った。木立ちの繁みを見おろすと、一つ二つの青白い灯りに照されて繁みの葉むらは鮮やかに浮き出ているが、下の石段はおぼろで人影など見えなかった。

もしかしたら、佐々木と繁子ではあるまいか。何故、すぐそう思うのだろう。さっきも、おでんやに男女がはいって行くのを見たとき、佐々木と繁子かとすぐ思ったりした。何故、甘い情念に燃える二人の姿しか胸に浮ばないのだろう。

「実際に自分の眼で見たわけではないのにね」

風が木立ちを揺すりながら、こう囁いたような気がした。

「想像というものは、罪深いものだ。許しを乞いなさい。そして相手を許してやって祝福することだ。それは憎しみよりも勇気のいることで、価値がある……」

風がやむと、風の中の囁き声もとまった。

「従兄に捨てられて、またしてもか。やれやれ」

それは風の声なのか、自分の心の声なのかわからなかった。その声は、佐々木と繁子の仲を許してやって祝福することだと言った。祝福？　そんなことが出来るだろうか。心は傷ついて怒っているというのに……。

私は苦渋のしみこんだようなベンチから立ちあがった。

「いくら待っても帰って来ないから、探しにきた……」

顔をあげると、佐々木が立っていた。繁子といっしょでないので、私は心がそわそわと浮きたってきた。

「鍵をかけたまんまだから、君は冷酷だね。帰ってくる人があるっていうのに……繁ちゃんは泣きそうにしているよ」

私は心の中でいい気味だと思ったが、口では卑屈にこう言った。

「あら、申しわけなかったわ。でも、いま何時だと思っていらっしゃる？」

「十二時に近いな。それがどうかしたかね」

佐々木は腕をかざして時計を見ながら言った。

「どうもしませんよ。ただね、女だけの家では、十時になれば玄関に鍵をかけるほうがよいと思って……」

二人は黙りこんで歩いた。佐々木は私に話があるらしいと私は直感した。だから繁子をつれないで、一人できた。私から結婚の返事を聞くつもりかも知れない。私は緊張して、宙を歩いているような気持だった。

露路の入り口のおでんやの赤提灯がすぐそこに見えるところまで来たとき、ふと佐々木は立ちどまった。


「すまないが、僕に繁ちゃんを呉れないか」

私は一瞬、息をのんだが、急に笑いだした。

「そんなこと、おかしいわ。わたしは繁ちゃんの親じゃなし、友だちなのよ」

その笑いには力がなく、とめる力もなく、とめどなく笑いそうだった。私は佐々木のそばを離れて急ぎ足に歩きだした。

なんという鈍感さだろうと私は、自分に呆れるのである。うすうす気づいていながらも、邪推かも知れぬなどと打ち消していたのだった。私は全身の力が抜け落ちたような気持だった。

考えてみれば、そのときから私は佐々木と繁子にたいして信用ならない女になった。うわべでは前にもまして優しい心づかいを見せながら、心の底では卑屈な腹黒い女になったのである。

「ほんとうに、よかったわね。あなたと佐々木さんとは最高の組合わせよ。わたし、前からそれを言いたかったのよ」

「あなたは、なんていい人でしょう。わたしたちを許して下さるなんて……喜んで下さるなんて……」

「喜ばないはずがないじゃないの。誤解しないでよ。あなたが夫を選ぶとしたら、佐々木さんほどの人はないわ。素晴らしいひと組だわ。……わたしもね、あなたが落ちつくのを見て、これほど安心したことはないの。わたしのためにも、喜ばしいことだわ」

　こんな歯の浮くようなことを言いながら、私は心の中では別なことを考えていた。佐々木と繁子が気まずい仲になって、別れるときのことを考えていた。それが私の希望で、熱意でもあった。

「どこへ行くの？」

　並べて敷いた床の上へ私は起きあがって、繁子を見おろしてから、台所へ行った。そのとき愛されている女の美しさが、繁子の顔に匂うようにだたよっているのを見た気がした。女は愛されると美しくなるというのは、ほんとうらしい。すると私は、佐々木と繁子の仲をたしかめた気がして、嫉妬で全身が燃えるようだった。

　私は台所で、水道からじゃあじゃあ水を出すと顔を洗った。まだ足りない気がして、寝衣を脱いで全身に水を浴びた。

　その翌日の午前中に、佐々木の母が訪ねてきた。彼女が訪ねてきたのは初めてだった。彼女は裕福な家の夫人らしく折り目ただしい物ごしで、何ひとつ物もおいてない殺風景な私たちの家の中に貫禄のある姿で坐った。

「三郎のことは、お聞き及びでございましょうね」

　私は、佐々木三郎が繁子をつれて家出したことを初めて知った。この朝、繁子は買物籠を持って家を出たのだが、どこかで佐々木と落合ったものと思われた。

　佐々木は、自分の家族には事情を語ったにちがいない。しかし彼の母は、私が家出のことを知らないと見てとると、自分まで不意打ちをうけたように驚きの表情を浮べた。

「わたしたちは、あなたと結婚するものとばかり思っていましたのよ」

　何故、そんなことを言うのだろう。彼女の貫禄ありげな姿が、急にみすぼらしく私には見えた。私と佐々木が結婚することには反対だったのかも知れない。しかし、繁子との結婚にも賛成だったとは思われない。息子が、つまらない女たちに引っかかったと思って、母の嘆きが彼女の顔を曇らせているのである。

　佐々木は、繁子の家のある広島へ二人で旅立ったとわかった。繁子の両親に会って、二人の結婚を許してもらうためにちがいない。

「子供を持つということは、苦労することでございますよ」

　佐々木の母は、実感をこめて言うと帰って行った。彼女は愚痴をこぼさず、誰をも非難しなかった。このことについて胸の中には感情があふれるばかりだろうに、ひと言もそれに触れず、たった五分足らずで帰ったのである。もしも彼女が佐々木と繁子にたいする愚痴や非難を言ったら、私の胸にある同じ気持を誘発したにちがいないが、その誘発をしなかった彼女に私は感謝した。彼女はいま、途方にくれて私を訪ねてきたが、心の苦悶がわかるのは貫禄ありげな姿が急に見すぼらしく見えたときだった。しかし、彼女はそれをひと言も言わなかった。

　彼女が私の心の中にあるものを誘発しなかったおかげで、私は捨てられたものの卑しい非難や毒舌を吐かないですんだ。まるで佐々木と繁子の理解者で、彼らのすることを優しく許してでもいるように見えたかも知れない。それとも佐々木に捨てられた女として、みじめな哀れな女に見えただろうか。

「わたしは、どうすればいいのかしら」

　私は訪ねてきた友人に、腹立たしく言った。

「どうってこともありませんよ。まず、繁ちゃんの親たちに詫びの手紙を書くべきですよ。あなたより繁ちゃんのほうが年下だから、親とすれば、あなたがついていないがら……と思うにちがいないからね」

「こんなに、さんざんな思いをさせられながら、その上、詫びるなんて……」

「だが、常識としてはそうすべきですよ。常識を忘れては駄目だ」

「それから？」

「この家を引き払うことだね。二人が帰ってきたとき顔をあわせてはまずい……お互いに会わないほうがよいですよ」

　あとでわかったことだが、繁子は広島から帰ってきて住み馴れた家に貸家札が出ているのを見て、衝撃をうけたということである。私はそれを聞いて、ざまを見ろ、とでも言いたい気がした。

「そうするよりほかなかったのよ。許してね」

　と口では繁子に、すまなそうに私は言った。

　私は家を引き払う前に、友人の忠告にしたがって繁子の親に詫びの手紙を書いたが、怨みがましい気持を隠すことが出来なかった。「こういう結果になって、申しわけなく思います」と書きながら、心の中では申しわけないなどとは露ほども思っていなかった。詫びを言わなければならぬのは先方ではないかと、私は責めているのである。佐々木も繁子も、佐々木の母も繁子の両親も、私の前に両手をついて詫びるべきだと彼らを心で責めていた。

私は家具類を忠告してくれた友人の家にあずけ、ひと先ず故郷の村に帰った。家具類といっても、ろくなものはなかったので、友人は苦笑して言った。

「景低の暮しだったね。繁ちゃんは、こんな暮しから逃げ出したんだから、お利口さんですよ」

「わたしは、そうは思わないわ。彼女は結婚したかっただけなのよ。佐々木さんとね。生活の苦労なんか平気だったけれど、自分の目の前で恋愛されると、チヤホヤされないのが口惜しくって、相手の男の人を奪ってやろうとしたんだわ」

私はカッとして意地わるく言った。

「わからないな。とにかく、女二人の生活は不自然だ。おまけに赤貧洗うが如し、とあってはね。そんな生活にキリがついたのだから、あなたにとってても目出たいことですよ」

故郷の村へ帰ると私は、古巣へもどったような気持だった。秋のなかばで、そろそろ紅葉が美しくなる季節で、山のあちこちには色づきかけた木立ちが見えていた。柿の赤い実が、晴れわたった秋空の下で風に吹かれていた。

私は桑畑の間の小径を歩いて行った。桑の枝はもう藁でたばねられて、来春まで待つすがたになっている。私は深呼吸をして、東京の埃を体内から吐き出す。しかし、その埃は肺の奥に残っているようで、いくら深呼吸してもきれいにならない感じだった。

私は東京へ帰りたくないと思った。あすこは私の生きる場所ではない。湯島天神の境内から望んだ上野の森は、この村の山の風景と似ているが、まるきり違う。あの森は人肌でぬくめられて自然の力を失っている。動物園の動物たちが飼い馴らされて、ちんまりとおとなしくなっているのと同じように、自分自身の能力を削りとられた森のすがただった。人工的とよく言うが、東京には人工的でないものはない。素朴なものは何ひとつない。

私はあらあらしいけれど正直な山の娘にもどりたいと思った。その私の考えは、佐々木と繁子にたいする反撥から湧いてきたものだった。山の娘にもどって朝早くから夕方まで土にまみれて生きて行けば、充ち足りたものになるにちがいないと思った。

桑畑の先は、二筋の小径に分れていて一つは墓地で一つは崖を降りて渓流のある川原へ出られる。私は、いっとき思案してから墓地への径を辿った。そこは小高いところにあって、父や祖父母が葬られていた。

父は東京の築地にある林病院で、腸ガンの手術をすると、そのまま一週間ほどで死んだが、私は林病院という名を聞くだけで鳥肌だってくるほどである。

「我慢づよいですね」

医者は言ったが、父は苦痛のあまり大粒の涙をこぼしながら黙っていた。

その父と母は、仲のよい夫婦だった。母のほうが気性が勝っていて、父が言い負かされることが多かったが、それでも仲がよかった。何故だろう？　私は従兄や佐々木から好かれて、すぐ横を向かれた。そこに私よりも魅力のある女がいたので、彼らは横を向いて私を捨てたのである。どうして私は父や母の場合のように、いかないのだろう。

小高いところにある墓地からは、村の家々が見えて、すぐ向うは山だった。ぐるりはすべて山にかこまれていた。

「よく、お帰りなすったなん。東京の話でも聞きたいで」

桑畑のほうから大声で、女が言った。

「そこで何をしているんかよ。まさか、わたしのあとをつけてきたわけじゃなかんべ」

私は、女を見おろしながら言った。

「ところが、つけてきたんだで」

女は四十近い年で、働き盛りだった。二年ほど前、私の生家の隣で女房に死なれて困っているところへ嫁いできたのだった。先妻の子供が二人あった。

「うちに、うまい物が出来たからさあ。ちょっくら食べてもらおうと思ってなん」

女は大声で言って、なんでもないのにすぐ笑った。黄色く色づきかけたあたりは、ひっそりとしていて、女の大声がびっくりするほど高く響いた。

晴れた空には、いわし雲がはかなく散らしたように浮んでいて、どこかで鴉が啼いていた。私は心がやわらいでくるのをおぼえて、女のいるところへ歩いて行った。

生活も心の中にも遠い距離があるのに、この女に親しみを覚えるのは何故だろう。女が笑えば私も笑いたくなるのは、不思議なことだった。私にはこの女のように親しみを感じさせるものがないのだと思った。

見ただけで、なつかしい感じのする人があるものだが、そうした魅力が私には微塵もないとハッと気づくのだった。私か恋愛にしくじるのは、そのためかも知れない。相手の男が、ふっと横を向いてしまうのは、そのためかも知れない。しかし、持って生れた魅力のなさを変えるわけにはいかない。お上手を言って機嫌とりをしたところで、魅力とはちがう。

「お前に出来ることは許すことだけだ。それは勇気のいることだが、価値がある……」

私の耳の奥で、またしてもそう風が囁いたような気がした。気がつくと、秋らしい風が吹いて草や木がざわざわと鳴っているのだった。

私は半年ばかり故郷の村に滞在して、また東京へもどった。

今度の東京の住いは、高円寺にあった。雑文書きをしている私は、編集者に頭があがらず下積みの生活で、心の中では裏通りを歩いている気持だった。おまけに、佐々木と繁子からうけた心の痛手は少しは薄らいだとはいうものの、ときどきハッとするほど胸を衝くのである。それがなんでもないとき、たとえば喫茶店でコーヒーを口に運ぶときとか、道の曲りかどにさしかかるときなどに、ハッと胸に浮んでくるのだった。そんなとき私は、ひとつのおまじないのようなことをして、心を鎮める。

「佐々木は、そのうち繁子を捨てるだろう。あの男は、一人の相手で長つづきするはずはない」

と思うことが、私のおまじないだった。

なんという悪性の私だろう。しかし、そう思わなければ、私は救われない気がするのだった。

或る日、私は新宿駅前へ出てコーヒーを飲んでいた。その店は二階屋で、下を通る人たちが眺められた。現在ほど人々が雑沓していなかったが、それでも人混みにはちがいなかった。

その人混みの中に、私は佐々木と繁子がならんで歩いている姿を見た。それは人混みの人々をひきはなして、美しいひと組だった。どっしりとして背の高い佐々木は、繁子をのぞきこむようにして何か話していた。

「豪華版だわね」

私はいっしょにコーヒーを飲んでいる男に、こう言った。

「どれどれ」

男は急に貧弱になったように私には思われた。

「あれが……たいしたことはないですよ。つまらない……」

と、男は言った。

では、私の眼のせいだろうか。そんなことはない。私の胸に、湯島の生活が浮んできた。体の中を吹きすぎるような寂しさがあった。

「素晴らしい似合いのひと組だわ」

と私は、男の言葉を押し返すように言った。

私は男が突然、つまらなくなって話にも興味がなくなったので、機嫌のわるい顔でコーヒーを飲んでいた。高円寺の一人の生活の味気なさが、胸を震わせるようだった。家の中は埃っぽく殺風景で、台所には鍋釜があるというだけの生活だった。私はその家の中を口笛を吹きながら、動きまわっていたりする。訪ねてくる人は、荒涼とした私の生活ぶりに驚いて、溜息をつくものもあった。

「よく、こんな生活ができるわねえ。わたしには、とても辛抱できないわ」

などと言うのである。

「でも、これがわたしに似合いの生活なのよ。わたしは豚と同じだわ」

と私は言った。すると、佐々木と繁子のことがちらりと胸を通りすぎた。

「ほんとよ。豚よりも劣っているかも知れないわ」

私は胸に浮んだ二人にむかって、叩きつけるように言った。

私は投げやりな生活をしていた。酒を飲んで、夜おそく帰ることもあった。

近所の奥さんでよく私と顔をあわせる人があったが、いつもツンとしているので、私は彼女に復讐心のようなものを抱くようになっていた。何故、そうなったのかわからないが、ツンとしている彼女を見るといらいらしてくるのである。

或る日、彼女の家の前の通りで彼女に会った。そのとき私は、ふっと佐々木と繁子のことを胸に浮べて、心に怨みが渦巻いていた。彼女は狭い通りを私を押しのけんばかりに、ツンとして会釈もしないで通りぬけようとするので、私はさっと立ちふさがって彼女の前を歩いた。それは当り前のことではないのか。初めから私のほうが先を歩いていたのである。

しかし、私は何か彼女に仕返しでもしたような気がして、胸がスッとした。自分の生活を豚と同じだと言っても、他人から豚のようだと言われたら怒るにちがいない。

彼女のツンとした顔には、私にたいしてそう言っているものがあった。

繁子が私を訪ねてきたのは、いつだったろう。あれは彼女たちが結婚してから、五年もたっていたろうか。

「ちっとも、お変りなくて……」

と彼女が言ったのを記憶しているから、相当に年月がたっていたのにちがいない。

私は変らないどころか、見る影もないほど変っていた。故郷の村では母が亡くなり、保護者を失った私は、ドン底の生活をしていた。人の顔さえ見れば借金を頼み、質屋通いも当り前だったが、そのうち質草になるものもなくなったので、安物の草履まで入れようとした。その草履を手にとった質屋は、これは金にならないと言って押し返したが、よく拭きとったはずの泥がボロボロと畳の上にこぼれたので、その屈辱感は身が縮むほどだった。

そんな生活の中で、心の中では「いつかは、わたしだって……」と思いつづけていたのである。しかし、いつかは暮しもよくなると思ったところで、私にとっては空想にすぎない。不器用な私は、何ひとつ、うまくいかないのだった。消えることができるものなら、この世から消えてしまいたいと思う日もあった。


「お詫びのしるしよ」

繁子は、衣類に紙幣の紙包みを添えて差し出した。

早く会いたいと思ったけれど、佐々木が地方へ転任になったので、それが出来なかった。佐々木は暴君で、いっしょに生活していると虐待されて長生きは出来そうもない。彼が留守のときが一ばん楽しいなんて、こんな夫婦ってあるものかしら……などと、繁子は話した。

「これは、いただけません。わたしが、そんなに困っていると思うの？」

私は、紙包みを押し返しながら言った。それは、のどから手が出るほどほしかったが、受け取るぐらいなら死んだがマシと私は思った。こんな屈辱をうけるなんて、私はくらくらしそうになって紙包みをさらに押し返した。

「ほんとに、ほんとに、あなたは優しいわ。あなたの優しさは、いつも身にしみるわ」

私は口ではこう言いながら、心の中では「こん畜生、こん畜生」と思っていた。

繁子は、眼に涙を浮べていた。

「じゃあ、せめて着物だけでも……」

彼女の涙は、私が紙包みを拒絶したからではなく、優しいといわれたことに自分で感動したからにちがいない。

繁子は毎年、盆暮には私のところへ訪ねてくるようになった。

十一階のその部屋は、小ぢんまりとしていて、遠くはるかに海が見えた。

「父と母は、どこから見ても似合いの夫婦だったのに、自分たちがそれに気づかなかったんですわ」

繁子の娘は、何かを思い出すように言った。

私はぼんやりと彼女を見た。佐々木でもなく繁子でもなく、二人を彷彿とさせる顔がそこにあった。

「わたしのほうが先に死ぬものとばかり思っていたのにねえ」

黒枠で飾られてある繁子の写真を見ながら、私は言った。私は悔恨で、胸苦しくなってきた。いまになって、そんな胸苦しいほどの悔恨を感じたところで、何になるだろう。

私は、あの風の囁きを聞きたいと思ったが、そんなものは聞えなかった。外には風があったのに、何も聞えなかった。もう長いこと、何年も聞かないような気がする。もしも聞えたとしたら、いま何を言うだろうかと私は思った。

矢田津世子《やだつせこ》

父

一

　居間の書棚へ置き忘れてきたといふ父の眼鏡拭きを取りに紀久子が廊下を小走り出すと電話のベルがけたたましく鳴り、受話機を手にすると麻布の姉の声で、昼前にこちらへ来るといふのであつた。お父様が今お出かけのところだから、と早々に電話を切り、眼鏡拭きを持つて玄関へ行くと沓脱ぎの上へ向うむきにステツキを突いて立つてゐた父は履物か何かのことで女中の福に小言を云うてゐたが、紀久子の来た気配に手だけをうしろへのべて、

「何をぐづぐづしとる。早くせんか」

　と呶鳴つた。

　いつものやうに自動車の来てゐる門のところまで福と二人で見送ると、扉を開けて待つてゐた運転手へ父は会釈のつもりか、ちよつと頷くやうにして乗つた。そして紀久子が、

「行つてらつしやいまし」と声をかけると、父はそれへ頷きもせずステツキの握りへ片肘をのせて心もち前屈みに向う側の窓へ顔をむけたなりで行つてしまつた。

　父の気難しいのは今はじまつたことではない。尤も、母のゐた頃は気難しいといつても口に出して女中をなど叱りつけるやうなことはなく、いつも何かの不満を眉間の縦皺へたたみこんでゐるといふ風であつた。それが、母の亡くなつたこの節では気難しい上に癇がたかぶつて来て妙にいらいらした素振りさへみえる。お父様もお年を召したせゐか気が短かくおなりなすつてねえ、などと家のものたちは蔭でひそひそ話しあふのだつたが、その

実、父のこの頃は年のせゐばかりとはいへず、他に何かわけがありさうに誰れも思つてゐる様子だつた。

父の脱ぎすてた常着を紀久子が畳んでゐるところへ内玄関に姉の声がして、やがて気さくに女中たちへ話しかけながら茶の間へ入つてきた。今日は子供を置いてきたから長居が出来ない、と前おきをして茶棚をのぞきこみ羊羹のはいつた鉢を自分で出しながら、

「飯尾さんは?」ときいた。

亡くなつた母の幼友達で家に永らくゐる老婦人のことである。

「母様のお墓詣りに朝早くから出かけなすつたの」

「さう。それあよかつたこと」

姉は何故かうすら笑ひをした。姉にとつては口数の多い飯尾さんは苦手らしかつた。飯尾さんが留守だときいて姉の様子がはずんできた。

「お父様はこの頃どんな?」

紀久子が黙つて苦が笑ひをみせると、

「ほんたうに、早く御機嫌をなほして頂きたいものねえ」

と、姉はちよつと真顔になつた。

「御機嫌がなほらないとはたのものが迷惑してよ。福なんか、この頃叱られ通しなので気にやんで夜もおちおちやすめないらしいの」

「さういへば、あの娘顔色がわるかつたわ。気が弱いから叱られると思ひつめるのね。お父様も……」

そこへ当の福がお昼のお仕度は何にいたしませう、とききにきたので姉は言葉を切つた。そして鉢の羊羹をひと切れ取つて敷居へ手をついてゐる福へ、

「おあがりな」と云つてさし出した。

福は艶のないむくんだ顔を心もちあげて、

「ありがたう存じます」と云つた。重ねた手のひらへ羊羹を受けて直ぐに俯向いてしまつたが、寝不足からきた疲れた心にこの唐突の恩恵がこたへたものか、ふいに袂を顔へおしあてて泣き出した。

「さあもういいよ。いいよ。疲れすぎたせゐなんだから少し横になつてごらんな」

姉は子供をあやすやうに福の肩を叩いた。

「失礼いたしました」と福は羊羹をのせたままの手を敷居へついてお辞儀をした。福が下がると、姉は、

「けふはちよつと相談事で来ました」

と、膝さきの茶碗を脇へおしやつて火鉢へ寄り添うた。それに促されて紀久子も膝を進めた。

「お父様のお世話をしてあげるかたをお呼びしたらと思つて。紀久ちやんは?」と、姉はちよつと窺ふやうに紀久子をみたが、その返事をあてにしてゐる風もなく直ぐに続けた。「この間も誠之助が来た時話してみたのです。それがお父様には一番お仕合せなのですからね」

姉の口調には紀久子へ相談をもちかけてゐるやうなところがありながら、一方、自分の考へをあくまでも押しつけようとかかつてゐるやうな執拗さが感じられた。気立てが優しいばかりで並の女とかはつたところのない姉に、今日は少しばかりちがつたところをみたやうな気がして紀久子ほちよつとまごついた。

「お兄さんも賛成なすつたの?」

紀久子は兄の誠之助が一途にこのことに賛成したとは思はれなかつた。だが、それを疑ふ前にこの問題にぶつかつた時の兄のこはばつた複雑な表情を思ひ描き、ふと、それと同じ表情でゐる自分に思ひあたつてお揃ひの面でもかぶつてゐるみたいな自分たちが何かしら可笑しく、頬のへんがこそばゆくなつた。

「賛成するもしないも、お父様の御機嫌をなほして頂くにはそれよりみちがないでせう」

姉は云ひきかせるやうな口振りになつた。それへ妙に反撥するやうなものが紀久子の裡に頭をもたげた。

「でも、それはお姉さんの独り決めではなくつて」

「いいえ、さうしたものよ。あなただつていまに分ります」

姉の悟り切つた強腰なもの云ひに紀久子は少時気圧された。そのまま黙りこんだ自分が少々忌々しくもあるが年齢でものを云はれては勝負にならぬ、とこつそり舌を出し、それで腹いせをした気になつた。

姉は新潟のおきえさんの話をした。おきえさんならお父様のお気にいりだし、とつい口をすべらせて少し赤くなつた。そして窓の方へ眼をやりながら続けた。お父様は気難しいからわたしたちで探さうと思つても仲々適当なひとがみあたらない。おきえさんなら家との旧い馴染みだし、お父様の気心をよく呑みこんでゐなさるしするから家のものにとつてもこれ程結構な話はないと思ふ。

――姉はこんな意味のことを静かに話した。姉の話は控へ目で、あくまでも子として年老いた父を想ふ心情から発動してゐる熱心さが感じられた。紀久子は動かされた。だが、少し経つてから、動かされたと思つたのは自分の顔だけだと気付いた。

姉の話はよく分る。父の気もちも分らぬではない。けれど、それを素直にうけいれる事が何故か自分には出来ない気がするのだ。父ははなからおきえさんを家へいれたがつてゐる。その父の意をくんだ姉が、やがて自分たちを口説き落しに来るだらう。――そんな予想が、母が亡くなつてからといふもの紀久子の裡には凝り固まつてゐた。

　想像の中の父はいつも不機嫌な煮え切らない態度でむつつりとしてゐる。

「おれはこんな気性だから、若いものたちとはどうもうまが合はないで困る」といふ。「年寄りの気心は若いものには分らんものとみえてな」ともいふ。

　父の口裏を呑みこんだ姉はおきえさんをお迎へしたら、と勧める。

「そんなことは出来んだらう」と父は不機嫌な顔を誇張して何かぐづぐづと外方をみてゐる。父の様子には全るで、

「そんなにおれのことが気になるならお前の口で話をまとめてみるがいいぢやないか。どうだ」と姉を窺つてゐるやうなところがみえる。――

　今までこの想像に慣らされ続けてきた紀久子にとつては、これはもう想像ではなくなつてゐる。姉の来訪は不機嫌な父の態度に強ひられたものだとの感じが強い。そして、姉の声をかりた父に自分が説き伏せられてゐるやうな気がして、どうにも素直には頷けなかつた。

「お父様もお年を召していらつしやるし、静かなお話相手が欲しいのね」

　姉は気を詰めて話してゐたせゐか、疲れた様子になつた。それをみてゐるとさつきの強腰なもの云ひがいよいよ作りものの感じがして、姉が少しばかり気の毒になつた。それで、

「お話相手なら飯尾さんがゐてよ。少々賑やかですけど」と笑ひかけると、

「飯尾さんぢや、お父様がお可哀さうよ」

と姉はつられて笑つた。

福が鮨の鉢をはこんで来た。

「お父様へはそのうちわたしからお話しますからね」

姉は鮨を食べ終はると時計を気にしながらかう云ひ置いて帰つて行つた。

二

　間もなく、そこの裏通りで麻布の奥様にお会ひしました、と云つて飯尾さんが戻つて来た。手にした切り花を

仏壇に供へ、その前に坐つて永いこと手を合せてから、これでお役目がすんだ、といふやうな小ざつぱりとした顔つきで火鉢のはたへ坐りこんだ。

「麻布の奥様は何か御用でお越しでしたか。お帰りが大変お早かつたこと」

飯尾さんはこんなことを云ひながら紀久子の淹れた茶をちよつとおし頂くやうにして飲んだ。またこのひとの探索癖が出たな、と紀久子は黙つてゐた。すると、飯尾さんは詰つた煙管に気をとられたやうな風つきで火箸で雁首を掃除しはじめたが、今日は都合よく花屋にいい桔梗がありましてね、お母様は桔梗がお好きでしたから早速お上げしてまゐりました、と何気なく話をそらした。

「それあ、母様およろこびでせう」

云ひながら紀久子はふと、さつきの姉の話を飯尾さんにきかせてやつてもいいやうな気になつた。母にもつ感情の近さを飯尾さんに感じたからである。いま、母の話が出たので紀久子は思ひがけずそれに気付いた。何かしら、姉からきいた話を飯尾さんに告げ口してやりたいやうな甘えかかつた気もちが心の中に動いてゐる。早く早く、とそれが急き立てる。どうせ知れる話なんだから——かう思つたので、

「さうさう飯尾さんにお話しようと思つてゐたけど」

と切り出すと、火鉢へ屈んで煙草に火をつけてゐた飯尾さんは心もち緊張した面もちで眼をそばめるやうにして紀久子を見あげた。その眼つきは母の癖であつた。どういふものか、母が亡くなつてから飯尾さんには母に似たものが出てきた。その立居、物腰ばかりではなく、以前はひつつめて後ろに小さく束ねてゐた髪もこの節では母のやうに前髪をとり髷を出してお品よく結つてゐるのだつた。それに、母の形見だといふ小粒の黒ダイヤのはまつた指輪の手をたしなみ好く膝の上に重ねて少し俯向きかげんに人の話をきいてゐる様子は母にそつくりであつた。

「飯尾さん、ばかにめかしてゐるぢやないか、親爺に気があるのとちがふか」

いつか、湯上りの飯尾さんがクリームをつけたにしては少し白すぎる顔で遅い夕飯の父へ給仕をしてゐるところをみかけた兄が、お吸物をはこんできた紀久子を裏廊下のところでつかまへて面白さうにかう笑つたことがあつた。それまでは別に気にもとめず過してきた紀久子は兄に云はれた瞬間、飯尾さんに対して無性に胸わるさを感じた。「まさか」と兄へは打消しておいたが、どうも

後味がよくない。それからは妙に飯尾さんへこだはるやうになつてしまった。そして、今も、母の癖の出た飯尾さんの眼つきをみて紀久子は厭な気がした。話すのが億劫になつてくる。それに話し出せばまたおきえさんの非難をきかされるのがおちである。母が亡くなつてからは余計に、おきえさんの話が出ると飯尾さんはむきになるのだつた。

そんな時の飯尾さんの表情はヒステリックにひきしまつてきて、妙にひつからんだ声音でくどくどときかせるところはこのひとの執念の程を思はせた。それは、亡くなつた母への義理だてから父の情人をこきおろす、といふやうな単純な心から出たものではなく、何かそこに個人的な根深いものがひそんでゐるやうに感じられた。ふと、薄化粧した飯尾さんがしなをつくつて食事の父へ給仕をしてゐる姿を頭に描いて、紀久子は自分事のやうに身内を熱くした。ただ、眼を覆ひたいうとましさだけがくる。そのくせ眼前の飯尾さんをみるとつくづくこの年寄りが、と何かしら可笑しくなつてきて、この顔がなまめいたらどんなかと、ああもかうも想像してはしらずしらずに好奇心をそそられていく。そんなことで気もちがそれて紀久子は話すのが一そう億劫になつた。そして用事を思ひたつた気忙しい様子で不意に座を立つた。

「あの、お姉さんね、この間の染物のこと飯尾さんにお頼みしてくれるやうにつて云つてらしてよ」

「あゝそのことならさつき通りでお伺ひしました」

飯尾さんは少々気ぬけのした顔になつた。煙管で頬のあたりを掻きながら茶の間を出て行く紀久子へ、

「旦那様の御旅行のお支度でしたらお手伝ひいたしませうか」と尋ねた。それで、明朝の父の新潟行きを紀久子は思ひ出したので離れへ行きかけた足をちよつと停めた。そして、

「いつもの通りですから独りで結構よ」

と廊下から声をかけて父の居間へ入り袋戸棚からスーツケースを下した。新潟にある鉄工場を見廻りに父はひと月に二三度はかうして出かけるのだつた。旅といつても仕度をする程のこともなく、汽車の中で使ふタオルにハンカチを余分に二三枚用意しておくだけでよかつた。それが母のゐた頃からの慣しであつた。

「長旅をなさるのに着換へを持つていらつしやらないと御不自由ではないかしら」

いつものやうに父の旅支度をしてゐた母へ紀久子は尋ねてみたことがあつた。

「御不自由などころか新潟のお宿ではお父様の肌着から足袋まですつかり用意が出来てゐるのですからね」

かう云つて母はスーツケースから眼をあげて何気ない風に庭をみやつたが、気のせゐか、そのそばめた眼つきには皮肉めいたものがみえた。

「まるでお家のやうね。それぢやお父様御ゆつくりなされるはずですわ」

母の言葉を素直に受けて紀久子が云ふと、それまでやはらんでゐた母の顔にキリリツと癇の走るのが分り、膝へ重ねた手が妙にそはそはしてきた。そして、何かの用事で廊下を通つて行つた福を母は高く顔をあげて呼び停めると、「その足袋のはきかたは何んです」と、こはぜが外れて踵の赤い皮膚が少しばかりのぞいてゐるのを指さして甲高く叱りつけた。

福は慌てて廊下へ膝をつき、こはぜをはめると「申訳ございません」と手をついて下つた。

いつも静かな母をみてゐるだけに紀久子はこの時の唐突な母の振舞ひには愕かされたが、少し経つと妙にものずきな心が動いてきて偸むやうに母の顔を何度も見なほした。

それからずつとのちになつて姉からおきえさんのことをきかされた時に初めてあの時の母の神経が痛く胸にこたへ、母のつらさがそのままこの身に植ゑつけられた思ひで、おきえが憎いよりはただ訳もなく迂闊なもの云ひをした自分が忌々しく肚立たしかつた。

紀久子がはじめておきえさんをみかけたのは、あれは女学校四年頃の何んでも春休みのことで、その朝新潟へ立つ父を見送つてから近所の花屋へ活け花をたのみに行つて戻つてくると門のところで紫の袱紗包みを抱へた外出着の母と行きあつた。待たせてあつた自動車《くるま》へ忙しげに片足をかけ、母はちよつと思ひなほした様子で紀久子を呼んだ。

「大事なものをお父様がお忘れになつて。紀久子の方が早いやうだからお願ひします」

母は袱紗包みを紀久子へ押しつけると、汽車は九時の急行ですから急いでたのみます、と運転手へ念を押した。

常着のままなのを気にしながらともかく自動車へ乗つてうしろの窓から振りかへると、門を入つて行く母のうしろ姿がみえた。余程慌てて帯を結んだものとみえ、小さなお太鼓が曲つてゐた。

駅へ着いてホームへ駆けつけると後尾の二等車に父の姿が直ぐにみつかり、「お父様お忘れもの」と声をかけてからはつとして思はず紀久子は息をひそめた。父の横に見慣れぬ庇髪の女のひとをみかけたからである。それがひと眼で紀久子には姉にきかされてゐたおきえさんだと分つた。

父は振りむくと、

「わざわざ持つて来んでも送つてくれてよかつた」と云つた。父の眼は紀久子の顔を見ず、どこか肩のへんを見てゐるやうであつた。汽車が動き出すのにはまだ一二分の余裕があつた。紀久子は直ぐにこの場を去つたものかどうかと思ひまどつた。一刻も早く去ることの方が父の気もちを救ふことになりはしまいか。漠然とそんな気がして足を動かしかけると、胸いつぱいに新聞をひろげて読んでゐた父が顔だけをこちらへむけて、

「帰つてもよろしい」と云つた。このひと言に思ひがけず紀久子の心が反撥した。帰つてやるものか。そして、汽車の窓へ近ぢかと立つておきえさんを眺めはじめた。おきえさんはこちらへうしろをみせてゐた。紫紺色の半襟で縁どられたぬき衣紋のなめらかな襟足がすぐ眼の前にあつた。茶縞のお召に羽織は黒の小紋錦紗に藍のぼかし糸をつかつた縫紋の背が品よくみえたが、ふと、その紋が家の麻の葉ぐるまだと気付いて紀久子はこみあげてくる屈辱感からさつと顔色を変へた。手をのばしてその紋をひつたくつてやりたい衝動を感じる。そんな激しい気もちの中で紀久子は新聞に見入つてゐる父の平静な横顔を何かふてぶてしいものに思ひ、麻の葉ぐるまのおきえと並んだ姿に妙に妬心を煽られていつた。

汽車が動き出すとおきえさんは姿勢をなほすとみせてちらりと紀久子の方をみた。眼が合ふと困つたやうにハンカチで片頬を抑へて俯向きになつたが、その仕草がどうもお辞儀をしてゐるやうに思はれたので紀久子もちよつと頭を下げた。

帰りの自動車の車で紀久子はとりとめもなくおきえさんのことを考へてゐた。麻の葉ぐるまが眼さきにちらついて困つた。ふと、あれを母がみたらどんなか、と想像してみただけで胸騒ぎがした。母でなくてよかつた、かう思つて安堵すると急に力の抜けたやうな気がしてぐつたりとなつた。

三

姉の話によるとおきえさんは生粋の新潟美人で、何んでも古街で左褄をとつてゐた頃父に落籍《ひか》されたとのことであつた。海岸に近い静かな二葉町に家を構へてからは

遊んでゐても何んだからと娘《こども》たちへ長唄を教へてゐたが、どうせ退屈しのぎの仕事だつたから本気で弟子をとるといふことをせず、父のゐる間は気儘に稽古を休むといふ風らしかつた。

父が胃潰瘍で新潟の妾宅に永らく臥つてゐた頃、表むきはリウマチで動けないといふ母の代りに姉が出向いて十日余りも滞在したことがあつた。姉とおきえさんの仲がほぐれていつたのはそれかららしい。おきえさんは父について上京すれば何かと手土産を持つて姉の家を訪ねるのが慣しになり、姉の方でも母に隠しておきえさんへはあれこれと心づかひをしてゐる模様だつた。もつとも姉の心づかひにはおきえさんへといふよりは父への義理立てに迫られたものがあつた。母との間が疎かつた父にしてみれば「お父様つ子」として育つた気立の優しい姉が誰れよりも心頼みだつたし、それを姉はよく知つてゐた。そして、父の信頼を地におとすまい、とする心が働いておきえさんへの「おつとめ」になつてゐるらしかつた。

いつぞや、紀久子が学校の帰り姉の家へ寄ると、外出の支度をしてゐた姉は何やら工合の悪さうな様子をして、これから歌舞伎へ行くのだが、席はどうにか都合つけるから紀久子にも行かないか、と誘ひかけたが、そのはずまないものいひがへんに紀久子を拒んでゐるやうに思はれたので着換へに帰るのが面倒だからと断ると、

「ぢや、またこんどのことにしませうね。それにけふはおきえさんのお供なんですからね」と姉は云ひ訳をするやうに気がねらしく云つた。そして紀久子が帰りかけると「母様へはこのこと内緒ね」と追ひすがるやうにして念をおした。姉はおきえさんのことについてはこだはりなく何んでも紀久子へ話してきかせるのだつたが、そのあとでおきまりのやうに「母様へは内緒ね」と念をおすのだつた。それは姉の単純な優しい心ばえから出た母への劬りともとれ、また父に対する例の節操から話が母へ洩れるのを警戒しての言葉ともとれた。紀久子はそれを云はれる度に曖昧な姉の心もちを疑つてきた。そしていつの間にか自分も曖昧などつちつかずの心で絶えず父と母を窺ふやうなことをしてゐるのに気付いた。ふと、それが物心のついた頃からの永い間の慣しではなかつたかしら、と思ひめぐらしてみる。父と母の不和を湛へた暗く冷い空気の中で育てられた自分ら兄妹には共通したこの両親への窺ひがあつて、それがもはや気質にまでなつてゐるのではないか。かう考へてくると、自分ら親子のつなかりがどうにものつぴきのならぬ宿命的なものに思

はれてきて、暗澹とした気もちに襲はれるのだつた。

父と母の不和は従兄妹どうしだといふ血の近さからくるものが主であるらしかつた。その不和が「家のために」といふひとつの旧い習慣の下でぷすぷすと燻りつづけてきた。母のゐるところでは父は黙りこんでゐる。父の前で母は多くを語らない。父の身のまはりのことは紀久子がその代りをつとめるのが仕来りになつてゐる。

父が家にゐる間は母はリウマチを口実にして早くからやすむのがいつもの事であつたが、母がやすんでしまふと茶の間には妙にくつろいだ気分が流れてひとしきり話がはずむのだつた。居間で書きものをしてゐた父が時たま茶の欲しさうな顔をして、

「ばかに賑やかだね」と入つて来ることがあつた。珍らしく落雁をつまんだりしながら兄の馬鹿つ話につい笑ひを洩すこともあつたが、そんな時の屈託のなげな父の様子をみてゐるとふだんの気難しい孤独な父の姿が哀しく迫つてきて、そのかげにちらつく眼をそばめた母の顔が意地の悪い冷いものに思はれるのだつた。

かうして茶の間の話がはずんでゐたいつかの夜、果物か何かを取りに厨へ行きかかつた紀久子は離れの廊下のところに立つてゐる母に気付いて声をかけようとすると、うろたへて手でおし止めるやうな恰好をして母は厠へ入つていつた。母の立ち姿はうす暗い廊下の明りではつきりとはみえなかつたが、前屈みになつてこちらを窺つてゐるやうな気振りが感じられた。

その夜、遅くなつて紀久子は離れの寝間へ入つていつた。めつきり弱くなつた母の軀が気になつて紀久子はずつと母の横にやすみ、夜中に何度か眼をさましては母の様子をみるやうにしてゐた。

寝倦きたらしい母は蒲団の上へ坐つて足をさすつてゐた。

「かう寒むくてはお小用が近くなつてね」

母は独り言のやうに云つた。

蒲団の裾へまはつて湯たんぽの加減をみてゐた紀久子は「え?」と聞きかへした。

「いいえね、母様もこの分だと永いことはあるまいよ」

母は気力のない声でかう云ふと大儀さうに紀久子の手をかりて横になつた。

よく母は何かでひがんだやうな時にこんなに云ふのだつた。それがいかにも母そのものをおしつけられてゐるやうに聞えて、紀久子は妙に意地の悪い心もちになつて聞き流しにするのが癖になつてゐた。今も紀久子が黙つ

てゐると母はどういふつもりか皺めた顔を何度も手で撫でおろすやうなことをしながら、

「母様がゐなくなつたら家の人たちは大つぴらに騒げますからね。ほんたうに、永い間気づまりな思ひをさせてすまなかつたこと」

と誰れにともなく云つた。声がへんに潤んできたやうなのでそつと顔をみやると筋ばつた手が眼のあたりを覆うてゐる。何んと云うたものか、と紀久子はちよつと惑つた。そして「それは母様の思ひすごしよ」と、つい慰めるやうに云つてから、これではいけない、と気付いた。母が待つてゐるのは別の返事である。それが分ると口をきくのが億劫になつてきた。いつものやうに母の枕元に坐り徐かに髪を梳いてやると、やがて顔から手を落して静かな寝息をたてはじめた。眼頭の窪みに溜つた白く光る涙の玉をみてゐると何んとも云へない程哀しくなつてくる。泣きたいやうである。けれど、その感動には何やら乾いたかさかさしたものが交つてゐて、それが紀久子の泣きたい心を阻止してゐる。そして、白く光る母の涙をぢつと視詰めながら、その涙を羨やましい、と思つた。

父と姉の結びつきを知つてゐる母が、姉とおきえさんの交渉に感付かないはずはなかつた。姉が隠しごとをしてゐる。その不満がしぜん飯尾さんへ洩らされる。姉が帰つたあとなど、母と飯尾さんは火鉢ごしに額をつきあはせるやうにしてひそひそ話しあつてゐることが度々であつた。常は無口な母もおきえさんのこととなると余程癇にさはるとみえて、その声音が気色ばんでくるのが分る。聞き手になつてゐる飯尾さんの尤もらしい表情には母を憫れむやうな恩恵を施すやうな微笑が優しく動いてゐる。

「たかがそれ者上りの女ではありませんか。相手になさるな」と片手を振つて母の話を払ひのけるやうな恰好をする。母の興奮が少しづつ静まつていく。いはば、母と飯尾さんは一種の奇妙な夫婦のやうなものであつて、悲歎の多い母を飯尾さんが優しく介添ひしてゐるといふ風であつた。かうした二人の関係が二十年近くもつづけられてゐる。飯尾さんは母と同郷の福島のひとで良人に死別してからはずつと独りを守つてゐたが両親に亡くなられると身寄りのないのを不憫に思うて父が進んでひき取つたとのことであつた。今では蔵の中のことも厨のことも一切飯尾さんまかせで、留守にされた時などもの探しをするのにちよつと困ることがある。

父が新潟へ行つてゐる夜には母はいつものやすむ時刻

になつても忘れたやうな顔で茶の間に坐りこんでゐた。その傍では飯尾さんが母の幼い頃の思ひ出話をはじめ、あの頃はおのぶさんも前髪を垂してこんな輪つこに結うてゐた、と両の親指と人差指でこさへた眼鏡のやうなのを頭の上へのせてみせると、

「まあ飯尾さんは」と母は面映い仕草で飯尾さんを小突くやうにした。それからひとしきり飯尾さんの手振り身振りで幼友達の噂話などが出ると母はその頃へ還つたやうに浮き浮きとしてくるのだつた。そんな二人の様子をみてゐると、いかにも母の寂寥を慰めてやるために父が飯尾さんをあてがつたやうに思はれてきて、それが母に対する父らしい劬りかもしれない、といふ気もちさへ起つてきた。そして、母が亡くなつてからは何かしら手持ち無沙汰げに火鉢のところに坐つてゐる飯尾さんをみかけたりすると、一そうそんな気がしてくるのである。

四

母の一周忌がすんで少し経つと姉がおきえさんを迎ひに新潟へ旅立つた。前まへから姉は内祝については何度も紀久子と打ち合せをしておいたのに立つ前日にはまた電話口へ呼び出して、表向きはどこまでもお父様のお世話をする人としてお迎へするのだから、そのつもりでほんの内輪の支度にしておくやうに、と念をおすのだつた。正式に籍をいれるといふのではなく、おきえさんはやはり今まで通りの父の妾としての資格で家へ迎へられるらしかつた。それが何か淫らがましい雰囲気をはこんでくるやうで厭だつたので、いつそ母としてお迎へしたら、と姉に相談をもちかけると、

「そんなこと可笑しいわ。おきえさんはお妾が似合ひなのだから、あれでいいのよ」

と笑つて、相手にしようともしない。母としてお迎へするなら他に立派な人がゐる、と姉の笑ひは暗にかう含んでゐるやうであつた。世間体があるとはいへ、父が籍をいれてやらない心もちもうすら分つた気がして紀久子はおきえさんの立場が憫れなものに思はれてきたが、ふとこの心を眺めおろしてゐるとりすました自分に気が付いてちよつと厭な気分になつた。

おきえさんの着いた夜は出入りの仕出し屋から料理をとり寄せて内輪な会食ですませた。披露をかねる意味あひからその席へごく近い親戚の人たちをも呼んだら、との話も出たけれど大げさなことは真つ平だ、と父はいつになく声を荒らげるのだつた。そのあとで何やら工合わ

るさうにして座を立つのだが、やがて、陽当りのいい居間の縁ばなにしやがんで籠のカナリヤを人差指で嚇かすやうなことをしてゐる父の屈託のない姿がみうけられたりすると、茶の間の姉と紀久子はつい頬笑みかはすのだつた。

おきえさんを迎へてからの父の気難しさはその性質を変へたやうにみえる。癇がたかぶつていらいらしてゐたのがどこかへ吸ひこまれたやうに消え去つて、ただ仕くせになつてゐる眉間の縦皺がのこつてゐるだけである。時に、この縦皺もひとりでにひらいて、めつきり光沢をました頬のあたりに明るい微笑のゆれてゐることがある。かうした父をみかけた時に、紀久子の裡にいつも浮んでくるひとつの想ひがある。――この仕合せさうな父をずつとみてゐるとそこから亡くなつた母の寂しさうな姿が迫つてきて父への憎悪が今この胸へこみあげてくるにちがひないと思ふ。今々と待つてゐてもやつと思ひ浮んだ母の姿には悲痛の感動がともなはず、一向父への憎しみが湧いてこないばかりか却つてそのやはらんだ明るい父の顔から不思議にほつとした長閑な気分になるのだつた。気が付いてみると母が亡くなつてからずつと、このほつとした気分がつづいてゐる。何か神経のゆるんだやうな感じであつた。

母がこれまで使つてゐた離れの二間がおきえさんの居間にあてられた。

「須藤はこれまで芸一方でやつてきたのだから家庭のことは不得手だらう」

朝風呂をすませて縁へ出てきた父が、離れの手すりにもたれて池の鯉へ麩を投げてゐるおきえさんをみやりながらからかう独り言のやうに云うてゐるのを傍で紀久子は聞いてゐたことがあつた。父はおきえさんをいつも須藤と呼んでゐた。その、紀久子へきかせるための独り言は何か非家庭的なおきえさんを弁護してゐるとも思はれるし、また、さうしたおきえさんの立場を当然認めてやつてゐる、いや、お前たちも認めてやりなさい、と暗におしつけようとかかつてゐるところがくみとられた。

おきえさんは朝父を送り出してしまふと永いことかかつて身だしなみをして、それから、父が夕刻戻つてくるまでの暇な時間を離れの長火鉢のところに坐つて呆んやりと庭を眺めてゐることが多かつた。時折り、姉がおきえさんを買物に誘ひ出すことがある。そんな時はきまつて渋ごのみの縞ものに縫紋のある黒の羽織を重ねてゐる。衣紋も深くは落さず、前にみた時よりは庇髪をぐつとひつつめたやうに結うてゐるので三十八の年よりはずつと老けてみえる。

「どこからみてもあれでは良家の奥様ですからね」

門を出て行くおきえさんのうしろ姿をみ送りながら飯尾さんはこんな厭味を云ふのだつた。そして紀久子が相手にしないでゐると、

「いくら奥様らしくみせようとしたつて、もとがもとですからねえ」

と、ひそみ声になつてしつつこく紀久子へ話しかけてきた。まるで、心の中に巣食つた何ものかに始終ぢくぐちくと責め立てられてゐるのだが手足がこれにともなはない、とでもいふやうないら立たしさがその様子に感じられる。みかねて紀久子が、

「そんなことお父様にきこえたら大変よ」

と窘めると、すぐに僻んだやうに黙りこくつて、しばらくしてから、

「お母様さへいらつしやれば……」

などと涙声になるのだつた。それをみるのが厭だつたので、紀久子は飯尾さんがおきえさんの蔭口を云ひ出すと、いつも聞いてゐて聞かない風を装ふことに決めてゐた。


外へ出さへすれば、おきえさんは紀久子へ手土産を持つて帰るのが慣しになつた。リボンで飾りをつけた奇麗な箱入りのチヨコレートだの、朱塗りの手鏡だの、蒔絵の小さな指輪入れなどであつた。

「こんな子供だましのやうなものを下さるなんて」

と蔭で紀久子はよく小馬鹿にしたそしり笑ひをしてみせるのだつたが、それももの欲しさうにしてゐる飯尾さんの手前があるからで、その実は、おきえさんの心づかひが何かしらいぢらしいものに思はれてきて、ふと鏡台の前の手鏡をとりあげてみてはしらずしらずに頰笑みのわいてゐる自分の顔を写してみたりした。

或日いつものやうに買物から戻つてきたおきえさんが気がねらしく紀久子の部屋をのぞきこんで、

「あの、おひまでせうか」と声をかけた。「の」の字をゆつくりと引つ張るそのものいひがちよつと甘えかかつてゐるやうにきこえる。

窓ぎはで編物をしてゐた紀久子は「さあどうぞ」と立ちかけて急いできまりのふた目を編んでゐる。斜めになつた膝から転げた白い毛糸の玉が、入つてきたおきえさんの素足を停めた。足化粧をしてゐるかと思はれる艶々とした肌に親指の薄手なそりが何んともいへず美くしい。

家の内では冬でも足袋をはかないでゐるところをみると、おきえさんはこの足の美くしさを充分に知つてゐて、これが人眼にふれるのを誇りにしてゐるともみえる。紀久子はおきえさんの素足へちらと眼をやつて、そんなことを考へてゐた。

おきえさんは膝をついて毛糸の玉を拾ひあげると「御精が出ますことね」と頰笑みかけながら下座になつてゐる縁のはたへ坐つた。姉や兄の前でもおきえさんはいつも下座を選ぶのである。

「ちよつと、御覧になつて頂きたいものがありまして」かう云つて下へ置いた包みをほどきにかかつた。行きつけの百貨店から届けさせた反物らしい。

「あの、こんな柄お気に召しませんでせうか」

濃い紫の地に紅葉をちらした錦紗をするするとほどいて自分の膝へかけた。

「前から心がけてゐたのですけれど、なかなかよい柄がなくて。あの、いつも御親切にして頂いてゐるほんのお礼心なのですから、どうぞ」

それだけを云ふのにもぽつと頰を染めて、気おくれからか、張りのあるふたかは眼を何やら瞬くやうにして紀久子をみあげてゐたが、「それから……」と云ひ淀んで包みの中から反物を二反とり出した。

「これはわたしの普段着にしたいのですけれど、どちらがよろしいかお決め頂かうと思ひまして」

柿渋色の地に小さな絣のあるのと、もうひとつは黒とねずみの細かい横縞であつた。どちらも見栄えのしない地味すぎる柄あひなので、もつと派手むきのを選んだら、と勧めると、

「あの、これでも派手なぐらゐに思つてゐますの、これからは出来るだけ地味なな〻りをいたしませんと」

おきえさんは俯向いて、すんなりとした手で徐かに膝を撫でてゐる。いかにも今の言葉を自分へ云ひきかせてゐる様である。たどたどしいながら何かしら自分たちへ追ひすがらうとするその一生懸命さが不憫になつてきた。このひとにしては精いつぱいの事をやつてゐる。それをどうして自分は素直に受けられぬのだらう。おきえさんは俯いてまだ膝を撫でてゐる。それを眺めてゐると思ひもかけず興奮が胸へ湧き上つてきた。これはおきえさんへの愛情だらうか。愛情を堰止める何かだらうか。しきりと母の顔が脳裡にちらつくのはどうしたものだらうか。

——紀久子の思ひはこんな風にとつおいつしてゐた。

五

以前には億劫がつて夜分はめつたに外へ出たことのない父が、この頃はおきえさんをつれてよく寄席へ出かけるやうになつた。時たま、飯尾さんも誘はれる。そんな時はうれしさで日頃の節度をなくした飯尾さんが妙に浮き浮きした調子で紀久子や女中たちへ冗談を云ひかけた。そして父のあとからおきえさんと並んで歩きながらも着物の柄あひが地味すぎるからもつと派手好みにした方がいい、とか、色がお白いから半襟は紫系統がお似合ひだ、とか独りで喋り立てては独りで感心したりした。それが付きまとはれるやうなうるささではあつたが、おきえさんは寄席といへばへんに飯尾さんへこだはるやうになつて「お誘ひしてもよろしいでせう」と眼顔で父に頼みこむのだつた。そんなことがきつかけでほぐれていつて、買物だというてはおきえさんと飯尾さんは揃つて出かけることが多くなつた。

「おきえさんもやはり苦労をなすつたかただけあつてよく細かいところへお気がつきなさいますねえ。お小遣ひに不自由してゐるだらうつて、こんなに下さいました」

月末に近い或夜、父から家計をまかされてゐる紀久子が出納簿を調べてゐるところへ飯尾さんがそはそはして入つてきた。そして帯の間へ挟んであつた紙幣《さつ》を出してみせて、ちよつと拝むやうな手つきをしてから大切さうに四つに折りたたんで蟇口へ納ひこんだ。

母がゐた頃は母がその小遣ひの中からいくらかを月々飯尾さんに与へてゐた風だつたが、もともと飯尾さんが家をたたんだ時にはかなりの纏つた金を持つてゐたといふ事だつたし、不自由なく食べさせておくだけで沢山だからと母は云ふのだつた。それで、紀久子が家のことをするやうになつてからは小遣ひらしいものを飯尾さんへやつたことがない。それには、ただ母の言葉を守つてゐるといふだけではなく、買物を頼めばその中から小銭をかすめ取る癖のある飯尾さんを紀久子は知つてゐるので普段の小遣ひに事欠く程のこともなからう、と意地悪く見過しにしてゐる気もちがある上に、貯金へは手を触れずに、いつも物欲しさうに人の財布をのぞきこんでゐるやうな飯尾さんの卑しさが嫌ひだつたからである。

紀久子の家ではこの五六年来、正月元旦には姉夫婦に兄、紀久子が父の居間へ呼ばれて財産分配の遺言めいたことを父からきかされるのがきまりになつてゐた。これは、父が自分の老齢を気付かつての万一の時の用意と思はれる。ここ一、二年は戦時景気で父の鉄工所は好調を示してゐるので子供たちへの分配高もだんだんにのぼつてきてゐる。父はずつと前から自分の世話をしてくれるものに三万円を残してやりたいと姉には洩してゐた風であつたが、今年は子供たちと一緒におきえさんも呼ばれて更めて父からこの話をきかされた。それがどこから飯尾さんの耳へはいつたのか、「おきえさんは果報なかたですねえ」と探るやうに姉や紀久子へ話しかけてくるのだつた。それでなくともこの元旦のひと時は飯尾さんにとつては一年中での緊張の極点であつたらしい。何かしら落付きがなくなり、用ありげに茶の間と厨の間を往き来しながら居間の気配に聞き耳を立ててゐる様子であつた。そして、父の居間から出てきた姉や紀久子をもの問ひたげな眼つきでちらちらとみやるのだつた。飯尾さんにしてみれば、もうこの家の人も同然な自分にも何分の御沙汰があつてしかるべきものを、と心待ちにしてゐるのも無理からぬことであらう。年取るにつれて身寄りのない孤独感が迫れば迫る程金に執着していく飯尾さんの気もちが紀久子には分らぬではなかつたが、それへ同情する心の動いてこないのをどうしやうもなく思ふのである。それで、今もおきえさんから小遣ひを貰つたといつて自分へみせにきた飯尾さんを前にしても、紀久子は単純な心でそれを悦んではやれず、そのみせびらかすやうな素振りさへ一種の自分への示威のやうに思はれてくるのである。

「紀久ちやんにはおきえさんの気心が分らないはずがないのに、あんまり劬りがなさすぎますよ」

いつぞや、姉はかう窘めるやうに紀久子へ云つたことがあつた。何んでも、おきえさんが紀久子へ手土産にした品を、「子供だましだ」とか、「田舎くさい柄あひだ」とか云つて事々に紀久子がけなしてゐたといふのをおきえさんが耳にして、そんなにお気を悪くしてゐらしたとも知らず、ただ紀久子さんに悦んで頂きたい一心で自分はそれをしてゐた、と涙ぐんで姉に話したといふのであつた。それが飯尾さんから洩れていつたものだとは分つてゐたが、姉へわざわざ自分の気もちを説明する程のこともあるまい、と紀久子は黙つてゐた。そして、この頃、外へ出ても前のやうに手土産を持ち帰らなくなつたおきえさんの心もちを寂しく思ひやつた。

かうして、飯尾さんがおきえさんに接近していくにつれておきえさんは紀久子からだんだん遠のいていくやうに思はれる。この感じから、自分の眼のとどかないところでひそひそ話をしてゐる二人を想像しては妙に神経をいら立たせて監視するやうな眼つきで二人をみてゐる自分に気付くことがあつた。

いつか、紀久子が外から戻ると、いつも茶の間に坐りこんでゐる飯尾さんの姿はなく、福にきくと蔵の中だといふので行つてみると、おきえさんと二人で長持ちの中の片付けものをしてゐるのだつた。わざわざ自分の留守を狙つてそんなことをしなくとも、と思つたので少々苦い顔をしてみせると、おきえさんは申訳なさそうに、

「わたしの荷物を少し入れさせて頂かうと思ひまして」

と頼むやうにちよつと会釈した。蔵の鍵は飯尾さんにまかせてあるとはいへ、何かの用で蔵へ入る時はいつも家のものが一緒であつた。それが母のゐた頃からの慣しだつたのである。それを飯尾さんが勝手に鍵を使つてゐる。いい気になつて増長してゐるやうで、かなはない気がする。飯尾さんとすれば、おきえさんは家の人なのだからその人のお供で蔵へ入るのは何んとも思つてはゐないのだらう、いつもの顔で甲斐がひしく荷物の世話をやいてゐる。

その夜、紀久子は父の居間へ呼ばれた。

「紀久子も嫁入り前だし、これからはいろいろ支度の方のこともあつて忙しくなるだらうから、家の事は須藤にまかせてみたらどうかね。いや、須藤もいつまであゝぢや困るし家庭のことを追々と覚えてもらはんといかんからな」

予期しない言葉であつた。紀久子がまごついて返事をせずにゐると、「この間から思ひついてゐたんだが……」と、父は思ひ出したやうにつけ足した。それが何か今の言葉を弁解してゐるやうにきこえる。

「お父様の仰言る通りでよろしいですわ」

しばらくして紀久子は云つたが、眼の前の父の姿がよそよそしい遠いものに感じられるのはどういふ訳かしら、と呆んやり考へてゐた。

父やおきえさんや飯尾さんの姿がひとかたまりになつてずつと離れたところに感じられるやうになると、紀久子の心はしきりに兄を求めていつた。兄だけがこの世で身近い唯一人だと思ふ。さう思ひこまうと努め、兄へ追ひすがらうとしてゐる自分の姿に気付いた時は哀しい。もしかしたら父よりももつともつと自分には遠い兄であるかもしれぬのだ。時として、この哀しみが胸を痛めつけてくる。

或る陽暮れ時、紀久子が二階の部屋へ行くと、兄は電

灯のついてゐない薄暗い窓べりの籐椅子にのけぞつてゐた。「兄さん！」と声をかけると、「うん」と懶げに返事をしたなり振りむきもしない。窓に近づいて顔をのぞきこむとその眼がぢつと遠くの何かを視詰めてゐるやうである。視線を辿つていくと、庭を越えた向うの離れの窓へ落ちていく。その窓からは湯上りらしいおきえさんが肌をぬいで鏡台に向つてゐる様がのぞかれる。兄の眼はどうやらそれへ執着してゐるらしい。明るい電灯の下におきえさんの豊かな白い肌が冴えざえと浮き立つてみえる。化粧がすんだのか、高く手をあげて髪へ櫛をいれてゐる。手が動くにつれて盛りあがつた乳房が生まなまとした感覚をそそりたてるやうである。

「須藤さん奇麗だなあ」

兄が呟くやうに云つた。思はずも言葉が口を洩れたといふ風である。

「まあ、兄さんは、いつもこゝからみとれてゐたの」とつい厭味をきかせて云ふと、

「ばかな奴だなあ」

と兄はひよいと軀を起して電灯をつけた。てれてか眉間へ気難しげに縦皺をきざんだ兄の顔はふと紀久子にいつかの父を思ひ出させた。

夜分厠へ起きた紀久子が用を足して部屋へ戻りかけると、これも厠へ起きてきたおきえさんと離れの廊下のところで出あつた。緋鹿の子の地に大きく牡丹を染め出した友禅の長襦袢に伊達巻き一本のおきえさんの姿は阿娜めいて昼間のおきえさんとは別人の観があつた。寝乱れてほつれた髪が白い頸すぢへまつはり、どうしたのか顔は少しはれぼつたくみえた。裾を慌ててかき合せるやうにして紀久子へちよつとお辞儀をするやうな恰好で厠へ入つていつた。不思議に眼だけが吸はれるやうにおきえさんの色彩についていつて厠の戸口で止まると、そこから離れの部屋を窺ふやうに、いつ時息をひそめた。微かに父の寝息が洩れてくるやうに思はれた。だが、もしかしたらそれは自分の呼吸の激しさかもしれない。冷めたくなつた足裏に促されて紀久子は自分の部屋へ入つた。ふと自分がこの間まで寝間にしてゐたその部屋に父とおきえがやすんでゐる。——妙にそれへこだはつて、どうしてもねむれない。想像が、鉛のやうに鈍つた頭の底からつぎつぎと現はれてくる。そして、この想像の跳梁に身をまかせてゐる自分を忌々しいと思ひながらも、どうしやうもなくそこから抜け出せないのだつた。

その翌朝はへんに父を避けたい気がした。それでゐて、

まともからづけづけと眺めてやりたい気もした。いつものやうに父の外出の支度をしてゐるところへ朝風呂をすませた父がきて、「新聞は?」ときいた。舌がこはばつて咄嗟には口がきけず、黙つて父をみたままでゐると、「何んだ?」と父は眉間の縦皺を深めたいつもの気難しい顔になつた。けふはその縦皺にいつもの父の厳しさは感じられず、好色めいたものの動きをみたやうに思つた。不興げに父はそこを立去つたが、紀久子はふと父を眺めてゐる自分のそばめた眼つきに気が付いて厭な気分になつた。自分の中に母をみたと思つたからである。そして、この母は疾うの昔から自分の中に生きてゐたやうに考へられてくる。すると、自分の中の母に気付いたのは自分よりも父の方が早かつたのではあるまいか、といふ気がしてきた。

父の誕生日とおきえさんの披露をかねた小宴があるといふので姉はまた忙しく家へ出入りするやうになつた。こんどは余り粗末なことも出来まい、と気づかふのである。仕出し屋をよんでは料理の相談をする。買物をまかされて飯尾さんは出かけて行く。おきえさんが家のことをするやうになつてからは飯尾さんは何かにつけてその相談役といふ資格である。張り切つた何か愉しさうなものが終始飯尾さんの顔には漲つてゐる。

座敷の方の片づけかたを頼まれた紀久子が金屛風を取り出しに福をつれて蔵へ入つて行くと、薄暗い光線なので足元が解らなかつたのか福が火鉢につまづいて転んだ。狭い階段を中途まで登つてゐた紀久子が「大丈夫かい」といつて駆け降りると、膝をすりむいたらしい福は向うむきになつて唾をつけてゐたが、紀久子の声に急に顔へ袂をあてて泣きはじめた。

「まあ、福は泣いたりして」と紀久子もしやがんで起しにかかると、

「何んですか、亡くなつた奥様のことが思ひ出されまして……」と福は肩をすぼめて一そう激しく泣いた。その潤んだ声がふいに胸にこたへた。母の落ち窪んだ眼頭に溜つた涙の玉が初めて哀しく思ひ出されてきた。どうして、今まで自分は泣けなかつたらう。それを不思議に思ひながら、今は理窟なしに、ただ母を思うて泣けるのだつた。

父の誕生日の当日になつた。十数人の親戚の人たちが招ばれた。紋付の羽織袴の父と、これも裾模様をあでやかに着飾つたおきえさんが正座に並んで坐つた。兄が新らしい母として簡単におきえさんを紹介した。紀久子は、

これはへんだ、と思つた。隣りに坐つてゐる姉を突ついてそつと訊くと、

「どうもねえ、お父様はおきえさんの籍をいれたいらしいのよ」

と、姉も浮かない顔である。

酒がまはつてだんだん座が乱れてきた。銚子を持つたおきえさんが慣れた手つきでひとりひとりを注いでまはつた。酔ひがまはつたのか耳根をぽつと染めてゐるおきえさんは初ひうひしくみえた。紀久子の前へきた時、

「さあ、おひとつ」とおきえさんは杯を取りあげて勧めたが、ちよつとためらつて銚子を下へ置くと膳越しに上半身を紀久子の方へかたむけて、

「あの、わたし悪いところはどんどん仰言つて頂きたいのですけど。わたし、紀久子さんの仰言ることでしたらどんなことでもききますわ」

と伏眼になつて云つた。声が少し慄へてゐた。やがて徐かに眼をあげて紀久子をみたが、その眼の中に涙をみたやうな気がして、紀久子は意外な感じに打たれた。

「奥さん、お酌だお酌だ」

向うの席から親戚の老人が大声で呼んだので、おきえさんは紀久子へ会釈をして立つて行つた。その会釈には憫れみを乞ふやうな、愛情を求めるやうなものがあつた。

「余興は出ないのかね」

ざわめきの向うで酔つた誰れかが叫んだ。

「どうです、お父さん、ひとつ須藤さんの喉を聞かうぢやありませんか」

兄が隣りの父へもたれかかるやうにして話しかけていつた。父は兄を肘で押し返して、

「ばかな！」と低く叱りつけた。

神楽坂

一

夕飯《はん》をすませておいて、馬淵の爺さんは家を出た。いつもの用ありげなせか〳〵した足どりが通寺町の露路をぬけ出て神楽坂通りへかゝる頃には大部のろくなつてゐる。どうやらここいらへんまでくれば寛いだ気分が出てきて、これが家を出る時からの妙に気づまりな思ひを少しづつ払ひのけてくれる。爺さんは帯にさしこんであつた扇子をとつて片手で単衣の衿をちよいとつまむで歩きながら懐へ大きく風をいれてゐる。かうすると衿元のゆるみで猫背のつん出た頸のあたりが全で抜きゑもんでもしてゐるやうにみえる。肴町の電車通りを突つきつて真つすぐに歩いて行く。爺さんの頭からはもう、こだはりが影をひそめてゐる。何かしらゆつたりとした余裕のある心もちである。灯がはいつたばかりの明るい店並へ眼をやつたり、顔馴染の尾沢の番頭へ会釈をくれたりする。それから行きあふ人の顔を眺めて何んの気もなしにそのうしろ姿を振りかへつてみたりする。毘沙門の前を通る時、爺さんは扇子の手を停めてちよつと頭をこゞめた。そして袂へいれた手で懐中をさぐつて財布をたしかめながら若宮町の横丁へと折れて行く。軒を並べた待合の中には今時小女が門口へ持ち出した火鉢の灰を篩うてゐるのがある。喫ひ残しの莨が灰の固りといつしよに惜気もなく打遣られるのをみて爺さんは心底から勿体ないなあ、といふ顔をしてゐる。そんなことに気をとられてゐると、すれちがひになつた雛妓に危くぶつかりさうになつた。笑ひながら木履の鈴を鳴らして小走り出して行くうしろ姿を振りかへつてみてゐた爺さんは思ひ出したやうに扇子を動かして、何んとなくいい気分で煙草屋の角から袋町の方へのぼつて行く。閑かな家並に挟まれた坂をのぼりつめて袋町の通りへ出たところに最近改築になつた鶴の湯といふのがある。その向う隣りの「美登利屋」と小さな看板の出た小間物屋へ爺さんは、

「ごめんよ」と声をかけて入つて行つた。

店で女客相手の立ち話をしてゐた五十恰好の小肥りのお上さんが元結を持つたなりで飛んで出て、

「おや、まあ、旦那、お久しうございます」

と鼠鹿の子の手柄をかけた髷の頭を下げた。「お初はちよいとお湯《ぶ》へ行つてますんで、直きに戻りますから」

お上さんは爺さんがずつと面倒をみてゐるお初のおつ母さんである。梯子段のところまで爺さんを送つておいて店へひきかへした。

六畳ふた間のつゞきになつてゐる二階のしきりには簾屛風が立てゝある。それへ撫子模様の唐縮緬の蹴出しがかけてあつた。爺さんは脱いだ絽羽織を袖だゝみにしてこの蹴出しの上へかけてから窓枠へ腰を下してゆつくりと白足袋をぬぎにかゝつた。そこへおつ母さんがお絞りを持つて上つてきた。

「さつきもね、お初と話してゐましたよ。今日でまる六日もおいでがないのだから、これあ、何か変つたことでもあるのかしら、あしたにでも魚辰さんへ頼んで様子をきいて貰ひませう、なんてね、お案じ申してゐたところでしたよ」

魚辰といふのは馬淵の家へも時たま御用をきゝにいく北町の肴屋である。

「なにね、この二、三日ちよいと忙しかつたもんで、それに、家の内儀さんがね、どうも思はしくないのでねえ」

爺さんはお絞りをひろげて気のすむまで顔から頸のあたりを撫でまはすとそれを手綱にしぼつて一本にひきのばしたのをはすかひに背中へ渡して銭湯の流し場にでもゐる時のやうに歯の間からしい〳〵と云ひながら擦つてゐる。

「お内儀さんがねえ、まあ、そんなにお悪いんですか」

隣りの箪笥から糊のついた湯帷子を出してきたおつ母さんはいつまでも裸でゐる爺さんの背中へそれを着せかけた。

「何んしろ永いからなあ。随分弱つてゐるのさ。倉地さんの診察《みたて》ぢやあこの冬までは保つまい、つて話だ」

「それあ、旦那も御心配なこつてすねえ」

おつ母さんは爺さんの脱ぎすてた結城の単衣をたゝみ止めて、いかにも気の毒さうな面をあげた。けれど、その表情には何んとなく今の言葉とはちぐはぐな、とりつくろつた感じがある。

茶卓の前へ胡坐で寛いだ爺さんをみて、

「旦那、お夕飯は？」と、おつ母さんがきいた。

爺さんは大がい家で飯をすますことにしてゐる。すんでゐないといへば小鉢ものゝやうなつきだしでさへ仕出し屋から取りつけてゐるこゝの家では月末にそれだけを別口のつけにして請求してくる。目ざしに茶漬で結構間にあふところを何も刺し身で馬鹿肥りをするにもあたるまい、と爺さんは独りで勝手な理窟をつけて、その実はつけの嵩んでくるのが怖さにめつたに妾宅では御膳を食べることをしない。

「いや、茶の熱いやつを貰ひませう」

「はいね」

と気軽にうけておつ母さんが梯子段を降りかけたところへお初のらしい小刻みな日和の音が店の三和土へ入つてきた。

「お帰りかい。旦那がお待ちなんだよ」

それだけを地声で云うて、あとは梯子段の下でおつ母さんが何やら内証話をきかせてゐるらしい。「まあ」だの「さうお」だのと声を殺したお初の合槌が二階まできこえてくる。やがて、湯道具の入つた小籠を左手に抱へ、右手に円い金魚鉢を持つたお初が、

「あら、父うさん、しばらく」

と、のぼりきらないうちから声をかけてきた。

「莫迦にゆつくりだつたぢやあないか」

腕をまくりあげて爺さんは鷹揚に団扇を使つてゐる。

「いえね、お湯《ぶ》は疾つくにすんだのですけど、丁度おもてを金魚屋が通つたものですからぐづ〳〵してしまつて。どお、父うさん、奇麗でせう」

お初は立つたなり金魚鉢を爺さんの眼の高さにつるした。

「つまらんものを買うてきて。無駄づかひをしちやあいかんぜ」

爺さんはお初の手から金魚鉢を取つて窓枠へ置いた。緋色の長い尾鰭をゆさ〳〵動かして二匹の金魚が狭い鉢の中を硝子にぶつかつてはあともどりをする泳ぎをくりかへしてゐる。

「無駄づかひどころか、この頃は髪結ひさんへ行くのだつて四日に一度の倹約ぶりよ。ねえ、父うさん、こない

だからおいでを待つてゐたんですけど、博多を一本買うて頂きたいわ」

　金魚をみてゐた爺さんの眼が鏡台をひき寄せて派手な藍絞りの湯帷子の衿元を寛げて牡丹刷毛をつかつてゐるお初の方へと移つていつた。

「また、おねだりかい」

　かう口先きだけは窘めるやうに云うても眼は笑つてお初のぽつてりとして胸もとの汗ばんだ膚《はだへ》をこつそりと愉しむでゐる。

「ねえ、父うさん、いいでせう。お宝頂かせてよ」

　お初は鬢へ櫛をいれながら鏡の中の爺さんをのぞきこんでゐる。

「何んだ、銭かい？　まあ、帰りしなでもいいやな」

「いゝえ、父うさんは忘れつぽいから今すぐでなければ厭よ」

　髪を直し了つたお初はちり紙で櫛を拭きながら爺さんをみてかう急きたてた。

　お初がこんなにせつつく金をせびるには、子供の頃おつ母さんに欲しいものをおねだりした時の癖が出てきてゐるのである。

　その頃、おつ母さんは向島の待合大むらといふのに仲居をつとめてゐてお初を花川戸の親類の家にあづけておいた。観音様へ月詣りをしてゐたので、そのたびに花川戸へ寄つてお初をつれ出してはお詣りをすませて仲見世をぶらつくのが慣しになつてゐる。仲見世にはお初の欲しいものが沢山ある。絵草紙屋の前にしやがんで動かないこともある。大正琴にきゝ惚れてゐる人だかりへまぎれこんで、おつ母さんを見失つたこともある。「何んか買うてよう」とねだれば、決り文句のやうに「また、あとでねえ」と宥められる。その「あとで」をあてにして次のお詣りに早速ねだると約束をけろりと忘れたおつ母さんは「また、あとでねえ」と宥めるやうに云ふのである。そこでお初はしつつこくねだるやうになる。人形屋の前でおつ母さんの袂へしがみついて離れないやうになる。これにはおつ母さんも呆れたやうに笑つて、渋りながらも帯の間から青皮の小さなガマ口を出して人形を買うてくれるのである。——

　初めのうちは云ひ出し難かつた爺さんへの無心も、いつの間にか子供の頃の慣しで容易になり、爺さんの方でも、つい負けて出してしまふといふ具合である。

　爺さんに貰つた幣《さつ》を帯の間へ挟んで鏡台の前を立つたお初は梯子段のところまで行つて、

「おつ母さん、お茶はまだですか」と呼ばはつた。その声に釣られたやうにおつ母さんが茶盆へ玉子煎餅の入つた鉢と茶道具をのせて上つてきた。

「どうぞ、御ゆるりと」

敷居のところへ片手をついてから辞儀をすると梯子段の降り口の唐紙をぴたりと閉めて下つた。

おつ母さんの物腰には大むらの仲居をしてゐた頃の仕来りがぬけない。お初たちが茶のみ話をしてゐるうちに、よく隣りの間へ夜のものをのべることがある。それをお初がむきになつて停めたりすれば、解《げ》せない顔付きで「どうせ、遊んでゐるんだのに……」と云うて、手持ち無沙汰げに渋々と下つていく。母のそつのなさをみせられるたびにお初は自分を恥ぢて顔を赧める。おつ母さんは自分を何んだと思つてゐるのだらう。——恥ぢの中でこんな肚立たしい気もちにもなる。母のとり扱ひをみてゐると自分は全で安待合へ招ばれたみづてん芸者といふ按配である。お初には母のそつのなさがどうにも我慢がならない。そのくせ面と向っては愚痴ひとつ云へぬお初なのだ。六つの年から母の手ひとつで育てあげられた、その恩義といふのを母自身の口から喧ましくきかされてきたお初にとつては何かにつけてこの恩義が箝になつてゐる。これを、つく〴〵と邪魔だなあ、と思ふ時があつても、お初には自分から取りのけるといふことが出来ない。そこで仕方なく我慢して、大ていのことはおつ母さんのなすがまゝにまかせてゐる。しかし、夜のもの、世話までされるのは、お初には何んとしても承知が出来ないのだ。子供の頃、何かの用事で大むらへおつ母さんを訪ねていくと勝手口へ出てくるお倉婆さんといふのが、「お金《きん》さん、お前さんとこのヂヤベコが来たよ」と奥へ声をかける。妙なことを云ふ婆さんだと別に気にもかけずにゐたが、ある時、その訳をおつ母さんにきかされてからは婆さんを見るのが厭でならない。東北生れの婆さんは女の子をこんな風に呼び慣れてゐるさうである。呼ばれるたびにお初は身内がむず痒いやうな熱つぽいいら〳〵した気分になる。——丁度、それによく似た厭な気分をお初はおつ母さんに感じるのである。さうとも知らないおつ母さんは「お初は、まあ、気がねなどをしてさ」など、独り言を云うて揉み手をしながら降りていく。そして、梯子段の下で癖の二階の気配に耳をすますやうな恰好をしてから、店つづきになつてゐる四畳半の火の気のない長火鉢の前へつくねんと坐つて通りの方を眺めてゐるのが例になつてゐる。

今もそんな風に通りをみてゐたおつ母さんは、欠伸をしながら柱にかゝつてゐた孫の手をはづして円めた背中へさしこんで、心地よさゝうに眼をつむつて掻いてゐる。

二

馬淵の爺さんが妾宅を出たのは十一時が打つてからであつた。毘沙門前の屋台鮨でとろを二つ三つつまんで、それで結構散財した気もちになつて夜店をひやかしながら帰つて行く。電車通りを越えてすぐの左手の家具屋の露地を曲ると虎丸撞球場といふのがある。この前まで来ると爺さんは何とはなしに心の緊張を覚えるのが常である。手に持つた扇子を帯へさしこみ、衿元のゆるんだのを直したりする。それから懐へたゝんで入れておいた手拭ひで顔をひと撫ですることを忘れない。つまり、爺さんがためには虎丸撞球場のこの明い軒灯は脱いでおいたいつものお面をかぶる合図ともなつてゐるのだ。小半丁ばかり歩いたところに家がある。格子を開けると、足の悪い女中の種が出迎へた。跛をひき〳〵爺さんのあとから跟いてきて、脱ぎすてた羽織や足袋の類を片付ける。爺さんはちよつとの間気嫌の悪い顔付きでむつつりと黙りこんでゐる。よく仕事の上での訪問づかれで戻つた時など爺さんはこんな顔をするのである。

「どうも、莫迦に蒸すねえ」

湯帷子に着換へた爺さんは団扇を使ひながら内儀さんの病室にあてた奥の六畳へ入つていく。やすんでゐるとばかり思つた病人は床の上へ坐つて薄暗い電球を低く下して針仕事をしてゐる。

「お疲れさまでした」

針の手を休めて内儀さんが徐かに顔をあげた。爺さんが外から戻つた時のいつもの挨拶である。ものを云うた拍子に咳こんで、袖口を口へあてたまゝでゐる。明りの加減か、永年の病床生活の衰へが今夜はきは立つてみえる。下瞼のたるみが増して、なすび色の斑点《しみ》が骨高い頬のあたりに目立つてゐる。咳をするたびにこれが赤ばむ。

「仕事なぞをせんでもいいに……」

爺さんは優しい窘めるやうな調子で云つた。

「それがね、あなた、遊んでばかりゐると、この指さきが痛んでしやうがないんですよ。かうやつて、まあ、お針を動かしてゐると、どうやら痛みも止つたやうです」

咳の納つたところで内儀さんはかう云つた。そして、脂つ気のないかさ〳〵した指から徐かに指ぬきをはづしながら、「わたしの手は、もう、根つからの働きもんとみえますねえ」と云うて、力のない笑ひやうをした。

「さうさなあ。俺だつて半日も算盤を使はないでゐれば妙にこの手が退屈するものなあ。稼ぐに追ひ付く貧乏なし、つてな、昔の人はうまいことを云うたものさ」

父さんはこの諺が今の場合あてはまつてゐるとは思はないが、どうもほかにうまいことも思ひ付かないので、これをちよつとの間に合せにした。爺さんが渡仙《わたせん》（羽後の名立たる高利貸の渡辺仙蔵）の手代をしてゐた頃、大番頭の丸尾さんといふのが大そう主人の気にいりで、下《しも》の者にも受けがよい。下《しも》の者が何かの粗忽をした時などは頭ごなしに呶鳴りつけるやうなことをせず、一同揃うて御膳を頂いてゐる折りなどに諺を混へたりしてそれとなく意見をされる。こま〴〵と云はれたことは忘れてもその折り〳〵の諺だけが妙に残る。馬淵はいつもこれに感心してゐた。そして丸尾さんを倣ふ心がいつの間にか爺さんの内には根になつてゐて、その頃から頭に残つてゐる二つ三つを何かというて使つてみたいのである。

爺さんは内儀さんに問うた。

「何を縫うてゐるのだい？」

「小村さんから届いてゐた袷が余りおくれてゐますのでねえ」

「なあに、袷には当分間があるんだし、そんなにつめて、しちやあ軀にさはらあな」

団扇の風を爺さんは優しく内儀さんの方へ送つた。小村さんといふのはすぐ裏手の、馬淵の持家に入つてゐる後家さんで、これがお針の師匠をするかたはら御近所の賃仕事をひきうけてゐる。そのうちの二三枚を馬淵の内儀さんが分けてもらつて小遣ひ銭の足し前にしてゐた。若い頃、賃仕事に追はれがちだつた内儀さんの指さきが今もその仕来りからお針が離せないのである。「何もよそのお仕事までなさらずともよい御身分ですのに」と、時たま裏の後家さんが探ぐるやうに云うたりすれば、内儀さんは愛想笑ひをみせながら、「ほんの退屈しのぎでございますよ」と云ふのがおきまりになつてゐる。しかし、心の中では、「こんな事だつて、あなた、動かしてゐさへすればお宝になりますもの。遊ばせておいたのでは、つまりませんからねえ」と、こんなことを云うてゐる。

根がしまつ屋の爺さんには内儀さんのこゝんところが大いに気にいつてゐる。お初などには真似の出来るこつちやない。何んというても、うちの内儀さんだわい。

——かう満足した爺さんの心が今も団扇持つ手へ働いて、つい内儀さんを煽いでやることになつたのである。

枕元に置いてある猪を型どつた蚊遣の土器《かはらけ》から青い烟りの断え〴〵になつてゐるのをみて内儀さんが種を呼んだ。

「いやあ、もう、遅いからやすむとしよう」

爺さんはかう云つて蚊遣の土器をひき寄せて渦のまゝ灰になつてゐる分を払ひ落して、残つた小さいのに蛍のやうな火の付いてゐるのを「あつちゝゝ」と云ひながら指の腹で揉み消してゐる。無駄事の嫌ひな爺さんは、かうしておけば気がせい〳〵するのだ。

「それでは、おやすみといたしませう」

と、内儀さんはそこへきた種の手をかりて手水へ立つた。廊下を軽く咳こみながらゆるゆると歩んでいくうしろ姿がどこやら影が薄い。爺さんはそれを見送りながら「内儀さんも永いことはないなあ」と不憫になつてきた。一生一度の思ひ出に、紋付の羽織を着て上方見物に行つてみたい、と口癖のやうに云うてゐたが、それをはたしてやらなかつた自分が少々うしろめたい気もする。だがまあ、おとむらひにいくらか金をかけてやれば、それで気がすむといふものだ。爺さんは背中へ団扇の手をまはしてぱた〳〵と喧しく蚊を追ひ払つた。

手水から戻つてきた内儀さんが思ひ出したやうに爺さんをみて云つた。

「さうさう、あなたのお出かけのあとへ安さんがおみえんなりましてね」

山吹町通りへ唐物店を出してゐる爺さんの弟の安三郎のことである。

「ふむ、何んで安がまた来たんだい」

爺さんは気のなささうな顔で問うた。安さんの来たのを余り悦ばないやうである。

「太七さんのことをお話なさつてゞした」

枕のところの小さい黄楊の櫛を取つて内儀さんは薄い髪を梳してゐる。その眼が窺ふやうにちら、と爺さんをみた。

安さんの次男坊で商業の二年生になる太七を馬淵家の養子にしてはくれまいか、とこの頃では当の安さんがそれを頼みに何辺か足をはこんでゐる。あと取りがゐないでは寂しからう、と内儀さんを唆かし、どうせ養子を取るなら血のつながつてゐるものゝ方が親身になれるから、と爺さんを口説いてゐるのだつた。それを爺さんはいつもよい加減に聞き流しにしてゐる。自分の不遇時代にせつぱつまつた揚句の三十両の無心を安がどんなそつけなさで断つたか。——爺さんはその時のことを思ふと肚が煮え立つのである。当時、京橋の方で手広く唐物の卸し問屋をしてゐた安さんは、生憎遊んでゐる金が無いから、と云うてこの無心を突つぱねたのだつた。それが今おちぶれて、身上をあげた爺さんへ縋りついてくる。爺さんの面白くないのも無理がない。

「何んぼ、安が来たつて、太七の話は駄目だ」

爺さんはそつけなく云ひ放つた。それを聞いて内儀さんは「爺さんは、まあ何んて頑固なのだらう」と思ふのだが、ほんたうはそれ程爺さんを批難する気もちも起らない。息子を養子にしたい安さんの下心が内儀さんにもうす〳〵分つてゐて、これを爺さん同様うとましく思つてゐるからである。

爺さんに子供を貰つてはくれまいか、といふ親類はこのほかにもある。爺さんの兄《あに》さんにあたる郷里の小学校長と内儀さんの従弟の代書屋である。この校長さんの方などは、爺さんが渡仙の手代をしてゐた頃は、高利貸しの弟はもたれぬ、などゝいうて家へも寄せつけず、その扱ひやうは蛇蝎をみるが如しであつた。それがいつの間に心がほぐれたのか季節の見舞ひは欠かさぬやうになり、盆暮には心をこめた郷里の名物が送られるのである。

爺さん夫婦は養子の話が出るたびに顔を見合せて苦笑ひをする。どうも素直には話にのれぬ気がするのだ。安さんは兄さんや代書屋を貶して、あれたちは財産めあてなのだから、と暗に警戒を強ひるし、兄さんの方ではまた安さんや代書屋に兎角難くせをつけたがる。それへ代書屋が内儀さんを突つついて何んとか色をつけて貰はうと焦せる。爺さん夫婦にすれば、どの親類も下心があつて近づいてくるやうに思はれるので、どの親類をも易々と信用することが出来ない。それに爺さんには、自分の不遇時代にとつた親類のいかにも冷淡なあしらひやうが心にこたへてゐるので、今更お義理にも親類のためを思ふなどいふ気もちにはなれないのだ。それどころか、親類のものたちがつめ寄れば寄る程、爺さんの心は金をしつかと抱いて孤独の穴倉へとのがれていく。こゝまで貯めるには若い時から並大抵の苦労ではなかつた、と爺さんは今更のやうに懐古して、心に抱いたお宝をしんみりと愛《いと》ほしむのだ。

爺さんは渡仙の店で働いてゐた頃は猪之さんと呼ばれて、しつかり者の主人にみつちりと仕こまれた。渡仙は高利と抵当流れで儲けて、一代で身上をあげた男であつた。その儲けつぷりを世間では悪辣だなどゝ評するのだが、誰ひとり彼の仕事に勝つものが出てこない。どんな悪評があらうとも彼は結局羽後で随一の高利貸し渡仙であつた。

「どうも、世間の者あこの俺を高利で食つとる云うて白眼視するがな、三井三菱とこの俺と較べてどれだけやり口が違ふといふのだ。奴らは背広を着とるが、この俺あ前垂れをかけとる、といふだけの違ひぢやあないか」

　渡仙は店の者のゐる前でよくかう云うて嗤つた。また、「義理、人情で算盤玉ははじかれない」と云うて貸し金の取り立ては一歩も譲らうとはしない。世にいふ渡仙は梟雄のたぐひであつた。その度胸のよさと商売上のこつと節約ぶりを猪之さんはそつくりそのまゝ頂戴してゐる。尤も、その節約に実がいりすぎて爺さんのはちと嗇くなつてゐる。

三

　渡仙の手代をしてゐた頃から猪之さんは近所のものへ小金を貸しつけ、そのうち持ち金が利子で肥つてくると少しばかり商売気を出して玄関脇へ「小口金融取扱ひます」と小さい看板を出した。それまで仕立物の賃仕事で暮しむきの不如意を補うてゐた内儀さんもこの頃になつてやつとひと息ついたところであつた。それだからといつて手を休めて安閑と遊んでゐた訳ではない。却つて内儀さんの手は前よりも稼ぎ出したのである。たゞ、そこには金に追はれてゐたこれまでの苦労に代つて、こんどは金を追ひかける心愉しさが手伝つてゐるので、これが内儀さんの気を安くしてゐた。猪之さんには内儀さんのこんな稼ぎつぷりが意に叶つてゐる。石女なのが珠に瑕だが、稼ぎつぷりといひ、暮しの仕末ぶりといひ、こんな女房は滅多にゐるものぢやあない。諺にも、「賢妻は家の鍵なり」といふが、どうして、うちの内儀さんときては大切な金庫《かなぐら》のかけがへのない錠前だわい、と猪之さんには内儀さんを誇りにする気もちがある。これが内儀さんにもうすら分つてゐて、御亭主の信用を地に堕すまいとする気から余計に賃仕事の稼ぎ高をあげようと努める風がみえる。纏つた金を持つて上京してからは、猪之さんも亦渡仙のやうに抵当流れで儲け初めた。抵当ものは土地を主としてその鑑定のかけひきは渡仙の手を用ひる。彼処が悪い、此処が気にいらぬ、と文句をつけて、先方が評価をぐつとひき下げても、なほ意に叶ふまでぐづぐづと苦情を云ふ。この土地の鑑定に猪之さんはよく出張した。北海道や九州辺りへも行くことがある。最初からものにならぬ、と決めてかゝつてゐる抵当物でも鑑定だけは是非ひきうけるといふ風である。これには猪之さん独特の手があるからだ。二等の汽車を三等に、それに滞在費を加へると相当の放費が手に入る。先方へつくと何分不案内な土地でしてな、と迎ひの人に案内をさせ、あはよくばその案内人の家へ泊りこんだりして宿賃を浮かせる算段をする。汽車旅をする人たちはどういふものか気が大まかになつて新聞や雑誌の類を読み捨てにしていくことがある。猪之さんはこれを勿体ながつて、足元に転つてゐるサイダアや正宗の空瓶と一緒に信玄袋へおしこんで土産に持つて帰るのを慣しとしてゐる。普段もこんな調子で、爪楊枝一本無駄にはしない。使ひ古してさゝくれたのは削つてまた共衿の縫目へ差しておく。一枚の紙も使ひやうだといふて、字を書いて洟をかむで、それを火鉢で乾してから不浄へ用ひる。こんな仕来りが老いるにつれて嵩じてくる。そして、人はよく爺さんの家に女中のゐるのを奇異の眼でみるのである。

　種のきたのは内儀さんが床の上の暮しを初めるやうになつてからであつた。一昨年の秋口のことである。永い間の営養不足と過労が祟つて内儀さんの肺疾が今ではずゐ分と悪い方である。医者は病人を起してくれるな、といふ。賄の方をみてくれるものがゐないので不自由をする。桂庵から女中を雇つたのでは高くつくと思つた爺さんはつてを頼つて孤児院から種をつれてきた。はなのうちはそれでも僅かばかりの給金をやつてゐたが、そのうち種の方でこれを辞退するやうになつた。生れつき足の悪い種はこれをひけ目に思ふ気もちがあつて、存分に立ち働きの出来ぬ身を主人夫婦にすまないと思うてゐる。この気心が爺さんには呑みこめてゐる。そして、急ぎの用事などで種が不自由な足をひきずり出すと「さうさう、お前は足が悪かつたつけな、どれ、俺がひとつぱしり行つてこう！」

　と云うて、用事を自分で足してしまふことが度々である。種はかう云はれることで自分のひけ目さを一そう強く感じる。このすまなさを何かで償ひたいとの心がけから内儀さんの賃仕事を手伝つたり、内職の袋貼りなどで得た稼ぎ高を自分の食ひ扶持の足し前にしてくれるやうに、と爺さんの手へそつくり渡してゐるのだつた。

　時折り、竹鋏を持ち出した爺さんに塵芥《ごみ》箱の中をかきまはされて大根の尻つぽだの出し昆布の出殻をつまみあげられては、

「勿体ないことをしくさる。煮付けておけば立派なお菜になるぜ」など、叱言を云はれる位がつらいだけで、常

は、孤児院の世話になつてゐた頃にくらべれば、種がためにはお大尽のおひい様の気らくさにも思はれる。こんな仕合せな気もちでゐられるのも元をたゞせば内儀さんの劬りに負ふところが多かつた。内儀さんとすれば、種が自分を生みの母親とでも思ひこんでゐるのか骨身を惜しまず、下《しも》の方の世話までしてくれるその心根がいぢらしい上に永い間、お初のことやら病気やらで思ひやつれた孤独の身が今では種を唯ひとりの頼りに生き永らへてゐるやうなものである。これが種にもうつすら分つてくる。不仕合せな内儀さんに寄り添ふ心が強まつてきて、一そうまめに仕へる。十四の年齢《とし》まで孤児院にゐて、水汲みや拭き掃除を一人で受けもつてゐた種にとつては病人の世話ぐらゐ易いのでゐる。

床の上に坐つた内儀さんは種に髪を梳してもらひながら「あゝ、わたしにもこんな女の子があつたらなあ」と思ふことがよくある。それがつい溜息になつて出ると内儀さんはてれかくしのつもりか「種が優しくしてくれるので、わたしは全で自分の娘のやうな気がするよ」

などゝ云うたりする。櫛を持つた種はそれを聞きながら何やらぞくつとする程嬉しくて、一そう努めようとする気もちから内儀さんの髪がひつぱられて釣り目になるのもかまはず脚をふんばつてはせつせと梳してやるのだつた。

母を知らぬ種が内儀さんを慕ひ、内儀さんが種を頼りにする気もちが次第に結ばれていつて、いつとはなしにそれが母娘のやうな間柄になつてゐる。爺さんに隠れて甘《うま》いものを食べることもある。家計を少しばかりごまかして内儀さんが種へ染絣を買うてやることもある。種が内職の稼ぎ高のいくらかを別にしておいて、それでこつそり内儀さんの好きな豆餅を奢ることもある。こんな隠し事が度重なるにつれて内儀さんと種の仲は一そう親密に結ばれていく。

夜分は爺さんが留守がちなので内儀さんも種も賃仕事の針を動かしてゐることが多い。

内儀さんがこんな風に話し出す。

「どうもねえ、山吹町の人たちは底に何かたくらみがあつて此方の気嫌をとりに来るやうで、わたしは厭なのだよ。種はどう思ふかえ？」

「左様でございますねえ。あちらの旦那様もお坊ちゃんも金壺眼できよろ〳〵御らんになる様子つたら、ほんたうにもの欲しさうですよ。金壺眼のお人は慾ばりの性わるですつてね。院長さんがさう仰言つてゞした。孤児院にも勘坊つていふ金壺眼の子がゐましてね、それあ慾ばりだつた。どんなに私御膳を盗まれたかしれないもの」

「御膳を盗むのかえ？」

「はあ、ひとりづゝお茶碗へ貰つてきて、それをテーブルの上へ置いてこんどお汁を貰ひにいつて帰つてくると、もう勘坊が食べてしまつて無いんです。金壺眼の子つてほんたうに性わるですねえ。でも、こちらの旦那様がお身内なんですもの、御養子にお貰ひになるのでせう？」

「それがねえ、うちは口でばかり山吹町は御免だ、つて云うてなさるけど、肚ではもう決めてゐなさるかもしれないのだよ。山吹町のを貰ふくらゐなら種を養女にしたいのだがねえ」

　かう云うて内儀さんは思案にくれる。種を養女にしたい、などと口では云うても内儀さんの心はこのことにてんで無頓着である。内儀さんが思ひ悩んでゐるのは、安さんの次男坊か従弟の倅かである。種に云はれてみれば、どうも金壺眼の太七を貰ふ気もしないので、やはり思ひは代書屋の倅の方へ走るのである。早く養子を決めておかないことには自分の死んだあとへお初にでも乗りこまれて、この家を我がもの顔にされたのでは間尺にあはない。内儀さんの思案はこれにかゝつてゐる。さうとも知らない種は内儀さんの口を信じこんでゐる。その内、旦那から更めてこの話が切り出されるだらう。種は待つ気もちでゐる。養女になれば、やがてこの家のものを受け継ぐことになる。——こんな思惑が日毎に募つてくるにつれて、種はこの家の娘になつた気もちになつてくる。そして、馬淵の家のお宝へ執着する心からだん〳〵爺さんに倣つて嗇くなり、内職の稼き高を一銭でも余計にあげようとはげんだ。

　内儀さんからお初の話を滅多に聞くことのない種は、何かの急用で袋町へ爺さんを呼びにやらされる時はへんにお初へこだはつて、内儀さんへ気兼ねをすることがある。使ひから戻つても内儀さんは何んにもきかない。いつもの穏やかな顔でやすんでゐることもあれば、床へ坐つて針を動かしてゐることもある。たゞ、そんな時の内儀さんは妙に気力のぬけた鈍つた表情をしてゐて、種が何か話しかけても億劫さうに頷く位である。

　種の前でもお初へは触れることのすくない内儀さんは、爺さんの前では余計に口を噤まうとするところがみえる。時たま、爺さんが何かのはずみでお初の名を口に出すことがあつても内儀さんは素直な顔で頷いてゐるだけだ。これまで、さんざお初のことで思ひ悩んできた内儀さんにとつては、お初は、もう今では諦めの淵の遠い石ころになつてゐる。

春の終りに近い或る日暮れ時にこんなことがあつた。

晩御飯をすませた爺さんはもう袋町へ出かけてゐる。うす陽の残つてゐる縁の障子に向つて床の上の内儀さんは針を動かしてゐる。後かたづけのすんだ種がその傍に小さい茶ぶ台をすゑて、竹ぺらでせつせと内職のかんい袋を貼つてゐる。ふと、内儀さんが針の手を停めて、ぢつと何かに視入つてゐるやうな気配を感じて種は目をあげた。障子の裏側を一匹の毛虫が匍ひのぼつていく。内儀さんの眼はそれに吸ひ寄せられてゐる。小指程の大きさの黒い体をうね〳〵させて、みてゐる間に二つの桟をのぼつた。黒い硬い毛が障子にふれてカサ〳〵といふやうな微かな音をたてる。内儀さんは眸を凝らして視てゐる。毛虫が四つ目の桟を越えた時、内儀さんは障子へ手をのばした。毛虫はひとうねのぼつた。内儀さんは持つてゐた針を突き刺した。毛虫は激しくうねつた。うねりながら針に刺された体が反りかへつた。緑色の汁が障子を伝つて糸のやうに垂れた。内儀さんの眼は毛虫を離れないでゐる。やがて、うねりが止んで、針に刺されたまゝの黒い体が高く頭をもたげて反りかへつた。

四

秋風が肌に沁みるやうになつてきた。

袋町のお初の家へ馬淵の爺さんはこゝ数日姿をみせない。内儀さんが余程悪いのだらう、と母娘のものは話しあつてゐる。早くまあ仏様のお仲間いりをしてくれゝばいいに、とおつ母さんはこつそりと独り言を云うて仏壇へお灯明をあげる時も内儀さんがもう仏様にでもなつたつもりでお念仏を唱へてゐる。

お初は内儀さんが悪いときいてからは妙に気が落付かない。その寿命を縮めてゐるのが自分のやうな気がしてならないのだ。あとで報いがこなければいいが、と今から怖気てゐる。内儀さんの片付くのを待つ気もちのおつ母さんは、母娘のものが馬淵の家へ乗りこむその日を嬉しさうに話してゐるけれど、これがお初には一向に面白くない。あんな爺さんは旦那だから我慢をしてゐるもの、御亭主にしたいなど、は爪の垢程も思つちやゐない。――お初は爺さんの内儀さんになつた自分を考へるだけでもみじめな気がする。たゞ、おつ母さんのいかにも嬉しさうな落付きのない様子をみてゐると、お初は自分も嬉しさうにしてゐなければ済まないと思うて笑顔になる。

二、三日前のことである。

髪結ひの帰り、今日は寅の日なのを思ひ出して毘沙門へお詣りに廻つたお初が戻つてくると妙に浮かない顔で何か思案事に心を奪はれてゐるといふ様子である。店で洗粉の卸し屋と話しこんでゐたおつ母さんが声をかけても聞えないやうな風で梯子段をのぼつていく。

「どうしたのさ」

あとからおつ母さんが案じ顔で二階をのぞきこむと、窓枠へ凭りかゝつて呆んやりと金魚の鉢を眺めてゐたお初は気がついたやうに笑つて、

「何んでもないのよ、おつ母さん、さつきね、坂で昔のお友だちに会つたの。嬉しかつたわ」

と、何気ないやうに云つた。何んだ、そんなことかい、とでもいふやうな顔でおつ母さんは店が気になるのかさつさと降りていつた。母への気兼ねからお初は剝き出しには話をしなかつたが、実は、さつき会つた友だちに妙に心を惹かれてゐたのである。

お詣りをすませて毘沙門を出てきたところを、「あら、お初つちやんぢやないの」と声をかけられた。小学校の時仲好しだつた遠藤琴子だとすぐに気が付いた。小石川の水道端に世帯をもつてからまだ間がなく、今日は買物でこちらへ出てきたのだ、といふ。紅谷の二階へ上つて汁粉を食べながら昔話がひと区切りつくと、琴子は仕合せな身上話を初めた。婿さんの新吉さんは五ツちがひの今年二十八で申分のない温厚な銀行員。毎日の帰宅が判で押したやうに五時きつかりなの。ひとりでは喫茶店へもよう入れないやうな内気なたちなので、まして悪あそびをされる気苦労もなし、何処へ行くのにも「さあ、琴ちやん」何をするのにも「さあ、琴ちやん」で、あたしがゐないではからきし意気地がないの。まるで、あんた、赤ん坊よ。――と、いかにも、愉しさうな話しぶりである。それに惹きいれられて、お初が琴子の新世帯をあゝもかうも想像してゐると、

「お初ちやんはどうなの？」

ときかれた。

「えゝ、あたし……」

と云うたなり、うまく返事が出てこない。それなり俯向いて黙りこんでゐると、お初の髪《あたま》から履物まで素ばしこく眼を通してゐた琴子は、ふつと気が付いたやうに時計をみて、

「もう、そろ〳〵宅の戻る時間ですから……」

と、別れを告げた。

紅谷の前に立つて琴子のうしろ姿を見送つてゐたお初は何やら暗い寂しい気もちになつて今にも泣きたいやうである。仕合せな琴子にくらべてわが身のやるせなさが思はれる。どんな気苦労をしてもいいから、自分もまた琴子のやうに似合ひの男と愉しい世帯をもつてみたいものだ、とつくづく思つた。

もの心のつく頃から母の手を離れて花川戸の親類の家で育つたお初は近所の人の世話で新橋の相模屋といふ肉屋の女中になつたのが十六の年であつた。お初がまだ赤坊の頃、お父つあんは流行病《はやり》ひで亡くなつた、と母にはきかされてゐたが、親類のものたちの話し合うてゐるのをきけば、朝鮮あたりへ出稼ぎに行つてゐる様子であつた。どちらにしても、お初には大して父親への執着がなく、まあ、生きてゐてくれたらいつかは会へるだらう、と思ふ位である。お初の働いてゐた相模屋は前々から借財がかさんでゐて、その債権者の一人が馬淵猪之助であつた。当時五十二歳の猪之さんは貸し金の取り立てゞ相模屋へ足をはこぶうちお初をみかけて、そのぼつてりとした、どことなく愛嬌のある顔つきが可愛くなつてきた。そこで何かのはずみに主人へこのことを話してみると大そう乗気になつて、「ひとつ、面倒をみてやつて下さらんか」といふ。主人の肚では、このお初の取りひきの成功が馬淵との貸借関係の上に何分の御利益をもたらすもの、と北叟笑んでゐる。この肚を疾つくに見すかした馬淵の方では「義理人情で算盤玉ははじかれぬ」とはなから決めてかゝつてゐるので顔ではにやにやしてゐても利子の胸算用は忘れないでゐる。

主人からこの話を大むらのおつ母さんへ橋渡しをすると、願つたり叶つたりの仕合せだといふので、おつ母さんが何遍か相模屋へ出かけてきては馬淵と会見する。そのうち、神楽坂裏へその頃流行りの麻雀屋を持たせてもらつて、大むらをやめたおつ母さんがお初と暮すやうになつた。

おつ母さんのかねがねの念願はお初に金持ちの旦那をとらせて小料理屋か待合でも出してもらつて、ひとつ人を使ふ身分になつて安気に暮してみたい、といふのだつたが、馬淵は一向にこちらの気もちを汲まず、水商売はとかく金が流され易いから、と云うて麻雀も下火にならぬうちによい値で店を譲り、今の小間物店を出してくれたのだつた。おつ母さんにはこれが不服でならないけれど、面と向つて文句を云ふ訳にもいかない。せうことなしに蔭で、お初へ爺さんの悪口をきかせるのがせめてもの腹いせであつた。

　金魚の鉢を眺めてゐるお初の眼にはしらず〳〵に涙のわいてくることがある。狭い鉢の中を窮屈さうに泳いでゐる金魚が何やら自分のやうに思へてくるのだ。秋風が立ち初める頃尾鰭の長い方が死んでから残つた一匹もめつきり元気がなくなつて、この節では硝子に円い口をつけたまゝぢつとしてゐることが多い。

　広い世間を肩身狭く、窮屈に渡らなければならない自分が、お初はみじめでならない。馬淵の内儀さんが亡くなつて、そのあとへ自分がなほつたとしても世間の人たちは妾の成り上りとしか思はないだらう。爺さんの内儀さんになつてもそんな思ひをする位なのだから、まして今の暮しが肩身の狭いのも無理がない。お初はどつちへ向いても窮屈な自分を考へる。どうせ、この世を狭く窮屈に渡らなければならないのなら、呑気な今の妾ぐらしの方が気が安い、と思つたりした。

　今日は魚辰へたのんで様子をきかせてみよう、と母娘のものが話してゐるところへ、

「ごめんよ」

　と三和土を入つてくる爺さんの下駄の音である。さきになつてとつとゝ二階へ上つて、

「どうもねえ、うちの内儀さんもいよ〳〵駄目だよ。ゆうべつから、もう、ろくすつぽ口もきけない仕末だ」

と、腕ぐみをしたまゝ暗い顔で考へこんでゐる。お初が何か問うても「うん」とか、「いや」とか頷くだけで、そんなちよつとの間も心は内儀さんへ奪はれてゐるといふ様子である。

「ひとつ、元気をつけて下さいましよ」

　おつ母さんがお銚子を持つて上つてきた。

「さうだなあ」

　と爺さんは苦が笑ひをして猪口をうけてゐる。そこへ、店で誰れかゞ呼んでゐるやうなのでおつ母さんが降りていつてみると、種が息を切らしながら立つてゐて、

「旦那様にすぐお帰りなさるやう云つて下さい！」

と、突つかゝるやうな調子で云つた。

五

　馬淵の内儀さんが亡くなつてからふた七日が過ぎてゐる。

　この頃、爺さんは袋町へも行かないで、終日家にこもつてお位牌のお守《も》りをしてゐることが多い。花の水をかへたり、線香の断えないやうに気を配つたり、内儀さん

の好物だつた豆餅を自分から買うてきてお位牌へ供へたりする。夜分もお位牌が寂しからうとその前へ種と並んでやすんでゐる。内儀さんが亡くなる前まで着てゐたとんぼ絣の湯帷子が、壁のところのゑもん竹にかけてある。爺さんのやすんでゐるところからそれがまつすぐに眺められる。爺さんには、そこに内儀さんがつゝましやかに立つてゐて何やら話しかけてゐるやうな気がしてくる。内儀さんの声は低く徐かで、何か意味のとれぬ愚痴のやうなことを云うてゐる。爺さんはそれをきゝながら「あゝ、いいよいいよ」と胸の内で慰めてゐる。「お前さんもなあ、不憫な人だつたさ。新らしい着物一枚着るぢやあなしよ」爺さんはかう話しかけてほろりとする。欲しいと云うてゐた紋付羽織もたうとう買うてやらなかつた。簞笥の底に納ひこんであつた双子の袷も質流れを格安に手にいれたもので、三十何年の間つれ添うて内儀さんに奢つてやつた目ぼしいものといへばまあこの袷ぐらゐなもの。これに較べてお初は欲しいといふものは何んでも身につけてゐる。――爺さんは亡くなつた内儀さんが不憫でしやうがない。それにひきかへ、「贅沢三昧」のお初が妙に忌々しかつた。

爺さんが袋町へ無沙汰がちになつてゐるのは何もお初が急に忌々しくなつて、これにこだはつてゐるといふのではなく、亡くなつた内儀さんへの一種の狷介な心からである。爺さんが裡には若い時から苦労を共にしてきた内儀さんへの感謝に似た気もちが始終ぬくもつてゐて、これが死なれたあとには余計に思はれるのである。それで、内儀さんへ義理を立てるやうな気もちから四十九日がすむまでは袋町へ足を向けない覚悟でゐる。

お位牌のある部屋で夜分など爺さんが書きものをしてゐる傍でお針を動かしながら種は独り言のやうに内儀さんの思出話を初めることがある。

「お内儀さんはまあ、どうしたことか山吹町の旦那様やお坊ちやんのことをよくは云ひなさいませんでしたが、俗にいふ虫が好かない、といふのでございませうねえ。山吹町の旦那様のお帰りになつたあとで、よく熱をお出しになりましてねえ……」

爺さんは筆を動かしながら聞いてゐる。その徐かなもの、云ひぶりがどこやら内儀さんに似てゐるやうに思うてゐる。内儀さんは生前山吹町の人たちをとやかく云うたことがなかつたが、それも自分への気兼ねからで、種へは肚の中をかくさず話してゐたものとみえる。安が帰つたあとで熱を出したといふ程なのだから余程毛嫌ひしてゐたのだらう。それ程内儀さんが厭がる家から何も養子をとらうといふのではないし……。爺さんは筆を動かしながら独りでかう得心してゐる。その実、内儀さんが亡くなつてからこのかた、しげ〳〵と訪ねてくる安さんの根気にまかされて爺さんは、どうせ養子を貰ふなら安のところからでもいい、といふやうな気になつてゐた。それが種に云はれてみると、どうも、この気もちがはぐらかされてしまふのである。亡くなつた人の言葉といふのに何やら冒すべからざる値うちがあるやうに思はれて、これに気圧される気もちがある。

種はまたこんなことも云ふ。

「お内儀さんはよく頭が痛いといつておやすみになつた時に寝言のやうなことを仰言つてでしたが、それがまあ、袋町のことばかりで、つらい〳〵と云ひなさつては夢の中で涙をぽろ〳〵こぼしてゐなさいました」

聞いてゐる爺さんは内儀さんのそのつらさが汲まれて、何んとも云ひやうなく胸がふさがつてくる。苦労をさせて可哀さうなことをした、と思ふ気もちの裏で、それが何かお初の所為《せゐ》のやうに思はれてくる。

これまでは影のやうにひつそりとしてゐた種の存在が、内儀さんが亡くなつてからといふもの急に馬淵の家では目立つてきた。客の応対から賄の世話、時には爺さんの算盤の手伝ひまでするといふ風である。内儀さんからみつちりお針を仕こまれてゐるので今では一人前の仕事が出来る。裏の後家さんから内儀さん同様賃仕事を分けてもらつては暇ある毎に精を出してゐる。糸屑一本無駄にはせぬその仕末ぶりが大そう爺さんの気にいつてゐる。内儀さんが生前目をかけてゐたのも尤もなことだと思ふ。爺さんには種がだん〳〵意に叶つてくる。

四十九日があけると爺さんは袋町へ行つた。二、三日遠のいてゐると、もう魚辰の若いもんが言伝てを頼まれてくる。そのうちおつ母さんが何やかやと用事にかこつけては馬淵の家を訪ねてくる。爺さんは内々これを快としてゐない。どうもおつ母さんのやつてくるのは魂胆があつてのことで、それがこんどは見えすいてゐるやうである。爺さんがひと晩泊りの出張で留守をしてゐる時など、主人顔で上りこんで、金庫をいぢくつたり、簞笥の中をのぞきこんだりして、「へえ、お形見がこないと思つたら空つぽなんだものねえ」と下唇を突き出して厭味な笑ひやうをしたといふ。爺さんは種からそれを聞いて肚を立てた。とりあへず、客間の金庫の前へ種をつれていつておつ母さんが触つたといふ錠前のところを眼鏡をかけて検べてみたが何んともなかつた。尤も、種の告げ口といふのが、いく分事実に衣を着せる傾きがあつて、こんどもおつ母さんはもの珍らしさから、たゞ手のひらで金庫のすべつこい肌を撫でゝみたゞけなのである。

お初は、おつ母さんに口喧ましく云はれるのがうるさゝに、今ではどうせのことに一日も早く馬淵の内儀さんになつてしまひたい気もちに駆られてゐる。これを爺さんに切り出すきつかけを待つてゐるのだが、仲々その折りがない。相変らず爺さんは夕飯をすませてから出かけてきて十一時が打つと帰つていつてしまふ。爺さんがいつまでものんべんだらりとしてゐて話をはこぼうとはしないので、お初は階下《した》で気をもんでゐるおつ母さんの姿に急かれるやうな気がしていら〳〵してくる。そのくせ、爺さんの顔をみてゐると妙に云ひ出せない。こんな日がくりかへされて、おつ母さんの気嫌が悪くなる。

「何んて口下手な娘だらう」

と、愛想をつかして「その内、爺さんがどつかゝら内儀さんに向きなのを探してくるこつたらうよ」

など、厭味を云ふのである。

「そんなにお爺ちやんのことが気になるならおつ母さんがお内儀さんになればいいぢやないの」

かう云つてお初は耳根を真つ赤にして、袂を絞りながら二階へ駆け上つていく。

「まあ、何んてことをいふの。この娘《こ》は……」

おつ母さんは銅壺の廻りを拭き止めて、呆れたやうに梯子段を見あげてゐる。やがて、俯向いて銅壺のあたりをゆる〳〵と拭いてゐたが、人差指に巻きつけてゐた浅黄の茶布巾を猫板の上へおいて、襦袢の袖口をひき出して徐かに眼を拭いた。

お初ひとりを楽しみにこれまで苦労をしのんできたおつ母さんには、これからの好いゝ目が当然のことのやうに思はれてゐるのに、お初は一向にこの心を汲まずおつ母さんの仕合せなぞどうでもいい、と思うてゐる。女親の手ひとつで育てあげられたその恩を、あの娘は全で古元結か何んぞのやうに捨てゝゐる。――おつ母さんにはお初の今の言ひ草が恨めしくてならない。赤い眼をあげて梯子段を眺めては、また袖口をあてゝ泣いてゐる。

亡くなつた内儀さんの百ケ日がきた。

朝、爺さんは袋町へ寄つて墓詣りにお初をもつれ出した。郷里にある本家の墓の世話になるのを嫌つて、爺さんはこんど雑司ケ谷へ新らしく墓をたてたのだ。雪もよひの寒む風が頬に痛いやうである。森閑とした墓地径を二人は黙つて歩いてゐる。爺さんは時折り咳をする。マスクを口の方へ下して洟をかむ。ラッコの衿を立て、、白足袋の足を小刻みにせか〳〵と歩いてゐる。お初は藤紫のショールの端で軽く鼻のあたりを覆うて、小菊の束を抱へて爺さんに跟いていく。枯枝に停つてゐた一羽の雀が白いふんをたれながら高く右手の卒塔婆の上へ飛んだ。

墓の前へ出た。爺さんは二重廻しと帽子をお初へ持たせておいて紋付の羽織を背中の方まで端しよつて墓の前へしやがんだ。この前供へておいたお花が霜枯れして花活けの竹筒に凍てついてしまつて仲々とれない。やうやくのことで爺さんはお初の持つてきた小菊を活け終はると、マスクを鼻の方へあげてお念仏を唱へながら永い間手を合せてゐる。爺さんが拝んでゐる間、お初はさつきの雀がどうなつたかしら、と頸をかしげて卒塔婆の方をみてゐる。風に胸毛を白く割られた雀は卒塔婆のてつぺんに停つて、きよとんとしてゐる。

お詣りがすんで、墓地の小径をひきかへしながらお初が、

「ねえ、父うさん」と話しかけた。

「何んだい」とマスクの顔が振りかへつた。お初は何やらためらつてゐたが、

「いゝえ、何んでもないの。けふはとてもお寒いのね」

と云つた。

「さうだなあ。どこかで熱いものでも食べていかう」

「あら、御馳走して下さるの。そんならね、川鉄の鳥鍋がいいわ」

マスクの顔が振りかへつた。

「莫迦が！　けふでやつと百ケ日だといふに、何んで俺が鳥を食ふ……」

かう呶鳴つておいて爺さんはとつとゝ歩いていつた。爺さんが呶鳴つたのには、自分の精進が忘れられてゐる、といふことよりもお初の贅沢心に急に肚が立つたからである。だから、あんな女は家へはいれられないといふのだ。爺さんの白足袋はせか〳〵と歩いていく。亡くなつた内儀さんのことが思ひ出される。種がいとしまれる。ふと、爺さんは、種を養女にしたらどんなものだらう、と思ひついて、

「これあ、存外莫迦にならない話だわい」

と独り言を云うた。

茶粥の記

　忌明けになつて姑《はゝ》の心もやうやう定まり、清子と二人は良人の遺骨をもつて、いよいよ郷里の秋田へ引き上げることになつた。秋田といつてもずつと八郎潟寄りの五城目といふ小さな町である。実は善福寺さんとの打合せでは五七日忌前に埋骨する手筈になつてゐたけれど、持病のレウマチスで姑が臥せりがちだつたし、それにかまけてとかく気がすすまない様子なので、ついこれまで延びてしまつた。それといふのが四十九日の間は亡き人の霊が梁のところに留つてゐるといふ郷里の年寄り衆の言ひ慣はしに姑も馴染んでゐるためで、その梁の霊を置き去りにすることが姑にはどうにも不憫でならないらしかつた。

　荷をあらかた送り出して明日立つといふ前の朝、清子は久し振りで茶粥を炊いて姑と二人で味はつた。良人のお骨へはふだん用ひつけてゐた茶碗に少しばかりよそつて供へた。この茶粥は良人が好物だつた。大分以前から食通として役所の人たちや雑誌の上などで名が知られてゐたはうなので、ついその賞め言葉に乗つて一途な清子は無暗とお粥をこしらへる。それが毎朝つづくといふ風でしまひには姑も良人も笑ひ出してしまふのだつた。

　清子の茶粥は善福寺の老和尚からの直伝である。極上等の緑茶で仕立てる。はじめつから茶汁でコトコト煮るよりは、土鍋の粥が煮あがるちよつと前に小袋の茶を入れたはうが匂ひも味もずんと上である。この茶袋の入れかげんがまことに難かしい。お粥の煮える音でそのかげんをはかるので姑はお粥炊きの名人だと感心する。それでなほのこと打込んで、いろんなお粥を工夫しては喜ばれる。紫蘇粥、青豆粥、海苔粥、梅干粥……この梅干のお粥のことは良人が「味覚春秋」の新年号にも書いたほどである。グツグツ煮えはじめた頃合ひを見はからつて土鍋の真ん中へ梅干を落して、あとはとろ火で気長に煮あげる。粥は梅干の酸味を吸ひ出し梅干は程よい味にふつくらと肉づいて、なんともいひやうなく旨い。サラツとした口あたりが殊によい。梅干は古いほどよかつた。良人の役所の小使が宝のやうにしてゐたといふ明治二十六年漬の梅干を拝むやうに頼んで分けてもらつたのが今でも大事に納つてある。いつだつたか近所に火事があつたとき、良人がこの梅干の小壺を抱へてうろうろしてゐた恰好があとあとまで笑ひ種《ぐさ》になつた。

　土鍋一つで清子がいろいろなお粥をこしらへるものだから良人は清子のことを「粥ばば」と言つてからかつたものだつた。手入らずのお金《あし》かからずだとて、客をもてなすにも清子のお粥である。良人はよくかう冷やかした。

「役所が馘になつたらお前さんにお粥屋をはじめてもらふよ。粥清《かゆせい》とでも看板をあげるか。いかに何んでも粥ばばではね、色気がなさすぎる」

　自分の思ひつきに独りでクスクス笑ふのだつた。こんなことも附けたした。「そしたら憚りながら俺ほ手ぶらで食はせてもらふよ」

清子も負けてはゐなかつた。

「どういたしまして。さうなつたら旦那さまには前掛けをさせてお米とぎから火おこし、それから出前持ちをして頂きますわ」

「おやおや、女房の煙管で亭主こき使はれかい」

「煙管どころか、わたし算盤で大忙しよ」

　思へばかうした楽しいやりとりも今となつては詮ない繰り言になつてしまつた。

　この頃になつて清子はやつと正気づいたやうな気持で亡夫のことをあれこれと思ひ出すのだけれど、眼にまつはるのはその面立ちよりも不思議にいかつい肩のあたりや墨汁臭い指だつた。この思ひがけなさに清子はまごついた。良人はいくらか猫背の右肩だけが怒つたやうになつてゐて、そのため後ろ姿が癇の強い年寄りじみて見えた。長年硬筆を使つてゐたため右手の中指にはコチコチのたこが出来てゐて、そこだけ墨汁が染みこみ黒ずんで、風呂に入つてもどうしても落ちなかつた。

　良人は区役所の戸籍係りだつた。二十七の齢から勤めはじめて一年ほど清掃係りをしてゐたが、今年四十一歳で亡くなるまで戸籍係りを動かなかつた。郷里の師範学校を出るとすぐに一日《ひと》市《いち》の小学校に奉職したのだつたが、文検を志して、やがて一家をあげて出京したのだつた。夜間大学の高等師範科に通ふかたはら、ほんの腰掛けのつもりで勤めはじめた区役所が、たうとう本坐りになつてしまつた。文検のはうは、いつからか諦めてゐた。

良人の係りは書くことが仕事だつたし、混む日など楽しみな昼食もそこそこに切り上げて書きづめだつた。右上りの、力を入れて書くのが癖だつたので、慣れないうちはよくガラスペンを折つた。墨汁の染みた海綿にペンを引つかけて容れ物を落したり、粗忽な良人はよく失敗《しくじり》をした。たびたびのことなので用度係りへ請求するのに気兼ねして、しまひには家から持ち出した化粧クリームの空瓶を海綿入れにしてゐた。事変になつてからは事務が殊のほか輻輳して、どの係りも追ひ立てられるやうな忙しさだつた。役所の建物は古く薄暗くて、各係りの机の上低く朝から電灯がつけつぱなしになつてゐた。良人の係りでは謄本や抄本が日に何十通となく出た。この頃は中商工業者の転業失業のためにも謄本がよけい出るやうになつた。居残りが続いた。家に戻つて晩い食卓につきながら箸がうまく動かせないで、良人はしきりと指を揉んでゐることがあつた。

「手が馬鹿になつた」

不審がる清子へ良人は笑ひながらかう言つて、右の手くびをカクンカクン振つてみせたりした。

墨汁で顔まで汚したり、袖カバーをはめたまま戻つてきたりすることがよくあつた。このカバーは清子のお手製だつた。買つたものは品が弱く、すぐ破いてくるので、清子は姑の不用になつた毛繻子の帯をもらつて、二つも三つも丈夫な袖カバーをつくつておいたのだつた。

「今日はね、をかしな結婚届があつたよ。嫁さんも婿さんも操つていふんだがね」

役所の中のことはあまり口にしないはうだつたが、それでも時たま思ひ出し笑ひをしながら姑や清子を相手に話した。

「尤も、操だからいいやうなものの、これが有馬省君とせんさんぢやあ、夫婦喧嘩が絶えやしない。ありませう、ありませんで始終角突き合ひだ」

「なんですの、それ、落し話？」

清子はくつくつ声をたてて笑つた。謂はれを聞かせられて姑も一緒になつて笑つた。

いろいろな届出がある中で良人がわづか張りを覚えるのは婚姻届を扱ふときだつた。

省線で通勤してゐた良人は、朝の電車の雑沓ぶりを帰ゐる早々演じてみせたりしては姑や清子を笑はせたものだつたが、殊に乗換場になつてゐる新宿駅ホームの殺到ぶりは、小男の良人に言はせると「呑まれつちまふ」ほどの人なだれで、うつかり眼ばたきも出来ない。眼ばたきしてゐる間に揉み出されるといふ。良人は弁当箱を両手でしつかりと胸に抱いて、雨傘を持つてゐるときは雨傘も一緒に抱いて、ちやうど手無しの達磨といつた恰好で押し乗せられる。

「大胆に！　敏捷に！　そして細心に！」といふのが良人の、雑沓時の乗車モットーだつたが、いつだつたか、うかと手ぶらでゐて引きもがれさうな目に会つてからといふもの、良人はいよいよこのモットーを振りかざし、特に「細心に！」と肚に力をこめて自分に言ひ聞かせてゐた。

「今朝なんかね、俺の前にゐた学生の胸のとこに納豆の豆がくつついてるんだ。教へてやらうにもどうにも……」

乗つたが最後身動きが出来ないといふ。顔を曲げたら曲げつぱなしで運ばれて行く。小男の良人は人の息、それも味噌汁臭い息を吐きかけられながら達磨になつて凝つとしてゐる。

「いつぺん連れてつてやりたいよ。殺人的雑沓さ。お前さんなんか袖も何も引きちぎられちまふ」

良人は得意なときには目玉を剝いて右の怒り肩をちよいと聳やかす癖がある。このときも清子は良人の剝き眼を見て、人混みに揉まれてゐるのにこの人は一体何が嬉しいんだらうと、をかしな気がした。

良人のことで清子が苦労したことと言へば毎朝つめる弁当のお菜《かづ》である。いくら塩鮭《しやけ》が好きだからといつても、さう毎日塩鮭ぜめにするわけにもいかない。惣菜屋から買つてきたものは良人が好まないので清子は前の晩からいろいろと頭を悩ませる。金ピラ牛蒡にしたり、妙り豆腐にしたり、前の晩自分の分をこつそり取りのけておいたコロツケなどを詰めてやつたりする。時には良人も役所で饂飩をとつて我れと我が身に奢つてやつたが、「二杯も食はれちや間尺に合はない」と饂飩好きな自分の口に厭味を言つて、やつぱり塩鮭入りの弁当を持参した。

この弁当をつかふときが良人にとつての一番の楽しみだつた。炭不足の話が出る。酒が手に入らぬ話が出る。菓子を買ふのに行列の中に入つて一時間以上も立ちん棒をした話が出る。けれども物資不足からくるこの頃の切り詰めた生活の簡易さは、この役所に勤めてゐるほどの人たちには今更こと新しく取り立てるまでもなく、結局、慣れた手頃な暮しなのだつた。

向ひ側の寄留係りはよく飽きもしないで煮豆を詰めてくる男だつたが、女学校へ行つてゐる娘があつて、それが弁当の世話をするらしい。思ひがけず玉子焼が入つてゐるときなど、風《ふう》のあがらない薄髭をにやにやさせて蓋に一と切れのせて、こつちへも勧めてよこした。食べ物の話がはずんだ。鯨の赤肉の栄養価値を説くものがあつた。カツレツにして食べると結構牛肉の中どころの味が出るといふ。値が安く鱈腹食べられるといふので、なかなかの人気だつた。良人の味覚談義がはじまるのはこんなときである。

「鈴木さんのやうに舌の肥えてゐる人にかかつちやねえ」

役所の中で良人は食通として定評があつた。聞き手たちは良人の話からまだ知らぬ味はひをいろいろに引き出しては、こつそりと空想の中で舌を楽しませる。

「この頃の牡蠣の旨いことつたら、どうです。シユンですな。せんだつて松島牡蠣を土産に貰ひましてね、どて焼にして食べましたよ……」

誰かのこんな話がきつかけになつて、良人の食通ぶりが発揮される。

「牡蠣は何んといつても鳥取の夏牡蠣ですがね。こつちでは夏は禁物にされてゐるが、どうしてどうして鳥取の夏牡蠣ときちやあ堪らない。シマ牡蠣ともいひますがね、ごく深い海の底の岩にくつ着いてゐる。海女が獲つてきたやつをその場で金槌を振るつて殻をわづか叩き割り、刃物を入れて身を出すんだが、こいつが凄く大きい。さうですね、この手のひらぐらゐは十分にありますよ。身が大きく厚いところへもつてきて実に色艶がいい。こいつの黒いヘラヘラを取つてね、塩水でよく洗つて酢でガブリとやるんです。旨い。実に旨い。一と口で？　いやあ、とても一と口でなんか食へやしませんよ……」

身を入れて話すと良人の口調には知らずしらずに国訛りがまじる。

「鮑ですか？　近海ものは御免ですね。まあ沼津あたりのだつたら、どうやら我慢もできるですが……、といつて、これが沼津で食つたんぢや味がない。樽に塩漬したのを馬の背に積んで甲府まで運ぶんですよ。富士の裾野をジヤンガゴンガ揺られて甲州入りだ。鮑はちやうど食べかげんのこたへられない味ですな。輪島産のも……あの塗物で有名な能登の輪島ですな、あそこの鮑も結構なもんです。鮑の中のお職ですな。外向きは実に堅い。ちよつと歯をあてたくらゐでは、へこまない。ところが噛つてみると実に柔らかなんだ。コリコリと……そのくせ、こいつが舌の上でとろけていく。外柔内剛、いや外剛内柔か。あれが鮑の中の鮑でさ」

良人の話はだんだん熱をおびてくる。聞き手たちもあれこれと口をはさむ。

「その話で一杯やりたくなつた」

などと番茶を啜つてみせる老人もゐる。

良人の話がはずむ。そして次第に凝つていく。普茶料理が出る。黄檗普茶のその謂はれから入る。黄檗でも殊に天麩羅は良人の得意で、先頃も知人の経営してゐる「栄養と家庭」にも紹介したし、新聞の家庭欄でも述べたことがあつた。胡麻油などをつかふ並みの天麩羅とちがつて黄檗のは古い種油と鼠の糞のやうなボトボトの堅いメリケン粉を用ひる。この粉を水に溶く段取りになると、良人は手真似で、太い箸で器の向う側からガクガクと引つ掻くやうな仕草をする。丁寧にかきまはしたのでは粘りが出て、油揚げの特徴のカラリとした出来にならない。黄檗では煮汁も大根おろしも添へない。材料のキノコやエビや果物にはあらかじめ煮味をつけておく。油で揚げて而も油つこくないところに天麩羅の真味がある。どぜうといへば本黒の丸煮、玉子の白味でアクを抜いたわりしたでないと食へないといふ。鶏は去勢した雄の若鶏の鋤焼、鋤金に鶏の脂肪をひいて、肉を焼きながら大根おろしのしたぢで頰張るに限るといふ。——良人の味覚談はきりがなかつた。

しかし、良人の場合はうまいもの屋へ行つたといふわけでもなく、板場の通といふわけでもなく、諸国の名物を食べ歩いたといふのでもない。ただ、話なのである。味覚へ向ける良人の記憶力と想像力は非常なもので、たとへば何処かで聞きかじつた話だの雑誌や書物などで眼についたのをいつまでも忘れずにゐて、折りにふれ、これに想像の翼を与へるのである。さうした良人の味覚はどこでどもくりひろげられる。出勤時の身じろぎも出来ない電車の中で人と人の肩の隙間を流れる窓外の新緑を見遣りながら、ウコギやウルシの若葉のおひたし、山蕗の胡麻よごしを思ひ描く。それから初風炉の茶湯懐石の次第にまで深入りする。汁、向う付、椀、焼物……と順次に六月の粋を味はひながら、良人の満足感は絶頂に達する。全く不思議な話ではあるが、この混み合つた電車の皿数は、青紫蘇は眼にしみるやうで、小鱸は蓋を取るとサラリと白い湯気が立つといふ風で、生きのままあとあとと並べられるのである。

「あなたつて変ね、ほんたうに召し上りもしないでお料理のことを御存じだなんて……食べなけあ詰まらないのに」

　をかしがる清子へ良人は、

「想像してたはうがよつぽど楽しいよ。どんなものでも食べられるしね」

　笑ひながら言ふ。それもさうかも知れないと清子は食通として知られてゐる良人に神秘めいたものを感じて、やはり尊敬してゐた。

　その晩、姑《はゝ》と二人つきりのささやかな夕餉をすませると清子は、納ひ忘れた手鏡を柱のところに立てて姑の髪を結つてやつた。明朝の汽車が早いので、性急な年寄りは今から手廻しをよくしておかないと気が気ではないらしい。姑の髪は手間がとれた。結つてやるのが慣はしになつてゐたけれど、もう髪が薄くなつてゐるうへに若い頃の髷のたたりで真ん中に大きな禿があるので、みのかもじを入れて結ひあげるのに一と骨だつた。七十三の姑にもまだ洒落気があるのか、恰好よく結ひあがつたときなど合せ鏡をして喜んだ。

「西尾さん遅いことなあ。また酒コで足コとられたかな」

　残つた荷物の世話をしてくれるといふ「栄養と家庭」記者の西尾を姑は先程から待つてゐた。亡夫の友人で、清子たちがこの東京で頼る唯一人の同郷人だつた。

「あの棚コの埃《ごみ》よく払つておけせえ」

　西尾へ記念に置いて行く本棚のことだつた。最近、晩世帯をもつことになつた西尾が、すぐとこの家へ移り住むことになつてゐる。長年住み馴染んだこの家を引き上げるのは姑にも清子にも辛いことだけれど、それかといつて梁の上の良人の霊が帰らぬ放路へのぼつてしまつた今では、いつまで未練を残してゐても詮ないことだつた。

「役場の伊藤さんさ土産コ買ふの忘れたべしちえ。さあさ、困つた」

　誰それへは何々と指を折つて数へたててゐた姑が、鏡の中ではたと当惑した顔になつた。久しぶりで帰る郷里の親類知己へは二十幾個の土産を用意したけれど、さて数へたててみると落した名前も二三あつた。それは途中で買ふことにしたが、明朝の仕度だの車中の食事のことだので姑はやはり心も落ちつかぬらしい。座席がとれぬときの用意に新聞紙を忘れないやうにと注意もした。

「明日の晩は温泉さ入れるえ。足コも何もびつくりするべ」

姑は温泉行を楽しみにしてゐた。同じレウマチスで難渋してゐた裏の家主の老主婦が、先年信州の霊泉寺温泉へ湯治に行つてからといふものぴつたりと痛みがとまつたといふ。その話を聞いてゐた姑の一生の念願に、今度帰郷の途次寄り道をすることになつたのだつた。

「足コが軽くなつたら、なんぼう楽だべ。もうはあ、極楽だえ」

姑も清子も温泉へ行くのは初めてだつた。姑は弾んでゐるやうにみえる。明日の楽しみをあれこれと話しかける。せつついて、しよつちゆう話しかける。まるで聞き手の清子を取り逃しでもするやうなうろたへやうである。さうした姑が清子には何か悲しかつた。常は口の重い姑だけに、良人が亡くなつてからこの方の軽口は悲しかつた。それは清子に取り縋る感じで、まつはるやうに話しかける。

亡夫の初七日のとき郷里から出てきてゐた親戚の者の口から、ふと清子の再婚の話が出ると、姑もその場では同意したけれど、それからの落ちつきを失くした姿、おろおろした姿は清子の胸に沁みた。良人に逝かれてからといふもの清子と姑の気持は一そう寄り添ひあつて、いはば二人はお互の突つかひ棒になつてゐた。年老いてゐるだけに姑はよけいこの支へなしでは居られない。買ひ物で清子が少し手間どると、姑は露路口まで出て待つてゐる。清子が外出の仕度をしだすと、うろうろと世話を焼きながら、ふと頼りない眼いろで見戍る。さうした姿に堰きとめられて清子は出難くなる。或夜のこと、厠へ立たうとした清子を突然姑が呼びとめて、

「何処さも行かないでけれせえ」

と声をしぼつて取りすがつた。悪い夢におびやかされたと後で分つたけれど、このことがあつてから清子は尚のこと姑の側を離れないやうにした。

子に恵まれなかつた清子夫婦にとつて、姑ばかりがその愛情の対象だつた。よく良人のことを養子か入婿かと尋ねられたものだつたけれど、人の眼にも姑と清子の仲はそれほどまでに映るらしかつた。よく良人が冗談に、

「俺をそんなに放つたらかしにするなら、何処かへ行つてやるぞ」

と嚇かしたものだつた。

それほどの姑を初めの頃は清子も少し恨んだことがあ

る。良人が清子を妻にと望んだとき、シヤゴマだからとけちをつけたのは他ならぬこの姑だつたのである。シヤグマの清子は後でそのことを良人から聞いて、とても口惜しい思ひをした。お釈迦さんでもやつぱり縮れてゐるぢやないか、と良人に笑はれて姑は納得したものの、今度は良人のほうが後あとまでも清子へ恩をきせる始末に、有難迷惑なやうでもあつた。

　仲人の助役の家で初めて清子を見かけたときの姑はニコニコした顔で、

「シヤゴマはシヤゴマだどもなし、あの嫁コ福耳だから家さうんと福はこんで来るべ」

　と至極の上機嫌だつたといふ。

　この耳は清子も持物の中で一等自慢にしてゐるもので、肉の厚いぽつてりとした耳たぼがとても愛らしい。けれども嫁いでもう十四年、清子もいつのまにか齢を重ねて三十六になつたが、この家にはさつぱり福運らしいものが訪れない。

　しかし、良人が達者でゐた頃のこの一家には毛筋ほどの不平も不満もなかつた。ただ一つの清子の希ひといへば、ミシンが欲しいといふことだつた。十年来、良人に買つてもらへるのを待つてゐた。連れ立つて外へ出たときなど、清子はきつと良人を促して街通りのミシン店の前に足を停めた。大きな飾窓の中に、黄色い髪をお下げにした桃色の服の西洋人形と一緒に、黒光りのする幾台かの立派なミシンが並んでゐた。夫婦は期待と希望に軽い昂奮をおぼえながら、こそこそと値ぶみをし、長いことその前に立つて眺めてゐたものだつた。だんだん清子は自分の望みが大それた望みだつたと諦めるやうになり、隣家の主婦の卓上ミシンをかけさせてもらつては、十分満足して帰つて来るのだつた。

　姑の髪はむづかしかつた。びんたぼをチヨツペリと出して、てつぺんに出来合ひの小さなマゲをのせるのだつたが、この和洋折衷のハイカラ髪は清子が嫁いで来てからの慣はしだつた。

「お月さん、うまく隠れたかえ」

　姑は大事さうに髪へ手をやり、清子の懐中鏡を持ち上げて頸を延べたり縮めたりして合せ鏡した。薄い髪にかくれた禿の様子を「雲かくれにし夜半の月かな」だと良人がからかつてから、姑も清子もお月さんお月さんで通すやうになつた。

　結び上げて油手を洗ひに清子が流し元に下りたところへ、西尾がいつものせつかちな恰好で入つてきた。

「どうも遅くなつちまつて……荷物は？　ああ、あとは僕がやります、やります」

　靴を脱ぐなり、そこいらに散らかつた荷物に手をかけはじめたが、姑に引き止められて、お茶にした。

「今日もね、社で鈴木君の話が出ましてね、急性肺炎で命を落すなんて似合はない。もう少し、かう気のきいた病気ですね、胃腸に縁故のある……何んとかかう食通らしい往生の仕方がありさうなもんだつてね……」

　西尾は喉を鳴らして茶を飲み、顎の筋肉をビクビク動かして菓子鉢の落雁を口卑しく平げる。

「これも運だと思つてあきらめてゐるすてえ。なあ、西尾さん、うちの倅あ、あの通り食ひ意地張つてたもん、あの世さ行つても腹コ痛くなるだけ御馳走食べてゐるこつたべしちえ。こんど生れてくるとき、土産コうんと持つてきてもらはねえば、間尺にあはねえすてえ」

　茶を注いでやりながら姑はつぶつぶの光つた眼で西尾を見あげて笑つた。

「さうだとも、おつ母さん。今頃は先生食ひ放題だな」

　西尾は年寄りの顔から眼を逸らして、無暗と茶を飲んでゐたが、清子が上つてくると声をかけた。

「奥さん、田舎さ帰つたら当分はお寂しいこつてせうね。なかなか東京が忘れられませんよ」

「何しろこちらが長いんですものね。でも田舎へ帰ると子供相手ですから、まぎれますわ」

「ああ、それぢや学校のはうお決まりですか」

「助役さんにお願ひしてありますから……それに校長先生からも大丈夫だつてお手紙いただきましたから」

「あの校長さんは親切だからなあ。僕は、高等科で教はつたが……赤髭コつて渾名でね、先生よく水つ洟をチカチカ光らせてやつて来たもんだ」

　小学校時代の話になつた。西尾も清子も郷里のその小学校の出身だつたけれど、当時の訓導で今もなほ残つてゐるのは、その赤髭の老校長だけだつた。

「五城目が駄目だつたら馬川か飯田川の学校へ頼んでみるつもりでしたけれど……飯田川には、わたしがゐた頃の先生方もまだ大抵残つてゐますよ」

　清子は結婚前その飯田川の小学校で代用教員をしてゐた。

　帰郷後の清子の身の振り方については、実家の両親や親戚などがかなり喧ましく干渉するのだつたが、清子は姑を守つて学校に奉職することに決めてゐた。孤独な姑を残してどこへ行く気にもなれなかつた。

「さうさう、忘れてゐた、さつき雑誌が出来てきてね」

西尾は上り框の鞄を引き寄せて、印刷油のプンプンする「栄養と家庭」を取り出した。

「鈴木君にもらつた原稿が載つてますよ。先々月の二十五日だつたから、さうだ、寝つくちよつと前ですね。するると、これが絶筆といふわけかな」

パラパラと頁をめくつてゐたが、ひよいと立つと、床の間の遺骨の前にのせた。

「おつ母さん、この机も貰つてよかつたんですね。しめしめ」

西尾は側の机をコツコツと叩いてみたり、抽出しを開けてみたりした。

「ほう、いたづら書きがしてある。……何んだ、幾何の問題か」

「何せ、あれが中学さ入つた年、買つてやつたもんだから……」

「すると、もう二十六七年もたつてゐますのね」

清子も覗きに立つた。

「気の利いた貉《むじな》コだば化ける頃ですべ」

姑はこんなことを言つて、二人を笑はせた。

荷物をくくり、あとは明朝のことにして西尾が帰つてしまふと、程なく、清子は姑を寝ませた。朝の早い姑のことだし、それにもう十時が過ぎてゐた。清子は手廻りの品々をズックの鞄に詰めながら、この家も今夜一と晩の名残りかと思ふと、床に入りがたい思ひがした。古びたこの家の、何がなし手垢の染みたやうな感じが、哀しかつた。

清子は立つて外し忘れた柱暦を一枚めくつた。それからまた立つて行つて、玄関にたつた一つ残つてゐる白いセトモノの帽子かけにさはつてみた。どこにも良人の俤があつた。清子はその良人の背を軽くゆすぶつて、

「もう、お別れよ、お別れよ」

と促した。良人の俤はやや猫背の、右の怒り肩をじつとしたまんま、いつまでもこの家に執心してゐるやうにみえた。

ふと気づいて清子は床の間の、さつき西尾が置いて行つた雑誌を手に取つた。何んとなく良人の文章にふれたくない心で頁をめくつた。家庭料理や小噺やユーモア小説などの盛り沢山な雑誌である。清子は「栄養漫才」といふのを読んで、思はずクスツと笑ひかけた。たうとう良人の文章にぶつかつたとき、何か構へる気がしどきつとした。

――今でも忘れられないのは初夏の広島の「白魚のをどり食ひ」だ。朱塗りの器、といつても丁度小タラヒといつた恰好に出来てゐる器物だが、この中に白魚を游がしてある。よく身のいつた、どれも三寸は越してゐようといふ立派なものだ。赤い器に白魚！　実に美しい対照だ。游いでゐるやつをヒヨイと摘まむんだが、もちろん箸でだ。なかなか、こいつが摑めない。用意してある柚子の搾り醤油に箸の先きのピチピチするやつをちよいとくぐらして食ふんだが、その旨いことつたらお話にならない。酢味噌で食つても結構だ。人によつてはポチツと黒いあの目玉のところが泥臭くて叶はんといふが、あの泥臭い味が乙なのだ。あの味を解さんで「白魚のをどり食ひ」とは不粋も甚だしい。この他、舌に記憶されてゐるものでは、同じ広島で食つた「鯛の生《いき》作り」と出雲名物の「鯉の糸作り」だ。鯛は生きのいい大鯛を一匹ごと食膳に運んでくる。眼の玉にタラリと酒を落すと、俄然鯛の総身が小波立つたやうに開く。壮観なものだ。生きた鯛に庖丁を入れて刺身につくつてあるわけだが、鯛にはまことに気の毒でも、このくらゐ舌を喜ばす珍味はない。「糸作り」のほうは鯉を糸のやうに細長く切つて、その一本一本に綺麗に鯉の卵をからみつけたものだが、恐ろしく手のこんだ贅沢な珍品だ。

良人の文章はまだ続いて、土佐の「鰹のたたき」のことが、その料理の仕方まで懇切に述べてあるのだつた。

読みながら清子は、

「嘘ばつかり、嘘ばつかり」

と見えない良人を詰つた。食べもしないくせに嘘ばつかり書いてゐると肚立たしい気持になつたが、しかし不思議に良人の文章から御馳走が脱け出して次ぎつぎと眼前に並び、今にも手を出したい衝動に、清子はつばが出てきて仕方がなかつた。

汽車は上野でほとんど満員だつた。熊谷の堤は桜が八分咲きで、物売りの屋台が賑やかに並んでゐた。けれども碓氷峠にさしかかつてからは季節は後ずさりして、山々にも木々にもまだ冬の装ひが見られた。時たま、陽向に梅の花が咲いてゐた。

遺骨と三人の旅だつたけれど、姑は哀しいほど浮き立つて、ひつきりなしに話しかけ、隣席の学生や前の老爺へ海苔巻を分けてやつたり飴玉を勧めたりした。

小用の近い姑のために清子は戸口の側に席をとつたのだけれど、開けたてが騒々しくて、うつらうつらも出来なかつた。今朝がたの電車の雑沓が思ひ出された。朝の早い電車に乗つたことのない清子は揉まれもまれて悲鳴をあげながら、ただもう姑を庇ふことばかりで一生懸命だつた。両手に荷物を持つて見送つてくれた西尾も、上衣の肩がずり落ちネクタイのよぢれた可笑しな恰好になつてゐた。身動きの出来ない中で、ふと自分の肩つきの右上りな、癇で突つ張つてゐるやうな姿に気づいて妙な心地がした。良人にそつくりだつた。

姑と老爺の間には蕎麦の話がはずんでゐた。小諸が近かつた。降りて名物の蕎麦を食べて行かないかなどと老爺は誘つた。そして網棚の風呂敷包を下ろし、褪めた二重トンビを着て、駅に着かないうちから別れを告げて立つて行つた。

蕎麦は二番粉の生蕎麦に限る、滝野川の籔忠《[ママ]》か池ノ端の蓮玉庵だと言つてゐた良人のことが思ひ出された。

小諸の駅に入つた時、隣席の学生は城趾や藤村の碑のある方向を指さして、親切に説明してくれるのだつた。

羽音がし、窓へすれすれに、鳩が飛んで行つた。眼で追ふと線路の砂利の上をあちこちして、忙しげにまた飛び立つた。鳩は荷箱の上や荷物置場のコンクリートのところを探しものでもするせつかちさで歩きまはつてゐた。人夫の肩にチヨイと止まつて屋根のほうへ飛ぶのもあつた。屋根にもたくさんの鳩だつた。喉の奥で念仏を唱へてゐるやうな鳴声で、年功のたつたのは羽も衰へ何か億劫げだつた。陸橋の下にトタンの大きな板があつて、そのあはひが鳩の巣になつてゐるらしかつた。陸橋もトタン板もその下を走る汽車の煙で真つ黒になり、そんなところに巣がけしてゐる鳩の姿があはれに見えた。

さつきから危なつかしいトタンの端であちこちしてゐた二羽の鳩が、前後して線路に下りたかと思ふと、すつぽかすやうにすぐに一羽がトタンへ戻つた。踵を返すといつた慌てかたで残された一羽が追ひかけたけれど、見向きもされない。どこまでも引き添ひ追つて行く。身を寄せ嘴をこする。背にとまりかけては羽搏き出される。清子は何がなし眼を逸らした。

霊泉寺温泉の宿に着いた頃は、さすがに姑も疲れてゐた。途中、長々と乗合に揺られてきたせゐもある。しかし姑は湯に入るとすぐ元気になつた。蛇口の湯でうがひをしたり、みんながするやうに濡れ手拭を頭にのせたり、清子に足を揉ませたりして上機嫌だつた。

「ほら、見てけれせえ。足コの軽くなつたこと……温泉は有難いもんだしな」

姑は清子の前をしやんしやん歩いてみせ、もう夕闇のきてゐる庭へ止めるのもきかず出て行つたりした。

素朴な屋造りだつた。宿屋といふよりは、掃除の行き届いた農家といつた感じである。庭もなまじこしらへてないのがよかつた。離れになつてゐる清子たちの部屋からは、すぐと眼前に、梅の古木を眺められた。枝の先きにだけ数へられるほどの白い輪が、思ひがけない高い香りで匂つてくる。枯れ衰へた老木の気位の高い意地をみるやうだつた。

炬燵の上に膳が運ばれた。わざわざ丸子町へでも行つて用意したのか、刺身に煮魚まで添へてあつた。田芹のおひたしに、大きな塗椀の中にはぷつぷつと泡立つてゐるとろろ汁が入つてゐた。土地の名物の芋なのか、肌白な粘りのつよいとろろである。山間《あひ》のこの湯宿には過ぎた料理だつた。箸を動かしながら清子はまたしても良人のことを思つた。今は妙に肚立たしい気持である。この膳のものを一皿一皿良人の口に押し込んでやりたい苛立たしさである。黙つてゐるその口をこじ開けても押しこんでやりたい居たたまれぬ情けない気持だつた。

裏の竹藪のあたりで鋭い小鳥の声がしてゐた。居ながらに山の望める静かな部屋だつた。山は薄闇の裾をひいて仄明るい頂きに纔か雪のかつぎをつけてゐた。子供を呼ぶ母親の声が遠くのはうから聞えてきた。澄んだ空気の中にその声はこだまして長く尾を曳き、いつまでも空に漂うてゐるやうだつた。

部屋の横手は一段下つて湯殿へ通じる渡り廊下になつてゐた。それだけ低い屋根をかぶつてゐるので、炬燵のところからは時たまそこを通る人の足許が眺められるだけだつた。姑が湯へ行つてゐる間、清子はなすこともなく呆やりと、そこへ眼を遣つてゐた。しぜん、そこへだけ眼がいくのは、何か気羞かしかつた。思ひがけなく小諸の駅で見た鳩が思ひ出された。二羽連れ立つてゐた睦まじさが眼に沁みてゐた。口笛と一緒に元気な足音がして、下の廊下を茶縞丹前の人が通りすぎた。丹前が短かいのか、着方がぞんざいなのか、湯あがりの真つ赤な毛脛をむき出しに、スリツパからはみ出た足も静脈を浮きたたせて如何にも健康さうだ。清子は火照つた気持で聞くともなしに足音を聞いてゐたが、ふいに叩かれたやうにまごついて、姑を迎へに湯殿のはうへ降りて行つた。

その夜、久しぶりに清子は良人の夢を見た。亡くなつてから初めて見る夢だつた。良人は寝癖の、清子の耳たぼを優しくつまぐりながら、もつれたやうな声で何かくどくどと話しかけた。その長話にいらいらして、夢の中の清子は不機嫌に黙りこんでゐた。

霊泉寺の朝は小鳥の声で明ける。淡緑りの背を光らせて飛んでゐる鶺鴒がまづ眼にふれた。飛びながらツツ……と啼く。屋根に止まり長い尾で瓦をたたきながらツウン、ツウンとはりあげる。澄んだ美しい声である。水を飲みに池のふちに下りたのも尾でたたきたたき啼いてゐる。池には紅葉の木が枝を張り出して、根かたに篠笹がひとかたまり、明るい陽射しの中に福寿草が含羞《はにか》むやうなすがたで咲いてゐた。

朝食前、清子は姑に添うて散歩に出た。四五軒の湯宿と雑貨や駄菓子などを商ふ小店と、あとは川を挟んで飛びとびに農家があるばかりだつた。山寄りの小高い寺の建物は、ここには似合はぬくらゐの宏壮さである。朽ちかけた山門、空洞《うつぼ》のある欅の大樹、苔むした永代常夜燈、その頂きの傘に附してあるシヤチも捥ぎとられたり欠けたりしてゐた。文政六年の建立とあるが、老常夜燈の貫録は、その全身の深苔にはつきり見られるやうだつた。「霊泉禅寺」と大きな額が本堂の正面にかかつてゐた。閉ぢこめたままで幾日も過ぎてゐるらしい。雨戸の隙間から覗くと、洩れ陽の射した畳が赤ちやけて冷たく光り、御本尊は須弥壇の奥深くて、拝めなかつた。

川に沿つて引き返した。流れが早く透明だつた。戸口毎に女衆がしやがんで、菜つ葉を洗つたり米をといだりしてゐた。芹を摘んでゐる子供もゐた。

清子は久しぶりに後ろ手に組みながら、娘時代の友人たちを思ひ浮べた。そしてこれから先きの年々、姑と二人のささやかな暮しが今眼の前で始められたやうな気がするのだつた。

「なんと、腹コの空くこと。おしよしくてなし」

姑は気まり悪さうに言ひながらも、足を早めた。空気のいいのは薬だといひ、けれどもこんなに腹コが空いては節米に適はぬとて笑ふのだつた。

「また、今朝もとろろよ。さつき、おかみさんが一生懸命で擂り粉木をまはしてゐましたよ」

「とろろに明けてとろろに暮れるだべしちえ」

二人はクツクツと笑ひあつた。

宿が間近かつた。百姓家の戸口前に子供等が争つて空缶の中へ手を突つ込んではミミズをつまみあげて、金網をのぞいてゐた。金網の中には鴉が一羽入つてゐた。嘴の染まりきらぬ色合ひや着ぶくれてゐるやうな羽毛の落ちつきのない恰好に、まだ育ちきらないあどけなさが見える。子供が網の目からミミズを垂らしてやると、ちよつとすざつて赤い口を開け、カツカツとせつかちに鳴きたてながら羽ばたきした。羽の先きが切つてあつて、変にちびてぶざまに見えた。

　金網の中には欠けた小鉢があつて、御飯つぶが散らかつてゐた。仔鴉がミミズに取り合はないのを見とどけると子供等は、今度は戸を開けて引き出しにかかつた。しばらくしてヨチヨチと戸のところまで寄つてきたが、すぐに網の中に戻つて、それなりうづくまつた。

　まだ雛のうちに巣からさらつてきたといふことが子供の説明で分つた。残飯で育ててきたのだつたが、今では御飯つぶ以外のものをやつても喰べないといふ。先だつても蛙の肉をやつて試してみたが駄目だつたと子供等は残念さうだつた。

　ミミズの匍ひまはる金網の中に、すくんだやうな眼いろをしてゐる仔鴉を見ながら清子は良人を思ひ出した。いつだつたか、生れて初めての雑誌社の座談会に招ばれて支那料理の馳走になつたことがあつたけれど、帰宅すると早々腹痛をおこして、御馳走はこりごりだと言つた。変つたものを口にすると、きつと、あとで腹痛をうつたへた。あんなにお粥を喜んでゐた良人であつた。

　先きに宿へ帰つてゐた姑は、掃除のすんだ部屋の炉端で茶を喫んでゐた。

　裏の藪から鶯の声が聞えてきた。

「おかあさん、鶯よ」

　きこえないらしい。

「おかあさん、鶯が啼いてゐますよ」

　姑は茶碗を口にあてたなり振り向いて、

「ほんとに、いい按配のお茶ッコだしてえ」

と、うなづいてみせた。

　清子はそれなり、鶯のことにはふれなかつた。

鴻ノ巣女房

隣りの紺屋の婆様から、ぎんはこんな昔語りをきいた。

或る山の中に男が一人小屋がけをして住んでゐた。働いても働いても食ふに事かく有様で、おのれの行末を考へては心細がつてゐた。或る晩大風があつてはうばうの大木が倒され畠の栗や稗がみんな吹きこぼれて、あつちこつちで助けてけろ助けてけろといふ叫び声がする。男は行きつけの旦那衆の手伝ひをして家に帰つて寝たが、夜中にどこからか助けてけろ助けてけろといふかぼそい叫び声がきこえる。はて何処だべと思ひながら夜を明かした。朝になつて山へ柴刈に行つたが、まだゆうべの助けてけろ助けてけろといふ声がするから、だんだん尋ねて行くと、きのふの大風で倒れた古木の洞に住んでゐた鴻の鳥が、木の間に体がはさまつてどうすることも出来ずにキイキイ鳴いてゐるのであつた。男は苦労してその木を伐り倒して鳥を助け出し、傷んだ羽根を撫でてやつたが鳥はつかれてゐてうまく飛べない。やつと飛び上つたかと思ふと、ばさばさと地に落ち、飛び上つたかと思ふと、地に落ちる。男は稼がなければならぬので思ひを残しながら振りかへり振りかへり立ち去つた。鳥は涙を流してその後ろ姿を見送つてゐた。或る雨あがりの日、男が山へ柴刈に行くと、若いきれいな女がやつぱり柴刈をしてゐた。女は笑ひかけて、お前に行き会ひたかつたと声をかける。お前は誰れだと云つても、女はただ笑つてばかりゐて、せつせと柴を採る。夕方になつて男が帰りかけると女もついてきた。俺はこんな貧乏者だからお前のやうな女子に来られては困ると云つても、拝むやうにしてどうか置いてけれせといふ。そしてふところから紙捻を出して、その中から米粒を二粒出して鍋に入れて煮ると、鍋が一杯になつて二人で夕飯を腹いつぱい食べた。女は昼間は山へ柴刈に行くし夜は機を織つたりして休む間もなく働いてゐる。だんだん日がたつと女は家にゐて朝から晩まで機を織るやうになつた。そのうち二人の間に女の子が生れ、三年たつと女はやつと機を織り下して、良人に、これを町さ持つて行つて売つてきてけれせと云つた。男はなんたらこんなもさもさした毛織物なんぼの値があるべえや、それも売れればよいがと心配顔をすると、女はこれは私の精をこめて織つたものだから三百両であつたら売つてもよいといふ。町の大店の旦那様の処へ行くと、大そう喜んで家の宝にするとて言ひ値で買ひ取つてくれたので、男は驚いて大金を持つて帰つて来た。そして、この織物のおかげで、ひどく裕福に暮せるやうになつた。或る夜、その女が云ふには、娘ももう食べ物をやつておけば大丈夫だから私に暇をくれろといふ。男は驚いて何して今頃そんなことを云ふのかと尋ねると、これまで私もずゐぶん稼いだけれど今では精も根もつきはてたから元の性に還りたい。実は私はいつぞやお前に助けられた鴻の鳥である。なぞにかして御恩返しをしたいと思つて私の代りに一人娘を残して行く。そして、あの機を織る時、私の体の毛はみんな抜いて織つたので今ではこのやうになつたというて、赤裸になつた体をみせ、わづかに残つてゐる風切羽で山のほうへばさばさと飛んで行つた。

今年四十二歳のぎんは、この昔話をきいた晩、泣けて仕様がなかつた。枕につつ伏して声をしのんで、ながいこと泣いてゐた。

ぎんがこの「あたりや」に女中奉公してから、もう、十年あまりになる。「あたりや」もこの六本木通りでは相当に名のきこえた唐物屋だつたけれど、ここ数年来輸入物の仕入れがむづかしくなつたところから、とかく商ひも不如意がちになり、それかといつて今さら軍手や割烹着類を店ざらしにするやうな小商人になり下がるくらゐならと依怙地な老主人は店を閉ざしてしまつたが、今ではその店内にぎつしりとミシンをならべて、ぎんが頭になつて請負のミシン作業に精を出してゐる。ほんの手内職のつもりではじめたことが、いつのまにか本職になつてしまつた。この家の一人娘の遺品だといふ古ミシンをつかつて、片手間に近所の人たちの簡単服だのエプロンだのの賃仕事をしてゐるうちに、出入りのクリーニング屋から話がついて、衛生服や医務服の下請をするやうになつた。ぎん一人では手もまはりかねるので、中古を買ひこんだり賃借りをしたり、いまは通ひの娘たちも汗みづくの忙しさである。

　年寄りの主人夫婦から一切をまかされてゐるぎんは、ミシンにばかりかかりつめてゐるわけにはいかない。年寄りが喜びさうな惣菜をこしらへたり、お針をしたり、洗濯をしたり、鼠捕りをしかけたり、市場へ買ひ出しに行つたり……。市場で、ぎんは「負けれせ」といふ呼び名で通つてゐた。ひね生姜一つ買ふにも値切らずにはおかなかつたからである。まつたくぎんは値切ることにかけては名人だつた。ちよいした瑕やあらを見付けては、国訛りのぼつそりとした調子で「負けれせ」といふのが口癖なのである。あの「負けれせ」に会つちや敵はねい、と物売り達は投げるやうに手を振つて、ぎんが買ひ出しに来る頃合ひをみて「本日は負からずデー」と張紙などして、からかつたりした。

　ぎんは器用なたちだつたので、大抵の繕ひ物は自分の手でした。傘の張換へだの骨の折れなどを雑作なくなほした。それから鍋や薬鑵などのイカケもすれば、瀬戸物の毀れを接ぎ合せることも出来た。

　主人夫婦はかうしたぎんの始末振りをひどく気に入つてゐた。非常時の折から物品愛護のよい手本だと賞めた。ぎんはニコニコ笑つてゐた。主人夫婦の言葉は、なんでも有難かつた。ぎんにとつては主人夫婦はただただ無類の結構人だつた。

　旦那様のはうは中風の気味で臥せがちだつたが、せつかちの口やかまし屋で、しよつちゆう小言ばかり云つてゐた。そのうへ手に負へない癇性で、畳に顔をこすりつけるほどにして調べてはサヽクレをいちいちつまみとらせたりする。奥様は信心深くて念珠を手から離したことがない。慈悲の心に篤く、申し分なく優しい人柄だつたけれど、出入りの者たちは「けちんばう」だと蔭口をきいてゐた。情をかけるにも口だけで、一向に喜捨をしたためしがない。奥様自身は、まことさへあれば仏様の御心に通じるものだからと云ひ慣はして、人へ恵むといふことをあまり喜ばない。お貰ひ物が殊のほか好きで、それへ熨斗紙を掛けかへたりしては他家への遣ひ物にしたり、あれこれとひとりで忙しがつてゐる。ぎんには主人の云ふことなすことが、みんな尤もだつた。そして、この吝嗇な奥様と根つから始末屋の女中はよく気が合つて、いよいよ物をしみするのだつた。

　ぎんの一日は目まぐるしかつた。内のことも外のことも一人で取り仕切らなければならない。年寄り夫婦の用事はひつきりなしだつたし、店の娘たちの世話もやけた。それに品物の受け渡しや厄介な帳づけの仕事がある。ミシンの請負からあがる利益で主人夫婦はたつぷりと暮し、貯金も出来るといふのでほくほくだつた。

近所では働き者のぎんのことが評判である。あたりやさんではいい女中を当てたものだと、羨ましがつた。あんなに扱き使つて八円の給金ぢやあ因業すぎると、主人夫婦を悪く云ふものもあつた。

ぎんはニコニコして働いてゐた。頰骨の出た釣り眼の長顔なので、黙つてゐるとひどくこはい険のある顔にみえる。これを苦にやんで、始終ニコニコとほぐしてゐた。娘のころチブスにかかつて髪が生えかはつてからチリチリの縮れつ毛になつてしまつた。それをひつつめて、うしろにお団子にしてゐる。右肩が怒つてゐて、ちよつと片輪にみえたが、これはレース工場にゐたとき機械の片側調べを長年してゐたからで、今ではその肩をわざと落して癖づけようとしてもなほらなかつた。奥様のお下りの盲縞でこしらへた上つ張りを年中着てゐた。朝晩はその上から襷をかけ、大きな前掛で腰をひつくゝつた。誰もまだぎんの齢を云ひあてたものがゐない。しかし、誰れの見当も五十から六十の間といふことで一致した。不思議なほど手足だけが綺麗だつた。

通ひの娘たちが帰つたあと、ぎんはひとりでミシンの夜業に精を出した。つい十二時すぎまでかゝりつめてゐて、近所から安眠妨害だと文句を云はれることもあつた。たまに早仕舞ひをしたときは銭湯へ行つてゆつくり手足を伸ばしてくるか、隣家の紺屋へ遊びに行つて同じ郷生《くに》れの婆様から昔話《ムカシコ》をきくのが、このうへない安楽だつた。

台所つづきの三畳間がぎんにあてがはれた寝場所だつたが、まるきり陽の目をみないこの小部屋はしよつちう黴臭く、壁や畳がジトジトと湿つてゐた。北向きのたつた一つの格子窓からは路地のすぐ向ふに紺屋の勝手口が見えた。子沢山のおかみさんが立ち働きづめでキンキン声を張り上げて、ひつきりなしに子供や婆様を叱りつけてゐた。ぎんが寝るころになつて洗濯をはじめることもあつた。窓の両側の壁には子供のかいたクレヨンの図画だの、雑誌から切り取つた西洋美人の絵だの、新聞の附録の古い一枚カレンダーだの、工場にゐたころの友だちと撮した写真などがピンで留めてあつた。写真の中の友だちもぎんも眉毛のかくれるほどの大きな束髪に結つて、どういふつもりか揃つて右手を袂の中に隠してゐた。

部屋の隅には古行李やボール箱が積み重ねてあつた。

ひびの入つた電灯の花笠や、摘み細工のぼろぼろになつた柱懸や、インキ瓶のやうなものまで、丁寧に納まつてあつた。主人から、もう捨ててもいいよと許しの出た物は、なんでもみんな頂戴しておいたのである。

古行李には、ぎんが持物の中でも一番自慢にしてゐるもの、奥様のお下りのラッコの毛で縁どつたショールが納まつてあつた。これは舶来物の飛切品だと奥様は今も惜んでゐる。しかし、紺屋の婆様の鑑定によると、ラッコとは真つ赤な嘘で、兎の毛をうまく染めたものだといふ。虫のせゐか、あちこちボツコリと毟り取つたやうに毛が抜けて、見るかげもなかつた。

毎度、虫干しの季節になると、ぎんはこの三畳間に細引を張つて、持物に風を通すことを忘れなかつた。そんなとき、紺屋の誰かが格子窓から覗くと、ぎんは一つ一つに勿体をつけて自慢した。店の娘たちが汗になつてミシンにしがみついてゐるところへ、出しぬけにラッコのショールで現はれて、みんなの度胆を抜いたりした。

この小部屋いつぱいに床をしいて、身を横たへたいつときは、ぎんにとつてはまつたく極楽の有難さである。胸に手を組み、奥様口ぐせの念仏を聞きおぼえに唱へながら、いつのまにか快い眠りに誘はれる。夜中にむつくりと起き出して、暗がりをきよろきよろ見まはすことがよくあつた。夢だつたのかと、うつとりとした心地で、やがてまた、しづかな眠りに入る。

まつたく不思議な話だが、長い年月、ぎんにはきまつてみる一つの夢があつた。広い立派な西洋間である。壁には大きな額がかゝつてゐる。綺麗な飾り椅子があちこちに置いてある。高い大きな窓がいくつもいくつもあつて、それにはみんな真つ白いレースのカーテンがかゝつてゐる。小模様の織目の細かい上等品である。ふんはりと揺れはためく。裳裾の房がパタパタと鳴る。揺れるカーテンにコスモスの花が咲いてゐる。淡紅い今にも消えさうな花が、白い花むらの中にぽつぽつと咲いてゐる。背中の赤ん坊がなかなか泣きやまない。まあるいおしりが下つて、おぶひ紐が肩に食ひこんで、重つたるい。あやしながらコスモスの花の中を歩いて行く。

行つても行つても花ばかりである。花の波がゆつたりゆつたりと揺れる。真つ白いところに淡紅いぽつぽつのあるコスモス模様のカーテンである。裳裾の房がパタパタと鳴る。すると、カーテンはふんはりと揺れはためく。

夢の中の西洋間は、雑誌の口絵で見かけたことのあるえらい方のお邸のやうでもあるし、工場にゐたころ友だちに誘はれて見た活動写真の中の場面のやうでもある。その活動では背の高い素敵な西洋美人が伯爵の恋人と囁きかはすところがあつたり、馬に乗つて散歩するところがあつたりして、今でも思ひ出すたんびにぎんは悩ましくつて溜息が出る。そんなとき、無性に、寺島捨吉が慕はしかつた。

ぎんがこの小間物行商人と馴れ染めたのはレース工場にゐたときのことである。大阪にあるその工場の女工になつたのは十八の齢であつた。北秋田の潟に近い小さな町でぎんは生れた。父親は町役場の小使をつとめ、母親は水汲み下女だつた。ぎんは小学校を中途でやめさせられて校長先生の家へ子守りにやられた。

校長先生には「赤髭コ」といふ諢名がついてゐた。寒中でも真つ裸になつて井戸端で水をかぶる人だつた。赤ん坊をおぶつたぎんが学校へ遊びに行くと、子供たちが寄つてきて、こんな悪口を云ふのだつた。

「お前《めえ》とこの赤髭コな、けさ、髭コの先さタロツペ（つらら）下げてきたど。」

そして「赤髭コ、赤髭コ、髭コのタロツペ塩辛《しよつぺえ》つてな。」とはやしたて、雪の中をどこまでも追ひかけてくるのだつた。

夏になると校長先生の庭にはいろいろな花が咲いた。おいらん草だの百日草だの雛菊だのが咲き盛るのだつた。校長先生は越中に腹巻といふいでたちで、暇さへあれば草花の手入だつた。コスモスの花時になると、子供等が垣根に背伸びして、よくとりにきた。先生自慢の輪の大きなコスモスだつた。それが垣根のぐるりにゆさゆさ揺れてゐた。子供の頭がかくれてしまふほど背の高いコスモスだつた。

父親の都合でぎんは校長先生の所から暇をもらひ、酒屋の小女中にやられた。町に「ガラ八の内儀《ぢやつちや》」といふ看護婦や女工や女中などの口入れを商売にしてゐる寡婦がゐた。十六の春、ぎんは近在の娘たちといつしよにこの「内儀《ぢやつちや》」に連れられて大阪へ出た。紡績の女工になつた。同じ町から出てきた友だちに誘はれるまま一年半ばかりの後、レースの工場へかはつた。そこで十二年あまり働いた。

大正の初め創業したこの工場は、当時輸入した二台の機械でどうやら覚束ない歩みをつゞけてきたが、次第に活況を呈して、ぎんが退くころは工場の建て増しをしてゐる最中だつた。普通、服地とか袖口とか裾よけとかになるレース地は、絹物、ジヨーゼツト、木綿、人絹などいろいろあつて、機械にかける前、十ヤールに縫合せる。機械済みのを仕上げのミシン場へまはして、あとは晒しに出す。ぎんは入りたてミシン場で働いた。それから機械場へまはされた。一台に二人、裏と表につくのである。糸の切れ、針の折れを視て歩く。眼玉を皿にして注意する。しよつちゆう片側歩きなので、しぜん肩が凝つてしまふ。六台に一人あたり、班長が休みなしに見廻つてゐるのでくさめをするまもない。ぎんものちには班長になり、女では一人つきりの監督にまで上つたけれど、機械に附き添ふ愉しさは格別であつた。

　工場にはたつた一台、米国から取り寄せたといふ特製の機械があつたけれど、これはぎんでなければ動かせなかつた。他の者では機械がいふことをきかないのである。無理をして針に刺されるのが怖さに、誰れも手を出さなかつた。これは織目の緻密な総レースをつくり出すのである。仕上り品は主に極上品のカーテン地として売り出された。ぎんは、この機械のことで明け暮れた。どんな小さな埃りでも指のはらで丁寧に払つた。針の一本一本を唇でためした。そして、機械にかける前、糸を舐めるのに精をきらした。舐めると糸が切れないといふ「まじなひ」を故郷《くに》の年寄衆にきいてゐたからである。針の間からゆるやかに大巾の模様レースが流れ出してくる。白いこの流れに械機の騒音が吸ひこまれて、ひとり静けさがここにばかり凝つてゐるやうである。視戍つてゐるとしんしんとした静けさが心の奥底にまで沁みる。すると、心の奥底にもまた白い模様レースが流れはじめる。ぎんは、ぼけたやうに機械を忘れて立つてゐて、よく小突かれた。監督になつてからも、この機械からは離れられなくて、ずつと掛持だつた。

　機械に引き添ひながら、ぎんはいろいろな模様レースを心の中で織つた。子供のころ見なれた山の端の茜雲や、青空にふんはりとかかつた白い薄雲や、いつかの明方見たことのある遠い空の燃えるやうなだんだら雲を次ぎつぎと織つていつた。それから夏の雨上りの虹の橋や朝露のつぶつぶを光らせた浅緑の草むらを織つてみたいと思つた。その草むらにとまつてゐる玉虫や羽根のすけてみえるかげろふを織りこんでみたら、どんなに綺麗かと思ふ。そしてまた虹の橋に霧がかゝつたところや梢を鳴らす優しい風の音もレースに織つてみようと、胸をふくらませるのだつた。

　ぎんが工場づとめをしてゐる間に両親が次ぎつぎに死に、たつた一人の兄は北海道へ渡つて鉱山入りをしたまま消息を絶つてしまつた。チブスで動きのとれなかつたぎんは、たうとう親の死に目にも会へなかつた。寺島捨吉と知り合つたのは、かうした不幸のあとだつたのである。

　その頃、工場には女工たちのために三棟の寄宿舎が出来てゐた。外出しにくいので、しぜん行商人が入り込む。捨吉は小間物類一切から下駄草履のやうなものまでつづらに詰めては商ひに来る。色の浅黒い三白眼の、ちよつと小粋なところのある男だつた。広島弁で面白いことを云つては笑はせる。自転車につづらをつけた捨吉の姿が通りに見え出すと、女工たちは窓から乗り出したり手を振つたりしてキイキイ声を張り上げる。なかなかの人気だつた。

　この捨吉が、ぎんへはこつそりと並ならぬ優しさを見せるのである。毛ピンやネツトのやうなものを負けてくれたりハイカラな文化草履を卸値で分けてくれたりする。ぎんの手足を綺麗だとほめて顔が火照るほど嬉しがらせたりした。

　或る日、非番でぎんが寝転んでゐるところへ、つづらの捨吉が入つて来た。部屋の者が出はらつてゐるのを見て、あんたにだけ聞いてもらひたい話がある、と声を低めて、身の上話をはじめた。自分ほど不幸な男はゐない、子供の頃ふた親に死別して、因業な伯父夫婦にこき使はれた。女房運が悪くつて、最初のには逃げられるし、二度目はそりが合はなくて別れるし、三度目のにはつい先達て死なれてしまつたと、眼をうるませ、おろおろ話した。孤児同様な我が身にひきくらべて、ぎんは貰ひ泣きした。男の唐突な涙もろさ、おろおろした気弱さに、心が動かされるのだつた。

　そんなことがあつてから、ぎんは、つづらの捨吉を特別な優しさでみるやうになつた。そして休日にはどきどきして媾曳の場所へ急ぐのだつた。人出のない郊外へ、男は出たがつた。逢ふといつもおろおろ声で「僕ほど不幸な男はゐない。」と愬へ、ぎんを当惑させた。男の涙もろさや気弱さは、ぎんにとつては愛情の誓ひになつた。

　夜に入つてぎんが帰りを気にし出すと、男はびつくりするやうな剣幕で引き止めた。暗い畑道を歩きながら男に手をまかせ、ぎんは不安と臆病さからしよつちゆうどきどきしてゐた。その臆病さが身を守つて、あやまちもなかつた。男は、堅人だと云つてからかつた。女のさうした身の堅さに却つて掻き立てられ、いよいよ執心した。

　工場の中でも評判になつて居たゝまれず、ぎんは捨吉と港寄りの小林町に家をもつことになつた。一人者だときいてゐたのに、暮してみると男には子供があつた。三度目のおかみさんの子だつたが、死別したはずのそのおかみさんもしやんしやんしてゐて、今は堺のはうの旅館で働いてゐるといふことまで分つた。子供はどこに預けておいたのか、間もなく男が引き取つて来た。やうやうつかまり歩きをし出したばかりの男の子で、俊雄と呼ばれてゐた。

男が大酒飲みだといふこともだんだん分つた。酒癖が悪くて喚き出すと手に負へなかつた。三白の眼をすゑ「馬面《うまづら》」、とか「シヤグマ」とかいつて、ぎんを呼びたてるのだつた。小間物の行商もとかく怠けがちだつたが、そのうちどこで仕入れるのか信州綿といふのに肩代りした。こんどの行商は気骨が折れる、一軒一軒で口上だからと、捨吉は不機嫌だつた。玄関に上りこむなり荷をひろげて、山繭の屑糸からとれた丈夫な絹綿だと云ひ、足でふんづけたり手綱によぢつてみせたりして、「これこの通り！」と買手へ請合顔して見せるのだつた。綿の中味は人絹屑の加工物をつかひ、どうせ知れたまやかしものであつた。どこで手に入れたのか、知名の人の名刺を勿体ぶつて財布から取り出して見せ、こんなに支持してもらつてゐるからと、買手の度胆を抜いてかゝる。名刺には子爵男爵と肩書のついたのもあつた。それほど儲けにもならず、寝食ひの日が多かつた。

工場の友だちが遊びにくるたびに、ぎんは肩身の狭い思ひをする。はじめつからあんたの貯金が目あてだつたんだからと、その友だちは親身になつて忠告した。今のうちに別れないと飛んだことになるとも嚇かした。しかし、ぎんは別れる気がなかつた。男は仕入をすると云つては、あらかた金を持ち出した。家をあけることが多くなつた。たまにくつろげば酔つて「おい、シヤグマ」と喚き立て出て行けがしの愛想づかしだつた。

どのやうな男の仕打も、ぎんには我慢が出来た。子供のために堪へられたのである。子供はぎんになついて、可愛かつた。まはらぬ口で母チヤン母チヤンと呼びなれてゐた。ねむくなると、涎れの顔をぎんの胸にこすりつけてきた。そしてから乳を吸つて機嫌よく寝入つた。ぎんはこの子が可愛くつてたまらなかつた。朝から晩まで、子供のことでいつぱいだつた。人に会ひさへすれば子供自慢だつた。

「うちの子は、まあ、なんて早智慧なんでせう。けさもね、鳩ポツポを教へたらもうすつかりおぼえこんぢまつて、さあ、俊ちゃん、小母さんにポツポツポを唱つて上げれせ。」

子供が涎れの口をとがらせて覚束なげに唱ひ出すと、ぎんはもう眼をなくして武者ぶりつき、子の顔や手や出臍のおなかにまで口をつけてぶうぶう吹いてやるのだつた。

或る日、めづらしく捨吉が子供を抱いて銭湯へ行つた。帰りの遅いのが気になつて覗きに行くと、とつくに上つたといふ。濡れた手拭ひとシヤボン箱が番台に預けてあつた。それつきり父子は姿を見せなかつた。親類だといふ夫婦者がきて、世帯道具の一切を荷車につけて行つた。子供の母親と縁が切れてゐなかつたと初めてきかされ、ぎんは途方に暮れた。子供を思つて泣いた。

しばらく独り暮しをしてゐたが、友だちに勧められて上京することに決心した。東京で経師屋にかたづいてゐるその友だちの叔母を頼つて行くことになつた。レース工場へは義理が悪くて帰れなかつた。

郷里《くに》者の経師屋は、姪といふ振れこみで、ぎんを「あたりや」に世話した。時々、親類顔で覗きにきては、暮し向きの愚痴を並べ、小遣ひを借りて行つた。それもだんだん狎れつこになつて、月末には無心を欠かさないやうになつた。

誰れにでもぎんは従順だつた。人の言葉に従つてさへゐれば間違ひがないと信じ切つてゐた。そして始終心の中に誰れかを立てておかないと気がすまないのである。子供のころは校長先生や酒屋の旦那様だつた。工場の機長だつたこともあるし監督だつたこともある。捨吉父子はいつとう長く心の中にゐた。そして今は「あたりや」の主人夫婦ほど有難い人はないのである。

別れて十年あまり、俊雄はこの春中学へ上つたといふ。父子の者はいま広島の海江田市に住んでゐる。ぎんが「あたりや」に落着いて一年ばかりたつと、捨吉から手紙がきた。そのころはまだ堺にゐた。工場の友だちに居所を訊き合せたといふことが分り、相変らず愚痴だつた。ぎんは男の涙もろさを思ひ出した。おろおろ声が聞えるやうだつた。貧乏してゐる子供が可哀さうでたまらなかつた。そして、有り合せをすぐに為替に組んで送つてやつた。それが癖になつて、今では子供の学費といふ体裁で毎月せびられてゐる。

「お前さんのやうなお人好つてあれあしない。赤の他人にそんなに貢いでさ。笊に水だよ。」

主人夫婦はどうにかして、送金を思ひ留らせようとして、いろいろに意見を云つた。ぎんはニコニコして聞いてゐるだけだつた。

広島へ行つてからの捨吉は家屋売買のブローカーのやうなことをしてゐた。手紙には子供と二人つきりの侘び暮しだと書いてあつたが、工場の友だちからの知らせで、子供の母親も一緒だと分つた。

子供からもよく手紙がきた。大きな字で「オバサン」と書き出してあつた。ぎんは物足りなく寂しかつた。まはらぬ口で「母チヤン」と呼んで、涎れの顔をこすりつけてくる俊雄が思ひ出された。から乳をよろこんで吸ふときの、乳房へあてがふ小つちやな手の感触が、悲しいほどの疼きで思ひ出された。そして「母チヤン」と、なんべんも口の中で云つてみるのだつた。

俊雄からは手紙のたびにねだりごとだつた。ランドセルがこはれてしまつたの、東京鉛筆が欲しいの、遠足へ行く小遣ひを呉れだのと、ひつきりなしだつた。ぎんはわくわくしながら、手紙をよむとすぐに支度をして送つてやつた。クレヨンの図画が届くと、会ふ人ごとに見せびらかした。「わたしンとこの子はね……」と、眉をひらいて、ありつたけ自慢した。通ひの娘たちは、またおぎんさんの「わしンとこの子」がはじまつたと目まぜして、クスクス笑ひ合ふのだつた。

クレヨンの図画には汽車と、もう一枚林檎が描いてあつた。ぎんはそれを自分の部屋の壁に貼つて、朝晩ながめくらした。

輸入物の品不足で「あたりや」が小僧を廃し店を閉めるほどの不況に追ひ込まれた頃、一時ぎんも身の振りかたに迷つたことがあつた。経師屋夫婦は、もつと割のいい奉公口を探してやらうと云ふのだつたが、ぎんは他へ住みかへる気がしなかつた。たゞ心にあつたのは、もう一度、大阪の工場に帰つてみたいといふことだつた。思案しぬいた揚句、ぎんは監督へあてて願ひを出してみた。友だちが郷里に帰つてかたづいてしまつた現在では、その古株の監督が唯一の知り合ひであり、頼りであつた。

機械へ向ける気持だけは、いつになつても変らなかつた。針の間からゆるやかに流れ出てくる真つ白い大布の模様レースを思ひ出しただけで、無性に心が弾んだ。ぎんは、もう一度、針を扱ひたいと希つた。舌のさきで、ちよいちよいと糸を舐めてみたいと思つた。指のはらで機械の埃りをはらひ、眼を皿にして忙しく引き添ひ歩きたいと思つた。レース機械へのこの執心は、ぎんのもつてゐるただ一つの積極性であつた。しかし、願ひは入れられなかつた。事変後、製品の統制で現在は機械の数台も以前より少くなつてゐる。総レースを織り出す特製のはうは昨年から使用を停止してゐると、監督から懇切な報告があつた。

主人夫婦から許しが出て、ぎんはミシン内職にかゝりつめるやうになつた。通ひの娘たちは親しんで、よく働いた。仕事がだんだん立てこんで、ぎんはミシンにかかつたなり応待したり製品の受け渡しを指図したりした。ニコニコ顔が利いて、取引先きの受けもよく、愛嬌者だと評判もよかつた。

ミシンの手を動かしてゐる最中、ふと、眼前に広い立派な西洋間がひらける。大きな額や綺麗な飾り椅子がある。高い窓がいくつもいくつもあつて、それにはみんな真つ白いレースのカーテンがかかつてゐる。小模様の織目の細かい上等品である。ふんはりと揺れはためく裳裾の房がパタパタと鳴る。揺れるカーテンにコスモスの花が咲いてゐる。淡紅い今にも消えさうな花が、白い花むらの中にぽつぽつと咲いてゐる。花の波がゆさゆさと揺れる。裳裾の房がパタパタと鳴る。すると、カーテンがふんはりと揺れはためく。

ぎんには、そのレースが織目の細かい上等品だといふことも、小模様が一つ一つコスモスの花だといふことも、たくさんの襞がふんはりと揺れうごくさまも、ありありと見えるのである。裳裾の房が耳の中でパタパタと鳴り、手を伸ばすと揺れはためくカーテンのやはらかな感触が伝はつてくるのである。通りを走る電車の響きや人声やミシンの騒音の中に、その真つ白いカーテンだけがふんはりと音もなく揺れるのだつた。

蚊帳も団扇もしまひこんで雨戸を閉め切る時節となつた或る夜、ぎんは寝床の中で俊雄の手紙を読み返してゐた。難かしい字が多くなつて、このごろは判じよむのに骨が折れた。「伯母上様」と書き出しから、もう漢字であつた。中学に上るとえらくなるものだと、ぎんは感心した。友だちはみんな万年筆を持つてゐるのに、僕だけ買つてもらへないと愬へてあつた。お父さんが今病気でお医者にかかつてゐると知らせてあつた。僕は赤ん坊のお守りをしたり勉強したりで、とても忙しいと附け加へてあつた。

ぎんは、あした早速万年筆を買つて送り出さうと思つた。俊雄の喜ぶ顔を想像した。しかし、浮んでくるのは、涎れあぶくを吹いてゐるよちよち歩きの男の子である。するると、まはらぬ口で「母チヤン」と呼ぶ可愛い声がきこえてくるのだつた。

この春生まれたといふ赤ん坊へも何か玩具を送らう。それから子供の父親へも見舞ひの金を送らう。貧乏して、どんなに困つてゐるだらうと、ぎんは眼をうるませた。

そして、カキカキした大きな字の手紙を頰に敷いたまま、いつのまにか安らかな寝息をたてはじめた。枕のはしでかなぶんが忙しげに手をもんでゐた。

それから十二日目に、ぎんは卒中で死んだ。

遺品を調べてみたら、金は五円の報国債券五枚を入れて、しめて百二十八円五十三銭あつた。妙に思はれたのは、これまで虫干しでも見かけたことのなかつた六尺四方の豪華なレースのテーブル掛であつた。

岡本《おかもと》かの子《こ》

金魚撩乱

今日も復一はやうやく変色し始めた仔魚を一匹二匹と皿に掬ひ上げ、熱心に拡大鏡で眺めてゐたが、今年もまた失敗か――今年もまた望み通りの金魚は遂に出来さうもない。さう呟いて復一は皿と拡大鏡とを縁側に抛り出し、無表情のまゝ仰向けにどたりとねた。

縁から見るこの谷窪の新緑は今が盛りだつた。木の葉ともいへない華やかさで、梢は新緑を基調とした紅茶系統からや、紫がかつた若葉の五色の染め分けを振り撒いてゐる。それが風に揺らぐと、反射で滑らかな崖の赤土の表面が金屏風のやうに閃く。五六丈も高い崖の傾斜のところどころに霧島つゝじが咲いてゐる。

崖の根を固めてゐる一帯の竹藪の蔭から、じめ〳〵した草叢があつて、晩咲きの桜草や、早咲きの金蓮花が、小さい流れの岸まで、まだらに咲き続いてゐる。小流れは谷窪から湧く自然の水で、復一のやうな金魚飼育商にとつては、第一に稼業の抛りどころになるものだつた。その水を岐にひいて、七つ八つの金魚池があつた。池は葭簾で覆つたのもあり、露出したのもあつた。逞ましい水音を立てゝ、崖とは反対の道路の石垣の下を大溝が流れてゐる。これは市中の汚水を集めて濁つてゐる。

復一が六年前地方の水産試験所を去つて、この金魚屋の跡取りとして再び育ての親達に迎へられて来たときも、まだこの谷窪に晩春の花々が咲き残つてゐた頃だつた。

復一は生れて地方の水産学校へ出る青年期までこゝに育ちながら、今更のやうに、「東京の山の手にこんな桃仙境があるのだつた」と気がついた。そしてこの谷窪を占める金魚屋の主人になるのを悦んだ。だが、それから六年後の今、この柔かい景色や水音を聞いても、彼は却つて彼の頑になつたこころを一層枯燥させる反対の働きを受けるやうになつた。彼は無表情の眼を挙げて、崖の上を見た。

　芝生の端が垂れ下つてゐる崖の上の広荘な邸園の一端にロマネスクの半円祠堂があつて、一本一本の円柱は六月の陽を受けて鮮かに紫薔薇色の陰をくつきりつけ、その一本一本の間から高い蒼空を透かしてゐた。白雲が遥か下界のこの円柱を桁にして、ゆつたり空を渡るのが見えた。

　今日も半円祠堂のまんなかの腰掛には崖邸の夫人真佐子が豊かな身体つきを聳かして、日光を胸で受止めてゐた。膝の上には遠目にも何か編みかけらしい糸の乱れが乗つてゐて、それへ斜にうつとりとした女の子が凭れか丶つてゐた。それはおよそ復一の気持とは縁のない幸福そのもの丶図だつた。真佐子はかなりの近視で、こちらの姿は眼に入らなからうが、こちらからはあまりに毎日見馴れて、復一にはことさら心を刺戟される図でもなかつたが、嫉妬か羨望か未練か、とにかくこの図に何かの感情を寄せて、こ丶ろを掻き立たさなければ、心が動きも止りもしないやうな男に復一はなつてゐた。

「あ丶今日もまたあの図を見なくつてはならないのか。自分とは全く無関係に生き誇つて行く女。自分には運命的に思ひ切れない女――。」

　復一はむつくり起き上つて、煙草に火をつけた。

　その頃、崖邸のお嬢さんと呼ばれてゐた真佐子は、あまり目立たない少女だつた。無口で俯向き勝で、癖にはよく片唇を嚙んでゐた。母親は早くからなくして父親育ての一人娘なので、はたが却つて淋しい娘に見るのかも知れない。当の真佐子は別にじく〳〵一つ事を考へてゐるらしくもなくて、それでゐて外界の刺戟に対して、極めて遅い反応を示した。復一の家へ小さいバケツを提げて一人で金魚を買ひに来た帰りに、犬の子にでも逐ひかけられるやうな場合には、あわてる割にはかのゆかない体の動作をして、だが、逃げ出すとなると必要以上の安全な距離までも逃げて行つて、そこで落付いてから、また今更のやうに恐怖の感情を眼の色に迸らした。その無技巧の丸い眼と、特殊の動作とから、復一の養ひ親の宗十郎は、大事なお得意の令嬢だから大きな声ではいへないがと断つて、

「まるで、金魚の蘭鋳だ」

と笑つた。

　漠然とした階級意識から崖邸の人間に反感を持つてゐる崖下の金魚屋の一家は、復一が小学校の行きかへりなどに近所同志の子供仲間として真佐子を目の仇に苛めるのを、あまり嗜めもしなかつた。たま〳〵崖邸から女中が来て、苦情を申立てゝ行くと、その場はあやまつて受容れる様子を見せ、女中が帰ると親達は他所事のやうに、復一に小言はおろか復一の方を振り返つても見なかつた。

　それをよいことにして復一の変態的な苛め方はだん〳〵烈しくなつた。子供にしてはませた、女の貞操を非難するやうないひがかりをつけて真佐子に絡まつた。

「おまへは、今日体操の時間に、男の先生に脇の下から手を入れて貰つてお腰巻のずつたのを上へ上げて貰つたらう。男の先生にさ――けがらはしい奴だ」

「おまへは、今日鼻血を出した男の子に駆けてつて紙を二枚もやつたらう。あやしいぞ」

　そして、しまひに必ず、「おまへは、もう、だめだ。お嫁に行けない女だ」

　さう云はれる度に真佐子は、取り返しのつかない絶望に陥つた、蒼ざめた顔をして、復一をぢつと見た。深く蒼味がかつた真佐子の尻下りの大きい眼に当惑以外の敵意も反抗も、少しも見えなかつた。涙の出るまで真佐子は刺し込まれる言葉の棘尖《とげさき》の苦痛を魂に浸み込ましてゐるといふ瞳の据ゑ方だつた。やがて真佐子の顔の痙攣が激しくなつて月の出のやうに真珠色の涙が下瞼から湧いた。真佐子は袂を顔へ当てゝ、くるりとうしろを向く。歳にしては大柄な背中が声もなく波打つた。復一は身体中に熱く籠つてゐる少年期の性の不如意が一度に吸ひ散らされた感じがした。代つて舌皷うちたいほどの甘い哀愁が復一の胸を充した。復一はそれ以上の意志もないのに大人の真似をして、

「ちつと女らしくなれ。お転婆！」

　と怒鳴つた。

　それでも、真佐子はよほど金魚が好きと見えて、復一にいぢめられることはぢきにけろりと忘れたやうに金魚買ひには続けて来た。両親のゐる家へ真佐子が来たときは復一は真佐子をいぢめなかつた。代りに素気なく横を向いて口笛を吹いてゐる。

　ある夕方。春であつた。真佐子の方から手ぶらで珍らしく復一の家の外を散歩しに来てゐた。復一は素早く見付けて、いつもの通り真佐子を苛めつけた。そして甘い哀愁に充たされ乍らいつもの通り、「ちつと女らしくなれ」を真佐子の背中に向つて吐きかけた。すると、真佐

子は思ひがけなく、くるりと向き直つて、再び復一と睨み合つた。少女の泣顔の中から狡るさうな笑顔が無花果の尖のやうに肉色に笑み破れた。

「女らしくなれつてどうすればいゝのよ」

復一が、おやと思ふとたんに少女の袂の中から出た拳がぱつと開いて、復一はたちまち桜の花びらの狼藉を満面に冠つた。少し飛び退つて、「かうすればいゝの！」少女はきく〳〵笑ひながら逃げ去つた。

復一は急いで眼口を閉ぢたつもりだつたが、牡丹桜の花びらのうすら冷い幾片かは口の中へ入つてしまつた。けつけと唾を絞つて吐き出したが、最後の一ひらだけは上顎の奥に貼りついて顎裏のぴよ〳〵する柔いところと一重になつて仕舞つて、舌尖で扱いても指先きを突き込んでも除かれなかつた。復一はあわてるほど、咽喉に貼りついて死ぬのではないかと思つて、わあ〳〵泣き出しながら家の井戸端まで駆けて帰つた。そこでうがひをして、花片はやつと吐き出したが、しかし、どことも知れない手の届き兼ねる心の中に貼りついた苦しい花片はいつまでも取り除くことは出来なくなつた。

そのあくる日から復一は真佐子に会ふと一そう肩肘を張つて威容を示すが、内心は卑屈な気持で充たされた。もう口は利けなかつた。真佐子はずつと大人振つてわざと丁寧に会釈した。そして金魚は女中に買はせに来た。

真佐子は崖の上の邸から、復一は谷窪の金魚の家からおの〳〵中等教育の学校へ通ふやうになつた。二人はめいめい異つた友だちを持ち異つた興味に牽かれて、滅多に顔を合すこともなくなつた。だが珍らしく映画館の中などで会ふと、復一は内心に敵意を押へ切れないほど真佐子は美しくなつてゐた。型の整つた切れ目のしつかりした下膨れの顔に、やゝ尻下りの大きい目が漆黒に煙つてゐた。両唇の角をちよつと上へ反らせるとひとを焦らすやうな唇が生き生きとついてゐた。胸から肩へ女になりかけの豊麗な肉付きが盛り上り手足は引締つてのび〳〵と伸びてゐた。真佐子は淑女らしく胸を反らしたまゝ軽く目礼した。復一はたじろいで思はず真佐子の正面を避けて横を向いたが、注意は耳一ぱいに集められた。真佐子は同伴の友達に訊ねられてるやうだ。真佐子はそれに対して、「うちの下の金魚屋さんとこの人。とても学校はよくできるのよ。」と云つた。その、「学校はよくできる」といふ調子に全く平たい説明だけの意味しか響くものがないのを聞いて復一は恥辱で顔を充血さした。

世界大戦後、経済界の恐慌に捲込まれて真佐子の崖邸も、手痛い財政上の打撃を受けたといふ評判は崖下の復一の家まで伝はつた。しかし邸を見上げると反対に洋館を増築したり、庭を造り直したりした。復一の家から買ひ上げて行く金魚の量も多くなつた。金魚の餌を貰ひに来た女中は、「職人の手間賃が廉くなつたので普請は今のうちだと旦那様は仰言るんださうです」といつた。崖端のロマネスクの半円祠堂型の休み場も序にそのとき建つた。

「金儲けの面白さがないときには、せめて生活でも楽しまんけりや」

崖から下りて来て、珍らしく金魚池を見物してゐた小造りで痩せた色の黒い真佐子の父の鼎造はさう云つた。渋い市楽の着物の着流しで袂に胃腸の持薬をしじゆう入れてゐるといつた五十男だつた。真佐子の母親であつた美しい恋妻を若い頃亡くしてから別にさゝやかな妾宅を持つだけで、自宅には妻を持たなかつた。何か操持をもつといふ気風を自らたのしむ性分もあつた。

復一の家の縁に、立てかけて乾してある金魚桶と並んで腰をかけて鼎造は復一の育ての親の宗十郎と話を始めた。

宗十郎の家業の金魚屋は古くからあるこの谷窪の旧家だつた。鼎造の崖邸は真佐子の生れる前の年、崖の上の桐畑を均《なら》して建てたのだからやつと十五六年にしかならない。

新住者だがこの界隈の事や金魚のことまで驚くほど鼎造はよく知つてゐた。鼎造の祖父に当る人がやはり東京の山の手の窪地に住み金魚をひどく嗜好したので、鼎造の幼時の家の金魚飼育の記憶が、この谷窪の金魚商の崖上に家を構へた因縁から自然とよみがへつた。殊に美しい恋妻を亡くした後の鼎造には何か瓢々とした気持ちが生れ、この生物にして無生物のやうな美しい生きもの金魚によけい興味を持ち出した。

「江戸時代には、この金魚飼育といふものは貧乏旗本の体のいゝ副業だつたんだな。山の手では、この麻布の高台と赤坂高台の境にぽつり〳〵ある窪地で、水の湧くやうなところには大体飼つてゐたものです。お宅もその一つでせう」

あるとき鼎造にかういはれると、専門家の宗十郎の方が覚束なく相槌を打つたのだつた。

「多分、さうなのでせう。何しろ三四代も続いてゐるといふ家ですから」

宗十郎が煤けた天井裏を見上げながら覚束ない挨拶を

するのに無理もないところもあつた。復一の育ての親とはいひながら、宗十郎夫婦はこの家の夫婦養子で、乳呑児のまゝ復一を生み遺して病死した当家の両親に代つて復一を育てながら家業を継ぐよう親類一同から指名された家来筋の若者男女だつたのだから。宗十郎夫婦はその前は萩江節の流行らない師匠だつた。何しろ始めは生きものをいぢるといふことが妙に怖しくつて、と宗十郎は正直に白状した。

「復一こそ、この金魚屋の当主なのです。だから金魚屋をやるのが順当なのでせうが、どういふことになりますか、今の若ものにはまた考へがありませうから」

宗十郎は淡々として、座敷の隅で試験勉強してゐる復一の方を見てさういつた。

「いや、金魚はよろしい。ぜひやらせなさい。並の金魚はたいしたこともありますまいが、改良してどし〳〵新種を作れば、いくらでも価格は飛躍します。それに近頃では外国人がだいぶ需要して来ました。わが国では金魚飼育はもう立派な産業ですよ」

実業家といふ奴は抜け目なくいろ〳〵なことを知つてるものだと、復一は驚ろいて振り返つた。鼎造は次いでいつた。「それにしても、これからは万事科学を応用しなければ損です。失礼ですが復一さんを高等の学校へ入れるに、もしご不自由でもあつたら、学資は私が多少補助してあげませうか」

唐突な申出を平気でいふ金持の顔を今度は宗十郎がびつくりして見た。すると鼎造はそのけはひを押へていつた。

「いや、ざつくばらんに云ふと、私の家には雌の金魚が一ぴきだけでせう。だから、どうも他所《よそ》の雄を見ると、目について羨ましくて好意が持てるのです」

復一は人間を表現するのに金魚の雌雄に譬へるとは冗談の言葉にしても程があるものだとむつとした。しかし、かういふ反抗の習慣はやめた方が、真佐子に親しむ途がつくと考へないでもなかつた。真佐子に投げられて上顎の奥に貼りついた桜の花びらの切ないなつかしい思ひ出で――復一はしきりに舌のさきで上顎の奥を扱いた。

「お子さまにお嬢さまお一人では、ご心配でございますね」

茶を出し乍ら宗十郎の妻がいふと、鼎造は多少意地張つた口調で、

「その代り出来のよい雄をどこからでも選んで婿に取れますよ。自分のだつたらボンクラでも跡目を動かすわけ

にはゆかない」

結局、復一は鼎造の申出通り、金魚の飼養法を学ぶため上の専門学校へ行くことになり学資の補助も受けることになつた。真佐子は何にも知らない顔をしてゐた。しかし、復一が気がついてみると、もうこのとき、真佐子の周囲には、鼎造のいはゆる他所の雄で鼎造から好意を受けてゐる青年が三人は確にゐて、金釦の制服で出入りするのが、復一の眼の邪魔になつた。復一の観察するところによると、真佐子は美事な一視同仁の態度で三人の青年に交際してゐた。鼎造が元来苦労人で、給費のことなど権利と思はず、青年を単に話相手として取扱ふのと、友田、針谷、横地といふその三人の青年は、共通に卑屈な性質が無いところを第一条件として選ばれたとでもいふやうに、共通な平気さがあつて、学費を仰ぐ恩家のお嬢さんをも、テニスのラケットで無雑作に叩いたり、真佐子、真佐子と年少の女並に呼び付けてゐた。一ぴきの雌に対する三びきの雄の候補者であることを自他の意識から完全にカムフラージユしてゐた。それが真佐子にとつて一層、男たちを一視同仁に待遇するのに都合がよかつたのかも知れない。

崖邸の若い男女がさういふ滑らかで快濶な交際社会を展開してゐるのを見るにつけ、復一は自分の性質を顧みて、遺憾とは重々知りつゝ、どうしても逆なコースへ向つてしまふのだつた。誰があんな自我の無い手合ひと一しよになるものか、自分にはあんな中途半端な交際振りは出来ない。征服か被征服かだ。しかし、この頃自分の感じてゐる真佐子の女性美はだん〳〵超越した盛り上り方をして来て、恋愛とか愛とかいふもの、相手としては自分のやうな何でも対蹠的に角突き合はなければ気の済まない性格の青年は、その前へ出ただけで脱力させられてしまふやうな女になりかゝつて来てゐると思はれた。復一はこの頃から早熟の青年らしく人生問題について、あれやこれや猟奇的の思索に頭の片端を入れかけた。結局、崖の上へは一歩も登らずに、真佐子がどうなつて来るか、自分が最も得意とするところの強情を張つて対抗してみようと決心した。到底自分のやうな光沢も匂ひもない力だけの人間が、崖の上の連中に入つたら不調和な惨敗ときまつてゐる。わけて真佐子のやうな天女型の女性とは等匹できまい。交際へば悪びれた幇間になるか、威丈高な虚勢を張るか、どつちか二つにきまつてゐる。瘠我慢をしても僻みを立てゝ行くところに自分の本質はあるのだ。要するに普通の行き方では真佐子ははぢめから適はない自分の相手なのだ。たつた一つの道は意地悪く拗ねることによつて、ひよつとしたら、今でもあの娘はまだ自分に牽かれるかも知れない。復一は変態的に真佐子をいぢめつけた幼年時代の哀しい甘い追憶にばかりだん〳〵自分をかたよらせて行つた。

そのうち復一は東京の中学を卒へ、家畜魚類の研究に力を注いでゐる関西のある湖の岸の水産所へ研究生に入ることになつた。いよ〳〵一週間の後には出発するといふ九月のある宵、真佐子は懐中電灯を照らしながら崖の道を下りて、復一に父の鼎造から預つた旅費と真佐子自身の餞別を届けに来た。宗十郎夫妻に礼をいはれた後、真佐子は復一にいつた。

「どう、お訣れに、銀座へでも行つてお茶を飲みませんか?」

真佐子が何気なく帯の上前の合せ目を直しながらさういふと、あれほど頑固をとほすつもりの復一の拗ね方はたちまち性が抜けてしまふのだつた。けれども復一は必死になつていつた。

「銀座なんてざわついた処より僕は榎木町の通りくらゐなら行つてもいゝんです」

復一の真佐子に対する言葉つかひはもう三四年以前から変つてゐた。友達としては堅くるしい、ほんの少し身分の違ふ男女間の言葉遣ひに復一は不知不識自分を馴らしてゐた。

「妙なところを散歩に註文するのね。それではいゝわ。榎木町で」

赤坂山王下の寛濶な賑やかさでもなく、六本木葵町間の引締つた賑やかさでもなく、この両大通りを斜に縫つて、たいして大きい間口の店もないが、小ぢんまりと落付いた賑やかさの夜街の筋が通つてゐた。店先には商品が充実してゐて、その上種類の変化も多かつた。道路の闇を程よく残して初秋らしい店の灯の光が撒き水の上にきら〳〵と煌めいたり流れたりしてゐた。果もの屋の溝板の上には抛り出した砲丸のやうに残り西瓜が青黒く積まれ、飾窓の中には出初めの梨や葡萄が得意の席を占めてゐる。肥つた女の子が床几で絵本を見てゐた。騒がしくも寂しくもない小ぢんまりした道筋であつた。

真佐子と復一は円タクに脅かされることの少い町の真中を臆するところもなく悠々と肩を並べて歩いて行つた。復一が真佐子とこんなに傍へ寄り合ふのは六七年振りだつた。初めのうちはこんなにも大人に育つて女性の漿液の溢れるやうな女になつて、ともすれば身体の縒り方一つにも復一は性の独立感を翻弄されさうな怖れを感じて皮膚の感覚をかたく冑つて用心してかゝらねばならなかつた。そのうち復一の内部から融かすものがあつて、おやと思つたときはいつか復一は自分から皮膚感覚の囲みを解いてゐて、真佐子の雰囲気の圏内へ漂ひ寄るのを楽しむやうになつてゐた。すると店の灯も、町の人通りも香水の湯気を通して見るやうに媚めかしく朦朧となつて、いよいよ自意識を頼りなくして行つた。

だが、復一にはまだ何か焦々と抵抗するものが心底に残つてゐて、それが彼を二三歩真佐子から自分を歩き遅らせた。復一は真佐子と自分を出来るだけ客観的に眺める積りでゐた。彼の眼には真佐子のやゝ、ぬきえもんに着た襟の框になつてゐる部分に愛蘭麻のレースの下重ねが清楚に覗かれ、それからテラコツタ型の完全な円筒形の頸のぼんの窪へ移る間に、むつくりと搗き立ての餅のやうな和みを帯びた一堆の肉の美しい小山が見えた。

「この女は肉体上の女性の魅力を剰すところなく備へてしまつた」

ああ、と復一は幽な嘆声をもらした。彼は真佐子よりずつと背が高かつた。彼は真佐子を執拗に観察する自分が卑しまれ、そして何か及ばぬものに対する悲しみをまぎらすために首を脇へ向けて、横町の突当りに影を凝す山王の森に視線を逃がした。

「復一さんは、どうしても金魚屋さんになるつもり」

真佐子は隣に復一がゐるつもりで、何気なく、相手のゐない側を向いて訊ねた。ひと足遅れてゐた復一は急いで之の位置へ進み出て並んだ。

「もう少し気の利いたものになりたいんですが、事情が許しさうもないのです」

「張合のないこと仰言るのね。あたしがあなたなら嬉んで金魚屋さんになりますわ」

真佐子は漂渺とした、それが彼女の最も真面目なときの表情でもある顔付をして復一を見た。

「生意気なこと云ふやうだけれど、人間に一ばん自由に美しい生きものが造れるのは金魚ぢやなくて」

復一は不思議な感じがした。今までこの女に精神的のものとして感じられたものは、ただ大様で贅沢な家庭に育つた品格的のものだけだと思つてゐたのに、この娘から人生の価値に関係して批評めく精神的の言葉を聞くのである。ほんの散歩の今の当座の思ひ付きであるのか、それとも、いくらか考へでもした末の言葉か。

「そりや、さうに違ひありませんけれど、やつぱりたかが金魚ですからね」

　すると真佐子は漂渺とした顔付きの中で特に煙る瞳を黒く強調させて云つた。

「あなたは金魚屋さんの息子さんの癖に、ほんとに金魚の値打ちを御承知ないのよ。金魚のために人間が生き死にした例がいくつもあるのよ」

　真佐子は父から聴いた話だといつて話し出した。

　その話は、金魚屋に育つた復一の方が、おぼろげに話す真佐子よりむしろ詳しく知つてゐたのであるが、真佐子から云はれて見て、却つて価値的に復一の認識に反覆されるのであつた。事実はざつとかうなのである。

　明治二十七八年の日清戦役後の前後から日本の金魚の観賞熱は頓に旺盛となつた。専門家の側では、この機に乗じて金魚商の組合を設けたり、アメリカへ輸出を試みたりした。進歩的の金魚商は特に異種の交媒による珍奇な新魚を得て観賞需要の拡張を図らうとした。都下砂村の有名な金魚飼育商の秋山が蘭鋳からその雄々しい頭の肉瘤を採り、琉金のやうな体容の円美と房々とした尾を採つて、頭尾二つとも完美な新種を得ようとする、ほとんど奇蹟にも等しい努力を始めて陶冶に陶冶を重ね、八ケ年の努力の後、漸く目的のものを得られたといふ。あの名魚「秋錦」の誕生は着手の渾沌とした初期の時代に属してゐた。

　素人の熱心な飼育家も多く輩出した。育てた美魚を競つて品評会や、美魚の番附を作つたりした。

　その設備の費用や、交際や、仲に立つて狡計を弄する金魚ブローカーなどもあつて、金魚の為め――僅か飼魚の金魚の為めに家産を破り、流難荒亡するみじめな愛魚家が少からずあつた。この愛魚家は当時に於て、殆ど狂想にも等しい、金魚の総ゆる種類の長所を選り蒐めた理想の新魚を創成しようと、大掛りな設備で取りかゝつた。

　和金の清洒な顔付きと背肉の盛り上りを持ち胸と腹は琉金の豊饒の感じを保つてゐる。

　鰭は神女の裳のやうに胴を包んでたゆたひ、体色は塗り立てのやうな鮮かな五彩を粧ひ、別けて必要なのは西班牙の舞妓のボヱールのやうな斑黒点がコケティッシュな間隔で振り撒かれなければならなかつた。

　超現実に美しく魅惑的な金魚は、G氏が頭の中に描くところの夢の魚ではなかつた。交媒を重ねるにつれ、だんだん現実性を備へて来た。しかし、そのうちG氏の頭の方が早くも夢幻化して行つた。彼は財力も尽きると一しよに白痴のやうになつて行衛知れずになつた。「赫耶姫！」Ｇ氏は創造する金魚につける筈のこの名を呼びながら、乞食のやうな服装をして蒼惶として去つた。半創成の畸形な金魚と逸話だけが飼育家仲間に遺つた。

「Ｇさんといふ人が若し気違ひみたいにならないで、しつかりした頭でどこまでも科学的な研究でさういふ理想の金魚をつくり出したのならまるで英雄のやうに勇気のある偉い仕事をした方だと想ふわ」

そして絵だの彫刻だの建築だのと違つて、兎に角、生きものといふ生命を材料にして、恍惚とした美麗な創造を水の中へ生み出さうとする事は如何に素晴しい芸術的な神技であらう、と真佐子は口を極めて復一のこれから向はうとする進路について推賞するのであつた。真佐子は、霊南坂まで来て、そこのアメリカンベーカリーへ入るまで、復一を勇気付けるやうに語り続けた。

楼上で蛾が一二匹シヤンデリヤの澄んだ灯のまはりを幽かな淋しい悩みのやうな羽音をたてゝ飛びまはつた。その真下のテーブルで二人は静かに茶を飲みながら、復一は反対に訊いた。

「僕のこともですが。真佐子さんはどうなさるんですか。あなた自身のことに就いてどう考へてゐるんです。あなたはもう学校も済んだし、そんなに美しくなつて……」

復一はさすがに云ひ淀んだ。すると真佐子は漂渺とした白い顔に少し羞をふくんで、両袖を掻き合しながら云つた。

「あたしですの。あたしは多少美しい娘かも知れないけれども、平凡な女よ。いづれ二三年のうちに普通に結婚して、順当に母になつて行くんでせう」

「……結婚つてそんな無雑作なもんぢやないでせう」

「でも世界中を調べるわけに行かないし、考へ通りの結婚なんてやたらにそこらに在るもんぢやないでせう。思ふ儘にはならない。どうせ人間は不自由ですわね」

それは一応絶望の人の言葉には聞えたが、その響には人生の平凡を寂しがる憾みもなければ、絶望から弾ね上つて将来の未知を既知の頁に繰つて行かうとする好奇心も情熱も持つてゐなかつた。

「そんな人生に消極的な気持ちのあなたが僕のやうな煮え切らない青年に、英雄的な勇気を煽り立てるなんてあなたにそんな資格はありませんね」

復一は何にとも知れない怒りを覚えた。すると真佐子は無口の唇を半分嚙んだ子供のときの癖を珍らしくしてから、

「あたしはさうだけれども、あなたに向ふと、なんだか

そんなことを勧めたくなるのよ。あたしのせゐではなくて、多分、あなたがどこかに伏せてゐる気持ち――何だか不満のやうな気持ちがあたしにひゞいて来るんぢやなくつて、そしてあたしに云はせるんぢやなくて」

暫く沈黙が続いた。復一は黙つて真佐子に対つてゐると、真佐子の人生に無計算な美が絶え間なく空間へたゞ徒らに燃え費されて行くやうに感じられた。愛惜の気持ちが復一の胸に沁み渡ると、散りかゝつて来る花びらをせき留めるやうな余儀ない焦立ちと労りで真佐子をかたく抱きしめ度い心がむら〳〵と湧き上るのだつたが……。

復一は吐息をした。そして

「静かな夜だな」

といふより仕方がなかつた。

復一が研究生として入つた水産試験所は関西の大きな湖の岸にあつた。Oといふ県庁所在地の市は夕飯後の適宜な散歩距離だつた。

試験所前の曲ものや折箱を拵へる手工業を稼業とする家の離れの小座敷を借りて寝起きをして、昼は試験所に通ひ、夕飯後は市中へ行つて、ビールを飲んだり、映画を見たりする単純な技術家気質の学生々活が始まつた。

研究生は上級生まで集めて十人ほどでかなり親密だつた。淡水魚の、養殖とか漁獲とか製品保存とかいふ、専門中でも狭い専門に係る研究なので、来てゐる研究生たちは、大概就職の極つてゐる水産物関係の官衙や会社やまたは協会とかの委託生で、いはば人生も生活も技術家としてコースが定められた人たちなので、朴々としていづれも胆汁質の青年に見えた。地方の人が多かつた。それに較べられるためか、復一は際だつた駿敏で、目端の利く青年に見えた。専修科目が家畜魚類の金魚なのと、さうい ふ都会人的の感覚のよさを間違つて取つて、同学生たちは復一を芸術家だとか、詩人だとか、天才だとか云つて別格にあしらつた。復一自身に取つては自分に一ばん欠乏もし、また軽蔑もしてゐる、さういふタイトルを得たことに、妙なちぐはぐな気持がした。

担任の主任教授は、復一を調法にして世間的関係の交渉には多く彼を差向けた。彼は幾つかのこの湖畔の水産に関係ある家に試験所の用事で出入りをしてゐるうち、その家々で二三人の年頃の娘とも知合ひになつた。都会の空気に憧憬れる彼女等はスマートな都会青年の代表のやうに復一に魅着の眼を向けた。それは極めて実感的な刺戟を彼に与へた。同じやうな意味で彼は市中の酒場の女たちからも普通の客以上の待遇を受けた。

しかし、東京を離れて来て、復一が一ばん心で見直したといふより、より以上の絆を感じて驚いたのは、真佐子であつた。

真佐子の無性格――彼女はたゞ美しい胡蝶のやうに咲いて行く取り止めもない女、充ち溢れる魅力はある、しかし、それは単に生理的のものでしかあり得ない。いふことは多少気の利いたこともいふが、機械人間が物言ふやうに発声の構造が云つてゐるのだ。でなければ何とも知れない底気味悪い遠方のものが云つてゐるのだ。さうとしか取れない。多少のいやらしさ、腥さもあるべき筈の女としての魂、それが詰め込まれてゐる女の一人として彼女は全面的に現れて来ない。情痴を生れながらに取り落して来た女なのだ。真佐子をさうとばかり思つてゐたせいか復一は東京を離れるとき、却つてさば〳〵した気がした。マネキン人形さんにはお訣れするのだ。非人間的な、あの美魔にはもうおさらばだ。さらば！

と思つたのは、移転や新入学の物珍らしさに紛れてゐた一二ケ月ほどだけだつた。湖畔の学生々活が空気のやうに身について来ると、習慣的な朝夕の起き臥しの間に、しん〳〵として、寂しいもの、惜しまれるもの、痛むものが心臓を摑み絞るのであつた。雌花だけで遂に雄蕋にめぐり合ふことなく滅びて行く植物の種類の最後の一花、そんなふうにも真佐子が感ぜられるし、何か大きな力に操られながら、その傀儡であることを知らないで無心で動いてゐる童女のやうにも真佐子が感ぜられるし、真佐子を考へるとき、哀れさそのものになつて、男性としての彼は、ぢつとしてゐられない気がした。そして、いかなる術も彼女の中身に現実の人間を詰めかへる術は見出しにくいと思ふほど、復一の人生一般に対する考へも絶望的なものになつて来て、その青寒い虚無感は彼の熱苦るしい青年の野心の性体を寂しく快く染めて行き、静かな吐息を肺量の底を傾けて吐き出さすのだつた。だが、復一はこの神秘性を帯びた恋愛にだん〳〵プライドを持つて来た。

それに関係があるのかないのか判らないが、復一の金魚に対する考へが全然変つて行き、ねろりとして、人も無げに、無限をぱく〳〵食べて、ふんわり見えて、どこへでも生の重点を都合よくすい〳〵置き換へ、真の意味の逞ましさを知らん顔をして働かして行く、非現実的でありながら「生命」そのものである姿をつく〴〵金魚に見るやうになつた。復一は「はてな」と思つた。彼は子供のときから青年期まで金魚屋に育つて、金魚は朝、昼、晩、見飽きるほど見たのだが、蛍の屑ほどにも思はなかつた。小さいかつぱ虫に鈍くも腹に穴を開けられて、青みどろの水の中を勝手に引つぱられて行く、脆いだらしのない赤い小布の散らばつたものを金魚だと思つてゐた。七つ八つの小池に、ほとんどうつちやり飼ひにされながら、毎年、池の面が散り紅葉で盛り上るやうに殖えて、種の系統を努めながら、剰つた魚でたいして生活力がありさうもない復一親子三人を兎も角養つて来た駄金魚を、何か実用的な木つ葉か何かのやうに思つてゐた。

もつとも復一の養父は中年ものだけに、あまり上等の金魚は飼育出来なかつた。せい〴〵五六年の緋鮒ぐらゐが高価品で、全くの駄金魚屋だつた。この試験所へ来て復一は見本に飼はれてある美術品の金魚の種類を大体知つた。蘭鋳、和蘭獅子頭はもちろんとして、出目蘭鋳、頂天眼、秋錦、朱文錦、全蘭子、キヤリコ、東錦、――それに十八世紀、ワシントン水産局の池で発生してむかうの学者が苦心の結果、型を固定させたといふ由緒付の米国生れの金魚、コメツト・ゴールドフイツシユさへ備へられてあつた。この魚は金魚よりむしろ闘魚に似て活潑だつた。これ等の豊富な標本魚は、みな復一の保管の下に置かれ、毎日昼前に復一がやる餌を待つた。

水を更へてやると気持よささうに、日を透けて着色する長い虹のやうな脱糞をした。

研究が進んで来ると復一は、試験所の研究室と曲ものの細工屋の離の住家とを黙々として往復する以外は、だん〴〵引籠り勝ちになつた。復一が引籠り勝ちになると湖畔の娘からは却つて誘ひ出しが激しくなつた。

娘は半里ほど湖上を渡つて行く、城のある出崎の蔭に浮網がしじゆう干してある白壁の蔵を据ゑた魚漁家の娘だつた。

この大きな魚漁家の娘の秀江は、痘高でトリツクの煩はしい一面と、関西式の真綿のやうにねばる女性の強みを持つてゐた。

試験所から依頼されてゐるのだが、湖から珍らしい魚が漁れても、受取りの係である復一は秀江の家へ近頃はちつとも来ないのである。そして代りの学生が来る。秀江はどうせ復一を、末始終まで素直な愛人とは思つてゐなかつた。いよ〳〵男の我儘が始まつたか、それとも、何か他の事情かと判断を繰り返しながら、いろいろ探りを入れるのであつた。幹事である兄に勧めて青年漁業講習会の講師に復一を指名して出崎の村へ二三日ばかり呼び寄せようとしてみたり、兄の子を唆かして、あどけない葉書を復一に送らせ、その返事振りから間接に復一の心境を探らうとしたりした。彼女自身手紙を出したり、電話をかけても、復一から実のある返事が得られさうな期待は薄くなつた。彼女は兄夫婦の家の家政婦の役を引受けて、相当に切廻してゐた。彼女と復一との噂は湖畔に事実以上に拡つてゐるので、試験所の界隈へは寄りつけなかつた。

「東京を出てからもう二年目の秋だな」

　復一は、鏡のやうに凪いだ夕暮前の湖面を見渡しながら、モーターボートの纜を解いた。対岸の平沙の上にM山が突兀として富士型に聳え、見詰めても、もう眼が痛くならない光の落ちついた夕陽が、銅の襖の引手のやうにくつきりと重々しくかゝつてゐる。エンヂンを入れてボートを湖面に滑り出さすと、鶺鴒の尾のやうに船あとを長くひき、ピストンの鼓動は気のひけるほど山水の平静を破つた。

　復一の舟が海水浴場のある対岸の平沙の鼻に近づくと湖は三叉の方向に展開してゐるのが眺め渡された。左手は一番広くて袋なりに水は奥へ行くほど薄れた懐を拡げ、微紅の夕靄は一層水面の面積を広く見せた。右手は、蘆の洲の上に漁家の見える台地で、湖の他方の岐入と、湖水の唯一の吐け口のS川の根元とを分つてゐる。S川には汽車の鉄橋と、人馬の渡る木造の橋とが重なり合つて眺められ、汽車が煙を吐きながら鉄橋を通ると、すべての景色が玩具染みて見えた。

　復一は、平沙の鼻の渚近くにボートを進ませたが、そこは夕方にしては珍らしく風当りが激しくて海のやうに菱波が立ち、はすの魚がしきりに飛んだ。風を除けて、湖の岐入の方へ流れ入ると、出崎の城の天主閣が松林の蔭から覗き出した。秀江の村の網手の影が眼界に浮び上つて来たのである。結局、いつもの通り、湖の岐入とS川との境の台地下へボートを引戻し、蘆洲の外の馴染の場所に舶《と》めて、復一は湖の夕暮に孤独を楽しまうとした。

　復一はボートの中へ仰向けに臥そべつた。空の肌質《きぢ》はいつの間にか夕日の余燼《ほとぼり》を冷まして磨いた銅鉄色に冴えかゝつてゐた。表面に削り出しのやうな軽く捲く紅いろの薄雲が一面に散つてゐて、空の肌質がすつかり刀色に冴えかへる時分を合図のやうにして、それ等の雲は却つて雲母色に冴えかへつて来た。復一はふと首を擡げてみると、まん丸の月がO市の上に出てゐた。それに対して

O市の町の灯の列はどす赤く、その腰を屏風のやうに背後の南へ拡がるぢぐざぐの屏嶺は墨色へ幼稚な皺を険立たしてゐる。

対岸の渚の浪の音が静まつて、ぴちよりぴよんといふ、水中から水の盛り上る音が復一の耳になつかしく聞えた。湖水の茲は、淵の水底からどういふ加減か清水が湧き出し、水が水を水面へ擡げる渦が休みなく捲き上り八方へ散つてゐる。湖水中での良質の水が汲まれるといふので茲を「もく〳〵」と云ひ、京洛の茶人はわざ〳〵自動車で水を汲ませに寄越す。情死するため投身した男女があつたが、どうしても浮き上つて死ねなかつたといふ。いろ〳〵な特色から有名な場所になつてゐる。

この周囲の泥沙は柳の多いところで、復一は金魚に卵を産みつけさせる柳のひげ根を摂りに来て此処を発見した。

「生命感は金魚に、恋のあはれは真佐子に、肉体の馴染みは秀江に。よくもまあ、おれの存在は器用に分裂したものだ」

もく〳〵の水の湧き上る渦の音を聞いて復一の孤独が一層批判の焦点を絞り縮めて来た。

復一は半醒半睡の朦朧状態で、仰向けに寝てゐた。朦朧とした写真の乾板色の意識の板面に、真佐子の白い顔が大きく煙る眼だけをつけてぽつかり現れたり、金魚の鰭だけが嬌艶な黒斑を振り乱して宙に舞つたり、秀江の肉体の一部が嗜味をそゝる食品のやうに、なまなましく見えたりした。これ等は互ひ違ひに執拗く明滅を繰り返すが、その間にいくつもの意味にならない物の形や、不必要に突き詰めて行くあだな考へや、とき〴〵ぱつと眼を空に開かせるほど、光るものを心にさしつける恐迫観念などが忙しく去来して、復一の頭をほどよく疲らして行つた。

いつか復一の身体は左へ横向きにずつた。そして傾いたボートの船縁からすれ〳〵に、蒼冥と暮れた宵色の湖面が覗かれた。宵色の中に当つ《ママ》て平沙の渚に、夜になるほど再び捲き起るらしい白浪が、遠近の距離感を外れて、ざーつ〳〵と鳴る音と共に、復一の醒めてまた睡りに入る意識の手前になり先になりして、明暗の界のも一つの仲間の世界に復一を置く。すると、復一の朦朧とした乾板色の意識が向うの宵色なのか、向うの宵色の景色が復一の意識なのか不明瞭となり、不明瞭のまゝに、澱み定まつて、そこには何でも自由に望みのものが生れさうな力を孕んだ楽しい気分が充ちて来た。

復一の何ものにも捉はれない心は、夢うつゝに考へ始めた――希臘の神話に出て来る半神半人の生ものなぞといふものは、あれは思想たけではない、本当に在るものだ。現在でもこの世に生きてゐるとも云へる。現実に住み飽きてしまつたり、現実の粗暴野卑に愛憎をつかしたり、あまりに精神の肌質《きめ》のこまかいため、現実から追ひ捲くられたりした生きものであつて、死ぬには、まだ生命力があり過ぎる。さればといつて、神や天上の人になるには稚気があつて生活に未練を持つ。さういふ生きものが、この世界のところ〴〵に悠々と遊んでゐるのではあるまいか。真佐子といひ撩乱な金魚といひ生命の故郷はさういふ世界に在つて、そして、顔だけ現実の世界に出してゐるのではないかしらん。さうでなければ、あんな現実でも理想でもない、中間的の美しい顔をして悠々と世の中に生きてゐられる筈はない。さういへば真佐子にしろ金魚にしろ、あのぽつかり眼を開いて、いつも朝の寝起きのやうな無防禦の顔つきには、どこか現実を下目に見くだして、超人的に批判してゐる諷刺的な平明がマスクしてゐるのではないか……。復一はまたしても真佐子に遇ひ度くて堪らなくなつた。

浪の音がやゝ高くなつて、中天に冴えて来た月光を含む水煙がほの白く立ち籠めかゝつた湖面に一艘の船の影が宙釣りのやうに浮び出して来た。艫の音が聞えるから夢ではない。近寄つて艫を漕ぐ女の姿が見えて来た。いよいよ近く漕ぎ寄つて来た。片手を挙げて髪のほつれを掻き上げる仕草が見える。途端に振り上げた顔を月光で検める。秀江だ。復一は見るべからざるものを見まいとするやうに、急いで眼を瞑つた。

女の船の舳は復一のボートの腹を擦つた。

「あら、寝てらつしやるの」

「……」

「寝てんの？」

漕ぎ寄せた女は、しばらく息を詰めて復一のその寝顔を見守つてゐた。

「うちの船が二三艘帰つて来て、あなたが一人でもく〳〵月見にモーターで入らしつてるといふのよ。だから押しかけて来たわ」

「それはいゝ。僕は君にとても会ひたかつた」

女は突然愛想よく云はれたのでそれを却つて皮肉にとつた。

「なにを寝言いつてらつしやるの。そんないやがらせ云つたつて、素直に私帰りませんけれど、もし寝言のふりしてあたしを胡麻化すつもりなら、はつきりお断りしときますが、どうせあたしはね。東京の磨いたお嬢さんとは全然較べものにはならない田舎の漁師の娘の……」

「馬鹿、黙り給へ！」

復一は身じろぎもせず、元の仰向けの姿勢のまゝで叫んだ。その声が水にひゞいて厳しく聞えたので女はぴくりとした。

「僕は君のやうに皮肉の巧い女は嫌ひだ。そんなこと喋りに来たのなら帰り給へ」

恥辱と嫉妬で身を慄はす女の様子が瞑目してゐる復一にも感じられた。

噎ぶのを堪へ、涙を飲み落す秀江のけはひ――案外、早くそれが納つて、船端で水を掬ふ音がした。復一はわざと瞳の焦点を外しながらちよつと女の様子を覗きすぐにまた眼を閉ぢた。月の光をたよりに女は、静かに泣顔をハンドミラーで繕つてゐた。熱いものが飛竜のやうに復一の胸を斜に飛び過ぎたが心に真佐子を念ふと、再び美しい朦朧の意識が紅靄のやうに彼を包んだ。秀江は思ひ返したやうに船べりへ手を置いて、今までのとげとげしい調子をねばるやうな笑ひに代へて柔く云つた。

「ボートへ入つてもいゝの」

「……うん……」

復一に突然こんな感情が湧いた――誰も不如意で悲しいのだ。持つてるやうでも何かしら欠けてゐる。欲しいもの全部は誰も持ち得ないのだ。そして誰でも寂しいのだ――復一は誰に対しても自分に対しても憐みに堪へないやうな気持ちになつた。

名月や湖水を渡る七小町

これは芭蕉の句であつたらうか――はつきり判らないがこんなことを云ひながら、復一の腕は伸びて、秀江の肩にかゝつた。秀江は軟体動物のやうに、復一の好むどんな無理な姿態にも堪へて引寄せられて行つた。

復一はそれとない音信を時々真佐子に出してみるのであつた。湖水の景色の絵葉書に、この綺麗な水で襯衣を洗ふとか、島の絵葉書にこの有名な島へ行く渡船に渡し賃が二銭足りなくて宿から借りたとか。

すると三度か四度目に一度くらゐの割で、真佐子から返信があつた。それはいよ〳〵窈渺たるものであつた。「この頃はお友達の詩人の藤村女史に来て貰つて、バロツク時代の服飾の研究を始めた」とか「日本のバロツク時代の天才彫刻家左甚五郎作の眠り猫を見に日光へ藤村女史と行きました。とても、可愛らしい」とか。
いよ〳〵彼女は現実を遊離する徴候を歴然と示して来た。

復一はそのバロック時代なるものを知らないので、試験所の図書室で百科辞典を調べて見た。それは欧洲文芸復興期の人性主義《ヒューマニズム》が自然性からだん〳〵剝離して人間業《わざ》だけが昇華を遂げ、哀れな人工だけの絢爛が造花のやうに咲き乱れた十七世紀の時代様式らしい。そしてふと考へ合せてみると、復一がぽつ〳〵調べかけてゐる金魚史の上では、初めて日本へ金魚が輸入され愛玩され始めた元和あたりがちやうどそれに当つてゐる。すると金魚といふものはバロック時代的産物で、とにも角にも、彼女と金魚とは切つても切れない縁があるのか。

彼女を非時代的な偶像型の女と今更憐みや軽蔑を感じながら、復一はまた急に焦り出し、彼女の超越を突き崩して、彼女を現実に誘ひ出し、彼女の肉情と自分の肉情と、血で結び付き度い願ひが、むら〳〵と燃え上る。それは幾度となく企て、その度にうやむやに終らされてゐる願ひなのか知れないけれども、燃え上る度に復一を新鮮な情熱に充たさせ、思ひ止まらすべくもないのだつた。
「生理的から云つても、生活的からいつても異性の肉体といふものは嘉称すべきものですね。いま、僕に湖畔の一人の女性が、うや〳〵しくそれを捧げてゐます」

復一は自分ながら嫌味な書きぶりだと思つたが仕方がなかつた。そして事実はわづかの間で打ち切つた秀江との交渉が、今は殆ど絶え絶えになつてゐるのを誇張して手紙を書きながら、復一はいよ〳〵真剣に彼女との戦闘を開始したやうに感じられて、ひとりで興奮した。真佐子に少しでもある女の要素が、何と返事を書いて来るにしろ、その中に仄めかないことはあるまい。これが真佐子の父親に知れ、よしんば学費が途絶えるにしても真佐子を試すことは今は金魚の研究より復一には焦慮すべき問題であつた。
「その女性は、あなたほど美しくはないけれども、……」と書いて、「あなたほど非人情ではありません」とは書き兼ね、復一は苦笑した。

だん〳〵刺戟を強くして行つて復一はしきりに秀江との関係を手紙の度に情緒濃く匂はして行つたが、真佐子からの返事には復一の求めてゐる女性の肉体らしいものは仄めかないで、真佐子が父と共にだん〳〵金魚に興味を持ち出したこと、父のは産業的功利も混るが、自分のは不思議なほど無我の嗜好や愛感からであることなど、金魚のことばかり書いてある。金魚の研究を怠らなければ復一が何をしようとどんな女性と交渉があらうと構はない書きぶりだつた。復一がだん〳〵真佐子に対する感情をはぐらかされてほとほと性根もつきやうとするころ真佐子から来た手紙はかうだつた。

「あなたはいろ〳〵打ち明けて下さるのに私だまつて、済みませんでした。私もう直きあかんぼを生みます。それから結婚します。すこし、前後の順序は狂つたやうだけれど。どつちしたつて、さうパツシヨネートなものぢやありません」

復一はむしろ呆然として仕舞つた。結局、生れながらに自分等のコースより上空を軽々と行く女だ。

「相手はご存じの三人の青年のうちの誰でもありません。もうすこしアツサリしてゐて、不親切や害をする質の男ではなささうです。私にはそれで沢山です」

復一は、またしても、自分のこせ〳〵したトリツクの多い才子肌が、無駄なものに顧みられた。この太い線一本で生きて行かれる女が現代にもあると思ふと却つて彼女にモダニテイーさへ感じた。

「何といふ事はないけれど、あなたもその方と結婚した方がよくはなくつて。自分が結婚するとなると、人にも勧めたくなるものよ。けれども金魚は一生懸命やつてよ。素晴らしい、見てゐると何も彼も忘れてうつとりするやうな新種を作つてよ。わたし何故だかわたしの生むあかんぼよりあなたの研究から生れる新種の金魚を見るのが楽しみなくらゐよ。わたし、父にす、めていよ〳〵金魚に力を入れるやう決心さしたわ」

これと前後して鼎造の手紙が復一に届いた。それには、正直に恐慌以来の自家の財政の遣り繰りを述べ、しかし、断然たる切り捨てによつて小ぢんまりした陣形を立直すことが出来、従つて今後は輸出産業の見込み百パーセントの金魚の飼育と販売に全資力を尽す方針を冷静に書いてあつた。だから君は今後は単なる道楽の給費生ではなくて、商会の技師格として、事業の目的に隷属して働いて貰ひ度い、給料として送金は増すことにする――

復一は生活の見込が安定したといふよりも、崖邸の奴等め、親子がかりで、おれを食ひにか、つたなと、むやみに反抗的の気持ちになつた。

復一は真佐子へも真佐子の父へも手紙の返事を出さず、金魚の研究も一時すつかり放擲して、京洛を茫然と遊び廻つた。だが一ケ月程して帰つて来た時にはすでに復一の心に或る覚悟が決つてゐた。それはまだこの世の中に曾て存在しなかつたやうな珍らしく美麗な金魚の新種をつくり出すこと、それを生涯の事業としてかゝる自分を人知れぬ悲壮な幸福を持つ男とし、神秘な運命に擱まれた無名の英雄のやうに思ひ、命を賭けてもやり切らうといふ覚悟だつた。それが結局崖邸の親子に利用されることになるのか――さもあらばあれ、それが到底自分にとつて思ひ切れ無い真佐子の喜びともなれば、その喜びが真佐子と自分を共通に繋ぐ……。それにしてもあの非現実的な美女が非現実的な美魚に牽かれる不思議さ、あはれさ。復一は試験室の窓から飴のやうにとろりとしてゐる春の湖を眺めながら、子供のとき真佐子に喰はされた桜の花びらが上顎の奥にまだ貼り付いてゐるやうな記憶を舌で舐め返した。

「真佐子、真佐子」と名を呼ぶと、復一は自分ながらおかしいほどセンチメンタルな涙がこぼれた。

　復一の神経衰弱が嵩じて、すこし、おかしくなつて来たといふ噂が高まつた。事実、しん〳〵と更けた深夜の研究室にたゞ一人残つて標品《プレパラート》を作つてゐる復一の姿は物凄かつた。辺りが森閑と暗い研究室の中で復一は自分のテーブルの上にだけ電灯を点けて次から次へと金魚を縦に割き、輪切にし、切り刻んで取り出した臓器を一面に撒乱させ、ぢつと拡大鏡で覗いたり、ピンセットでいぢり廻したりして深夜に至るも、夜を忘れた一心不乱の態度が、何か夜の猛禽獣が餌を予想外に沢山見付け、喰べるのも忘れて、暫く弄ぶ恰好に似てゐた。切られた金魚の首は電灯の光に明るく透けてルビーのやうに光る目を見開き、口を思ひ出したやうに時々開閉してゐた。

　都会育ちで、刺戟に応じて智能が多方面に働き易く習性付けられた青年の復一が、専門の中でも専門の、しかも、根気と単調に堪へねばならない金魚の遺伝と生殖に関してだけを研究することは自分の才能を、小さい焦点へ絞り狭めるだけでも人一倍骨が折れた。頬も眼も窪ませた復一は、力も尽き果てたと思ふとき、くつたりして窓際へ行き、そこに並べてある硝子鉢の一つの覆ひに手をかける。指先は冷血してゐて氷のやうなのに、溜つた興奮がびり〳〵指を縺して慄へてゐる。やつと覆ひを取ると、眼を開いたまゝ寝てゐた小石の上の金魚中での名品キヤリコは電灯の光に、眼を開いたまゝ眼を醒して、一ところに固つてゐた二ひきが悠揚と連れになつたり、離れたりして游弋し出す。身長身幅より三四倍もある尾鰭は黒いまだらの星のある薄絹の領布《れを》や裳を振り撒き拡げて、暫くは身体も頭も見えない。やがてその中から小肥りの仏蘭西美人のやうな、天平の娘子のやうにおつとりして雄大な、丸い胴と蛾眉を描いてやりたい眼と口とがぽつかりと現れて来る。

二三年前、O市に水産共進会があつて、その際、金牌を獲ち得たこの金魚の名品が試験所に寄附されて、大事に育てられてゐるのだ。すでに七八歳になつてゐるので、ちよつと中年を過ぎた落付きを持つてゐるので、その魅力は垢脱けがしてゐた。

暫く眺め入つた後、復一は硝子鉢に元のやうに覆ひをして、それから自分のもとの席に戻るとき、いまキヤリコのしたと同じ身体の捻り方を、しきりに繰返す。人に訊かれると彼は笑つて「金魚運動」と説明して、その健康法の功徳を吹聴するが、この際、復一がそれをするとき、復一にはもつと秘んでゐる内容的の力が精神肉体に恢復して来るのであつた。復一はそれを決して誰にも説明しなかつた。

とにかく、深夜に、人が魚と同じリズムの動作のくねらせ方をするので、とても薄気味が悪かつた。宿直の小使がいつた。

「私が室に入るときだけは、あれ、やめて下さい。へんな気持ちになりますから」

復一は関西での金魚の飼育地で有名な奈良大阪府県下を視察に廻つた。奈良県下の郡山はわけて昔から金魚飼育の盛んな土地で、それは小藩の関係から貧しい藩士の収入を補はせるため、藩士だけに金魚飼育の特権を与へて、保護奨励したためであつた。

この菜の花の平野に囲まれた清艶な小都市に、復一は滞在して、いろ〳〵専門学上の参考になる実地の経験を得たが、特に彼の心に響いたものは、この郡山の金魚は宝永年間にすでに新種を拵へかけてゐて、以後屢々秀逸の魚を出しかけた気配が記録によつて覗へることである。そして、そこに孕まれた金魚に望むところの人間の美の理想を、推理の延長によつて、計つて見るのに、ほゞ大正時代に完成されてゐる名魚たちに近い図が想定された。とはいへ、まだ〳〵現代の金魚は不完全であるほど昔の人間は美しい撩乱をこの魚に望んでゐることが、復一に考へられた。世は移り人は幾代も変つてゐる。しかし、金魚は、この喰べられもしない観賞魚は、幾分の変遷を、たつた一つのか弱い美の力で切り抜けながら、どうなりかうなり自己完成の目的に近づいて来た。これを想ふに人が金魚を作つて行くのではなく、金魚自身の目的が、人間の美に牽かれる一番弱い本能を誘惑し利用して、着々、目的のコースを進めつゝあるやうに考へられる。逞ましい金魚――さう気づくと復一は一種の征服慾さへ加つていよ〳〵金魚に執着して行つた。

夏中、視察に歩いて、復一が湖畔の宿へ落付いた半ケ月目、関東の大震災が報ぜられた。復一は始めはそれほどとも思はなかつた。次に、これはよほど酷いと思ふやうになつた。山の手は助つたことが判つたが、とに角惨澹たる東京の被害実状が次々に報ぜられた。復一は一応東京へ帰らうかと問ひ合せた。

「ソレニハオヨバヌ」といふ返電が、漸く十日程経つて来て、復一はやつと安心した。

鼎造から金魚に関する事務的の命令やら照会やらが復一へ頻々と来だした。

復一が、かういう災害の時期に、金魚のやうな遊戯的のものには、もう、人は振り向かないだらうと、心配して問合せてやると、鼎造からかう云つて来た。

「古老の話によると、旧幕以来、かういふ災害のあとには金魚は必ず売れたものである。荒びすさんだ焼跡の仮小屋の慰藉になるものは金魚以外にはない。東京の金魚業一同は踏み止まつて倍層商売を建て直すことに決心した」

これは商売人一流の誇張に過ぎた文面かと、復一は多少疑つてゐたが、さうでもなかつた。二割方の値上げをして売出した金魚は、忽ち更に二割の割上げをしても需要に応じ切れなくなつた。

下町方面の養魚池は殆ど全滅したが、山の手は助かつた。それに関西地方から移入が出来るので、金魚そのものには不自由しなかつたが、金魚桶の焼失は大打撃であつた。持ち合せてゐるものはこれを仲間に分配し、人を諸方に出して急造させた。

関西方面からの移入、桶の註文、そんな用事で、復一は尚暫らく関西にとゞまらなければならなかつた。

漸く、鼎造から呼び戻されて、四年振りで復一は東京に帰ることが出来た。論文は遂に完成しなかつた。復一よりも単純な研究で定期間に済んだ同期生たちは半年前の秋に論文が通過して、試験所研究生終了の証書を貰つてそれぞれ約定済の任地へ就職して行つた。彼は、鼎造にしばらく帰京の猶予を乞ふて、論文を纏めれば纏められないこともなかつたが、そんな小さくまとまつた成功が今の自分の気持ちに、何の関係があるかと蔑まれた。早くわが池で、わが腕で、真佐子に似た撩乱の金魚を一ぴきでも創り出して、凱歌を奏したい。これこそ今、彼の人生に残つてゐる唯一の希望だ、――彼が初め、いままでの世になかつた美麗な金魚の新種を造り出す覚悟をしたのは、ひたすら真佐子の望みのために実現しようとした覚悟であつた。だが年月の推移につれ研究の進むにつれ、彼の心理も変つて行つた。彼は到底現実の真佐子を得られない代償として殆ど真佐子を髣髴させる美魚を創造仕度いといふ意慾がむしろ初めの覚悟に勝つて来た。漂渺とした真佐子の美――それは豊麗な金魚の美によつて髣髴するよりほかの何物によつてもなし得ない。今や復一の研究とその効果の実現はます〳〵彼の必死な生命的事業となつて来てゐたのである。

それを想ふとき、彼は疲れ切つて夜中の寝床に横はりながらでも闇の中に爛々と光る眼を閉ぢることが出来なかつた。

「馬鹿だよ、君。君の研究を論文にでも纏めれば世界的に金魚学者たちの参考になるんだからなあ――」

また未練気にさう云つてる不機嫌の教授に訣れを告げて、復一は中途退学の形で東京に帰つた。未完成の草稿を焼き捨てるとか、湖中へ沈めるとかいふ考へも浮ばないではなかつたが、それほど華やかな芝居気さへなくなつてゐて、ただ反古より、多少惜しいくらゐの気持ちで、草稿は鞄の中へ入れて持ち帰つた。

地震の翌年の春なので、東京の下町はまだ酷かつたが、山の手は昔に変りはなかつた。谷窪の家には、湧き水の出場所が少し変つたといふので棕梠縄の綳帯をした竹樋で池の水の遣り繰りをしてあつた。

帰宅と帰任とを兼ねたやうな挨拶をしに、復一は崖を上つて崖邸の家を訊ねた。

鼎造は復一が関西からの金魚輸送の労を謝した後云つた。

「実は、調子に乗つて鯉と鰻の養殖にも手を出しかけてゐるんだが、人任せでうまく行かないんだ。同じ淡水産のものだからさう違ふまい。君に一つその方の面倒を見て貰はうか。この方が成功すれば、金魚と違つて食糧品だから販路はすばらしく大きいのだ」

もちろん復一は言下に断つた。

「だめですね。詩を作るものに田を作れといふやうなもんです。そればかりでなく、お願ひして置きますが、僕には最高級の金魚を作る専門の方をやらせて下さい。これなら、命と取り換へつこのつもりでやりますから」

「僕は家内も要らなければ、子孫を遺す気もありません。

素晴らしく豊麗な金魚の新種を創り出す——これが僕の終生の望みです。見込み違ひのものに金をつぎ込んだと思はれたら、非常にお気の毒ですが」

　復一の気勢を見て、動かすべからざることを悟つた鼎造は、もう頭を次に働かせて、彼のこの執着をまた商売に利用する手段もないことはあるまいと思ひ返した。

「面白い。やり給へ。君が満足するものが出来るまで、僕も、催促せずに待つことにしよう」

　鼎造自身も、自分の豪放らしい言葉に、久し振りに英雄的な気分になれたらしく、上機嫌になつて、晩めしを一しよに喰ひ度いけれども、外せぬ用事があるからと断つて、真佐子と婿に代理をさせようと、女中に呼びにやらして、自分は出て行つた。復一に、何となく息の詰まる数分があつて、やがて、応接間のドアが半分開かれ、案外はにかんだ顔の真佐子が、斜に上半身を現した。

「しばらく」

　そして、容易には中に入つて来なかつた。復一は永い間渇してゐた好みのものは、見ただけで満足されるといふ康らいだ溜息がひとりでに吐かれるのを自分で感じ、無条件に笑顔を取り交はし度い、孤独の寂しさがつき上げて来たが、何ものかがそれをさせなかつた。それをしたら、即座に彼女の魅力の膝下に踏まへられて、切角、固持して来た覚悟を苦もなく渫つて行かれさうな予感が彼を警戒さしたのであらう。彼の意地はむしろ彼女の思ひがけない弱気を示した態度につけ込んで、出来るだけの強味と素気なさを見せてゐようと度胸を極めた。彼は苦労した年嵩の男性の威を力み出すやうにして「お入りなさい。なぜ入らないのです」といつた。

　彼女は子供らしく、一度ちよつとドアの蔭へ顔を引込ませ、今度改めてドアを公式に開けて入つて来たときは、胸は昔の如く張り、据り方にゆるぎのない頸つき、昔のやうに漂渺とした顔の唇には蜂蜜ほどの甘みのある片笑ひで、やゝ尻下りの大きな眼を正眼に煙らせて来た。眉だけは時代風に濃く描いてゐた。復一はもう伏眼勝になつて、気合ひ負けを感じ、寂しく孤独の殻の中に引込まねばならなかつた。

「しばらく、ずゐぶん痩せたわね」

　しかし、彼女は云ふほど復一を丁寧に観察したのでもなかつた。

「えゝ。苦労しましたからね」

「さう。でも苦労するのは薬ですつてよ」

　それからしばらく話は地震のことや、復一のゐた湖の話に外れた。

「金魚、いゝの出来た？」

これに返事することは、今のところいろ〳〵の事情から、復一には困難だつた。勇気を起して復一は逆襲した。

「お婿さん、どうです」

「別に」

彼女はちよつと窓から、母屋の縁外の木の茂みを覗つて

「いま、ゐないのよ。バスケツトボールが好きで、ＹＭＣＡへ行つて、お夕飯ぎり〳〵でなきや帰つて来ないの、ほほほ」

子供のやうに夫を見做してゐるやうな彼女の口振りに、夫を愛してゐないとも受取れない判断を下すことは、復一に取つてとても苦痛だつた。進んで子供のことなぞ訊けなかつた。

「ご紹介してもあなたには興味のないらしい人よ」

それは本当だと思つた。自分の偶像であるこの女を欠き砕かない夫ならそれで充分としなければならない。その程度の夫なら、むしろ持つてゐて呉れる方が、自分は安心するかも知れない。

「とき〴〵ものを送つて下さつて有難う」

「これは湖のそばで出来た陶ものです」

復一は紙包を置いて立ち上つた。

「まあ、お気の毒ね。復一さんが帰つてらして私も心強くなりますわよ」

復一は逢つて見れば平凡な彼女に力抜けを感じた。どうして自分が、あんな女に全生涯までも影響されるのかと、不思議に感じた。薄暗くなりかけの崖の道を下りかけてゐると、晩鶯が鳴き、山吹がほろ〳〵と散つた。復一はまたしてもこどもの時真佐子の浴せた顎の裏の桜の花びらを想ひ起し、思はずそこへ舌の尖をやつた。何であらうと自分は彼女を愛してゐるのだ。その愛はあまりに惑つて宙に浮いてしまつてるのだ。今更、彼女に向けて露骨に投げかけられるものでもなし、さればと云つて胸に秘め籠めて置くにも置かれなくなつてゐる。やつぱり手慣れた生きもの、金魚で彼女を作るより仕方がない。復一はそこからはる〴〵眼の下に見える谷窪の池を見下して、奇矯な勇気を奮ひ起した。

谷窪の家の庭にさゝやかながらも、コンクリート建ての研究室が出来、新式の飼育のプールが出来てみれば、復一には楽しくないこともなかつた。彼は親類や友人づ

きあひもせず一心不乱に立て籠つた。崖屋敷の人達にも研究を逐げる日までなるべく足を向けて貫はぬやうそれとなく断つて置いた。

「表面に埋もれて、髄のいのちに喰ひ込んで行く」

さういふ実の入つた感じが無いでもなかつた。自分の愛人を自分の手で創造する……それはまたこの世に美しく生れ出る新らしい星だ……この事は世界の誰も知らないのだ。彼は寂しい狭い感慨に耽つた。彼は郡山の古道具屋で見付けた「神魚華鬘之図」を額縁に入れて壁に釣りかけ、縁側に椅子を出して、そこから眺めた。初夏の風がそよ〳〵と彼を吹いた。青葉の揮発性の匂ひがした。ふと彼は湖畔の試験所に飼はれてある中老美人のキヤリコを新らしい飼手がうまく養つてゐるかが気になつた。

「あんな旧いものは見殺しにするほどの度胸がなければ、新しいものを創生する大業は仕了はせられるものではない。」

序にちらりと秀江の姿が浮んだ。

彼はわざとキヤリコが粗腐病にかゝつて、身体が錆だらけになり、喘ぐことさへ出来なくなつて水面に臭く浮いてゐる姿を想像した。序にそれが秀江の姿でもあることを想像した。すると熱いものが脊髄の両側を駆け上つて、喉元を切なく衝き上げて来る。彼は唇を噛んでそれを顎の辺で喰ひ止めた。

「おれは平気だ」と云つた。

その歳は金魚の交媒には多少季遅れであり、まだ、プールの灰汁もよく脱けてゐないので、産卵は思ひとゞまり、復一は親魚の詮索にかゝつた。彼は東京中の飼育商や、素人飼育家を隈なく尋ねた。覗つた魚は相手が手離さなかつた。すると彼は毒口を吐いてその金魚を罵倒するのであつた。

「復一ぐらゐ嫌な奴はない。あいつはタガメだ」

かういふ評判が金魚家仲間に立つた。タガメは金魚に取付くのに兇暴性を持つ害虫である。そんなことを云はれながらも彼はどうやらかうやら、その姉妹魚の方をでも手に入れて来るのであつた。彼の信じて立てた方針では、完成文化魚のキヤリコとか秋錦とかにもう一つ異種の交媒の拍車をかけて理想魚を作る心算だつた。

翌年の花どきが来て、雄魚たちの胸鰭を中心に交尾期を現す追星が春の宵空のやうに潤つた目を開いた。すると魚たちの「性」は、己に堪へないやうな素振りを魚たちにさせる。艦隊のやうに魚以上の堂々とした隊列で游弋し、また闘鶏のやうに互ひに瞬間を鋭く啄き合ふ。身体に燃えるぬめりを水で扱き取らうとして異様に翻り、翻り、翻る。意志に凝つて肉情は殆どその方へ融通して仕舞つた木人のやうな復一はこれを見るとどうやらほんのり世の中にいろ気を感じ、珍らしく独りでぶら〳〵六本木の夜町へ散歩に出たり、晩飯の膳にビールを一本註文したりするのだつた。

それを運んで来た養母のお常は

「あたしたちももう隠居したのだから、早くお前さんにお嫁さんを貰つて、本当の楽をしたいものだね」世間並に結婚を督促した。

「僕の家内は金魚ですよ」

酔ひに紛れて、さういふ人事には楔をうつて置く積りで、復一はかういふと、養母は

「まさか――おまへさんは一たい子供のときから金魚は大して好きでなかつた筈だよ」と云つた。

養父の宗十郎はこの頃擡頭した古典復活の気運に唆られて、再び萩江節の師匠に戻り度がり、四十年振りだといふ述懐を前触れにして三味線のばちを取り上げた。

萩江節

松はつらいとな、人毎に、皆いは根の松よ。おおまだ歳若な、ああ姫小松。なんぼ花ある、梅、桃、桜。一木ざかりの八重一重……。

復一にはうまいのかまづいのか判らなかつたが、連翹の花を距てた母家から聴えるのびやかな皺嗄声を聴くと、執着の流れを覚束なく棹さす一箇の人間が沁々憐れに思へた。

養父はふだん相変らず、駄金魚を牧草のやうに作つてゐたが、出来たものは鼎造の商会が買上げて呉れるので販売は骨折らずに済んだ。だが

「とても廉く仕切るので、素人の商売人には敵はないよ。復一、お前は鼎造に気に入つてゐるのだから、代りにたんまりふんだくれ」

と宗十郎はこぼしていつた。そして多額の研究費を復一の代理になつて鼎造から取つて来て痛快がつてゐた。

復一は親達が何を云つても黙つて聞き流しながらせつせとプールの水を更へた。別々に置いてある雄魚と雌魚とをそつと一しよにしてやつた。それから湖のもく〳〵から遥々採つて来た柳のひげ根の消毒したものを大事さうに縄に挟んで沈めた。

空は濃青に澄み澱んで、小鳥は陽の光を水飴のやうに

翼や背中に粘らしてゐる朝があつた。縁側から空気の中に手を差出して見たり、頬を突き出してみたりした復一は、やがて

「風もない。よし――」といつた。

日覆ひの葭簾を三分ほどめくつて、覗く隙間を慥へて待つてゐると、列を作つた三匹の雄魚は順々に海戦の衝角突撃のやうにして、一匹の雌魚を、柳のひげ根の束の中へ追ひ込まうとしてゐる。雌は避けられるだけは避けて、免れようとする。何故であらうか。処女の恥辱のためであらうか。生物は本来、性の独立をいとほしむ為めか。それとも却つて雄を誘ふコケツトリーか。遂に免れ切れなくなつて、雌魚は柳のひげ根に美しい小粒の真珠のやうな産卵を撒き散らして逃げて行く。雄魚等は勝利の腹を閃めかして一つ一つの産卵に電撃を与へる。

気がついてみると、復一は両肘を蹲んだ膝頭につけて、確く握り合せた両手の指の節を更に口にあて、きつく噛みつゝ、衷心から祈つてゐるのであつた。いかにさゝやかなものでも生がこの世に取り出されるといふことはおろそかには済まされぬことだ。復一のやうに厭人症にかゝつてゐるものには、生むものが人間に遠ざかつた生物であるほど緊密な衝動を受けるのであつた。まして、危惧を懐いてゐた異種の金魚と金魚が、復一のヱゴイスチツクの目的のために、協同して生を取り出して呉れるといふことは、復一にはどんなに感謝しても足りない気がした。

休養のために、雌魚と雄魚とを別々に離した。そして滋養を与へるために白身の軽い肴を煮てゐると、復一は男ながら母性の慈しみに痩せた身体も一ぱいに膨れる気がするのであつた。

しかし、その蔵孵化した仔魚は、復一の望んでゐたよりも、媚び過ぎて、下品なものであつた。

これを二年続けて失敗した復一は、全然出発点から計画を改めて建て直しにかゝつた。彼は骨組の親魚からして間違つてゐたことに気付いた。彼の望む美魚はどうしても童女型の稚純を胴にしてそれに絢爛やら媚色やらを加へねばならなかつた。そして、これには原種の蘭鋳より仕立て上げる以外に、その感じの胴を持つた金魚はない。復一のこころに、真佐子の子供のときの蘭鋳に似た稚純な姿が思ひ出された。兎にも角にも真佐子に影響されてゐることの多い自分に、彼は久し振りに口惜しさを繰り返した。その苦痛は今では却つてなつかしかつた。

しかし、彼は弱る心を奮ひ立たせ、一旦真佐子の影響に降伏して蘭鋳の素朴に還らうとも、も一度彼女の現在同様の美感の程度にまで一匹の金魚を仕立て上げてしまへば、それを親魚にして、仔に仔を産ませ、それから先はたとへ遅々たりとも一歩の美をわが金魚に進むれば、一歩のわれの勝利であり、その勝利の美魚を自分に隷属させることが出来ると、強いて闘志を燃し立てた。こゝのところを考へて、暫らく、忍ぶべきであると復一は考へた。復一は美事な蘭鋳の親魚を関西から取り寄せて、来るべき交媒の春を待つた。蘭鋳は胴は稚純で可愛らしかつた。が顔はブルドツグのやうに獰猛で、美しい縹緻の金魚を媒けてまづその獰猛を取り除くことが肝腎だつた。

崖邸にもあまり近づかない復一は真佐子の夫にもめつたに逢はなかつたが真佐子の夫といふ男は、眼は神経質に切れ上り、鼻筋が通つて、ちよつと頰骨が高く男性的の人体電気の鋭さうな、美青年の紳士であつた。ある日曜日の朝のうち真佐子と女の子を連れて、ロマネスクの茶亭へ来て、外字新聞を読んだりしてゐた。その時直ぐ下の崖の中途の汚水の溜りから金魚の餌のあかこを採つて降りようとした復一がふとそこを見上げたが、復一はそれなり知らぬ振りでさつさと崖を降りて仕舞つた。それを見た真佐子は其処に夫と居ながら、二人一緒に居るのが何だかうしろめたかつた。

「いゝぢやないか。何故さ」

と夫は無雑作に云つた。

「だつて、此処で二人並んで居るのを何処からでも見えるでせう」

と真佐子は平らに押した。

「どうして君とおれと、こゝに居るのが人に見えて悪いのかね」

夫の言葉には多少嫌味が含んでゐるやうだ。

「何も悪いつてことありませんけど、谷窪の家の人達から見えるでせう。あの人まだ独身なんですもの」

「金魚の技師の復一君のことかね」

「さうです」

するとは夫はやゝ興奮して軽蔑的に

「君もその人と結婚したらよかつたんだらう」

すると真佐子は相手の的から外れて、例の漂渺とした顔になつて云つた。

「あたしは、とても、縹緻好みなんですわ。夫なんかには。さうでないと一緒にご飯も喰べられないんです」

「敵はんね。君には」怒ることも笑ふことも出来なくなつた夫は、「さあ、お湯にでも入らうかね」と子供を抱いて中へ入つて行つた。

そのあとのロマネスクの茶亭に腰掛けて真佐子は何を考へてゐるか、常人には殆ど見当のつかない眼差しを燻らして、寂しい冬の日の当る麻布の台をいつまでも眺めてゐた。

「鯉と鰻の養殖がうまく行かないので、鼎造、この頃四苦八苦らしいよ。養魚場が金を喰ひ出したら大きいからね」

築けども築けども湧き水が垣の台を浮かした。県下の半鹹半淡の入江の洲岸に鼎造はうつかり場所を選定してしまつたのであつた。その上都会に近い静岡県下の養魚場が発達して、交通の便を利用して、鯉鰻を供給するので、鼎造の商会は産魚の販売にも苦戦を免れなかつた。しかし、痛手の急性の現はれは何といつても、この春財界を襲つた未曾有の金融恐慌で、花どきの終り頃からモラトリアムが施行された。鼎造の遣り繰りの相手になつてゐた銀行は休業したまゝ再開店は覚束ないと噂された。「復一君の研究費を何とか節約して貰へんかね、とさすが鼎造のあの黒い顔も弱味を吹いたよ」

年寄は、結局、復一の研究費は三分の一に切詰めることを鼎造に向つて承知して来たにも拘らず、鼎造の窮迫を小気味よげに復一に話した。

それを他人事のやうに聞き流しながら、復一は関西から届いた蘭鋳の番ひに冬越しの用意をしてやつてゐた。菰を厚く巻いてやるプールの中へ、差し込む薄日に短い鰭と尾を忙しく動かすと薄墨の肌からあたたかい金爛の光が眼を射て、不恰好なほどにも丸く肥えて愛くるしい魚の胴が遅々として進む。復一は生ける精分を対象に感じ、死灰の空漠を自分に感じ、何だか自分が二つに分れたものゝやうに想へて面白い気がした。復一は久し振りに声を挙げて笑つた。すると宗十郎が背中を叩いて云つた。

「びつくりするぢやないか。気狂ひみたいな笑ひ方をして、いくら暢気なおれでも、ひやりとしたよ」

年の暮も詰つてから真佐子に二番目の女の子が生れたといふ話で、復一は崖上の中祠堂に真佐子の姿を見ずに年も越え、梅の咲く頃に、彼女の姿を始めて見た。また子を産んで、水を更へた後の藻の色のやうに彼女の美はます〳〵澄明と絢爛を加へた。復一が研究室に額にして飾つて置く神魚華鬘の感じにさへ、彼女は近づいたと思つた。今日は真佐子は午後から女詩人の藤村女史とロマネスクの休亭に来てゐた。二人の女は熱心に話し合つてゐる。枯骨瓢々となつた復一も、さすがに彼女等が何を話すか探りたかつた。夕方近くあかいこを取ることを装つて、復一はこそ〳〵と崖の途中の汚水の溜りまで登つて、そこで蹲つた。彼は三十前なのに大分老い晒した人のやうな身体つきや動作になつてゐた。二人の婦人が大分前から話しつゞけてゐた問題だつたらしい。けれど復一のところまではつきり聞えて来なかつた。実はそこで藤村女史と真佐子との間に交されてゐる会話の要点はこんなことなのである……真佐子が部屋をロココに装飾し更へようと提議するのに藤村女史は苦り切つた間らしいものを置いて、

「四五年前にあなたがバロツクに凝つたさへ、わたしは内心あんまり人工的過ぎると思つて賛成しなかつたのよ。まして、ロココに進むなんて一層人工的ですよ。趣味として滅亡の一歩前の美ぢやなくつて」

「でも、どうしてもさう仕度くつて仕方がないのよ」

「真佐子さん、あなたは変つてるわね」

「さうかしら。あたしはあなたがいつかわたしのこと仰言つたやうに、実際、蒼空と雲を眺めてゐて、それが海と島に思へると云つた性質でせうね」

復一はそつと庭へ降りて来て、目だたぬ様に軒伝ひに夕暮近い研究室へ入つた。復一はそこの粗末な椅子によつてぢつと眼を瞑つた。彼は近頃殆ど真佐子と直接逢つてはゐない。今日のやうに真佐子が中祠堂に友人と連れ立つて来ても子供や夫と来ても殆どそこで云ふ真佐子達の会話は聞き取れない。だが復一は遠くからでも近頃の真佐子のけはひを感じて、今は自分に托した金魚の事さへ真佐子は忘れてゐるかも知れない、真佐子はます〳〵非現実的な美女に気化して行くやうで儚ない哀感が泌々と湧くのであつた。

蘭鋳から根本的に交媒を始め出した復一はおよその骨組の金魚を作るのに三年か〻つた。それから改めて、年々の失敗へと出立した。

「日暮れて道遠し」

復一は目的違ひの金魚が出来ると、かう云つた。しかし、たゞ云ふだけで、何の感傷も持たなかつた。たゞ、愈々生きながら白骨化して行く自分を感じて、これではいけないとたとへ遠くからでも無理にも真佐子を眺めて

敵愾心やら嫉妬やら、憎みやらを絞り出すことによつて、意力にバウンドをつけた。

古池には出来損じの名金魚がかなり溜つた。復一が売ることを絶対に嫌ふので、宗十郎夫婦は、ぶつ〳〵云ひながら崖下の古池へ捨てるやうに餌をやつてゐた。宗十郎夫婦は苦笑してこの池を金魚の姥捨て場だといつてゐた。

それからまた失敗の十年の月日が経つた。崖の上下に多少の推移があつた。鼎造は死んで、養子が崖邸の主人となり、極めて事業を切り縮めて踏襲した。主人となつた夫は真佐子といふ美妻があるに拘らず、狆の様な小間使に手をつけて、妾同様にしてゐるといふ噂が伝はつた。婿の代になつて崖の上からの研究費は断たれたので、復一は全く孤立無援の研究家となつた。

宗十郎は死んで一人か二人しか弟子のない萩江節教授の道路口の小門の札も外された。

真佐子は相変らず、とき〴〵ロマネスクの休亭に姿を見せた。現実の推移はいくらか癖づいた彼女の眉の顰め方に魅力を増すに役立つばかりだ。愈々中年近い美人として冴え返つて行く。

昭和七年の晩秋に京浜に大暴風雨があつて、東京市内は坪当り三石一斗の雨量に、谷窪の大溝も溢れ出し、折角、仕立て上げた種金魚の片魚を流してしまつた。同じく十年の中秋の豪雨は坪当り一石三斗で、この時も殆ど流しかけた。

そんなことで、次の年々からは秋になると、復一は神経を焦立てゝゐた。ちよつとした低気圧にも疳を昂ぶらせて、夜もおろ〳〵寝られなかつた。だいぶ前から不眠症にかゝつて催眠剤を摂らねば寝付きの悪くなつてゐた彼は、秋近の夜の眠のためには、愈々薬を強めねばならなかつた。

その夜は別に低気圧の予告もなかつたのだが、夜中から始めてぼつ〳〵降り出した。復一は秋口だけに、「さあ、ことだ」とベツドの中で脅えながら、何度も起き上らうとしたが、意識が朦朧として、身体もまるで痺れてゐるやうだつた。雨声が激しくなると、びくりとするが、その神経の脅えは薬力に和められて、却つて、直ぐその後は眠気を深めさせる。復一はベツドに仰向けに両肘を突つ張り、起き上らうとする姿勢のまゝ、口と眼を半開きにして暫らく鼾をかいてゐた。漸く薬力が薄らいで、復一が起き上れたのは、明け方近くだつた。

雨は止んで空の雲行は早かつた。鉛色の谷窪の天地に木々は濡れ傘のやうに重く窄まつて、白い雫をふしだらに垂らしてゐた。崖肌は黒く湿つて、またその中に水を浸み出す砂の層が大きな横縞になつてゐた。崖端のロマネスクの休亭は古城塞のやうに視覚から遠ざかつて、これ一つ周囲と調子外れに堅いものに見えた。

　七つ八つの金魚は静まり返つて、藻や太藺が風の狼藉の跡に踏みしだかれてゐた。耳に立つ音としては水の雫の滴る音がするばかりで、他に何の異状もないやうに思はれた。魯鈍無情の鴉の声が、道路傍の住家の屋根の上に明け方の薄霧を綻ばして過ぎた。

　大溝の水は増したが、溢れるほどでもなく、ふだんのせゝらぎはなみ〳〵と充ちた水勢に大まかな流れとなつて、却つて間が抜けてゐた。

「これなら、大したことはない」

と復一は呟きながら念のためプールの方へ赤土路をよろめく跣足の踵に寝まきの裾を貼り付かせ、少しだら〳〵と踏み下ろして行つた。

　プールが目に入ると、復一はひやりとして、心臓は電撃を受けたやうな衝動を感じた。

　小径の途中の土の層から大溝の浸み水が洩れ出て、音もなく平に、プールの葭簾を撫で落し、金網を大口にぱくりと開けてしまつてゐる。プールに流れ入つた水勢は底に当つて、そこから弾き上り、四方へ流れ落ちて、プールの縁から天然の湧き井の清水のやうに溢れ落ちてゐた。

　復一が覗くと、底の小石と千切られた藻の根だけ鮮かに、金魚は影も形も見えなかつた。

　復一は赫となつて、端の綴ぢが僅か残つてゐる金網を怒りの足で蹴り放つた。その拍子に跣足の片足を赤土に踏み滑らし、横倒しになると、坂になつてゐる小径を滝のやうに流れてゐる水勢が、骨と皮ばかりになつてゐる復一を軽々と流し、崖下の古池の畔まで落して来た。復一は漸くそこの腐葉土のぬかるみで、危く踏み止まつた。

　年来理想の新種を得るのにまだ〳〵幾多の交媒と工夫を重ねなければならない前途暗澹たる状態であるのに、今またプールの親金魚をこの水で失くすとすれば、十四年の苦心は水の泡になつて、元も子も失くしてしまふ。復一は精も根も一度に尽き果て、洞窟のやうに黒く深まる古池の傍にへた〳〵と身を崩折らせ、暫く意識を喪失してゐた。

　暫くして復一が意識を恢復して来ると、天地は薔薇色に明け放たれてゐて、谷窪の万象は生々の気を盆地一ぱいに薫らしてゐる。輝く蒼空をいま漉き出すやうに頭上の薄膜の雲は見る〳〵剝れつゝ、あつた。

何といふ新鮮で濃情な草樹の息づかひであらう。緑も樺も橙も黄も、その葉の茂みはおの〳〵その膨らみの中に強い胸を一つづゝ蔵してゐて、溢れる生命に喘いでゐるやうに見える。しどろもどろの叢は雫の露をぷる〳〵振り払ひつゝ、張つて来た乳房のやうな俵形にこんもり形を盛り直してゐる。

耳の注意を振り向けるあらゆるところに、潺湲の音が自由に聴き出され、その急造の小渓流の響きは、眼前に展開してゐる自然を、動的なものに律動化し、聴き澄してゐる復一を大地ごと無限の空間に移して、悠久に白雲上へ旅させるやうに感じさせる。

もろ〳〵の陰は深い瑠璃色に、もろ〳〵の明るみはうつとりした琥珀色の二つに統制されて来ると、道路側の瓦屋根の一角が匂ち灼熱して、紫白の光芒を撥開し、そこから縒り出す閃光のテープを谷窪のそれを望むもの〳〵に投げかけた。

鏡面を洗ひ澄ましたやうな初秋の太陽が昇つたのだ。小鳥の鳴声が今更賑はしく鮮明な空間の壁絨をあつちへこつちへ縫ひつゝ飛ぶ。

極度の緊張に脳貧血を起して一旦意識を喪ひ、再び恢復して来たときの復一の心身は、たゞ一箇の透明な観照体となつて、何も思ひ出さず、何も考へず、たゞ自然の美魅そのまゝを映像として映しとゞめ、恍惚そのものに化してゐた。

彼は七つの金魚池の青い歪みの型を、太古の巨獣の足跡のやうに感じ、ぼんやりとその地上の美しい斑点に見とれてゐた。陽が映り込んで来て、彼の意識もはつきりして来ると、すぐ眼の前の古池が、今始めて見る古洞のやうに認められて来た。それは彼の出来損じの名魚たちを、売ることも嫌ひ、逃しもならぬまゝに、十余年間捨て飼ひに飼つて置いた古池で、宗十郎夫婦の情で、ときぐ〵餌を与へられてゐたのであつたが、夫婦の死後は誰も顧るものもなく憐れな魚達は長く池の藻草や青みどろで生き続けてゐたのであつた。この池の出来損ひの異様な金魚を見ることは、失敗の痕を再び見るやうなので、復一は殆どこの古池に近寄らなかつた。ときぐ〵は鬱々として生命を封付けられる恨みがましい生もの丶気配ひが、この半分古菰を冠つた池の方に立ち燻るやうに感じたこともあるが、復一はそれを自分の神経衰弱から来る妄念のせゐにしてゐた。

いま、暴風のために古菰がはぎ去られ差込む朝陽で、彼はまざ〳〵と殆ど幾年ぶりかのその古池の面を見た。

その途端、彼の心に何かの感動が起らうとする前に、彼は池の面に屹と眼を据ゑ、強い息を肺一ぱいに吸ひ込んだ。……見よ池は青みどろで濃い水の色。そのまん中に撩乱として白紗よりもより膜性の、幾十筋の皺がなよ〳〵と縺れつ縺れつゆらめき出た。ゆらめき離れてはまた開く。大きさは両手の拇指と人差指で大幅に一囲みして形容する白牡丹ほどもあらうか。それが一つの金魚であつた。その白牡丹のやうな白紗の鰭には更に菫、丹、藤、薄青等の色斑があり、更に墨色古金色等の斑点も交つて万華鏡のやうな絢爛、波瀾を重畳させつゝ、矯艶に豪華にまた淑々として上品に内気にあどけなくもゆらぎ拡ごり拡ごりゆらぎ、更にまたゆらぎ拡ごり、どこか無限の遠方からその生を操られるやうな神秘な動き方をするのであつた。復一の胸は張り膨らまつて、木の根、岩角にも肉体をこすりつけたいやうな、現実と非現実の間のよれ〳〵の肉情のシヨツクに堪へ切れないほどになつた。

「これこそ自分が十余年間苦心惨憺して造らうとして造り得なかつた理想の至魚だ。自分が出来損ひとして捨て、顧みなかつた金魚のなかのどれとどれとが、何時どう交媒して孵化して出来たか」

かう復一の意識は繰り返しながら、肉情はいよ〳〵超大な魅惑に圧倒され、吸ひ出され、放散され、やがて、ただ、しんと心の底まで浸み徹つた一筋の充実感に身動きも出来なくなつた。

「意識して求める方向に求めるものを得ず、思ひ捨て、放擲した過去や思はぬ岐路から、突兀として与へられる人生の不思議さ」が、復一の心の底を閃めいて通つた時、一度沈みかけてまた水面に浮き出して来た美魚が、その房々とした尾鰭をまた完全に展いて見せると星を宿したやうなつぶらな眼も球のやうな口許も、はつきり復一に真向つた。

「ああ、真佐子にも、神魚華鬘之図にも似てない……それよりも……それよりも……もつと美しい金魚だ、金魚だ」

失望か、否、それ以上の喜びか、感極まつた復一の体は池の畔の泥濘のなかにへた〳〵とへたばつた。復一がいつまでもそのまゝ肩で息を吐き、眼を瞑つてゐる前の水面に、今復一によつて見出された新星のやうな美魚は多くのはした金魚を随へながら、悠揚と胸を張り、その豊麗な豪華な尾鰭を陽の光に輝かせながら撩乱として遊弋してゐる。

老妓抄

平出園子といふのが老妓の本名だが、これは歌舞伎俳優の戸籍名のやうに当人の感じになずまないところがある。さうかといつて職業上の名の小そのとだけでは、だんだん素人の素朴な気持ちに還らうとしてゐる今日の彼女の気品にそぐはない。

こゝではたゞ何となく老妓といつて置く方がよからうと思ふ。

人々は真昼の百貨店でよく彼女を見かける。

目立たない洋髪に結び、市楽の着物を堅気風につけ、小女一人連れて、憂鬱な顔をして店内を歩き廻る。恰幅のよい長身に両手をだらりと垂らし、投出して行くやうな足取りで、一つところを何度も廻り返す。さうかと思ふと、紙凧の糸のやうにすつとのして行つて、思ひがけないやうな遠い売場に佇む。彼女は真昼の寂しさ以外、何も意識してゐない。

かうやつて自分を真昼の寂しさに憩はしてゐる、そのことさへも意識してゐない。ひよつと目星い品が視野から彼女を呼び覚すと、彼女の青みがかつた横長の眼がゆつたりと開いて、対象の品物を夢のなかの牡丹のやうに眺める。唇が娘時代のやうに捲れ気味に、片隅へ寄ると其処に微笑が泛ぶ。また憂鬱に返る。

だが、彼女は職業の場所に出て、好敵手が見つかると、はじめはちよつと呆けたやうな表情をしたあとから、いくらでも快活に喋舌り出す。

新喜楽のまへの女将の生きてゐた時分に、この女将と彼女と、もう一人新橋のひさごあたりが一つ席に落合つて、雑談でも始めると、この社会人の耳には典型的と思はれる、機智と飛躍に富んだ会話が展開された。相当な年配の芸妓たちまで「話し振りを習はう」といつて、客を捨て、老女たちの周囲に集つた。

彼女一人のときでも、気に入つた若い同業の女のためには、経歴談をよく話した。

何も知らない雛妓時代に、座敷の客と先輩との間に交される露骨な話に笑ひ過ぎて畳の上に粗相をして仕舞ひ、座が立てなくなつて泣き出してしまつたことから始めて、囲ひもの時代に、情人と逃げ出して、旦那におふくろを人質にとられた話や、もはや抱妓の二人三人も置くやうな看板ぬしになつてからも、内実の苦しみは、五円の現金を借りるために、横浜往復十二円の月末払ひの俥に乗つて行つたことや、彼女は相手の若い妓たちを笑ひでへと〳〵に疲らせずには措かないまで、話の筋は同じでも、趣向は変へて、その迫り方は彼女に物の怪がつき、われ知らずに魅惑の爪を相手の女に突き立て、行くやうに見える。若さを嫉妬して、老いが狡猾な方法で巧みに責め苛んでゐるやうにさへ見える。

若い芸妓たちは、とう〳〵髪を振り乱して、両脇腹を押へ喘いでいふのだつた。

「姐さん、頼むからもう止してよ。この上笑はせられたら死んでしまふ」

老妓は、生きてる人のことは決して語らないが、故人で馴染のあつた人については一皮剝いた彼女独特の観察を語つた。それ等の人の中には思ひがけない素人や芸人もあつた。

支那の名優の梅蘭芳が帝国劇場に出演しに来たとき、その肝煎りをした某富豪に向つて、老妓は「費用はいくらかかつても関ひませんから、一度のをりをつくつて欲しい」と頼み込んで、その富豪に宥め返されたといふ話が、嘘か本当か、彼女の逸話の一つになつてゐる。

笑ひ苦しめられた芸妓の一人が、その復讐のつもりもあつて

「姐さんは、そのとき、銀行の通帳を帯揚げから出して、お金ならこれだけありますと、その方に見せたといふが、ほんたうですか」と訊く。

すると、彼女は

「ばか〳〵しい。子供ぢやあるまいし、帯揚げのなんのつて……」

こどものやうになつて、ぷん〳〵怒るのである。その真偽はとにかく、彼女からかういふうぶな態度を見たいためにも、若い女たちはしば〳〵訊いた。

「だがね。おまへさんたち」と小そのは総てを語つたの

ちにいふ、「何人男を代へてもつゞまるところ、たつた一人の男を求めてゐるに過ぎないのだね。いまかうやつて思ひ出して見て、この男、あの男と部分々々に牽かれるもの、残つてゐるところは、その求めてゐる男の一部々々の切れはしなのだよ。だから、どれもこれも一人では永くは続かなかつたのさ」

「そして、その求めてゐる男といふのは」と若い芸妓たちは訊き返すと

「それがはつきり判れば、苦労なんかしやしないやね」

それは初恋の男のやうでもあり、また、この先、見つかつて来る男かも知れないのだと、彼女は日常生活の場合の憂鬱な美しさを生地で出して云つた。

「そこへ行くと、堅気さんの女は羨しいねえ。親がきめて呉れる、生涯ひとりの男を持つて、何も迷はずに子供を儲けて、その子供の世話になつて死んで行く」

こゝまで聴くと、若い芸妓たちは、姐さんの話もいゝがあとが人をくさらしていけないと評するのであつた。

小そのが永年の辛苦で一通りの財産も出来、座敷の勤めも自由な選択が許されるやうになつた十年ほど前から、何となく健康で常識的な生活を望むやうになつた。芸者屋をしてゐる表店と彼女の住つてゐる裏の蔵附の座敷とは隔離してしまつて、しもたや風の出入口を別に露地から表通りへつけるやうに造作したのも、その現れの一つであるし、遠縁の子供を貰つて、養女にして女学校へ通はせたのもその現れの一つである。彼女の稽古事が新時代的のものや知識的のものに移つて行つたのも、或はまたその現れの一つと云へるかも知れない。この物語を書き記す作者のもとへは、下町のある知人の紹介で和歌を学びに来たのであるが、そのとき彼女はかういふ意味のことを云つた。

芸者といふものは、調法ナイフのやうなもので、これと云つて特別によく利くこともいらないが、大概なことに間に合ふものだけは持つてゐなければならない。どうかその程度に教へて頂き度い。この頃は自分の年恰好から、自然上品向きのお客さんのお相手をすることが多くなつたから。

作者は一年ほどこの母ほども年上の老女の技能を試みたが、和歌は無い素質ではなかつたが、むしろ俳句に適する性格を持つてゐるのが判つたので、やがて女流俳人の××女に紹介した。老妓はそれまでの指導の礼だといつて、出入りの職人を作者の家へ寄越して、中庭に下町

風の小さな池と噴水を作つて呉れた。

　彼女が自分の母屋を和洋折衷風に改築して、電化装置にしたのは、彼女が職業先の料亭のそれを見て来て、負けず嫌ひからの思ひ立ちに違ひないが、設備して見て、彼女はこの文明の利器が現す働きには、健康的で神秘なものを感ずるのだつた。

　水を口から注ぎ込むとたちまち湯になつて栓口から出るギザーや、煙管の先で圧すと、すぐ種火が点じて煙草に燃えつく電気莨盆や、それらを使ひながら、彼女の心は新鮮に慄へるのだつた。

「まるで生きものだね、ふーむ、物事は万事かういかなくつちや……」

　その感じから想像に生れて来る、端的で速力的な世界は、彼女に自分のして来た生涯を顧みさせた。

「あたしたちのして来たことは、まるで行灯をつけては消し、消してはつけるやうなまどろい生涯だつた」

　彼女はメートルの費用の嵩むのに少からず辟易しながら、電気装置をいぢるのを楽しみに、しばらくは毎朝こどものやうに早起した。

　電気の仕掛けはよく損じた。近所の蒔田といふ電気器具商の主人が来て修繕した。彼女はその修繕するところに附纏つて、珍らしさうに見てゐるうちに、彼女にいくらかの電気の知識が摂り入れられた。

「陰の電気と陽の電気が合体すると、そこにいろ〳〵の働きを起して来る。ふーむ、こりや人間の相性とそつくりだねえ」

　彼女の文化に対する驚異は一層深くなつた。

　女だけの家では男手の欲しい出来事がしば〳〵あつた。それで、この方面の支弁も兼ねて蒔田が出入りしてゐたが、あるとき、蒔田は一人の青年を伴つて来て、これから電気の方のことはこの男にやらせると云つた。名前は柚木といつた。快活で事もなげな青年で、家の中を見廻しながら
「芸者屋にしちやあ、三味線がないなあ」などと云つた。度々来てゐるうち、その事もなげな様子と、それから人の気先を撥ね返す颯爽とした若い気分が、いつの間にか老妓の手頃な言葉仇となつた。

「柚木君の仕事はチヤチだね。一週間と保つた試しはないぜ」彼女はこんな言葉を使ふやうになつた。

「そりやさうさ、こんなつまらない仕事は、パツシヨンが起らないからねえ」

「パツシヨンて何だい」

「パッショソかい、ははは、さうさなあ、君たちの社会の言葉でいふなら、うん、さうだ、いろ気が起らないといふことだ」

ふと、老妓に自分の生涯に憐みの心が起つた。パッションとやらが起らずに、ほとんど生涯勤めて来た座敷の数々、相手の数々が思ひ泛べられた。

「ふむ、さうかい。ぢや、君、どういふ仕事ならいろ気が起るんだい」

青年は発明をして、専売特許を取つて、金を儲けることだといつた。

「なら、早くそれをやればいゝぢやないか」

柚木は老妓の顔を見上げたが

「やればいゝぢやないかつて、さう事が簡単に……（柚木はこゝで舌打をした）だから君たちは遊び女といはれるんだ」

「いやさうでないね。かう云ひ出したからには、こつちに相談に乗らうといふ腹があるからだよ。食べる方は引受けるから、君、思ふ存分にやつてみちやどうだね」

かうして、柚木は蒔田の店から、小そのが持つてゐる家作の一つに移つた。老妓は柚木のいふまゝに家の一部を工房に仕替へ、多少の研究の機械類も買つてやつた。

小さい時から苦学をしてやつと電気学校を卒業はしたが、目的のある柚木は、体を縛られる勤人になるのは避けて、ほとんど日傭取り同様の臨時雇ひになり、市中の電気器具店廻りをしてゐたが、ふと蒔田が同郷の中学の先輩で、その上世話好きの男なのに絆され、しばらくその店務を手伝ふことになつて住み込んだ。だが蒔田の家には子供が多いし、こまこました仕事は次から次とあるし、辟易してゐた矢先だつたのですぐに老妓の後援を受け入れた。しかし、彼はたいして有難いとは思はなかつた。散々あぶく銭を男たちから絞つて、好き放題なことをした商売女が、年老いて良心への償ひのため、誰でもこんなことはしたいのだらう。こつちから恩恵を施してやるのだといふ太々しい考は持たないまでも、老妓の好意を負担には感じられなかつた。生れて始めて、日々の糧の心配なく、専心に書物の中のこと〻、実験室の成績と突き合せながら、使へる部分を自分の工夫の中へ糅して取つて、世の中にないものを創り出して行かうとする静かで足取りの確かな生活は幸福だつた。柚木は自分ながら壮軀と思はれる身体に、麻布のブルーズを着て、頭を鏝で縮らし、椅子に斜に倚つて、煙草を燻ゆらしてゐる自分の姿を、柱かけの鏡の中に見て、前とは別人のやうに思ひ、また若き発明家に相応はしいものに自分ながら思つた。工房の外は廻り縁になつてゐて、矩形の細長い庭には植木も少しはあつた。彼は仕事に疲れると、この縁へ出て仰向けに寝転び、都会の少し淀んだ青空を眺めながら、いろ〳〵の空想をまどろみの夢に移し入れた。

小そのは四五日目毎に見舞つて来た。ずらりと家の中を見廻して、暮しに不自由さうな部分を憶えて置いて、あとで自宅のもの、誰かに運ばせた。

「あんたは若い人にしちや世話のかからない人だね。いつも家の中はきちんとしてゐるし、よごれ物一つ溜めてないね」

「そりやさうさ。母親が早く亡くなつちやつたから、あかんぼのうちから襁褓を自分で洗濯して、自分で当てがつた」

老妓は「まさか」と笑つたが、悲しい顔付きになつて、からう云つた。

「でも、男があんまり細かいことに気のつくのは偉くなれない性分ぢやないのかい」

「僕だつて、根からこんな性分でもなさ相だが、自然と慣らされてしまつたのだね。ちつとでも自分にだらしがないところが眼につくと、自分で不安なのだ」

「何だか知らないが、欲しいものがあつたら、遠慮なくいくらでもさうお云ひよ」

初午の日には稲荷鮨など取寄せて、母子のやうな寛ぎ方で食べたりした。

養女のみち子の方は気紛れであつた。来はじめると毎日のやうに来て、柚木を遊び相手にしようとした。小さい時分から情事を商品のやうに取扱ひつけてゐるこの社会に育つて、いくら養母が遮断したつもりでも、商品的の情事が心情に染みないわけはなかつた。早くからマセて仕舞つて、しかも、それを形式だけに覚えて仕舞つた。青春などは素通りして仕舞つて、心はこどものまゝ固つて、その上皮にほんの一重大人の分別がついてしまつた。柚木は遊び事には気が乗らなかつた。興味が弾まないまゝ、みち子は来るのが途絶えて、久しくしてからまたのつそりと来る。自分の家で世話をしてゐる人間に若い男が一人ゐる、遊びに行かなくちや損だといふくらゐの気持ちだつた。老母が縁もゆかりもない人間を拾つて来て、不服らしいところもあつた。

みち子は柚木の膝の上へ無造作に腰をかけた。様式だけは完全な流眄をして

「どのくらゐ目方があるか量つてみてよ」

柚木は二三度膝を上げ下げしたが
「結婚適齢期にしちやあ、情操のカンカンが足りないね」

「そんなことはなくつてよ。学校で操行点はAだつたわよ」

みち子は柚木のいふ情操といふ言葉の意味をわざと違へて取つたのか、本当に取り違へたものか――

柚木は衣服の上から娘の体格を探つて行つた。それは栄養不良の子供が一人前の女の嬌態をする正体を発見したやうな、をかしみがあつたので、彼はつい失笑した。

「ずゐぶん失礼ね」

「どうせあなたは偉いのよ」みち子は怒つて立上つた。

「まあ、せいぐ〜運動でもして、おつかさん位な体格になるんだね」

みち子はそれ以後何故とも知らず、しきりに柚木に憎みを持つた。


半年ほどの間、柚木の幸福感は続いた、しかし、それから先、彼は何となくぼんやりして来た。目的の発明が空想されてゐるうちは、確に素晴らしく思つたが、実地に調べたり、研究する段になると、自分と同種の考案はすでにいくつも特許されてゐてたとへ自分の工夫の方がずつと進んでゐるにしても、既許のものとの牴触を避けるため、かなり模様を変へねばならなくなつた。その上かういふ発明器が果して社会に需要されるものやらどうかも疑はれて来た。実際専門家から見ればい丶ものなのだが、一向社会に行はれない結構な発明があるかと思へば、ちよつとした思付きのもので、非常に当ることもある。発明にはスペキユレーシヨンを伴ふといふことも、柚木は兼ね兼ね承知してゐることではあつたが、その運びがこれほど思ひどほり素直に行かないものだとは、実際にやり出してはじめて痛感するのだつた。

しかし、それよりも柚木にこの生活への熱意を失はしめた原因は、自分自身の気持ちに在つた。前に人に使はれて働いてゐた時分は、生活の心配を離れて、専心は工夫に没頭したら、さぞ快いだらうといふ、その憧憬から日々の雑役も忍べてゐたのだが、その通りに朝夕を送れることになつてみると、単調で苦渋なものだつた。ときぐ〜あまり静で、その上全く誰にも相談せず、自分一人だけの考を突き進めてゐる状態は、何だか見当違ひなことをしてゐるため、とんでもない方向へ外れてゐて、社会から自分一人が取り残されたのではないかといふ脅えさへ屢々起つた。

金儲けといふことについても疑問が起つた。この頃のやうに暮しに心配がなくなりほんの気晴らしに外へ出るにしても、映画を見て、酒場へ寄つて、微酔を帯びて、円タクに乗つて帰るぐらゐのことで充分すむ。その上その位な費用なら、さう云へば老妓は快く呉れた。そしてそれだけで自分の慰楽は充分満足だつた。柚木は二三度職業仲間に誘はれて、女道楽をしたこともあるが、売もの、買ひもの以上に求める気は起らず、それより、早く気儘の出来る自分の家へ帰つて、のび〳〵と自分の好みの床に寝たい気がしきりに起つた。彼は遊びに行つても外泊は一度もしなかつた。彼は寝具だけは身分不相応のものを作つてゐて、羽根蒲団など、自分で鳥屋から羽根を買つて来て器用に拵へてゐた。

いくら探してみてもこれ以上の慾が自分に起りさうもない、妙に中和されて仕舞つた自分を発見して柚木は心寒くなつた。

これは、自分等の年頃の青年にしては変態になつたのではないかしらんとも考へた。

それに引きかへ、あの老妓は何といふ女だらう。憂鬱な顔をしながら、根に判らない逞ましいものがあつて、稽古ごと一つだつて、次から次へと、未知のものを貪り食つて行かうとしてゐる。常に満足と不満が交る〴〵彼女を押し進めてゐる。

小そのがまた見廻りに来たときに、柚木はこんなことから訊く話を持ち出した。

「フランスレビユウの大立物の女優で、ミスタンゲットといふのがあるがね」

「あゝそんなら知つてるよ。レコードで……あの節廻しはたいしたもんだね」

「あのお婆さんは体中の皺を足の裏へ、括つて溜めてゐるといふ評判だが、あんたなんかまだその必要はなささうだなあ」

老妓の眼はぎろりと光つたが、すぐ微笑して

「あたしかい、さあ、もうだいぶ年越の豆の数も殖えたから、前のやうにはは行くまいが、まあ試しに」といつて、老妓は左の腕の袖口を捲つて柚木の前に突き出した。

「あんたがだね。こゝの腕の皮を親指と人差指で力一ぱい抓つて圧へて、ご覧」

柚木はいふ通りにしてみた。柚木にさうさせて置いてから、老妓はその反対側の腕の皮膚を自分の右の二本の指で抓つて引くと、柚木の指に挟まつてゐた皮膚はじい

わり滑り抜けて、もとの腕の形に納まるのである。もう一度柚木は力を籠めて試してみたが、老妓にひかれると滑り去つて抓り止めてゐられなかつた。鰻の腹のやうな靱い滑かさと、羊皮紙のやうな神秘な白い色とが、柚木の感覚にいつまでも残つた。

「気持ちの悪い……。だが、驚いたなあ」

老妓は腕に指痕の血の気がさしたのを、縮緬の襦袢の袖で擦り散らしてから、腕を納めていつた。

「小さいときから、打つたり叩かれたりして踊りで鍛へられたお蔭だよ」

だが、彼女はその幼年時代の苦労を思ひ起して、暗澹とした顔つきになつた。

「おまへさんは、この頃、どうかおしかえ」

と老妓はしばらく柚木をじろ〳〵見ながらいつた。

「いゝえさ、勉強しろとか、早く成功しろとか、そんなことをいふんぢやないよ。まあ、魚にしたら、いきが悪くなつたやうに思へるんだが、どうかね。自分のことだけだつて考へ剰つてゐる筈の若い年頃の男が、年寄の女に向つて年齢のことを気遣ふのなども、もう皮肉に気持ちがこづんで来た証拠だね」

柚木は洞察の鋭さに舌を巻きながら、正直に白状した。

「駄目だな、僕は、何も世の中にいろ気がなくなつたよ。いや、ひよつとしたら始めからない生れつきだつたかも知れない」

「そんなこともなからうが、しかし、もしさうだつたら困つたものだね。君は見違へるほど体など肥つて来たやうだがね」

事実、柚木はもとよりいゝ体格の青年が、ふーと膨れるやうに脂肪がついて、坊ちやんらしくなり、茶色の瞳の眼の上瞼の腫れ具合や、顎が二重に括れて来たところに艶めいたいろさへつけてゐた。

「うん、体はとてもいゝ状態で、たゞかうやつてゐるだけで、とろ〳〵したいゝ気持ちで、よつぽど気を張り詰めてゐないと、気にかけなくちやならないことも直ぐ忘れてゐるんだ。それだけ、また、ふだん、いつも不安なのだよ。生れてこんなこと始めてだ」

「麦とろの食べ過ぎかね」老妓は柚木がよく近所の麦飯とろろを看板にしてゐる店から、それを取寄せて食べるのを知つてゐるものだから、かうまぜつかへしたが、すぐ真面目になり「そんなときは、何でもいゝから苦労の種を見付けるんだね。苦労もほど〳〵の分量にや持ち合せてゐるもんだよ。」

それから二三日経つて、老妓は柚木を外出に誘つた。連れにはみち子と老妓の家の抱へでない柚木の見知らぬ若い芸妓が二人ゐた。若い芸妓たちは、ちよつとした盛装をしてゐて、老妓に
「姐さん、今日はありがたう」と丁寧に礼を云つた。
老妓は柚木に
「今日は君の退屈の慰労会をするつもりで、これ等の芸妓たちにも、ちやんと遠出の費用を払つてあるのだ」と云つた。「だから、君は旦那になつたつもりで、遠慮なく愉快をすればいゝ」
なるほど、二人の若い芸妓たちは、よく働いた。竹屋の渡しを渡船に乗るときには年下の方が柚木に「おにいさん、ちよつと手を取つて下さいな」と云つた。そして船の中へ移るとき、わざとよろけて柚木の背を抱へるやうにして摑つた。柚木の鼻に香油の匂ひがして、胸の前に後襟の赤い裏から肥つた白い首がむつくり抜き出て、ぼんの窪の髪の生え際が、青く霞めるところまで、突きつけたやうに見せた。顔は少し横向きになつてゐたので、厚く白粉をつけて、白いヱナメルほど照りを持つ頬から中高の鼻が彫刻のやうにはつきり見えた。

老妓は船の中の仕切りに腰かけてゐて、帯の間から煙草入れとライターを取出しかけながら
「いゝ景色だね」と云つた。

円タクに乗つたり、歩いたりして、一行は荒川放水路の水に近い初夏の景色を見て廻つた。工場が殖え、会社の社宅が建ち並んだが、むかしの鐘ケ淵や、綾瀬の面かげは石炭殻の地面の間に、ほんの切れ端になつてところどころに残つてゐた。綾瀬川の名物の合歓《ねむ》の木は少しばかり残り、対岸の蘆洲の上に船大工だけ今もゐた。

「あたしが向島の寮に囲はれてゐた時分、旦那がとても嫉妬家でね、この界隈から外へは決して出して呉れない。それであたしはこの辺を散歩すると云つて寮を出るし、男はまた鯉釣りに化けて、この土手下の合歓の並木の陰に船を繋《もや》つて、そこでいまいふランデヴウをしたものさね」

夕方になつて合歓の花がつぼみかゝり、船大工の槌の音がいつの間にか消えると、青白い河靄がうつすり漂ふ。

「私たちは一度心中の相談をしたことがあつたのさ。なにしろ舷一つ跨げば事が済むことなのだから、ちよつと危かつた」

「どうしてそれを思ひ止つたのか」と柚木は、思ひ詰め

た若い男女を想像しながら訊いた。

「いつ死なうかと逢ふ度毎に相談しながら、のび〳〵になつてゐるうちに、ある日川の向うに心中態の土左衛門が流れて来たのだよ。人だかりの間から熟々眺めて来て男は云つたのさ。心中つてものも、あれはざまの悪いものだ、やめようつて」

「あたしは死んで仕舞つたら、この男にはよからうが、あとに残る旦那が可哀想だといふ気がして来てね。どんな身の毛のよだつやうな男にしろ、嫉妬《やきもち》をあれほど妬かれるとあとに心が残るものさ」

若い芸妓たちは「姐さんの時代ののんきな話を聴いてゐると、私たちけふ日の働き方が熟々がつ〳〵におもへて、いやんなつちやふ」と云つた。

すると老妓は「いや、さうでないねえ」と手を振つた。

「この頃はこの頃でい丶ところがあるよ。それにこの頃は何でも話が手取り早くて、まるで電気のやうでさ、それしていろ〳〵の手があつて面白いぢやないか」

さういふ言葉に執成されたあとで、年下の芸妓を主に年上の芸妓が介添になつて、頻りに艶めかしく柚木を取持つた。

みち子はといふと何か非常に動揺させられてゐるやうに見えた。

はじめは軽蔑した超然とした態度で、一人離れて、携帯のライカで景色など撮してゐたが、にはかに柚木に慣れ〳〵しくして、柚木の歓心を得ることにかけて、芸妓たちに勝越さうとする態度を露骨に見せたりした。

さういふ場合、未成熟《なま》の娘の心身から、利かん気を僅かに絞り出す、病鶏のさ丶身ほどの肉感的な匂ひが、柚木には妙に感覚にこたへて、思はず肺の底へ息を吸はした。だが、それは刹那的のものだつた。心に打ち込むものはなかつた。

若い芸妓たちは、娘の挑戦を快くは思はなかつたらしいが、大姐さんの養女のことではあり、自分達は職業的に来てゐるのだから、無理な骨折りを避けて、娘が努めるうちは娼びを差控へ、娘の手が緩むと、またサーヴィスする。みち子にはそれが自分の菓子の上にたかる蠅のやうにうるさかつた。

何となくその不満の気持ちを晴らすらしく、みち子は老妓に当つたりした。

老妓はすべてを大して気にかけず、悠々と土手でカナリヤの餌のはこべを摘んだり菖蒲園できぬかつぎを肴にビールを飲んだりした。

夕暮になつて、一行が水神の八百松へ晩餐をとりに入らうとすると、みち子は、柚木をじろりと眺めて「あたし、和食のごはんたくさん、一人で家に帰る」と云ひ出した。芸妓たちが驚いて、では送らうといふと、老妓は笑つて

「自動車に乗せてやれば、何でもないよ」といつて通りがかりの車を呼び止めた。

自動車の後姿を見て老妓は云つた。

「あの子も、おつな真似をすることを、ちよんぼり覚えたね」

柚木にはだん〳〵老妓のすることが判らなくなつた。むかしの男たちへの罪滅しのために若いもの、世話でもして気を取直すつもりかと思つてゐたが、さうでもない。近頃この界隈に噂が立ちかけて来た、老妓の若い燕といふそんな気配はもちろん、老妓は自分に対して現はさない。

何で一人前の男をこんな放胆な飼ひ方をするのだらう。柚木は近頃工房へは少しも入らず、発明の工夫も断念した形になつてゐる。そして、そのことを老妓はとくに知つてゐる癖に、それに就いては一言も云はないだけに、いよ〳〵パトロンの目的が疑はれて来た。縁側に向いてゐる硝子窓から、工房の中が見えるのを、なるべく眼を外らして、縁側に出て仰向けに寝転ぶ。夏近くなつて庭の古木は青葉を一せいにつけ、池を埋めた渚の残り石から、いちはつやつゝじの花が虻を呼んでゐる。空は凝つて青く澄み、大陸のやうな雲が少し雨気で色を濁しながらゆる〳〵移つて行く。隣の乾物《ほし》の陰に桐の花が咲いてゐる。

柚木は過去にいろ〳〵の家に仕事のために出入りして、醤油樽の黴臭い戸棚の隅に首を突込んで窮屈な仕事をしたことや、主婦や女中に昼の煮物を分けて貰つて弁当を使つたことや、その頃は嫌だつた事が今ではむしろなつかしく想ひ出される。蒔田の狭い二階で、注文先からの設計の予算表を造つてゐると、子供が代る〳〵来て、頸筋が赤く腫れるほど取りついた。小さい口から嘗めかけの飴玉を取出して、涎の糸をひいたまゝ自分の口に押し込んだりした。

彼は自分は発明なんて大それたことより、普通の生活が欲しいのではないかと考へ始めたりした。ふと、みち子のことが頭に上つた。老妓は高いところから何も知らない顔をして、鷹揚に見てゐるが、実は出来ることなら

自分をみち子の婿にでもして、ゆく〳〵老後の面倒でも見て貰はうとの腹であるのかも知れない。だがまたさうとばかり判断も仕切れない。あの気嵩な老妓がそんなしみつたれた計画で、ひとに好意をするのでないことも判る。

　みち子を考へる時、形式だけは十二分に整つてゐて、中味は実が入らず仕舞ひになつた娘、柚木はみなし茄で栗の水つぽくぺちや〳〵な中身《ママ》を聯想して苦笑したが、この頃みち子が自分に憎みのやうなものや、反感を持ちながら、妙に粘つて来る態度が心にとまつた。

　彼女のこの頃の来方は気紛れでなく、一日か二日置き位な定期的なものになつた。

　みち子は裏口から入つて来た。彼女は茶の間の四畳半と工房が座敷の中に仕切つて拵へてある十二畳の客座敷との襖を開けると、そこの敷居の上に立つた。片手を柱に凭せ体を少し捻つて嬌態を見せ、片手を拡げた袖の下に入れて、写真を撮るときのやうなポーズを作つた。俯向き加減に眼を不機嫌らしく額越しに覗かして、

「あたし来てよ」と云つた。

　縁側に寝てゐる柚木はたゞ「うん」と云つただけだつた。

　みち子はもう一度同じことを云つて見たが、同じやうな返事だつたので、本当に腹を立て

「何て不精たらしい返事なんだらう、もう二度と来てやらないから」と云つた。

「仕様のない我儘娘だな」と云つて、柚木は上体を起上らせつゝ、足を胡坐に組みながら

「ほほう、今日は日本髪か」とじろ〳〵眺めた。

「知らない」といつて、みち子はくるりと後向きになつて着物の背筋に拗ねた線を作つた。柚木は、華やかな帯の結び目の上はすぐ、突襟のうしろ口になり、頸の附根を真つ白く富士形に覗かせて誇張した媚態を示す物々しさに較べて、帯の下の腰つきから裾は、一本花のやうに急に削げてゐて味もそつけもない少女のまゝなのを異様に眺めながら、この娘が自分の妻になつて、何事も自分に気を許し、何事も自分に頼りながら、小うるさく世話を焼く間柄になつた場合を想像した。それでは自分の一生も案外小ぢんまりした平凡に規定されて仕舞ふ寂寞の感じはあつたが、しかし、また何かさうなつて見ての上のことでなければ判らない不明な珍らしい未来の想像が、現在の自分の心情を牽きつけた。

　柚木は額を小さく見せるまでたわゝに前髪や鬢を張り出した中に整ひ過ぎたほど型通りの美しい娘に化粧した

みち子の小さい顔に、もつと自分を夢中にさせる魅力を見出したくなつた。

「もう一ぺんこつちを向いてご覧よ、とても似合ふから」

みち子は右肩を一つ揺つたが、すぐくるりと向き直つて、ちよつと手を胸と鬢へやつて掻い繕つた。「うるさいのね、さあ、これでいゝの」彼女は柚木が本気に自分を見入つてゐるのに満足しながら、薬玉の簪の垂れをピラピラさせて云つた。

「ご馳走を持つて来てやつたのよ。当てゝご覧なさい」

柚木はこんな小娘に嬲られる甘さが自分に見透かされたのかと、心外に思ひながら「当てるの面倒臭い。持つて来たのなら、早く出し給へ」と云つた。

みち子は柚木の権柄づくにたちまち反抗心を起して
「人が親切に持つて来てやつたのを、そんなに威張るのなら、もうやらないわよ」と横向きになつた。

「出せ」と云つて柚木は立上つた。彼は自分でも、自分が今、しかかる素振りに驚きつゝ、彼は権威者のやうに「出せと云つたら、出さないか」と体を嵩張らせて、のそ〳〵とみち子に向つて行つた。

自分の一生を小さい陥穽に嵌め込んで仕舞ふ危険と、何か不明の牽引力の為めに、危険と判り切つたものへ好んで身を挺して行く絶体絶命の気持ちとが、生れて始めての極度の緊張感を彼から抽き出した。自己嫌悪に打負かされまいと思つて、彼の額から脂汗がたら〳〵と流れた。

みち子はその行動をまだ彼の冗談半分の権柄づくの続きかと思つて、ふざけて軽蔑するやうに眺めてゐたが、だいぶ模様が違ふので途中から急に恐ろしくなつた。

彼女はやゝ茶の間の方へ退りながら
「誰が出すもんか」と小さく呟いてゐたが、柚木が彼女の眼を火の出るやうに見詰めながら、徐々に懐中から一つづつ手を出して彼女の肩にかけると、恐怖のあまり「あつ」と二度ほど小さく叫び、彼女の何の修装もない生地の顔が感情を露出して、眼鼻や口がばら〳〵に配置された。「出し給へ」「早く出せ」その言葉の意味は空虚で、柚木の腕から太い戦慄が伝つて来た。柚木の大きい咽喉仏がゆつくり生唾を飲むのが感じられた。

彼女は眼を裂けるやうに見開いて「ご免なさい」と泣声になつて云つたが、柚木はまるで感電者のやうに、顔を痴呆にして、鈍く蒼ざめ、眼をもとのやうに据ゑたまゝ、たゞ戦慄だけをいよ〳〵激しく両手からみち子の体に伝へてゐた。

みち子はつひに何ものかを柚木から読み取つた。普段「男は案外臆病なものだ」と養母の言つた言葉がふと思ひ出された。

立派な一人前の男が、そんなことで臆病と戦つてゐるのかと思ふと、彼女は柚木が人のよい大きい家畜のやうに可愛ゆく思へて来た。

彼女はばら〳〵になつた顔の道具をたちまちまとめて、愛嬌したゝるやうな媚びの笑顔に造り直した。

「ばか、そんなにしないだつて、ご馳走あげるわよ」

柚木の額の汗を掌でしゆつと払ひ捨てゝやり

「こつちにあるから、いらつしやいよ。さあね」

ふと鳴つて通つた庭樹の青嵐を振返つてから、柚木のがつしりした腕を把つた。

さみだれが煙るやうに降る夕方、老妓は傘をさして、玄関横の柴折戸から庭へ入つて来た。渋い座敷着を着て、座敷へ上つてから、褄を下ろして坐つた。

「お座敷の出がけだが、ちよつとあんたに云つとくことがあるので寄つたんだがね」

莨入れを出して、煙管で煙草盆代りの西洋皿を引寄せて

「この頃、うちのみち子がしよつちゆう来るやうだが、なに、それについて、とやかく云ふんぢやないがね」

若い者同志のことだから、もしやといふことも彼女は云つた。

「そのもしやもだね」

本当に性が合つて、心の底から惚れ合ふといふのなら、それは自分も大賛成なのである。

「けれども、もし、お互ひが切れつぱしだけの惚れ合ひ方で、たゞ何かの拍子で出来合ふといふことでもあるなら、そんなことは世間にはいくらもあるし、つまらない。必ずしもみち子を相手取るにも当るまい。私自身も永い一生そんなことばかりで苦労して来た。それなら何度やつても同じことなのだ」

仕事であれ、男女の間柄であれ、混り気のない没頭した一途な姿を見たいと思ふ。

私はさういふものを身近に見て、素直に死に度いと思ふ。

「何も急いだり、焦つたりすることはいらないから、仕事なり恋なり、無駄をせず、一摸で心残りないものを射止めて欲しい」と云つた。

柚木は「そんな純粋なことは今どき出来もしなけりや、在るものでもない」と磊落に笑つた。

老妓も笑つて

「いつの時代だつて、心懸けなきや滅多にないさ。だから、ゆつくり構へて、まあ、好きなら麦とろでも食べて、運の籤の性質をよく見定めなさいといふのさ。幸ひ体がいゝからね。根気も続きさうだ」

車が迎へに来て、老妓は出て行つた。

柚木はその晩ふら〳〵と旅に出た。

老妓の意志はかなり判つて来た。それは彼女に出来なかつたことを自分にさせようとしてゐるのだ。しかし、彼女が彼女に出来なくて自分にさせようとしてゐることなぞは、彼女とて自分とて、またいかに運の籤のよきものを抽いた人間とて、現実では出来ない相談のものなのではあるまいか。現実といふものは、切れ端は与へるが、全部はいつも眼の前にちらつかせて次々と人間を釣つて行くものではなからうか。

自分はいつでも、そのことについては諦めることが出来る。しかし彼女は諦めといふことを知らない。その点彼女に不敏なところがあるやうだ。だがある場合には不敏なもの丶方に強味がある。

たいへんな老女がゐたものだ、と柚木は驚いた。何だか甲羅を経て化けかゝつてゐるやうにも思はれた。悲壮な感じにも衝たれたが、また、自分が無謀なその企てに捲き込まれる嫌な気持ちもあつた。出来ることなら老女が自分を乗せかけてゐる果しも知らぬヱスカレーターから免れて、つんもりした手製の羽根蒲団のやうな生活の中に潜り込み度いものだと思つた。彼はさういふ考へを裁くために、東京から汽車で二時間ほどで行ける海岸の旅館へ来た。そこは蒔田の兄が経営してゐる旅館で、蒔田に頼まれて電気装置を見廻りに来てやつたことがある。広い海を控へ雲の往来の絶え間ない山があつた。かういふ自然の間に静思して考へを纏めようといふことなど、彼には今までにつひぞなかつたことだ。

体のよいためか、こゝへ来ると、新鮮な魚はうまく、潮を浴びることは快かつた。しきりに哄笑が内部から湧き上つて来た。

第一にさういふ無限な憧憬にひかれてゐる老女がそれを意識しないで、刻々のちま〴〵した生活をしてゐるのがをかしかつた。それからある種の動物は、たゞその周囲の地上に圏の筋をひかれただけで、それを越し得ないといふそれのやうに、柚木はここへ来ても老妓の雰囲気から脱し得られない自分がをかしかつた。その中に籠められてゐるときは重苦しく退屈だが、離れるとなると寂しくなる。それ故に、自然と探し出して貰ひ度い底心の上に、判り易い旅先を選んで脱走の形式を採つてゐる自分の現状がをかしかつた。

みち子との関係もをかしかつた。何が何やら判らないで、一度稲妻のやうに掠れ合つた。

滞在一週間ほどすると、電気器具店の蒔田が、老妓から頼まれて、金を持つて迎へに来た。蒔田は「面白くないこともあるだらう。早く収入の道を講じて独立するんだね」と云つた。

柚木は連れられて帰つた。しかし、彼はこの後、たび〳〵出奔癖がついた。

「おつかさんまた柚木さんが逃げ出してよ」

運動服を着た養女のみち子が、蔵の入口に立つてさう云つた。自分の感情はそつちのけに、養母が動揺するのを気味よしとする皮肉なところがあつた。「ゆんべもをとゝひの晩も自分の家へ帰つて来ませんとさ」

新日本音楽の先生の帰つたあと、稽古場にしてある土蔵の中の畳敷の小ぢんまりした部屋になほひとり残つて、復習直《さらひ》しをしてゐた老妓は、三味線をすぐ下に置くと、内心口惜しさが漲りかけるのを気にも見せず、けろりとした顔を養女に向けた。

「あの男。また、お決まりの癖が出たね」

長煙管で煙草を一ぷく喫つて、左の手で袖口を摑み展き、着てゐる大島の男縞が似合ふか似合はないか検してみる様子をしたのち

「うつちやつてお置き、さう〳〵はこつちも甘くなつてはゐられないんだから」

そして膝の灰をぽん〳〵〳〵と叩いて、楽譜をゆつくり仕舞ひかけた。いきり立ちでもするかと思つた期待を外された養母の態度にみち子は詰らないといふ顔をして、ラケットを持つて近所のコートへ出かけて行つた。すぐそのあとで老妓は電気器具屋に電話をかけ、いつも通り蒔田に柚木の探索を依頼した。遠慮のない相手に向つて放つその声には自分が世話をしてゐる青年の手前勝手を詰る激しい鋭さが、発声口から聴話器を握つてゐる自分の手に伝はるまでに響いたが、彼女の心の中は不安な脅えがや、情緒的に醗酵して寂しさの微醺《ほろよひ》のやうなものになつて、精神を活潑にしてゐた。電話器から離れると彼

女は

「やつぱり若い者は元気があるね。さうなくちや」呟きながら眼がしらにちよつと袖口を当てた。彼女は柚木が逃げる度に、柚木に尊敬の念を持つて来た。だがまた彼女は、柚木がもし帰つて来なくなつたらと想像すると、毎度のことながら取り返しのつかない気がするのである。

真夏の頃、すでに××女に紹介して俳句を習つてゐる筈の老妓からこの物語の作者に珍らしく、和歌の添削の詠草が届いた。作者はそのとき偶然老妓が以前、和歌の指導の礼に作者に拵へて呉れた中庭の池の噴水を眺める縁側で食後の涼を納れてゐたので、そこで取次ぎから詠草を受取つて、池の水音を聴き乍ら、非常な好奇心をもつて久しぶりの老妓の詠草を調べてみた。その中に最近の老妓の心境が窺へる一首があるので紹介する。もつとも原作に多少の改削を加へたのは、師弟の作法といふより、読む人への意味の疏通をより良くするために外ならない。それは僅に修辞上の箇所にとどまつて、内容は原作を傷けないことを保証する。

年々にわが悲しみは深くして
いよよ華やぐいのちなりけり

家霊

山の手の高台で電車の交叉点になつてゐる十字路がある。十字路の間からまた一筋細く岐れ出て下町への谷に向く坂道がある。坂道の途中に八幡宮の境内と向ひ合つて名物のどぜう店がある。拭き磨いた千本格子の真中に入口を開けて古い暖簾が懸けてある。暖簾にはお家流の文字で白く「いのち」と染め出してある。

どぜう、鯰、鼈、河豚、夏はさらし鯨――この種の食品は身体の精分になるといふことから、昔この店の創始者が素晴らしい思ひ付きの積りで店名を「いのち」とつけた。その当時はそれも目新らしかつたのだらうが、中程の教十年間は極めて凡庸な文字になつて誰も興味をひくものはない。たゞそれ等の食品に就てこの店は独特な料理方をするのと、値段が廉いのとで客はいつも絶えなかつた。

今から四五年まへである。「いのち」といふ文字には何か不安に対する魅力や虚無から出立する冒険や、黎明に対しての執拗な追求性――かういつたものと結び付けて考へる浪曼的な時代があつた。そこでこの店頭の洗ひ晒された暖簾の文字も何十年来の煤を払つて、界隈の現代青年に何か即興的にもしろ、一つのショックを与へるやうになつた。彼等は店の前へ来ると、暖簾の文字を眺めて青年風の沈鬱さで言ふ。

「疲れた。一ついのちでも喰ふかな」

すると連れはやや捌けた風で

「逆に喰はれるなよ」

互に肩を叩いたりして中へ犇めき入つた。

客席は広い一つの座敷である。冷たい籐の畳の上へ細長い坂を桝形に敷渡し、これが食台になつてゐる。

客は上へあがつて坐つたり、土間の椅子に腰かけたりしたまゝ、食台で酒食してゐる。客の向つてゐる食品は鍋るゐや椀が多い。

湯気や煙で煤けたまはりを雇人の手が届く背丈けだけ雑巾をかけると見え、板壁の下から半分ほど銅のやうに赭く光つてゐる。それから上、天井へかけてはただ黒く竈の中のやうである。この室内に向けて昼も剝き出しのシヤンデリアが煌々と照らしてゐる。その漂白性の光はこの座敷を洞窟のやうに見せる許りでなく、光は客が箸で口からしごく肴の骨に当ると、それを白の枝珊瑚に見せたり、堆い皿の葱の白味に当ると玉質のものに燦かしたりする。そのことがまた却つて満座を餓鬼の饗宴染みて見せる。一つは客たちの食品に対する食べ方が亀屈《かじか》んで、何か秘密な食品に囓みつくといつた様子があるせゐかも知れない。

板壁の一方には中くらゐの窓があつて棚が出てゐる。客の誂へた食品は料理場からこゝへ差出されるのを給仕の小女は客へ運ぶ。客からとつた勘定もこゝへ載せる。それ等を見張つたり受取るために窓の内側に斜めに帳場格子を控へて永らく女主人の母親の白い顔が見えた。今は娘のくめ子の小麦色の顔が見える。くめ子は小女の給仕振りや客席の様子を監督するために、とき〴〵窓から覗く。すると学生たちは奇妙な声を立てる。くめ子は苦笑して小女に

「うるさいから薬味でも沢山持つてつて宛てがつておやりよ」と命ずる。

葱を刻んだのを、薬味箱に誇大に盛つたのを可笑しさを堪へた顔の小女が学生たちの席へ運ぶと、学生たちは娘への影響があつた証拠を、この揮発性の野菜の堆さに見て、勝利を感ずる歓呼を挙げる。

くめ子は七八ケ月ほど前からこの店に帰り病気の母親に代つてこの帳場格子に坐りはじめた。くめ子は女学校へ通つてゐるうちから、この洞窟のやうな家は嫌で〳〵仕方がなかつた。人世の老耄者、精力の消費者の食餌療法をするやうな家の職業には堪へられなかつた。

何で人はあゝも衰へといふものを極度に惧れるのだらうか。衰へたら衰へたまゝでいゝではないか。人を押付《ママ》けがましいにほひを立て、脂がぎろ〳〵光つて浮く精力なんといふものほど下品なものはない。くめ子は初夏の椎の若葉の匂ひを嗅いでも頭が痛くなるやうな娘であつた。椎の若葉よりも葉越しの空の夕月を愛した。さういふことは彼女自身却つて若さに飽満してゐたためかも知

れない。

　店の代々の慣はしは、男は買出しや料理場を受持ち、嫁か娘が帳場を守ることになつてゐる。そして自分は一人娘である以上、いづれは平凡な婿を取つて、一生この餓鬼窟の女番人にならなければなるまい。それを忠実に勤めて来た母親の、家職のためにあの無性格にまで晒されてしまつた便《ママ》りない様子、能の小面《こおもて》のやうに白さと鼠色の陰影だけの顔。やがて自分もさうなるのかと思ふと、くめ子は身慄ひが出た。

　くめ子は、女学校を出たのを機会に、家出同様にして、職業婦人の道を辿つた。彼女はその三年間、何をしたか、どういふ生活をしたか一切語らなかつた。自宅へは寄寓のアパートから葉書ぐらゐで文通してゐた。くめ子が自分で想ひ浮べるのは、三年の間、蝶々のやうに華やかな職場の上を閃めいて飛んだり、男の友だちと蟻の挨拶のやうに触覚を触れ合はしたりした、たゞそれだけだつた。それは夢のやうでもあり、いつまで経つても同じ繰返しばかりで飽き〳〵しても感じられた。

　母親が病気で永い床に就き、親類に喚び戻されて家に帰つて来た彼女は、誰の目にもたゞ育つただけで別に変つたところは見えなかつた。母親が

「今まで、何をしておいでだつた」

　と訊くと、彼女は

「えへへん」と苦も無げに笑つた。

　その返事振りにはもうその先、挑みかかれない微風のやうな調子があつた。また、それを押して訊き進むやうな母親でもなかつた。

「おまへさん、あしたから、お帳場を頼みますよ」

　と言はれて、彼女はまた

「えへへん」と笑つた。もつとも昔から、肉親同志で心情を打ち明けたり、真面目な相談は何となく双方がテレてしまふやうな家の中の空気があつた。

　くめ子は、多少諦めのやうなものが出来て、今度はあまり嫌がらないで帳場を勤め出した。

　押し迫つた暮近い日である。風が坂道の砂を吹き払つて凍て乾いた土へ下駄の歯が無慈悲に突き当てる。その音が髪の毛の根元に一本づつ響くといつたやうな寒い晩になつた。坂の上の交叉点からの電車の軋る音が前の八幡宮の境内の木立のざわめく音と、風の工合で混りながら耳元へ摑んで投げつけられるやうにも、また、遠くで盲人が呟いてゐるやうにも聞えたりした。もし坂道へ出

て眺めたら、たぶん下町の灯は冬の海のいさり火のやうに明滅してゐるだらうとくめ子は思つた。

　客一人帰つたあとの座敷の中は、シヤンデリアを包んで煮詰つた物の匂ひと煙草の煙りとが濛々としてゐる。小女と出前持の男は、鍋火鉢の残り火を石の炉に集めて、焙《あた》つてゐる。くめ子は何となく心に浸み込むものがあるやうな晩なのを嫌に思ひ、努めて気が軽くなるやうにファッション雑誌や映画会社の宣伝雑誌の頁を繰つてゐた。店を看板にする十時までにはまだ一時間以上ある。もうたいして客も来まい。店を締めてしまはうかと思つてゐるところへ、年少の出前持が寒さうに帰つて来た。

「お嬢さん、裏の路地を通ると徳永が、また註文しましたぜ、御飯つきでどぜう汁一人前。どうしませう」

　退屈して事あれかしと待構へてゐた小女は顔を上げた。

「さうたう、図々しいわね。百円以上もカケを拵へてさ。一文も払はずに、また——」

　そして、これに対してお帳場はどういふ態度を取るかと窓の中を覗いた。

「困つちまふねえ。でもおつかさんの時分から、言ひなりに貸してやることにしてゐるんだから、今日もまあ、持つてつておやりよ」

　すると炉に焙つてゐた年長の出前持が今夜に限つて頭を擡げて言つた。

「そりやいけませんよお嬢さん。暮れですからこの辺で一度かたをつけなくちや。また来年も、ずるずるべつたりですぜ」

　この年長の出前持は店の者の指導者格で、その意見は相当採上げてやらねばならなかつた。で、くめ子も「ぢや、ま、さうしよう」といふことになつた。

　茹で出しうどんで狐南蛮を拵へたものが料理場から丼に盛られて、お夜食に店方の者に割り振られた。くめ子もその一つを受取つて、熱い湯気を吹いてゐる。このお夜食を食べ終る頃、火の番が廻つて来て、拍子木が表の薄硝子の障子に響けば看板、時間まへでも表戸を卸すことになつてゐる。

　そこへ、草履の音がぴたぴたと近づいて来て、表障子がしづかに開いた。

　徳永老人の髯の顔が覗く。

「今晩は、どうも寒いな」

　店の者たちは知らん振りをする。老人はちよつとみんなの気配ひを窺つたが、心配さうな、狡さうな小声で

「あの——註文の——御飯つきのどぜう汁はまだで

――」

と首を屈めて訊いた。

註文を引受けてきた出前持は、多少間の悪い面持で
「お気の毒さまですが、もう看板だつたので」

と言ひかけるのを、年長の出前持はぐつと睨めて顎で指図をする。

「正直なとこを言つてやれよ」

そこで年少の出前持は何分にも、一回、僅かづつの金高が、積り積つて百円以上にもなつたからは、この際、若干でも入金して貰はないと店でも年末の決算に困ると説明した。

「それに、お帳場も先と違つて今はお嬢さんが取締つてゐるんですから」

すると老人は両手を神経質に擦り合せて
「はあ、さういふことになりましてすかな」

と小首を傾けてゐたが
「とにかく、ひどく寒い。一つ入れて頂きませうかな」

と言つて、表障子をがたがたいはして入つて来た。

小女は座布団も出してはやらないので、冷い籐畳の広いまん中にたつた一人坐つた老人は寂しげに、そして審きを待つ罪人のやうに見えた。着膨れてはゐるが、大きな体格はあまり丈夫ではないらしく、左の手を癖にして内懐へ入れ、肋骨の辺を押へてゐる。純白になりかけの髪を総髪に撫でつけ、立派な目鼻立ちの、それがあまりに整ひ過ぎてゐるので薄倖を想はせる顔付きの老人である。その儒者風な顔に引較べて、よれよれの角帯に前垂れを掛け、坐つた着物の裾から浅黄色の股引を覗かしてゐる。コールテンの黒足袋を穿いてゐるのまで釣合はない。

老人は娘のゐる窓や店の者に向つて、始めのうちは頻りに世間の不況、自分の職業の彫金の需要されないことなどを鹿爪らしく述べ、従つて勘定も払へなかつた言訳を吃々と述べる。だが、その言訳を強調するために自分の仕事の性質の奇稀性に就て話を向けて来ると、老人は急に傲然として熱を帯びて来る。

作者はこの老人が此夜に限らず時々得意とも慨嘆ともつかない気分の表象としてする仕方話のポーズを茲に紹介する。

「わしのやる彫金は、ほかの彫金と違つて、片切彫といふのでな。一たい彫金といふものは、金《かね》で金《かね》を截る術で、なまやさしい芸ではないな。精神の要るもので、毎日どぜうでも食はにや全く続くことではない」

老人もよく老名工などに有り勝ちな、語る目的より語るそのことにわれを忘れて、どんな場合にでもエゴイスチックに一席の独演をする癖がある。老人が尚も自分のやる片切彫といふものを説明するところを聞くと、元禄の名工、横谷宗珉、中興の芸であつて、剣道で言へば一本勝負であることを得意になつて言ひ出した。

老人は、左の手に鏨《たがね》を持ち右の手に槌を持つ形をした。体を定めて、鼻から深く息を吸ひ、下腹へ力を籠めた。それは単に仕方を示す真似事には過ぎないが、流石にぴたりと形は決まつた。柔軟性はあるが押せども引けども壊れない自然の原則のやうなものが形から感ぜられる。出前持も小女も老人の気配ひから引緊められるものがあつて、炉から身体を引起した。

老人は厳かなその形を一度くづして、へへへんと笑つた。

「普通の彫金なら、こんなにしても、また、こんなにしても、そりや小手先でも彫れるがな」

今度は、この老人は落語家でもあるやうに、ほんの二つの手首の捻り方と背の屈め方で、鏨《たがね》と槌を操る恰好のいいぎたなさと浅間しさを誇張して相手に受取らせることに巧みであつた。出前持も小女もくすくすと笑つた。

「しかし、片切彫になりますと――」

老人は、再び前の堂々たる姿勢に戻つた。瞑目した眼を徐ろに開くと、青蓮華のやうな切れの鋭い眼から濃い瞳はしづかに、斜に注がれた。左の手をぴたりと一とこ ろにとどめ、右の腕を肩の附根から一ぱいに伸して、伸びた腕をそのまま、肩の附根だけで動かして、右の上空より大きな弧を描いて、その槌の拳は、鏨の手の拳に打ち卸される。窓から覗いてゐるくめ子は、嘗て学校で見た石膏模造の希臘彫刻の円盤投げの青年像が、その円盤をさし挟んだ右腕を人間の肉体機構の最極限の度にまでさし伸ばした、その若く引緊つた美しい腕をちらりと思ひ泛べた。老人の打ち卸す発矢とした勢ひには、破壊の憎みと創造の歓びとが一つになつて絶叫してゐるやうである。その速力には悪魔のものか善神のものか見判け難い人間離れのした性質がある。見るものに無限を感じさせる天体の軌道のやうな弧線を描いて上下する老人の槌の手は、しかしながら、鏨の手にまで届かうとする一刹那に、定まつた距離でぴたりと止まる。そこに何か歯止機が在るやうでもある。芸の躾けといふものでもあらうか。老人はこれを五六遍繰返してから、体をほぐした。

「みなさん、お判りになりましたか」

と言ふ。「ですから、どぜうでも食はにや遣りきれんのですよ」

実はこの一くさりの老人の仕方は毎度のことである。これが始まると店の中であることも、東京の山の手であることもしばらく忘れて店の者は、快い危機と常規のある奔放の感触に心を奪はれる。あらためて老人の顔を見る。だが老人の真摯な話が結局どぜうのことに落ちて来るのでどつと笑ふ。気まり悪くなつたのを押し包んで老人は「また、この鏨の刃尖の使ひ方には陰と陽とあつてな――」と工人らしい自負の態度を取戻す。牡丹は牡丹の妖艶ないのち、唐獅子の豪宕ないのちをこの二つの刃触りの使ひ方で刻み出す技術の話にかかつた。そして、この芸によつて生きたものを硬い板金の上へ産み出して来る過程の如何に味のあるものか、老人は身振りを増して、滴るものゝ甘さを啜るとろりとした眼付きをして語つた。それは工人自身だけの娯しみに淫したものであつて、店の者はうんざりした。だがさういふことのあとで店の者はこの辺が切り上がらせどきと思つて

「ぢやまあ、今夜だけ届けます。帰つて待つといでなさい」

と言つて老人を送り出してから表戸を卸す。

ある夜も、風の吹く晩であつた。夜番の拍子木が過ぎ、店の者は表戸を卸して湯に出かけた。そのあとを見済ましでもしたかのやうに、老人は、そつと潜り戸を開けて入つて来た。

老人は娘のゐる窓に向つて坐つた。広い座敷で窓一つに向つた老人の上にもしばらく、手持無沙汰な深夜の時が流れる。老人は今夜は決意に充ちた、しほしほとした表情になつた。

「若いうちから、このどぜうといふものはわしの虫が好くのだつた。この身体のしんを使ふ仕事には始終、補ひのつく食ひものを摂らねば業が続かん。そのほかにも、うらぶれて、この裏長屋に住み付いてから二十年あまり、鰥夫暮しのどんな佗しいときでも、苦しいときでも、柳の葉に尾鰭の生えたやうなあの小魚は、妙にわしに食ひもの以上の馴染になつてしまつた」

老人は掻き口説くやうにいろ〳〵のことを前後なく喋り出した。

人に嫉まれ、蔑まれて、心が魔王のやうに猛り立つときでも、あの小魚を口に含んで、前歯でぽきりぽきりと、頭から骨ごとに少しづつ噛み潰して行くと、恨みはそこへ移つて、どこともなくやさしい涙が湧いて来ることも

言つた。

「食はれる小魚も可哀さうになれば、食ふわしも可哀さうだ。誰も彼もいぢらしい。ただ、それだけだ。女房はたいして欲しくない。だが、いたいけなものは欲しい。いたいけなものが欲しいときもあの小魚の姿を見ると、どうやら切ない心も止まる」

老人は遂に懐からタオルのハンケチを取出して鼻を啜つた。「娘のあなたを前にしてこんなことを言ふのは宛てつけがましくはあるが」と前置きして「こちらのおかみさんは物の判つた方でした。以前にもわしが勘定の滞りに気を詰らせ、おづおづ夜、遅く、このやうにして度び〲言ひ訳に来ました。すると、おかみさんは、ちやうどあなたのゐられるその帳場に大儀さうに頬杖ついてゐられたが、少し窓の方へ顔を覗かせて言はれました。徳永さん、どぜうが欲しかつたら、いくらでもあげますよ。決して心配なさるな。その代り、おまへさんが、一心うち込んでこれぞと思つた品が出来たら勘定の代りなり、またわたしから代金を取るなりしてわたしにお呉れ。それでい丶のだよ。ほんとにそれでい丶のだよと、繰返して言つて下さつた」老人はまた鼻を啜つた。

「おかみさんはそのときまだ若かつた。早く婿取りされて、ちやうど、あなたぐらゐな年頃だつた。気の毒に、その婿は放蕩者で家を外に四谷、赤坂と浮名を流して廻つた。おかみさんは、それをぢつと堪へ、その帳場から一足も動きなさらんかつた。たまには、人に縋りつきたい切ない限りの様子も窓越しに見えました。そりやさうでせう。人間は生身ですから、さうむざむざ冷たい石になることも難かしい」

徳永もその時分は若かつた。若いおかみさんが、生埋めになつて行くのを見兼ねた。正直のところ、窓の外へ強引に連れ出さうかと思つたことも一度ならずあつた。それと反対に、こんな半木乃伊《ミイラ》のやうな女に引つかかつて、自分の身をどうするのだ。さう思つて逃げ出しかけたことも度々あつた。だが、おかみさんの顔をつくづく見るとどちらの力も失せた。おかみさんの顔は言つてゐた——自分がもし過ちでも仕出かしたら、報いても報いても取返しのつかない悔いがこの家から永遠に課されるだらう、もしまた、世の中に誰一人、自分に慰め手が無くなつたら自分はすぐ灰のやうに崩れ倒れるであらう——

「せめて、いのちの息吹きを、回春の力を、わしはわしの芸によつて、この窓から、だんだん化石して行くおかみさんに差入れたいと思つた。わしはわしの身のしんを揺り動かして鏨と槌を打ち込んだ。それには片切彫にしくものはない」

おかみさんを慰めたさもあつて骨折るうちに知らず知らず徳永は明治の名匠加納夏雄以来の伎倆を鍛へたと言つた。

だが、いのちが刻み出たほどの作は、さう数多く出来るものではない。徳永は百に一つをおかみさんに献じて、これに次ぐ七八を売つて生活の資にした。あとの残りは気に入らないといつて彫りかけの材料をみな鋳直した。

「おかみさんは、わしが差上げた簪を頭に挿したり、抜いて眺めたりされた。そのときは生々しく見えた」だが徳永は永遠に隠れた名工である。それは仕方がないとしても、歳月は酷《むご》いものである。

「はじめは高島田にも挿せるやうな大平打の銀簪にやなぎ桜と彫つたものが、丸髷用の玉かんざしのまはりに夏菊、ほととぎすを彫るやうになり、細づくりの耳掻きかんざしに糸萩、女郎花を毛彫りで彫るやうになつては、もうたいして彫るせきもなく、一番しまひに彫つて差上げたのは二三年まへの古風な一本足のかんざしの頸に友呼ぶ千鳥一羽のものだつた。もう全く彫るせきは無い」

かう言つて徳永は全くくたりとなつた。そして「実を申すと、勘定をお払ひする目当てはわしにもうありませんのです。身体も弱りました。仕事の張気も失せました。永いこともないおかみさんは簪はもう要らんでせうし。ただ〳〵永年夜食として食べ慣れたどぜう汁と飯一椀、わしはこれを摂らんと冬のひと夜を凌ぎ兼ねます。朝までに身体が凍え痺れる。わしら彫金師は、一たがね一期《ご》です。明日のことは考へんです。あなたが、おかみさんの娘ですなら、今夜も、あの細い小魚を五六ぴき恵んで頂きたい。死ぬにしてもこんな霜枯れた夜は嫌です。今夜、一夜は、あの小魚のいのちをぽちりぽちりわしの骨の髄に噛み込んで生き伸びたい——」

徳永が嘆願する様子は、アラブ族が落日に対して拝するやうに心もち顔を天井に向け、狛犬のやうに蹲り、哀訴の声を呪文のやうに唱へた。

くめ子は、われとしもなく帳場を立上つた。妙なものに酔はされた気持でふらりふらり料理場に向つた。料理人は引上げて誰もゐなかつた。生洲に落ちる水の滴りだけが聴える。

くめ子は、一つだけ捻つてある電灯の下を見廻すと、大鉢に蓋がしてある。蓋を取ると明日の仕込みにどぜうは生酒に漬けてある。まだ、よろりよろり液体の表面へ頭を突き上げてゐるのもある。日頃は見るも嫌だと思つたこの小魚が今は親しみ易いものに見える。くめ子は、小麦色の腕を捲くつて、一ぴき二ひきと、柄鍋の中へ移す。握つた指の中で小魚はたまさか蠢めく。すると、その顫動が電波のやうに心に伝はつて刹那に不思議な意味が仄かに囁かれる――いのちの呼応。

くめ子は柄鍋に出汁《だし》と味噌汁とを注いで、ささがし牛蒡を抓み入れる。瓦斯こんろで掻き立てた。くめ子は小魚が白い腹を浮かして熱く出来上つた汁を朱塗の大椀に盛つた。山椒一つまみ蓋の把手に乗せて、飯櫃と一緒に窓から差し出した。

「御飯はいくらか冷たいかも知れないわよ」

老人は見栄も外聞もない悦び方で、コールテンの足袋の裏を弾ね上げて受取り、仕出しの岡持を借りて大事に中へ入れると、潜り戸を開けて盗人のやうに姿を消した。

不治の癌だと宣告されてから却つて長い病床の母親は急に機嫌よくなつた。やつと自儘に出来る身体になれたと言つた。早春の日向に床をひかせて起上り、食べ度いと思ふものをあれやこれや食べながら、くめ子に向つて生涯に珍らしく親身な調子で言つた。

「妙だね、この家は、おかみさんになるものは代々亭主に放蕩されるんだがね。あたしのお母さんも、それからお祖母さんもさ。恥かきつちやないよ。だが、そこをぢつと辛抱してお帳場に噛りついてゐると、どうにか暖簾もかけ続けて行けるし、それとまた妙なもので、誰か、いのちを籠めて慰めて呉れるものが出来るんだね。お母さんにもそれがあつたし、お祖母さんにもそれがあつた。だから、おまへにも言つとくよ。おまへにも若しそんなことがあつても決して落胆おしでないよ。今から言つとくが――」

母親は、死ぬ間際に顔が汚ないと言つて、お白粉などで薄く刷き、戸棚の中から琴柱《ことじ》の箱を持つて来させて

「これだけがほんとに私が貰つたものだよ」

そして箱を頬に宛てがひ、さも懐かしさうに二つ三つ揺る。中で徳永の命をこめて彫つたといふ沢山の金銀簪の音がする。その音を聞いて母親は「ほ　ほ　ほ」と含み笑ひの声を立てた。それは無垢に近い娘の声であつた。

宿命に忍従しようとする不安で逞しい勇気と、救ひを

信ずる寂しく敬虔な気持とが、その後のくめ子の胸の中を朝夕に縺れ合ふ。それがあまりに息詰まるほど嵩まると彼女はその嵩を心から離して感情の技巧の手先で犬のやうに綾なしながら、うつらうつら若さをおもふ。ときどきは誘はれるまま、常連の学生たちと、日の丸行進曲を口笛で吹きつれて坂道の上まで歩き出てみる。谷を越した都の空には霞が低くかかつてゐる。

くめ子はそこで学生が呉れるドロップを含みながら、もし、この青年たちの中で自分に関りのあるものが出るやうだつたら、誰が自分を悩ます放蕩者の良人になり、誰が懸命の救ひ手になるかなどと、ありのすさびの推量ごとをしてやや興を覚える。だが、しばらくすると

「店が忙しいから」

と言つて袖で胸を抱いて一人で店へ帰る。窓の中に坐る。

徳永老人はだん〳〵瘠せ枯れながら、毎晩必死とどぜう汁をせがみに来る。

鮨

東京の下町と山の手の境ひ目といつたやうな、ひどく坂や崖の多い街がある。

表通りの繁華から折れ曲つて来たものには、別天地の感じを与へる。

つまり表通りや新道路の繁華な刺戟に疲れた人々が、時々、刺戟を外づして気分を転換する為めに紛れ込むやうなちよつとした街筋――

福ずしの店のあるところは、この町でも一ばん低まつたところで、二階建の銅張りの店構へは、三四年前表だけを造作したもので、裏の方は崖に支へられてゐる柱の足を根つぎして古い住宅のまゝを使つてゐる。

古くからある普通の鮨屋だが、商売不振で、先代の持主は看板ごと家作をともよの両親に譲つて、店もだんだん行き立つて来た。

新らしい福ずしの主人は、もともと東京で屈指の鮨店で腕を仕込んだ職人だけに、周囲の状況を察して、鮨の品質を上げて行くに造作もなかつた。前にはほとんど出まへだつたが、新らしい主人になつてからは、鮨盤の前や土間に腰かける客が多くなつたので、始めは、主人夫婦と女の子のともよ三人きりの暮しであつたが、やがて職人を入れ、子供と女中を使はないでは間に合はなくなつた。

店へ来る客は十人十いろだが、全体に就ては共通するものがあつた。

後からも前からもぎりぎりに生活の現実に詰め寄られてゐる、その間をぽつと外づして気分を転換したい。

一つ一つ我まゝがきいて、ちんまりした贅沢ができて、そして、ここへ来てゐる間は、くだらなくばかになれる。

好みの程度に自分から裸になれたり、仮装したり出来る。たとへ、そこで、どんな安ちよくなことをしても云つても、誰も軽蔑するものがない。お互ひに現実から隠れんぼうをしてゐるやうな者同志の一種の親しさ、そして、かばひ合ふやうな懇な眼ざしで鮨をつまむ手つきや茶を呑む様子を視合つたりする。かとおもふとまたそれは人間といふより木石の如く、はたの神経とはまつたく無交渉な様子で黙々といくつかの鮨をつまんで、さつさと帰つて行く客もある。

　鮨といふもの、生む甲斐々々しいまめやかな雰囲気、そこへ人がいくら耽り込んでも、擾れるやうなことはない。万事が手軽くこだはりなく行き過ぎて仕舞ふ。

　福ずしへ来る客の常連は、元狩猟銃器店の主人、デパート外客廻り係長、歯科医師、畳屋の伜、電話のブローカー、石膏模型の技術家、児童用品の売込人、兎肉販売の勧誘員、証券商会をやつたことのあつた隠居――このほかにこの町の近くの何処かに棲んでゐるに違ひない劇場関係の芸人で、劇場がひまな時は、何か内職をするらしく、脂づいたやうな絹ものをぞろりと着て、青白い手で鮨を器用につまんで喰べて行く男もある。

　常連で、この界隈に住んでゐる暇のある連中は散髪のついでに寄つて行くし、遠くからこの附近へ用足しのあるものは、その用の前後に寄る。季節によつて違ふが、日が長くなると午後の四時頃から灯がつく頃が一ばん落合つて立て込んだ。

　めいめい、好み好みの場所に席を取つて、鮨種子で融通して呉れるさしみや、酢のもので酒を飲むものもあるし、すぐ鮨に取りかかるものもある。

　ともよの父親である鮨屋の亭主は、ときには仕事場から土間へ降りて来て、黒みがかつた押鮨を盛つた皿を常連のまん中のテーブルに置く。

「何だ、何だ」

　好奇の顔が四方から覗き込む。

「まあ、やつてご覧、あたしの寝酒の肴さ」

　亭主は客に友達のやうな口をきく。

「こはだにしちや味が濃いし――」

　ひとつ撮《つま》んだのがいふ。

「鯵かしらん」

　すると、畳敷の方の柱の根に横坐りにして見てゐた内儀さん――ともよの母親――が、は　は　は　と太り肉《じし》を揺つて「みんなおとッつあんに一ぱい喰つた」と笑つた。

それは塩さんまを使つた押鮨で、おからを使つて程よく塩と脂を抜いて、押鮨にしたのであつた。

「おとつさん狡いぜ、ひとりでこつそりこんな旨いものを拵へて食ふなんて――」

「へえ、さんまも、かうして食ふとまるで違ふね」

客たちのこんな話が一しきりがや〳〵渦まく。

「なにしろあたしたちは、銭のかかる贅沢はできないからね」

「おとつさん、なぜこれを、店に出さないんだ」

「冗談いつちや、いけない、これを出した日にや、他の鮨が蹴押されて売れなくなつちまは。第一、さんまぢや、いくらも値段がとれないからね」

「おとッつあん、なか〳〵商売を知つてゐる」

その他、鮨の材料を採つたあとの鰹の中落だの、鮑の腸だの、鯛の白子だのを巧に調理したものが、とき〴〵常連にだけ突出された。ともよはそれを見て「飽きあきする、あんなまづいもの」と顔を皺めた。だが、それらは常連から呉れといつてもなかなか出さないで、思はぬときにひよつこり出す。亭主はこのことにかけてだけいこぢでむら気なのを知つてゐるので決してねだらない。よほど欲しいときは、娘のともよにこつそり頼む。するとともよは面倒臭さうに探し出して与へる。

ともよは幼い時から、かういふ男達は見なれて、その男たちを通して世の中を頃あひでこだはらない、いささか稚気のあるものに感じて来てゐた。

女学校時代に、鮨屋の娘といふことが、いくらか恥ぢられて、家の出入の際には、できるだけ友達を近づけないことにしてゐた苦労のやうなものがあつて、孤独な感じはあつたが、ある程度までの孤独感は、家の中の父母の間柄からも染みつけられてゐた。父と母と喧嘩をするやうな事はなかつたが、気持ちはめい〳〵独立してゐた。ただ生きて行くことの必要上から、事務的よりも、もう少し本能に喰ひ込んだ協調やらいたはり方を暗黙のうちに交換して、それが反射的にまで発育してゐるので、世間からは無口で比較的仲のよい夫婦にも見えた。父親は、どこか下町のビルヂングに支店を出すことに熱意を持ちながら、小鳥を飼ふのを道楽にしてゐた。母親は、物見遊山にも行かず、着ものも買はない代りに月々の店の売上げ額から、自分だけの月がけ貯金をしてゐた。

両親は、娘のことについてだけは一致したものがあつた。とにかく教育だけはしとかなくてはといふことだつた。まはりに浸々と押し寄せて来る、知識的な空気に対して、この点では両親は期せずして一致して社会への競争的なものは持つてゐた。

「自分は職人だつたからせめて娘は」

と――だが、それから先をどうするかは、全く茫然としてゐた。

無邪気に育てられ、表面だけだが世事に通じ、軽快でそして孤独的なものを持つてゐる。これがともよの性格だつた。かういふ娘を誰も目の敵にしたり邪魔にするものはない。ただ男に対してだけは、ずばずば応対して女の子らしい羞らひも、作為の態度もないので、一時女学校の教員の間で問題になつたが、商売柄、自然、さういふ女の子になつたのだと判つて、いつの間にか疑ひは消えた。

ともよは学校の遠足会で多摩川べりへ行つたことがあつた。春さきの小川の淀みの淵を覗いてゐると、いくつも鮒が泳ぎ流れて来て、新茶のやうな青い水の中に尾鰭を閃めかしては、杭根の苔を食《は》んで、また流れ去つて行く。するともうあとの鮒が流れ溜つて尾鰭を閃めかしてゐる。流れ来り、流れ去るのだが、その交替は人間の意識の眼には留まらない程すみやかでかすかな作業のやうで、いつも若干の同じ魚が、其処に遊んでゐるかとも思へる。とき〲は不精さうな鯰も来た。

自分の店の客の新陳代謝はともよにはこの春の川の魚のやうにも感ぜられた。（たとへ常連といふグループはあつても、そのなかの一人々々はいつか変つてゐる）自分は杭根のみどりの苔のやうに感じた。みんな自分に軽く触れては慰められて行く。ともよは店のサーヴイスを義務とも辛抱とも感じなかつた。胸も腰もつくろはない少女じみたカシミヤの制服を着て、有合せの男下駄をカランカラン引きずつて、客へ茶を運ぶ。客が情事めいたことをいつて揶揄ふと、ともよは口をちよつと尖らし、片方の肩を一しよに釣上げて

「困るわそんなこと、何とも返事できないわ」

といふ。さすがに、それには極く軽い媚びが声に挟れて消える。客は仄かな明るいものを自分の気持ちのなかに点じられて笑ふ。ともよは、その程度の福ずしの看板娘であつた。

客のなかの湊といふのは、五十過ぎぐらゐの紳士で、濃い眉がしらから顔へかけて、憂愁の蔭を帯びてゐる。時によつては、もつと老けて見え、場合によつては情熱

的な壮年者にも見えるときもあつた。けれども鋭い理智から来る一種の諦念といつたやうなものが、人柄の上に冴えて、苦味のある顔を柔和に磨いてゐた。

濃く縮れた髪の毛を、程よくもぢよもぢよに分け仏蘭西髭を生やしてゐる。服装は赫い短靴を埃まみれにしてホームスパンを着てゐる時もあれば、少し古びた結城で着流しのときもある。独身者であることはたしかだが職業は誰にも判らず、店ではいつか先生と呼び馴れてゐた。鮨の喰べ方は巧者であるが、強ひて通がるところも無かつた。

サビタのステツキを床にとんとつき、椅子に腰かけてから体を斜に鮨の握り台の方に傾け、硝子箱の中に入つてゐる材料を物憂さうに点検する。

「ほう。今日はだいぶ品数があるな」

と云つてともよの運んで来た茶を受け取る。

「カンパチが脂がのつてゐます、それに今日は蛤も――」

ともよの父親の福ずしの亭主は、いつかこの客の潔癖な性分であることを覚え、湊が来ると無意識に俎板や塗盤の上へしきりに布巾をかけながら云ふ。

「ぢや、それを握つて貰はう」

「はい」

亭主はしぜん、ほかの客とは違つた返事をする。湊の鮨の喰べ方のコースは、いはれなくともともよの父親は判つてゐる。鮪の中とろから始つて、つめのつく煮もの、鮨になり、だん〳〵あつさりした青い鱗のさかなに進む。そして玉子と海苔巻に終る。それで握り手は、その日の特別の注文は、適宜にコースの中へ加へればいゝのである。

湊は、茶を飲んだり、鮨を味はつたりする間、片手を頰に宛てがふか、そのまゝ首を下げてステツキの頭に置く両手の上へ顎を載せるかして、ぢつと眺める。眺めるのは開け放してある奥座敷を通して眼に入る裏の谷合の木がくれの沢地か、水を撒いてある表通りに、向うの塀から垂れ下つてゐる椎の葉の茂みかどちらかである。

ともよは、初めは少し窮屈な客と思つてゐただけだつたが、だん〳〵この客の謎めいた眼の遣り処を見慣れると、お茶を運んで行つたときから鮨を喰ひ終るまで、よそばかり眺めてゐて、一度もその眼を自分の方に振向けないときは、物足りなく思ふやうになつた。さうかといつて、どうかして、まともにその眼を振向けられ自分の眼と永く視線を合せてゐると、自分を支へてゐる力を暈されて危いやうな気がした。

　偶然のやうに顔を見合して、たゞ一通りの好感を寄せる程度で、微笑して呉れるときはともよは父母とは違つて、自分をほぐして呉れるなにか暖味のある刺戟のやうな感じをこの年とつた客からうけた。だからともよは湊がいつまでもよそばかり見てゐるときは土間の隅の湯沸しの前で、絽ざしの手をとめて、たとへば、作り咳をするとか耳に立つものゝ音をたてるかして、自分ながらしらず〳〵湊の注意を自分に振り向ける所作をした。すると湊は、ぴくりとして、ともよの方を見て、微笑する。上歯と下歯がきつちり合ひ、引緊つて見える口の線が、滑かになり、仏蘭西髭の片端が目についてあがる――父親は鮨を握り乍らちよつと眼を挙げる。ともよのいたづら気とばかり思ひ、また不愛想な顔をして仕事に向ふ。

　湊はこの店へ来る常連とは分け隔てなく話す。競馬の話、株の話、時局の話、碁、将棋の話、盆栽の話――大体かういふ場所の客の間に交される話題に洩れないものだが、湊は、八分は相手に話さして、二分だけ自分が口を開くのだけれども、その寡黙は相手を見下げてゐるのでもなく、つまらないのを我慢してゐるのでもない。その証拠には、盃の一つもさされると

「いやどうも、僕は身体を壊してゐて、酒はすつかりとめられてゐるのですが、折角ですから、ぢや、まあ、頂きませうかな」といつて、細いがつしりとしてゐる手を、何度も振つて、さも敬意を表するやうに鮮かに盃を受取り、気持ちよく飲んでまた盃を返す。そして徳利を器用に持上げて酌をしてやる。その挙動の間に、いかにも人なつこく他人の好意に対しては、何倍にかして返さなくては気が済まない性分が現れてゐるので、常連の間で、先生は好い人だといふことになつてゐた。

　ともよは、かういふ湊を見るのは、あまり好かなかつた。あの人にしては軽すぎるといふやうな態度だと思つた。相手客のほんの気まぐれに振り向けられた親しみに対して、あゝまともに親身の情を返すのは、湊の持つてゐるものが減つてしまふやうに感じた。ふだん陰気なくせに、一たん向けられると、何といふ浅ましくがつ〳〵人情に饑ゑてゐる様子を現はす年とつた男だらうと思ふ。ともよは湊が中指に嵌めてゐる古代埃及の甲虫《スクラツプ》のついてゐる銀の指環さへさういふときは嫌味に見えた。

　湊の応対ぶりに有頂天になつた相手客が、なほ繰り返して湊に盃をさし、湊も釣り込まれて少し笑声さへたて乍らその盃の遣り取りを始め出したと見るときは、とも

よはつか〳〵と寄つて行つて
「お酒、あんまり呑んぢや体にいけないつて云つてるくせに、もう、よしなさい」

と湊の手から盃をひつたくる。そして湊の代りに相手の客にその盃をつき返して黙つて行つて仕舞ふ。それは必しも湊の体をおもふ為でなく、妙な嫉妬がともよにさうさせるのであつた。

「なか〳〵世話女房だぞ、ともちやんは」

相手の客がさういふ位でその場はそれなりになる。湊も苦笑しながら相手の客に一礼して自分の席に向き直り、重たい湯呑み茶碗に手をかける。

ともよは湊のことが、だん〳〵妙な気がかりになり、却つて、そしらぬ顔をして黙つてゐることもある。湊がはいつて来ると、つんと済して立つて行つて仕舞ふこともある。湊もさういふ素振りをされて、却つて明るく薄笑ひするときもあるが、全然、ともよの姿の見えぬときは物寂しさうに、いつもより一そう、表通りや裏の谷合の景色を深々と眺める。


ある日、ともよは、籠をもつて、表通りの虫屋へ河鹿を買ひに行つた。ともよの父親は、かういう飼ひものに凝る性分で、飼ひ方もうまかつたが、とき〴〵は失敗して数を減らした。が今年ももはや初夏の季節で、河鹿など涼しさうに鳴かせる時分だ。

ともよは、表通りの目的の店近く来ると、その店から湊が硝子鉢を下げて出て行く姿を見た。湊はともよに気がつかないで硝子鉢をいたはり乍ら、むかう向きにそろそろ歩いてゐた。

ともよは、店へ入つて手ばやく店のものに自分の買ふものを注文して、籠にそれを入れて貰ふ間、店先へ出て、湊の行く手に気をつけてゐた。

河鹿を籠に入れて貰ふと、ともよはそれを持つて、急いで湊に追ひついた。

「先生つてば」

「ほう、ともちやんか、珍らしいな、表で逢ふなんて」

二人は、歩きながら、互ひの買ひものを見せ合つた。湊は西洋の観賞魚の髑髏魚《ゴーストフィシユ》を買つてゐた。それは骨が寒天のやうな肉に透き通つて、腸が鰓の下に小さくこみ上つてゐた。

「先生のおうち、この近所」

「いまは、この先のアパートにゐる。だが、いつ越すかわからないよ」

湊は珍らしく表で逢つたからともよにお茶でも御馳走しようといつて町筋をすこし物色したが、この辺には思はしい店もなかつた。

「まさか、こんなものを下げて銀座へも出かけられんし」

「ううん銀座なんかへ行かなくつても、どこかその辺の空地で休んで行きませうよ」

　湊は今更のやうに漲り亘る新樹の季節を見廻し、ふうつと息を空に吹いて
「それも、いゝな」

　表通りを曲ると間もなく崖端に病院の焼跡の空地があつて、煉瓦塀の一側がローマの古跡のやうに見える。ともよと湊は持ちものを叢の上に置き、足を投げ出した。

　ともよは、湊になにかいろ〱訊いてみたい気持ちがあつたのだが、いまかうして傍に並んでみると、そんな必要もなく、ただ、霧のやうな匂ひにつつまれて、しんしんとするだけである。湊の方が却つて弾んでゐて
「今日は、ともちやんが、すつかり大人に見えるね」

　などと機嫌好ささうに云ふ。

　ともよは何を云はうかと暫く考へてゐたが、大したおもひつきでも無いやうなことを、とう〱云ひ出した。

「あなた、お鮨、本当にお好きなの」

「さあ」

「ぢや何故来て食べるの」

「好きでないことはないさ、けど、さほど喰べたくない時でも、鮨を喰べるといふことが僕の慰みになるんだよ」

「なぜ」

　何故、湊が、さほど鮨を喰べたくない時でも鮨を喰べるといふその事だけが湊の慰めとなるかを話し出した。

　――旧くなつて潰れるやうな家には妙な子供が生れるといふものか、大きな家の潰れるときといふものは、大人より子供にその脅えが予感されるといふものか、それが激しく来ると、子は母の胎内にゐるときから、そんな脅えに命を蝕まれてゐるのかもしれないね――といふやうな言葉を冒頭に湊は語り出した。

　その子供は小さいときから甘いものを好まなかつた。おやつにはせい〲塩煎餅くらゐを望んだ。食べるときは、上歯と下歯を叮嚀に揃へ円い形の煎餅の端を規則正しく噛み取つた。ひどく湿つてゐない煎餅なら大概好い音がした。子供は噛み取つた煎餅の破片をじゆうぶんに咀嚼して咽喉へきれいに嚥み下してから次の端を噛み取

ることにかかる。上歯と下歯をまた叮嚀に揃へ、その間へまた煎餅の次の端を挟み入れる——いざ、噛み破るときに子供は眼を薄く瞑り耳を澄ます。

ぺちん

同じ、ぺちんといふ音にも、いろ〳〵の性質《たち》があつた。子供は聞き慣れてその音の種類を聞き分けた。

ある一定の調子の響きを聞き当てたとき、子供はぷるぷると胴慄ひした。子供は煎餅を持つた手を控へて、しばらく考へ込む。うつすら眼に涙を溜めてゐる。

家族は両親と、兄と姉と召使ひだけだつた。家中で、をかしな子供と云はれてゐた。その子供の喰べものは外にまだ偏つてゐた。さかなが嫌ひだつた。あまり数の野菜は好かなかつた。肉類は絶対に近づけなかつた。

神経質のくせに表面は大やうに見せてゐる父親はときどき

「ぼうずはどうして生きてゐるのかい」

と子供の食事を覗きに来た。一つは時勢のためでもあるが、父親は臆病なくせに大やうに見せたがる性分から、家の没落をじりじり眺め乍ら「なに、まだ、まだ」とまけをしみを云つて潰して行つた。子供の小さい膳の上には、いつものやうに炒り玉子と浅草海苔が、載つてゐた。母親は父親が覗くとその膳を袖で隠すやうにして

「あんまり、はたから騒ぎ立てないで下さい、これさへ気まり悪がつて喰べなくなりますから」

その子供には、実際、食事が苦痛だつた。体内へ、色、香、味のある塊団を入れると、何か身が穢れるやうな気がした。空気のやうな喰べものは無いかと思ふ。腹が減ると饑ゑは充分感じるのだが、うつかり喰べる気はしなかつた。床の間の冷たく透き通つた水晶の置きものに、舌を当てたり、頰をつけたりした。饑ゑぬいて、頭の中が澄み切つたまゝ、だん〳〵、気が遠くなつて行く。それが谷地の池水を距てゝA—丘の後へ入りかける夕陽を眺めてゐるときでゝもあると（湊の生れた家もこの辺の地勢に似た都会の一隅にあつた。）子どもはこのまゝのめり倒れて死んでも関はないとさへ思ふ。だが、この場合は窪んだ腹に緊く締めつけてある帯の間に両手を無理にさし込み、体は前のめりのまゝ首だけ仰のいて

「お母さあん」

と呼ぶ。子供の呼んだのは、現在の生みの母のことではなかつた。子供は現在の生みの母は家族ぢゆうで一番好きである。けれども子供にはまだ他に自分に「お母さん」と呼ばれる女性があつて、どこかに居さうな気がし

た。自分がいま呼んで、もし「はい」といつてその女性が眼の前に出て来たなら自分はびつくりして気絶して仕舞ふに違ひないとは思ふ。しかし呼ぶことだけは悲しい楽しさだつた。

「お母さあん、お母さあん」

薄紙が風に慄へるやうな声が続いた。

「はあい」

と返事をして現在の生みの母親が出て来た。

「おや、この子は、こんな処で、どうしたのよ」

肩を揺つて顔を覗き込む。子供は感違ひした母親に対して何だか恥しく赧くなつた。

「だから、三度々々ちやんとご飯喰べてお呉れと云ふに、さ、ほんとに後生だから」

母親はおろおろの声である。かういふ心配の揚句、玉子と浅草海苔が、この子の一ばん性に合ふ喰べものだといふことが見出されたのだつた。これなら子供には腹に重苦しいだけで、穢されざるものに感じた。

子供はまた、とき〴〵、切ない感情が、体のどこから判らないで体一ぱいに詰まるのを感じる。そのときは、酸味のある柔いものなら何でも噛んだ。生梅や橘の実を捥いで来て噛んだ。さみだれの季節になると子供は都会の中の丘と谷合にそれ等の実の在所をそれらを啄みに来る鳥のやうによく知つてゐた。

子供は、小学校はよく出来た。一度読んだり聞いたりしたものは、すぐ判つて乾板のやうに脳の襞に焼きつけた。子供には学課の容易さがつまらなかつた。つまらないといふ冷淡さが、却つて学課の出来をよくした。

家の中でも学校でも、みんなはこの子供を別もの扱ひにした。

父親と母親とが一室で言ひ争つてゐた末、母親は子供のところへ来て、しみじみとした調子でいつた。

「ねえ、おまへがあんまり痩せて行くもんだから学校の先生と学務委員たちの間で、あれは家庭で衛生の注意が足りないからだといふ話が持上つたのだよ。それを聞いて来てお父つあんは、あゝいふ性分だもんだから、私に意地くね悪く当りなさるんだよ」

そこで母親は、畳の上へ手をついて、子供に向つてこつくりと、頭を下げた。

「どうか頼むから、もつと、喰べるものを喰べて、肥つてお呉れ、さうして呉れないと、あたしは、朝晩、ゐたたまれない気がするから」

子供は自分の畸形な性質から、いづれは犯すであらうと予感した罪悪を、犯したやうな気がした。わるい。母に手をつかせ、お叩頭をさせてしまつたのだ。顔がかつとなつて体に慄へが来た。だが不思議にも心は却つて安らかだつた。すでに、自分は、こんな不孝をして悪人となつてしまつた。こんな奴なら自分は滅びて仕舞つても自分で惜しいとも思ふまい。よし、何でも喰べてみよう、喰べ馴れないものを喰べて体が慄へ、吐いたりもどしたり、その上、体ぢゆうが濁り腐つて死んぢまつても好いとしよう。生きてゐてしじう喰べもの、好き嫌ひをし、人をも自分をも悩ませるよりその方がましではあるまいか――

　子供は、平気を装つて家のものと同じ食事をした。すぐ吐いた。口中や咽喉を極力無感覚に制御したつもりだが嚥み下した喰べものが、母親以外の女の手が触れたものと思ふ途端に、胃嚢が不意に逆に絞り上げられた――女中の裾から出る剥げた赤いゆもじや飯炊婆さんの横顔になぞつてある黒鬢つけの印象が胸の中を暴力のやうに掻き廻した。

　兄と姉はいやな顔をした。父親は、子供を横眼でちらりと見たまゝ、知らん顔して晩酌の盃を傾けてゐた。母親は子供の吐きものを始末しながら、恨めしさうに父親の顔を見て

「それご覧なさい。あたしのせゐばかりではないでせう。この子はかういふ性分です」

　と嘆息した。しかし、父親に対して母親はなほ、おづおづはしてゐた。

　その翌日であつた。母親は青葉の映りの濃く射す縁側へ新しい茣蓙を敷き、俎板だの庖丁だの水桶だの蠅帳だの持ち出した。それもみな買ひ立ての真新しいものだつた。

　母親は自分と俎板を距てた向側に子供を坐らせた。子供の前には膳の上に一つの皿を置いた。

　母親は、腕捲りして、薔薇いろの掌を差出して手品師のやうに、手の裏表を返して子供に見せた。それからその手を言葉と共に調子づけて擦りながら云つた。

「よくご覧、使ふ道具は、みんな新しいものだよ。それから拵へる人は、おまへさんの母さんだよ。手はこんなにもよくきれいに洗つてあるよ。判つたかい。判つたら、さ、そこで――」

　母親は、鉢の中で炊きさました飯に酢を混ぜた。母親も子供もこんこん噎せた。それから母親はその鉢を傍に

寄せて、中からいくらかの飯の分量を掴み出して、両手で小さく長方形に握つた。

　蝿帳の中には、すでに鮨の具《ぐ》が調理されてあつた。母親は素早くその中からひときれを取出してそれからちよつと押へて、長方形に握つた飯の上へ載せた。子供の前の膳の上の皿へ置いた。玉子焼鮨だつた。

「ほら、鮨だよ、おすしだよ。手々で、ぢかに掴んで喰べても好いのだよ」

　子供は、その通りにした。はだかの肌をするする撫でられるやうなころ合ひの酸味に、飯と、玉子のあまみがほろほろに交つたあぢはひが丁度舌一ぱいに乗つた具合――それをひとつ喰べて仕舞ふと体を母に捩りつけたいほど、おいしさと、親しさが、ぬくめた香湯のやうに子供の身うちに湧いた。

　子供はおいしいと云ふのが、きまり悪いので、ただ、にいつと笑つて、母の顔を見上げた。

「そら、もひとつ、いゝかね」

　母親は、また手品師のやうに、手をうら返しにして見せた後、飯を握り、蝿帳から具《ぐ》の一片れを取りだして押しつけ、子供の皿に置いた。

　子供は今度は握つた飯の上に乗つた白く長方形の切片を気味悪く覗いた。すると母親は怖くない程度の威丈高になつて

「何でもありません、白い玉子焼だと思つて喰べればいゝんです」

　といつた。

　かくて、子供は、烏賊といふものを生れて始めて喰べた。象牙のやうな滑らかさがあつて、生餅より、よつぽど歯切れがよかつた。子供は烏賊鮨を喰べてゐたその冒険のさなか、詰めてゐた息のやうなものを、はつ、として顔の力みを解いた。うまかつたことは、笑ひ顔でしか現はさなかつた。

　母親は、こんどは、飯の上に、白い透きとほる切片をつけて出した。子供は、それを取つて口へ持つて行くときに、脅かされるにほひに掠められたが、鼻を詰らせて、思ひ切つて口の中へ入れた。

　白く透き通る切片は、咀嚼のために、上品なうま味に衝きくづされ、程よい滋味の圧感に混つて、子供の細い咽喉へ通つて行つた。

「今のは、たしかに、ほんたうの魚に違ひない。自分は、魚が喰べられたのだ――」

　さう気づくと、子供は、はじめて、生きてゐるものを

嚙み殺したやうな征服と新鮮を感じ、あたりを広く見廻したい歓びを感じた。むずむずする両方の脇腹を、同じやうな歓びで、ぢつとしてゐられない手の指で摑み掻いた。

「ひ　ひ　ひ　ひ　ひ」

無暗に疳高に子供は笑つた。母親は、勝利は自分のものだと見てとると、指についた飯粒を、ひとつ〳〵払ひ落したりしてから、わざと落ちついて蠅帳のなかを子供に見せぬやう覗いて云つた。

「さあ、こんどは、何にしようかね……はてね……まだあるかしらん……」

子供は焦立つて絶叫する。

「すし！　すし！」

母親は、嬉しいのをぐつと堪へる少し呆けたやうな――それは子供が、母としては一ばん好きな表情で、生涯忘れ得ない美しい顔をして

「では、お客さまのお好みによりまして、次を差上げまあす」

最初のときのやうに、薔薇いろの手を子供の眼の前に近づけ、母はまたも手品師のやうに裏と表を返して見せてから鮨を握り出した。同じやうな白い身の魚の鮨が握り出された。

母親はまづ最初の試みに注意深く色と生臭の無い魚肉を選んだらしい。それは鯛と比良目であつた。

子供は続けて喰べた。母親が握つて皿の上に置くのと、子供が摑み取る手と、競走するやうになつた。その熱中が、母と子を何も考へず、意識しない一つの気持ちの痺れた世界に牽き入れた。五つ六つの鮨が握られて、摑み取られて、喰べられる――その運びに面白く調子がついて来た。素人の母親の握る鮨は、いち〳〵大きさが違つてゐて、形も不細工だつた。鮨は、皿の上に、ころりと倒れて、載せた具《ぐ》を傍へ落すものもあつた。子供は、さういふものへ却つて愛感を覚え、自分で形を調へて喰べると余計おいしい気がした。子供は、ふと、日頃、内しよで呼んでゐるも一人の幻想のなかの母といま目の前に鮨を握つてゐる母とが眼の感覚だけか頭の中でか、一致しかけ一重の姿に紛れてゐる気がした。もつと、ぴつたり、一致して欲しいが、あまり一致したら恐ろしい気もする。

自分が、いつも、誰にも内しよで呼ぶ母はやはり、この母親であつたのかしら、それがこんなにも自分においしいものを食べさせて呉れるこの母であつたのなら、内

密に心を外の母に移してゐたのが悪かつた気がした。

「さあ、さあ、今日は、この位にして置きませう。よく喰べてお呉れだつたね」

　目の前の母親は、飯粒のついた薔薇いろの手をぱんぱんと子供の前で気もちよささうにはたいた。

　それから後も五、六度、母親の手製の鮨に子供は慣らされて行つた。

　ざくろの花のやうな色の赤貝の身だの、二本の銀色の地色に堅縞のあるさよりだのに、子供は馴染むやうになつた。子供はそれから、だん〳〵平常の飯の菜にも魚が喰べられるやうになつた。身体も見違へるほど健康になつた。中学へはいる頃は、人が振り返るほど美しく逞しい少年になつた。

　すると不思議にも、今まで冷淡だつた父親が、急に少年に興味を持ち出した。晩酌の膳の前に子供を坐らせて酒の対手をさしてみたり、玉突きに連れて行つたり、茶屋酒も飲ませた。

　その間に家はだん〳〵潰れて行く。父親は美しい息子が紺飛白の着物を着て盃を啣《ふく》むのを見て陶然とする。他所の女にちやほやされるのを見て手柄を感ずる。息子は十六七になつたときには、結局いゝ道楽者になつてゐた。

　母親は、育てるのに手数をかけた息子だけに、狂気のやうになつてその子を父親が台なしにして仕舞つたと怒る。その必死な母親の怒りに対して父親は張合ひもなくうす苦く黙笑してばかりゐる。家が傾く鬱積を、かういふ夫婦争ひで両親は晴らしてゐるのだ、と息子はつくづく味気なく感じた。

　息子には学校へ行つても、学課が見通せて判り切つてゐるやうに思へた。中学でも彼は勉強もしないでよく出来た。高等学校から大学へ苦もなく進めた。それでゐて、何かしら体のうちに切ないものがあつて、それを晴らす方法は急いで求めてもなか〳〵見付からないやうに感ぜられた。永い憂鬱と退屈あそびのなかから大学も出、職も得た。

　家は全く潰れ、父母や兄姉も前後して死んだ。息子自身は頭が好くて、何処へ行つても相当に用ひられたが、何故か、一家の職にも、栄達にも気が進まなかつた。二度目の妻が死んで、五十近くなつた時、一寸した投機でかなり儲け、一生独りの生活には事かかない見極めのついたのを機に職業も捨てた。それから後は、茲のアパート、あちらの貸家と、彼の一所不定の生活が始まつた。

今のはなしのうちの子供、それから大きくなつて息子と呼んではなしたのは私のことだと湊は長い談話のあとで、ともよに云つた。

「あゝ判つた。それで先生は鮨がお好きなのね」

「いや、大人になつてからは、そんなに好きでもなくなつたのだが、近頃、年をとつたせゐか、しきりに母親のことを想ひ出すのでね。鮨までなつかしくなるんだよ。」

二人の坐つてゐる病院の焼跡のひとところに支への朽ちた藤棚があつて、おどろのやうに藤蔓が宙から地上に這ひ下り、それでも蔓の尖の方には若葉を一ぱいつけ、その間から痩せたうす紫の花房が雫のやうに咲き垂れてゐる。庭石の根締めになつてゐたやしほの躑躅が石を運び去られたあとの穴の側に半面、黝く枯れて火のあふりのあとを残しながら、半面に白い花をつけてゐる。

庭の端の崖下は電車線路になつてゐて、とき〳〵轟々と電車の行き過ぎる音だけが聞える。

竜の髭のなかのいちはつの花の紫が、夕風に揺れ、二人のゐる近くに一本立つてゐる太い棕梠の木の影が、草叢の上にだん〳〵斜にかゝつて来た。ともよが買つて来てそこへ置いた籠の河鹿が二声、三声、啼き初めた。

二人は笑ひを含んだ顔を見合せた。

「さあ、だいぶ遅くなつた。ともちやん、帰らなくては悪からう。」

ともよは河鹿の籠を捧げて立ち上つた。すると、湊は自分の買つた骨の透き通つて見える髑髏魚をも、そのまゝともよに与へて立ち去つた。

湊はその後、すこしも福ずしに姿を見せなくなつた。

「先生は、近頃、さつぱり姿を見せないね」

常連の間に不審がるものもあつたが、やがてすつかり忘られてしまつた。

ともよは湊と別れるとき、湊がどこのアパートにゐるか聞きもらしたのが残念だつた。それで、こちらから訪ねても行けず病院の焼跡へ暫く佇んだり、あたりを見廻し乍ら石に腰かけて湊のことを考へ時々は眼にうすく涙さへためてまた茫然として店へ帰つて来るのであつたが、やがてともよのさうした行為も止んで仕舞つた。

此頃では、ともよは湊を思ひ出す度に

「先生は、何処かへ越して、また何処かの鮨屋へ行つてらつしやるのだらう——鮨屋は何処にでもあるんだもの——」

と漠然と考へるに過ぎなくなつた。

網野あみの　菊きく

風呂敷

ミツは今病院に見舞って見て来た恩師の衰弱のひどさに打ちのめされていた。心と同じように体格も人並すぐれて確りしている恩師の、そんなにも弱っている様子を見た事はミツはこれ迄に一度もなかった。それだけに、ミツは恩師の病気についての不安で参ってしまった。道を歩いているのもようようであった。八王子に住むTさん（ミツの恩師を敬愛している）の所へ相談に行ってみようか、恩師の親友のSさんの所へ意見を聞きに行ってみようか、そう考えあぐみつつ、ミツは余りの心細さと心配とで真直ぐに帰宅する気になれず、恩師の留守宅へ廻った。

夫人は病院で附きそっているので、年頃の令嬢を始め、数人の令嬢令息達と、それから令息の勉強を見る為に来合せていたM氏とが、丁度、晩い夕食の最中だった。ミツは傍らの椅子に腰かけ、ボンヤリしていた。食事が終ると、M氏はミツと向い合いの椅子に移り、煙草を口へもって行きながら、

「木原君の結婚したことは御存じですか?」

と云った。M氏はミツの夫だった木原とも知り合いである。

「いいえ。」ミツは心の中でドキッとしながら、顔は出来るだけ平静を装って答えた。「そうだ、この経験は、一度は必ずすべきなのだった。」

と思いながら。

「結婚しましたよ、友人の妹と。ええと、なんて云ったっけなあ、この間、××新聞の学芸欄に書いていた、神奈川の学校の先生をしている……。」

「ああ、成田さんですか?」ミツは直ぐそう答えながら、

心の中では、意外さの為に、益々ドキッとなった。

「そうそう、成田という人だ。」とM氏は云った。

ミツは、「Mさんは、また、なんだって今、こんなことを話し出したのだろう。」と思ったが、一方、また、「併し、これは、早く聞かされる方がいいには違いない。」と思った。どうせミツにとって一度はなさるべき荒療治だから、却って手っとり早くなされた方がいいかもしれない……。

「その、成田という人の妹だそうですよ。私は此の間××（木原の故郷）へ行った時、一寸、木原君に会ったものですから……。」

成田自身には妹はなく、成田の妻に二人の妹があり、そして、年上の方の妹が、あとがつかえているので縁談をいそいでいたこと、なるべく専門学校以上の学校の教師というような相手を探していた（ミツも木原と一緒頃には、その成田の義妹の嫁入り先きを探すことを心がけていたりした）事を想い出し、「そうそう、そんな候補者がチャンとあったんだっけ、……」と、今迄の自分のうかつさを心に苦笑した。ミツは、丁度破婚の身になっていた木原の従妹やら其の他の女性を木原の再婚の相手として考えた事はあっても、成田の義妹を考えた事はなかったのだった。それは、成田が木原の親友ではあっても、ミツに好意をもち、ミツに同情していてくれるとばかり思っていたからだった。成田が、ミツの手前、木原に結婚相手を紹介する筈がないという風にミツは思い込んでいたのだった。

「成田さんの奥さんには二人の妹さんがあって××学園を出て……イヤ、それは下の妹さんだったかしら？ 二人あって、その上の方の人でしょう、多分……。」ミツは、声が涙にまみれそうになるのをグッとこらえこらえ、出来るだけ落着いて云おうとしながら、心の中では、意外なしらせに圧倒されつつあった。

「女学校の先生をして居るそうです。」

「ああ、そうですか。」ミツは、少し頭がボーッとなったような気味で答えた。M氏の前に、それから、恩師の令息令嬢の前に取乱した風を見せたくないという努力で、今はミツは一杯なのだ。ミツは、成田の義妹が木原と結婚後、女学校の先生をしているなら、木原の家にとっては尚更よい嫁であろうと思った。ミツにも、学校へでもつとめるようにと云い云いしていた木原の親達だから……。

「私は、その人には会った事はありませんが、その人の姉さん――成田さんの奥さんに会った事はあります。成田さんの奥さんは感じのいい人でした。」ミツは、そんなことを一心に努力しながら云い続けていた。黙っていると泣顔になりそうなので……。成田の妻は、ほっそりとした品のよい女性で、ミツは、たしかに感じのよい女性であると思っていた。併し、亦、ミツは、成田の妻がミツに対して余り好意を持っていなかったようだった、という事も今になってハッキリ思い当る気持で考えるのである。ミツは、更に、木原が成田を訪ねるのにミツをつれて行く事を喜ばず、ミツが一緒に行きたいというと不機嫌な顔をして承知しなかった事、それから、木原が成田を訪ねるうち二三度その義妹と出会い、一緒にコタツにあたったなどという話をミツにしたこと、成田がその妹を大変ほめていて、頭もよく文学も分るといっていると云いながら、木原自身の意見は全然云わなかったために却ってミツは木原の気持を推想して成田の義妹に一寸嫉妬を感じたこと、など思い出した。成田はミツの前でも木原に向ってその義妹をほめ、義妹と二人で釣に行く話などしていた事がある。ミツは成田の話を聞きながら、「成田さんの奥さんは、妹が成田さんと二人きりで釣に行ったりしても、なんとも感じないのかしら？　肉親の妹だから平気なのかしら？　それとも成田さんを信じ切っているのかしら？」と思ったものである。木原は昨年、実家に帰っているミツに、木原の故郷の家に戻る気があるかないかと確めに上京した――それが、ミツの、木原との最後の対面になったのであるが――その時にも、ミツの父の家には泊ろうとせず、成田の家に泊ったが、その時成田の義妹も泊り合わせていたということをチラリとミツに話した。それをきいた時、それはミツの心に一寸したひっかかりとなったのだが、当時、ミツは、木原と別れることになるかどうかの大問題で心を占められていたので、成田の義妹のことは其のまま忘れ、そして、その義妹が木原の妻になろうとは思いもかけなかったのだ。木原が最後にミツに会った時、ミツは木原と一緒に木原の故郷へ帰る気持になっていたのだが、ミツは、木原の、ふと辷らせた言葉で、木原が、ミツに会いに来たのは木原自身の意志からというよりも、彼の師の一人に、ミツについての責任をなじられた結果上京したのである事を知った。ミツはそれを知ると木原について彼の故郷へ戻る気がしなくなった。木原の親きょうだい、友人達はミツを悪妻だといって悲憤しているという木原の話で、ミツはそんな中へ乗り込んで行く気になれなかったのである。木原も強いて帰れとはすすめず、ミツは、あとから行くと云って木原と別れたのであるが、それから三ヵ月後、木原はミツに手紙で離婚を求めて来たのであった。

ミツは、木原の友人の中で一番成田はミツのことをよく知っているからミツに同情していてくれるに違いないと一人ぎめしていたのである。ミツは、自分自身のおめでたさに苦笑した。

「のけば長者が二人のたとえ――。」浄瑠璃の中の文句がヒョコッと、ミツの胸に浮んで来る。

「本当にそうだ。木原は成田さんの妹と結婚して満足だろうし、成田さんの妹も××学校の先生である木原と結婚して満足だろう。成田さんの妹は私より十幾つも若い上に、お父さんは大学教授だったから、私みたいに家柄がわるいと木原の親達から云われることもないだろうし、亦、たとえ其の父親はもう亡くなっていても、本当のお母さんや兄さん姉さん達が控えているから、嫁入り支度だって、私みたいでなくチャンと持って行っただろうし――。全く『のけば長老が二人』だ。」ミツは心の中でそんな事を考えていた。涙が湧いて来そうになる。ミツは、ふと、数年前、まだ木原と満洲で暮していた時分に風呂敷をおとしたことがある、その時の事を思い出した。それは八端の風呂敷で、ミツは気に入っていたので大事にしていた。或る日、図書館へ本を返しに行った帰り、うっかりしていて、ミツは此の風呂敷を道におとしてしまった。十間と来ぬうち、ミツは、おとした事に気づき、その道を引返してみたが、もう風呂敷はなかった。ミツの直ぐあとから支那人のバタヤが拾いもの入れの大籠をしょって歩いていたのである。ミツは帰宅後、木原に風呂敷をおとした事を話し、残念がった。木原は、「いいじゃないか、その代り、その風呂敷を拾って喜ぶ奴があったら――。」と云った。ミツはそれをきいて、なる程と思い、風呂敷のことが諦めよくなった。物に執着する、そして、古くなって役に立たなくなった物でも中々すてる気になり得ないミツは、こういう木原の考え方にひどく感心したのである。それは木原が哲学を勉強したからだろうとミツは思うのであったが、ミツが木原について最も感心したということ、或は木原との生活によって得た最もよいことは、この、「一方に喜ぶものがあればいいではないか、一方に得をする者があったら、それでいいではないか。」という考え方である、といってよかった。今も、ミツは、其の風呂敷の事を思い出し、

「自分が木原と離婚して悲しんでいても、木原や成田さ

んの妹や成田さんの奥さんや木原の親達が喜んでいればいいわけじゃないか。」と思おうとした。だが、これは中々そう簡単に思い諦められないことであった。風呂敷のようなわけに行かなかった。

　M氏は、やがて立上って、令息の勉強を見るため、別室へ去った。ミツは、ぐったり、椅子に腰かけて、はたに人のいることも忘れて考え込んでいた。

「村田さん、大変お疲れのようね。お顔の色がおわるいわ。」令嬢の一人がミツに声をかけた。

「ええ、先生の所へお見舞に行きましたら、先生が大変弱ってらしたので、なんだか心配で心配で……。お医者は、なんて云ってらっしゃるんでしょうか?」ようやく、ミツはそう云った。

「心配な事はないとおっしゃるんですけれど、お母ちゃまも心配してらっしゃるし、Sさん達も、念のため、××博士にも診ていただく方がいいとおっしゃるので、明日、××博士に立会っていただくことになりましたの。」

　それをきいて、ミツは、恩師についてはやや少し安心した。ミツは、立上る元気もなかったが、やっと、元気をとりあつめて、立上った。M氏の所へ挨拶に行く気力はなく、ことづてだけ頼んで辞去した。

　暗い道を歩いている間も、省線電車に乗ってからも、ミツは、先刻きいた木原の再婚の相手のことが癪で癪でならなかった。木原の従妹で破婚になったタケ子は、彼女自身の親が離婚させたのであったにも拘らず、相手の男が彼女と離婚後一年して別の女と結婚したことをきいた時、タケ子は、「人を殺すという心理がはじめて分った。」と木原の親達に云ったという。ミツも、そう云ったタケ子の心が今よく分る気がするのである。離婚した以上、木原が誰と結婚してもいい筈ではないか、世の中には、結婚生活のうちから他の女と一緒になってしまう男だって多いではないか、そのような男の妻の心持に比べたら、自分はまだまだましではないか、そう心に云ってみるのだが、憤りと嫉妬に燃え上った心は中々そんな説得ではしずまらないのである。ミツが木原と別れた事は結局はお互いによかったのではないか、ミツは到底木原の故郷の家での生活にたえられないのだから離婚になっても仕方ないではないか、又、木原は子供が欲しい、子供によって人生を味わいたいというのに、ミツには子供が生れなかったのだし、木原とミツは別れるより仕方なかったのではないか。それだのに、何故、ミツは、木原が成田の義妹と結婚したときいて、こんなに顚倒するのだ……。

ミツは、かねがね、木原が再婚したときく時、それからまた、木原に子供が出来たときく時、自分はショックをうけるに違いない、と覚悟していた。だが、そのショックは、彼の再婚の相手が成田の義妹だというので、一層ひどかったのである。そもそも、ミツが木原と結婚したのが間違っていたのだ。他にどんな理由があったにしろ、それは、結局は、ミツの軽はずみだった。ろくろく知りもしない間柄だった木原の手紙の文句なんか真にうけて結婚したのがわるいのだ。たとえ、端くれながらも、文学の仕事をしていたミツが、彼の手紙の文章によって彼の本当の性格を見ぬくことが出来ずに彼と結婚する気になったということはミツの恥じでなくて、なんであろう。又、ミツの書いたものの中で比較的評判のよかった作品のために、ミツがそういう結婚をするようになったということも、まことに皮肉であった。木原はミツのその作品に感心したのが動機で、ミツと結婚する気になったのであったから……。

ミツが木原との十年近い結婚生活の間、木原の親達やその他のことでたえず心迷いしながら自分からは離婚の決心がつかずに長い年月を過して来てしまったという事も、ミツの不決断、愚かさのためであったと思って、ミツはくやしい気持になるのである。殊に、木原がミツにとっての唯一の「男性」になる、と思う事は、ミツにとって我慢の出来ぬ事だった。それはいかにもいまいましい事であった。出来る事なら、大きな消しゴムで、足かけ九年の彼との生活を記憶の中からゴシゴシ消しとりたい。ミツは木原との結婚生活の記憶を消してしまうためにだけでも、他の男と結婚したいと思う位である。省線の乗かえ駅でプラットフォームにおり立ちながら、ミツは、一層その気持の高まりを感じた。それは殆ど狂わしいばかりの気持であった。その一方、ミツは、先頃親友の貞子ととり交した会話を思い出すのである。

「木原との結婚生活を記憶からぬぐうためだけに、誰かとそういう関係を結びたいと考えることがあるのよ。だけど、こういう時にこそ気をつけないと、また失敗するわね。」

「そうよ。そういう気持は無理ないけれど、本当にそういう時こそ、気をつけなくてはいけないわ。」

ミツは、真剣にそうミツに注意する貞子の心配げな顔つきを思い出す。だが、失敗をくり返さぬために、ミツは、木原との結婚生活の記憶をもち続けなくてはならぬのだろうか？　ミツは、ハメをはずし得ない自分が腹立たしくなるのだ。

　父の家に帰ると、玄関にいた小犬がミツの帰宅を喜んで煩さくミツにまつわりついた。着物の裾をくわえて、ぐいぐいとひくので、裾が破れそうになる。ミツは癇癪を起して小犬の首をぎゅっとおさえつけた。小犬は思いがけぬ取扱いにびっくりしてキャンキャンないた。ミツは、自分の癇癪から不当に小犬を――ミツに愛情を示す小犬をいじめたことを直ぐ後悔した。ミツは二階にあがり、そこにいた妹に、何か、食べものはないかときいた。ミツは、小犬に詫びの印しに食物をやりたいと思ったのである。生憎、チューブ入りのチョコレートの外、何もなかった。ミツはそのチョコレートを少し貰い、指の先きにつけて小犬の所へ戻って、小犬になめさせた。チョコレートをなめてしまって、更にミツの指をペロペロとなめている小犬を見ていると、ミツの頬に涙が流れた。ミツは、いつもの通り、自分の気持は父にも義母にも妹にも話さなかった。起きているのが苦痛で、早くから床をしいて横になったが、勿論ねむれる筈はなかった。木原や成田への憤り、木原の新しい妻への嫉妬、そしてその合間合間に、恩師の病気についての心配がミツの心をさいなむ。折も折、恩師の病気についての心配の上に、こんな、いやなニュースがもたらされるとは、なんという事か！　この上、もしも恩師に万一の事があったら――。そういう可能性もあるのだ。そう思うと、ミツは苦しさにうめいた。ミツが、木原との離婚という打撃に――ともかくも人目には――たえ得ていられるのも、亦、根本的な元気は失わずにいられるのも、恩師が、ミツを認めていてくれるという心の支えがあったからである。木原が、彼の一存で、ミツとの離婚のことをミツの恩師にそれとなしに相談に行き、「離婚したら、ミツは困るでしょうか？」と訊いたところ、「ミツの恩師は、「困らぬだろう。」と答えた由、あとになって、ミツは木原から聞いた。ミツはその話を恩師にたしかめたわけではなく、恩師の方でも其の話には一切ふれなかったが、ミツは、もしも恩師が本当に木原にそう云ったのだとしたら、それは恩師がミツの価値をおとしめぬために云ってくれた情の言葉であろうと解した。この師だけは十数年の昔からいつも変らずミツのよい所とわるい所を見分けて、そしてよい所を認めてくれる、そう思うことがミツの心の支えになるのであった。ミツは、木原と別れてから後のこと、十年以上会わずにいた或る昔の知人に出会った

時、その知人は、ミツの離婚について聞いてから、驚いたように、

「あなたが、そうして離婚などをしながら、少しも昔と変っていない所を見ると、あなたの夫だった人は、きっと、よい人だったに違いない。」と云った。ミツは、礼儀上、「そうでしょうか?」とその人に云ったが、心の中では、自分が、離婚というような不幸にも害われないでいられるとしたら、それは決して木原のせいではなくて、一つには長年親しんで来た「文学」というもののおかげであり、一つには恩師のおかげであると思った。ミツは、恩師の、其の夫人への愛情、亦、いろいろのものや人に対する考え方等を見て、この世に、本当に、愛情のコンスタンシーというものがあること、考え方の節操というものがあること、ひとへの信用の不変というものが実在するということを教えられた。幼い時実母に生別れ、幾人かの義母に接し、亦、複雑な親族の家庭ばかり見て育って、人の愛情を信じ得ず、厭世的になっていたミツが、この世にこういう愛情の節操、動かぬ考え方、信じ方があることを知ったことはミツにとっての救いであった。もしも、ミツに、此の恩師の存在がなかったら、ミツは木原との結婚生活の破綻にも、もっと絶望的になったであろう。それを思うと、ミツにとっては、木原の再婚のしらせよりも、恩師の重態という方がより大きな打撃ではあるまいかとも考えられるのである。師に万一の事があるであろうか? 神はミツに一時に二つの悲しみをおわせるであろうか? そういうこともあり得るのだ。嘗てミツから一番愛する従弟をうばった神だし、現在、多くの人々から大事な者をうばいつつある神だから……。

それからそれへと思いなやみ、ミツはねむれず、苦しさの余り、幾度か、床の上に起直った。十数年前の従弟の死の時には、ミツは、一方に、恩師を知ったという喜びがあったので、いとこの死の打撃に耐え得た。神は、もしかしたら、師の重病と木原の再婚の報を一緒くたにもって来て、そして結局、師が回復する事で、木原の再婚の打撃をミツから軽くさせてくれるというのだろうか? 二つの打撃を一緒くたにもって来たのは、結局は神の、ミツへの慈悲であろうか? こんな風にもミツは考えるのであった。そう考えると、少し、ミツの心はらくになる。

到頭、ミツは一睡もせずにしまった。六月のことで、廊下の雨戸はしめず、ガラス戸だけの戸締りで寝るので、

早くから室の中が明るくなった。ミツは、不安とくやしさとでクタクタに思い疲れたからだを横たえて、ボンヤリ、明るくなった室の中の壁を見ているうち、ふと「木原は成田さんの妹へも、手紙で結婚申込みをしたのかもしれない、あの『結婚は、蚕が成長して繭をくいやぶるように人間にとって自然なものであります。』などというような文章を書いて……。」と思った。そう思うと、不思議に、ミツの心は軽くなった。ミツは、一生懸命真面目くさって理窟を並べ並べ成田の義妹に結婚申込みの手紙を書いている木原の姿が目に浮んで来て、少し、おかしくさえなった。成田の義妹や成田達が木原の手紙によって動かされて其の結婚を承諾するようになったと想像することは、ミツの心を大変軽くしてくれた。木原の手紙によって成田の妹もミツと同じように心を動かされたとすれば、彼女とミツはかたき同志どころか、被害者同志というべきではないか。そういう考え方をすると、ミツは腹が立たなくなり、おかしくなるのだった。

ミツの心は昨夜に比べるとやや軽くなったが、それでも食慾はなく、朝食も昼食もとらなかった。おひるすぎ、師の留守宅へ電話をかけて容態をきくと、今日は昨日より元気で果汁なども少量とられたとのことであった。ミツは、それでまた少し心が明るくなり、「助かった。」と思った。だが、相変らず、木原の再婚についてのいまいましさはミツの心から去らなかった。そのため、一日、ミツは読書も何も手につかず過した。

次ぎの日の夕方、入浴前、ミツは、再び師の容態をきき合せた。

「大分よろしいようですの。××博士が今日午後来て下さった筈ですが、まだ病院からお母ちゃまお帰りにならなくて、くわしいこと分りませんから——。いずれ、あとで、こちらからおしらせします。」とのことだった。

入浴中も、ミツは、木原のことを思い出すと、いまいましさに、居ても立ってもいられぬ気持になった。それでも、大分、心に余裕が出来て来たようである。余裕の出来た心で、ミツは、こういう時にこそ健康に注意せねばならぬと思ったりした。風呂から上ろうとしてからだをふいている時、ミツは、ふと、自分が、外国の唱歌を小声でうたっていることに気づいた。

「なアんだ、歌なんかうたってるぢゃないか。」ミツはわざと呆れたように声を出して自分に云い、ニヤリと笑った。

「この分なら大丈夫だ。そりゃあ、勿論、そう簡単には行かないさ。何しろ、十年近くも夫婦でいた人間なんだから……。風呂敷とは違うんだから……。」ミツはそう心の中でひとりごちた。そして、その自分の考え方におかしさを感じて再び微笑した。

幸い、ミツの恩師は、××博士の診断の結果、主治医の見立て通りで、不治の病気ではないことがハッキリした。そして、恩師は、追い追い快方に向って、四五ヵ月後には全く健康を回復した。ミツも、時によっての感情の起伏はあっても、徐々に木原の再婚という打撃から回復した。そして、その回復には肉体の病気の回復に於ける如く、一種のさわやかさと悦びがある事を、ミツは感じた。

憑きもの

ヒロが実母と生別れしたのは七歳の時だった。近所のお地蔵様の縁日の晩、父から「これでお前の好きな羊羹を買っておいで。」とお金を渡されて、手伝いの少女と共に喜んで出かけて夜店を一巡し、当時「うつし絵」と呼ばれていた紙芝居の一種を立見したりした後に羊羹を買って帰って来ると、母が居なくなっていた。ヒロは泣きわめき乍ら暗い便所、台所の外を探したが、母の姿はどこにも見られなかった。

母が居なくなってから叔母の家から移って来た祖父はヒロに、「おっかさんは気違いになったから気違い病院へ連れて行った。」と云った。「お祖父さんが訪ねて行ったらおっかさんは、『ヒロちゃんが食べたい食べたい。』って云ったよ、こんなにして……。」と祖父は両手をあげて「おばけおばけ」の形をしてヒロの方へ上半身をよせて来た。

母の不在にようやく慣れたヒロは、祖父のその形を恐いとよりも滑稽に思った。それで、時々遊びにもあきると、よく、祖父の所へ、気違い病院の母の話を聞きに行った。だがヒロは、間もなく、母は気違い病院ではなしに懲役に行ったのだと知るようになった。父が母を姦通罪で訴えたのだった。幼いヒロは懲役に行った母を哀れむ気にならず、父や自分を見すてた事を恨みに思うだけだった。母の相手の男はKと云って、母よりも若く、商売用でヒロの家に出入りしていたよその店員だった。頭の横に三日月形のはげがあった。

ヒロの八歳の秋に二度目の母が来た。その母は最初の結婚に夫に従順でないという理由で破れ、赤児の男の子を残して離別された人だった。二度目の母と父との間はしっくり行っているとはいえなかった。母は、或る時は父と、或る時は祖父と争って度々家出した。或る夜、ヒロは再び家出した母のあとを追って出た。母に追いついて「一緒に行く。」とぐずっている所へ家の者が来て「お祖父さんが怒っているから。」とヒロを連れ帰ろうとしたがヒロは泣いてきかなかった。家の者は空しく立戻り、母はヒロをつれて仲人に立った父のもとの主人の家へ行った。継母が其の家の主婦に何か訴えている間、ヒロは隣の部屋の火鉢によりかかって待っていたが、そのうちに眠って了って、眼が覚めると朝で、自分の家の床の中に居り、継母はいつものように立働いていた。

　継母に次ぎ次ぎと子供が生れた。もう継母は前のように家出はしなかったが、ヒロに、祖父のことを、よく、こぼした。

「おじいさんに『御免なさい。』と手をついてあやまると、ツイとそっぽを向く。それで今度はそちらの方へ行って、手をついてあやまると、また別の方を向いて了う。丁度、芝居の高師直のようで、憎々しいったら、ありゃあしなかった。あんなおじいさんや小姑の叔母さんがそばにいたのだから、お前のおっかさんが間違いをしたのも無理がないと思う事がある。それに、うちのおとっつぁんはそとづらは大変いいけれど、うちの者にはよくないから……。」

　二度目の母はヒロにとって決して優しい継母ではなかったけれど、ヒロの生みの母の事をそう云ってくれた事で、ヒロは恩をきる思いだった。ヒロは、叔母の家へ遊びに行く度聞かされる話から、ヒロの母の実家が非常に貧しくて、母はその仕送りのことから身を過るようになったらしいという事を知っていたので、継母の短かな言葉の裏が直ぐ感じとられた。その後、ヒロが父の旧主人の家へ行ったら、そこの主婦が、

「お前のおっかさんが間違いをした時、お前のおとっつぁんは離縁だけしてすまそうとしたら、高樹町の叔父さん（父の妹のつれあい）が『訴えた方がいい。』と云ったので、それで、おとっつぁんも其の気になったのさ。」とチラと話した事があった。

　ヒロの実母は、ヒロの小学校時代に一度、女学校時代に一度、ヒロの前に現れた。小学校の時には授業時間に訪ねて来て、ヒロは呼び出された。女学校の時には学校の門前でヒロの帰りを待ちうけていた。ヒロは、小学校の時には、実母が泣くと共に泣いたが、女学校の時には母が泣いても泣かず、別れて帰って来てから一人で泣い

た。実母は、台湾に嫁入り口があるが、行ったものかどうしようかと、ヒロに相談に来たのだった。ヒロはあとで、矢張り叔母から実母が台湾へ行く前、ヒロの父から一時生活費を出して貰っていたが、若い大学生と関係があった事が分って父が手をひいたこと、又、台湾へ行ってからは生活の苦労はなかったが、またまた年下の旅僧か何かと一緒に逃げ出して追っ手につかまって引戻された、とか云う話を聞いた。叔母は、よく、ヒロの実母の消息を知っているのだった。ヒロは、そんな母を持つ事を悲しく思った。ヒロはようやく父達の不承知をおし切って専門学校に入学したが、入学して一年たった頃、父の旧主人の家でヒロを一人息子の嫁にしたいと云い出した。学校へ通わせてやるという話だった。父は乗気になったが、継母が案外反対した。

「十八やそこいらで結婚して了うのは惜しい。」という意味の事を母は云った。

又、継母は或る時、ヒロに、「今日は電車の中で婦人記者らしい人と一緒になったが、つれの男の人と並んでつり革にさがって元気に話したり笑ったりしているのを見たら、ああいう生活もいいなあ、と思った。」などと話した。二度の結婚に妻としての幸福を味わい得なかった彼女は、ひとり立ちの女の生活を羨しく思ったらしかった。

此の二度目の母は、ヒロが専門学校を卒業した年の暮に、まだ乳離れし切らぬ赤児をふくめて数人の子供をおいて病死した。

「男やもめに蛆がわく。」という諺があるが、併し、生活の安定した男には例え子供が何人あっても、わんさと縁談がわく事をヒロは知った。

二度目の母の死後、ヒロは例の叔母から、父がヒロの実母以外に玄人の女を身うけしてかこっていた事があると聞いて驚いた。二度目の母はヒロの実母の事は気づいたらしかったが、玄人の女の事は全然知らずに了った。ヒロは叔母のつれ合いや父の弟が家庭の外に別の女に世帯を持たせていた事から夫婦生活というものに幻滅を感じていた所へ、更に父のそれを知って、ガッカリした。父は、ヒロには云わずに、幾度か、見合いをしていた。父は、或る時、珍しくうちとけた調子で、ヒロに、以前かこっていた女の話や実母のことを話した。

「マツ（ヒロの二度目の母の名）が死ぬと直ぐ、その女は、どこから聞きつけたのか、電話をかけてよこしたりした。だけど、あたしは、そういう女をお前達のおっかさんにはしたくないと思ってね。又、お前の本当のおっかさんをいれたらどうかという人もあったが、それもどうかと思う……。」

その時、ヒロは、初めて父から実母の実家のことなど聞いた。

ヒロの実母の父は信州の田舎の、軽い身分の士族（「多分足軽か殿様のかごかきだろう、かごかきでも御一新の時、士族になったのだから。」と父は云った）の家の次男か三男に生れて、農家へ養子に行ったが、そこの親達と折合いが悪くて家出して上京した。妻は女の子三人つれて夫の後を追って上京した。ヒロの母はその長女で、あとの二人はよそへ養女に行った。祖母は病死し、祖父は、幾人も連れ子のある足の悪い女と一緒になった。ヒロは、一度、母につれられて青山墓地の小さなお墓にお詣りした事があるのを覚えている。それが祖母の墓であったろうと、あとになって思った。後年その辺りへ行った時ヒロはそこが共同墓地の区域であった事を知った。又、ヒロは、足の悪い女の人が子供をつれてヒロの家の勝手口に訪ねて来た事も覚えている。それから又、家の近所の今川焼きの屋台をのぞきこんだら屋台の主じが祖父だったのにびっくりして家へしらせに駆け帰った事も覚えている。ヒロは一度母につれられて市ヶ谷附近の祖父の住居に行った事があった。子供心に、ひどく汚なく見すぼらしい住居に呆れた。母が離縁されてから間もない或る日、ヒロが小学校を出て電車道を横ぎり、自分の家のある側の道へ渡って、何気なく電車道の方を振返ると、線路の所に、小使風の外套を着て無帽の年とった男が立って、じっとヒロを見ていた。

「おじいさんだ。」と気がついてヒロは急いで駆け出して家へ帰ったが、祖父の其の悲しげな、思い入ったまなざしは心にくい入った。ヒロは、それから何年たっても何十年たっても、其の祖父のまなざしを思い出す度、涙があふれ出るのであった。その祖父は、その後入歯がのどにひっかかって死んだという話をヒロは例の叔母から聞いた。

「親孝行なことは実に親孝行だった。」とヒロの父はヒロの実母のことを云った。その父の言葉に、ヒロは「お前のおとっつぁんは、そとづらはいいが、うちの者にはあまりよくない。」と云った二度目の母のぐち話を思い出すのであった。

「間違いがあった事も、今思うと、Kに脅迫された為のような所もある。Kは、私達の前で、わざと、ふところの短刀をチラチラ見せたりした事もあるから……。」そんな父の言葉に、ヒロは、昔、実母と共に、夜、Kの待っていた小料理屋へ行った事を思い出した。寒い晩だった。母はヒロをつれて暗い町を物思いに沈んで行ったり来たりしていたが、やがて向う側に渡って、横丁に入り、「いろは」と灯り看板の出た路次の料理屋の門をくぐった。通された小座敷には既にKが坐っていた。日露戦争の頃で、どこか向うの座敷で、お酒に酔った人々が大声で、「鞭声しゅくしゅく」などをどなっていた。おびえているヒロに、母は、「さあ、早く眼をつむってお寝。そうしないと、あの書生さん達が来るよ。」と云った。ヒロは一心に眼をつむっているうちに眠って、それからあとの事は知らなかった。

「裁判所へ行ったら、Fという弁護士が、示談にしたらどうかと云ったが、その弁護士が一寸席を外したひまに帰って来て了った。」と父はヒロに話した。ヒロは、母が刑がきまった時、父に、「死んでもKとそいとげて見せます。」と叫んだという話を叔母から聞いた事を思い出した。母はKとそいとげる所か、次ぎ次ぎと転落の道をたどったのであった。

ヒロは専門学校を卒業すると母校に数年つとめたのであったが、或る時、いつもとは違った道を通って登校した際、偶然、Fという弁護士の家の前へ出た。社会主義運動で名を知られた其のF弁護士の家は、長年の弁護士生活と其の名声に似ず、決して立派な建物ではなかった。ヒロは、それから其の家の前を通る度、何か他人でないような気持を感ぜずにはいられなかった。

父は又、ヒロの実母の世話をしていた時のこともヒロに話した。

「女工などしてあんまりみすぼらしい生活なので、それではお前が可哀想だと思ったので世話をしてやる気になったのだが、或る時、訪ねて行っていたら大学生がやって来たので、あたしは直ぐ飛出して来て了った。すると大学生が追いかけて来て、『あの人のことは必ず自分が責任をもって面倒みます。』と云った。」

ヒロはヒロが哀れさに云々の父の言葉を信用しなかった。ヒロはようやく実母を哀れに思うようになっていたが、併し、実母に再び帰って来て貰いたいとは思わなかった。

父は二度目の母が死んで三年程して、ヒロの二十四歳の時、三度目の結婚をした。二度目の母は東京の商家の娘だったが、三度目の母は金沢の士族の娘だった。ヒロと十歳違いの此の母は病身だったが、美人で、そして一本気で世間知らず的な所もある代り、義理がたくて親切だった。幼い時から婚約のあった人と或る家へ夫婦養子した所、養母が株で家産を傾けて了ったので、養子はそれを気にやんで病気となり、ヒロの其の三度目の母も病気となって結局夫婦別れして家に戻り、それから十何年母や弟のそばで親戚の仕立物などして暮して来たのであった。三度目の母は、舅や何人もの継子の世話、家事の忙しさに病身の身を疲らせ、昔からの持病の手術の結果がわるくて死んだ。ヒロの家に嫁いで来て、まる五年たったばかりだった。

それから一年後に父はまた結婚した。まもなく、ヒロは結局いろいろの心あせりから、つまらぬ結婚をした。結婚してみて、ヒロは日本の家での妻の立場を思い知らされた。

ヒロが結婚して一年程たつと、実家では、四度目の母に女の児が生れた。誕生間もない赤児の顔をのぞきこんで、ヒロは、「此の子もやがて女としての苦労をさまざま味わうことか。」と思って、哀れになった。後にその事を或る先輩婦人に話したら、其の婦人は、「今に女も哀れでなくなる時が来ます。」と云った。

ヒロは、うっかり、夫に、「実母の過ちをした気持が分るような気がする。」などと云った。ヒロは子供も生れなかったので、結婚後九年目に「悪妻」のレッテルをはられて離婚になった。三、四年たって自活のめあても出来て来ると、ヒロは元気になり、離婚になった事はよかったと思った。只、もっと早く離婚しなかった事が残念だった。その間に日本は米国と戦争して敗けた。国内情勢が急変した。社会主義者の人々が浮び上った。久しぶりにＦ弁護士の名も再び新聞雑誌に見え、ラジオにきかれた。Ｆ氏が先頭に立つという、社会主義者の人々の祝賀行進が東京都内で行われた。その写真を新聞紙上で見乍ら、ヒロは、実母もどこかでその報道を見聞きしていることであろうかと思った。ヒロの父が七十を越している今、Ｆ氏も矢張り其の年配に違いなかった。

敗戦は日本の婦人達に参政権を贈った。「女も哀れでなくなる時が来た。」とヒロは思った。若し、ヒロが生れた時から既に日本の妻が夫と対等の身分でいたものであったら、ヒロも実母も一生の間の苦労は二人がすごしたものとは違ったものになっていたであろうに……。ヒロの子供時代の悲しみもなくてすみ、人生観も変っていたかもしれない……。そう考えるとヒロは、長年の憑き物が急にとれたような、ホッとした気持と同時に、一種、拍子抜けの気持も感じるのであった。

業《ごふ》

故人がかかつてゐた医者が焼香に来た時、喪主の次郎は従姉のよしに向つて、「お母さんがみて頂いてゐた先生です」と云ひ、医者の方へは、「先生、私の従姉です」と紹介したが、医者は次郎の言葉が耳に入らなかつたのか返事はせず、棺前に進んで焼香をすますと、八畳の其の座敷は祭壇と身内の者でいつぱいで彼の坐り場所か無かつたので、廊下の座布団に坐つて、僧の読経が始まるのを待つた。よしは医者に「叔母がいろいろお世話になりまして……」と挨拶すべきか、と考へたが、それも空々《そらぞら》しいやうな気がしたので、黙つてゐた。併し、彼女は、此の、六十を過ぎたと思はれる老医者の風格を見て、叔母に一つの救ひがあつたやうな気がして、少し、ほつとした。僧の読経中、よしが医者の方を見ると、彼は眼鏡を外して、ポケツトからハンカチを出して、ガラスの曇りを拭いてゐた。それを見ると、故人の身の上の哀れさを一番よく知つてゐたのは此の医師であつたらうと、よしは考へ、そして「先生、私を死なせて下さい」と頼んでゐる叔母の姿が想像され、涙が湧いて来た。前日の午前、叔母の死のしらせを受けて以来、初めて湧いた涙であつた。

よしの、たつた一人の叔母、竹は、兄（よしの父）、松吉と弟、梅次郎との三人きやうだいのまん中の女一人だつた。竹達三人の父親佐藤今吉は十六歳の時に信州の百姓（竹はよしには、その農家にいろは倉があつたと語つたが、これは彼女のファンタジーで、実際は貧農だつたに違ひない）の家を飛出して、姉の嫁ぎ先きを頼つて江戸へ出た。今吉は義兄のすし商の出前持ちなど手伝つてゐたが、やがて妻をめとつて別居した。美貌だけが取り得の今吉は職業が転々とし、いつも貧しかつた。郷里から訪ねて来た親戚の男は、彼の家の余りの貧しさに驚いて、わらぢもぬがずに立去つた。今吉の妻は、遂にたまりかねて、彼と離別した。それは彼の病気中だつた。長男の松吉を今吉の許に残し、まだ手のかかる末子の梅次郎は手の離れる迄といふ約束で、そして竹は梅次郎を守《も》りするといふ名目で、共に連れて再婚した。相手は今吉と姓の似た佐東といふ金貨業だつた。松吉は十歳といふ幼なさで奉公に出たが辛抱が出来ず、どこへ行つても直き父親の許に帰つて来たが、やがて或る革細工職の家に住込んだ。再婚した母は彼の奉公先き近くの駄菓子屋に小遣銭や季節々々の着物など預けてゐたので、彼は後年一家を成してからは、母の命日には必ず仏壇に自ら線香を立て、水を供へたりし、梅次郎も大変母をなつかしがつたけれど、女の竹は母の再婚先きで女中なみの取扱ひを受け、食事も台所で一人別に食べさせられたりして、母を深く恨んでゐた。母は再婚先きで男の子を生んだ。やがて竹は父親の手許へ帰つたが、今吉は彼女と同年の娘を連れ子した女と同棲してゐた。併し、継母達は間もなく出て行つた。今吉は竹が大人になるのを待ちかまへてゐて、ひとの妾にした。

「いやだといふと、出刀庖丁を振廻して、おもてへまで追ひかけたんだよ。井戸端をぐるぐる追廻して……」と竹は、女学生のよしに語つた。よしは竹のぐちのうつちやり場だつた。その為、継子育ちのよしは一層厭世観をあふられた。竹は下町の商人の妾になつた。竹は色の黒いのとあごが短かすぎるのが欠点だつたが、整つた顔をしてゐたので、高島田が引立つた。

「私がお正月おもてで追羽根をしてゐたのを見て、××の宮様の家令が近所に問合せに来たが、もう、ひとの持ちものだと分つたので……」と竹は宮様のそば女《め》になり損つて残念みたいな顔つきで、よしに話したことがあるが、この話も、よしは後年、「いろは倉」と同様、叔母の作り話ではないか、と考へた。

竹が元之助と一緒になつたのは今吉の反対を押し切つてのことで嫁入支度はして貰へず、そのことはいつまでも彼女の苦になつてゐた。

「叔父さん（元之助）は、何かといふと、『箪笥一本持たずに嫁に来た』といふんでねえ」と彼女はよしに云ひ云ひした。

元之助は関西の生れで、小学校を出るや出ずで其の地方の或る大きな雑貨商の店員に住込んだ。彼は次男で他家の名跡養子《みやうせき》になつてゐたが、養家には殆ど住んだ事がなかつた。色白で、所謂《いはゆる》、苦味走つた美男で、才気に富み、字も上手に書いたので、主家では重宝がられた。「もつと学校へ行つてゐたら、ずつと出世出来たのになあ」と彼は専門学校生徒になつてゐたよしに、或る月夜の晩、縁側で晩酌後ねそべり乍ら空を仰いで述懐して涙ぐんだ事がある。彼は、併し又、「英雄色を好む」をモツトーとする傾きがあつた。廿歳前から、派手な芸者遊びなど覚えてゐた。主家では彼を怒り乍らも、彼の才気と手腕をたよるといふことがよくあつた。これは其の主人ばかりでない。竹の兄弟達も彼を敬遠したがるかと思ふと彼を相談相手にしては、後で手をやいたり、悪口を云つたりすることが、ちよいちよいあつた。結婚したての頃、竹は夫について夫の主人の本店に行き、そこの仲働きのやうになつて、主人の一人息子の守りなどした。元之助は、土地の舞妓《まひこ》達にそろひの羽子板を買つてやり、その一枚を竹の姪、また幼女のよしへも送つたりした。

元之助夫妻は上京して今吉の家の直ぐ裏手の二軒長屋の一軒に住んだ。竹の兄の松吉は年期あけと同時に兵隊に行き、鉄砲磨きの際の過ちから片眼を痛め、除隊になつたが、従弟の世話で結婚して今吉の家に同居してゐた。よしが生れてゐた。元之助は広告屋に勤めてゐたが、幼いよしは、毎朝、彼の出勤時、路地の角までついて出て、「をぢちやん、学校？　おだんご買つて来てね」と云つた。竹がよしを高くさし上げて「高い高い」をしてゐる間に、よしの小水が顔にかかつた、とか、よしの母（竹より三歳年下）と竹とは仲よく浴衣《ゆかた》をそろひに買つたとか、そんな話をよしは成長してから竹に聞いたのだが、何もかも、あとではよしは竹の云ふ事を一応疑ふ癖がついた。よしが憶えてゐるのは、五歳頃、二歳年下の従弟の一郎（元之助の長男）と共に元之助に連れられて或る中学校の運動会へ行き、楽隊席（元之助の勤め先の関係だつたらう）で見物した事、お菓子を貰つた事、元之助が席を外したので一郎がワアッと泣き出して困つた事などである。松吉の妻は実際には舅《しうと》の今吉と小姑《こじうと》の竹にいぢめられた筈である。松吉夫妻はやがて今吉の家を出て、隣区の路地内の小さな家に引越したが、更にまた、その近くの電車通りに店兼仕事場になる家を借りて移つた。その頃、竹は次男を生んだ。長男の一郎は母の出産の時、松吉の家に預けられた。出生のしらせがあると、松吉の妻はよしと一郎をつれて人力車に乗り、竹の所へ駆けつけた。夜で、赤黒い感じの電灯の下に、生れたての赤児が竹の傍に寝てゐるのを見ると、一郎はにじり寄つて、ピシヤリと赤児の額を打つた。此の次男の次郎は、竹が血脚気になつた為、郊外の農家へ里子に出された。竹はそれから一年半後に三男の三郎を生んだ。この時も脚気が出たが、今度は里子に出さず、一緒に連れて入院した。元之助は広告屋からひまをとり、朝鮮関係の事業家のもとで働き、時々、朝鮮へ出張した。彼は朝鮮帽をかぶり、朝鮮服を着て写真をとり、妻や松吉のもとへ送つた。浅草の待合の女将《おかみ》が彼を追つて朝鮮へ渡つたこともあつた。彼の出張中、竹は大火に会つた。今吉達の住む町は東京山の手で名うての貧しい家の多い町であつたが、隣町から出た火事が延びて、今吉や竹の家も焼けた。竹は赤児の三郎を背にくくり、一郎は家の脇の崖の上に押上げておいて、火の中を逃げた。一郎は翌朝、松吉の知り合ひの鍛冶屋《かぢや》の家で平然として朝食を馳走になつてゐる所を、探し歩いてゐた松吉によつて発見された。

　竹の弟、梅次郎は生母の再婚先きにとどまつてゐたが、やがて実父の許へ返されると、兄の元の主家に手伝ひに行つた。そこの家附き主婦の末の妹で幼い時脳膜炎をした為め未婚で家にゐた娘と問題をおこし、その店をやめた。彼は兄と同じく従兄弟《いとこ》の世話で近郊の商家の娘を嫁に貰ひ、父と別居して兄と同じ区に世帯を持ち、兄と同じ職業の手職の店を開いてゐた。焼け出されの竹は梅次郎の裏手の小家に暫く住んだ。梅次郎は甥達を可愛がつた。父の今吉は二人の息子の家を行つたり来たりして余生を送つた。日露戦争が起きて御用商人の下請け仕事をする松吉の家は忙しくなつた。併し、妻の実家は貧しく、その無心に対して、松吉は、いい顔を見せなかつた。そんなこんなから、彼の妻は自分より幾つか年下の、御用商人の家の店員と間違ひを生じた。彼女達の関係を第一に気づいたのは元之助だつた。彼は妻を許さうとする松吉に、離縁と告訴をすすめた。そして松吉の妻は相手の青年ともども姦通罪で懲役に行つた。よしの七歳の時である。竹は兄の家から兄嫁の衣類（彼女は情夫が出来てから、幼い娘がびつくりする位衣裳がぜいたくになつた）を引取つて来て屑屋に払つた。屑屋は竹の家の構へに似ぬ上等衣類の払ひ物に不審を抱いて警察へ届け出た。竹は一晩留置され、ひどい目を見た。松吉は間もなく後妻を迎へ、継子になつたよしにとつて仲のよい従弟達のゐる叔母の家はオアシスとなつた。竹達はよく松吉に金子の用達てを頼んだので、その事からもよしを大事にしたが、娘を持たぬ元之助夫妻は、此の姪を実際に可愛がつてもゐたのだ。竹はよしが泊りに来ると、よしの好きな煮豆を沢山作り、頭の蝨《しらみ》をとつてもやれば、ちごまげに結つてやつたり、自分の子供達と一緒に銭湯へ連れて行つて帰りに金米糖《こんぺいたう》入りの電球型オモチヤを買つてやつたりした。元之助一家は、やがて、梅次郎の家から少し離れた、まだ其の頃は郊外となつてゐた所の、庭附きの五間の家に移つた。門もあつた。庭には、なす、きうり、小松菜等の野菜も作つた。隣の宮家所有の広い空地に狸がすんでゐて、大きな黄色い月になつてみせたり、雨戸にパラパラ土をぶつつけたりすると一郎達はよしに云つたが、よしの泊る晩には狸は出なかつた。農家に里子に行つてゐた次郎は数へ年五歳になると竹の手もとに引取られたが、彼は庭で何か珍しい植物をみつけると掘り出して新聞紙に包み、廊下の隅に置いた。彼は里親のもとへ、それを持つて帰るつもりであつた。そんな彼を竹は憎らしがつた。此の家では夏は近くの原で蛍狩りが出来、春はもち草をとつて来て草もちなど作れたが、二三年するると彼等一家は市中の家へ移つた。此の家は前の家に比べると庭も狭く、全体として、こせついた感じだつたが、二階家で、師範学校のそばのせゐで、商店街に近い割には閑静だつた。昔、竹が守りした、元之助の旧主の一人息子が成人して大学に入りに上京し、この家の二階に下宿した。又、よしも三月程、此の家に同居してゐたことがある。女学校一年生のよしは父が内緒でくれる小遣銭で買ひ食ひの癖がつき、夜、床に入つてから継母にかくれてパンや菓子を食べ、胃を悪くした。引続いて腹膜炎、肋膜炎を併発したのだつた。その間に、父の店の十八歳の住込み店員がよしの一人寝てゐる部屋へ夜半入りこんで来た事件があつた。よしは父に訴へ、店員はひまを出されたが、其の店員をひいきにしてゐた継母は、非はよしにあると云つた。松吉は、或る朝、よしに「叔母さんの所へおいで」と云つたので、よしは、女学校の帰り、学校道具の包を持つただけで竹の家へ廻り、そこに泊つて通学してゐるうち、肋膜炎がひどくなつて寝ついて了つた。よしが、初め竹の家へ廻つた時、竹はよしの体に間違ひがあつたかどうかを心配して質問した。少女のよしには、店員が夜半部屋へ来た時限がさめ、彼女が誰何《すゐか》した事実だけははつきり分つてゐたが、体の間違ひといふことかどういふ事かよく分らなかつたので確答が出来なかつた。竹は、「お前が、あの男のおかみさんになりたいならともかくだが……」と云つた。よしは、いやなことをいふ叔母さんだと心に思つた。併し、竹はよしをよく看病した。松吉の家の小店員が毎朝屠殺場から牛の生血《いきち》を貰つて来ては届けるのを、よしは気味悪がつて中々のまないので、竹は自ら先きに立つて飲んでみせたりした。よしの病気はぢきに直つた。竹の家のかかりつけの老医師の丹誠のせゐもあつた。よしの同級生で一番の仲よしだつた田島千代子が電車に乗つて見舞に来たが、其の時玄関へ出た竹を、後で千代子はよしに、

「口紅などつけてゐて、いやらしい叔母さんだと思つたわ」と云つた。千代子は紅をぬらぬ母をみつけてゐるので、京紅を日本流に濃く口にぬつた竹に反感を持つたのだつた。又、よしが竹の家で病臥中、元之助の兄の娘が泊りに来てゐたことがあつた。元之助の兄は貧しく暮してゐたが、性質のいい人間だつた。その娘を、竹は、よしと区別して待遇した。よしが病中とは云へ、義理の姪の方は女中みたいに追ひ使つたり皮肉を云つたりする叔母を、よしはいやに思つた。それは、次郎と三郎とを区別して扱ふのと似てゐた。

元之助は金物関係の製造業に転じ、郊外近い町に移転した。家の半分が住居、半分が工場で、機械油と金物のにほひが強くくし、昼間は機械の響がうるさかつた。竹の、次郎と三郎とに対する差別待遇は益々ひどく、次郎はおねしよをした罰に昼間みんなの前で敷布団を背中にくくりつけられ、又、使に行つて二銭のつり銭を落したのはごまかしたのだらうと云つて柱にしばりつけられた。さすがに父親の元之助はみかねて次郎をかばつた。長男の一郎は母に偏愛される三郎への反感もあつて、次郎と仲よくした。或る夕方、次郎は竹に叱られて家出した。近くの小川の橋の上に佇《たたず》む彼を通りがかりの女髪結が「坊ちやん、どうしたの？」と声をかけて、聞いた。次郎は「ままお母さんが『出て行け』と云つた」と答へた。髪結は哀れんで交番へ連れて行つた。

第一次世界大戦のあふりで、元之助の仕事は繁盛《はんじやう》した。彼は謡など習ひ始めた。竹も彼から習つた。今度は市中に、今迄より大きめの家を借りて移つた。此の時も家の半分は工場で、機械油と金物のにほひが家中にみちてゐた。竹は幾人かの女工達に立ち混つて工場で働き、その為め指先きが荒れて「絹物の裁縫が出来ない」とこぼすことはあつたが、彼女にとつては一生の中で一番張り合ひのある時代だつたかもしれない。併し、事業が成功するにつれ、元之助の女問題が又もやおこつて来出したのである。

元之助は会社を組織した。竹の弟、梅次郎の店近くに工場を作り、住居には、そこから少し離れた邸町に、門と庭附きの二階家を借りた。彼は昼食は隣り区の有名なうなぎ屋でとる習慣となつた。出入りはハイヤアだつた。彼は、よしが其頃はまだ数少かつた上級学校志望で親を手こずらせた時、「女子大に入りたいなどといふのは虚栄心からだ」と云つたが、彼女がいざ女子大生となると、却つて自慢げに、芝居や能見物にさそつて同席の知人に紹介した。彼夫妻のおかげで、よしは東京で有名な料亭の幾軒かを知り、その時々の歌舞伎見物や近県の名所旅行も出来たのだつた。元之助の謡稽古はいつとなしに立消えとなり、その代りに、彼は端唄《はうた》を自慢で唄つたりした。竹の方は却つて謡を名のある師匠について熱心に習ひ出した。鼓を買つて、それも習つた。三味線を買つて端唄も少し習つた。茶道、花道も習つた。呉服屋が出入りして美しい衣類が次ぎ次ぎと作られた。併し、竹はもう四十を越してゐた。よしは叔母の容色の衰へることが心配で、人生の無常感を深めた。その間に、元之助は行きつけのとりやの仲居《なかゐ》を妾として、本宅の隣区に家を持たせた。夫たちの金廻りのよくなることは妻たちの不幸となることが屢々ある。竹の弟の梅次郎も娼妓をうけ出してかこひ、堅い筈だつた兄の松吉も芸者遊びを覚え、あげくの果ては梅次郎と同じく娼妓をひかせて、妻に内緒で一時かこつてゐたりした。竹が元之助に妾のことをとがめると、彼は「お前の兄弟を見ろ」と云ふのだつた。竹はこれ迄のぐちのこぼし相手のよしの外に、少年の息子達にも、訴へた。中学一年の一郎は、女と共に旅行して帰らぬ父を迎へに一人沼津へ出かけたこともあつた。父達は既に宿に居らず、一郎は、東京に引返す汽車の出る迄の時間を、海辺にねころんでゐたりしたこともあつた。一郎は家庭内のいざこざで学校へ行く気もしなくなり、図書館で時間をつぶしてゐたりしたあげく、二度も落第し、危く退校処分になりかけた。竹は、さばけた妻と思はれたさに（とはいへ元之助へのいやみも多分にあつて）妾の家へ盆暮の遣ひ物など届けさせたりしたが、夫の愛は戻らなかつた。これ迄の元之助の女と違つて、今度の女は決して身を引かなかつた。竹は毎週の活動写真館の替り目を息子達と共に見に出かけたり、西洋料理をとりよせて食べたりして、うさをはらすより外なかつた。彼女が以前守りをし、そして成人してからは彼女の家に下宿して大学を終へた青年が、彼女の身の上に同情し、恋愛めいた告白をしたりした。彼女は夫の気をひく気持もあつて元之助に青年のことを告げると、彼は「関係したらいいぢやないか。さうすれば、親もとから金がとれる」と云ふだけだつた。竹は青年と或る料亭で出会ふ約束をしたが、いざとなると、ひとりで会ふことはためらはれた。彼女はよしを電話でよび、その料亭での青年の会食に同席させた。竹には、よしの生母の不幸な身の果ての前例が思ひ出されるのだつた。

第一次世界大戦後のパニツクは元之助の会社をも襲つた。竹は、執達吏が来るかもしれぬといふ元之助の電話に驚いて、松吉の家に預けるべく行李《かうり》をつめた。丁度泊り合せてゐたよしは、叔母のよそ行き着物ばかりつめられる行李を見て「叔父さんや一ちやん達のものは？」と聞くと、竹は、「売る時、女物の方が価がいいから、これを売れば、叔父さん達のは買へるし、執達吏が見て、女物ばかり多いと思はれるのは、いやだから……」と答へた。竹の所へは、結局執達吏は来ずにすんだ。併し、元之助の会社は原因不明の火事が出て、焼け、警察で取調べられた。又、夏の初めに房州で買つたばかりの小別荘は九月一日の関東大震災でつぶれて了つた。竹は丁度前日三郎と入れかはりになつて東京から出向いたばかりだつたが、地震で家がくづれた際、梁《はり》で腰を打つた。竹が後でよしに語つた所によると、彼女は地震がすると直ぐ一旦おもてへ飛び出したのだが、次郎がまだ家の中に残つてゐると思つたので家に戻り、「次郎、次郎」と呼んだが、次郎がもう外にゐると分つたので、おもてへ出ようとしたら家がつぶれて梁の下になつたのだつた。東京に帰つてゐた三郎は母を案じて自転車で隣区の松吉の所へ相談に行くと松吉の家の附近一帯火災中で（松吉の家は焼残つたが）「遠くにゐる者を心配する所ではない」と松吉に云はれた。併し、三郎は思ひ諦らめず、亀戸《かめゐど》まで自転車に乗り、それからさきは歩いて房州まで訪ねて行つた。途中、先年一度友人達との旅行で行つたことのある勝浦の漁師の家で一晩とめて貰つた。長男の一郎は、別荘の隣の宿屋の泊り客の若い娘が屋根の下敷になつてゐたのを救ひ出し、それが縁になつて、二年後に彼が早死にする迄の、はかない、併し、楽しかつた恋を拾つた。

元之助の財政は苦しくなる一方で、妾宅を別にかまへておくわけに行かなくなつたので、竹達の家に同居させると云ひ出した。それで竹と三人の息子達は家を出て、郊外の道端の崖下の、トタン屋根の新出来借家に引越した。息子三人は何れもK大学在学中だつたのを退学し、一郎と次郎はそれぞれ会社員になつた。三郎はまだ就職せず、家で其頃はやり出してゐたラヂオ組立に熱中してゐた。一郎達は薄給だつたが、元気はよかつた。勤め先きから帰ると三郎ともどもマンドリンを合奏したりした。夕食後の散歩には家の前の丘の向うの原つぱへ行つたりもした。併し、急激な生活変化と、電車を何度も乗りかへての遠道の通勤の疲れがたたつて、それまで健康だつた一郎が急に勤め先きで喀血した。昼の食事におもてへ出た帰り会社のエレヴエーターの中で喀血したのだつた。彼は一年後に大森の私立療養所で死んだ。療養所の費用は叔父の松吉がまかなつた。入院中、一郎は見舞に行つたよしに、「お母さんは僕の看病にあきてゐる」と訴へた。竹は丁度その時、近くの鉱泉宿へ入浴に行つてゐて留守だつた。一郎が重態になつたのは八月初めだつたが、父親の元之助は毎日療養所の廊下に詰めてゐて、アイスクリーム、スッポン汁と、一郎の欲しがるものを市中へ買ひに出た。元之助は、竹達の退去のあとへ移した妾の外に、好景気中になじんだ大阪の或る有名な芸者屋の若い仲居を派手な引き（?）祝をさせてかこひ、その女に最近、女の子が生れてゐた。その女は、一郎の死の少し前、自殺した。赤児は彼女の姉で同じく仲居をしてゐた人が引取つた。竹は、一郎が死んだのは其の大阪の妾のたたりのやうに、よしに云つた。よしは一郎の病気中、よしの継母（その頃は彼女の二度目の母は既に病死してゐて、よしとは十歳しか年の違はぬ三度目の母が来てゐた）がわざわざ大きな西瓜や夏のかけ布団を買つて療養所へ見舞に行つたのに対して竹は感謝する所か、却つてよしに、「あのかけ布団の模様は葡萄だから一郎の病気が長びくと困るから、早速、三郎に云ひつけて別のと取りかへさせた」と云つたり、又、一郎の死ぬ時（よしは居合はさなかつたのだが）「最後の息は黴菌がこもつてゐるといふから、最後の息をしないうちにと思つて、私は布団で一郎の口をおほつてやつた」などと云つて、よしに反感をおこさせた。

一郎の通夜の時、元之助は、義弟の梅次郎や次郎、三郎、よし達の居る前で、一郎の遺言を披露した。それは「第一に叔父さん達に感謝する。第二に父の改心を望む。第三に……」と云ひかけた所へ医師や看護婦が来たので口をつぐんだと云ふのだつたが、元之助としては云ひにくい言葉をはつきり申し述べたことから、よしは彼を見直す気持になつた。竹は彼に対して、非難をあびせた。彼は、竹を怒りつけた。そして息子達に向つて、「私はお母さんについてお前達に云ひたいことがあるのだが、今は云はない。私の死ぬ時云ふ」と云つた。よしは、「叔父さんの云ひたいと云ふことは何であらうか？叔母さんが昔、ひとの妾だつたといふことでもあらうか？」など推測した。息子たちは、母の、そんな経歴を知らなかつた。竹は、次郎に向つても、「兄さん（一郎）はお前のことも随分恨んでゐたよ」とつつかかつた。次郎は吸ひかけてゐたタバコをポイと灰皿に投げすてて席を立ち、暗い廊下へ出て、泣いた。そんな一家のいざこざの傍に、普通の自動車で元之助に抱かれて我が家へ帰つた一郎の死骸は、大理石のやうに白く美しい足の裏をかけ布の下からのぞかせて、ぢつと動かず、横たはつてゐた。

竹達は、一郎の入院前、崖下のトタン屋根の家から引越して、或る練兵場前の瓦屋根の小家に移つて居たのだつたが、その家も、大砲射撃の震動でガラス戸がこはれたりして、一郎のシヨツクとなつたのだつた。一郎の病中に、次郎は近県の支店に自ら志願して転任して其の店に住み込んでゐた。竹と三郎は一郎の四十九日をすませると松吉の持ち家の長屋に移つて、教員でアパート住ひだつたよしと一緒に暮すことになつた。三人の共同生活は約一年続いた。その家は粗末な二階家だつたが階下に竹母子、二階によしが住まつた。三郎は元之助の弟の雑貨商を手伝ふことになり毎日電車に乗つて通つた。竹は彼は疲れて帰るのだから……と云つて、三郎の為に毎夜酒を用意した。かうして彼の飲酒癖がついた。元之助は、弟の雑貨商が店を拡張改築するので古材木が出たのを貰ひ受けて、竹母子の為の家を建てることにした。土地は以前彼が分工場を建てる際余分に借りておいた空地があつた。竹達は其の話は松吉にもよしにも話さず内緒にしてゐたが、安普請《やすぶしん》の家のことで階下のひそひそ話も筒抜けに二階へ聞え、よしはそれを父の松吉に云ひつけた。松吉は、「家が建つなら、それに越したことはないさ。内緒にしてゐるなら、こつちも知らん振りしてゐればいい」と云つた。それで、よしはよしで、よその土地へ移り住む計画を立てた。三人の共同生活の家に、松吉は三郎の表札を出せと云つたが、竹は肯《がへ》んじなかつた。そんなことをすると元之助が相変らず威張つていけない、松吉の世話になつてゐるのだから、松吉の姓（即ち、よしの姓）の表札を出すべきだ、と云ふのだつた。そして三郎に云ひつけて、よしの姓の表札を掲げさせた。それから間もなく元之助が家の建築の問題で訪ねて来た。帰りがけ、戸口を見上げると憤然として立戻り、

「なんだつて三郎の表札を出さないんだ。表札位出したつていいだらう！」とどなつた。彼に会ふのをさけてゐたものの、見送りにだけ玄関に出てゐたよしは、それを聞くと腹を立てて、

「お父さん（松吉）は三ちやんの表札を出せと云つたんですよ。三ちやん達が勝手に出さないんですよ」とくつてかかつた。

「何を？　何を、生意気な！」元之助は、ひとを威圧しようとする時の癖の大声を出して、よしに迫つた。竹は、

「まあ、近所に聞えて、みつともないから……」と彼をなだめたが、よしは、

「いいえ、ちやんと話をつけた方がいいんです。あがつて下さい」と、まけずに云つた。

元之助は、「よし、聞かう！」と云つて靴をぬぎ、あがつて来た。その彼に竹は全身でとりすがつて、「まあ、あなた、今は時節がわるいから、何事も我慢して……」と云つた。その竹の言葉を聞いて、よしは、あつけにとられた。竹は始終元之助のざんそを云つてはこぼすのでよしは元之助が嫌ひになり、松吉は松吉で仕方なしに竹母子を引取つて世話する事になつたのに、今の竹の言葉では、まるで竹達夫婦は仲がよいのを松吉達がひきさいて、いぢめてでもゐるやうに聞えた。

元之助とよしはにらみ合ふやうに興奮して対座して話し始めたが、終ひには元之助は怒りをしづめ、よしに、「お前は、以前は随分、お父さんに反抗してゐたものだつたが、中々、お父さん思ひになつたものだ。羨しいよ」と云つた。よしも「今に、叔父さんとこでも三ちやんがさうなるでせうよ」と、つい云つて了つた。元之助は機嫌を直して帰つて行き、「話せば分る彼だ」とよしは思つたが、併し、彼女の彼に対する反感は消えたわけではなかつた。

比の共同生活中に、直ぐ近くの松吉の家で暮してゐた今吉が大病をした。今吉は孫の一郎が発病する少し前、風邪をこじらせた事から胸を悪くし、喀血したりして死にさうになつたが、松吉の三度目の妻の丹誠で、八十を越した齢にも拘らず、持ち直してゐたのが、また再発したのだつた。松吉の妻は北陸の古都の士族の娘で、義理がたい人間だつたので、自身病身なのにも拘らず、無知で利己的な舅《しうと》を大事にし、幾夜も徹夜して看病した。よしが竹に祖父の病気のことを云ふと、竹は「私が今夜は看病に行く」と云つたので、継母へ、さう伝へた。所が、竹は一向に今吉の看病には出かけなかつた。三郎が帰つ

て来てから行くと云ひ、三郎が帰つて来ると彼の晩い夕食が始まり、それがすむと、竹は銭湯へ行つた。銭湯から帰ると、くたびれが出て、松吉の家へ行くのがいやになつた。三郎も、「今夜はやめなさい」と云つた。母子の会話を二階で聞くよしは気が気でなかつた。夜半までも戸を閉めずに心待ちしてゐる継母が気の毒だつた。竹は到頭、夜だけでなく昼間も一度も今吉の看病をしなかつた。今吉は無知の呑気さと嫁の献身的な看病のおかげで又もや持ち直して、元気になつた。嫁の方は一層健康を損じた。

よしは、いろいろ叔母について幻滅を感じることが多かつたが、感心することもあるのだつた。竹は犬などはよく可愛がつて世話したし、綺麗好きで家の中をキチンとさせてゐたし、料理も上手だつた。二階のよしの所へ思ひがけなく朗々とした豊かで立派な謡の声が聞えて来たので、階下へ降りて行つてみると、竹が狭い台所の流しで洗ひ物をし乍ら謡つてゐるのだつた。又、元之助や三郎と珍しく三人一緒に一郎の墓詣りに出かけた時など、途中で元之助がお茶の花をみつけて三郎に「お母さんにとつておあげ」と云ひつけて折らせた枝を大事に持ち帰つて花瓶に挿して嬉しげなのを見ると、よしは竹に素直な女らしさを感じ、叔母がいとしく、且哀れまれた。

竹母子の新しい家は三郎の設計したもので、たつぷり取つた玄関を入れて四間の、廿坪程のものだつたが、庭が相当広くあるので、落着いて品よく見えた。三畳一間は三郎の部屋として離れ風に独立的に作られてゐた。三郎は父方の叔父の店に勤める傍ら、此の三畳でマンドリンを弾いたり、写真機やラヂオをいぢり、又、冬にはスキーに、夏には海岸へ旅行したりして、暫くは母子二人水入らずの月日が流れた。竹はよしに、「お茶もお花もお免状は持つてゐるけれど、もうちよつとお花をやれば本式に教へられるから……お父さん（松吉）が月謝とお花代を出してくれないかしら？」と云ふので、よしが父に云ふと、松吉は、「いやだよ、もう叔母さん（竹）の云ふことを聞くのは。叔母さんはそんな事ばかり云つてゐて、本当に教へる気はないんだよ。いつでも其の式なんだ」と云つて、承知しなかつた。

三郎は或る娘とねんごろになり、或る神社で正式に結婚した。併し、其の結婚は長続きしなかつた。竹と嫁との折合ひが悪く、嫁は出て行つて終つたのだ。竹は、「近所では私が三郎の奥さんだなんて云つてるさうだ」とよしに云つて笑つたが、よしは、叔母が何事にも（よしについてさへ）直ぐ男女関係をかぶせた物の云ひ方をするのに、おぞましさを感じてゐたので、三郎の嫁が竹との同居に耐へ切れず、離婚して出て行く気になつたのも無理がないと思つた。尤も、よし自身、其の嫁には好感を持つてゐなかつたけれど……結婚が失敗してから三郎の酒量は進み、純情さがなくなり、物の考へ方や云ひ方も素直でなくなつた。健康も衰へた。そして彼は勤め先きに泊つて竹のもとへ帰らぬことが多くなつた。竹は生計が苦しくなつた。よしは縫ひ直しに叔母に預けた着物が自分に無断で三郎のかい巻になつてゐたりするのを見て、昔の叔母らしくない仕儀と思つたりした。「貧すれば鈍する」やうであつた。竹は、水の中に入れると花を開く紙細工を貝に入れる内職をしてゐた。それは昔のしない仕事で近所に知られなくてよいと竹は云つたが、一日しての収入が其の頃の物価で卅銭程にしか、ならなかつた。電灯料も滞《とどこほ》つて、居催促を受けたりしてゐた。暮しがくづれると、家の品もくづれ、庭も荒れた。結局、竹達は此の家を立退かねばならなくなつた。その反対に、竹の弟の梅次郎は、暮しがぐんと大きくなつてゐた。彼の最初の妻は病気と夫の妾のことで悲観して自殺したが、男の彼の生涯はそんなことで傷けられはしなかつた。妾から本妻に直つた女も、更に第三の女の出現で、悲観した儘病死したが、彼は若い第三の妻を傍らに、どんどん財産をふやして行つた。太つ腹な彼は兄の松吉を遥かにしのいで手広く仕事をし、大きな家に住むやうになつてゐた。彼は姉の竹のために、自分の店と住居との往復の途中に当る町に、或るしもたやを借りた。古い家だが、小門と中庭のついた二階家だつた。三郎は此の家で再婚した。次郎の方はずつと前に恋愛結婚して子供二人生れて、アパート暮しをしてゐた。三郎の今度の嫁は父の元之助の口ききで見合結婚ではあつたが、夫婦仲はよかつた。三郎の初めの結婚のことはかくされてゐた。今度の妻は或る地方で官庁勤めをしてゐた婦人だつた。華《はなや》かな友禅のかかつた姿見、新しい桐箪笥、ミシン等々、花嫁の道具は階下の八畳の間からはみ出して廊下にまで並んだ。竹は二階に住むことになつたが、今度の嫁とも、矢張り、折合ひが悪かつた。女児が生れたが、竹の熱情は依然、孫よりも専ら息子の三郎に注がれ、嫁を嫉妬するのだつた。一方、三郎の健康は急激に悪くなつた。女児が数へ年三つになつた晩秋、二番目の子が生れた。男の子だつた。元之助は初めての男孫で大変喜び、自分が其の子の名前をつけた。三郎も勿論大喜びだつた。併し、彼は此の子の顔は見ずじまひだつた。此の子が産院で生れた時、彼は自宅で瀕死の床についてゐた。其の頃、肺病の特効薬が出始めてゐたが、折柄の太平洋戦争中の物資欠乏のせゐも加はつて病気が重くなりすぎてゐた彼には、その新薬も手おくれだつた。竹は嫁が産院にゐたおかげで、心おきなく三郎の看病が出来たといふものだ。最後の夜は、丁度、嫁の知り合ひの看護婦が来合はせて、好意的に泊つて三郎に注射を打つてくれたりしたので、竹は気強かつた。三郎は息をひきとる前、竹のしなびた乳房にさはり、又、駆けつけてゐた父親の手をとつて母親の手に結び合はせようとした。併し、元之助はその手を振払つて、竹との握手をこばんだ。よしは、竹達との共同生活解消後三度目の母も祖父も相ついで病死して四番目の母が来てから、気《き》焦《あ》せり的な結婚をして、やがて破婚し、三郎の死の当時は松吉の店近くの借家で翻訳業の一人暮しだつたが、彼の危篤の報をうけると、防空服姿で訪ねた。元之助の姿を見て彼女が玄関でためらつてゐると、竹は彼女に、「叔父さんに、ちやんと御挨拶したかい?」と威たけ高に云つた。よしは、むつとしたが、次郎が其の場をとりなした。元之助自身は、寧ろ、よしに、あいそよい顔を見せるのであつた。

三郎の死後の竹は一層不幸になつた。或る夜、よしは其の附近へ用事で行つた帰りがけ、男の子へのおくればせな出生祝を持つて、叔母の家に寄つてみた。叔母は孫の幼女をねんねこおんぶして銭湯へ出かける所だつた。三郎の妻は、玄関から見通しの八畳の座敷で、綺麗な友禅メリンスの布団にねかせた赤児の傍で裁縫中であつたが、よしが玄関から声をかけると、「どうぞ、おあがり下さい。よつちやん（彼女はよしよりずつと年下で、なじみも薄いのにも拘らず、三郎の云ひ癖にならつて、さう、いつも、よんでゐた）に是非聞いて貰ひたいことがあります」と、座敷に坐つた儘、切口上で云つた。よしは「叔母についてのざんそに違ひない」と思ひ、怖れをなして早々退散した。叔母は叔母で、よしに連れ立つて出ると早速、嫁の悪口を云ひ出した。竹の背の上の幼女だけ、ニコニコと、無心な、そして女の児らしいあいそ笑ひをしてゐた。よしは不幸な幼女に何か贈り物をしたかつたが、戦争でお菓子もオモチヤも満足なものは売つてゐなかつた。貧弱な、安物のオモチヤを幼女の手に握らせ、停留所で、よしは叔母達と別れた。よしが二度と叔母の家を訪ねる意力を失つてゐるうちに、間もなく幼女は急病で死んで了つた。まるで三郎があの世から迎へ取つたやうであつた。竹と嫁は益々不仲の儘、戦争下の家で暮してゐた。竹は一人外食券食堂へ行つて食事する習はしになつた。彼女はそこの食事をお弁当箱につめて、よしを訪ねたりした。曾つて、よしは中年の竹の容色の衰へを悲しみ心配したものであつたが、今は、よし自身が其の年輩になつてゐた。そして竹は以前には金歯が多すぎて金きらきん過ぎて下品にさへ見えた入歯を、今では取りはづして売つて了つたあと補充の出来ぬ儘、下の歯は殆ど歯ぐきだけになつて了つて、短いあごが一層つまつて見え、卑しげな、ぎすぎすした老婆の顔になつてゐるのだつた。あの鼓を打ち、三味線を弾いてゐた竹のおもかげとは何といふ変り様であつたらう！　しかも此の卑しげな竹の顔は、よしが鏡で見る自分の顔に大変似てゐる点が多かつたので、一層よしはいやなのだつた。よしは叔母に会はずに考へてゐる時は、自分も一人暮しなのだから叔母を一緒に住まはせようかと思ふのだつたが、いざ叔母の顔を見ると、とたんに其の考は吹きとび、実母が竹にいぢめられたに違ひないとさへ考へたりして、同居するのはまつぴらだと思つた。もつと叔母が、ぐちを云はず、からつとした性格だつたら一緒にも住めるのに、とも思つた。元之助が竹を嫌ふのは無理なく思へもし、一方、元之助の扱ひ方では竹の性格もこんなにならずにすんだのではないかと思つたりする……或る時など、よしは、よそから帰つて来て、我が家近くの道角に老女が佇《たたず》んでゐるのを遠くから見て、

「また叔母さんが来て待つてゐる……」と思つてギヨツとしたことがある。隣家の老夫婦二人暮しの妻女が夫の帰りを案じて道まで出てゐたのを見過《みあやま》つたことが分ると、よしは、ほつとしたのであつた。

竹の弟の梅次郎は工場用に特別配給されるメリケン粉の中の一袋を姉の食べ料に届けたが、竹は自分の留守中に嫁が其の粉を使つたと云つて、二階の廊下のおばしまに寄りすがつて、近所の人目につくやうに、オイオイ泣いたりした。三郎の妻は、アメリカ機の来襲が烈しくなつて女子供の疎開が盛んに説かれるのをしほに、自分の荷物をまとめて、赤児をつれて故郷へ引揚げた。竹一人居残つた。梅次郎は姉を引取つて自分の病身の娘と一緒に住まはせようと兄の松吉に云ひ、松吉はよしに其の話をした所、よしは竹に会つた時、軽率にそれを伝へた。それで竹は気が強くなり、元之助や次郎に向つて、

「私は身をひいて、佐藤の家へ戻りますから」とたんかを切つて了つた。が、結局は梅次郎が竹を引取るといふ

話は立消えとなり、よしは、自分の失言で叔母が元之助に威たけ高になつて立場を不利にしたことを気の毒に思つた。竹はよしに会ふ度、「死にたい」と云つた。「空襲で死ぬと、政府から見舞金が出るつて云ふぢやないか？（註、まだ空襲にも政府にも余裕のあつた頃のことである。）私なんか、爆弾でも当つて死ぬ方がいいよ」といふ竹に、よしは、

「ぢや、今は叔母さんにとつて、絶好のチヤンスぢやないの」とわざとつき放して云つた。事実、よし自身、なまなか傷いて生残つたりするより爆弾で一と思ひに死ぬ方がいい、と考へてもゐた。又、よしは、「叔母さん、でも死にたいとは云ふものの、叔父さん達にとつて邪魔者が居なくなつて都合がよくなつて癪だと思はない？」と云ふと竹は、案外、素直に、「それもさうだね」と答へた。よしは昔、叔母から芝居の桟敷《さじき》席へ招待されたり小遣ひ銭を貰つたことを思ひ起しては、叔母を映画にさそつて、帰りにわづかなお金を手に握らせた。叔母は中々受取らうとしないものの、終ひにはニツコリ笑つて幾度も振返り振返り別れて行つた。昔其の家へ遊びに行つて泊ると背中合せに一つ床にねたりしたことのある叔母が、こんなにも哀れに年老いたのを見るのは、よしにとつて、つらかつた。竹は其の後、家を引払つて次郎の妻子達の居るアパートに同居した。次郎は、自分が母を引取つて世話をする旨の文書を叔父達へ発送した。併し、彼には其の頃、愛人が出来てゐて、自身は妻女の許へはめつたに帰らなかつた。そして竹は自分の二の舞の身の上になりつつある次郎の嫁と仲よくしようとはしなかつた。孫達も竹になつかなかつた。竹は夫と別居する頃から手足のリウマチを煩つてゐたが、まはりの者は誰もリウマチをわづらつたことがなかつたので、彼女の苦痛を解さなかつた。よしは叔母の苦痛の訴へを叔母の持ち前の誇張癖としか思はなかつた。竹は市中にある次郎の事務所（彼は勤めをやめて独立の仕事を始めてゐた）に寝起きすることになつた。そこには彼の愛人が住んでゐたのだが、昭和廿年三月上旬夜の空襲で事務所の隣まで焼けたので、次郎は家財分散の必要を感じて郊外近くにも家を借り、そこを自分と愛人の住居とした。四月中旬夜の空襲で事務所が焼けた。竹は一人で逃げ歩き、他家の軒下で夜を明かしてゐた。その後、彼女は東北地方の、次郎の知り合ひの農家に預けられた。次郎の愛人が送つて行つた。よしは五月下旬夜の空襲で父の店ともども、自分のすみかを焼かれた。火の粉の中を一人で逃げ乍ら、

彼女は初めて「叔母さんは、さぞ恐かつたらう」と思ひ知つた。

終戦になつた。次郎の新しい住居は焼け残つた。彼は、平価切下げの際、金子を工面して其の家を買ひとつた。これは梅次郎の住居程大きい家ではなかつたが、間取りも日当りもよく考へて作られた家で、明るく、そして品よい感じの家だつた。庭もたつぷりついてゐて菜園も出来た。次郎を初め、竹達一家がこれ迄に住んだ家の中で、此の家が一番すぐれてゐた。三人の子供の中で大学生時代一番病身だつた、そして竹から一番愛されてゐなかつた次郎が生き残つて、かういふよい家を手に入れ、そして竹を引取つて、み送ることになつたのである。

竹は此の家に引取られてからは、次郎を「先生」とよぶ出入りの人達から「御隠居さん」と云はれ、次郎のすすめで白髪を切つてかり上げにし、若い時は濃すぎる位に見えた眉をそり落した。卑しい感じがとれて来て、顔が大分柔和になつた。

「叔母さんの人相、よくなつたぢやないの」とよしは次郎や其の愛人の意を迎へる下心も手伝つて云つた。併し、彼女は次郎の家へはよくよくの用事以外には訪ねなかつた。よしの異母妹の一人は次郎の本妻の親戚に嫁《とつ》いでゐるので、彼の愛人の居る家への出入りをはばかる気持もあつたし、叔母自身にも会ひたくなかつたからである。竹は台所脇の三畳の部屋に寝起きしてゐるのだつたが、よし又はよしの異母弟の松男などが次郎を訪ねると、足をひきずるやうにして座敷へ出て来て、ちよつとの間にも次郎の愛人の悪口を云ふので、よし達は気がねだつた。松男は、「次郎ちやんの所へ行つても、叔母さんが出て来て、僕のお茶を『これ、飲んでもいいかい？』なんて云つて飲んで、『ああ、おいしかつた。随分長いこと、お茶を飲まないんだよ』なんて云つたりするので、いやんなつちやふ」と云つた。

竹の兄の松吉は終戦後、末息子（満洲に応召して行つてゐた）の消息不明の儘に、短い病臥で死んで行つた。竹は次郎に連れられて、くやみに行つた。松吉は七十三歳だつた。それから一年半程した秋のこと、竹は家出をした。その際、弟の梅次郎へハガキを出したので、彼は息子と共に次郎の家へ駆けつけた。竹は上野駅まで行つたが、丁度ひどい風水害の直後で避難者達がごつた返してゐる上に、地下道に寝る宿無し人達の姿を見て、家出の志をひるがへした。千葉県下の田舎の宿に一晩泊つただけで、次郎の家へ引返した。それ以後は、彼女はひたすら次郎の言葉を守り、誰へもハガキも出さなければ電話もかけなかつた。それにも拘らず、よしはアパート暮しの時も一人住ひの家を持つやうになつてからも、竹が家出して彼女の所へやつて来はせぬかといふ心配に時々襲はれた。叔母は自分と住めば幸せだらうとよしはうぬぼれて考へ乍ら、結局は引取らないのだつた。芝居や能を見る度、叔母を思出したが、誘はなかつた。

　松吉が死んで二年半程すると梅次郎も病気になつた。あと半月と云はれ乍ら、金子に不自由せぬおかげで彼はそれから二年の余も生き延びた。享年七十二歳だつた。竹は梅次郎の長わづらひの見舞ひにも告別式にも行けなかつた。彼女の足は不自由になつてゐて、一人での外出は出来なかつた。その間に、夫の元之助が一年程、次郎の家に同居した事がある。松吉と同年の彼は八十歳近い年になつてゐるのに、美男で身だしなみがよく、且亦、自分よりはずつと年下の女と暮してゐるせゐで、本当の年より幾歳も若く見えた。彼は終戦後、東京の住宅を買つたお金で例の女の郷里の田舎に家を買ひ、鶏など飼つて暮してゐたが、インフレで苦しくなり、次郎も仕送りはし切れぬといふので、女と共に上京して息子の家に同居した。彼は次郎の本妻と仲が悪く、息子に離婚をすすめてゐたが、其の頃には次郎は正式にその妻を娘もろとも離別して、愛人を入籍してゐた。元之助と彼の古い愛人とは、竹の北向きの三畳の部屋とは間をへだてた南の庭向きの離れの四畳半に起居した。国勢調査のあつた時、元之助に二人の妻があつて同居してゐることが近所へはばかられ、丁度用事で出向いた松男に、竹の籍を佐藤家へ引取つてくれ、と云つた。引取るのは籍だけで身柄は依然次郎が世話するとのことで、松男は承知して帰つたが、松男の妻は其の話に不承知を唱へた。よしもそれを聞いて、不賛成だつた。

「叔母さん自身は、どう思つてるのかしら？」

「僕（松男）が承知するなら、叔母さん自身はどつちでもいいと云つてるさうだ」

　元之助の方では、松男が気軽く承知したので大喜びし、早速いろいろと手続きをふんで、松男の所へ、書類の判を押して貰ひに、元之助自身、来た。彼は笑顔で来たのだが、松男の妻が判をおすことをあくまでもこばんだので、かんかんに怒つて帰つて行つた。

　竹は夫たちと同じ屋根の下で暮してゐても、彼等と顔を合はせることは無かつた。お互ひに会ふのをさけてゐたし、竹は三畳に寝たきり同然で、食事も丼で運ばれてゐたから。彼女の唯一の腹いせは、朝、家族の誰もが便所へ行きたい時刻に、いち早く（幸ひ、彼女の部屋は近かつた）そこに入つて、長くとどまつてゐることだつた。

　一年程すると、元之助と其の愛人とは、もとの田舎へ帰つて行つた。次郎夫婦とも折合ひわるくなつたので……。竹は内心気落ちしたに違ひない。大分以前のことだが、よしが彼女に「叔母さんは、やつぱり叔父さんが好きなんでせう？」と訊いたことがある。その時、竹は「さうなんだよ」と、これはまた正直に答へたものだつた。そんなにも好きな男から嫌はれぬいて了つた……併し、竹にとつては、元之助の愛人が一つ家に居ることは苦痛でも、元之助の存在は心の張りともなつてゐたに違ひない。

　竹は寝ついてからも便所へ起きて行つて、しもの世話はひとになりたがらなかつた。只、死ぬ前三日間は次郎の妻にむつぎの世話になつた。竹は此の嫁の経歴を、女中がゐた時は女中に、洗濯や留守番に近所の人が来ると其の人にしやべつて、嫁の気を悪くしてゐたが、むつぎの世話をうけるやうになつてからは、嫁の顔を見るとニッと笑つて機嫌をとつた。竹の死んだ時は誰もそばに居合はさなかつた。朝、次郎が三畳の障子をあけて「お母さん」と声をかけてみた時には、もう死んでゐた。次郎は、母がそんな淋しい死に方をしたのを気にやんで、よし達に向つて繰返し其の事を云ふので、妻からたしなめられた。竹の死顔は小さくしなびて、そして孤独にこりかたまつて、すねたやうな表情をしてゐた。よしはそんな死顔の叔母を哀れと思つたが、一方、誰も知らぬ間に死んで行つたことは、叔母の最後の腹いせのやうな気もした。次郎は母の孤独な死に方を気にやんでゐるけれど、竹が昔彼を可愛がらずに寧ろいぢめてゐた（次郎が小学校で級長になつた時、竹は学校へ出向いて、彼が級長になると家で威張つて弟の三郎をいぢめて困るから取消してくれと先生に頼んだ事もある）のを知つてゐるよしは、次郎としては中々よく母につくした方だと考へた。曾て一郎が死んだ時．竹は「死んだのが三郎でなくてよかつたと思つたよ」とよしに云つて、一郎びいきの彼女に反感をおこさせたこともある。叔母がこんな淋しい死に方をするのも心柄からだとよしは思ふ一方、悪いのは叔母だけだつたらうか？　とも考へるのだつた。

　社会人の次郎は母の葬儀を手落ちなく行つた。通夜の席に出たおすしなどの味がおいしければおいしい程、よしは叔母が哀れになつて気が沈んだ。

　火葬場でかまに棺を入れて扉を閉ざす時、次郎は、うつと泣き出しかけて、涙をぬぐつた。その姿を見て、よしは、「やつぱり、なんと云つても肉親の情であらうか？」と考へた。次郎の妻は、帰りの自動車の中で、夫の膝の上の姑の骨壺に向つて、「おばあさん、もう強情張れませんね」と云つて笑つた。

　よしは次郎の家に戻つて一休みするつもりだつたが、玄関のたたきの上の男靴を見て次郎の妻が「ああ、お父さんが見えた」と云ふのを聞くと「叔父さん？」と念をおし、さうだとうなづくのを見ると、「私、帰ります」と云つて、直ぐ立去つた。とつとつと急ぎ足で駅へ向ふ途中、よしの眼に、前方を歩いてゐる、叔母のかかつてゐた老医師の姿がうつつた。よしは此の医者へ再び心で礼を云ひ乍ら、彼を追ひ越して行つた。帰宅の電車の中でつり革にさがつて立つてゐると、よしは、叔母の、やせて小さくなつた、そして孤独の悲しみにこりかたまつたやうな死顔が思ひ出されてならなかつた。そして「お母さんはお父さんより先きには死にたくなかつたのですよ」とよしに云つた次郎の妻の言葉の意味が、其の時になつて、急に分つた。竹が死ねば、元之助の古い愛人は公然妻として入籍出来るのであつた。

　初七日の法要を寺でしたのち、次郎夫妻は竹の骨壺を郊外の墓所へ納めに行つた。よしも同伴した。よしはそれを、昔世話になつた叔母への最後の礼と思つた。よしは此の墓所へは卅年近く前に、従弟の一郎が葬られた時行つたきりだつた。元之助は其の時自分一家の墓所として初めて墓を作つたのだつた。彼は、竹の兄弟それぞれの家の墓所にまけぬやう、それらより広い墓地を買つて、墓も新式に気を入れて作らせたのだつた。よしは、仲のよかつた一郎の墓所であるにも拘らず、一向に此の墓地を訪ねなかつた。それは遠方のせゐや不信心以外に、元之助の家の墓所であるといふこと、亦、元之助に出会ひはせぬかといふ心配のためもあつた。

　次郎は茶屋への心づけも充分にし、百ケ日までの忌日々の供へ花のことも前もつて代金を預けて頼んだ。からと作りの墓の中には一郎、三郎の大人二人と三郎の幼女、それから次郎の先妻に生れた少女が一人、都合四つの骨壺が納まつてゐた。息子二人、孫娘二人のそれに並んで、竹の骨壺が置かれ、扉がしめられ、セメントでかためられた。

　墓前を立去る時、次郎の妻は、又もや、

「おばあさん、もう強情張れないわね」

とつぶやいた。よしの眼には、かたく口も眼も閉ぢて意固地に孤独にこりかたまつて何も答へぬ叔母の顔が浮ぶのだつた。

さくらの花

一　さくらの花

暮の二十二日は、十二年前に亡くなった妹、伊佐子の祥月命日なので、よし子は、毎年の通り、青山墓地へ詣った。墓地に入ると間もなく、頭上で烏が鳴き立てた。何だか不吉な感じがして「いやだな。」と思った。しかも烏は、よし子の行く方へついて廻って鳴く。十二月初旬に親友のまち子の夫が任地の関西で入院して重態になって居たし、よし子の弟、弥一の家内も十二月八日から入院中だったので、よし子は、烏の鳴き声が気になるのだった。烏はよし子が家の墓所に着くまで、ついて廻って鳴いた。

それから四日後の二十六日の午後、伊豆の温泉旅館に嫁いで居る妹（伊佐子とは年子の妹）のゆう子からよし子に電話がかかって来た。胃の工合が悪くて十二月初めから食べ物が通らぬようになったから、医者が東京でレントゲンをとって貰えと云うので上京し、旅館に二日泊り、三日がかりで調べて貰うと云う。よし子は九月に、ゆう子に会った時、中年肥りで肥る一方であった彼女が大変やせて、そして顔色が変にどす黒くなって居たことを思い出し、

「ガンじゃない？」と思わず、訊いて了った。

「まだ分らないのよ、三日間みて貰った上でなければ……いつもの宿に泊って通うんですけど、うちへは姉さんとこに泊って居ることにしてあるから、伊豆から電話がかかって来たら、『ちょっと、そとへ出ている。』と云って旅館の方へ電話かけて下さい。東一は、旅館に泊ること、不承知なのよ……。」

よし子は、顔をしかめ乍ら、承諾した。一年程前に、ゆう子は異常妊娠で東京のA病院で大手術をした。一週間程で退院したが、あと暫く通院する必要があって滞京中、伊豆の姑にはよし子の家もしくは東一の姉の婚家先に泊って居ることにして、家際には、旅館に居た。殊に、あとでは近年出来たばかりの都内中央部にある有名なホテルに泊り、その後、上京して東京に一泊する場合にも、それ以前のようによし子の家に泊るということはしなくなった。ゆう子にして見れば、泊る場合には夜の観劇で伊豆へ帰るには余りにおそい時間というような時が多かったから、そんなに夜おそく迄よし子に起きて居て待って貰ったり、朝食の手数をかけることも遠慮だし、旅館の方が風呂もあれば気兼ねもなくてゆっくり静養出来ることだから、お互いに其の方がいいのだ、とよし子は考え乍ら、やっぱり、淋しい気がするのだった。よし子は一人で暮して居るので、ゆう子に泊って貰うと、賑かな変化があって、楽しいのだった。ゆう子も、以前は、よし子の家に泊ると、「ぐっすり眠れて、気保養になる。」と云って居たのだが……ゆう子が旅館に泊ることでよし子がいやに思うのは、伊豆から電話がかかった時、なんとかかとか、ウソを云わねばならぬことだった。終いには、よし子は、ゆう子は弥一（ゆう子の実兄）の家（そこには電話がない）へ泊ったらしい、と云いのがれをすることにして居た。ゆう子の診断はどうだったのかと気になったが、それから四日の間、ゆう子からも伊豆からも電話がなかったので、診断の結果、大したこともなく、伊豆へ帰ったのだろう、とよし子は考えた。

三十日の朝、東一の従弟で小石川に住む妻田の夫人から電話がかかって来た。

「あのう、伊豆の……、」と云う言葉を聞くと、よし子は、「あ、お母さん（ゆう子の姑で八十歳を幾つか越えて居る）がどうかしたのかしら？」とドキッとした。

「えッ？」と聞き返すと、

「ゆう子さんが、レントゲン診断をうけに東京に来て居られたのですが……。」

「ええ、先日、ゆうちゃんから電話で聞きました。」

「胃ガンということになって……。」

よし子は、全身の力がぬけ、足がわなわなして、からだを立たせて居るのが、やっとだった。

「ゆうちゃんは、それを知って居るのですか？」

医者が、ゆう子自身にそう告げ、ゆう子はまっ蒼な顔で妻田の家へ来たのだという……レントゲンのS博士の紹介でT病院へ入院したが昨年入院したA病院へどうしても移りたいと云い、A病院の病室を都合して貰って、今日、そちらへ移る、というしらせだった。妻田夫人は、病室番号をよし子に教えた。

よし子は、その日、平常世話になるF氏の所へ歳暮の挨拶に行くつもりにして居たので、午前中に家を出て中野区のF氏の家を訪ね、その足でA病院へ廻ることにした。新宿で花屋の前を通り、正月用の植木鉢の陳列を見て、病院で年を越すゆう子に正月用の鉢を持って行きたいと考えた。あいにく所持金が乏しかったので、よし子は、小さな福寿草の鉢を選んだ。なるたけ直きに開きそうな蕾をもったのをよったが、それでも気になるので、「病人の所へ持って行くので、花が開かないと縁起がわるくていやがられるから……これは大丈夫でしょうね。」と店員に念をおした。それを包んで貰って居る間、よし子は、台の上においた千円札が風にとんで足もとへおちたのも気がつかずに居た。つり銭を貰う時になって初めて気附き、店員に「おもてへとばなくてよかった。」と云われた。風の烈しい日だったから……。よし子は、よくよく気持が顚倒して居るから、自動車やオートバイにひっかけられないようにしなければいけない、と自分に云いきかせた。これ迄、一家中でガンになった者はなかったので、ゆう子がガンになるなどとは思いもかけぬことだった。もし、家の者でガンを患った者があったら、九月にゆう子にあった時、よし子は、ゆう子に注意し、警戒させたであろうに……よし子が新宿の支那そばやで昼食をすませてから都電をのりついでA病院に着いた時には、もう、ゆう子はT病院から移って居た。ゆう子の義姉、その次男の新会社員、妻田夫人等、ゆう子の婚家先きの親戚が幾人も来て居て、病室は賑かだった。よし子は、トイレット（隣室と共同だが）も洗面台もついて居る個室に移って満足げにベッドの上に坐っているゆう子の顔が、九月に会った時よりも血色がよく、やせても居ないのを見て、ほっとした。

「ガンですって？　お医者が当人に云う位だから、大したことないのね。手術が出来るそうで、よかったわねえ。」とよし子は、ゆう子に云った。

T病院では正月休みに入って居たので、ゆう子が退院したいと云っても、一月四日に主任医師が登院した上でないと困ると病院では云うのを、義理の甥の会社員につきそって貰って四階の病室をぬけ出て裏階段を駆けおりて逃げ出して来たのだという。夫の東一が、病院の人に、ひたすら、云いわけをしたり、わびたりして居る間に……。

「タクシーの運転手が、『奥さん、暮に退院出来て、よかったですねえ。』と云うのよ。そして『どちらへ？』と訊くから、『A病院へ。』と答えたら、『なあんだ、ひっ越しですか。』と云うの。」

ゆう子はT病院脱出の様子を面白おかしく話す。大体、ゆう子も其の姉の伊佐子も、またその上の兄の弥一も、江戸っ子でユーモアを解した実母の血を受けたせいか、話しっぷりが上手で面白かった。

よし子はゆう子が結婚したての頃、時々実家へ泊りに来たりした時、仲のよい伊佐子と二人で寝物語りに婚家の話や其の地方の噂話などして居るのを、隣の部屋で襖越しに聞いて、二人のきょうだいの会話の面白さに、(よし子は当時、出戻りの身として、父の家で肩身狭く暮して居たのだが、) 一人、くすくす笑ったり、感心したりせずに居られなかったものだ。

ゆう子は、レントゲンのS博士から「直ぐ入院しなさい。」と云われ、「暮からお正月にかけては家のしょうばいの書き入れ時で忙しいから、一旦伊豆へ帰る。」と云い張ったので、S博士は「そんなことを云って……あなたはガンですぞ。」と宣告を下したのだと云う。S博士は直ぐT病院へ入院の手配をしてくれたのだった。T病院は近代的設備のすぐれた病院で入院希望者が多い為、中々入院出来ないということや、外科部長のT博士が有名な名医であることなど、よし子は、ずっとあとになって知人から聞いて知った。ゆう子は、小石川の妻田夫人とも、或る事から少し気まずい仲になって居て、ここ一年間程、訪ねずに居た、ということも、同じくずっとあとになって、よし子は知った。ゆう子はガンと宣告されてびっくりし、よし子の家へ電話をかけてもよし子が不在だったので妻田家へ行ったのかしら？ とも、よし子はのちになって考えたのである。

T病院では個室があいて居ず、二人部屋だったが、もう一人の患者は出産のための入院で食慾旺盛なのに反し、こちらは何も食べられない、それにT病院ではそとからものをとりよせたり出来ない……余りに規則的で、面会時間もキチンとして居て、夕方五時になると、廊下の扉が自動的にしまって了う……朝五時の検温時間には枕もとの蛍光灯が一斉にともる……などと、ゆう子はよし子に云う。(ベッドの番号数も、ゆう子の気に入らなかったのだそうだ)。

「私だったら、そのまま、T病院に居たのになあ……でも、気の進まぬ病院に居るより、気に入った病院の方がいいでしょうから……。」と、よし子は云った。「それにしても、よく四階から駆けおりて来られたわねえ。私なんかより、ずっと元気じゃないの。それだけ元気なら、大丈夫だわ。」

妻田家では、病院をかわるなら、ガンの専門病院へ移った方がよかろう、と云ったのだが、ゆう子はそれを望まなかった。よし子も、その病院で知人が死んだ記憶があるので、ゆう子に積極的にすすめ得なかった。も一度、移るというのもどうかと思われたし……。

よし子は、きれいで立派な病室に比し、ちっぽけな福寿草の鉢がいかにも見すぼらしく、華やかなことの好きなゆう子に対して、気が引けた。室内はスチームで暖かいのだが、花屋では、なるべく日光にあてるように……と云って居たので、よし子は、日の当るベランダ近くの所に、そっと、それを置いた。その間にも、ゆう子の家に出入りの東京の某デパートから、ゆう子が注文した品々が届いたりした。ふんわりしたかけぶとん、美しい枕、等々。ゆう子は、

「あら、T病院に買いたてのスリッパをおいて来ちゃったわ。東一はまたT病院に居るかも知れないから、持って来て下さい、と電話かけてよ。高いスリッパだから。」と義理の甥に云ったりした。よし子が、気の毒がると、青年は、

「いや、僕は、親戚でもなんでもない、ただ、頼まれたという顔して行くからいいです。どうせT病院へ入院料払いに行くんだから、その時、とって来ますよ。」と云った。

やがて、此の病院の若い医師が看護婦を従えてゆう子や両親などの病歴を訊ねに来た。ゆう子達の実母は、数え年三十七歳の若さで、チフスで死んだのであった。弥一が数え年十三、伊佐子が七歳、ゆう子が六歳、末の男の子の伸二（先頃の戦争末期に病弱の身を召集されて渡満し、終戦と同時に消息をたった）が一と誕生すぎたばかりだった。父は、十三年前、肺炎で亡くなった。数え年で七十三歳。父方の祖父は八十すぎて、胸を悪くして死んだ。ゆう子の母方の祖父は、ぜん息だったが祖母は何病で死んだか、よし子は知らない。

「誰か、身内に、ガンの人、居ませんでしたか?」

「叔父が胃ガンでした。父の弟です。七十すぎでしたが。」とゆう子が云うので、よし子は、そばから、

「叔父さんはガンじゃなかったでしょう。幽門閉塞症って云うんで、二、三年わずらって居た位だから……。」と口をはさむと、

「おばさん（叔父の後妻）が、ガンだと云ってたわよ。」とゆう子は主張する。

よし子にとって、ゆう子が手術可能ということが、せめてもの心頼みだった。それに、「手術し易い所だそうだ。」とゆう子が云うのでまだしもよかったと考えた。レントゲンで見ると、半年程前から発病して居るという。夏前、ゆう子は上京のついでに、よし子の家に立寄った。その時、ゆう子は（ゆう子の発案らしかった）広間を建てまして、更に別の旅館も買収する計画だと話した。ゆう子が、その金策のことで、よそへ電話をかけて居るのをはたでよし子は聞いて居て、ゆう子の家のような職業も、たえず、客の意を迎えるように改築したり増築したりしなければならぬから大変だな、と心ひそかに考えた。若く後家になって店をやり上げ、幾人もの子女を育てあげた姑は、もう高齢になってからは、財政のことも何もかも、東一夫妻にゆだねて居る。姑には絶対服従の妹であったゆう子は、今では、大分羽をのばして居る。夏前の時の話に、彼女が夫と共に小唄を習い始めたときいて、よし子は、意外さにびっくりすると同時に、「それはいい。」と喜び、励ました。ゆう子は、今では、気ままになれたと同時に、責任も重くなったわけだ。子女たちの学校入学問題のことも次々とあったし……八月中旬の一週間程を、ゆう子は大学生の長男、長女、高校生の次男、中学二年の末娘、長女の友人たちなどと、信州のよし子の山小屋ですごした。

よし子の山小屋と云っても、別に、よし子の働きで出来た小屋ではない。三十五年も前に、よし子たちの父親が、よし子の名義で買っておいた小屋だ。非力のよし子には建ってから四十年もたって始終修繕したりせねばならぬ小屋はもてあまし気味だったが、ここ二、三年来、それがゆう子母子の、たとえ一週間ずつ程の短さとはいえ、水入らず団らんの場所となり得たことは有意義だった。よし子は、この年、八月上旬、下旬と、前後して、小屋開き兼掃除や、あと片附けに山へ行ったが、ゆう子とは、かけちがって会わず了いだった。ゆう子たち母子が立去る日、よし子は弥一の子の小学生二人をつれて入替りに行くことになって居た。ゆう子はその日早朝に我が子たちをたたせてから、自分は近くの高原に別荘をもつ同窓生たちと共に万座温泉へ廻る筈にして居た。午前

十一時半頃、よし子たちが小屋に着くと、小屋は雨戸がたてられ、ゆう子は立ち去って居た。ゆう子は、一人で家に居る、などと云う経験をしたことがないから、晴天の夏の朝の間でも、山小屋に一人居るのがうす気味わるくて我慢出来ず、十時半頃、おき手紙をして、行って了ったのだ。よし子は、ゆう子が、「誰も居ない戸じまりしたままの家へ行くのはいやだ。」と云ったので、ゆう子たちに先きだって（結果的には、そのために、よし子自身山へ行って気分転換出来る機会がもてたわけだ）小屋を開けに来たりして居たのに、ゆう子は一時間程の辛抱をせずに、どんどん先きに帰って了ったということに腹空立てた。ゆう子は、有合せた広告のザラ紙の裏一面に、「貸しぶとん屋が来たら借りたふとんを渡して下さい、お金はもう払ってあります。」とか、その他、いろいろ、いっぱいに書き残して居た。ハガキの便りさえ、めったに書かぬ筆不精のゆう子が、そんな長い置き手紙を書いたのが稀有なことに思われ、よし子は、その鉛筆で走りがきされたザラ紙をすてずに保存する気になった（虫のしらせと云うべきか）。

　九月に、ゆう子が山小屋の合鍵を返しかたがた東京のよし子の家に来た時、よし子はまだ、内心、夏のことを怒って居た。そして、ゆう子の異常なやせ方や顔色のわるさをガンのためなどとは夢にも思わず、広間建て増しのための気疲れのためだろう、と考えた。ゆう子の異常妊娠というのは葡萄状鬼胎で、この手術をした場合は、徹底的な治療をしなければ、一年以内にガンが発生する恐れがあるのだったということも、よし子は、ゆう子の死後に知ったのだった。ゆう子は、四十をすぎてから、そんな妊娠を昔風にきまりわるく思ってでも居たのか、よし子には全然そんな話をして居なかった。

　ゆう子はT病院で二日ひまどった上、A病院でも正月休みに入って居たから、手術を早く受けることが出来なかった。ゆう子は、そとから食べ物が自由にとりよせられることも一理由にしてA病院へ移ったのだが、実際には、殆ど流動物位しか、のどに通らなかったから、その効用は、あまり利かなかったわけだ。それでも、客筋の家から、病院近くの有名洋食店のスープなどを届けてよこしたりした。伊豆の家からもとりのスープを便利屋が持参した。玉子とじなども……。

「うちのスープが、やっぱり、一番おいしいわ。」とゆう子は云う。

　よし子は、ゆう子の病気の進みを少しは防げるかと考えて、ハブ茶とゲンノショウコを煎じたのを持参したが、勿論、ゆう子は、のまなかった。よし子は、又、自分の家の正月用の花として前日買っておいた白菊の花三本の中、一本を家に残して二本とひょうたん型をした白酒の空瓶を（花瓶代りに）持って行った。よし子は、白い花ということでゆう子が気にするか、とちょっと思ったのだが、「いやいや、菊はめでたい花なのだから……。」と思い返して持って行ったのだが、やはり、この白菊の花は、ゆう子の気に障って居たらしいことをゆう子の死後に、よし子は知った。貧乏くさいガラスの空き瓶も、ゆう子の気に入らなかったに違いない。よし子は、福寿草の鉢が、取片附けられずにおいてあるのを見て満足した。ゆう子は、「朝、ちゃんと水をやって居るわよ。」と云う。よし子は、蕾のかたいのが気になり、ゆう子に内緒で、蕾の一つの頭を指でおし開いたりした。何不自由なく、新しものずくめのゆう子の病床を見て居ると、よし子は対照的に弥一の家内の六人部屋での暮しが思い出され、義妹を気の毒がる気が湧くのであった。よし子は、病院の帰り、銀座へ出て正月のための買物をし、ついでに義妹への見舞いに、雪割草の豆鉢植を買った。銀座では、新宿より、同じ大きさのものでも価の方は高いので、貧乏性のよし子は、ゆう子へ買ったと同じ福寿草をより高い価で買うのは気が進まなかったからだ。よし子は一旦帰宅して荷物をおいてから、義妹の病院へ行った。義妹は、ささやかな雪割草を、よし子の予想して居たより喜んだ。

大晦日の夜おそくなってから雨になったが、元日の昼の間は、雨があがって居た。よし子は毎年の嘉例の通り、恩師の家へ年始に行った。客間には大勢の年始客が居た。よし子は秋以来の健康不調の上に親友の夫の重態、ゆう子の手術についての心配などで心が疲れ、人の大勢居る客間にとどまることが苦痛で、直ぐ辞去した。夜になって再び雨になったが、弥一は妻の病院へ行く途中、よし子の家に寄った。ゆう子の話が出た。

「叔父さん（父の弟）も、お金をうんと持って居乍ら食べたいものを食べられなかった。お金の心配なしに何でも食べられる身分であり乍ら何も食べられない人もあれば胃は丈夫でも、お金がないため食べられない人間も居る……。」とよし子が苦笑して云うと、弥一も、「まったく、皮肉なものだ。」と同感した。

二日に、よし子は浅草観音に初詣でをして、ゆう子の手術が無事にすむよう、祈った。ゆう子のためにお守を受け、帰りに病院に寄るみやげにと、まゆ玉を買った。

地下鉄構内も仲見世も物すごい人込みなので、恐がりやのよし子は地下鉄に乗るのをやめ、バスよりも何よりも一番すいて居る都電に乗って銀座へ出た。そしても一度都電にのりかえてＡ病院へ行った。ゆう子の四人の子たちがそろって来て居たのが、帰ろうとする所だった。

「どうして、そんな黒っぽい地味ななりをするの。赤いスェーターを着なさいよ。」とゆう子は娘たちに云って居た。よし子は、その言葉をそれとなしに、ゆう子がよし子に向って云って居るように受けとった。ゆう子は、よし子が古ぼけたオーバーや、黒っぽい、貧乏たらしい服装をして訪ねるのをいやがって居るのだろうとよし子は推察した。そして、これからはなるべく、陰気でないなりをしてゆう子を見舞わねばなるまい、と考えた。ゆう子は、まゆ玉なんか、おき場所がないから、いらない、と云う。

「私が、自分で毎日部屋の掃除をするんですもの。余分なものがあると面倒で困るわよ。」

「へえ、あなた、自分で掃除するの？」とよし子は、びっくりして云った。だが、直ぐ、

「そうね、まるきり、運動しないのもいけないでしょうからね。」と云い足した。ゆう子は、子たちが去ると、台の上のテレビにスイッチを入れた。

「テレビも持って来たの？」

「いいえ、貸しテレビ。一日百円ですって……。」

「そう、貸しテレビもあるの？」とよし子は感心した。

よし子は、ふと、其の時刻に、大阪の文楽座の人形芝居のテレビがある筈だったことを思い出して、ゆう子に云うと、ゆう子は、それに切りかえてくれた。何年か前にゆう子の家に泊ったことのある老人形遣い（今九十歳にもなって居る）や、よし子が二度程会ったことのある八十歳すぎの大夫（今は引退した）などの姿がスクリーンにうつり、よし子は、見られぬと諦めて居たのを見ることが出来て、喜んだ。そして、「この人たち、八十歳だの九十歳だのという年で大病をしたりし乍ら、こうして直って舞台に出るのだから……。」とよし子は、ゆう子に、云った。

正月四日の夜、よし子は新聞の夕刊を見て居たら、親友町子の夫が大阪の病院で亡くなったことが載って居た。この人は二度の外遊の度、妻の友達のよし子にまで、よし子自身では買う決心がつきかねるような高価な腕時計だの万年筆だのをみやげにくれたりした。夫婦でよし子を高級洋食店へ招いて馳走してくれたり、大きな乗り心

地のよい自動車で家まで送り届けたりしてくれた。よし子の身の廻りから、華やかな色彩が一つ消えた感じである。よし子は、この人の死に、いつぞやの烏鳴きを結びつけて考えることにした。

五日、よし子がゆう子を見舞うと、ゆう子の夫の東一や、東一の姉夫妻、ゆう子の長男の大学生たちなどに出会った。知人たちから、大きなシクラメンの植木鉢が二つ、その外、カステラの大箱だの、いろいろな見舞い品が届いて居た。よし子の白菊のガラス瓶はゆう子の眼にふれぬ洗面台の方へ移されて居た。福寿草は、立派なシクラメンの花の鉢のそばに依然おかれて居たけれど……福寿草は、室内の暖かさのため、急に背が高くなって、蕾は全部大きな黄色い花に開いて居た。あんまり見事すぎて、よし子は、先日のとは違う別のかと思って見直した程だ。見舞い品の中にはアイス・ボックスまであった。東一とその義兄とは、それに入れるドライ・アイスを買いに街へ出かけて行った。そんな見舞い品にとりまかれたゆう子を見ると、又しても、よし子はゆう子と同年輩の、そして同じく入院中の義妹のことを対照して思い出して了う。そして、義妹を見舞いに行かねばならぬ気になるのだ。其の晩、よし子が義妹を見舞うと、義妹のベッドの枕もとには、ゆう子がいらぬと云ったまゆ玉(二日の晩、弥一がよし子の家に寄った時、弥一は、その由来を聞いた上で、「では、うちへ貰う。」と云って、妻の所へ持参したのだ)が飾られてあるのだった。

七日の夜には、町子の夫の遺骨が東京駅に着くので、よし子は出迎えに行き、九日には千葉県下の町子の家を訪ねてから、その近所の寺で行われた法要に列席した。

十日の午後、ゆう子の所へ行くと、明日いよいよ手術というので、長男長女、ゆう子の義姉、妻田夫人などが来て居た。手術後に入用な品々など、例のデパートから届き、ゆう子は、その中の品物が注文したものと違う、と不機嫌に云ったりして居た。そのゆう子に、よし子は、「明日、手術は十時から?」と、うっかり訊いて了った。ゆう子は、からだをゆすぶって癇を立て、

「もう、うるさいわよッ。」とどなった。

「御免なさい。でも、私、手術の時に、来ようと思ったものだから……。」

「来てくれなくていいわよッ。」とゆう子はじれて云う。

「そう。」一旦、よし子はそう云ったが、ゆう子への不満がぼっ発して、何も、そんなにどなりつけられることはないと反撥し、「私、また、何か失言するといけない

から、帰るわ。」と云って、手さげやオーバーを取上げて、室外へ出た。妻田夫人が廊下へ追って出て来て、「すみません。今日は午前中から、伊豆の人たちが幾人も来たので、ゆう子さん、気が立って居るものですから……。」と云う。

「いいえ、私の方がわるいのです。私も、この頃ずっと、からだの工合がわるい上に、親友の旦那様が亡くなったり何かして、気持が疲れて居たものですから……。」と云った。よし子は、明日の大手術をひかえたゆう子に、大人気なく口答えした自分を反省し、不快でわびしくてならなかった。

ゆう子たちの母が亡くなった時、その一年半程前から父の家を出て下宿や女子アパート（その頃はまだ、大変珍しかった）で暮して居たよし子は家へ戻った。幼いゆう子は、

「これから、よっちゃん（ゆう子たち兄妹は、よし子を其の頃は姉さんと呼ばずに名前を呼んで居たのだ）をお母さんって呼ぼうかしら。」と云って、当時手伝いに来て居た母方の祖母から「なんです。そんな、バカなこと云って……。」とたしなめられたことがある。その後に来た新しい母（よし子には三度目の母）に、ゆう子は大変なついて、夜店の出る縁日の晩に小遣い銭を貰うと、その半分で母の好きな花を買い、あとの半分のお金で、「お母さんに指輪を買ってあげようかと思ったが、太さが分らないから、かんざしにしたわ。」などと云って「なんでも十銭」均一の夜店で買った赤い玉のかんざしを母の髪にさしてあげたりして居た位だが、その母が来る前や、その母が五年後に死んで、そのまた次の母が嫁いで来る迄の合間《あいま》には、よし子が、母代りに、ゆう子の女学校入学のこと其の他、世話をやいたものだった。だから、よし子は、なにも、ゆう子に、そんなに威張られる筋合いはない、と反撥して考えたりするのだ。よし子は、家に帰って夕食をすませると直ぐ、床をとって寝て了った。この頃では、気持が疲れたりわびしかったりすると、直ぐ、よし子は、寝て了うことにして居るのだ。

翌十一日、手術は十一時からと聞いて居たので、よし子は、九時すぎに家を出た。十時すぎに病室に入ると、もう、ゆう子は、手術室へ入って居た。妻田夫人は、六時に家を出て病院へ来たという。よし子は、妻田夫人の其の義理がたさには、てんで、太刀うち出来ない、と思った。東一、東一の姉夫妻も、勿論既に来て居たし、東一の弟その他の親族がつぎつぎと駆けつけた。そして

ゆう子の実家側の者としては、よし子一人だけなのだ。病院で、「この人は優秀看護婦」と推薦した附添の伊藤という看護婦も来て居た。眉の美しい、頭のよさを思わせる、知的な顔をした三十代と見える婦人で、病室のものを、働きよいように置きかえたり、患者が病室に帰る時に備えて酸素吸入の用意をしておいたり、見るからに頼もしげに、きびきびと動く。ゆう子は中々手術室から帰らなかった。よし子は、心の中でゆう子の手術の成功を神仏に祈り続ける一方、もし万一手術中に死ぬことがあっても仕方ない……四人の子供を欠けずに成人させ、夫は出征から無事帰還して仲よく暮せたのだし、今日明日食べることの心配などせずにすんだのだから……と、ふっと考えたりもするのだった。よし子は最近見た「十三階段への道」というドイツの大戦記録映画での中での、何の罪もないのにナチスの為に殺されたり餓死させられたりした無数の人のおもかげが忘れ得なかった。又、日本をはなれ、知らぬ他国の土地で、何月何日とも分らず、身内の誰からもみとられずに死んだ（であろう）末弟のことを考えると、ゆう子の方が幸福と思えるのだった。

東一は、よし子に、「もう今後は、ゆう子には、しょうばいのことは一切させません。退院したら、転地をさせて、ゆっくり、静養させます。」と云った。「主任のO博士は、胃の手術では日本一だそうですから……、ただ、あの子（ゆう子のこと）は、心臓が強くないので、それが心配です。」東一は、ゆう子の心臓の弱さをくり返し心配して居た。

この日好意から特に手術に立会ったレントゲンのS博士が自邸へ帰る途中、中間報告に病室に立寄ってくれた。「予想外に進んで居ました。食道と腸をつなぎました。幸い、まだ、ほかには転移して居ませんでした。」淡々として云われる其の言葉を聞いて居て、よし子は、それが胃を全部とったことと、初め、気附かなかった。S博士が去ってから、東一が、「少しでも、ホンの少しでも胃が残って居たらなあ……。」とガッカリした調子でいうので、よし子は、やっとS博士の言葉の意味が分った。S博士がレントゲンにとってから既に二週間たって了って居るのだった。その間に病状が悪化したに違いない。

ゆう子は四時頃、やっと病室へ戻って来たが、勿論まだ、麻酔はさめて居なかった。手術主任のO博士が、他の若い医師たちをつれて、ゆう子の様子を見に来た。五十幾歳か、と思われる、長身で堂々として厳しさのある、立派な人だった。よし子は、いかにも一流人という感じの此の博士の風貌に感心した。そしてこういう医師になら、患者は喜んで、安心して生命を預けられるだろう、と考えた。文学者でも画家でも実業家でも医師でも、一流人は、共通した魅力をもつものだな、と痛感した。O博士は、今明日は、見舞いもひかえて、安静をはかるように……と云いおいて行った。あとは伊藤看護婦が引受けると云うので一同、立去ることになった。帰りがけに妻田夫人は「今夜は私が泊ります。」と云うので、よし子は、「そんな位なら、私が泊ります。」と云わざるを得なかった。本当は、泊りたくなかったのだが……よし子はゆう子のそばに居ることが心配で苦しかったから……併し、東一が病室に泊る、と云ったので、よし子たちは泊りに来なくてもよいことになった。

次の日の午後、よし子が行くと、ゆう子は両方の鼻に管《くだ》を通した姿で居た。東一の姉が附添って居た。妻田夫人も居た。妻田夫人は、この日も、早朝から病室につめて居たのだ。よし子が行くと入れちがいに帰宅することにし、妻田の勤め先きに電話して、妻田に、帰りがけに車を廻してくれるよう頼み、そして夫妻同道で帰った。東一の姉は伊藤看護婦に「少し、別室でおやすみなさい。」と云った。伊藤看護婦は、別室へ行く前、ガーゼを小さく切り、

「唇がかわきますから、これに水をひたして口にあててあげて下さい。」と云いおいた。東一の姉が、その通りにした。暫くしてガーゼが乾いた頃だと思ったので、よし子が、水にしめして取りかえて、ゆう子の唇の上におくと、ゆう子は怒った声で、「眠って居る時はさわらないでよ。」と云う。「あ、ごめんなさい。」とよし子は云った。もうこれからはゆう子が何を云おうが、ゆう子の前では決して反抗しないことに、よし子は心をきめて居た。かけぶとんがめくれて居るので、そっとかけようとすると、ゆう子はよし子の手を払いのけた。ゆう子は、その代り、伊藤看護婦には絶対に頼って居た。伊藤看護婦がそばに居ないと心もとながった。小水をとることも伊藤看護婦でなければ承知しないので、伊藤看護婦をよばねばならなかった。ゆう子は伊藤の腕に、自分の手をかけたりして居た。丁度、幼児が母の手にすがって甘えて居るような形で……八時頃、東一が用事の外出先きから戻り、東一の姉が「お帰り下さい。」と云ってくれたので、よし子は救われた気持で病室を出た。

それから幾日もの間、よし子はゆう子を見舞いに行かなかった。いろいろ仕事の事やら何やらで忙しかったし、

健康も思わしくなかったからでもあるが、一番の理由は、ゆう子に会いたくなかったからだ。ゆう子のそばへ行って戦々兢々とした卑屈な気持になるのが苦しかったからだ。よし子は恩師を訪ねた時、

「ゆう子を見舞いに行きたくないのです。怒られてばかり居ますから……。」と云うと、恩師は、「いや、それは、ゆう子さんがあなたには我儘が云えるからですよ。怒られに行かなければいけませんね。」と云う。

そう恩師に云われた翌々日、よし子は病院へ行こうと思って服を着かえて居ると、東一の姉から電話がかかって来て、「ゆう子さんが当分会いたくないから、病院へいらっしゃらないで下さい、とのことです。三十日頃になったら、気分もよくなって話も出来るでしょうから三十日になったら、いらっしして下さいとのことです。」と云う。よし子は「ゆう子に『勘当』された。」と思ったが、けっく、その方がお互いに都合がいいと考えた。第一、ゆう子の部屋にどうして面会謝絶の札をかけないのだろうとかねがね思って居た位だから……よし子は、税務署へのくわしい所得申告書を出さねばならなかったし、留守中に取りに来た為未払いの電気代、水道代などを各所へ払いに行かねばならなかったりして、何もかも一人でしなければならぬので、雑用が多かった。その間に、奈良の知人で、よし子と同年の婦人がガン再発で死んだりした。ピチピチとかた肥りした小柄な元気のよい人だったのに……よし子は、東一の姉からの電話の四、五日後、その姉の家へ電話でゆう子の容態を訊ねると、「めっきり、やせましたよ。」と云う。口からの栄養がとれて居ないので……だが、すぐ次の日、同じ人から電話で「前日から、おも湯をゆるされました。」としらせてくれた。

三十日、「勘当」が満期になったので、よし子はゆう子を見舞った。ゆう子のベッドの傍らには、東一の姉の、年頃の末娘がつきそって居た。彼女は毎日つきそって居る様子だった。室の中には相変らず、美しい見舞いの花や植木鉢が幾つも並んで居た。

二月に入ってまもなく、信州の大工職の人が、上京のついでに、山小屋の修繕のことで、よし子を訪ねた。浅間せんべいをみやげにくれたので、これなら軽くてゆう子にも食べられるかもしれぬ、と思って、七日、それを持って、よし子は行った。ゆう子はベッドに坐って、長女や、妻田夫人その他にとりまかれて、きげんよく談笑して居た。例によって早々に退出するよし子を妻田夫人

は廊下へ送って出たが、「まだ、御存じないんじゃありません？」と云う。二、三日前、ゆう子の長男が母を見舞いに病院に来て居るうちに盲腸が痛み出し、早速入院して手術したという。学年末の受験直前のことだったが、東京の下宿先きで発病しなかったのは不幸中の幸いだった。妻田夫人が其の病室へ案内した。個室のあきがなかったのでゆう子の居る新館のとなりの古びた木造だての旧館の狭い二人部屋に入って居た。も一つのベッドには誰も居ず、附添婦も留守で、ゆう子の長男だけが居た。彼はよし子たちを見ると、素直な表情で、笑顔を見せた。一週間程で退院出来ると云ったが、彼の素直な表情に心をひかれて、よし子は翌日、近くで会があったついでに、画の好きな甥に、持ち合せて居た幾つかの展覧会の絵目録に菓子を添えて持って行った。彼は眠って居て、枕もとに居た若い附添婦が「お起ししましょう。」と云ったが、よし子は、いいえ、とことわった。も一つのベッドにこの日は五十がらみのがっしりした体つきの男が居て、よし子の甥の方を向いてあぐらをかき、じっと見て居る。「なる程、個室でないと気味のわるいこともあるな。」とよし子は思った。会へ行く前に新館のきれいなトイレットを借用しようと思って新館へ行ったら、廊下で伊藤看護婦に出会ったので、ゆう子の容態を訊くと「おまじりをゆるされました。昨夜は、じゃがいものこしたのが、つきました。」とのことだった。よし子は「今日は会へ行く途中寄っていそぐので、ゆう子さんの所へは寄りませんから、よろしく云って下さい。」と云って別れた。ゆう子の長男は其の後、個室へ移り、十日程後に退院して、伊豆へ帰った。

二十日に、よし子がゆう子を見舞うと、この日は、ゆう子はベッドに腰かけて居て、大変きげんがよかった。大概のものが食べられるようになったが、只、はき気だけがなおらぬのだった。看護婦がお茶を入れてくれようとするのをよし子が辞退すると、ゆう子は、「のんでいらっしゃいよ。」と云うので、よし子はサイド・テーブルの前に畏った姿勢で腰かけて、のんだ。ゆう子は、「今日はお母さん（よし子たちの現在の継母）が見舞いに来てくれて玉子を沢山くれたから、半分持っていらっしゃい。」と云う。よし子が「いらない。」と云っても承知せず、伊藤看護婦も、進んで、持ちよいように包みを作ってくれた。

ゆう子が元気になった様子に安心して、よし子は暫く見舞いに行かず、週刊雑誌を送ったり、ハガキの見舞いを出すだけだった。その間に、かなり大きな地震や突風の日があったり、近火があったりして、一人暮しで臆病者のよし子は、そんな時には生きた心地もなく、恐怖を感じるのだった。ゆう子や義妹は鉄筋コンクリートの建物の中ゆえ、そんな恐怖を感じないですんでいいな、と考えた。義妹を見舞った時、そのことを云うと、「とんでもない。地震やあらしの方が、病気よりも、ずっとましですよ。」と義妹に云われた。どちらも程度問題だ。

三月の十三日の夜、東一の姉から電話がかかり、「どうもゆう子さんの容態が思わしくないから、一度、病院へ来て下さい。」とのことだった。「今日、二度、電話をおかけしたんですが、いつもお留守で……何で、そんなにお忙しいのですか?」

「銭湯へ行ったりして居まして……。」とよし子は赤面し乍ら云いわけした。夕方銭湯へ行ったのは事実だが、午後、夕方まではよし子は、水道橋の能楽堂に居たのだ。招待券を貰って居て、これ迄に見たことのない能の上演があったし、ゆう子の入院後は、芝居や能の切符を買ったり貰ったりしたのを幾度か自分では行かず、知人へあげたりして居る。毎年、正月、「翁」を見るのを楽しみにして居るのに、今年はそれも見はぐれて居て、昨日は、ゆう子の容態も好転して居るし……と思って、水道橋へ行ったのだった。よし子は、十四日の昼の芝居の切符を買ってあり、夜は弥一の長男の中学生に映画の試写会へつれて行く約束がしてあるのだった。よし子は、ひいき俳優初演のものを見逃したくない気がして居た。

「今明日《こんみょうにち》というような容態ですか?」よし子はそんな飛躍した訊き方をすると、先方は、

「いえ、そんな事ありませんが、一度、あなたや弥一さんにも来て頂いて東一が御相談したいと云いますから……。」と答えたので、よし子は明後日病院へ行くと約束した。

約束した十五日に、よし子は病院へ行った。通じやガスの出がわるくて困って居る、と聞いて居たので、よし子は、民間薬のことを本で調べて、病院へ行く途中、八百屋や油屋で、生姜、里いも、その他を買って持って行った。湿布用のゴム手袋も買い添えて……。

ゆう子は、おなかに温湿布をして居るのだった。弥一の家内も温湿布をして居るが、時々、高周波とかいう電気治療をして居るので、そのことを話しかけると看護婦は、急いで目まぜでとめた。ゆう子は癇を立てて、

「あの人とは、違うわよ。私には、先生たちがついて居

るんですもの。」と云った。

「そうね。」よし子は、ゆう子の気おった調子に、妥協的な相槌をうった。

「民間薬で生姜湿布をすると、ガスが出ると書いてあったので、持って来たんだけど……。」

「ガスは出るのよ。ガスが出なくちゃ、大変だわ。」

「そう、ガスは出るの？　そんなら、心配ないわね。」

「軽い腸閉塞をおこして居るって云う話なの。」

「手術のあとでは腸閉塞をおこしがちだそうね。」とよし子はわざと平然と云った。ゆう子は、以前、盲腸手術のあと、一度それを経験して居るのだ。

大便は高圧灌腸でとって居るとのことだが、伊藤看護婦は、生姜湿布を、害になることではないし、試みたらいいのだが……といい、油はあるから、と云ってよし子へ返し、野菜やメリケン粉だけ受けとった。

「でも、あなたがいやなら、やめておいた方がいいわ。」とよし子はゆう子に云った。

テレビは依然おいてあったが、スイッチは入れられてなかった。そばの台に、しゃれた感じの竹製の花器に優しい色どりにいっぱい盛られた花々があった。

「Kさんが御自分でこれを持って見舞いに来て下さったの。」とゆう子は其の花を指し示し乍ら云った。Kというのは弥一と同年の人で東一の家の常客であり、有名な歌舞伎の人気俳優だった。一昨日よし子が見に行った一座の一員でもある。K丈自身、先年、大手術を二度もし、奇蹟的みたいに回復した。又K丈の生母は、昨年、丁度ゆう子の退院近い頃同じ此の病院に入院し、一月程後死んだ。ガンだったという。そんなこんなでK丈はゆう子の病気に同情して、忙しい出演の合間に、見舞ってくれたのだろう。

「一昨日、私、明治座へ行ったのだけど、あの人、屋根の上の立廻りまでするのよ。随分、よく、あんなに丈夫になったものと感心しちゃった……役者の見舞いらしい、きれいな花籠ねえ。」とよし子は見入った。

甥を通じてのよし子からの連絡で、弥一も来たが、ゆう子は、「会いたくない。」と云って、弥一がドアから入るのを、看護婦にことわらせた。「折角いらっしゃったのだから……。」と看護婦も云ったが、「いや、帰って貰って頂戴。」と云って、きかなかった。よし子は自分からの言《こと》づてで外出しにくい弥一が来たので気の毒になり、廊下へ出て、

「今、注射をしたあとで、痛むらしいの。一緒に帰るか

ら待ってて。」と云って、ゆう子のそばへ戻った。「会えばいいのに。」というと「いや、兄さんは、妙子（弥一の妻）さんの話ばっかりするから……それに、ぐちっぽいんですもの……。」とゆう子は答える。

よし子は暫く居て辞去し、廊下へ出ると、弥一の姿が見えないので、旧館の玄関口まで行って引返し、新館の応接間や便所を探したが居ないので、先きに帰ったのかと思って帰宅した。三十分程すると弥一が来た。看護婦が気をきかせてゆう子の病室の近くの湯沸し所の中に腰かけさせて居たのだと云う。

よし子が持っていった生姜その他はとんだ悪結果を及ぼした。翌日病院へ行った東一の姉は生姜湿布をすすめ、当人もその気になったので看護婦が、おなかに直かでなく油紙をしいた上から施行したのだが、忽ち、ゆう子は激しく痛んでおさまらず、看護婦が急いで医者を呼びに行って痛みどめの注射をして貰うという仕儀になったのだ。よし子は電話で其の話を東一の姉から知った。そして十七日午前十一時頃、東一が来るから病院へ来てくれと云われたので、その通りにした。ゆう子は、今は高圧灌腸も効めなく、口から大便もガスもとって居た。よし子は廊下で看護婦に出会ったので、「御免なさい、私が、あんなもの持って来たから……。」とわびると、「いいえ、私がしなければよかったのです。だけど、お医者の話だと丁度、痛む時期になって居たのだそうです。」と云う。その意味ありげな表情から、よし子は、ゆう子のは単なる腸閉塞でなしに、ガンが腸をおかして居ることを察した。応接間に東一たちが居るというので、そこへ行くと、東一の姉、妻田などが居た。

「あの子が心臓さえ強ければ、腸の手術が出来るんだがなあ。一生病院に居てもいいから生かしておきたい。」と東一は、ため息をつく。

「こんなに行届いて手当てをして頂いて、本当にすみません。皆さんに御心配かけて……。」よし子は、実家として経済的にも何にも手助け出来ぬことをわびるだけだった。妻田はゆう子の手術前、まだ試験中だが市販されて居ない、ガンの薬をやっと手に入れて持って来て試みることをすすめたが、病院では、副作用を心配して使用をこばんだのだった。「実によく効く薬だって云うんだがなあ。」と残念がる。妻田は、まもなく勤め先きへと去った。東一、その姉、よし子と坐って居ても、別に妙案は浮ばぬ。よし子は、そのうち、ふと、「ゆうちゃん、私が来て居ること、知らないでしょうね。」と云うと、

「いえ、知っていますよ。僕が、さっき行った時、話しました。」と東一が云うので、驚き、「では、いつまでも顔を見せないと、変に思うでしょうね。」と云って立上った。

「ゆう子には姉さんの顔を見るのが、何よりの力づけですから……。」と東一は云う。

よし子が病室のドアをあけたとたん、向う向きに寝て居たゆう子は「誰？」とそばに居た看護婦に聞き、よし子だと聞くと、「いやッ。」と云って、声を立てて泣き出した。「御免なさい。」よし子は、そう云って、急いでドアをしめて立去った。そして応接間に戻って其の話をすると、東一は驚いたような表情をした。そこへ伊藤看護婦が来て「旦那様に、いらっして下さい。」と云ったので東一は直ぐ立って行った。「私も、きっと恨まれて居るでしょうね。」と東一の姉は、伊藤看護婦に訊くと、「『東一に、きっと、うんと怒られるわよ。』とおっしゃってました。」との答だった。看護婦も、先夜の騒ぎのあとゆう子にすねられて、「疲れましたから、交替させて頂きます。」と廊下で東一の姉に云い出したのを、東一の姉は、「そんなこと云わずに、ついて居て下さいよ。」と懇願したのだと云う。もう丸二た月余も、この人は交替もせず、ずっと一人で附添い通して居たのだ。あちこちの戦場にも居て終戦後、日本へ帰った人と云う……ゆう子が、この人に附添われて居たのは大きな幸せだった。

東一は中々戻らないので、そのうち午後二時になったので、よし子は先きに帰った。ゆう子は、その後、口からのガスとりで楽になったと電話で聞いたので、次の日は見舞いに行かず、自分が、よそへ指圧療法を受けに行ったりして居た。その日、東一の姉から再び電話があり、十九日に一緒に川崎市の祈禱師の所へ行ってくれ、と云われた。

十七日よし子が帰ったあとで、東一の、も一人の姉が伊豆から見舞いに上京し、藁をもつかみたい東一の願で川崎市の祈禱師の所へ行くと、大広間建て増しの前に敷地を清めなかったのがわるかったから、こうこう云う方法で清めるように、と云われ、そして病人の実家の父の供養がよく出来て居なくて其の霊がゆう子について居るから実家の者を供養させによこせ、というから……、とのことだった。父の十三回忌は去年の春、菩提寺で、よし子が施主でささやかながら法要を営み、ゆう子も上京して詣った。父はゆう子が伊豆で著名な旅館へ縁づいた事を大変喜んで居て、外孫であるゆう子の子達の方へ、内孫である弥一の子供よりも愛着を持って居た位だから、その霊がゆう子にあだをする筈はないのだが、よし子は、そんな祈禱所への好奇心もあって、行くことを直ぐ承知した。約束の場所で落合って、東一の姉の案内で行くと、祈禱所はよし子の予想に反し、暗い、こもった感じはなく、祈禱する人も老婆でなく、三十前後の、清潔な明るい感じの婦人だった。長い熱心な読経や祈禱に、よし子は持参した経料を「少なすぎたかな。」と気にする位だった。帰りがけ、婦人は、「なに、大した事ありませんよ。直き退院お出来になりますよ。」と事もなげに云うので、東一の姉もよし子も狐につままれた思いで、本当にそうなったら嬉しいと帰途云い合った。東一の姉は風邪をひいて熱があると云うので、よし子が祈禱されたゆう子のじゅばんを、病院へ返しに行った。ドア口で折よく看護婦に出会ったので、「今度、着かえの時、これを着せて下さい。」と云ってじゅばんを渡すと、「昨夜は夜なかにお小水が二十度位出て、膀胱炎でもおこしたのかしら、と云ったりしてらしたんですが、今朝になったら、それがピタリととまって、おなかには何もたまって居ないし、大変気分がよくなったそうで、さっきまで、ベッドに起き上ってお嬢さんや妻田さんの奥さんと笑って話をしていらっしゃったんですよ。」とのことで、「では、御祈禱がきいたのかしれない。」とよし子はふしぎな気がした。よし子はゆう子に会わずに帰るつもりだったが、看護婦が「会っていらっしゃい。」とすすめるので室内に入り、「東一さんのお姉さんと御加持をして頂きに……。」と云いかけると、看護婦があわてて目まぜでとめたので「御加持」は禁句か？ と考え、「東一さんのお姉さん、風邪をひいて来られないから……この間はごめんなさいね。」とわびると、ゆう子は、「ええ。」と素直に受入れた。

　よし子は、二、三日、また、ゆう子を見舞わなかった。よし子は、起きて居る気力がなくて、終日床にこもって居たりした。お彼岸の二十二日に岡山から知人が久しぶりに上京して立寄り、美しい箱入りメロンを二個みやげにくれた。よし子は自分が食べるのは勿体ない気がして、一つは早速、近々に故国へ引揚げる老外国婦人へ届け、一つは次の日、ゆう子へ持参することにした。ゆう子は注射の直後で、目をつぶって眠りかけて居たらしく、よし子の気配で目をあけたが直ぐつぶって了った。よし子はメロンをサイド・デーブルの上に置いて、直ぐ帰った。弥一の家内も一昨年胆のうをとったあとが工合よくなくて再入院して居るのだが、痛みがひどい為、もう一度手術せねばならぬとのことで、弥一はゆううつがって居た。胃のお灸がよく効くとよし子が云ったのを妙子が伝え聞いて居て、試みにすえて貰いたいと、弥一にことづててよこしたが、よし子は、ゆう子の生姜湿布でこりて居たし、妙子の入院先きの医師や看護婦の目をかすめてお灸をすえるというのがしにくくて、中々、出かけて行かなかったが、妙子が心待ちして居ると聞くとことわりきれなくて、その用意をして、幾晩か、雨の夜もこめて、通った。心理作用と、同時にその前後から使い出した新しいのみ薬の効めで、妙子の烈しい痛みはとまり、手術をしなくてもすみそうな工合になり、この方は、一とまず安心、ということになった。

三月二十九日の午後、よし子は銭湯へ行ってから、ゆう子を見舞いに行った。ゆう子は常になく、「いらっしゃい。」と会釈してよし子をきげんよく迎えたが、その顔を見たとたん、よし子は、ハッとした。どす黄色い、なんともいえぬ、いやな顔色をして居る。よし子は、九月に会った時の驚きを思い出し、「いよいよ、転移したのだな。」と考え、絶望感におそわれた。一生懸命平気な風を装おうとした。この日、よし子は何もみやげを持参しなかったが、ゆう子は看護婦に、「どらやきが貰ってあったわね？　あれ、半分、姉さんにあげて頂戴。ああ、カステラも、かたくなるから、半分あげて……。」と云う。その声は、今迄になく小さく低く、力弱い。

「お菓子、いらないのよ。この頃は春休みで、弥一さんとこの小さい連中、うちへ来ないから（甥の小学生たちは、学校の帰りに、よく、よし子の家に遊びに寄るのだった）……。」とよし子は、辞退したが、看護婦は、「もっていらっしゃいましよ。」と云って、どんどん箱包みを作った。

「あ、熱帯魚ね。」ベランダそばの台の上のガラス鉢へ目をやると、ゆう子は、

「この花、……のさくらよ。」と熱帯魚の鉢の傍の花瓶をゆびさした。ゆう子の声は低くて小さく、おまけに、よし子は近年耳が遠くなって居るので、ゆう子の云うことがはじめよく分らなかったが、分った風をしてうなずき乍ら近づくと、ゆう子は、「うちから届けてくれたのよ。」と云うので、伊豆のさくらと分った。

「ああ、伊豆のさくら？　……」とよし子は感歎して、それまでよし子の視線に入らずに居たさくらの花を見直した。大きな花瓶にさされた大きな枝で、満開のさくら

の花がいっぱいついて居る。姑の心遣いからか、夫の愛情のおくりものか、いずれにせよ、ゆう子の所へ、ゆう子が数え年二十二歳で嫁いで以来二十二年間毎年の春見慣れて居たさくらを今年も見せようと思って届けられたものなのだ。そして、そのさくらを嬉しそうに眺めて居るゆう子の哀れさが、ひしとよし子の心にこたえた。

「やっぱり、伊豆は暖かいから、さくらも早いのね。東京のさくらは、チラホラ咲き始めたばかりだけど……思いがけなく、伊豆のさくらのお花見をさせて貰えたわ。」とよし子は云い、ゆう子と共に、さくらに見入った。よし子は、どらやきとカステラの箱包みのみやげを貰って、「では、また来るわね。」と云って元気よげに病院を出たが、廊下へ出るや否や、心も足も重くなった。ゆう子の、いつにない優しさに、却って不吉な予想を感じるのだった。

帰りの都電の中で、よし子は人目も忘れ、ぐったりと窓にもたれ、ゆう子への哀れみと悲しみに、うちひしがれて居た。

二　白い菊

よし子は翌日の俳優祭の切符を前々から買ってあった。俳優祭の催しのことは、病院でゆう子が機嫌のよい時、ゆう子から話されて知ったのであったが、その時のゆう子の話し振りでは、一と月程先きの俳優祭頃までには胃の手術のあともずっとよくなって、病室をぬけ出してでも見に行くつもりらしかった。その催しには、よし子のひいきのU丈も出演するので、前売切符を買ったのだったが、今日病院を見舞った時のゆう子の顔色や声音《こわね》を思い出すと、どうしたって、そういう催しへ出かけて行く気にはなれなかった。切符をむだにするのも惜しくて、よし子はあちこちの知人へ電話をかけて都合を聞いたが、丁度、或る友人がよし子の家からそう遠くないホールへ其の夕方行くことになって居るとのことだったので、そのホールまで切符を届けに行った。よし子は、今は、ゆう子のガンが転移して居ると考えないわけに行かなかった。二年程前、よし子と同業の、婦人小説家が肺臓ガンで死んだ。半年余の入院生活の末に亡くなったのだが、末期には苦しみがひどくて、見舞いに行った知人が、帰宅後、その夫に、「私があんな場合になったら、安楽死をさせて下さいね。」と云ったら、夫は、「僕の場合には、そんなことしないでおいてくれよ。」と云った、という話をよし子は聞いて居たし、又、別の友人からは、その友人の知り合いの婦人が自ら希望して安楽死をとげた、ということも聞いて居たので、よし子は、ゆう子の病状が更に進んで、そんな苦しみをするようになったら……と考えて、心が暗くなるのだった。ゆう子の夫の東一は、「一生、病院生活をさせておいてもいいから生かしておきたい。」と云うが、果してそんなになって生きて居て、ゆう子にとっても、その一家にとっても幸福かどうか……とよし子は考えずに居られないのだった。ゆう子はなんという不幸な病気になったものだろう！　よし子は、これまで、自分のきょうだい中でゆう子が一番幸福者だと思って居たのに……こんな取返しのつかぬ病気になったなんて……それにしても、今更に、ガンという病気の恐ろしさを痛感させられる。よし子が曾て結婚して居た時、舅が胃ガンになり、よし子は、丸二ヵ月、文字通り、抱きかかえの看病をしたことがある。其の時は嫁のつらさの方を痛感して、ガンというものの恐ろしさは、そう感じなかった。兎も角も男は隠居の身で、責任者でなかったし、子供たちの多くは就職したり結婚したりして居て後顧の憂いもなく、ガンの性質や出来場所がよかったせいか、それ程、見るにたえぬ苦しみというものはしないですんだ。よし子の恩師の家から贈られた左巻きの白藤のコブを煎じたものを喜んで飲んで、医者の薬はのまずに居たが、医師が予告したよりも三ヵ月以上も持ちこたえて居た。その時も、よし子は舅から「よしは義理で看病して居るだけだ。」と面と向って云われたりした。ゆう子をしげしげ見舞ったり看病したりする気になれないのも、自分の性質が冷たくて愛情に乏しいせいからかもしれぬ、とよし子は反省するのだが、そして、「明日は見舞いに行こう行こう。」と思い乍ら、つい、足が病院へ向かず、気が重くなるのだった。よし子は、その代り、ハガキの便りを出した。文章にならば、ゆう子の病気が重くないつもりで書くことが出来る……よし子は、ここ数年来、毎年、夏、ゆう子に扇子を贈る慣いになって居た。案外、ゆう子は、よし子の其の贈り物を喜んだ、前々年は、よし子は、よそから貰った白檀のを贈った。昨年は銀座の資生堂で買った普通のだったが……今年は、よし子が知り合いの若い婦人から貰ったU丈の肉筆の扇子をゆう子にやろうと、心にきめた。折角、知り合いの婦人が、彼女自身にとっても大切なものであるに違いない其の扇子をよし子にくれたのだったし、よし子自身、それは使わずにおいて茶掛けにでも表装して貰おうと考えて居たのであったが……ゆう子の兄の弥一がよし子の家へ来た時、その思いつきを話すと、弥一も、「それは、きっと、ゆうちゃんを喜ばすだろう。」と云った。

「扇子は末広と云っておめでたいものだし、藤の花の絵だから、丁度、これからの季節にも合うし……。」そう、よし子は弥一に云った。

病院へ行きなやんで居るうちに十日すぎた。四月十日の日曜日、朝、鳥が幾羽も庭の近くに来て、鳴き立てて居た。木の多い神社が近くにあることから、鳩その他の鳥がよく来るのだが、鳥の来訪はめったに無いことだった。しかも幾羽も来て、いつまでも鳴いて居る……不吉なしるしにされて居る此の鳥の鳴き声は、よし子をなやませた。よし子は、いらいらして、石でも投げつけてやりたい気になった。鳥は近くで鳴いて居るのに、どこに居るのか、姿は見えないのだった。よし子は、午後、浅草の観音へ参詣してから病院へ廻ることにしようと考え、扇子を包み、そして、「のし。ゆう子さま」と書いた。それを手提げに入れて、行くばかりに支度をしたが、その日はすごく風が吹くので、家を留守にするのが気になった。よし子の家の前の、弟の弥一の元の住居を今、二つの小会社の事務所が借りて居る。日曜なので、両事務所とも無人だ。よし子が外出すると、自身の家と合せて三軒分が留守になるので、こんなに風の強い日に若しひょっとして火事でもあったら……と気になるのだった。思い切りよく出かけて行けない心の底には、ゆう子の衰えた顔を見たくないという気持がひそんで居たに違いない。ぐずぐずして居るうちに夕方になってしまった。そのうち、若い知り合いの婦人が訪ねて来た。その人の身の上相談めいた話の相手になって居るうち、夜の八時になった。「病院行きはあすにしよう。あしたこそ、午前中に浅草へ行って、病院へ廻ろう。」そう、よし子は思いきめた。

夜なかの二時頃、よし子は電話のベルの音《おと》に呼びさまされた。「いよいよ……。」と覚悟して電話口へ出た。果して病院からで、看護婦らしい若い女性の声が、「すぐ、おいでになれますか?」と云う。「はい。」よし子が電話口をはなれると直き、ゆう子の婚家先きの親戚の妻田夫人から電話がかかった。やはり、ゆう子危篤のしらせだ。よし子が服に着かえて居る間に、東一の姉からも電話があり、弥一へしらせてくれるかとの問に、よし子は、「行きがけに電報局へ行って電報をうちます。」と云うと、ゆう子の義姉は、「それでは、こちらから電報をうっておきますから。」と云うので、そうして貰うよう頼んだ。

よし子は、支度や家の戸じまりその他に手間どって、約一時間後に、家を出た。ゆう子へやるとハガキで前ぶれしてあった藤の花の扇子を持って……ゆう子の長女にやることにして……前の日に原稿料が少し入って居たので、タクシーに心配なく乗れることはありがたい、と思った。よし子のふところは、時として、電車代きちきちしか、ないこともあるのだから……往来に出て、流しの自動車を呼びとめようとしたが、空車はなかった。みんな、客が乗って居る。こんな場合にも、よし子は程近いタクシー会社まで出向いて頼む気にはなれないのだった。貧乏性が身にしみついてしまって居るのだ。よし子は病院の方角へ向って歩き出し、途中で空《あき》タクシーをつかまえることにした。まかりまちがえば、病院まで歩く覚悟だった。よし子は、強いてゆう子の死に目に会いたいとは思わなかった。死に目に会う会わぬを一大事のように云う人が多いが、よし子は、寧ろ、死に目に会うのは、つらくていやだ。と思った。よし子の家から、都電にすれば停留所を二つ半位すぎたところで、からのタクシーをつかまえた。病院の玄関は夜通し開いて居るらしく、よし子は旧館の廊下を通って新館病棟へ行った。ゆう子の病室には、附添看護婦の外に若い男の医者と、病院附きの看護婦が居た。ゆう子の長男長女、義姉夫婦、夫のいとこの妻田も居た。よし子が入って行った時、病床の脇の酸素吸入器の中の水がまた動いて居たが、じき、それがやみ、医師が、「四時……分でした。」と云って、一礼した。「兎も角も、いわゆる臨終には間に合った。」とよし子は考えた。あんなに、死に目に会いたくない、と考えて居たくせに、臨終に間に合ったと考えて満足する心があることを、よし子は知った。ゆう子の義姉が声を立てて泣き出した。病院附きの看護婦がそれを制した。隣近所の病室へ聞えるのを心配したのだ。附添看護婦の伊藤も泣き、ゆう子の長女も泣いた。だが、よし子の眼に涙は湧かなかった。よし子は、来たるべきものが到頭来た、という感じの方が強かったのだ。そして、ゆう子の死を悲しむ心よりも、彼女がよし子の心配した程苦痛にさらされないで死んだことを喜ぶ心の方が強かった。伊藤看護婦は、ゆう子の長女のやす子が三日間殆ど立ちづめで母につきそって居たことをよし子に云い、やす子に、「ねえ、お母さんは、『やす子と伊藤さんさえ居てくれれば、ほかの誰も来てくれなくてもいい。』とおっしゃっていらっしゃいましたねえ。」と云った。東京の短大の学生であるやす子は、丁度、春の休暇であり、そして大学生の兄ともども、伊豆の家へ帰省しないで下宿にとどまって居たので、そんなに母の最後の三日間を看病することが出来たのだった。それは、ゆう子にとって何よりの慰めだったに違いない。ゆう子は死ぬ五日程前から苦痛がひどく、「私は何もわるいことをしないのに、どうして、こう苦しまなけりゃならないのかしら？　私、××（婚家先きの姓）のためには随分つくしたのよ。」と伊藤に云った由だった。又、伊藤は、「なくなったお姉さんがあったのですか？」とよし子に訊き、よし子が「ええ、ゆう子に一つ年上の姉です。」と答えると、「そのお姉さんが、五日程前から、毎晩、夢に出ていらっしゃるので、『私、死ぬんじゃないかしら？』と云っていらっしゃいました。」とも云った。ゆう子や弥一と同腹の其の一年違いの姉は、丁度十三年前に死んだが、たった一つだけの年上でも、姉は姉らしい愛情で、彼女はゆう子を愛して居たのだった。自分よりも物質的に恵まれて居るゆう子から、「これ、頂戴よ。」とねだられると、惜しげなく、毛糸でも着物でもやってしまったり、ゆう子が赤児をつれて上京して、伊豆へ帰る時、「送って来てよ。」と甘えると、彼女は、盲腸手術後のあとがなおりきらぬままに結婚もしない身であるのに、ゆう子の婚家先きの土地の駅まで送って行って、駅の外まで出さえもせずに直ぐホームから東京行きに乗りかえて引返して来たりしたこともあった。今、彼女がゆう子の最後の五日間、毎晩、ゆう子の夢枕に立ったと聞いて、よし子は、心をうたれた。彼女は、ゆう子をさそいに来たのではなくて、ゆう子の苦しみをあわれんで、その苦しみから救おうとして現れたに違いない、とよし子は思った。よし子は、十三年前にその妹が入院した日、その一年半程前に死んだ父がよし子たちの継母と其の母の実の娘である、末の妹のさき子とに姿を見せたと云う話を、継母やさき子から聞いて、それを信じて居るのだ。その時は、父は継母に、

「あの娘は死ぬのだから、どうかやさしくしてやってくれ。」と云いたくて現れたのに違いない、と、よし子は今だに思って居る。

よし子は、姪のやす子に、「これ、あなたのお母さんにあげるつもりで、昨日持って来ようと思って居たのだけれど……あなた、お使いなさい。」と云って扇子を渡した。やす子は、依然泣きながら、それを受けとって、ゆう子の枕もとにおいた。よし子が伊藤に、「かけ布団をかけておかない方がいいんじゃありません？」と云う

と、伊藤は、

「旦那さまがお見えになるまで、こうしておきましょう。あんまり冷たくなると、おうちのかたは、つらい感じがなさるでしょうから。」と云う。よし子は「成程」と思い、

「伊藤さんはこまかい神経の持ち主だな。」と感心した。

そのうち夜があけて、カーテンの外のヴェランダは明るくなって居た。向い側の旧館の病室で医者たちが何かして居るのが見える。やはり病人が危篤にでもなった病室かもしれない。

伊豆から自動車ではせつけた東一と其の弟や義弟、ゆう子の次男次女が姿を見せた。東一は妻の死に目に会えなかったことを、しきりに残念がった。あいにく、旅館業の彼の家は、土、日、と客がたてこむ日が続いたので、ここ二日間程、彼はゆう子を見舞うことが出来ずに居たのだった。男性たちには室外へ出て貰って女たちだけで、ゆう子に着がえをさせることになった。看護婦たちが、ゆう子にT字帯をさせたりするのを、よし子は無感動で見て居た。近年肥って居たゆう子が今ではやせてしまって居たが、そのやせかたも、別に見苦しい程ではなかった。東一がお金を惜しまず新薬の注射を病院に頼んだおかげであろう。よし子は、東一の姉、やす子、伊藤と手分けしてゆう子のからだをアルコールをふくませた脱脂綿で拭った。ゴシゴシとゆう子の背中を拭いた。ゆう子は、今は、だまって、拭かれて居る。よし子がどんなにゴシゴシ拭いても、文句を云わない。洗濯して綺麗になって居る襦袢や腰巻をつけ、ゆう子が一番好いて居たと云う紫地に白く小紋風に桜の花がいっぱい染めぬかれて居る錦紗縮緬の袷を着せ、そして仕立ておろしの袷の丹前をさかさにして、かけた。これが、衣裳道楽と云ってよかったゆう子があの世へ着て行くすべてであった。

東一が親戚たちと相談して居た応接室からよし子を呼びに来て、「死骸を伊豆へ持って行っても此の暖かさではくさくなるばかりだし、第一、うちの母がショックをうけるから、東京で火葬にして連れ帰ろうと思うが、どんなものだろう。」という。勿論、よし子は、それがい い、と答えた。ゆう子の実兄の弥一が来て居ないので、よし子はゆう子の実家代表の役目を自然担《にな》うことになる。死骸は病院の庭の一隅にある霊室に移し、そこに一晩置かせて貰って通夜をし、翌日、桐ケ谷で火葬にすることに話がきまった。桐ケ谷は、偶然にも、ゆう子が幼時慕った義母——よし子にとっては三度目の母、ゆう子た

ちにとっては二度目の母――を火葬にしたところだった。

霊室は、病院の旧館と新館との間の庭の北側の隅にあり、そんな室がそんな所にあることは、勿論、よし子は今迄全然気がつかなかった。ゆう子の実家側の親戚たちへ通知するようにと云われ、よし子は、誰と誰にすべきかと考えねばならなかった。先ず、第一に、母を婚家先きへ連れて行って居る妹のさき子の所へ電報をうつ為、近くの電報局へ行った。まだ局は開いて居ず、宿直員が寝巻姿で出て来て受附けてくれた。いとこやゆう子の叔母の所へ電話をかけた。

みんなが代《かわ》る代《がわ》るにおもてへ朝食をしに行く間に、よし子は一旦家へ帰ることにした。ゆう子の長女のやす子は食事もとらず、ずっと、なき母のそばに附ききりだった。そんなに悲しみに浸り切って居る姪に対して、霊室から抜け出して家へ帰ったりすることは、うしろめたい気もするのだった。

よし子が、自宅で朝食をしたり電話をかけたり家の中を片附けたりし乍ら一と息入れてから病院へ引返すと、既に納棺も、祭壇の飾りつけもすんで居た。さき子夫婦も来て居た。まもなく、よし子たちのいとこの貞一も来、ゆう子の、たった一人の伯母も、孫に附添われて来た。

此の人はゆう子の実母の姉で八十になって居て、腰は少しまがって居るが、東京の下町っ子らしく、あかぬけした身ぎれいな服装や顔附きだった。よし子は、自宅の庭に咲いて居た桃の花の枝を二、三本きって来たのを、祭壇の花いけの中にさし添えたが、それを見ると、さき子夫妻はおもてへ出て行って、花を買って来て、供えた。いとこの貞一からの花輪も届き、東一の客筋の家々からの生花なども幾つか来て、室内は、朝の時の殺風景さとは全然ちがって華やかな感じに変った。ゆう子の兄の弥一はまだ顔を見せない。よし子は、よくよくでなければ頼まぬことにして居る呼出し電話をかけると、弥一は出ず、長男で高校一年になりたての息子が出た。病床のゆう子は、此の甥の無事進学を大層喜んで、娘のやす子に見立てさせてスェーターを「祝い」として送って居た。甥は、「お父さんは頭が痛くて寝て居る。」と云う。妻が長いこと入院して居る弥一は、たった一人残って居た同腹の妹の死で、頭が痛くなったのだ。「今夜、病院でお通夜をするから、来られたら来て欲しいと、お父さんに伝えて頂戴。」と、よし子は甥に云った。よし子は、その夜或る新劇を見に行く約束があった。劇評を書く為だった。もう、どうせ、ゆう子は死んでしまったのだしと思い、よし子は其の約束のへんがえはせずに劇場へ行って、はねたあと病院へ引返して通夜の席につらなろうと考えた。睡眠不足のよし子は、劇場で眠くて困った。眠ってはならぬと、隣席の人に気附かれぬよう、そっと自分で自分のからだをつねったりしても、つい、しらずしらず眠って、上半身が前のめりになる。九時頃、はねて、病院へ引返すと、弥一も来て居た。十一時になると、彼はよし子に「僕がずっとここに居るから、うちへ帰って寝なさい。」と云う。それで、よし子は、うちへ帰って寝ることにした。もうバスは勿論都電もない。弥一が少しはなれて居る国電の駅まで送ってあげると云うのを辞退して、よし子は、夜ふけの町へ出た。盛り場近いせいで、人通りは、まだある。タクシーに乗りつけず、タクシー恐怖症みたいなよし子はわざわざ国電駅まで歩き、そこから電車を乗りかえして帰宅した。彼女の家は国電の駅の近くにあるので、そんなに夜ふけて帰る時には都合がよかった。

　家に帰ってみると、よし子は、思って居たより以上に自分が疲れて居ることを知った。疲れ切って居て胸がわるく、吐き気さえ催す位だった。よし子は、弥一が通夜に来てくれて、そして自分を帰してくれて助かったと思い、弥一の心遣いに感謝した。

　翌朝、よし子が病院の霊室へ行くと、もう、東一の親戚や知人が大勢来て居た。その中で弥一の姿が見えないので、よし子は気になったが、あけ方、東一が弥一の留守宅を心配して、「一度帰って、子供たちを見て来るように。」とすすめたのだと聞いて安心した。出棺までには弥一も戻って来た。棺のふたをとり、みんなが花を棺の中に入れ乍ら別れをつげた。「お母さんは紫の花が好きだったわ。」と云って居たやす子は、紫の花を選んで入れた。

「まあまあ、綺麗な顔をして……。」誰か女の人がゆう子を見てそう云ったが、よし子はゆう子の死顔をそれ程美しいと思わなかった。生きて丈夫だった時の顔の方がずっと美しかった、とよし子は思う。みんなの別れが一通りすみかけて居た頃、よし子のうしろに立って居た東一が、「その菊の花も入れて下さい。」と棺のそばに居た葬儀屋に云った。すると、附添看護婦だった伊藤が、「いえ、菊の花は入れないで下さい。奥さんは、菊の花はおきらいでしたから……。」と、きっぱり云ったので、葬儀屋は、二輪だけ、既につみとってあった白菊の花を足もとにすてた。よし子は、それが、ゆう子の入院してまもなくの大晦日に、正月の花にと思って二本自分がゆう子の病室へ持参したのと全然同型同色の中輪の白菊の花だったので、ハッとした。いきなり、ガクンと頭をなぐられたようなショックだった。死んで口のきけなくなったゆう子が、伊藤の口をかりてよし子をやっつけた、という風に、よし子には思えたからだ。よし子は、なんだか、ゆう子から、まだ腹を立てられて居るような気がしてならなかった。うっかり悲しんでも居られぬ気持になった。すてられた二輪の白菊の花は、やがて、みんなの足にふまれて泥まみれになった。

火葬になったゆう子のむくろは綺麗に焼けて居た。食べ物を一月半近くもとらずに居たあげく死んだ為か、とよし子は思った。ゆう子の遺骨は夫や息子娘たちと共に自動車で伊豆へ帰った。東一の親戚知人は同じく伊豆から来て居た貸切りバスで其のあとに続いた。よし子は弥一と国電駅ホームで別れ、さき子と一緒の電車に乗った。さき子は、ゆう子を一週間程前に見舞い、その衰えかたを見て、おどろきの余り、三日程、寝ついてしまった、とよし子に話した。よし子は、

「さっき東一さんが菊の花も入れて……と云った時、看護婦さんが『奥さんは菊の花、嫌いだった。』と云ったでしょ？　私、あれ聞いて、気になったのよ。あれと全然同じのを、ゆうちゃんが入院したての頃、私、病院へ持って行ったので……。」と云うと、さき子は、

「あの白い菊は、私達、私達が昨日花屋で買って供えたものなんですのよ。私達、急いで、何も持たずに行ったので、お姉さんが桃の花持っていらっしたのを見て、おもての花屋へ買いに行ったんですよ。だから、私こそ、ゆう子姉さんの嫌いな花なんかあげたと思って気になったんですのよ。」と云う。「あら、そうなの？　あれ、あなた達からのだったの？　あの看護婦さん、まる三月もずっと附いて居てくれて、本当にありがたかったんだけど……私は、ゆうちゃんがあの人の口をかりて私をやっつけたような気がしたのよ。」と、よし子は機嫌よくなって云って笑った。

気にやんだのは自分だけでなく、さき子もだったと知ると、よし子は、妹と名のつくのは、今ではたった一人だけになった此の四度目の母に生れて、そして自分の子供程以上にも年の違うさき子に対して、これまでにない親しさを感じるのだった。

三　野辺おくり

ゆう子の本葬は東京での火葬の三日のちの四月十五日、伊豆の婚家さきで営まれた。四月十五日という日はゆう子と仲のよかったとしこの姉（十三年前に死んだ）の誕生日に当る。

よし子はゆう子の実兄である、異母弟、弥一と一緒の電車で東京をたった。駅で下車すると、うしろの車に乗って居たらしい従弟の貞一と其の義母とがよし子たちより先きにホームの階段を降りて行く姿が見えた。よし子と弥一はタクシーには乗らず、バスで行った。

ゆう子の家のある温泉町には川が流れて居て、専用の橋を渡った所に門があるのだが、葬式の花輪が幾つもおもて庭から橋の上まではみ出て置かれてあった。

「随分盛大なのだな。」と、よし子は心に驚いた。旅館という職業柄からでもあるのだ、とは思いながら……よし子たちは離れの階下の座敷へ案内された。

離れは本館続きの丘の上の新館同様、上客用になって居る。僧の読経はもうすんで了って居たのだった。本館の玄関いっぱいに祭壇が出来て居て、ゆう子の笑い顔の写真の大きく引き伸ばされたのが正面に置かれて居る。沢山の生花や造花の供え主の名札の中には、ゆう子の入院中わざわざ自身で見舞ってくれた歌舞伎の人気俳優K丈のや、ゆう子の娘たちの師匠の日本舞踊で有名なT氏、新橋の元待合女将で一中節無形文化財に指定された老女史其の他、知名な芸能人の名があることを、よし子は目にとめた。

病院の霊室から運び移されたらしい貞一からの生花、ゆう子の異母妹さき子の夫の名前の花輪などゆう子の実家側からの供え花を見て、よし子はホッとした。よし子と弥一は香奠しか持参しなかったからだ。よし子は離れへ通る時、本館と離れの間の庭の奥に、階下を自動車置場にして二階に建て増された大広間の方へ目をやらずに居られなかった。其の建て増しは、一年程前、ゆう子の発案で着手され、ゆう子は発病前その建築費に心をつかって居たことを、よし子は知って居るからだ。広間はゆう子の入院中に完成し、彼女の通夜用に早速役立ったことになった。離れには、さき子やさき子の実母、その従姉夫婦（ゆう子の実家側の仲人役をつとめた）などが先着して居た。

午後一時からの一般告別式が始まり、弥一や貞一は庭の親戚男子の席に立った。貞一の義母其の他女客たちには、疲れるから座敷で休んで居るように……と云ってくれた人があったが、よし子は、庭へ出て親戚たちの席でなく、従業員たちの間やかげに立って居た。よし子の所へ、中年の女子従業員の一人が来て、「こんな思いがけないことになりまして……。」と云って泣き出した。よし子は、ゆう子の家の従業員がこんなにもゆう子の死を悲しんで居てくれることに、安心と喜びに似たものを感じたが、さて、自分自身は一向に涙が出て来ず、困った。折角泣いてくれて居る人に同じく涙を以て答えられぬ自分を恥ずかしく思った。

一般告別者の中には太平洋戦争終戦後自決した元貴族の未亡人で此の町の別荘に住みついて居る人の姿もあった。この夫人の長男はソ連に抑留されて此の母君や若い妻を日本に残して先頃シベリアで病死して了った。此の未亡人の一生に比べると、ゆう子はそんな悲しみを味わわなかっただけ幸福というべきではないか、とよし子は思ったりした。

やがて、告別式が終って、墓地への葬列が始まった。その時も、よし子やさき子は、親戚たちの間でなしに、従業員たちの中に並んで行った。めいめい、墓地で供える、色紙《いろがみ》で出来た、しきみ風のものを手に持って町の中を歩いて行くのだ。

そんな葬列は、今では、東京では絶対に見られない。よし子は、日本映画の、地方の風俗を写したものの中で見た、葬列風景を思い出して、その素朴な感じに、好奇心と好意を持った。これは、正に、「野辺送り」という言葉の感じに近かったから……歩いて行く途中、町の両側の家々の人は、店さき、若しくは家の入口の前に立って、此の葬列を見物して居る。よし子は、ゆう子が結婚以来二十余年見慣れて居た、これらの家並、それから、川の流などを見て歩いて居ると、涙があふれ出て来た。よし子は、目を拭い拭い歩いて行った。よし子の隣に歩いて行く女子従業員はよし子に話しかけて、

「おかみさんは病院にいらっしっても、うちのことを気にしていらっしたんですよ。」と云う。よし子にとってゆう子が家の従業員たちから好意を持たれて居るということを知るのは大変嬉しいことだった。

「私がお見舞いに伺った時も、夏蒲団のことをしきりに心配していらっしたんですよ。」と其の若い女性は云う。

ゆう子の家では、彼女の遺骨が着いた日、百五十人の団体客がある筈だったが、それをことわり、この告別式の日までずっと客をことわって居たと云う。その間毎夜、

あの大広間で通夜が行われたのだった。ゆう子の病気で莫大な費用がかかった上に、春の行楽の土曜、日曜かけての書き入れ時に大変なマイナスだ、とよし子は思ったが、ゆう子がそれ程婚家先きで大切に見なされて居たと知って、ありがたく思わずに居られなかった。

墓地は坂の温泉町を大分くだった所を左に折れてのぼる丘の上にあった。本当の菩提寺はもっと町から離れた、海岸近くにあるのであって、墓地のそばには、只、造花など雨露しのぎに入れる程度の廃寺の名残りの建てものだけが残って居た。廃寺の前の広場で葬列の人たちは、女の群を先きに立てて、男の群がそれに続いて、輪を作って、三べん程、くるくる廻るのだった。百万遍念仏の意味なのでもあろうか？　そんな田舎風の風習も、よし子には、もの珍しかった。

ゆう子の家の墓所は、廃寺の傍の丘の一部にあった。坪数は、よし子たちの実家の東京青山の墓所の何倍もの広さで、そして、丘からの見晴しもよかった。ゆう子の骨は、正に、彼女の夫の家の一員として、この墓所に埋められたのである。

よし子は、此の丘から町をへだてた向いの山の林の景色など眺めて居ると、又しても涙があふれ出て来た。よし子の涙は、他の人々が泣く時には出て来ず、誰も泣いて居ない時に、あふれ出るのであった。

埋骨が終ると、会葬者は、ゆう子の家へ帰り、よし子たちは、あの完成したばかりの大広間に通されて、精進落しの馳走を受けた。北側に舞台があり、南側に違い棚つきの大床《とこ》の間があって、床の間の前に、菩提寺の住職はじめ三人の僧が着坐し、そこを中心に三方に、そして室の中央二列ともども約百五十人の客が坐った。

広間は重いカーテンてしきられるようになって居て、場合に応じて二た間もしくは三間《みま》に分けられることが出来る。ゆう子は、その構想をどんなに得意に思って居たことでもあろう……よし子には此の広間はゆう子のいのちと引きかえのもののように思えてならない。

常雇《じょうやと》いの女子従業員たちの外に、土地の芸者が十一、二人、給仕に出た。派手好きなゆう子は、もし生きて居たら、この日の盛大な葬儀や、精進落しの席を、それから此の大広間を、どんなにか誇り、喜んだことであろう。

よし子は、ゆう子が死んで了ったからには、此の家と自分とは前より一層疎遠となり、訪ねることもなくなるだろうと考えながら、膳の上の馳走に箸を運んだ。

大田《おおた》洋子《ようこ》

屍の街

序

私は一九四五年の八月から十一月にかけて、生と死の紙一重のあいだにおり、いつ死の方に引き摺って行かれるかわからぬ瞬間を生きて、「屍の街」を書いた。

日本の無条件降伏によって戦争が終結した八月十五日以後、二十日すぎから突如として、八月六日の当時生き残った人々の上に、原子爆弾症という驚愕にみちた病的現象が現れはじめ、人々は累々と死んで行った。

私は「屍の街」を書くことを急いだ。人々のあとから私も死ななければならないとすれば、書くことも急がなくてはならなかった。

当日、持物の一切を広島の大火災の中に失った私は、田舎へはいってからも、ペンや原稿用紙はおろか、一枚の紙も一本の鉛筆も持っていなかった。当時はそれらのものを売る一軒の店もなかった。寄寓先の家や、村の知人に障子からはがした、茶色に煤けた障子紙や、ちり紙や、二三本の鉛筆などをもらい、背後に死の影を負ったまま、書いておくことの責任を果してから、死にたいと思った。

その場合私は「屍の街」を小説的作品として構成する時間を持たなかった。その日の広島市街の現実を、肉体と精神をもってじかに体験した多くの人々に、話をきいたり、種々なことを調べたりした上、上手な小説的構成の下に、一目瞭然と巧妙に描きあげるという風な、そのような時間も気持の余裕もなかった。

私の書き易い形態と体力とをもって、死ぬまでには書き終らなくてはならないと、ひたすら私はそれをいそいだ。

いま改めて出版するにあたって、熟読して見ると、私の体験は、一九四五年八月六日に広島全市に展開された、異常な悲惨事の現実の規模の大きさと深刻さに比べ、狭少で浅いことを、今更つよく感じないではいられない。

私の筆は全市にくりひろげられてはいないのである。自分の住んでいた母の家からのがれ出して、三日間を野宿した河原と、田舎へ逃げて行く道中の情景とのきわめて部分的な体験しか書いていない。

私は読者に、私の見た河原と道筋の情景よりももっと陰惨苛酷な災害が、全市街を埋めつくしたことを知ってもらいたい。

読者は私の書き方をもの足りなく思われるであろう。私自身五年経ったこんにち、読み返して見て意に満たぬ多くのもどかしさを感じている。そして私の書き得なかった広島の、当時の様相を眼底に思い浮べ、私の魂自体が焰の中で煮詰まるほどの、肉体的な、精神的な苦痛を覚えるほかはない。

私はこの五年間、「屍の街」を客観的に整理し、健全な心身をとり返した上で、一つの文学作品に書くことのみを考えて暮した。

しかし、なんと広島の、原子爆弾投下に依る死の街こそは、小説に書きにくい素材であろう。それを書くために必要な、新しい描写や表現法は、容易に一人の既成作家の中に見つからない。私は地獄というものを見たこともないし、仏教のいうそれを認めない。人々は誇張の言葉を見失って、しきりに地獄といったし地獄図と云った。地獄という出来あいの、存在を認められないものの名で、そのもの凄さが表現され得るものならば、簡単であろう。先ず新しい描写の言葉を創らなくては、到底真実は描き出せなかった。

小説を書く者の文字の既成概念をもっては、描くことの不可能な、その驚愕や恐怖や、鬼気迫る惨状や、遭難死体の量や原子爆弾症の慄然たる有様など、ペンによって人に伝えることは困難に思えた。

私は人口四十万の一都市が、戦火によって、しかも一瞬に滅亡する様をはじめて見た。その戦火が原子爆弾という、驚くべき未知の謎をふくんだ物質によってなされた事実をも、そのときはじめて知った。いちどきに何千何万の、何十万の人間が死に、足の踏み場もないその野ざらしの死体のなかを、踏みつけないように気をつけ、泣きながら歩いたことも始めてであった。原子爆弾症の凄惨さも、人間の肉体を、生きたまま壊し崩す強大で深いものとして、始めて見るものであった。その場合、何もかもが生れてはじめて見なくてはならなかったものであり、それを見なくてはならなかったこと自体、悲惨であった。

またたとえば、大手町の爆心地から、南に向ってまっすぐ二里の海上にある、金輪島にいた娘が、放射能の閃光の一瞬後、片方の乳房をえぐりとられたという話をきいていて、これを作品の中に描こうとしても、容易には描き得ない。

もっと近い距離にいた者が、死をまぬかれ、海をへだてた瀬戸内海の小島に、女子挺身隊で働きに行っていた娘が、爆風による硝子の破片で乳房をもぎとられ、丸い乳房型の血の肉塊が、胸の谷にはみ出て垂れ下っており、そのあとが暗い空洞になっていたという、このような事実は、ウラニューム爆弾の性格を知らぬものには、嘘としか思えないだろう。

しかしこの故に、いっそう私は書かなくてはならない。広島の不幸が、歴史的な意味を避けては考えられないことを思うとき、小説と云えども、虚構や怠惰はゆるされない。原型をみだりに壊さず、真実の裏づけを保って小説に移植されるべきであろう。そして書かなくてはならないということだけが、うごかし難いものだと思う。

「屍の街」は個人的でない不幸な事情に、戦後も出版することが出来なかった。

広島市から北に十里はいった山の中の村で、はじめに書いたように、刻々に死を思いながら「屍の街」を書き終った時分、颱風と豪雨の被害で、一カ月もきけなかったラジオが、ある日ふいに聞こえて来た。そのとき、原子爆弾に関するものは、科学的な記事以外発表できないと云っているアナウンサーの声が、かすかに聞えた。

発表できないことも、敗戦国の作家の背負わなくてはならない運命的なものの一つであった。「屍の街」は二十三年の十一月に一度出版された。しかし私が大切だと思う個所がかなり多くの枚数、自発的に削除された。影のうすい間のぬけたものとなった。

それ以後そのまま放置されて今日にいたった。

その前後の五カ年の年月は、作家としての恢復をのぞむ私にとって、不幸な、運命的な、その上不思議な五年間であった。戦争による約十年を空白にされた者へ、重ねての被害が加えられた。

それはいまも余韻をのこしている。私はその間にほかの作品を書こうとしていた。原子爆弾とは関連のない、別の作品を書こうとした。すると私の頭の中に烙印となっている郷里広島の幻が、他の作品のイメージを払いのけてしまうのだった。原子爆弾に遭遇した広島の、その作品化が難しければむつかしいほど、私の眼と心に観察され、人々にきいた広島市の壊滅と、人間の壊滅の現実が、もっとも身近かな具体的な作品の幻影となって、ほかの作品への意慾を挫折させた。

そのくせ一九四五年の夏の広島を書こうとすれば、当然掻き集められる記憶の集積と断片が私を苦しめる。

書くためには思い起さなくてはならず、それを凝視していると、私は気分がわるくなり、吐気を催し、神経的に腹部がとくとく痛くなった。たとえば当時新聞の報じた一つの挿話が私の心にまざまざと生き返る。八月六日の一瞬に孤児となった子供らが、市外草津の孤児収容所にはいっていたが、その中の三人の少年が僧侶になる話である。少年は十一歳が二人、十三歳が一人であった。三人の子供らは両親の霊と、他の同じ戦争犠牲者の霊のために、僧侶となって生涯をささげたいと云い出し、広島別院の坊さんにつれられて、京都の寺に行った。

その寺で彼らは剃髪し、袈裟、衣をまとったのだ。ことの正否は別として、またこの子供たちの将来が果して坊主で終るものかどうかうたがわしいが、私はこの新聞の一記事の思い出の前で、胸のなかにいっぱいの涙の溢れるのをふせげない。私は作家であるより前に、先ずその小さい少年たちを抱きしめて泣きたくなり、素直にそれの出来る作家でありたいのだった。私は慟哭し、軀も心も壊れてしまいそうになった。その少年たちの心情の哀れさにやりきれなくなり、その他種々様々の悲しさにぶつかり、私はペンを投げだしてしまうのだ。

私は作家が客観的にものを書かなくてはならぬということに、ある疑問を抱く日もあった。

私は屍の街にひっからまって、身うごきが出来なかった。

私にはもっとながい時間を賭けるよりほか、道がない。このことは当然のことでもあろう。

このような思いに悩まされている私にとって、この度のこの書の出版は、せめてもの救いである。世紀の、否日本人の味った最大の悲劇、原子爆弾に難を受けて斃れた人々と、生き残った傷心の広島の人々を想う、耐えがたいその思いへの救いである。

　いずれの日か私は、不完全な私の手記を償うべく、かならず小説作品を書きたいと思っている。

一九五〇年五月六日

著　者

鬼哭啾々の秋

1

渾沌と悪夢にとじこめられているような日々が、明けては暮れる。

　よく晴れて澄みとおった秋の真昼にさえ、深い黄昏の底にでも沈んでいるような、混迷のもの憂さから、のがれることはできない。同じ身のうえの人々が、毎日まわりで死ぬのだ。

　西の家でも東の家でも、葬式の準備をしている。きのうは、三、四日まえ医者の家で見かけた人が、黒々とした血を吐きはじめたとき、今日は二、三日まえ道で出会ったきれいな娘が、髪もぬけ落ちてしまい、紫紺いろの斑点にまみれて、死を待っているときかされる。

　死は私にもいつくるか知れない。私は一日に幾度でも髪をひっぱって見、抜毛の数をかぞえる。いつふいにあらわれるかも知れぬ斑点に脅えて、何十度となく、眼をすがめて手足の皮膚をしらべたりする。蚊にさされたあとの小さな赤い点に、インクでしるしをつけておき、時間が経ってから、赤いあとがうすれていれば、斑点ではなかったと安心する。

意識ばかりははっきりしていて、どんなに残酷な症状があらわれても、痛みもしびれもないという、原子爆弾症の白痴のような傷害の異状さは、羅災者にとって、新しい地獄の発見である。

了解することの出来ぬ死の誘いの怖ろしさと、戦争自体への（敗戦の意味でなく）忿りは、蛇のようにからみ合い、どんなにもの憂い日にも、高鳴っている。

長い間のあこがれだった田園の秋のなかに、私はいま、ふしぎなありさまで身をおいている。自然に運ばれた好ましい旅ではない。いまはあと形もなく崩壊して、都会とよぶことはできなくなった都会の、焼野ガ原を追われて来たという、絶対の弱さや、やる瀬なさのために、かつてのなつかしい夢は見失ってしまった。

山深い田園の、夏から秋に移りかわる季節の美しさは、少女のころの追憶のためだけでさえ、私に生きている力をあたえたものだった。薄い水色だった空が、毎日いろを濃くして行き、晩秋には濃い瑠璃いろに変って行く色彩の素晴らしさや、遠く近く、波うつ山脈の、夕ぐれなど、淡紫色の水晶の重なりに見える山々のたのしさや、薄い黄や茶いろから次第に焦げて焦茶になり、それから枯れて、銀ねずみや、すすきいろに移って行く山崖や野原など。

そしてやわらかな線から、刻々に染められて、ついには黄金色の波をうつ海のような稲田。すすり泣きにも似たせせらぎの、静かな音をひびかせて流れる月夜の川音。冬ちかくまで風鈴のように鳴きつづける秋の虫。山のなかにひっそりと休んでいる色彩のあざやかな山鳥、羽色の美しい雄雉子の様子など。

このような風物への思い出は、東京での傷つき易い生活のなかなどで、私を新しくよみがえらせることに役立った。いつか私はあの思い出の中へ行って、ゆっくり休むことにしよう。私は東京でよくそう思った。

そして私はそのように好きだった田舎にとうとう来た。戦争の残酷さに心身ともに傷ついたからだを横たえるためにである。薄紫の山も、澄んだ青い空をも眺め、夜は月の光を見たり、川の音をきいたりしているけれど、それは私の心を奪わなくなっていた。

私は乞食のようになって、今は自分の家もないこのふるさとの村へ入って来た日のことを思い出す。着ているものは肌着から帯までも、血と汗とほこりでよごれ、顔も手も腫れて、乾いた血のかたまりが幾筋にもなって、こびりついていた。

あの朝着て寝ていたもの、つむぎの絣の寝巻と細い帯と、その下の伊達巻と、さらしの肌着とは、背のところを揃えて鋭いナイフで切ったように、一寸ばかり鋭く切れて、耳と背中の傷あとがずきずきと疼いていた。

雲は灰色に
地は髄まで湿り
秋は戸に立つ。
われは家なく捨てられて
衣は破れちぎれている。

——ゴーリキーが「三人」のなかでパシュカに吟わせている詩のうちから——。


広島市に原子爆弾の空襲のあったのは、八月六日の朝だったが、早くも明くる日の七日ごろから、まださかんに燃えつづける焔の街をのがれて、この田舎へ入って来はじめた人々は、みんな同じ姿をしていた。パシュカの吟う詩よりも、もっと屈辱的であった。

日に一度しか出ない乗合自動車の、どうかして休んでいる日は、汽車の着く廿日市という町から村まで、六里の道を重傷者が歩いて、次から次につづいた。火傷で全身のただれた人たちが、白い布にくるくる巻かれ、眼だけ光らせながら、高い峠の近道を降りて来た。

いまではその人達が村中にみんなで三百六十人あまりになり、九月も終ろうとする今もなお、毎日たれかが死の影を背負って帰ってくるのである。ある日は原子爆弾で両親をうしなった少女が、ふらふらと峠の頂までかえって来て、谷川の水に口をつけたまま、死んでいたという話だった。

2

その日から一カ月経った九月六日は、ふり続いた雨のあと、晴れわたって輝くような日であった。

陽のなかを、近くの小学校から帰ってきた小さな少女のひと群が、にぎやかに喋りながら通りかかった。私は二階から村の少女たちを眺めていた。
十一、二歳の、もんぺズボンをはいた少女は、ふいに立ちどまり、思い出したようにつよい太陽をふり仰いだ。そして額に手をかざしながら云った。

「おお、いべせやいべせ（ああとてもこわい）天に焼かれる！　原子爆弾――」

　ほかの少女たちもいっせいに空を向き、太陽を仰いで、怖ろしそうに両手で頭をおさえたり、顔をおおった。天に焼かれるという、子供の表現は面白い。あの朝の青い閃光は、この村までも染めたのである。――広島市から村までまっすぐにして六里――。その朝、山の高みで草刈などしていた村の人は、光につづいて起った爆風で、横ざまによろめいた。

　少女たちは、天に焼かれる、天に焼かれると歌のように叫びながら歩いて行った。子供たちの家では、たれのところにも、たいてい一人か二人の傷ついた肉身か、縁故のひとが帰って来ていて、むごたらしく死んで行ったり、死にかけたりしているのだ。

　小さい子供たちの感覚も、変ってきたと思える。私は二階へ来て遊んでいる、階下の八つになる女の子に訊いてみた。

「あの青い光をあなたも見たの。」

「見た見たア。はっきり見たけエ。うちのおじいちゃんはのウ、畑を打ちよったら、畑が光ったけエ、畑の底が火事か思うてのウ、土を掘って見たと。」

　私と少女はいっしょに笑いだした。

「あなたはどこにいたの？　こわかったでしょう。」

「いべせエいうても、なんのことやらわからんけエ、いべせエこたア、なアかったア。はあ学校へ行っとったけエ、先生がみんなの名をよびよっちゃったん。松井重夫ッいうちゃったとき、ぱアっと光ったん。」

　かあいい声でよく話す女の子は、両手をぱあッと大きく、力いっぱいひらいて見せた。少女の開いた掌の間から、私は青白い火花がほんとにとび出たような気がした。

「あのとき、松井重夫いうたら、活動写真じゃアあるまアかのういうて、教室をきょろきょろ見たんよ。」

　私は好奇の眼を見はらないではいられない。小学校一年生の男の子が、広島市街から山を越えて広がって来た、原子兵器の閃光の青光った瞬間、きょとんとして、活動写真がはじまるのではないかとはしゃいだ恰好は哀れである。

「ほかの子らも、やアい、活動のはじまりはじまり、いうてのウ、手をたたいたん。先生に叱られてつまらなんだ。」

子供たちはそれから防空壕に入れられて、ながいあいだかがんでいたそうである。

こんな話を少女からきいているとき、記念の日を意味するのか、P51が六機、爆音おもく、西の山の向うから現われて、東に向ってとびはじめた。

ちょうどそこへ、松井重夫の仲間かも知れぬ小さな男の子ばかり、十二、三人もつれ立って、学校から帰って来た。子供らは飛行機を見つけた。見つけた瞬間ごったかえしたように離ればなれになったり、一つにかたまったりしながら、興奮し吃って叫びだした。

「や、や、アメリカ、アメリカ！　あれがぴかっと光って、どオんと鳴るピカ・ドンじゃに。」

「や、ピカ・ドン！　ピカ・ドン。29じゃア29じゃア29じゃア。」

まともな言葉にはならなくて、あわててだけいる。足が地から離れるほど、のびあがって飛行機を見るので、小さいからだはひょろひょろしているのだった。一人の子供が出来るだけ力をいれて、脚を大きくひらいた。少年ははげしい勢いでさっと上にあげた右手を、一直線に横へふって云った。

「や、や、うらア（僕）よう見たど。Bともちがう、29ともちがわアやアい。ありゃアのウ、こがアにのウ、横へ向けて筋ウ引いたように、なにやら書いてあるど。」

べつの少年が気弱そうに云った。

「それでものウ、日本の飛行機かも知れんどオ。アメリカがどがアして玖島《くしま》（この村の名）へくる道を知っとるや。」

「なにをばかたれいうやア、天にやア道ア無ア。道が無アけエ、どこまで来ても道に迷やアせんど、それでなんべんでもくる。」

その子は力をこめて云った。子供たちはふしぎがらなくていい。日本の航空機は、空をとぶ自由をうしなってから、一カ月経っているのだ。

3

また。

九月も終りに近いある雨の日、私は仮寓の家の、離れ座敷の二階から、下へ降りようとして階段の中途まで来たとき、なにげなく下を見た。私は眼がくらみそうであった。

そこの座敷のぬれ縁に、一眼で原子爆弾症とわかる顔色の青年が腰を下ろしていた。青年は両手をぬれ縁に力なくつき、やっとからだを支えている風だった。

二、三日まえ村へ帰ってきたときいた、この家の遠縁の青年で、銀ちゃんという人ではないかと私は思った。その人なら、髪がぬけ、歯は歯槽膿漏のようにがたがたと頽れ、そのうえ瘠せこけて朽木のようだときいていた。私が眼のくらむほどびっくりしたのは、云いようもなく無気味な皮膚のいろのせいだった。その全身の皮膚は、肺結核の末期の人のような色のうえに、もっと絶望的な、不透明な、焼茄子に似た色でぬりつぶされていた。

眼のふちは青いインクを入墨したように隈どられ、唇は灰いろに乾いていた。髪は八十歳の年寄のようにまばらになり、灰色に変っている。皮膚の上にはいたるところに、小豆粒くらいの斑点が、うす青く、それから紫や紺いろにこびりついていた。

このような症状は、医者からもきいていたし、新聞などでもよんでいた。そうなってしまえば二三日ながくて五日しか生きていないときいていて、そのような人はもう医者のところでも見かけることはできなかった。はじめて眼のまえに見たその症状の恐ろしさに、びっくりしている私に、

「このあいだ戻って来た銀ちゃんです。」

と家の人が云った。私は傍へちかよって訊いた。

「私もあのとき白島《はこじま》（広島市の町の名）にいましてね、少しけがをしたんですけれど、あなたはどこにいらしたんですか。」

「平塚ですよ。」

青年は不機嫌に答えた。

「平塚町は、爆心地からどれほど離れてますか。」

「一キロに足りないんですよ。半径がね。」

半径二キロ以内の圏内にいる者は、多かれ少かれ、強烈な熱線の放射をうけていると云われている。私どもはなんの苦痛も感じないまま、暫く健康を保っていて、いきなり定型的な症状をあらわすのだ。

定型的な症状というのは、研究にあたった学者たちによって、広島の中国新聞に次のように発表されている。

発熱、

脱力、

食欲不振、

無欲顔貌、

脱毛（ひきちぎったようで毛根がついていない）

出血（皮膚点状出血、鼻出血、血痰、喀血、吐血、

血尿など）
口内炎（とくに出血性歯齦炎）
扁桃腺炎（とくに壊疽性扁桃腺炎）
下痢（とくに粘血便）

など。

このような外部的症状の起ったときは、すでに血球、とくに白血球におそろしい変化が来ているのである。東大の都築博士の診られた新劇の女優で、丸山定夫氏などと広島に来ていた仲みどりというひとなど、東大の外科で息をひきとるまえ、白血球は五〇〇から六〇〇くらいしかなかったと発表されていた。赤血球は三百万程度であった。

普通の状態の白血球は、六〇〇〇から八〇〇〇で、赤血球は四百五十万程度という。また九大の沢田博士は、血液一立方センチ中の白血球が僅かに二〇〇乃至三〇〇という、とても平常では考えられぬ事実を発表していられる。私はこのような都築博士や、そのほかの科学者たちの臨床学的な研究の発表を、罹災者の側から注意深くよんだので、まとめて書きとめておくつもりだけれども、今は少しあともどりしなくてはならない。

原子爆弾の殺傷性は、こんな風に特異で、人にあたえる苦痛は、肉体にじかの痛みを感じさせず、そのうえ症状をながく与えておかないことだった。

銀ちゃんは九月二日まで元気をうしなわないでいた。足の火傷もなおっていたのに、三日になると髪がぬけはじめ、歯茎から出血し、斑点があらわれたというのである。

「もうだめだ。死んでもいい。三人の医者がみんなそういうのだから。」

青年はそうつぶやいた。

「静かにやすんでいらっしゃい。おそく発病した人は、恢復するそうですから。どうしても生きるのだと思って、力をおだしなさいね。」

私は、これほどになった青年が、もし生きのびることができるのだったら、まだ発病していない私もまた、生きていられるのだと、複雑な思いで青年に云ったのだ。

「寝ているんだけど、煙草がすいたくてたまらないから、もらいに来たんですよ。」

死んでもいいと云いながら、生きているために必要な、巻煙草のパイプだとか、手帖とか、妻《〔ママ〕》ようじなどを、家の人に頼んで貰っている。素肌へじかにうすいどてらを着た青年は、ふところ手をして秋の雨のなかへ出て行った。

「もとの銀ちゃんは、真黒なふさふさした髪をしていたんですよ。それを自慢にしていました。」

あとで家人は話した。どんなに見ても、老人と若者との間に見えた銀ちゃんの年は、二十四であった。戦争の劇しかった時期には、船にのって、南の海へも北の海へも出かけていた。敗戦にちかづくと、のる船もうしなったから、ちかごろは広島まで帰って来て、鹿児島の女というのといっしょに暮らしていたが、もともと彼は不良青年だった。人はあんな不良の親泣かせは、死んだ方がよいという。

しかし、青年の胸のなかでは、悲しい小琴が奏でられてはいないだろうか。三つの年にどこかから貰われて来た子で、小さい時分からぐれ放題にぐれて、手もつけられぬ放浪児であった。

広島ではあの朝、平塚町の間借り住居で、女といっしょにまだ寝ていた。銀ちゃんはどさッと崩れた家の下敷になった女を、瓦礫のなかからひきずり出した。けれどもその女は、丸坊主になるほど髪がぬけ落ち、赤痢のような血便にまみれて、銀ちゃんの発病する以前に亡くなったというのである。

銀ちゃんは女の骨を抱いて、疎開で前から村へ来ている養父母の、間借りの住居へ辿りついて来たのだった。村の床屋へ手つだいに行っている白髪の養父という男は、いつも蒼黄いろい顔をしている。その年とった男は痼疾の骨髄癆のために脚がわるく、びっこを引いてときどき私のいる家を訪ねてくる。

来ると老人は広い庭の植木を眺めてゆっくり歩いたり、池をのぞいて、ながい間、黒や緋や白い鯉を見ている。老人はほんとにいろんなものを見ているのだろうか。そうやって、なにかの考えごとに沈んでいる様子に見えた。

このような養父と銀ちゃんのからだの、どの骨を奏でても、倖せな音はかえって来ないと思われる。

4

また。

村では一軒の医院しかない。S老医師は亡くなった私の父とは友達だった。私の小さいころ、家へもよく来た人だったから、十何年ぶりで村へ帰って来た私は、治療に行くと父とでも語るように、ときどきいろんなことを話し合う。

S氏はある日こんな話を私にする。

　その娘は、はじめ硝子の破片をいっぱいふりかぶった、きたない頭でやって来た。S氏が粉々の硝子をすっかりとり、かたまった血をふきとって見ると、傷は二つばかり、それも箸のさきでついたほどの小さいのがあるだけだった。

　娘は安心していた。それだのに、十五、六日も経ち、傷の手当はもう要らなくなったころ、娘の腕にうすい黒点が出た。

「出たね。これはなんだろう。」

　S氏はうっかり云ってしまって、娘の手をていねいに診た。娘はきゃっと叫び声を立てた。それからS氏の胸の方へどたどたっと倒れかかって来た。

「私はいつ死ぬんですか。先生、いつ私は死ぬるんです。」

　娘は必死に訊いた。

「脈が切れるのと心臓がとまるのと、どっちがさきなんです。」

「私はあんたが死ぬと云った覚えはないよ。これが出たと云って、死にはせん。心配せんがいいよ。死にはせんよ。」

「ですけど、人はみな死ぬもの、あの日広島におった人間は一人のこらず皆死ぬるというもの。おそかれ早かれ、一人ものこらずみんな死ぬ。」

　この娘は一週間のうちに死んだ。喀血し、敗血症に似た犯され方であった。いったいに今度の出血は、赤くなく、黒くてどろどろに腐っているのである。

　ある日こんな風な話をS氏はする。この男は私もたまにS氏のところで見かけた。

　三十三、四で、粗野な人柄だったが、敗戦のことを云っては口惜しがって、拳をふるっては、待合室にいる負傷者たちに話しかけていた。かれは両脚に二、三カ所の傷をうけている様子であった。眼鏡をかけた顔立のいい妻がいつも附きそっていた。その男は、快活な大声で話をした。たくさんの患者の待っている待合室で、自分の順番がきても、火傷などのひどい人をみんな先きにやり、自分はいちばんしまいに廻ったりした。

　S氏はこの男よりも、妻の方によけい眼をつけていた。

「女の方は死ぬ。」

　はじめからそう思っていた。胸に小さい切傷があるだけだったが、顔色の底になんとも云えぬへんな色が沈んでいた。

　しかし最初に来てから二十日も経ったころの朝、いつものとおり妻といっしょに来た男は、ひどく疲れたと云い、寝台のうえに横ざまに寝そべって云いだした。

「俺は船のコックをやっておってね、陸へあがるたんび、サルバルサンの注射をやったが、今日までおよそ二百六十本もしてる。今でもくたびれた時やると工合がいいんだ。今度のやつにはどうだか知らんが、ひとつやって見てくんないか。」

S氏は手をふった。

「そんなものは今はしないよ。あぶないよ。」

「もうどっちにしろ俺はだめだよ。あんたは医者だろう？　試験台に使って見りゃアいいじゃないか。損するわけじゃないもの。」

「注射の針のあとがくさるぞ。」

「だからどうなるかやって見なさいよ。ねえ、うってくれよ、サルバルサンをさ。」

医師はやって見てやろうと思った。完全なものではいけない。三分の一ほど、浄溜水に溶かしてうつ。それならいいだろう。S氏は男へ背を向け、ぐずぐず云わせないように自分の軀でかくして、用意をしていた。するとうしろで明るい声がした。

「おっと、少し減らしてやってくれないか。」

「浄溜水だけにしとこうかね。」

「いや、水だけということはないよ。薬も少し入れなくちゃ。」

その男ははじめから興奮しているわけでもなく、虚勢でもなく、淡々と水のような微笑をただよわせていた。

注射をすると反応はすぐあらわれた。男は、コトコト、コトコトと震えて、だまっていたという。震えがとまると、血のいろが頬にのぼった。

「熱い、熱い！　あついよ、先生。こりゃア計って見りゃア五十度はあるね。」

男はやはり笑いながら云い、傍に佇んでいる妻の手をとって額へ持って行った。

「四十度はないよ。感じがつよいんだ。この注射じゃア三人に一人はこうだ。いつも君はこうかい。」

「いつもこれほどじゃない。」

S氏が熱を見ると、四十一度で、これも今度の原子爆弾症の定型的な熱の出方であった。男のいうように、肌に手をふれた感じは四十一度よりもっと強烈な熱さであった。

「今夜はこの寝台に泊って行けよ。蒲団をもって来て、粥をたいてやるが、どうかね。」

S氏がいうと、はねかえした。

「いや、こんなところより、女房が少しゃアいばっても、女房の里の方がましだ。」

　男は待合室へ出て行った妻の後姿を見送ってから、S氏に訊いた。

「ときに女房の方はいつ死ぬ？」

「一週間くらいかな。」

「それなら俺といっしょくらいだね。戦争もいよいよ夫婦を二人いっしょに殺しはじめたんだね。俺はまあいいが、あんなやつでも女だものな、可哀そうだ。しかし、お互いにあの世まで道づれというのは、よほどの縁だ。」

　明くる日来た男は、舌のさきに三つ、腋の下に四つ五つの赤い斑点をだしていた。しかし男もそれを云わないし、S氏も口にしなかった。それにはふれないで、

「きのうは疲れたろう？」

「うむ、一里の道を三時間かかって帰った。あれまでは一時間足らずで来たがね。」

「明日からは来なくていいよ。こっちから行ってやるよ。ときに麦めしをくってるのかい。」

「そうだ。」

「胃腸をこわすと面白くないから、米のめしをくったらどうだ。」

「そうしよう。まったくだ。」

　明くる日は、妻の里の者がS氏を迎いに来た。S氏が行くと、男は寝床に起きあがって、

「世話になったね。」

　と頭を下げた。けれどやはり微笑を浮べていうのである。

「ゆうべから真白なめしをうんと食ってる。しかしもううまくない。だけど医者というものは、死の宣告をうまくするものだと思ったね。俺の舌と腋に赤いのや紫のがぶつぶつ出ていたろう。あれで白米のことを云ってくれたんだね。」

「知っていたかい。」

「自分の五体だもの。生きてるうちはなんだってわかるよ。しかしS先生、俺はひとつだけふしぎなことがあるよ。戦争は日本が大敗け喰って、それで終ったんだろう？　とにかく戦争はこの間すんだんだね。そのくせ俺たちは戦争のために死んで行くんだぜ。戦争がすんでもまだ戦争のために現にこうやって死んで行くんだね。そいつが不思議なんだ。」

　それから三日後に、S氏はその男の死亡診断書を書かなくてはならなかった。妻は二日おくれて静かに死んだ。

無欲顔貌

5

戦争している相手の国が、末期へきて、原子爆弾を使ったことについて、一般には怨嗟的な解釈がされているようである。理性をとおしてよりも、反撥的な感情のもとに、そう云われているようだ。これは甘いあがきである。ソ連が戦争の終りにのぞんで仲介に入り、五分々々に引き分けてくれるだろうと云った、あのおひとよしの夢想に似て、不徹底な考え方と思える。

近代戦争を、十年も十五年もかかって、古い武士のように礼儀正しく、ゆっくりしようと思うのはおかしい。「戦禍の悲惨」を、私どもはただそのためにだけ嘆いているのではない。嘆くのは戦禍の悲惨「以前」である。

戦争は冷酷残忍にきまっていて、毒を浴びるような苦痛や、電波で街々を爛れるまで焼き、一軒の家さえ影ものこさぬほど破壊してしまうやり方は、近代戦争ではあたりまえのことにちがいない。それ以外のどんな戦争をも、もはや望むすべはない。

侵略戦争の嘆きは、それが勝利しても、敗北しても、ほとんど同じことなのだ。戦争をはじめなければならなかったことこそは、無智と堕落の結果であった。

広島市街に原子爆弾の空爆のあったときは、すでに戦争ではなかった。すでに、ファシストやナチの同盟軍は完全に敗北し、日本は孤立して全世界に立ち向っていた。客観的に勝敗のきまった戦争は、もはや戦争ではないという意味で、そのときはすでに戦争ではなかった。軍国主義者たちが、捨鉢な悪あがきをしなかったならば、戦争はほんとうに終っていたのだ。原子爆弾は、それが広島であってもどこであっても、つまりは終っていた戦争のあとの、醜い余韻であったとしか思えない。戦争は硫黄島から沖縄へくる波のうえですでに終っていた。だから、私の心には倒錯があるのだ。原子爆弾をわれわれの頭上に落したのは、アメリカであると同時に、日本の軍閥政治そのものによって落されたのだという風にである。

6

その頃から、日本の国力の疲れは眼立っていた。ぼんやりした民衆の疲れは、広島市のあの日の死の宿命を、より深く掘り下げ、屍をつみすぎた。

日本のいたるところの都市が、つぎつぎと矢継早に空襲され、息づまるような末期的な恐怖にさらされているとき、広島は八月六日の夜あけまで、ぽつんととりのこされていた。なぜそうされているのか、誰にもわからなかった。人々はふしぎがりながらぼんやりしていた。日本地図のうえで、京都と広島だけがとり残されていることがますます眼立った。その七月から八月はじめにかけて、次のような推定意見が市民の間に流れた。

アメリカの爆撃機が、広島県の北方の山奥にある、大きな河の堰を切るという噂である。そのダムは大きいもので、堰をぬかれたならば、十里の長さの村から町は、瀬戸内海に向って押し流される。

そして人間は急いで高い山中なんぞへ逃げても、かたまっているところを、片はしから爆撃される。生きのびた者も、水に押し流されて壊滅した県下いったいの農村から、農作物を何ひとつ得ることはできないから、飢えて死ぬのである。

この風評の出はじめたころ、市のどこかの町内会で、竹で作った浮袋を隣組にくばった。全市民へではなかったから、私はそれを見もしなかったが、夜の波状爆撃などで、市街のまわりが火事の輪になり、なかの民衆が逃げ場所をうしなった場合、市中を流れる七本の河へ、その浮袋を抱いてとびこめば、自然に海へ流れ、海で待っている軍隊の船が救ってくれる手筈であったという。

このような、軍の好意で配られた竹の浮袋が、まちがった浮説を生んでいるのだと、広島の新聞は社説で、内容は書かずに市民をたしなめたりしていたのだ。

けれども、私がダムを切られる話をきいたときは、もうどうすることもできない力で全市のうえに、その噂がひろがっていた。それなら欧州戦にでもそんな例があるのかと考え、なにか根拠があるのかときくと、そんなものはないという。それでいて巷ではそこつな研究がされていた。

山間ダムが切られて、広島市街へ水がくるまでには八時間かかる、いや、海の満潮とにらみ合せて切るから、二時間半で水びたしになる。けれども、あれだけの河の水では、広島市へ来たとき、平均地上へ四寸の水しかたまらない。いや、四尺である。ところがB29がダムをぬくと云っても、爆弾をどんどん落しただけでは抜けない。日本の特攻隊のように、爆弾をだいてつっこんで来て、自爆でもしない限り、あのダムは崩れないそうだ、このような風説が広島全市にひろがっていた。

いつかはなにか起きると、漠然と覚悟しながら、より深く、爆撃されぬ意味を追及しようとはしなかった。市民たちはもっと可憐な空想をももっていた。

広島は水の都と云われ、七つの河が市内を流れわたっている美しいデルタ地帯だから、アメリカはここを別荘地にするのだそうだ、などと。

これに似た空想は私自身ももっていた。広島はとくに美しいという都市ではなく、外国人にとって魅惑のある街とも思えなかったけれど、どこもかしこも壊してしまったのでは、日本へあがってきた場合に、さしむき困るだろうと思った。

「広島は東と西のまんなかだから、あがって来たとき、荷物をおくとこにのこしているのかも知れないわね。」

母や妹と内緒の話をするとき、わたくしはこんなことを云ったりした。半ば冗談に少しは本気で。

人々はいつの間にか負ける思いに堕ちていたのだ。一方の心で、アメリカ軍の上陸を迎え、日本人の一人々々が十人と戦争を交して、「あくまで勝とう」と思いながら。

七月の半ばから終りにかけて、東は岡山まで焼けて来、南は呉市が形もなく焼きつくされた。西は山口県の小さな重要都市が、次から次、舐めつくされるように爆撃され、のこされた近くの街々は気息奄々としていた。

広島ではその春に一度、何百という敵の艦載機をむかえたが、そのときも県下の島のあたりに、僅かな空中戦闘や被害があっただけだった。市内の者たちは、ろくに敵機を見ることもできなかったし、よほど歩きまわらなくては、敵弾の落ちた跡を見に行くことも出来なかった。

四月のはじめころB29が一機だけ来て、とおりすがりに、一つか二つの爆弾を市の中ほどの大手町に落して行っただけである。そのときも朝であった。しかし、あまりに早く、七時まえだったので、市庁や銀行や会社の、大きな建物は人気もなくからっぽで、そのあたりの町でもたいして亡くなった人はなかった。

それから後は、沖縄が落ちるあたりまで、広島の空は他の都市に比べ、無事であった。岡山や、呉や、山口がはげしい空襲にさらされるようになってから、広島の空高く、東から西から、そして南からも北からも、きのうもきょうも、どこを焼きはらいに行くともわからず、B29の編隊が通りすぎた。おびただしい艦載機といっしょの日もあった。ある日は今日こそ広島だと思われるときもあった。いつのときも、通りすぎ、とりのこされた。無気味であった。

市民たちはまた云いはじめた。なぜ京都と広島を大切にのこしておくのだろうかと。京都は花の都、それから広島は水の都だから、アメリカの別荘地にするためだと。

そのうえまた妙なことを云いはじめる。広島は昔から出嫁人が多いけれど、伝統的なアメリカ移民は、どこよりも広島県がいちばん多い。その二世たちが今度の戦争では、アメリカ側の戦線に立ってよく働いている。広島を爆撃しないのは、それへのお義理だということであると。

少しは見識をもっている知識人までが、馬鹿げた新教などに溺れる知識人のあるように、このような詮議を自分もほかの人に真顔でつたえたりしたのだ。

一方、戦争の責任者たちは、相手の空襲に、戦略爆撃とか、戦術爆撃などと区別をつけて、新聞に書かせていた。そのような判定で下されるほどならば、その戦争責任者たちは、正統な専門的な、戦術的な頭脳で、なぜ「とりのこされた大きな街」を、その理由のために、追究しなかったのだろう。

近世の科学兵器はもはや性急にとり出される時機が到来していた。こちらが出さなければ、どこかが出す。それは残虐で怖ろしいものにきまっているのだ。

その予感と、最後にまわされている街の地形や環境や、距離などを結びあわせたなら、戦争責任者の最高頭脳には、なにごとかの結論が幻想されたにちがいない。

その推理が主知的に処理されていたならば、広島の街々に、また県下の村々に、あれほどの死体をつまなくてすんだことと思える。

たれもかれも戦争のために疲れすぎ、ぼんやりしていたことを不幸に思う。戦争に終りが近づいたあの当時の日本こそは、原子爆弾以前、精神上の無欲顔貌にすでに突き陥されていたのである。

7

私はつぎに、手許にある新聞の材料から、原子爆弾からうけた、形のうえの被害の性格を、のちの日のために書きとめておきたい。――どういうわけか、そのうえでなくては、広島市のあの夏の朝の出来ごとを書きはじめる気持に私はなれない。――

学究者たちの興味深い中間報告発表や、個々のうえに現われる原子爆弾病と云われるものはべつとして、数字にあらわれた死傷者のありさまは次のとおりである。

死者	
男	二万一千百二十五名
女	二万一千二百七十七名
性別不明	三千七百七十三名
計	四万六千百八十五名
行衛不明	
男	八千五百五十四名
女	八千八百七十五名
計	一万七千四百二十九名
重傷者	
男	九千八百五十七名
女	九千八百三十四名
計	一万九千六百九十一名
軽傷者	
男	二万一千九百四十七名
女	二万三千三十二名
計	四万四千九百七十九名
罹災者	
男	十万三千六百四十九名
女	十三万二千八名
計	二十三万五千六百五十七名

この、非常に小さく見積ったとしか思えぬ数字は、八月二十五日にまとめた統計で、これどころではあるまい。行衛不明や重傷者を死亡として、死者が十二万を超える様子だと、九月十五日の新聞で報告している。けれどもかすり傷ほどの軽傷者や、裂傷や火傷もなく、けろりとしていた人が、ぞくぞくと死にはじめたのは、八月二十四日すぎからであった。私のいる小さな部屋でさえ、毎日三人、四人と殪れて行った。そのころ、八月六日の当日、広島にはいなかった人で、あとから死体の取りかたづけなどで勤労作業に出て行った地方の人までが、死ぬと云われた。

この死の恐怖は、原子爆弾の落ちた日の曖昧模糊とした恐怖にくらべ、もっと深い姿で、ほぼ一カ月の間、ひたつづきにつづいた。

九月二十日をすぎてから、やっと死ななくてすむかも知れぬ少数の人間の残っていることがわかったのであった。

8

後になって広島に出かけた人たちが、間もなく原子爆弾症に犯され、しばしば殪れたという、未知の世界について、広島文理科大学の藤原教授が、中間報告をしている。教授はX線専攻で、理学博士である。

「八月二十日、市外居住者が広島市の西寺町へ出て行き、半日がかりで墓場を掘りかえしたが、帰宅後、間もなく原子爆弾症に罹った。

×当日爆心圏外三キロの地点（吉島《よしじま》本町）にいた人で、無傷にも拘らず間もなく死亡した。

×翠町官舎通り東部（爆心から三キロ）ではその日無数の火塊が降った。

×同じく千代田町広島工専では、光線の束が矢になって注いだ。

×郊外矢賀町のある人は、顔面に強い光熱を感じたが、その後本人にはなんの症状も認められない。

×私自身（藤原教授）の体験で、拙宅（翠町）の屋根に火の玉が落ちかかり、隣家の夫人が消すつもりで水をもって来たとき、もうなんの異状も見えなかった。

×比婆《ひば》郡の庄原町で日赤病院の渡辺博士の診た患者（当日翠町の自宅にいた）は、白血球検査の結果、二千に足りなかった。」

藤原博士はつづけて入念に云っていられる。

「この他異例を往々耳にするにつけ、放射性物質の飛散には、濃淡があるのではなかろうか。戦災後日にも、まだ相当強力な放射能が潜在しているのではないかとの疑いをもった。そこで当日火の玉が注いだという翠町官舎通り東部の現場に出掛け、放射能を測定して見たところ、かなりな濃度のものを含有していることが判った。

また広島工専には、整流真空管の陽極の一部分が落下していた。また拙宅の押入内に石片、茶の間に相当高温度に焼けたと思われる電気アイロンがころがり込んで居り、これらはみんな爆心圏からとんで来たものと思われる。整流真空管、石、アイロンの三つとも放射能の反応は認められなかったものの、これらの事実より推定するに、爆弾主体（ウラニウム）の原子核破壊にともなって発生する中性子、ガンマ線、電子、X腺、紫外線、光線、熱線などが、四方へ飛散するとともに、強力な爆風を誘導、これによって破壊された爆心地帯の物質が、四散したものと考えられる。」

博士の熱心な報告はつづいている。

「この点をわれわれは等閑視していたきらいがある。爆弾を二個使ったものと推定するか、初めの一つが高度六千メートルで作裂、二弾はその爆発によって誘発されたのであろうとすれば、第二弾の炸裂は初弾よりも低空で、しかも完全でない。このように考えると、爆心地帯の物質四散のほかに、原子弾の破壊したものも同じように飛散したものと考えられる。四方に飛び散った物質は、高温に熱せられていたと思えるし、それは単なる外熱か高周波電気炉式の加熱かである。

またこれらのものには、破壊爆弾の主体が多量に附着していたもの、また附着していなかったものもあるであろう。前記官舎通り東部には、放射能物質が多量についたものがとんで来たのであり、拙宅には単に灼熱だけで放射能物質を含んでいない石や金属塊がとび込んだのである。」

この前提ののちに、藤原教授は結論をつかんでいる。

「かように考えると、爆心圏をよほど離れた距離にいたものでも、火傷をうけたり、原子爆弾症状を呈したもののあることを首肯できるのではないか。さきごろ都築博士が新聞に発表された『放射能物質は比較的均等に分布している』との見解に対して、私は飛散物を認めた地点を、特異点とよんでいる。

目下この特異点附近ではどの程度の放射能物質が残っているかの調査を進めている。都築博士の調査報告にもあったように、爆心圏の放射能物質も、今日では人体に害を及ぼさないほど微量なものになっているようである。しかし、爆発後二、三日間の中心地点には、相当の放射能が残存していたように、浅田博士も云っておられる。だから、西練兵場で一週間死体片づけに従事した兵士など、とつぜん死んで行ったということなど、その時の健康状態や周囲の条件がよくなかったためであろう。健康体のもとでは異状を見るに至らなくても、過労、栄養の不足によって原子爆弾症が顕著になるのは、当然であろう。」

以上で藤原博士の残存放射能調査の報告は一応終っている。

ていねいだけれどもまだ私どもに蒙昧のさまよいを残すのである。

9

それならば、解剖学の第一人者である東大の都築博士は、どのように云っているだろう。

「爆撃があってから四週間になる今日の状態では、汚染度に悪影響をおよぼす程度のものは、残っていないと考えるのが、至当であると信じる。それで、八月六日朝の爆発の地点には、どれだけの熱力が発生したものであろうかという問題である。これを何か平生知っているものに比較できないか。物理学の方の人との相談の結果、こんな風に申しあげたらわかりやすいのではないかと思う。ウラニウムの熱力は、地上五百メートルのところに、一億トンのラジュームをおいたとき出すアルファ線の熱力と等しいことになるらしい。いったいラジュームを一億トン持って来たらどんなことになるか。われわれが普通ミリという単位で呼んでいるあのラジュームに対して、一億トンという数字からは、ほぼ見当はつく。平清盛が太陽をよびかえしたという伝説があるが、必ずしも不可能ではない。そうしたらどういう力が天からふって来るかという問題、これは大体四つの威力原が天から降って来る。その一は、光と熱の威力が一定の方向を走り、また反射することによって、強い力を起す。第二は機械的な爆発威力で、家が壊れたり人を刎ねとばしたりする力。

第三は未知の威力で、放射能性物質などによるもの。第四は未知の威力というのみで、依然として現在にいたるまで未知であります。」

私自身は、この「未知」という言葉につよくひかされる。その談話を克明に書きとっているのは、この観念的な魅力の故とも思える。

「その放射能性の物質とは、果して何物であろうか。もしこの原子爆弾が、数年来アメリカで研究していたウラニウムを使ったものならば、熱力のうち、一番重大な部分を占めるのは中性子で、それは非常に早い速力で走る微粒子である。絶えず宇宙をとびまわっている中性子は、人体に傷害を与えないと考えられていたが、傷害をあたえ得るのであります。」

さらに。

「今日まで理科学研究所で採取された防空壕の土の毒素は、非常な勢いで減約している。燐は動物の骨にあるので、一番よくわかっているが、この前（八月六日の当時か——大田）来たとき、相生橋の近所に動物の骨があった。手の骨ではないかと想像されたが、それを持ってかえって研究すると、放射性物質が出た。八月六日の爆発当時、その動物の骨の中には約二百倍の放射能があった筈である。なお爆心の近所で火葬されていた人間の骨を調べて見ると、約九十倍あった。一昨日（九月二日）またその附近から人間の骨を拾ってはかって見ると、九十倍あった。

人体には千倍以上でなければ、影響しないものである。これは燐だけの話だけれども、爆撃直後、広島市に入って来た人は、十分の一以下の傷害をうけるが、他の鉄とか銅とか、その他のものも数日で殆ど無くなってしまうから、爆撃後の数日間は別問題として、その後はまず害はないものとの結論を得たわけであった。」

さらに。

「第四の未知の威力は、今わかっておりません。ある特別のものということだけは考えられます。

目方五百ポンド、長さ三十乃至三十六インチ、直径十八乃至二十インチの二百二十二キロ爆弾と等しいものの中に、毒物をいっぱい詰めてきても、あれほどたくさんのものが中毒するとは思われない。わかることは爆撃の瞬間に出た中性子、ならびにラジュームのガンマー線に均しいもので、波長の短いレントゲン線のようなものが、いっぺんにさっと放射して来て、露出していたものがまず光を受ける。中性子はどの程度に人間を傷害するかというと、平生取扱っているものと比較すると、ラジュームのガンマー線の約二倍の性能をもっていると考えればよいのでありますが、爆撃の瞬間には想像以上の熱力であるが、そのあとの熱力は、普通実験室ではかり得るものは、よほど少い。

全部あわせても人体に傷害を与えるものは、一カ月を経た今日では、おそらくないであろうと思われる。この問題を、病理解剖学的の変化から申しますと、現在のところ、絶えず進行性をもっているとは云い得ない。

　はじめ中性子がさっとわれわれの体にふれたとして、少量のラジュームを体ぜんたいに抱いているものであるから、一カ月の間にはそれが続々と出てくるものと思ったが、病理解剖学上では、さらにくわしいことを、東京で顕微鏡的に見ねばわからぬが、今のところ進行中ではないと思う。」

それからさらに。

「ウラニュームの発見者、キューリイ夫人は第一の放射で亡くなりましたが、この瞬間を切りぬけた人は治療次第では治るのではないかと思います。」

また次に。

八月二十九日長崎市に入った九大医学部の沢田内科班は、羅災現場や救護病院で活動していたけれども、ウラニウムの人の体に与える影響を左のように語っている。

「原子爆弾が人体にあたえる問題を、三段にわけることができる。第一期は即死であり、第二期は疑似赤痢患者の如き下痢症状を起して死ぬもの、第三期としては現在救護所に入っている皮膚面に対して大きくない負傷、すなわち火傷なしに死亡するものである。

　この第三期的患者の主症状は、歯茎《ぐき》から出血し、貧血症状を呈し、毛髪が脱落し、咽喉部が潰瘍を起す。あるものは喀血、吐血、血尿、血便となり、皮膚面に点状出血をなし、血液は、一立方センチ中の白血球数が二百乃至三百となる。

　これを臨床学的に研究して見ると、相当程度に骨髄を破壊しているといえる。骨髄は、赤血球顆粒細胞結晶板（血液凝固の作用をする）を製造するところであり、この骨髄の機能が閉鎖すれば、第一に貧血を起し、顆粒細胞減少症としては、高熱、咽喉痛、扁桃腺炎などを起す。ジフテリア様の症状である。

　婦人ならば腫潰瘍を起す人もあるし、血漿板の附着のため、出血はとまらないという結果を生じる。白血球の問題については、普通に急性白血病というのがある。これは逆に白血球が増加して、脾臓などが腫れて死するものであるが、この急性白血病の中に、急性白血清（ミエローゼ）というのがある。

　すなわち原子爆弾の場合に見られる白血球のもの

凄い減少ぶりと酷似しているものである。われわれとしては、これらの問題について、今後骨髄の組織学的変化ということに主目標をおいて進みたい。」

このようにひたむきにのべられ、もっと専門的なことがらや、治療への意見などが、どの人によっても説明されている。それでいて、私どもは、さまよいの思いをやわらげることはできなかった。さまよいの思いとは多く心理的なものであった。被害者たちは、客観と主観の間をさすらい、絶えず死に引きずられていることを感じないではいられなかった。

それはすべてが、はじめての経験だということから生れて来た。原子爆弾の被害の特質は、今後何年か経たなくては真実がつかめそうもない、その過剰な不安をもたらせられたことのうちにあった。

学問的に異常な興味は争いがたいので、専門家たちは、名誉と良心と義憤と、それから好奇と興味のために、それぞれの立場に忠実であった。けれども罹災者の心理への理解は、淡泊なものに思えた。

このことは学者たちの責任ではないかも知れない。中央当局の関心は、そのころすべての面で希薄なものに思えた。形而下学はあの場合もっとも必要だったけれど、形而上学的ななぐさめも、もっとほしかった。

治療方法があきらかにされてからも、その薬品も注射薬も医者のところでさえ手持はすぐなくなってしまい、田舎では血球の検査もできなかった。栄養と云っても果実ひとつなく、青い野菜もなく、米さえも、一日に麦一合に五勺の玄米で、一合五勺が配られるだけだった。

ここへもし、薬品と、注射薬と、いろんな試験をする設備と、栄養食品をつんだ大きなトラックが駆けて来たならば、そのなによりの救いに、罹災者たちは傷ついた心をよみがえらせたにちがいない。そのような良心的なトラックが村々をつぎからつぎに訪れて、精神の傷を見舞うことを、どれだけ私は希んだか知れなかった。

町から山々を越した山村にこそ、たくさんの罹災者たちが、死の悪夢のなかで魂までも蒼ざめているのだったから。

大田洋子

運命の街・広島

10

一度も広島を訪れたことのないひとは、原子爆弾を浴びた前の広島を、いったいどんな街だったろうと思うにちがいない。

遠い昔は広島とよばないで蘆原と云った。一面、葦におおわれた、広い三角洲であった。今から約四百年の昔、戦国時代に、そこへ毛利元就が城を築いた。元就は徳川に追われて、山口の萩に去った。そのあとへ福島正則が来てさらに城を築き添え、そこに入った。

けれども福島も一代で没落した。次の浅野家は、十三代栄えてつづき、勤王派の浅野長勲を最後に明治維新の革命の中にその永かった姿を消した。明治維新のときの広島は、ちかくの山口のように、華々しく大きな力で浮きあがることはできなかった。

長勲侯爵は偉くて立派だったが、麾下のひとびとの情熱が、稀薄だったためといわれている。このことは近世の広島人の人柄のうえで、思い知らされないこともない。

人柄はどこか、風光と同じように明るいけれども、投げやりで、非社交的である。軽く舌のさきでものを云っているような地方弁のひびきは、東北弁の重厚さに比べて対蹠的である。

けれども、こちらがとくべつなにか考えたり、深入りをしさえしなければ、気候風土のいい、明るい街で、物質も豊かで暮しいいところだった。

広島の地形は、山岳地帯の北から、南の瀬戸内海へ扇の形にひろがっていて、そのデルタの街街を七つの河川がやわらかに流れている。

町から町を流れている大きな河には、数知れぬ橋がかかっていた。どの橋も近代風で、さっぱりし、幅はひろく、白くて、長かった。どの河にも白々と帆をかけた漁船や、小さい客船などが、宇品湾の方から、かなり上流まで入って来た。上流の河には、山の影がはっきりうつっていた。

広島の川は美しい。眠くなるような美しさである。高低のない広い土地に、眠ったように青く横たわっていて、はっきりした流れも見えないし、気持のいい急湍の音もきこえず、やさしいせせらぎを眺めることもできなかった。雪がふって凍るような冬の日にも、その川を見ていると眠くなりそうだった。

大雪のふる広島の川を、私は好であった。街々が雪に閉され、ひっそりした銀一色の世界に変っている間に、七つの川は相変らず底の方に白い砂や、みどりがかった小石などを透きとおらせたまま、ゆっくりと横たわっていた。河原のこまかい砂は白く、石ころも白や茶色や、くすんだみどり色や、たまにはうす赤く染めたような石までがあった。

河の面は深い山の湖にそっくりの、あの薄紺の静かな色をしていた。冬の川は、どうかすると青くうすい硝子か蠟をぬった紗をはったように見え、そのうえに降りそそぐ雪は、一ひらずつ、やさしく吸いこまれては消えて行った。

地図のうえでは西に寄った広島に、なんとはなく、南国のように生あたたかな、そして暢気で悠長な気配がただようのは、このような河川の姿と、南に向って扇のようにひらいている街のためであろう。街の周囲は、南の海の側だけをのこして、三方を山にかこまれていた。駱駝の寝たような山から山のつらなりは、低くやわらかく波うっていた。繁華街の町の中からさえ、どちらへ向いても山脈はすぐそこに見え、いつもは広島に住んでいない私をびっくりさせた。

そして山と山との間に、くっきりした対照をもって、そびえたっている広島城が、朽ちた石崖とともに、これもまた町々のどこからでも近々と見えていた。白と黒と灰との静かな色調からなり立った高い古城は、平坦な街に一種の変化を与えていた。

広島の娘たちは、山の地方の娘のような、白い皮膚や剽悍な顔はしていないで、たいてい浅黒い皮膚をしている。――ある人はそれを河に焼けるのだと云っていた。河には近くの字品湾から直接潮が入って来て、一日に幾度か満ちたり引いたりしているのだったから、河焼けの話はあたっているかも知れない。――

娘たちはたいていずんぐりしていて、黒い髪や白い歯は若々しいけれど、妙にゆらゆらと体をうごかして歩いたり、駆けなくていいときに駆けたり、人をばかにしたようにぼんやりした眼をそらしたり、乗物のなかなんぞで唇をひきしめないでいたりする。

たまに背の高い、剽悍な、美しい顔の娘を見かけるが、まえに書いたあの舌のさきだけで軽く喋る調子の低い言葉のひびきは、人の心をはねのけてしまう。

このような気のおけない娘たちをもふくめて、広島の人口は、四十万と云われていた。三十万とも云われ、五十万とも云われていた。人の疎開で、よほど減っていたようでもあった。そのかわり、軍隊の連中が方々から、ひっきりなしにかたまって入って来ていた。私は、八月六日の日四十万前後の人がいたと思う。

家の数は、一軒に四人いると少く考えて、十万軒くらいと思われた。八月六日の空襲の前、町町の家は、由緒ある建物まで、建物疎開のためにどこもかしこも無惨にこわされていたが、あの少し前、日赤病院の四階の屋上から私の眺めた市街は、どこを疎開したのかと思うほど、ごたごた家並がいっぱいかたまり合って、市には詰まっていた。

このような街に、真夏のある朝、思いがけなく無気味な光が、空からさっと青光ったのだった。

11

私は、母や妹たちの住んでいる、白島《はこじま》九軒町の家にいた。白島は北東の町はずれにあたっていて、昔から古めかしい住宅地である。いかにも中流社会らしく、軍人や勤人がたくさん住んでいたから、昼間は玄関を閉じて、婦人ばかりひっそりとしているような町であった。

私たちも、母と妹と、妹の女の赤ん坊と、女ばかり四人住んでいた。妹の良人は六月末に二度目の応召をして、それきりどこにいるともわからないままであった。

東京から正月に帰って来た私は、三月をまってから誰かをつれて、東京の家を始末するつもりでいた。すこしあたたかくならなければ、昼も夜もつづけざまに、土の穴に入っていなければならぬ東京で、どうすることもできないからだった。

東京では、最初の空襲、十月三十日の雨の夜、日本橋のあたりと西神田が、夜の十一時から朝の五時すぎまで爆弾と焼夷弾の連続爆撃で燃えつづけた。そしてその次の十一月二日には、いきなり七十機が、私の住んでいた練馬の空へきて、家のまばらな武蔵野のあちこちへ、爆弾と焼夷弾とを落した。二百の爆弾が、一丁半おきに一つの割で落ちたと云われ、私の住居のまわりでも、よく知っている家々が焼けたり、壊れたりした。

東郷平八郎の、「敵はよもやと思うところへやってくる」という言葉を、近くにいた友達の婦人作家と私とは、くりかえして云い、おもしろがったのだった。私は東京の昼夜の爆撃と食物の足りなさに疲れはて、故郷の広島へかえって来た。

広島が戦争中、安心して住んでいられるところとは思っていなかった。けれども手ぶらで田舎へ入ることもできなかったから、そのままにして来た東京の荷物をとりにいく考えだった。三月が来ても、四月になっても、東京へ出かけることはむつかしくなった。日本の東はもう大阪や神戸まで、一日の隙もなくすさまじい空襲にさらされていた。

五月になると私は急性の病気で、赤十字病院へ入院した。病院に七月二十六日までいた。このようなことのために、私は病院にいる間に約束しておいた田舎の家へ行くことがおくれていたのだった。

私は八月六日の朝よく眠っていた。前夜の五日の夜は山口県の宇部市がほとんど一晩中、波状爆撃をうけて、ラジオの情報をきいていると、眼のまえに火の山が見えそうな気がした。

山口県は、光《ひかり》、下松《くだまつ》、宇部と、つづけざまに焼けたのだから、広島も今夜にも炎の海になるかも知れなかった。あとでアナウンサーがまちがいだと取消していたけれども、五日の夜中には宇部とはべつに、広島をとばして福山市が焼夷弾の攻撃をうけていると放送した。

広島にも空襲警報が出ていたし、隣組からはいつでも避難できるように用意をしておくように伝えて来ていた。だから五日の夜はまるで眠ることができなかった。

夜あけに空襲警報がとけ、七時すぎには警戒警報も解かれた。それから私はあらためて眠ったのだった。寝坊はいつものことだし、病院から出たばかりで、昼ちかくまでねていることも多かったから、家の者たちもあの光線が青々と光るまで、私を放っていた。

私は蚊帳のなかでぐっすりねむっていた。八時十分だったとも云われ、八時三十分だったともいうけれど、そのとき私は、海の底で稲妻に似た青い光につつまれたような夢を見たのだった。するとすぐ、大地を震わせるような恐ろしい音が鳴り響いた。雷鳴がとどろきわたるかと思うような、云いようのない音響につれて、山上から巨大な岩でも崩れかかってきたように、家の屋根が烈しい勢いで落ちかかって来た。気がついたとき、私は微塵に砕けた壁土の煙の中にぼんやり佇んでいた。ひどくぼんやりして、ばかのように立っていた。苦痛もなく恐駭もなく、なんとなく平気な、漠とした泡のような思いであった。朝はやくあんなに輝いていた陽の光は消えて、梅雨時の夕ぐれが何かのようにあたりはうす暗かった。

牡丹雪がふるようだったときいていた呉の焼夷弾のことが頭に浮び、窓硝子も壁も次の間との隣の襖も屋根も、なにもかも崩れ飛んで、骨ばかりになった暗い二階で、私はきょろきょろと焼夷弾を眼で探した。

四十も五十もの焼夷弾が頭の傍にふり落ちたと思ったからである。それにしては焔も煙もあがっていない。それに私は生きている。なぜ生きているのだろう。ふしぎであり、どこかに死んだ私が倒れていないかと、ぼんやりした気持であたりを見たりした。

二階にはなんにも見えなかった。ただ土煙のもうもうと立つ土の小山や、微塵に砕けた硝子や、瓦のかけらの小山があるだけで、蚊帳や寝床さえもあと形もなかった。枕元にあった防空服も防空帽も時計も本もないのだ。次の間に積んであった十二個の田舎行の荷物もさらわれたように、なんの形もなかった。妹の良人の、三千冊の蔵書の入っていたいくつかの大戸棚も、どこへとんで行ったのかわからなかった。

家の中にはなんにも見えはしなかったけれども、外は平素見えなかったところまで、見渡す限り壊れ砕けた家々が見えた。それは遠くの町々まで同じであった。八丁堀の中国新聞社や、流川町の放送局などが、がらんとした空しい様子で影絵のように私の眼にうつった。

道をへだてた前の家には、石の門だけがぽつんと残り、家は無惨に倒れ伏していた。石門のまん中に若い娘が一人、腑ぬけのようにぼおっと立っていた。娘はまる見えの二階の私を見あげると、

「あっ」

と云った。それから、

「早く下へお降りにならなくては」

と沈んだ声で云った。私は降りることができなかった。表と裏と、二つついている階段は、折れもせずに残っているが、その中途は私の身丈より高く、板や瓦や竹でふさがっている。

私は前の家の娘さんにたのんで家の者をよんでもらった。それを頼みながら、誰も永遠にあがって来ないという気もした。

血まみれの妹が化物のような顔に変りはてて、階段の途中まであがって来た。白い洋服は染めたように真赤になり、白い布で顎を釣った顔は紫の南瓜のように腫れていた。

「お母さんは生きてるの。」

私ははじめにそう訊いた。

「ええ大丈夫。墓地からお姉さんを見てなさるわ。赤(赤ん坊)も生きてます。早くお降りなさい。」

「どうして降りるの？　とても降りられそうにないわよ。」

母が生きているときくと、私は安心して力がぬけた。妹は階段の障害物を両手でかきわけた。それから眼をとじてそのうえに倒れそうになった。私は上から云った。

「お降りなさいよ。すぐ私降りるから。」

「お姉さんの方が傷が浅いから、どうかしてぬけ出てらっしゃい。」

妹に云われてはじめて私は着物の衿が血でびっしょり濡れているのを見た。血は肩から胸のあたりへしたたり落ちていた。部屋を出るとき、再びあがってくることのない、何カ月か私を暮させてくれた十畳の間に、私は別れの眼をそそいだ。ハンカチ一枚そこには見えず、寝床があったと思われるところに、ばらばらになったシンガー・ミシンのころがっているのがやっとわかった。

這い出るだけの穴を私は障害物の中にあけて、階下に降りた。階下は二階ほどめちゃめちゃではなく、二日前に荷造したばかりの妹の疎開荷物の、簞笥やトランクや箱類が、嘘のように積み重なっていた。裏庭には私の大きなトランクと母の行李とが、投げつけられたように土にうずもれ込んでいた。前の夜、二階のコンクリートの露台の端にだしておいたものであった。そのふたつを私どもは焼夷弾を浴びはじめたら、裏の墓地へ放り出すつもりでいた。

庭の板囲いの外は墓地であった。板囲いには枝折戸がついていて、私どものところではその広い墓地の端に防空壕をつくっていたし、少しばかり菜園にもしていた。板囲いは吹きとんでいたから、墓地はまる見えで、母は墓地と家とを行ったり来たりしていた。

墓地のつづきは石崖になっていて、石崖にも板囲いがめぐらしてあったが、その板塀もなくなっていた。いつもは見えなかった石段がよく見え、義弟の神社が鳥居だけをのこしてぺったりと倒れているのが見渡せた。

12

私は母や妹と広い墓地で顔を合せた。

「お宮をねらったんじゃろうね。」

母は内緒のことをいうように、小声で私に囁いた。けれどもこれだけの家がこわれてしまったのに、火事にならないから、焼夷弾とは思えなかった。爆弾とも思えなかった。東京で見たそのどちらとも違っているし、だいいち空襲警報も何も出なければ、敵機の音もきかなかった。

なんのために自分たちの身のまわりが一瞬の間にこんなに変ってしまったのか、少しもわからなかった。空襲ではないかも知れない。もっとちがうこと、戦争に関わりのない、たとえば世界の終るとき起るという、あの、子供のときに読んだ読物の、地球の崩壊なのかも知れない。私はぼんやりとそんな風に思ったりした。

あたりは静かにしんとしていた。（新聞では、「一瞬の間に阿鼻叫喚の巷と化した」と書いていたけれども、それは書いた人の既成観念であって、じっさいは人も草木も一度に皆死んだのかと思うほど、気味悪い静寂さがおそったのだった。）

「下から随分よんだのに、きこえなかった？　きゃっと叫んだような声がしたきり、いくらよんでも声がしないから、だめかと思いましたよ。」

母が云った。私は叫んだりした覚えはなかった。

「墓場から見たら、きょろきょろして立っているから、うれしいでしたよ。」

「そう？　よかったわね。みんな助かってね。」

妹は墓石に腰かけて、両手で顔をおおい、やっと倒れないでいた。母は眠っている赤ん坊を私に渡した。母は水を汲むために、今にも倒れそうになっている家の中へ入って行った。母が自分の家を通りぬけ、前の家をも通りぬけ、ずっと向うまで歩いて行く姿は小さかった。

隣りや近くの家の人たちが、たいていの人ははだしのまま、そしてたれもかれも血でびしょびしょにぬれて、墓場へ集って来た。こんもりした森のこの墓地は、感じのいい広々としたところで、ふしぎに墓石は一つも倒れていなかった。どの人も妙に落ちついていた。静かな無表情な顔をし、いつもとちっとも変りのない云い方で、「どなたもみんなお出になりましたか」とか、「ひどいお怪我でなくてようございましたね」などと云い合った。誰も爆弾とも焼夷弾とも云わないし、そんなことは国民はとやかく云ってはいけないのだという風に、押しだまっていた。

そのうちに隣りの大きなからだの娘さんが叫びはじめた。

「お母さん、お母さん！　早く逃げましょう。火事ですよ。欲ばって家の中を探していると、焼け死ぬんですよ。どこでも死ぬ人はそうなんですからね。逃げましょうよ。早く、早く！」

私どももその叫び声で、いつまでものんきにここにいてはあぶないのだと思った。ゆっくりしていると、私の母も幾度でも家の中へ探し物をしに入って行く。母にそうさせないためにも早くどこかへ行こうと思った。

ぺしゃんこになった町の、東のあたりから、地を這うように薄い煙があがりはじめた。私は土の中へのめり込んでいるトランクと行李とを、防空壕へ入れておくつもりで手をかけて見た。けれども手にはつよい力がなかった。そのうえ妹に赤ん坊を抱かせておくと、赤ん坊は血まみれになってしまう。私は荷物をあきらめた。

私は、血の出る怪我をしなかった母のだしてくれた、もんぺをはき、畑へ出るときに履く古ぼけの草履をはいて、背負袋を背負った。みんなの背負袋は毎晩玄関に出ていて、その玄関の物だけが無事であった。私どもはバケツを一つ持った。私は老婆のように、濃いみどり色の雨傘を杖にした。その雨傘の柄は家と同じように、くの字形に曲っていた。墓地まで母の投げ出してくれた、二、三足の大事がっていた靴や、夏のオーバアなど、逃げ出すとき見るには見たけれど、ちっとも欲のない人のように、手にしなかった。

荷物をあきらめたというよりも、心をうしなっているのだ。だから平素は欲の深い人たちまで持てる物も見捨てて行ったのだった。このしびれたようなうつろさは、その後もながく、三十日も四十日も経ってからも、ほとんど変りはなかった。

神社の境内で義弟の妻を見かけた。崩れてしまった住居と神社との間を、かの女はうろつきまわっていた。義弟は六月に三度目の出征をし、広島市にある第一部隊にいたので、若い妻は独りであった。

神社の前の通りへ出て見ると、通りの右の方の向うから、もうそろそろと火が土の上を這って来ていた。私どもは左手ちかく見える土手の上の線路を歩いている五、六人の人を見た。その人たちがあわてた様子をしていないのを見ると、火事はまたあまりひどくはないと思った。

私どもは壊滅した町を歩いても、なんの感じもまだ起きなかった。あたりまえのときあたりまえのことが起きたように、びっくりもせず、泣きもせず、だから別に急ぎもしないで、人々のうしろから、近くの土手へあがった。その土手の片側は官有地の住宅町で、同じ白島でも九軒町よりもずっと高級な、美しくて立派な家が並んでいた。そのどの家も大きな力で押しつぶされたように、倒れ崩れていた。古い友達の佐伯綾子の住んでいた家も、見る影もなく倒壊していた。私は佐伯綾子はどうしたかと、ちらと心に浮べあたりを見たが、ここもひっそりと静かで、人の姿はどこにも見えなかった。

土手の美しい住宅はどこの家でも裏庭から河原へ降りる石段がついていて、そこから河原へ降りるようになっていた。河原の水の流れのない処は耕されて菜園になっていた。菜園の境には生垣があった。そのような河原へ私どもはこわれた家の間から降りて行った。——私たちの家から河原まで三丁くらい、そして青い閃光を浴びてから墓地でまごまごし、河原へ来た間の時間は、四十分くらいのものだった。——しかしこの時間もずっとあとになってから、どうにか思い出した。

13

河は潮の引いたあとで、白い砂原の向うの方に、青い水が帯のようにゆるやかに流れていた。白い砂原はひろびろとしていて、ところどころに雑草がかたまって生えていたり、満潮のとき、どこからか流れて来た藁の束などがあった。

私たちは下敷になって抜け出すことの出来なかった人にくらべれば、逃げて来かたが早く、まだどこにも火の手はあがっていないうちだったから、河原にはそれほど大勢の人も見えなかった。人々は野外劇でも見に来た人のように、うろうろして自分の座席になる場所を探した。思い思いに生垣の繁りの下や、菜園の間に立っている木の傍や、または水の流れのすぐほとりなどに、居場所をつくった。私どもは無花果の木の下に場所をとった。そこは佐伯綾子の住居の庭園のはずれにあたっていた。河の水まではかなり遠かった。

避難者はあとからあとからと詰めかけて来るようになった。もう陽をさける木蔭などのよい場所はなくなっていた。集まって来る人達はたれもかれも怪我をしていないものはなかった。河原は負傷者だけの来るところかとも思われた。負傷者は顔とか手足とか、着物から出ているところを、なんで切ったのかよくわからないが、五カ所も六カ所もの裂傷を受けて血だらけになっていた。血ももう乾いて、顔や手足に血のかたまりの筋を幾つもつけている人や、まだ生々しく流れる血で、顔も手も足もびっしょり血でぬれている人もあった。もうどの人の形相も変り果てたものになっている。河原の人は刻々にふえ、重い火傷の人々が眼立つようになった。はじめのうちはそれが火傷とはわからなかった。火事になっていないのに、どこであんなに焼いたのだろう。ふしぎな、異様なその姿は、怖ろしいのでなく、悲しく浅間しかった。せんべいを焼く職人が、あの鉄の蒸焼器《てんぴ》で一様にせんべいを焼いたように、どの人もまったく同じな焼け方だった。普通の火傷のように赤味がかったところや白いところがあるのでなくて、灰色だった。焼いたというより焙《あぶ》ったようで、焙った馬鈴薯の皮をくるりとむいたように、その灰色の皮膚は、肉からぶら下っているのだ。

ほとんどの人が上半身はだかであった。どの人のズボンもぼろぼろになっていたし、パンツ一つしかつけていない人もあった。その人々は水死人のようにふくれていた。顔はぽってりと重々しくふくれ、眼は腫れつぶれて、眼のふちは淡紅色にはぜていた。どの人もみな、蟹がハサミのついた両手を前に曲げているあの形に、ぶくぶくにふくれた両手を前に曲げ空に浮かせている。そしてその両腕から襤褸切れのように灰色の皮膚が垂れさがっているのだ。頭の毛は椀をかぶった恰好に、戦闘帽から出ていた黒い髪がのこり、耳の傍から後頭部へかけての毛は、剃りとったようにくっきりと境目をつけて、なくなっていた。私どもはこの同じような姿をしたたくさんの人が、厚い胸や広い肩をした、いい体格の年若い兵隊の集団であることを知った。この不思議な負傷を負った犠牲者たちは、いつか太陽に焼かれている河原の熱砂の上にころがっていた。眼が見えないのだ。このようであっても、阿鼻叫喚はどこからも起らなかった。酸鼻という言葉もあてはまらなかった。それは誰もがだまっているからでもあった。兵隊たちもだんまりで、痛いとも熱いとも云わないし、怖ろしかったとも云わないのだった。見る間に広い河原は負傷者で充満した。

熱い白砂の上には、点々と人が坐り、佇み、死んだように横たわっていた。火傷の人たちの吐きつづける音に神経をたまらなくした。佐伯綾子の家のシェパードが河原をうろついていた。河原の群集は一層ふえ、ひっきりなしにやって来た。

そして自分々々の小さな住居を早速見つけだしてそこに落ちついた。

人間はどんな場合にも自己の腰を下す場所を、性急にとり決めるものと思えた。野天であっても人とごっちゃにならないで、はっきりと座席を独占したいのである。やがて全市に火災の火群《ほむら》がくるめき出した。人々はそのころになってもまだ、広島中へいちどきに火がついたなどとは思わなかった。互に自分の町、私なら白島《はこじま》だけに大変な事件が起きたのだと思っていた。

14

私たちの家のある九軒町の方角に炎々と燃え立つ火柱が立ち並んだ。それから土手の官有地の豪奢な住宅が燃えはじめた。河向うの岸の上の家が燃え出し、その向うの白い塀をへだてて饒津《にきつ》公園に高い火柱が突っ立った。火の中で何か爆発する音が、どどんどどんと、ひどい音を立てた。怒りっぽい私はそろそろ腹を立てはじめて母や妹に云った。

「なんだってあんなに方々で火事を出したんでしょうね。火を出してはおしまいだわ。火を消す稽古をあんなにしたんじゃありませんか。焼夷弾じゃないのだから、火の不始末よ。火くらい消して出ればいいのに。」

母と妹は仕方がないというようにだまっていた。

「こんな火事にしたのは市民の恥ね。あとでよその人に笑われてしまう。こんな火事ってないことよ。」

すべてのことに仕方がないという態度のきらいな私は、母や妹が怒らないのを責めるように云いつづけた。空は夕暮のように暗いままだった。暗い空にはさっきから飛行機の爆音がきこえ、誰いうとなく機銃掃射があるかも知れないから注意するようにと、口から口に伝えられた。白いものや赤いものをあわててかくしたり、垣根の中に頭を突っ込んだり、水にとび込むつもりの者は河原の端へ出て行った。私たちのいる無花果の木のあるあたりは、土手の家並の火の熱さと火の粉とで、もうじっとして居ることは出来なくなった。私たちは砂原へ出た。

太陽の暑さと火事の焰の熱さとで、いつの間にか流れの水の傍へ行っていた。そのあたりには火傷の兵隊たちがいっぱい、仰向けに倒れていた。その人たちは幾度でも私たちにタオルを水にぬらして来ることを頼んだ。びっしょりぬらして、云われるように胸にひろげてかけておくタオルは、すぐからからに乾いた。

「どうなさったのですか。」

母が兵隊に訊いた。

「国民学校でみんな作業をしていたんですよ。なんだか知らないが、物すごい音のしたときは、こんなに焼けていたんです。」

その顔はまったく腫れつぶれた灰色の癩のようで、そのいかつく見えるほどの幅ひろい胸や、がっちりした恰好のいい全身の青春にくらべて、あまりにみじめすぎた。

火災はとり返しのつかない勢いで猛々しく燃えひろがった。右手にほど近い鉄橋の真中に停っていた貨物列車の機関車からも、火を吐きはじめた。黒い貨物列車は一箱ずつ次々に燃え移って行き、うしろの方まで来ると、爆発薬でもつまっていたように、火花を散らして強い焔を吹いた。だだん、だだん、しゅっ、しゅっと火を吹き、トンネルの入口から焼けただれた鉄が流れ出るように見えた。鉄橋の下から向うの浅野泉邸の瀟洒な公園の岸が見えるが、その岸にも悪魔のような深紅の焔が這い、やがて河の面が焼けはじめ、人の群が河を渡って向う岸へ行くのが見えた。河は炎々と燃えていた。私どものいる河原の人は上流に向って逃げようとした。B29の爆音は頭の上で、ひっきりなしにあのきき馴れた旋回のうなりを立てている。機銃掃射や焼夷弾や爆弾はいつ私どもの暗い集りの上に降り注いでくるかも知れなかった。

人々は第二波の攻撃が必ずあるものと思った。私は心のどこかでもうこの上に、そのようなものをわざわざ落し添える必要はないだろうと思うのだった。

私どもが機銃掃射をされると云って草の小蔭にかくれたり、水の傍にしゃがんだりしていたとき、空では写真を撮っていたのである。私どもは野ざらしのまま、空々寂々とした全市とともに頭のうえから写真にされていたのだ。

どこかに颱風のような風が起っている。その風は余波だけがこちらへ流れて来て、やがて大粒の雨が降った。大阪でも火災のとき風が起って雨がふり、それから待避のとき、太陽が照っていても雨傘を持って出たときいていたので、私は青い傘をひらいた。雨はうす黒かった。その中をおびただしい火の粉がふりかかって来るのだった。

火の粉と云えば、小さい火の粒かと思っていたが、強風にふきまくられて来るその火の粉は、真赤に燃えている襤褸切や板の端であった。空はいっそう暗く夜のようになり、黒い雲のかたまりの中から、太陽の赤い球がどんどん下の方へさがってくるように見えた。

「お姉さん、あの高い空から焼夷弾、焼夷弾!」

妹が小声で云い私によりかかって来た。

「なに云っているの。太陽じゃありませんか。」

私たちははじめてかすかな笑い声を立てた。けれどもそのときはもう妹も私も口が自由にあかなくなっていた。

「明日になっても、ごはんを食べられるかどうかわからない。今のうち川の水をのんだり汲んでおこうよ。」

私は妹に云ってバケツへ水をくんだ。河にはいまに死骸が浮きはじめると思えた。それでいて向うの空にはうすい虹がかかっていた。雨がふり止んだばかりだった。向うの空にかかっている淡々とした虹の色は無気味に見えた。

「水をくれ、水をくれ、水をのましてください。」

火傷の兵隊達はしきりに水をほしがった。

「火傷に水をのませると死ぬ。のましてはいけない。」

そう云ってとめる人たちと、水をくれと云いつづける人たちとの間に、死の影がすでに仄見えた。

火災は丘のようにふくらみ、いっさいを撥ね返し、市街の一画ずつが亡びて行った。たまらない暑さであった。遠くの町の燃えひろがるのが見え、はげしい爆発音はどこからともなくひきつづいて聞こえる。日本の飛行機は一機も空に姿を見せはしなかった。

私どもはこの日の出来ごとを戦争と思うことは出来なかった。戦争の形態ではなく、一方的に、強烈な力で押しつぶされているのだった。そのうえ日本人同士はべつに互いを力づけ合うわけでもなぐさめ合うわけでもなく、なんにも云わないでおとなしくしているのだった。どこからも負傷者の手当に来てもなく、夜はどこでどのようにすごせと云ってくる人もなく、放っておかれた。

佐伯綾子の家のシェパードは、まだ河原の負傷者の群像の間を、一度も吠えないでうろうろしている。その犬は広島でも有名な猛犬と云われていたけれども、尾を垂れ、侘びしい時の人間とそっくりな、抵抗力を失った様子で行ったり来たりしているのだった。佐伯綾子はどこにもいなかった。いっしょにいる義理のお母さんや、十六になる一人娘の百合子さんを、私は河原に来た時からそれとなく眼で探した。三人の姿はとうとう夕方になっても見かけることは出来なかった。

15

夜が来た。夜はいつ訪れて来たのかわからなかった。昼も暗かったのだから、夜との境目ははっきりしないのだった。ただ夜が来ると、火事の照り返しのために町も河原も真赤であった。昼も夜も食事をしないけれど、お腹の減っていることは感じなかった。昼間は折角てんでの居場所を作ってからも、火の粉や雨や、敵機の音に追われてひとつところに長くじっとしていることは出来なかった。けれども、日暮から潮がくるというので、人々は菜園の中やそのはずれの砂原へ降りる途中の、樹立のあたりなどへ集った。私たちも砂原に向った垣根の前に身を横たえる場所をつくった。

雑草をたくさんぬいて敷き、その上に砂原に流れ残っていた藁を敷いて、母が赤ん坊を背負って来たねんねこ半纏をひろげて敷いた。その小さな平土間のような桟敷に四人が坐った。くりくりした生後八カ月の赤ん坊は昼間も眠り通しに眠っていて、夜も眼をさまさなかった。妹と私は昼間じゅう頭から顔をつつんでいた風呂敷をとった。私たちは怒ったような顔をはじめて互いにしみじみ眺めたけれど、微笑し合うことは出来なかった。

自分の顔がどんなになっているのか、互に自分ではわからないけれど、相手の顔を眺めて見当がついた。妹の顔は丸いパンのように腫れて、大きくて黒く、無気味なほど澄んでいた平生の眼は糸のように細くなり、そのふちは青黒いインクを流したようであった。唇の右の端から頬へ向けて十文字に切った傷のために口ぜんたいがねじれ曲ったへの字になり、醜くて長く見てはいられなかった。髪は血と壁の赤土で、もう長い間乞食でもして来た女のようであった。妹も私も妙なもので傷を繃帯していた。どこにあったのか思い出すことができないが、三、四日まえ母が秋や冬にかける用意に濃い紫に染めておいてくれた古い縮緬の半衿で、二人とも頤をつり、頭のうえでくくっていた。私は左の耳の中から耳の下へかけて谷のように切られていた。

傷の上には血がかたまった髪の毛がかぶさっていた。妹も私も傷のために腫れふさがった口を、思うように開くことが出来なかった。痛いというよりも膠附のようで、口に錠を下ろされている感じであった。

「きのうの朝、あなた達はどうしていたんですの。」

私はやっと口さきでものを云つた。

「きのう？　今朝のことよ。」

妹は口笛を吹く口元で笑った。母は思い出して残念そうに云った。

「今朝は私が前からたしなんでおいた塩漬けの筍を探し出して、私が裏へ作った人参やじゃがいもといっしょにおいしいお煮〆を煮たのよ。それをそえて一口ごはんを食べたと思ったら、ぴかッと青いものが光ったん。」

「なんだと思いました？　爆弾と思いました？　焼夷弾と思った？」

「なんだろうとも考える暇もないうちに、ぱさァと大きな音がして戸棚が倒れかかって来たからね。私は光った時に伏せていましたよ。そのうえへ戸棚が倒れたけれど、いいあんばいにうしろの押入れで戸棚が支えられてね、机の下へでもかがんだように私は穴のようなところへかがんでいて、なんともありませんでしたよ。そのときに洋子さんがきゃァと云ったのをきいたのよ。」

　妹の方も茶の間で母と向い合ってやはり食事を一口たべたところであった。かの女は光を見たとき、次の座敷の赤ん坊のところへ飛びこんで行った。朝のうちも蚊がいるので赤ん坊は蚊帳の中にねせてあった。よく眠っている赤ん坊のうえに妹は自分の体を伏せたけれど、よほどたくさんの焼夷弾が茶の間へ落ちたものと思い、その方をふり返った。するとぱっと風が来て、すぐ血が流れはじめた。

「青い光も瞬間だったけれど、その瞬間のまたはじめの瞬間にあたし赤のところへとんで行ったらしいね。でも蚊帳をくぐった記憶がちっともないのよ。」

「今朝のおかずは惜しいねえ。」

　母がまた云った。

「ねえ、なんだろう？　今朝のあれは。どうしたのだかちっともわかんないのね。こうもり傘の柄だって昨日まではあんなに曲っていなかったのよ。」

　私が云った。妹は何か云わなくてはという風に答えた。

「イベリットかしら。」

「イベリットってなに？」

「腐爛性毒ガス。」

「それね、きっと。だけど家がこわれたのは毒ガスじゃないわね。」

「交ぜたのよ。爆弾といっしょに。」

　はっきりした考えもなく私どもはうつけたように話しつづけている。白島は、九軒町もその附近の東町も中町も北町も、土手の家々もすっかり燃え落ちて夜の中に漠として灰色にかすんでいた。川向うの岸では二、三軒の家がしつっこくまた火をしずめなかった。猛火は大きな蛇のようにくねくねと身もだえして燃えた。牛田の方は昼間から燃えていて、夜になると低く波うつ山脈の峰から峰に火がともり、遠い街の灯のように見えた。焔のかたまりが峰から峰の間を流星めいてしきりにとび、そこが新しく火の丘になるのが見えた。夜になってからは遠くの方から間の伸びた呻き声がきこえて来るようになった。単調な呻き声は低く沈んで、あちこちから聞こえる。

そのころ、配給の食事のあることをつたえて来た人があった。私たちは今夜の食べもののことなどは考えていなかったので、よろこびの声をあげた。

「歩けない人以外は東練兵場までとりに行って下さい。」

兵隊らしい人の元気のいい声が垣根に並んでいる人々によびかけて通った。みんながやがや云いはじめ、影絵のように河原を歩いて行くのが、人間の生活のあたたかな一片に眺められた。私どものところでは、私も妹ももう体中の痛みで立つことも歩くことも出来なくなっていたので、母が隣りにいた若い女の人につれられて行った。東練兵場まで十五丁はあった。母はまだぬくもりのある大きな白い三角のむすびを四つもらって、風呂敷にじかに包んで来た。乾パンも四袋あった。

「豊富ね。」

私たちがうれしがって、むすびをつまむと重いくらいであった。けれども妹と私はどうしてもものを食べるほど、口をあくことができなかった。左手の拇指と人さし指で歯医者のように、無理にしびれている口を上下にひらき、右手で少しずつ、白いごはんの粒を押し入れた。

「常盤橋《ときわ》はまだありました?」

「両方の欄干がみな焼けてしもうてね、中がふくれたようにのこってますよ。ほんとにまああひどいことで、どこもかしこも焼けんところはないのよ。」

垣根の前に、河原に向ってずらりと並んで坐っている人々の話をきいても、今日の火災は広島全市で、のこった町はひとつとしてないことがわかった。火は市民達の火の不始末というそんなささやかなものでなく、敵の飛行機が全市に向って火の粉をふりまいたというのであった。

「火の粉をふりまいたのか。道理でいちめんに焼けたんだな。爆弾でも百や二百や、五百や千とは云わんね。それも落したんじゃないのよ。させ落したんじゃね。」

させ落すというのは爆弾のかたまりを滝のようにふりかけるという方言である。人々はたった一つの穴さえどこにもないのに、それが爆弾でないことには気づかないのだ。だから人々は今日のことをかれこれと語らないのだった。私たちは横になった。山火事と対岸の大火事のためにあかるくてあたたかだった。もの憂い楽器の音色をきくように、遠くや近くにきこえる呻き声をきいていると、虫の音もいっしょに耳にはいって来た。ひどく悲しかった。

悲しみと痛みとでからだ中がしびれたように感じたとき、私の頭にいくらかはっきりした理念がほぐれて来た。しびれた感じ。外からの衝動ではげしく異様にしびれた感じ。これが今朝の青いふしぎな光と強烈な物音と、市街の崩壊が一つになって起った瞬間にうけた、肉体への端的なひびきであった。物理的な作用、あくまでも物理科学的な、毒瓦斯と云っても、それはくさかったり、眼に見えたり、匂いのあるものではなく、色もなく匂いもなく形もない、しかもなにかの物体が、空気を焼いたのではないかと私は思った。私はなにかをつきとめたい欲望で、私のからだに受けた感覚からどうにかしてそれをさがし出そうとした。

私は自然にすらすらと原始的な考え方にひきこまれた。子供のように、私は空気中の窒素や酸素や、炭酸瓦斯などを思い出した。そういう人間の眼にふれぬものに敵機は超短波のような電子を送ったのかも知れない。空気中の電波が音も匂いも立てず、色彩も見せないで、白色の大きな焔になったのにちがいない。そのような新しい神秘世界を心に描くよりほかに、あまりにおびただしい、ふしぎな火傷の負傷者を考えることは出来なかった。私は私の考え方、考え方というよりも、官能にうけた感じから、こんな風に考えることをなんとなく素晴らしいと思い、そして耐えがたい敗北感に落ちて苦しくなった。

「戦争はすむわよ。」

私は小さい声で、並んでいる妹の耳に囁いた。

「なぜなの?」

妹はとがめるように訊いた。

「だってもう出来ないもの。もう長くて二カ月ね。」

私はぼそぼそと云った。山火事は峰から峰を伝って華やかな色に燃えつづけていた。夜ふけても負傷者の手当にはどこからも来なかった。方々から湧き起る低く重い人間の呻き声を縫って、虫の音がきこえた。

街は死体の襤褸《ぼろ》筵《むしろ》

16

朝は陰惨であった。朝と云っても夜がしらじらと明け初めたばかりである。私はすぐそば、私の草や藁の寝床の端の方へ寄り添うようにして、昨夜から十五、六歳の少年が間をおいては呻き声をあげていた。

「寒い、寒い。おお、寒くてたまらん。」

少年は夜明けごろからそう云って、ぶるぶるとふるえ、手足をうごかしてはがたがたとふるえた。パンツ一つの裸で、顔も手足も胸も背も焼けただれていた。私たちは一晩中草や藁をとって来て着せかけてやったり、水をのましてやらなければならなかった。

「どうしてみんなはだかになったの。」

少年に訊いた。

「気がついたときはシャツもズボンも火がついて、ぼろぼろ燃えていたんです。からだからひきむしって投げたけど、ぼろぼろ焼けて自然に落ちたんですよ。光ったとき、足下の草も燃えておったもの。」

少年の口の利き方ははっきりしていた。

「草が燃えていた？　お家はどこなの。」

「宮島です。」

「どこにいたんですか。」

「崇徳《そうとく》中学の寄宿舎から竹屋町へ勤労奉仕に行っていました。」

「水をのんではよくないそうだから、朝までがまんしてらっしゃい。夜があけたら救護班がくるそうだから、いちばんさきに頼んであげるからね。」

私たちはそう云って少年の呻きをしずめようとした。

「僕死にそうです。死ぬかも知れないです。くるしいなア。」

「みんな死にそうなんだからがまんするのよ。明日になったらあんたの家からつれに見えるでしょうから。」

夜の間そんなに云っていた少年は夜あけに死んだ。少年の向う隣りにいた婦人が、

「ああいとおしそうに。この息子は死んでますよ。」

と云った。

私はずっとのちまでこの少年のことで気持が弱った。

宮島まではきいたのに、なぜ名前をきいておいて、少年の死んだ場所をその家族に知らせなかったかと思うのだった。

河原の裏長屋、つまり垣根に沿ってずらりと並んだ一軒々々の小さい座席を、朝の太陽が照らしはじめた。ゴーリキーの「どん底」を芝居で昔見たけれど、ちょうどあのどん底社会の人々のような、またロシアの作家のどの作品にでも出て来る乞食や廃疾者や、重病者たちの群にそっくりな人々のかたまりが河原を埋めつくして、河原の砂も眼にはいらなかった。

河原はふたたび潮が引いていたけれども、そこではもうそろそろと死の幕がひらきかかっていた。うつ伏せて死んでいる人、仰向いて死んでいる人、草の上に坐ったまま死んでいる人、そしてうろうろと、うつけ歩いている者は、繿褸をさげ、ばさばさの髪をし、とげとげしい顔をして、眼だけきらきらと光らせているのだった。

女は醜悪な様子になっていた。裸で何もはかずに歩いている娘や、髪の毛の一本もない女の子や、抜けた両腕をぶらぶらさせている老婆などもいた。たまに怪我も火傷もしていない人が歩くと、人々はふり向いて珍らしそうに眺めた。もう昨日のように胃の腑のものを吐く人はいなかったけれど、照り焼きのような全身火傷の肉から——皮膚はぶら下っているから——血がにじみ出したり、油のような分泌物が流れ出たりしていた。みんな裸で砂の上にころがって寝たのだったから、その人たちは砂や草の葉や藁くずなどを、くさったような火傷の肉のうえにくっつけているのだった。

河原から見える限りの山はまだとろとろと燃えていた。猛火の燃え落ちた町は太陽の下で見る影もない残骸をさらしている。鉄橋の上では燃えるだけ燃えて火の色を消した昨日の貨物列車が、焼けたハーモニカのように、そして蛇の骸骨のように、骨だけになって黒く細長く横たわっている。

河向うの岸ではまだコンクリートの家が二軒つづいて、とろとろと焼けつづけている。そこは米の配給所という話であった。米は油をふくんでいるので、いつまでもあのようにしんねりと燃えるのだと話す人があった。燃えに燃えた饒津公園の神社や料亭や、金持の別宅など——。

朝はやはり朝らしいおしゃべりがあたりからきこえた。

「やれやれ、ありがたい朝じゃね。なんにもすることがない。わたしゃア生れて四十二年になるが、こんな用のない暇な朝ははじめてじゃけえ。」

婦人のうすら笑いが起った。

「これが家があってごらん。朝起きるとから寝るまで眼がまわる程いそがしいのにねえ。起きれば暗いうちに座敷から便所まで掃除をせにゃアならん。ごはんをたく。洗濯をする。子供の面倒も見にゃアならん。そのうちいつということもなく、配給のカチが鳴ろう？　駆けつけて行かにゃアならん。戻るとまた煮たり焼いたり、それも有ってのことならいいが、これもそれもないないと云いながら、やっぱしなにやら煮たり焼いたりしよる。それがまあ今朝を見んさい。なんにもすることはいらんが。」

男達は男達で自分で自分がいやになってしまった時の、あの自己嫌悪に似た声で云い合っている。

「なんとまあ、これはたいそうな被害軽微じゃよ。」

「いや若干の損害ありたりだね。全市の被害は調査中なりということじゃ。」

このころ私どもは粟屋市長や総監府の大塚総監や、それから何宮とかいう朝鮮人の宮さんが亡くなったことをきいた。

「警防団の者が皆死んだり怪我をしたりしたのだからなア、どうしてくれることも出来んよ。達者で歩いているのは皆よそから来た者だよ。」

誰かのこの言葉で私はふと思いあたった。昨日の朝、私たちは暫く墓地でぼうっとしていた時、なにかを待っていたような気がする。非常に秩序立った行動を期待してなにものかを待ちあぐねていたのである。私どもは長いあいだ自主性をうしなっていた。つまり空襲のあった際は自主は不道徳となり、思惟は邪魔なものであって、私どもはあやつり人形のように、指導者の指図を待ってうごきはじめる仕組になっていた。

私たちは心の作用までもこせこせした指導者達に預けっ放しになっていたから、そのように仕込まれた観念は、昨日の朝のようなとっさな場合に、ちゃんと生かされていたのだ。焼夷弾が牡丹雪がふるほど落ちて来たならば、避難することになっていて、手をとり合って逃げる人々の顔ぶれも逃げのびる郊外の場所もちゃんと決めてあった。田舎の方の国民学校の避難先は、市が町内会へ割りつけて来ていて、たとえその途中に大火災があっても、やはり人々はその決められたところへ行くつもりでいたのだった。

けれども昨日の朝はあれだけの出来ごとが起きたあと、どこからもなんとも云って来なかった。町内会長も警防団も誰ひとり姿など見せなかった。淡い電灯のかげを見ても、のびあがって探すほど注意深くさぐり出してから、よその家に向って国賊と叫んだり、監獄へ入れるなどと一人で興奮していた指導者たちは、昨日の朝どうしたのだろうか。

そう云えば昨日から母や妹が気がかりそうに云っていた隣組の人たちはどこにいるのだろう。昨日の朝、森の墓地で血だらけの顔を合せてわかれたきり誰にも会わなかった。私どもの隣組のことを、私自身はつきあいがうすくてよく知らなかったけれど、よそでよくきかされるような、いざこざが私たちの方ではちっともなかった。やさしくしたり、親切にしたり助け合ったりすることが上手に行われていた。年寄りや赤ん坊をつれた婦人などは、勤労奉仕とか防空訓練などにも出さないようにし、留守勝ちの人の配給品はへんな顔色などしないで、自分でとって来て預かっておいたり、勤めに出る婦人の家のことはみんなでうまくとりはからったり、ものをあげたりもらったりしてよろこび合うとか、ときどき持ちよりの品でおすしやお萩などを作って仲よく食べ合ったりしていた。

そのような隣組だったから、母や妹はしきりにその人たちのことを気づかった。そして私たち三人は、白島(東京でいうなら麴町区とか小石川区とかいうように、一つの区にあたる広さ)が一軒残らずみんな焼けていると何度もきかされたのにも拘らず、なかなか得心しなかった。九軒町の自分の家のあたりくらい焼け残っている気が互にしているのだった。

朝の食事の配給も早くからあった。お汁も茶もなかったが、ひとつずつのむすびと一袋ずつの乾パンとを、また母が東練兵場までとりに行ってくれた。

妹の顔はまったく腫れ上り、醜い無花果色になっていた。両足の甲が一寸くらいずつ横に切れているし、膝の窪みもナイフで切り込んだように切れていたので、かの女はびっこをひかなくては歩けなかった。私はそれほどの傷はないけれども、打撲傷で首も左手もうごかなくなり、寝るのも起きるのも、立つときも坐るときも、母と妹の手を借りなければならなくなって来た。口はやはりあかなくて妹と私は瀬戸びきコップの水で、乾パンをとかしては少しずつ口に入れた。背負袋に入っていた、外が赤くて内側の白い柄つきの瀬戸びきのコップはずっとのちまでもバケツとともにひどく役立った。しかしもうそろそろ河の水をのむこともあぶなく思えるようになった。ときどき銅いろのふくらんだ死体が上流から流れて来るようになったからである。私の傍で死んだ少年の屍はそのままにあった。

外気は煮えているように暑かった。B29の爆音がきこえ、またしても機銃掃射があるかも知れないと云われて、処々にある住宅あとの防空壕へ入った。しかしこのころ空からは撮影がくり返されていたのである。（のちの新聞の外国電報の記事にその飛行機の搭乗員の談話としてそのことが出た）少年の屍から私たちは離れた場所へ移った。

昼まえあたり、昨日の空襲が新兵器のはじめての使用であったことを知った。飛行機はただ一機で来た。三機だったという人もいた。爆音をとめて市の上空へ入って来た。新型の爆弾は落下傘で中空に降ろされた。落下傘は白くふわりふわりと降りて来て、いきなりぱっと青い閃光をひらめかせたというのだった。聞く耳に物語めいてきこえた。けれども人々は、とくべつ驚いたり動揺の色を浮べたりはしないようであった。来るものが来たという暗い肯定が静かに人々の間を流れた。

河原はその日も昨日と同じように静かであった。がやがや云ったり、不安にかり立てられて大きな声でものを云ったり、ひどい目にあったことを怒ったりしている様子は、全体の雰囲気からは感じられなかった。

私どもの前を隣組のH夫人が通りかかった。母が声をかけると駆け寄るように近づいて、何カ月も会わなかった人のような顔をした。H夫人は三、四軒の隣組の人たちといっしょにこの並びのずっと東の方にいると云った。あとの人たちは元の家の墓場にもいるらしいけれどこの河原にもあちこちいると云っていた。この夫人は娘さんのらしい赤いきれいな模様の銘仙の袷を手に持っていた。裸で河原をさまよっている立派な体の兵隊に着せてやるのだと話した。

「知ってらっしゃる方ですの。」

妹が訊いた。

「いいえ、どこの方かも知らないのですけど、昨夜私どもの傍で一晩中寒い寒いと云ってましたんでね。今家へ行って防空壕からこれを持って来ましたから、着せてあげようと思って。」

「みんな焼けてます？」

「ええ、灰もないくらいですよ。」

妹はちょっと悲しそうにうつむいた。元の家のあたりへはまだ土地ぜんたいがとても熱くて近よれないと、H

夫人は頑丈なからだを震わせて話した。H夫人はさまよい歩いている兵隊の肩に十七、八の娘の着るような着物を着せかけている。帯がないので、赤い絹裏と緑色の裾廻しがひるがえって異様に見えた。

陽は無暗に暑く照り輝いた。じりじりと焼けつく陽に手をかざしながらH夫人に私たちの居場所をきいたと云つて、隣組長のGさんが来てくれた。

「どうぞ。」

と私たちは客間にでも通すときみたいに、草や藁の上にG夫人を招じた。G夫人は私と妹に逓信病院へ行って傷の手当をして貰うようにと云いに来てくれたのだった。二十一歳になるGさんの娘さんは頭と顔をめちゃめちゃに切っていて、今、逓信病院へ行って来たという。私と妹は母と夫人に手をつかまえてもらってやっと立ち、私は両手に木の枝のステッキをついて、のろのろと土手へあがって行った。

17

そこはもう土手とか住宅地とかいうものではなかった。一面の瓦礫の原に変り果て、誰ひとり水いっぱいかけなかった焼け方は、地の底までほんとうに焼き尽してしまっている。

土手から見渡せる平地の町々、九軒町も中町も北町も東町も、遠い町々まで眼のとどくところまではみんないちめん瓦礫の原になり、ところどころに火がとろりとろりと燃えのこっているのが見えた。煙はどこにでもくすぶっていた。佐伯綾子の家の前からだらだらと降りて行く坂のとっつき、つまり佐伯綾子の家と斜め下に向い合っていた大きな寺は、私が友達のところへ来る度に、その美しい形の建物が心をひいたのだったけれど、今は燃えつくして、ぺしゃんこになった灰色の形のみを、かすかにとどめていた。電柱はすっかり焼け落ちていた。あらゆる電線は破れた蜘蛛の巣のようにひっからまって、めちゃくちゃに垂れさがり、瓦礫の道にとどいてそこいらを這いまわっている。それに電気でも通っているように私たちは恐る恐る、ぶら下っている電線にふれないように歩くけれど、一本もふみつけないで行くことは出来なかった。

地方の村から人を探しに出て来たらしい人たちが、東からも西からもぞろぞろとやって来て、あっけにとられた様子をしては立ちどまり、広い焼野ガ原を眺めつくしている。その人たちは強い陽を浴び、無言のまま深い溜息をついている。

逓信病院は河原から六、七丁、同じ白島のうちの逓信局の傍にあった。その途中の電車道へ出て行く通りは商店街だった。どこがどの店だったかわからない。ただ錆びついたような色に焼けて細く歪み、骨のようになったおびただしい自転車がそこいら中にころがっているのだった。道はまだところどころ火焔を吹いていた。電車道へ出た。レールはくねり曲って、横へはみ出ていた。一台の電車が茶褐色の亡骸となって、流れ出したレールのうえにとりのこされていた。

私は佐伯綾子のことを思い出す。あの前の晩、電話をかりに行ったとき、六日は朝はやくどこかへ出かけると云っていたから、この終点の停留所に立っていて即死でもしたのではないのだろうか。もう電車に乗っていたかも知れない。八丁堀あたりであの閃光と爆風をいっしょに浴びたかも知れなかった。ひどい怪我をして、どこかで今ごろ暑い太陽にさらされているのではないだろうか。もう町筋でも通りでもなく、足の入れ場もないほどの芥《ごみ》屑やがらくたでふさがってしまった道を、私たちは電車の通りから右へまがった。するとそこには右にも左にも、道のまん中にも死体がころがっていた。死体はみんな病院の方へ頭を向け、仰向いたりうつ伏せたりしていた。眼も口も腫れつぶれ、四肢もむくむだけむくんで、醜い大きなゴム人形のようであった。私は涙をふり落しながら、その人々の形を心に書きとめた。

「お姉さんはよくごらんになれるわね。私は立ちどまって死骸を見たりはできませんわ。」

妹は私をとがめる様子であった。私は答えた。

「人間の眼と作家の眼とふたつの眼で見ているの。」

「書けますか、こんなこと。」

「いつかは書かなくてはならないね。これを見た作家の責任だもの。」

死体は累々としていた。どの人も病院の方に向っていた。病院の門のあったあたり、そして門の内へ二、三歩入ったところなどに、あがくように手をさしのべて死んでいた。病院へ向って蹌踉とやって来ては、医者の手に縋りつくまえに生命をうしなってしまった人々の惨めな姿を見ると、そこに無念の魂が陽炎のように燃え立っていることを感じないではいられなかった。地獄という言葉を使ってはおしまいと思うけれど、地獄の沙汰というよりほかはなかった。

三階建の病院はコンクリートの外側だけ、焼け焦げた形のみを残していた。中身はがらん洞であった。門の手前から見ると、そのがらん洞の二階や三階をとおして、字品の向うの山々がよく見えるのだった。左右のこんもりした植込みの傍や玄関、廊下にも、いたるところ死体は横たわっている。大勢の負傷者たちは行列をして順番を待った。私たちはなにをしに来たのかという気がした。私たちの傷の程度は、負傷者のなかには入らなかった。前庭の中途に、運動会の受付のように出来ている受付があって、そこで群集は火傷と切傷とにわけられ、火傷は右へ、切傷は左へという風に、二筋の列になって一足ずつ前へすすんだ。

医者も看護婦もいるにはいたが、そののろくさした動作は、いるのかいないのかわからなかった。なぜそのようにのろのろしているのかわからない。あがっているのかも知れなかった。科学者はこれほどのことにも、びっくりしたり興奮したりするものではないという、過剰意識のために、落ちつこう落ちつこうと思いすぎて、落ちつきすぎているのかも知れないと思われた。がらん洞の内部や廊下などには、襤褸につつんだ荷物のような負傷者があっち向けやこっち向けにおいてあった。私と妹は長いことかかって手当をうけた。繃帯はなく、もとの血まみれの紫の半衿で繃帯をしなおした。私の耳の底からは血が流れ出てひどく痛み、中耳炎を起しているというのだった。

私たちは河原へ帰った。河原の死体は焙られるような太陽にさらされて、蠅がたかっていた。蠅が生きているのがふしぎに思える。昼すぎてから河原に救護班が来た。郡部から来た医者と看護婦であった。その人達は活動的であった。とりわけ若い娘の看護婦たちは腕をたくしあげて、きびきびと動的に働いた。砂原に開業した医院はとても繁昌した。負傷者の群は、凡そ二つにわけられる。火傷と裂傷の二通りで、手や足がとれたとか、眼がつぶれたとか、気が狂ったという風な負傷者はふしぎに一人も見かけなかった。

救護所のぎりぎりに煮えつまったような切実な空気の中にさえ、妙な事情が生れているのだった。どこも怪我をしていない中年の一人の男が、詰めかける負傷者を順番に並べる世話をしている。その男は白島の者と思われた。彼は紙切れに鉛筆をなめては人々の住所と名前を書きつける。そして来た順序に並べておいた人々をその通りに医者の前へ送り出す。けれどもその男はちょいちょいと順序を乱した。あとから来た人や横合から入って来た人をうまく前の方へはさんでやるのである。それは五日の夜まで同じ町に住んでいた知りびとのようであった。若い娘たちを、よっちゃんとか、しずちゃんとかよんでいた。自分の二人の子供をうしろの方からよび出して先きにやっておいて、その子供が医者の手当を痛いと云ったのをしおに、むつかしい顔つきになって叱りつけた。つけつけ叱りつけることで、彼はたくさんの負傷者をごまかしているのだった。どんな場合にも、そういうもぐりのような人物が出てくることを、私はおかしく思わないではいられなかった。

病院へ行ったり、配給の食事をとりに行ったり、それを食べたり、人の話を聞いたり、ひどい負傷者を眺めたりすることで、なんとなく忙しかった。人は生きている間なにかすることがあると思われた。男づれの家族で、荷物も割りに持ちだして来た人たち、一定の力や器用さを持った人人はいつの間にか河原に住居を作っている。焼けたトタンや木屑を拾い集めて来て、立木を利用し、焼けた針金や蔦《つた》かずらや、縄などを渡して、風雨をさけられる小屋を作っている。そのような人は河原の石で竈《かまど》も築き小鍋をかけてそうざいを煮たり湯をわかしたりした。そうざいは土手の住宅の菜園にいくらでもころがっている焼け南瓜や胡瓜をとって来ていた。

河の水ののめなくなった時分には、土手の屋敷つづきに井戸のあることを誰かが見つけたりした。私たちも南瓜を焼いて食べた。竈で食事の仕度をしていた人は、私たちにもそれを使うように云ってくれた。母がそこで熱いお湯をわかせてもらって来てくれた。私と妹は乾パンをお湯に浸してふうふう吹きながら食べた。

夕方までには何度となく汗でびっしょりぬれ、陽に乾いてはぬれて、ほこりと砂と血でたえられなくなった。母が河で襦袢を洗ってくれるというので、背負袋の中の、とりかえた。ぬいだ襦袢を見ると、背のところが掌をおおったほど真赤な血でそまっていた。背を切っていることがわかった。帯も着物も襦袢も切れていた。母は河で洗濯したものを井戸水でそそいで木の枝にかけた。妹は赤ん坊のおしめの洗濯をした。

「いそがしいのね。」

と妹は云った。

河原の人たちの軽傷者は、たれもかれも河へ行って洗い物をしはじめた。河原には家庭生活の単位のようなものが形づくられて、どん底という思いではなく、簡易生活がごく自然に営まれているのである。けれども、一刻も早くここを立ち退きたいと思った。伝染病がはじまることも、ふたたび空襲があることも怖ろしいにちがいない。しかしもっとべつな、もっと本質的な恐怖、眼にふれる陰惨な屍の街の光景に、これ以上魂を傷つけられたくないと思った。このさき長く同じものを、腐敗して行く街々を見ていたならば、心のどこかを犯されて、精神までも廃墟となってしまうかと思われた。

でも私たちは今一度元の家に行って見なくてはならなかった。そこには防空壕にいくらかのものが入れてあったし、焼けてしまったことを信じてしまうことも出来ないのに、見もしないでどこかへ行ってしまうことはできなかった。母は幾度もそこへ出かけて行くと云っていた。けれども今日はまだ土地が熱くて歩きまわることはあぶなかった。八日の朝になれば土もいくらかは冷めたくなるだろう。そのうえ罹災証明書を持たなければどこへ行くことも出来ない。昼のうち河原には警察署が出張して来ていて、罹災証明書を出していた。しかし夕方ちかく妹が行ったときには、死体のとり片づけに忙しいからと云って、受けつけなかった。今夜も河原に眠るよりなかった。

陽の落ちるころ島根県の軍隊が救護に来た。浜田市からトラックで来たという若い兵隊が乾パンをくばって歩いた。その乾パンはほのかなミルクの匂いがした。ただそれだけのことにも私たちは生気をとり戻すのだった。ただ匂いをかぐだけで——。対岸の家の火はまだ燃えている。山の火は柔らかにぽっとともっていた。それは輝きもしないし、ふるえもしないで、蛍の火のように青くはないけれど、まわりへ散らないで、燃えているとも見えず、ぽつぽつと赤くともっている灯をかかげた夜の町が山上に横たわっているように見えた。

「私らも河原が今夜の宿かね。」

田舎から救護に来た医者が連れと話しながら通った。少年の屍は元のところから僅かに二、三尺垣根の奥の方によせておいてあった。私は少年になにか責任があるように思われ、心ぐるしかった。

夕方から夜にかけて、身内や縁者や知人を探しに来る人が、昼よりも多くなった。

「崇徳中学の子供は居りまんか。居りませんか。崇徳中学の生徒！」

そう呼んで歩いている教師らしい背の高い人は提灯をかかげていた。私は傍で死んだ少年の死体のある場所をその人に知らせることを母に頼んだ。けれどもその人は生きている生徒を探しているのだった。屍はもはやまったくべつのもので、勝手につれて行ったり、埋葬したりするのは、ほかのそれを受持つ人の仕事であった。

夜は暗かった。大きな火事が消えてしまったのでうすら寒い風が肌にふれた。大きな声では話をする人もなく、笑い声も泣き声もなく、ひっそりと静かであった。ときどきかすかな呻き声がどこからともなく聞えた。H夫人の着せてあげた赤い銘仙の着物を、裾をぱアっとひらいて引きずるように着ている大きな体の兵隊は、夜になってからも始終ふらりふらりと歩いていた。

18

河風がふいて来て夜具のない私たちは寒いので、また場所を変った。もと住宅のあった石段の下、柳の木の繁りの下に、私どもは草や藁やねんねこ袢纏で寝床をつくった。

そこは佐伯綾子のいた家の傍であった。佐伯綾子はずっと昔、文学をやっていた。今では書きはしないが、書かないことがかの女を清潔にし、純潔であった。かの女の姉はすぐれた文学を書いたというけれど早く亡くなり私は会わなかった。私が田舎の山の中から出て来た文学少女で、なにも知らない故に眉を昂げて人を斥けていたころ、佐伯綾子は上の方から微笑んで自分のやわらかな文学の中へ私を誘った。女学校の寄宿舎から私はよくぬけ出してはかの女の大きな家へ遊びに行っていた。かの女は少し年上だった。そのころから友達だったし、広島にはかの女のほかに友達もいなかったので、東京からやって来た私はよくかの女と会っていた。かの女は私よりもロマンチストだったけれど、戦争はつめたく批判した。単純な軍国主義への忿りをほの見せ、やれやれと云って簡単にはじめてしまった戦争の、とりかえしのつかぬ複雑さを云った。六日の空襲の前あたり、ダムを切って広島を洪水で押し流すという風説のあったころ、切迫した空気を互いに感じとって、佐伯綾子はときどき笑いだした。

「今やめては体裁が悪いんだろうけど、それはまあなんとか私らのところはごまかしてくれていいから、早ようやめればいい。」

と、かの女は云った。

世の中にはまだ楠公精神が初歩から説かれていた。佐伯綾子は一騎と一騎が名乗りをあげて華やかにたたかうという古い戦場の礼をもって、アメリカとの戦いをこれからも続けるつもりなのだろうかと笑ったりした。通用しないものを無理に通そうとする喘ぎが、私どもの生活をかき乱していた。国内のなにもかもがのそのそしていることをもどかしがって、佐伯綾子は、日本ではアメリカが海の向うから一人々々歩いて戦争に来るとでも思っているのかと云うのだった。そんなことを云いながら竹槍の話をしたり、相手の国の空襲をうけたとき煙幕をはる用意に、隣組で山へ松葉をかき集めに行った話などをした。かの女と私は笑いだしたくてたまらないのをがまんして、もう戦争は近々すむにちがいないけれど、その済み方、はっきり云えばどのように負けるかということが大きな問題だと話し合った。

戦争中、私どもは自分の言葉を欺いていなくてはならなかった。云いたいことが云えぬと云って嘆くけれど、云いたくないことやしたくないことを、云ったりしなくてはならなかった。それは非常に苦しいことであった。主知主義的な平和や、これもまたその意味での自由や、民主主義的な政治を尊ぶ私たちは、それらの好ましい生きいい世界から無理強いに身をかわし、魂を葬っていなくてはならないのだった。つまり私どもは死んだふりをしていなくてはならなかった。

このような国民の住んでいる空から、宣伝ビラをふりまいて、戦争をやめるまでは徹底的な空襲をつづけると云っても、どうすることもできはしない。軍閥にだまされていると云われ、早く降伏するようにビラを使っていくら云っても、日本はそのような国ではないのだったから、国民自身は与論を持つことさえ出来ないのだった。耳にも、眼にも、口にも、硬いマスクをかけたきりになっていたから、聴覚も視力も、そして言葉もうしない果てていた。私は戦争をはじめたことが正しいか間違っていたかを、はっきり決めて話そうとする友達にこんな風なことを云って、身をかわしたりした。それは佐伯綾子にしか云えない私の浪漫であった。

今度の大きな戦争こそは、人間同士がはじめたものではないのかも知れない。そうでなくてはあまりに劇しくおそろしすぎる。しかも戦争ではないのかも知れない。宇宙のもっとも新しい現象なのではないだろうか。世界がはじまってからあまりに永い年月が経ったので、地球は喜怒哀楽に耐えかね、その感情の支配を現象界にうつし出したのかも知れない。万有引力という熟語もあるようだけれど、今の戦争こそはその魔力から発展して来たものにちがいない。侵略戦争でもなく、日本がよくいうように世界制覇の戦争でもなく、また東亜のためだけの戦争でもなく、そのようなはかない虚飾ではなく、哲学的な宇宙の幻が戦争の形となって彷徨しているかも知れない。怖ろしい権力をもって、とても怖ろしい自虐性をもって。そうでなくてはこのような出来ごとが地球にある筈はない。宇宙自体の宿命が、燃えただれ、氷よりも冷たくなり、またふたたび燃えたり、破壊されたり、転落したり、さらに流浪したり、それからしのび泣いたり怒ったりしているのにちがいない。云わば地球の自壊作用が戦争に姿を変えたのかも知れない。

私は佐伯綾子にこんなことを云って現実の憂愁をまぎらせたりした。私が子供のように馬鹿げたことを、しかも手をふったりなんぞして悪たれ小僧のようにいうのを、かの女は持ちまえのとぼけた顔をしてうんうんときいていた。

そのとぼけた顔が見えるようだった。遠くの町からさえ人が逃げてくるぐらい安全な自分の屋敷つづきの河原に、かの女の姿の見えないのは心にかかった。一家三人暮しだったが、お母さんも百合子さんも見かけることが出来なかった。百合子さんは女学校から勤労奉仕に行っていたから、工場で罹災したのであろう。お母さんはよく朝のうち野菜の買い出しに出歩く人だったから、そのために六日は外であの空襲に出会ったとも考えられる。

私は五日の夜、私の田舎行きのことでかの女のところへ電話をかりに行った。広島の郊外電車で一時間、祇園という町にTという人がいて、自分の自動車とガソリンをもっていた。私の今来ている田舎の人を通じて、私はTの自動車で田舎へ入ることになっていた。それより外に病気あがりの私が山を越えて田舎へ行くてだてはなかった。Tも一度自動車を田舎へうごかせるのに、お米とか酒とか洋服とか、そして砂糖とか油とかをもらうという話だった。私はそんなものをなにも持たなかったけれど、家を世話してくれた田舎の人がTと心やすかったので、金だけでいいことになっていた。

しかしTはなかなかうごかなかった。八月一日に田舎に入る手筈に決めていたのが、一日のばしになり、私はひしひしと身のまわりに危険を感じていたから、毎日祇園へ電話をかけた。電話にはTは出ないでいつも妻が出た。三日の夜は、Tがこの二、三日家へ帰って来ないというのだった。どこにいるかわからないと妻は泣くような声で云った。——村へ来てから、Tがちょうどそのころぐれていた最中で、女のところへかくれていたことをきいた。——

私は刻々にあぶなさが迫っていることを感じても、Tの車の出るのを待つよりなかったので、小包をつくって田舎へ出しはじめた。小包は一貫目までしか受けつけなかった。一世帯で一つしか出せなかった。白島の郵便局では一日十個しか受付けないのである。四日に隣りの名を借りて一個、つまり二個出したのが、六日の朝田舎へ届いた。しかし、五日の朝出した三個は焼けてしまったと見え、一カ月経っても来なかった。六日に出す筈にしていた二個は家で焼いた。——東京から来た小包も広島で焼けた様子であった。——五日の夜電話をかけたときも妻君が出て、今夜あたりおそくTが帰ってくるかも知れないから、明日の朝なりと来てもらえまいかと私に云った。佐伯綾子も傍から、

「じかに会って泣きつかなくちゃとても行きはしませんよ。」

とこわい顔をして叱るように云った。

「泣きつくか、お米か酒ね。」

私は自動車一台のことで泣きつくというようなことは出来ぬたちだった。でも米も酒もありはしない。毎日そうやって電話をかけても無駄だと佐伯綾子は笑ったけれども、私は一つ覚えのように電話いってんばりで、しかもなんの権威もなさそうな妻に向って頼んでばかりいた。とうとう私の負けであった。佐伯綾子はどこかで私を笑っているだろうか。

原子爆弾の被害をのがれるためには、広島市内にいないことよりほか、何一つ役には立たなかったけれど、水ももんぺも防空帽子も、救急袋さえも、いっさいの防空訓練もなんの役にも立たなかったのだった。

19

母と妹とを私の行く田舎へさそった。私は一人ゆく約束で、以前は宿屋をしていた家の二階を借りておいてもらっていた。

その村には二十年前まで私どもの家があった。石崖の上の広々した屋敷に、古い大きな家が建っていた。池のある築山に巨樹が繁り合い、年中あらゆる花が咲いていた。築山をまわると土蔵や、木小屋や、漬物納屋や、湯殿の建物や、広い別棟の炊事場などがあった。築山から

は自分の家の持山に行けた。家のまわりの田も山も、およそ自分の家から見える田畑や山林は自分の家の物であった。この家の一切は父の代で底ぬけに没落した。村には墓地だけしか残っていなかった。母も妹もそのようなふるさとへ帰って、よその家の二階などへ住む気はなかった。春のころ一度、母がその気になって村の人に家を頼むと、「いまさらあなた達がね。」と云われたと涙をにじませて哀しがっていたのだった。

母と妹は私をその村に見送ってから、能美島へ行くことにしていた。能美島には妹の良人の家が空いたままになっていたし、妹は良人の応召の留守をそこで暮したい気になっていた。そうすることを妹は貞淑と結んで考えているのだった。四日に中の妹の良人が来て能美島へ船で送る荷物をすっかりまとめて荷造りした。

八日の夜になっても、妹はまだ自分だけ能美島の良人の家へ行きたい様子であった。能美島は江田島と地つづきで、海をはさんだ眼向いに兵学校の建物がはっきり見えた。その背中に呉の山が見える。能美島の海辺は幾度も空襲されていた。六日の一週間まえ、妹は能美島の交渉に行ったのだったが、その日も妹は防空壕の中に一日中はいっていて、爆弾のひびきわたる音をきいたのである。軍艦が二つに裂けるのを眺め、海辺の漁船が次から次に焼きはらわれるのを見て来たのだ。六日と七日は夜にかけて広島から近い似島《にのしま》や能美島に死体が収容されたときいた。その収容所にさかんにアメリカの爆弾が落されているという噂もあった。妹の気持をけなげなものに思ったけれど、そんなところへ母といっしょにやる気にはなれなかった。宇品からも本川からも船が出るとは思えなかった。宇品や本川まで行くとしても、そこへ行くまでには巷から巷をどれだけの死体をふんで行かなくてはならないかわからなかった。

露が降りたのか、しめっぽい夜である。電灯もつかなければラジオもきこえない。アメリカの飛行機の爆音が三、四時間の間をおいてはきこえ、その度に誰かが敵機来襲をよんで歩き、空襲空襲とサイレンの代りに云ってくるので、私どもは何度か無気味な焼跡の防空壕へ入った。ひとつの防空壕には若い婦人の死体があった。マッチの火をともすと、その死体は眼をあいて、両手を握りしめていた。私たちの座席のすぐ傍では人影が立ったり坐ったりして呻いていた。人影は「俺は死ぬよ」と二、三度もつぶやいた。そのころから若い娘のかん高い叫び声がきこえはじめた。鋭く夜鳥ででもあるような叫びであった。

「お父さまア！　お母さまア！　もうよろしいのよう！　おかえりなさアい」

同じ言葉をくりかえして絶叫している。のどをふりしぼって一分間も休まなかった。声をはりあげて今度は歌った。


お月さまアひとりなのオ！

あたしもやっぱりひとりだわア！

お月さまアひとりなのオ！

あたしもやっぱりひとりだわア！

お月さまアひとりなのオ！

あたしもやっぱり！


娘は怖ろしい人に追いかけられでもするように、いそがしく血が出るようにくりかえしてうたった。そして、また、

「お父さまア！　お母さまア！　もういいんですのよう！　おかえりなさアい！　お母さまア！　お母さまア！」

と呼びつづける。


人々はやる瀬ない深夜の娘の狂気の歌声に眠れなくなって、草の寝床で寝返りをうつ者が多かった。私はうとうとと眠っては幻影にとらえられた。この近くに花の咲いている丘がある。丘の上には樺いろの三階建の家があるのにちがいない。三階の窓は私どもの方に向ってひらいていて、うら若い女が寝台にやすんでいる。女はしかし気が狂っているのだ。私は風景を見るようにその幻影を見た。


歌声はたしかに高いところからきこえる。こちらの胸も狂うほどの切ない叫びは同じ砂原から流れてくるものとは思えなかった。家がなくてはへんであった。けれども娘は私たちのところから一丁ばかり南にある河原に、全身に火傷をうけてころがっているのだという。美しいかどうかわからない。火傷の火ぶくれが太い管のように体中を這っていて、夕方にはそれが破れていたという。傍には怪我をしたお母さんがついているそうである。父というのは海軍の軍人で、一家七人のうち母娘ふたりが残り、あとの人たちは六日のうちに皆亡くなったというのだった。私たちの傍でぼそぼそと娘の身の上を語っている婦人は、とつぜん声をあげて泣いた。

私たちのすぐ傍で坐ったと思うと立ち上り、立ってい

たと思うと坐り込んで、ひとり言をつぶやいたり低い呻き声をあげたりしていた男は、明け方亡くなった。手の先が私の眼の傍にあった。丸裸で仰向けに殪《たお》れていると母が云った。もう死体にも馴れていたけれど、そういう若い男の死の姿を見ることはたえられなかった。母に頼んでその死体に草を着せかけておいてもらってから、私と妹は起きた。暗いうちに柳の枝を折って死の顔をおおっておいた。

六日から三日目になったから、河原は死臭に満ちていた。明るくなると、昨日まで生きていた人が方々に倒れて息をひきとっている姿が見え出した。赤い銘仙の袷を着た兵隊も小径の片よりにふくらみ切って若い命をうしなっていた。河原には五つばかりの女の子が手を投げ出し、横ざまに倒れて、昼寝のように死んでいた。水際には赤ん坊が焦げた全身を陽に照らして亡くなっていた。気の狂った娘は朝まで叫び通しだったが、どこからか自動車が来て、母娘いっしょに乗せて行ったという。ほかには叫ぶ人も話をする人もない。静かだった。陽はきょうも煮つめるように照り輝いた。小舟が河に来て、重傷の兵隊たちと屍とを積んで去った。宮島の少年の死体はくずれかけてまだそこにあった。

救護所は朝からいっぱいの負傷者たちにとりかこまれていた。救護所の医者や看護婦は田舎から次々に来たので、負傷者は毎日ちがう人の手当をうけた。火傷の者は油薬だったり、エキホスだったり、またもっとべつの薬だったり、切傷の方はオキシフルと赤チンキにきまっていたから、手当を受ける度に切傷は赤くなるし、火傷の人はぴかぴか光ったり白くよごれたり、灰色に染まったりした。いったいに今度の負傷はきたなく見えた。硝子の破片などの飛んで来る速度がもの凄く早かったと見え、誰の裂傷も見かけより深いのだ。

「機銃掃射の傷の方がきれいね。」

私は思い出して妹に云った。ついこのまえ赤十字病院で私は機銃掃射をうけた女の人を見た。田舎に預けておく最後の衣類をもって舟で能美島へ行ったところを、舟底に向って射ちこまれたというのだった。担架に載せられて来た女の人は唇を硬く結んで眼をぎらぎらと光らせて泣き叫んで苦痛を訴えていた。――原子爆弾の負傷者はぼんやりした顔をしている。――赤十字病院へ運ばれる前、島の医者が腕に入った弾を切り出していたが、腕は肩の下から手首の方へかけてざっくりと切りひらいてあった。院長は私をよんで見せてくれるのだったが、レントゲン写真で見ると、骨は折れていて瓦斯が写真に出ていた。

「瓦斯壊疽《えそ》だと腕を一本切らなくてはならないんですよ。」

院長はそう云っていたけれども、見た傷はきれいだし、女の人の表情も昂ぶっているのが新鮮に見えた。原子爆弾の方は比べられないほど負傷の仕方がきたなかった。そして人々はあまりに間のぬけた顔つきであった。救護所ではきのう手当をうけた人には今日はしないと云っていた。私たちは今日は田舎へ行かなければならないが、乗物がなければ歩いて行くので手当をして貰うようにたのんだ。それでも手当は受けられなかった。それほど負傷者の群は多く、薬は足りないのだった。

「これほどのこととは思わなかった。薬が足らん。」

年をとった医者は昂奮して、足りない薬をやりくりしながら、てんてこ舞いしている。奇妙なのは、罹災者とそうでない人たちとの間に起きている雰囲気である。あたりまえな人たちは、怪我をしていないというそれだけの違いでも、負傷者たちを、元々きたない乞食ででもあるように扱った。言葉や態度を横柄にし、見下げたようにしか扱わなかった。このような人間心理をも、それから罹災者たちは罹災者たちで、まだ焼け出されて二日か三日しか経っていないのに、元々自分が哀れな人間ででもあったように卑屈になってしまう心理をも、私は奇異に思わないではいられなかった。

Hさんや G さんが来て、これからは配給もきちんとしたものになるから、隣組の者はひとつところにかたまっていたいというのだった。それに河原はあぶない。このようなむきだしの群衆の上にはなんどき爆弾が落ちてくるかも知れない。思い思いの考えで少しずつ河原の人々もどこかへ去りはじめていた。私たちはひとまず元の墓地へ集ることにした。妹が罹災証明書をもらって来た。小さなうすいぺらぺらの一枚の紙は、原子爆弾の罹災者の心を烙印のように焼き、哀しくさせた。妹をのこして、母と私がさきに悪臭におおわれた死の河原の白砂に、わかれを告げた。私はしまいまで佐伯綾子の犬を眼で探したけれども、もうどこにもいなかった。

20

土手に上って広漠とした焼野ガ原に下りて行くまえ、私は河原をふりかえった。そこには、土地も家も持たない遊牧人の群が、河のほとりの僅かな土地を見つけては、その日その日を浮草のようにさまよい歩くのにも似た人々の群と、つよい日光の照りかえしが見えるばかりだった。市街の方を見ると、そこはもう市街ではなかった。冬の荒涼とした枯野のようでもあった。私たちは崩れ伏して焼けた寺の残骸の前まで降りたが、自分の家の跡へ行く道は変り果ててよくわからなかった。墓地の森を見てそれをたよりに瓦礫の原を歩いて行くほかはなかった。私はいつか泣けて来て、ひとりで歩きたくなった。

「さきに行ってくださってていいですよ。」

足ののろくさしている私は母に云った。母は妹の赤ん坊を連れにもう一度河原へくることにしていたので、私をのこして先きに歩いて行った。私は河原で死んだ人々の無惨な姿と、いま歩きながら見る広島全市の変り果てた姿に、胸をきしませて泣いた。

六日の朝まで廻り角だった道のところに男の人が一人、石に腰かけていた。見るとそのかたわらに防空壕があった。防空壕の中には筵をしいて十三、四歳の少女が向うむきにねかせてあった。少女には白い布がかけてあった。枕元には小さな赤い茶碗に白いむすびを入れておいてあった。線香に赤い火がぽつりとついて煙をあげている。少女の足には新しい下駄をはかせて細い紐でくくりつけてあった。

「亡くなられたんですか。」

石に腰かけている人に訊くと、

「ええ。」

と云ってうなずいた。若い父親の眼に涙が浮びあがった、私の眼からも涙があふれ出た。少女の姿は芝居に出てくる阿波の巡礼お鶴を思い描かせ、巡礼じみた可憐ないでたちをさせたその父親の心は、この三日間荒廃の中で暮らした私の心にやさしい詩のひびきをつたえた。私は足の踏み場もない死体の中を大きな泣き声をわんわんあげて歩いた。よろめきながらあふれ流れる涙をぬぐいもせず歩いていると、涙は陽にかわき心はいくらか軽くなった。

「永遠の平和をかえしてください。」

私は空に向ってそう云った。これほどのひどい目に合わされたのに、神は人類に平和をかえさぬ筈はないと考えた。神とはなに者だろう。神とはわれわれの中にある一つの思想なのだ。まだ熱気ののこっている瓦礫の道を元の家の手前まで大声をあげて泣きながら行ったが、母の姿を見ると自然に涙がとまった。家はそこに家があったことを思い出すことも出来ないほどきれいに焼けていた。石の門柱がふたつ、にょっきり墓石のようにのこっていたし、風呂場だったところに金風呂だけが錆色に焦げてうそみたいに坐っていた。ほかには二階にあったミシンの筋骨や、田舎行きの荷物の底に入れておいた花鋏や、二つ三つの瀬戸物が形だけになって焼土の中に半ばうずもれていた。母と私は黙って顔を見合わせた。

「ガラスはどうなったのでしょうね。こわれたかけらもないよ。」

と母が云った。

ほんとうに硝子は粉もなかった。飴のように煮詰まって流れてしまったのであろう。鍋や釜は三日の間にたれかとって行ったのではないかと人は話すけれど、それも溶けて流れてしまったものと思った。行李の形した筋目の入った灰や、写真機のサックの形の灰などがあった。

墓地の防空壕では、母が出がけに入口の方へ投げこんでおいた四、五枚の蒲団がからっぽになって灰だけが盛りあがっていた。穴の中の半分から向うに食糧を入れた厚味のある箱が前からおいてあったが、その大きな箱が垣根の役目をしたように、そこからさきの物は焼け残っていた。

七輪や小鍋や釜も、衣類を入れた三つばかりのトランクも焼けないでいた。焼けないでいるものを見ると、生命をうしなったかも知れない人の無事な姿を見たように、なつかしくて手を握りたいような気がするのだった。鍋釜やトランクの方でも私どもに言葉をかけてくれている感じで、それらが私たちの方へ自分で歩いて来ないのがもどかしく思えた。その防空壕はこれまで私の気に入らぬものだった。トンネルのように両方あいていないで、入口が一つだったから、人間が入っていたら蒸れ死んだかも知れない。きっと死んでいる。いのちのない荷物だったから助かったのだし、向う側にも出入口があったならば、荷物は焼けてしまったにちがいない。私は運命論を口にするのはいやな方だけれど、いろんなことを宿命と考えることが出来るものなら、いたるところにそれはちゃんとあった。

墓地の墓石は崩れも倒れもせず、また焼け焦げの色もつかないで元のまましっかり立ち並んでいて、ただかっと照りつける太陽にやけていた。墓石には安政、文久、慶応の年代の月日が刻まれ、その墓石と字を見ていると、ふらりとあとへ引き戻されそうだった。明治、大正、昭和の墓は白く、今度の戦争で戦死した人の墓はさらに新しかった。墓地の大きな樹木、松や杉や欅や樅は太い幹だけになり、枝や葉は舌を巻いたように巻きこんで、からからに乾き切っていた。神社の石崖に生えていた銀杏の巨樹は二つにも三つにも裂けて、一つは墓地の方にぶら下り、一つは横にだらりと垂れ、その肌は焼き足りない炭のようにくすぶっているのだった。

墓地は河原よりも、風がないだけいっそう暑かった。息が切れてしまうほど暑く、私どもは墓碑の台石の上に坐って、大きな幹だけの木の向うをまわる太陽を少しでも避けるため、絶えず位置を太陽につれてまわして行った。隣組の人達は名ばかりの掘立小屋に入ったり、私たちのようにじかに台石に坐ったり、どこということもなく佇んでいたりした。

ここへ来てからもB29の爆音はときどき真上を通った。生命はいつまで経っても安らかではなかった。家のあるときは見えなかった向うの土手の線路を、負傷者でもないのに、避難民そっくりな人の行列が通った。行列はアメリカの爆撃機が真上にいるのに線路から下りてくるでもなくぞろぞろ歩いていた。その人たちは遠くから来た汽車の乗客で、下りの横川から広島駅へ歩き、それからまた海田まで歩いて汽車にれんらくするのである。爆音がきこえたところで、広島市には身をかくす場所はないので、その人々は靴や風呂敷包を手に持って、陽に焼けている線路を、ひたひたと真っすぐに歩いて行くばかりである。

妹も来てから私どもは食料の入っている箱をあけた。その中には少しの米や大豆のほかに、塩だの鰹節だのかち栗だのが入っていた。そのうえ、茶碗や皿や箸やスプーンも出て来た。茶碗と箸は云いようもなく珍らしく思え、思いがけない贈物のようにうれしかった。箸やスプーンはとてもたくさん入っていたので、隣家だったFさんの掘立小屋へわけてあげた。

Fさんのせまい小屋には、二階で下敷になった十六の娘さんが、頭も顔も傷だらけになって寝ていた。両足にも大きな怪我をしている。傍にはその娘さんとあの朝並んで寝ていたという姉さんの若い女学校の先生が坐っているが、その人はかすり傷もしないですましていた。もう一人の年上の娘さんも小屋にいた。

この人は呉へ嫁に行っていて、呉の空襲のとき、山の中腹にある一軒家に住んでいるので、大丈夫と思っていたのを、いちばん先きに焼けてしまったと話した。六日の少し前からここに来ていて、ちょうど六日の朝の汽車で呉へ出かけたのだったが、汽車が海田の先きあたりへ行ったころとつぜんぱアっと青い光がひろがってひらめき、間もなく震動が来て、列車の客たちは腰掛からばたばた落ちたというのである。

「汽車はそのまま走って行ったんですけれど、窓から広島の方を見ますとね、なんとも云えないへんな煙がもくもくあがっていて、そのうち真暗になってしまいました。どんなことが起ったのかわからないものですから、呉へ着くとすぐこちらへ来る汽車に乗りかえて来ましたけど、もう海田までしか汽車にのれませんでした。海田から歩いて来て見て、ほんとうにびっくりしてしまいました。」

きちんとした洋服を着、靴も履き、薄く化粧している娘さんは眼をまるく見はって話した。

「海田から何里くらいありますの。」

「二里でしょうか、足が痛くなりましたわ。あたりまえの道でないのですもの。死体や家が道筋じゅうにかぶさっているのですから。でもね、海田の向うからずうっと汽車の沿線では、熱いごはんをどんどん炊いておにぎりをしていましたのよ。うれしゅうございました。」

「外へ出てつくっていましたの？」

「ええ、線路に添ってずらりと台をつらねてね、どこまで行ってもおむすびをにぎっていました。」

「私たちのもらったのも、その中のいくつかなんですのね。」

そう私がいうと、みんな微笑んだ。

同じ隣組に生死のわからない人が三人あった。県庁へ用事があって朝出かけた女の人が一人、それきり八日になっても帰らなかった。十四、五の娘が一人、勤労奉仕の手伝いに行ったままになっている。一人はH夫人の主人で、勤め先の役所がめちゃめちゃになって、H夫人は毎日探し歩いたけれど、方々の収容所にも外側だけ残っている二、三の病院などにも入っていなかった。

私たちの隣組には火傷の負傷者はなかった。腕の抜けた年よりの婦人と、眼に硝子の粉の入った若い女の人のほかは、打撲症と切傷だった。家の下敷になって出られなかった人もいなかった。それに偶然というものの面白さも沢山の人の場合は眼立ってくる。一家の主婦、つまり母とよばれる位置の人で怪我をしていない人が私どもの組では多かった。H夫人や、B夫人、私の母、またほかの家でも中年以上の主婦たちにかすり傷もうけていない人が多かった。あとになってもこのことは云えた。男の人と若い女の傷がふかく、これは外へ出ていたことと活動的だったからと思われ、家のなかに閉じこもっていた中年すぎの婦人や、男でも老人が比較的被害が浅い。偶然に似てこれもまた偶然ではないのかも知れない。義弟の妻は頭の怪我で防空壕の中に寝ていた。義弟は三日目になるのに姿を見せなかった。

　私たちは七輪に火を焚いて、鍋の中に配給のむすびをくずし、河原からとって来た南瓜を切り込んでたっぷり水を入れ、ぞうすいを煮た。炎天の下で熱いぞうすいを吹きながら食べるのは、原始的で快よかった。焼跡に折れた鉄管の口から吹き出ている水道の噴水があった。そこで食器や釜など洗ったりして、元の箱へしまうのも愉しかった。箱は防空壕の奥へしまった。

　線路をラッセル車に似た機関車だけのような短い列車が、駅員や工夫らしい人をぶら下げたようにのせて走って行った。鉄橋に横たわった列車の残骸をのけに行ったのであろう。

　昼すぎると広島駅から下りの列車が出るということである。私たちは横川駅から汽車に乗って広島を出ることにした。荷物は、Ｋさんのご主人が自転車で横川駅まで持って行ってくれることになった。Ｋさんの奥さんは九月にお産をするのだったが、きたないざんばら髪になり、眉から鼻にかけて切った切傷のために、腫れた血だらけの顔で、素足のまま私どもに別れの挨拶をした。私たちの組では私たちがいちばんはじめに田舎へ発つので、一人々々へのわかれの言葉は哀しかった。

「またいつかきっとお目にかかりましょうね。」

　仲よくやっていた隣組の人々は、もはや一生同じところに住む日があるとも思えなかったけれど、ちりぢりになるはかなさを、おもてではかくし合った。

　白い鶏が足元をことこと歩いていた。それを神社の前の寺の子が探しに来て、抱いて行った。寺では夫人と赤ん坊と五つの男の子の三人が、下敷になって死んだという。私は母の持っていた薄い紫色に縞のある風呂敷で頭から顔をつつみ、頤で結んで、西陽のつよくさしてくる方向へ歩きはじめた。

大田洋子

憩いの車

21

あたりまえの健やかな町、そこに住んでいる人も普通の身なりをしている場合だったならば、私ども親子四人は狂人にも見え、ひどい怪我をした、もともとからの乞食に見えたかも知れない。しかし誰も彼もみんなおんなじであった。街さえも死んでいるのか生きているのかわからなかった。きたない変装者はどの人も間のぬけた顔をして、それぞれの気に入らない目あてに向って行くようにへんにゆっくり歩いていた。

　私は体中が痛いので、あやつり人形みたいに、よじよじと歩いた。どんな恰好をも人は笑わなかった。気の毒そうにもしなかった。どれほどひどくてももう誰も人のことを気の毒などとは思わなくていいのだった。歩いて行く先きざきに死体があった。死体は歩いて行く道でもない道を、ほとんど塞いでいた。どれもがたいてい火傷の死体だったから、生きていたうちからきたなかったのだ。死体は半ば頽れ、すっぱいような火葬場の匂いをただよわせた。今息をひきとったばかりらしい死体には、治療の油薬が陽の光にぴかぴかとぬれ光っていた。私どもはその中を感動もせず恐れもしないで歩いて行った。

　けれど妙な死体の傍に来て私は立ちどまった。皮膚のうえが寒くなった。そこはなにかの部隊の入口だったと見え、衛門だったらしい石の柱があった。その柱の一つに背をつけ、立てた両膝を抱いてじっとうごかない青年があった。二十四、五歳で、ワイシャツにズボンをはき、靴もはいている。顔色は私の中国で見た阿片吸煙者に似ていたけれども、元からの病人とは見えなかった。青年は死んでいた。一滴の血も流さず火傷もしない屍を見るのははじめてである。ほかの県から来た学兵部隊らしい。大学生のような兵隊が四、五人担架を持って死体の始末に歩いていたが、その人たちは石の柱に縋ったまま坐像のように死んでいる青年に手はかけず、両方から棒を入れて不器用に担架の上へころがした。見ると青年の下半身は、上半身と比べられないほど樽のようにふくらみずたずたに腐れていた。

　私はもはや死体に馴れていた。誰でもそうであった。

六日の当日にさえも、人々は自分の深い負傷にたいした苦痛も感じないし、心にはまったく苦悶が浮ばなかった。生きているような子供のきれいな死体にも、頽れはじめた死体にも、死体自身にどれほどの苦悩もなかったし、傍を通る者たちにも苦悶は甦らなかった。私たちはてんでこの有様を戦争に結びつけては考えていないのだ。その思考力さえもうしなっている風だった。そのくせ眼からは絶えず涙がふきこぼれていた。

橋の上まで歩いて来て、そこから、ぺったりとうつ伏せに地の上へ倒れ込んでいる広島城を眺めたとき、私の心は波のように大きく動いた。ときどきよみがえって来る悲しみや思考力が、ぎしぎしときしんで胸底を疼かせた。広島城の天主閣はもろく崩れて、へし折ったように見えた。町の健全だった頃でさえどこからでも見えていた白い城だったから、私は昨日も土手へ上った時や逓信病院へ行く途中、城が消えてなくなっていることに気がついていた筈である。その時はただなくなったことだけしかわからなかったのだった。城がこのような姿に壊滅したことは、暗示を与えた。この土地にたとえ新しい街が築かれたところで、城を築き添えることはないだろう。

広島という起伏のない平面的な街は、白い城があったために立体的になり、古典の味いをのこしていたのだった。広島にも歴史はあったと思い、歴史の屍を踏んで行く嘆きが心をきしませる。

東京に長く暮らしている私は長い橋を渡ったことがないので、広島の長々とした橋を渡るとき平生もなんとなくこわかったけれども、橋を結んでいた両岸の建物も、遠景の町々もなくなった橋は、橋だけがぽいと浮きあがった感じで、河の底へひきずられそうな気がした。

橋は大きな空間にのっぺりと虹のようにかかっていた。いつも左手に見えていた寺町の、あの偉観であった何百軒の寺々もかき消えていた。京都でしか見られない本願寺の、壮大な、物々しいほどの別院の古めいた建物もぺったりと崩れ伏せ、もう屋根の端さえ見ることは出来なかった。橋の向うの横川は白島から二キロ半くらいの道のりだった。横川は場末町の小さい工場地帯で、製材所の多いところだったから、住宅地の焼跡よりも凄惨な傷痕を町々にさらけていた。コンクリートの倉庫や工場の堅牢な建物の窓という窓から、とろっとろっと舌を巻くような形の赤い焰が渦巻きながら吐き出されていた。火のほてりが行く手をさえぎりそうだった。傍を歩いている見知らぬ男の人が話しかけて来た。

「なんとひどいものですな。あの右側の倉庫には砂糖がいっぱい入っていたんですよ。あれは砂糖の焔ですな。紅蓮の砂糖の炎ですよ。」

　ほんとうだろうかと思って私が返事もしないでいると、その男は重ねて云った。

「僕はあの倉庫に勤めていましたからね。」

　砂糖好きな妹は、腫れつぶれて糸のようになった眼をちらとそちらにあげて、

「焼くくらいなら配給してくれればよかったのに。」

と口惜しそうにつぶやいた。あたりには飴の煮詰まるような匂いがしていた。砂糖の倉庫と云ったのは嘘ではないようであった。なんの跡とも知れぬ焼跡では、石綿みたいでもあり、塩のようでもある真白いものの小山が、ぺろぺろと赤い舌を出してさかんに燃えていた。その近くに五、六人の青年が地べたへ坐っていたが、乞食のような恰好の私の方を見て笑った。

「五十三次だね、写楽の――」

　そういう青年たちは顔だけは生きている、襤褸につつんだ木刻人形であった。

　横川を出はずれた三篠《ささ》町の三篠《ささ》神社は、肌の焼け焦げた巨樹の胴だけを空につきあげて、神社も母屋もあらゆる建物を焼きつくされていた。中の妹の婚家だった。妹は四人の子供をつれて田舎へ入っていたが、良人と長男は住んでいた筈である。

　母は神社の方を向いて立ちどまり、そこへ行って見たい様子だったけれど、まださかんに燃えている裏手の山火事の火気で近づくことが出来なかった。

　横川駅の手前には海軍病院の救護所が出来ていて、負傷者の群がその天幕を埋めていたが、丁度その前、瓦礫の山の上に、男や女や、老人やそして子供や赤ん坊の死体が、猫の死体でもあるようにかためて積んであった。どんなに死体に見馴れていても、その死体の山こそは眼をそむけないではいられなかった。天幕もなく死体収容所と書いた板切が立っているだけで、かっと光る真夏の太陽に照らし出された死体の丘には、裸の四肢を醜くひらいて空を睨むように死んでいた太った若い女もあった。どの死体も腫れ太って、金仏の肌のように真黒に焼けている。――火事で焼けたのでなく青い閃光のために、そしてあの光は直接には熱さは感じなかった――。

　私は一分も早く街を離れたかった。汽車で廿日市町まで行ってその先がどうなるかわからないが、同じ野宿でも広島の市内より汽車で四十分の距離にある廿日市でし

たいと思った。横川駅も駅らしい建物があるわけではない。プラット・ホームだけになっていた。野天芝居の木戸のようなところで、罹災者の切符をもらって、避難者の群の渦におおわれたプラット・ホームへ行くのである。四時という列車が六時に来たけれども、走って来た汽車を見るとうれしくて、子供のじぶんはじめて汽車を見たときのようにびっくりし、蓮の花でも咲くときの音のように、胸がふくらんでよろこびの音を立てた。

一つ向うの広島駅からも罹災者を乗せて来た汽車の中は、人間の貨車であった。通路には負傷者たちが折り重なって寝ていた。生きたまま押しつぶされたような人々は、なんにも喋舌らなかった。沈んだ様子で押し黙り、今度の特徴の痴呆状態をあらわに見せて、呼吸も充分にはしていない恰好をしている。広島よりも東の、広島のことをよく知らない遠くから来た乗客たちも、やはりばかのような顔をして、じろじろと車内の負傷者たちを見たり、窓の外を眺めては眼の醒めたような表情になったりしていた。そしてほかの土地から来たらしい青年将校の一群は、白い手袋の手を例の板の上に重ね、冷やかな態度で、重傷の罹災者たちに坐席をゆずることもしなかった。

窓外は広島市を出はずれた近郊の町だった。そのあたりの家並は、いちばん最初の六日の午前の市中の家のように、破壊されたまま腰をねじって傾いたり、ぺったんと倒れたり、ばらばらに崩れ落ちたりしていた。一軒も残さず焼いてしまって、こわれた家さえない市内の枯野に似たところをさまよって来た眼に、倒壊の家々は異様にうつった。云いようもなく強大な、そのくせ眼には見えぬ空からの怖ろしい空気の圧迫で、あっという間に押しつぶされた有様が、まざまざと倒壊の家の姿に見られた。胸のじかに痛くなるような亡骸の家は、このあたりでもところどころぼろぼろと燃えていた。畑でもあちこちに大きな火の塊が燃えている。

(後に広島文理大の藤原博士が報告された火の玉のことや、方々の河に火の玉が浮いて、とろとろと燃えていたという話が信じられる)

爆弾の破片が焼夷弾の役目をしたのだと車中の人たちは話していた。分布的に云って西の方が被害が多く、死体も、ひどい負傷者もその方向がはっきり多かったと云われていた。六日の風は己斐《こい》の方向に流れていたという。汽車の窓から見える町や村は己斐町のつづきだから、血の色の火の塊もあんなに燃えていたのであろう。うす青い黄昏の中の見渡すかぎりの崩壊の家並と、真赤な火の玉を吐いている畑とは、現実ではなく魔夢かと思えた。五日市まで来ても壊れかかった家や、障子や襖の吹き飛んだ家が見え、廿日市に来てやっと暗い普通の町を見ることが出来た。

汽車は平生と変りなく四十分くらいで廿日市に着いた。見覚えのある駅前の広場、春でも夏でも冬でも、どんなに短い休暇にも学校から田舎へ帰ったころ、忘れないで眺めた広場の桜の木の下まで出て来たとき、私は気を失いかけた。妹に土の上へねせて貰った。

22

廿日市の町は灯をすっかり消し闇にしていた。いつ広島と同じことが起きるかわからない思いで恐怖につつまれている。町に昔あった何軒もの宿屋は、兵隊や産業戦士の宿舎に変っていて、私どもの泊るところはなかった。どこかに泊ろうと思えば、救護所になっている国民学校へ行かなければならなかった。ここまでのがれて来て、またしても負傷者の集団と死体のある場所へ近づきたくなかった。

「野宿をすると云ってもねえ。」

母はそう云いリュック・サックを桜の木の下に降ろしておいて、宿を探しに町を歩いて見るというのだった。

「それよりも一足ずつでも玖島《くじま》の方へ向いて歩きましょうよ。」

私は母に闇の町を歩かせることが切なくてそう云ったけれど、母は母のやり方で、私たちへの愛情を、出来るだけ自分の体を動かすことで示しているのだった。母は通りの闇の中へ姿を消してしまった。小一時間も経って引きかえして来た母は、いけないと思うことには気むずかしい私をまともに見て云った。

「交番へ行って宿屋を訊いて見たらね、やっぱし宿屋がない云うて、救護所へ行ってくれいうてのよ。どうしようかと思うたけど、どうも仕様がないから一応戻ろうと思うて戻りよったら、向うからしゃんしゃんしたような女の人が来たから、玖島《くじま》へ行くのですが、途中の村にでも宿がありますでしょうかいうて訊いて見たのよ、そうしたら田舎の宿屋も広島の怪我人がいっぱいでだめじゃろういうて、自分家へは二、三人罹災者が来ているから、ついでにあなたも家へおいでなさいと云うてくれてのよ、私はこういうたの、わたくしが一人でしたらご厄介になりますが、娘らや赤ん坊が駅に待って居りますから、そんな大人数ではお世話になりかねます、いうて。そうしたら、いいえ、かまいません。私はもの好きで、あんなことがのうても人様の世話を焼きたい方ですが、ずいぶんひどいことがあったのですから、四人五人の人をお泊めすることくらいよろしいですよ。その奥さんはこういうてのよ。お風呂も沸いて居るから、野宿よりはましだと思うておいでなさいと云って、自分の家を見ておくようにと私をつれて行ってくれてじゃったのよ。どうしますか。」

私はちょっとの間考えていた。母はつづけて云った。

「知らない方に一晩でもとめてもらうのはおかしいようだけどね、ここから先きの田舎には一軒残らずと云ってもいいほど、罹災民が寝ているそうな。」

「罹災民と云わないでせめて罹災者と仰言いよ。哀れでいやだわ。その家どんな家です。」

「それが大きな家ですよ。何をする家かね。小園さんというのよ。開けて待っていると云ってくださるけど、どうしよう。いやだったら、野宿をしてもいいし、玖島へ向けてひと足ずつでも歩きますかねえ。」

「そこで一晩お世話になりましょうよ。」

私たちは闇の町を歩いた。

「大勢でぞろぞろ行くのも気がひけるけど、仕方がないのね。」

妹が云った。

あたりには壊われた家も火災もなく、罹災者らしい人も歩いていないので、気持がよかった。私もいつの間にか、いっぱしの罹災者の気持に陥っていた。ちらとその心理に気づくと、たまらない自嘲にひきずられたけれど、どうすることも出来はしない。見覚えのある町通りをよほど行ってから、母は間口の広い大きな家の前に足をとめた。

「ここですよ。」

よく知っている家を昼間訪ねても、よく間ちがえたりする母が、ぴたっと一度で真暗な家の前に立ったのにはびっくりしたし、感心してしまった。小園でなく小曽戸という材木屋だった。幾間も部屋のある家で、床の間のある部屋に通されたが、次の間にも離れの座敷にも避難者たちがいる様子であった。熱い煎茶が大きな土瓶にたっぷり入れられて、お茶うけに薤《らっきょう》がいっしょに出た。罹災後、三日目にのむお茶は全身に沁みるようにおいしかった。十二時に近かった。平生なら広島からゆっくりしても一時間半で来られる廿日市まで、十時間あまりかかって来たのだった。

　明け方までには二度も空襲警報が出て、遠くに爆音がきこえた。廿日市の人達は極端に怖れていて、ほとんど防空壕へ入ったきり出て来なかったけれど、私どもは蚊帳のそとまでも自分の体を運んで行くことが出来なくなっていた。畳の上で死ぬのだったら、あの凄惨な河原で屍になるよりましと思った。

　明くる日も炙《あ》ぶりつけられるように暑い上天気であった。玖島行の乗合自動車は午後の四時に一度出るだけである。小曽戸家にも人が出たり入ったりして、今日になっても広島で見つからない近親者のことを語り合ったり、泣き出す婦人がいたりした。そのうえ救護所へ出す衣類やにぎりめしで眼のまわるいそがしさだったので、私どもは昼前にそこを出ようとした。夫人は私たちをひきとめて昼の食事をさせたり、あとではそこを出た私どもを追いかけて来て、僅かばかりおいたものを無理に返したりした。私どもは返すことの出来ぬものを借りたようで、心が重く少し痛んでいた。

　バスの待合所へ来て見ると、また二時というのに、ものを云わぬ例の戦災者たちが灰色のかたまりになって集まっていた。なによりたまらないのは傷口から流れる膿の悪臭だった。何十人とも知れぬ人々の化物じみた顔や、首から両腕、胸や両脚の、着物から外に出ていたところは、みんな焼いた火傷の、ふくらみきった裸体などの、死ぬ前の癌の患者を一部屋に集めたような匂いであった。

　待合室は宮島ゆきの郊外電車の停留所にもつながっている。電車が着くたび、開札口から囚人のかたまりかなんぞのような、落ちぶれ切ったなりをした戦災者たちが、かたまりになってあふれ出た。私が同じ戦災者の仲間でなく傍観者だったら、やはり同情よりも嫌悪が先に立ったかも知れなかった。その人情が納得出来るほど、戦災者は不潔になり切っていた。

　お化けのような火傷の男が電車から降りて来た。頭から全身、手の指先まで繃帯した両腕を前に曲げ、血と膿のしみ出た顔の繃帯の中からまつ毛の焼けた光る眼を出して、きろきろあたりを見た。二人の子供を連れた女の人が駆けよって云いかけた。

「たったいま古田の兄さんが広島の方へ行く電車に乗ったんですよ。」

「そうか。一足のことで行き違いじゃったか。やれやれしまったのう。」

男の人は電車の方をふり向いた。

「追っかけたが電車は早いけん。ちょっとこっちを見てくれてならわかるのに。」

「山の奥から出たんじゃろうに気の毒うした。すぐあとを追うて行かにゃアならんが、どうしようかの。」

「折角死にものぐるいでここまで来たのに、もう一ぺん広島へ行くのはいやじゃがねえ。」

「そうかいうて、こっちで後姿でも見た者を放っちゃおけん。広島のわしらの家へ行って見ても、あの始末じゃ探しようもないけんのう。途方に暮れるじゃろう。わしが今から行ってくる。お前はバスが来たら子供をつれて先きに帰れ。」

「それじゃいけん。私が行きますからあんた子供をつれとってください。」

女の人は涙を浮べた。

「いやわしがやっぱし行こうて。おなごが行っても手はつけられん。わしも今から広島へ行って兄貴を探しよると、このバスにものりはぐれてどこぞへ泊らにゃならんが、それがつらい。この風では誰でも人がいやがるけえのう。くさアし、寝たところアぺたぺたよごすしのう。」

男の人の眼にもうっすら涙がうかんでいる。

「それじゃから私が行くけえ、あんた先に帰っとってください。」

「まあわしが行こうて。子供を一分でも早よう田舎へつれてった方がええ。」

それきり夫婦の話はやんだ。女の人は向うむきになってハンケチで涙をふいた。

23

待合室の共同椅子には、あいたところのないほど戦災者がぎっちり掛けていたが、その一つに誰も傍へ行かない夫婦者がいた。二人とも五十すぎである。

「どうしたんですか。」

誰かが訊いた。大きな軀をした妻の方が答えた。

「家《うち》は吉島ですが、私は台所の裏へ出て菜を洗っていたんですよ。そこへぱっと青いものが光ったんでね、やれっと思って顔へ手をあてたんですが、こんなに顔から胸まで、出ていたところはみなやられました。」

銅色に焦げた皮膚に白い薬や赤い薬や、油や、それから焼栗を並べたような火ぶくれがつぶれて、癩病のような恰好になっていた。

「主人の方は天満町で電車からころがり落ちていたところを、六日の夕方私が探し出したんですよ。こんなになっていました。」

良人はちょうど担架にでも載ったように共同椅子に横たえられていた。妻とほとんど同じような焦げ方で、もっと色が濃く金物じみていた。頭はやはり帽子から出ていたところだけ、剃刀で剃ったように毛がなくなっていた。

「こんな頭をした者が多いから、云い合せたように早いとこ剃ったもんだと思うたら、あの光でくるっと焼いたものだね。」

初めに訊いた人が云った。

「陽の当るところにいたものは、みなこういう按配に焼けていますよ。写真のようなものですね。光線のあったところと、なかったところはちがうもの。うちの人は電車の後の車掌台でね、陽の当るところに立っていたそうですからね。電車も真黒に焼けて、中には死んでいるのもたくさんいたし、ころがり出した人は道にいっぱい重なっていましたがね、うちのはよく生きていたものです。」

女の人はゆっくりとぼつりぼつり話していた。

ここからは津田《つた》行も吉和《よしわ》行も出るから、これだけの人がみんな玖島行へ乗るのではないが、四時までにはどれだけの人が集まって来るかわからなかったし、三方へ行く乗合自動車も、たしかに出る風でもなかった。時間も正確ではないという。出札口は閉め切ってあって、事務室を横手の出入口から見ると、事務員達は煙草を吹かしたり、そっぽを向いたり、自分たちの話に夢中になったりしていて、いろんなことを聞き合せる戦災者たちを、てんで相手にしなかった。戦災者は孤立している。こういう場合にはっきり描き出される日本人の能動的でない気質や、しまりのない態度や、ちりほどの叡智もないことや、そのほかの決定的な人間の薄っぺらさや欠陥に、心で眼を見はるよりないのである。

生涯に一度出会うか出会はない〔ママ〕このような事件のあとにさえ、戦災者を積んで行く車について、はっきりした方針が当事者にもついていないのだった。かれらはきびきびした決断をもってうごいたり、情熱や思いやりで戦災の市民たちに親切にしても、あとでどこかから文句が出たのではつまらないとでもいう風に、かくれるようにして事務室へ引きこもっていた。その人たちはいつもと同じことをしていなくてはならないのである。

バスには重傷者から先きに乗せるのだということが、誰からともなく云いつたえられた。三時をすぎた。重傷者軽傷者と云ったところで、たいした見極めもつかない。とり残されたのでは、軽傷者も明日の午後四時まで、どこにどうしていていいかわからないのだった。

一人の年の若い白い顔をした青年は、昨日岡山から広島に帰って来て、家族の安否がわからないので田舎へ行くのだと話していたが、急にわざと片方の脚でびっこを引き出した。一方の肩を突然折れでもしたように力をぬいて負傷者の恰好をはじめたが、出札口の行列のいちばん先頭へ立ってがんばっていた。

津田行のがらくたバスが出て行った。吉和もつづいて出た。玖島行はそれほど満員ではないけれども、乗客を見はっている事務員は、冷淡な様子をしつづけて、傷はどこだと一人々々を調べていた。

「玖島へ着いたら、みんなでぱったり倒れるかも知れませんね。」

母は車に乗ってから小声で云った。

私どもはみすぼらしい荷物のようにおとなしく車にゆりうごかされて行った。バスは農家のまばらな山と山との間へ入って行く。道には誰も歩いていなかった。人を見飽きた私は自然の閑寂さに入って、めざめるような気がした。夏の青葉がむんむん萌え立っていて、冬野のような街を歩きまわって来た眼を、いきなり緑色で染めるかと思われた。半ば失いかけている魂も冴えた緑は染め直すかと思うようだった。

私と妹は口が思うようにあかないので、いつも満足にものを食べる訳に行かなかったけれど、お腹がすいたことを感じたことは一度もなかった。車が山の中へ入り、夕ぐれも近づいて来たとき、私はひどくなにか食べたくなった。乾パンを出して噛んだ、ついでに後に可哀そうな少年が掛けている様子だったので、ふり向いて乾パンを少し渡してやった。十ばかりの男の子は頭に血のはみ出たきたない布を巻いていた。少年ははきはきした声で、同じ席の隣りの人に訊かれて、こんな話をしていた。自分はあの朝の空襲で両親と姉を失った。

三人は下敷になって、手や足の先だけ木や土の下から覗かせていたので、自分は交る交る引っぱっていたが、眼の前まで焼けて来て、母の姿は見えないが、声だけきこえ、早く逃げよと云ったので逃げ出した。一人ぼっちになったので、津田の祖母のところへ行こうと思う。津田行へ乗り損ったのでこの車へ乗ったけれど、この先のあたりでよそを廻った津田行が来るそうだから、それに乗りかえなくてはならない。一人で行く決心をした時は涙が出たが、今は哀しくなくなった。

「ええ按配に津田行と出会えばよいがのう。」

　隣りの男の人がそういうと、少年はきっぱり答えた。

「会えなかったら歩いて行く。」

　少年は私がうしろ向きに渡した乾パンを食べる風でもなかった。隣りの男の人はにぎりめしをわけてやった様子で、今のうち食べるように進めていたけれど、少年ははっしと肚を決めているらしく、

「いまは腹がへっていないから、あっちの車へ乗ってから食べる。」

　と答えていた。まわりの人は少年の乗替えるバスを心配していろいろ注意の言葉をかけている。少年は自分で運転台へ出かけて行って、なにか訊いていたが、津田行の通る村の角へ来ると、人をふり向きもせず、だまりこくってひょいと飛び降りた。そして古い茶店の前に佇んで、私どものバスの出るのを、むっつり見送った。

　陽が落ちた。空気はさわやかだった。土の匂いや、木々の緑の幹の渋いような香がただよって来たりした。

24

　仮りの宿へ着いた明くる日、私と妹は、借りものの柄のついた鏡で、久しぶりに自分の顔を見た。

「なんてひどい顔ね。四谷怪談のお岩みたい。いつの間にこんなになったのかしら。」

　ほんとうを云えば、私の顔よりも妹の顔が悲惨なのだった。私はお化けほどでもなく、半面が無暗に腫れて、血のついたおくれ毛が、やはり血のかたまりのついた頬へへばりついているのだったけれど、妹の傷は口の傍だし、眼のふちがなんとも云えぬ紫色に腫れていて、どうしてもお岩じみている。私は妹が云い出すよりさきにお岩のことを云ったのだった。

「よく、でもまあ、生きていたわいのう。死んでしもうても、私はふしぎとも思わんに。」

　私の言葉に答えて笑いもせずに、妹がそう云った。二人ともくすりとも笑わなかった。真面目くさってそんなことを云い合った。

　私どもは身の落ちつけ場所を得て幾分救われた思いだったけれども、それはほんとうにいくぶんという気持

だった。もう河原や墓地に寝なくてもいいというだけである。

家の中の人間の生活には、夜具のない墓地や河原のような開放はなかった。家の中に入った人間にはおびただしい拘束のあることが、束縛も約束もない河原から来た無神経に不自由さを感じさせた。

まったく不思議なことである。何が自由で何が不自由なのか、ほんとうのことは判りはしないのだ。潰滅の巷ならそれはそれで暮らし方があるという、人間の同化力について思いをひそめないではいられない。どのようにしてでも生きることは出来るという希望のような明るさが、私の胸を去来しはじめた。生地獄だった広島の街々と平穏な田舎とを比べるならば、二つのはっきりちがう別性界だったけれどそのどちらにも平均した人生があった。

このことは面白く思えた。平穏な田舎と云ったけれど、広島から入って来た人たちは、畳の上に眠れるようになったというだけで、虚ろな穴は身辺のいたるところに口をあいていた。ジプシー達にとって、招かれもせぬ土地へ来たことがまた新しい重荷になった。一方では村に来てからも戦争の姿は火花の散るようなめまぐるしさで続き、人々はここでもその中に巻き込まれた。云わば最後の前提の中に引きずり込まれているのだった。村でも空襲警報のサイレンはのべつに鳴り渡り、Ｂ29もＰ51も、そのほかの大型や小型の爆撃機もひっきりなしに空を駆けた。

二度目の原子爆弾は九日の午前十一時に長崎市を襲った。前後してソ連が宣戦布告したことが発表され、参戦したソヴェートの満鮮攻撃が、日のおくれて来る新聞に出た。十三日の黄昏ちかくには、Ｂ29の大編隊が夕日の中に白々と透き通って、疾走する大河のように滔々と流れて行った。山の上の天空の南から北に向い、そこに幅広い通路でもあるように、十機から十二機くらいの編隊が次々に現われては続くのだった。どういうわけか、どの編隊にも桝型に並んだ角にあたって、意味ありげな黒い一機があった。真白な編隊のどれにも一機だけ黒い飛行機のいることは、無気味であった。

原子爆弾やソ連の参戦や、小さな村落を通る何百機かの巨大な爆撃機を見ても、それが敗北の終戦の痛ましい前提となるものとはまだ気づかなかった。哀れな民衆は、これから先がまだまだ長く、戦争は今後も三年も五年も続くものと考えているのだった。

十五日、重大放送があるというのを妹はひどく気にして私に訊いた。

「なんだと思って？　まさか止めるというのではないでしょうね。」

「昨日の新聞で、ソ連と断然戦うと云っていたものね。国民の最後の一人まで槍を持って戦うのだから、そのつもりでいるようにっていうのかも知れない。今度こそなんだかちっともぴんと来るものがないのね。」

ラジオは故障して聞くことが出来ない。私はS医師の宅でラジオを聞くことが出来るかも知れないと思い、妹といっしょに昼前から行っていた。しかしS家のラジオもこわれていた。こわれていなくとも患者の控室まではさはうしなっていた。それよりも、毎日のことだったけれど、控室の入口の土間から畳敷の部屋まで、ぎっちり詰まっている負傷した戦災者の群にあっけに取られるのだ。

これはもう重大放送の予告も忘れるほど眼を奪われ、その重大さから心を離して、ほかのことを考えることは出来なかった。毎日の同じ顔ぶれに、あとからあとからと広島を引きあげて来た新しい患者が加わり、控室にはあのたまらない悪臭がうごめいていた。

一人の患者がどこか一個所診て貰いに出てくるのではなく、少くて五個所、それ以上頭から足の先まであちこちの怪我だったし、硝子の破片を丹念にとり出さなければならなかった。悪臭の中で私たちは三時間も待っていなくてはならない。妹は口の端の細い絆創膏をとられる度に、土色の顔になって眠り込みそうになった。最初にここへ来たときS医師に、

「これはまあ、悪いところへ悪い傷をなさいましたのう。」

と云われて、ふっと妹の顔色が変ったのだったが、それからは毎日同じことをくり返した。

私たちはきたない土の上に幾日か眠ったので、土から病原菌の入るという破傷風をひどく怖れていて、その予防注射をS医師に頼んでいた。――東京でも、とくに大阪でも、戦災者で破傷風になる人がたいへん多かった。幾日かの潜伏期があって怖ろしい痙攣が起き、そうなると死ぬそうである――。

その日も妹に注射をしておいて貰うようにS氏に頼んだ。S氏は笑って、

「破傷風よりカンフルの方が要りそうですのう。」

と妹を寝台にねかせて注射を打った。

妹を待っている間に、十二時で打ち切りの患者たちもすっかり帰ってしまい、そのうちに妹も起きあがって先きに行ってしまったので、私はS氏と二人だけになった。初めの方に書いたように、私にとってS氏は父のような気のする知人だったので、今度の負傷者の傷の性質なぞをきいたり、私はゆっくりS氏の椅子の前に腰かけていた。

するとさっきまで薬剤室で一刻の暇もなく薬を作っていたS氏の老夫人が、眼鏡のふちを光らせながら、いつもと少しちがう顔で治療室へ入って来た。

「あなた日本は降参いたしましたそうですよ。子供が二時の録音できいてまいりましたんですがね。」

「えッ。本当か。デマではないのか。」

S氏はすぐ乾いた白い顔になった。

「日本は鹿児島だか長崎だかから、こっちだけになるんだそうですよ。」

夫人はあいまいな気のぬけた調子で云った。S氏は眉にしわをよせ、子供のようにしょげて、

「どうしよう。どうしよう。どうしたらよかろう。日本はなにをやったのかのう。降参にもいろいろあるが、どういう降伏をしたのかのう。ドイツと同じことをやったんですかのう。」

と夫人に云ったり、私に話しかけたりした。

私はS氏の大きな邸の門を出て石段を下りた。眼の前が真暗になったとよく形容するけれど、私は真白な空気の中へ放り出されたような気がした。空気と云っても、高い高原に登った時みたいな、稀薄で軽い、眼まいでも起きそうな、云い難い空しさだった。誰一人いない靄の中をでも歩いているようで、脚がぶるぶる震えた。からだががたがたして歩くことも出来ないほどだった。

誰もいないので、涙がこぼれて仕方がなかった。一方では、やれやれと思い、長い戦争だったと思い、安心感が心底を横切った。誰かに会えば、知らぬ人にでも戦争が終ったのはほんとうかどうか、訊かなくてはならないと思った。

宿までの道のりがいつもの二倍も三倍もある気がした。あたりはしんとしていた。なんにもとらえることは出来なかった。静まり返って物音ひとつしないのである。

その夜はちっとも眠られなかった。眠らないどころか寝床の上にじっと動かないでいると耐えがたくなり、蚊帳の外に出て坐ったり、くるくる歩いたり、窓から暗い

村の方々を眺めたりした。

村にはぽつんぽつんと灯のついている家もあった。あれほどやかましかった灯がともっているのである。眠らないのにちがいない。そのうえ怪我の重い戦災者が亡霊のようにその家々では身を横たえているのかも知れない。原子爆弾と終戦と、二つのどんでん返しをどのように理解したらいいのかと迷いながら――。

母も妹も眠らなかった。妹は何年間か大切にしまっていた背負袋の蠟燭をとり出して灯をつけ、机の端に立ててじっと見詰めていた。そうやっている妹の傷は臭かった。赤ん坊だけがくりくりした可愛い姿で眠っている。赤ん坊の足指のかすり傷と、頰の小さい打撲あとの青いあざとが蚊帳の外から見えた。

25

田舎にも食べるものが乏しかった。青田は広々と波打っていて、まだ色づかぬ穂がたわみかけていたし、畑には南瓜や胡瓜や菜などが植わっているけれど、それは皆人の家のものであった。配給は僅かな米と麦だけで、塩や醬油は貰うことにはなっていても、配給所で現品がないというのであった。副食物は馬鈴薯一個の配給もなかった。何もかもが私どもの眼に見えぬところ、よその家の納屋や土蔵や台所の奥に納まって自分の方からは出て来ないのだった。ジプシイ達は驚くべき闇値の金をふところに、涙を流してうろうろと人の家へ行き、のどをしぼるような声で頼むか、泥棒でもするよりほかは道がないのだった。私ども一家は人にものを乞うことが非常に下手で、食べないでいても歩き廻ることはしなかった。昔私どもの家のあった字の部落で、父母たちが僅かばかり昔世話をした人たちが十二、三人あったが、その人たちが何かと持って来て食べさせてくれた。

醬油も塩も漬物も、それから麦粉うどん粉などを次々と持って来てくれたし、盆には餅やお萩などを運んで来てくれたけれど、それがもしなかったならば、私たちは三日も四日も食べることが出来ないかも知れなかった。

私たちは云いようもない感慨に耽らないではいられなかった。昔は古くからの家憲《かけん》の下に、規定にはまった村人の世話、娘たちは家においてものを教えたり嫁ぐ世話をして、箪笥や紋付を作ってやったり、青年にはいろんな悩みの聞き役を勤めてやったり、結婚のよろこびをも破綻をも一緒になってよろこんだり嘆いたり、子供が生れれば祝ってやったり、ほとんど生涯に渡って特殊の、肉身の次の絆を持っていた。それがいま、零落した意地はりな心で、長く訪れなかったその人々の前に乞食の姿を現わした。口に出してもの乞いはしないけれど、それがなくては飢えたのだったから、つまりは同じであった。その人たちは一様にびっくりした声で挨拶する。

「この度はまあ、沖の方には大ごとがいたしましして、ひどいお怪我がなけりゃアようございましたが。」

村人は町のことを沖という。私たちは、沖の方の大ごとで来たのだから、一層傷ついて、歪められた自意識が高まるのである。食べものの話は私をうんざりさせた。食べものが無いというので、食べものの話を熱狂的にする。何がいくらするという馬鹿々々しく高い闇値を、それが悪例であることも忘れて日常茶飯事のように吹聴している。それは自分の首をしめる紐なのだ。東京で二年まえに聞き飽きた、餓鬼めいた食べものの話と闇値の話を、やっと東京で聞かなくてすむようになっていたのに――東京では空襲がひどくなってから食べものの話をやめた。食べたい現世欲よりも命が大切だったから――。広島で聞かなくてすむようになってから、田舎へ来てさんざんに聞いている。

広島はすべてのことが東京より一年おくれ、田舎は広島よりまた一年おくれているのである。今ごろになって（戦争が終ってしまってから）米と麦の半々の配給米に驚いて、朝から寝るまでぐずぐず云い暮らしているのだった。それを私の方ではまたおどろき、戦争中都会と田舎とがどんなであったかを見比べて、大都会の消費生活にぞっとしたりした。

田園はどちらへ向いても知性の活動はない。なまじっか嘘と欺瞞と醜怪との社会悪に満ちていると思われた大都会に、きらめく知性のうごきがあった。知性や良識の発火もなく、眼を見はる悪もない代りに、ずっとスケールの小さい、こせこせした堕落や頽廃が匂うのである。人間の住むところではないように考えられた戦災の河原や墓地や、腐敗した人間の肉の匂いのする街々の方が、どれだけ清らかで潔癖だったかも知れない、とふり返る瞬間さえあった。それほど田舎には田舎の貪婪があった。

私の首はまだよくまわらなかった。爆風の強いショックをうけた体中の痛みもとれなくて、母の手を借りて起きあがるようなときもあったけれども、淡い月あかりのさしている裏手の川に入って血のついている着物を洗ったりした。そういうときは戦争の残酷さがひしひしと胸にこたえ、自然に涙が流れるのだった。

涙を流すために川へ来たようでもあった。憩いの車などどこにもありはしないと、いまさらのように思ったりした。人類にとって残酷より他のなにものでもない戦争の苦しみは、戦争の勃発の日すでにわかっていたのだ。めちゃめちゃに、日本の土まで靡爛するのではないかと考えた。あの眉の昂るような思いが再び私の心を刺して来た。二度もどんでん返しをくった極まり悪さは、穴の中にでも入っていたいようだったけれども、それと別に戦争の余燼が絶えず全身で火照っていた。

八月二十日、母と妹は暁の四時に起きて乗合自動車の切符を買い、この村を去った。義弟の生死も、中の妹の家庭の安否も、それから他の親類縁者の消息もわからないので、ひとつにはそれを聞き合せるためだった。またかの女たちはなんとなく他人の家にはいたたまらないのだった。他人の家というのは「自分の家」のない村のことである。母と妹は能美島に行って一軒の家に住み、自分の畑になにかの種を蒔くだろう。かの女たちの思いが叶うならば、たくさん実のってやってほしい。秋くさの種は、かの女たちの手で、土の衣をあたたかくかけられたにちがいないと私は思った。

その日の夕方、私は今住んでいる家に移った。私もいい種を蒔くためにそうしたのだった。私はいつか作家の呼吸をとり戻しかけていた。

26

するとだしぬけに、二十日をすぎて間もなく、広島から来ていた戦災者たちが、はじめの章に書いたような原子爆弾症に犯されては、次々と死にはじめたのだった。全く思いがけない死の現象が降って湧いた。

障子窓の下の往還を毎日きまった時間に、大八車に曳かれて行く若い婦人と少年があった。大八車には低い箱をおいて、その上に座蒲団を敷き、パラソルをさした繃帯の婦人が腰かけている。蒼白い顔をした少年は、頭に繃帯して、その傍に並んで掛けていた。車を曳いて行くのは若い婦人の父親だったが、少年と婦人とは親子ではなかった。S医院でもこの二人にときどき出会わした。

婦人の家と少年の家とは広島で隣り合わせていた。あの朝、婦人は自分の子供を死なせ、少年は母親をうしなった。少年の父親は兵隊でジャワにいた。少年は隣りの子と外で遊んでいて自分だけ生き残ったのだった。婦人はよしんば自分の子が生きていても、やっぱりこの少年をつれて来たろうと思うと話していた。自分の子供の代りにつれ歩いたと思われたくない風だった。婦人がこの話を人にすると、少年は伏眼になってきき入ってから、じんわりと涙を浮べた。六歳ということだった。同じ年ごろの子供がほかにも三、四人S医院へ来ていて、その子供たちは手当の度び、いろんなことを云ってはあばれていたけれど、この少年だけは片眼をしっかりとつぶったりしては、うんともすんとも口に出しては云わなかった。

この婦人と少年とが大八車に曳かれて行く姿は好ましかった。私はこのような話は好きなのだった。車を曳いて行く年とった父親の姿もよかった。婦人はいい体格をしていたけれど、ひょいと死んだ。少年は今も生きている。

妹と同じ年で小学校のとき一緒だったという人が、四歳になる男の子をつれてS医院へ通っていた。その女の人は、空襲の前日、五日に子供を広島にのこして実家へ部屋を借りに来ていて、あくる日子供がそんな姿になったのだった。

その子は眼だけのこして全部からだを焼いていた。毎日繃帯を替えるのに、母親の背や首すじは、子供の血と膿とでぴたぴたによごれ、近よると吐き出しそうな匂いを背負っていた。子供は治療中いろんなことを云い立てて泣いた。泣くからよけい痛いのだから泣いてはいけないと母親がなだめると、

「こないだ泣かなんだのに痛かったけエ、まいにち泣くんじゃア。お母やアん、お母やアん。水くれエ、水くれエ、水くれエ。」

と云って泣いた。

「そんなに泣くと兵隊になれんけエ、泣きんさんな。」

母親がそういうと、

「兵隊にゃアならんのじゃけエ。兵隊にゃアなりとオなアけエ。お母やアん！」

と云った。

「水くれエい。水くれエい。水くれエい。」

同じことをくり返し、語尾をゆっくり消えるまで引いて泣きながら云った。

「なんでもみな節《ふし》がつくんじゃのう。」

S医師は頰をほころばせ、夫人はさましたお茶を持って来てのませた。

ある日、子供よりも、若い母親の顔がげっそりと瘠せ

て蒼くむくんでいた。

「のどを一番ひどう焼いて、穴があいとりますが、あそこがどうもなおりませんので。」

そう云って顔を伏せたまま、半死の子を背負って暑い陽の中へ出て行った。二人の残したひどい臭気は息づまりそうだった。

「あの匂いをきいただけでも死ぬるげなど。」

年とった男の人がそう云った。

「あとから広島へ出た者も毒を吸うて死ぬそうな。だんだん（ぼつぼつ）死による。K村ではのう、六日に警防団で男ちう男がみな建物の疎開に広島に出とったげなが、それがあらかた死んだちうよ。あの村にゃアいっそ男はおらんことになったげな。ぴんぴんして戻ったものも死ぬるげなけエ。」

べつの人がこんな話もしている。奇妙なことにS医師は治療室へつつぬけのこんな話を耳にしても、広島にいなかったものまで死ぬという話を否定しないのである。

四歳の火傷の子供は、その晩こんこんと眠ったまま、短い現世を去ったということだった。

なんでもなく、背中にかすり傷をしたというだけの無口な青年が、ある日控室の柱に寄りかかって、髪の毛をひっぱっていた。

「髪がぬけてやれんですで。」

ぽつりと云って笑い顔をした。ところどころ丸く、禿頭病のように、ぽこりと抜けていた。この青年はS氏の控室で二、三度見かけたきりで死んだ。

快活な中年の女の人はこんなことを云っていた。あの朝は警戒警報まで解除になったものだから、暑くはあるし、誰でも皆もんぺをとっていたけれど、私は洗濯を始めようと思ってはいていた。それで顔と両腕だけを焼いてすんだ。だけどとても変なことがあった。爆音がきこえて飛行機が通るので、私は隣りの奥さんといっしょにその飛行機を見ていた。見ていたら、爆音がぴたりととまって間もなく何か下へ降りてくる。

「この飛行機からは何か落ちるよ、落ちるよ。」

と奥さんが云ったと思った瞬間、ぱっと光ってあたりが真青になった。それでもまだその婦人は光を眺めていた。私はやにわに土の上へ伏せてじっと息を殺していた。家眼をあけて見るとあたりは真暗で何も見えなかった。家も何もいっぺんに吹きとんでいたが、隣りの奥さんはまだ立って空を見ていたのでびっくりした。

その奥さんはそうやっていつまでも光を見ていたもの

だから、顔も手足も胸も、すっかり焼いて、ぬらぬらと皮膚が一皮ぶら下っていた。

私はお腹が痛くなってひどく下痢した。それで毒が出てしまったのかも知れない。人がぼつぼつ死んで行くのに、私は生きられそうだから。

この婦人はきれいに火傷がなおった。隣りの奥さんだった人も生きていて、広島へ出て行ったとき、会って来たというのである。

「しかしまあ、あの青い海のような光は一瞬間だったが、あれが二時間も三時間も光ったままだったら、一人のこらず死んだよね。」

婦人は大きな声で云っていた。

「いや、二、三時間ならええが、一日くらいあれが消えずと居るものだったら、どうじゃろうか。この世の地獄じゃろうて。」

よく婦人と話をする、怪我をした老人が云っていたけれど、この、額に二、四分の傷をしていた老人は亡くなった。べつの女の老人は、広島から帰ったときは元気で、どこも針ほどの怪我もしていないので、田の草取などを手伝っていたそうである。それでいてひょいと全身に斑点が出た。三日も経たないうち死んだ。

「美しかったと云っちゃ悪いですがのう。それこそ赤いのや緑色のや、黄いろのや、黒い小さいやつが、からだ中に星のように出て来て、私は見とれましたよ。」

老婆が死んでからS氏が話した。

また別の火傷の人のこと。はじめて妹らしい人がつれて来たときは、この人が生きていられるのかと思ったほどひどかった。廿日市のバスの待合所で見た人と同じように、眼だけ光ってあとはどこからどこまで焼けている。黒く焦げたところと、とれた皮膚のあとのうす桃いろのところと、白っ子のような皮膚のところとがあったけれども、全身の繃帯の上に浴衣をひっかけて、棒立ちに歩いた。この人は例の義勇隊で建物疎開の勤労に行っていた。場所は千田町だった――藤原博士の住居の近くのように思える――。屋根の上にあがっていて、はじめは袖のあるシャツをきちんと着ていたが、強い朝陽でたまらなくなり、ボタンをはずしているうちに、上半身裸になった。とたんにさアと青い稲妻が光った。

その人はおやと思い、近くの瓦斯タンクが爆発したのだと考えた――長崎でもそう思った人が多いようである――。その人は屋根からとんで降りた。千田町は逃げ場がないから、宇品の方向へ走った。途中で倒れた家の下から、どれだけの人が顔や手をのぞけて助けを求めたか知れない。その人は一人も助けないで駆け、海まで走って行ってそこへつかった。海へつかってから、助けを求める下敷の人を、一人も引き出さなかったことをふり返ったけれど、引き出していたら、うしろからどんどん追いかけて来た火事の焔で、自分が死ななくてはならなかった。

この人も死なないのである。S医師は火傷の治療の名人と云われていたが、それにしても火傷らしい傷痕も残さないできれいになおった。嘘のようであった。それでいて、はじめ明るい顔で来ていた妹の方が、唇をちょっと切っていただけで亡くなってしまった。

私はふっと気がついた。S氏に訊くとそのとおりだと答える。つまり火傷の患者はその範囲がかなり広く全身に及んでいても、死なない。死は軽傷の、火傷の僅か二、三分の傷しか持っていない人や、まったくの無疵の方へ近づいて来ていた。もっと早く死んだ人、つまりこの村へも帰ってくることが出来ないで、広島かまた逃避の途中で殪れた人はべつであった。火傷の方もS医院へ来るほどの人は、それがどれほど痛ましくても、火傷の度合は二度と云われる。三度も四度もの人はここへくるどころか、広島で死んでいる。金仏のように真黒にぴかぴか光った火傷の即死の屍はその四度と云われている深さが致命傷であった。

問題は二度程度の全身の火傷患者が死なないということと、これというほどでない裂傷の人と、無疵の人が次々に死ぬということである。素人の間でもその噂は広まって、暗いセンセーションは決定的なもののように云われた。

なぜ火傷の人は無疵の人よりも死なないのであろう。九月中旬の新聞で都築博士がそのことに附随的にふれている。

「爆心から二キロくらい離れたところで火傷をした人も、毛が抜けたり発熱したりすることはないようであります。ある程度火傷をすることは、放射線物質を去脱するのではないかとも思われます。」

都築博士よりほかの学者はこのことにふれていなかった。尤も私は広島から出る唯一の新聞、それも戦災したなかから出しつづけた中国新聞しか見ていなかったけれども。

また台風と豪雨のためにいっさいの交通が絶えて、九月十七日以後の新聞を今日まで、一枚もよんでいないから、その間にいわゆる「未知」の中からいろいろなものが見出され、その報告や発表があったかも知れない。

　都築博士の意見をもう少し具体的にS氏は、私に云っている。普通の火傷だと、皮膚の三分の一以上焼けば皮膚呼吸が不可能になり、血行障害を起してたいてい死ぬことになっている。しかし今度のは全部焼いていても、それが二度以下なら死なない。少しおかしい。

　小部分焼いたものは問題外として、大体に上半身の前側（うしろを焼いたのは殆ど絶無）を焼いているけれど、普通の火傷のように、だれ一人皮をおおっていない。謎はこんなところにあるのかも知れない。あの特殊性能をもった圧力で、一瞬、マルピギー氏層とともに、ウラニウムを剝落したのだろうと考えられる。素人の罹災者たちは放射能性物質のことを、ただ毒と云ったり、毒瓦斯と云ったりするのだけれども、つまりその毒というやつを火傷の分泌物とともに毎日排泄もしたのであろう。

　S氏は、火傷患者の助かる推定的な意見を私にこんな風に話してくれ、なお未知の空虚さを残すのだったけれど、素人たちの間でも、言葉はそのように理論的でないが、同じ意味のことをしきりに云った。

　火傷の二度とは、マルピギー氏層の上皮にあたる。そこから上をすっかりこさげとったために毒をはねのけたのだと、罹災者たちの方でもいうのである。この理論がたしかなものならば、ウラニウムをはねのけることの出来なかった火傷以外の患者の死ぬ意味はわかりすぎる。軽傷者も健康だった者もみんな死ぬというのは、今まで生きのこっていたということなのだった。死におくれているのだからいつか死ぬ。

「火傷の人よりも切傷の方が死ぬというのは、ほんとうにはっきりした事実なんでございますの？」

　私はS氏に云った。

「はっきりしとりますのう。火傷で死んだのは、あのあなたの見なさった四つの子供と往診したのと二人きりですよ。私の診た患者が全部で二百九十人くらいですかな。そのうち一割五分死んで、火傷が二人ですのう。針で刺したくらいのが死にましたけえのう。」

　私は死んだようになって黙っていた。心のうちで、私はあの朝蚊帳の中にいた、蚊帳の中にいたと呪文のように云い、もしかしたら蒲団をかぶっていたかも知れないと思い、それらがマルピギー氏層でもあったように、一途に思い詰めた。S氏はほかのことを云った。

「しかしなんですのう。はじめから私が云いよりますが今度の傷は皆横に切れとりますど。縦に切れとるのはあなたがたった一人で例外ですが、これがどうもよう判りませんのう。いずれ偉い人らがこのことも何か云い出すでしょうが、例外なしに皆横に切れて、眼の形をして居りますのう。裂傷はいずれ硝子でしょうが、こじつければ、何とも云えん強い力で上から圧えつけてこわれたので、硝子が全部横にとんだということになりますがのう。どうもこれもおかしいですて。おかしいことがなんぼうでもある。火傷が死なんというのもつまり不明です。ですけえの、切傷が死ぬるというのもなんのためかようわからん。死ぬるかもわからんのは、死なんかもわからんのと一つことですけエのう。」

辻褄が合わないような気もするけれど、私は私の耳の切傷が横でなく、縦だと云われることだけでも、死なないのかも知れないと思うのだった。

27　風と雨

新開は一週間か十日に一度ずつ、何日分かいっしょにして配られた。そのおそい新聞で知名な人達の思いがけないほどたくさん原子爆弾のために亡くなったことを知った。

広島できいた宮様というのは李鍵公殿下のことであった。大塚総監の戦災死も市長の亡くなったこともほんとうであった。大塚氏は近代的なインテリゲンチャの感覚をもっている人のようだったから、広島へ来られたことで、その仕事を期待していた。

粟屋市長も、私の大伯父の関係で会ったことのある人だった。大伯父のSは第二助役をしていて、あの朝は自宅で怪我をしたけれど、暫く市長代理をして、無理に市庁へ出かけていた。

そして髪がぬけるようになり、発熱しはじめて、宮島のホテルで寝ているという話を、私は村の噂で聞いた。このころから風と雨で通信網はすっかり途切れてしまったから、手紙の交換も出来ないし、電話もかからなかった。

私のいる村から上り一里、下り一里という悪路の峠を越した向う、廿日市町からとっつきのところへ平良《へら》村という平ったい村がある。そこのある人の屋敷に、大塚総監の家族の人たちが引きあげて来ているということだった。

この近所の人の来ての話に、あの朝大塚家では八人の家族が、そろって無事だったのに、総監一人だけ圧縮した家の下敷になった。血だらけになった首だけを出していたが、渦巻く火と煙にまかれてしまって、家族の人たちに自分はいいから放っておいて、早く逃げるようにと云われたそうだと、私にその話をする人は涙ぐんでいた。

中国新聞社の知人たち、それから有名な代議士や軍人、丸山定夫氏のような知名な新劇俳優など、いろんな人たちが死んでいた。

すると今度は妙な感慨、あれだけの人が死んだのに、自分だけ生きのこるのはおかしいと思うのだった。

最初の原子爆弾が広島に投下されたという意味で、運命の斧はなんの宣告もなく、みんなの頭上に一様に落ちたのだったから、死も一様であっていい。生きているのは虫けらのようなもので、人間ではないのかも知れない。生きていることの慚愧が、自分の影を薄くするかと思うと、次には死ぬことの怖ろしさで私はふるえていた。戦争が終ってのちに、なお空襲の傷で死なねばならぬということの撞着。これはほんとうにばからしかった。

死は眼の前にふらふらしていた。夜も昼も生きながら死と向い合っている。癌や癩の患者たちが、一つの大きな場所に入れられて、毎日二人か三人、傍で死んで行くとしたら、まだ生きている者も、必ず死を見詰める。その人たちは病気が不治だと知っているからだったが、私どもはそれに似ていてそのくせ病気でさえもないのだ。似ているのは不治ということだが、それよりもちがうのだった。不治以前、つまり未知のものによって無理遣りに殺される。完成されない学理的な中間報告も、無理遣りに罹災者を死へ誘ったりする。

東大の研究班が九月二日にもなってから広島へ初めて来たのを、私は遅いと思った。なぜ八月六日の明くる日にとんで来なかったのだろう。そして研究滞在日を四、五日や一、二週間の短かさですませないで、二十日でも三十日でも見ていてもらえなかったのだろう。心理学者も来なければならなかったのだ。立派な僧侶も来てくれなくてはならなかったし、普通の町医者も、広島県以外からたくさん動員された方が賢明であった。また良心的でかしこい食糧商人もぞくぞくと来ればよかったのである。

これだけのことが出来ないことが日本的とも云える。日本人は敏捷でないのである。血のめぐりが悪く情熱もなかった。

日本の物質的な貧しさはいたし方ないと思うが、ひとつの都会の人口のほとんど半分以上が、一日に死んだかと思われるほどの出来事に対し、またそれが戦争によるものだということに対して当局の頭脳はあまりに貧しすぎた。どちらを向いてもなんの救いもない死の雰囲気のなかで、なおあの日の戦災者たちは、だまりこくって愚痴も不平も云わなかった。

原子爆弾症のひとつに無慾顔貌というのがある。これは爆弾症にかかってから出るものではなくて、八月六日からずっとあの顔をしていたと私は思う。痴呆状の無慾顔貌、云わば白痴の顔で、精神状態までも痴呆状の無慾機構になっていることこそは、この度の被害者の上に現われた特質だった。普通の焼夷弾や爆弾、艦砲射撃などの空襲概念でははかり難い現実であった。恐怖の意味でなら焼夷弾や爆弾や艦砲射撃の波状攻撃の方がどれだけこわいかも知れない。それらは一日中つづき、夜も昼も連続的におそわれたなら気が狂いそうであろう。原子爆弾はこわくはないのだった。

こわいなどと思う暇はない。のちになってもこわくはない。いまからのち二、三年も経ってからでなくては、こわくはならないのであろう。

けれども死の影は眼の前を横切り立ちかえって、通りすぎる。生きている自分のほかに、死んでしまった自分が横にいるのである。どのような言葉も真の表現にはならなかった。朝眼がさめて生きていれば地獄から引きかえして来た明るさ、死から引きもどされたよろこびで、一日をすごすよりほかなかった。私どもは原子爆弾を怨むことさえ忘れていた。

原子爆弾を使うことに決めた意志の創造は、やはり驚くべきものであった。よしんば爆弾に毒瓦斯がなかったとしても、心にうけた傷は毒瓦斯よりほかのものではない。日本はとっくに負けているのに正統に降伏もしないし、そうかと云って灼熱的な攻撃の道を開く道もなかったから、一度ですむ決定的なものを持って来られても、いたし方はないのだ。

人と喧嘩するのに、どこをたたいてはいけないとも云えないし、道具は何をもって来ても否定は出来ない。原子爆弾を持って来なくても負けていたのだ。黒い幕が早く降りたということだけであろう。けれども原子爆弾は人類の闘争のうえに使われる限り、悪の華である。

原子爆弾を征服するのも世界の誰かが考えるだろう。原子爆弾を負かすものが出来ても、戦争は出来るにちがいないけれども、それはもう戦争ではない。いっさいを無に還す破壊である。破壊されなくては進歩しない人類の悲劇のうえに、いまはすでに革命のときが来ている。破壊されなくても進歩するよりほか平和への道はないと思える。今度の敗北こそは、日本をほんとうの平和にするためのものであってほしい。

私がさまざまな苦痛のうちにこの一冊の書を書く意味はそれなのだ。

雨が降る。雨が降る。そのうえ風が吹く。

八月末から――ちょうど連合国進駐軍の最初の上陸が神奈川の厚木あたりから始められていた――。淫雨のようにふり出した雨は、間で半日か一日ちょっと晴れては、降りつづけた。十日も二週間も同じ調子で降ってばかりいた。

私のいる中二階の窓の下の道を通る人という人、男たちはむろんのこと、腰のまがった老婆や、片言しか云えぬ子供まで一人のこらず、原子爆弾と敗戦のことだけを話して通った。あれほど云っていた食べもののことをいうのさえ忘れてしまい、日本がどれほどばからしい戦争をした上、敗けたかということと、だまされて骨が痛くなるほど働きとおしたのだったが、もう体中から骨をみんな抜きとられたほど、力が落ちたから働きたくないということを、かれららしい正直さで、挨拶代りにもしていた。

その中へ若い兵隊たちは行列になって帰って来た。かれらは劇しく訓練されてそうなったことのはっきり判る岩丈な顔と体をしていなかったならば、兵隊には見えなくなって帰った。海軍から帰った若者などは、あの衿ぐりの大きい半袖の襦袢のようなシャツ一つに、ズボンをはいた姿で、自動車にのって帰って来た。かれらは紛れもなく敗残兵に見えた。

「兵隊をやめて帰ってきましたッ。」

と明るいしっかりした調子で道端の人たちに挨拶して

通るけれど、武装しないで帰ってくる兵隊というものは、私は中国の旅行中にしか見たことがなかったから、慰める言葉に困っている村の人たちの気持がわかった。

来る日も来る日も丸腰の兵隊が、すでに兵隊ではなくなり、大事なものをとり落した恰好で帰って来、そしてかれらの肩にじとじとした雨が降り注いだ。

大宮島あたりにいた若者も丸腰でひょろひょろしながら帰った。その人は自分の家に一足入れたとき、いちばん先きに母親に云ったそうである。

「座蒲団を出しんさいや。尻が痛うて腰がかけられん。」

その座蒲団へもお尻の骨が痛くて坐れないほど瘠せて帰った。

村の三つの寺へ疎開していた広島の百人ばかりの子供達は、晴れた日を待てないでひどく降る日に広島へ帰った。来たときと同じ集団だったが、両親ふたりを亡くして、村に残った子が三人あった。広島の周囲の町の子たちで、市の中心の者ではなかったけれど、広島駅へ着いても、あの白い大きな建物だった駅は焼け落ちて跡形もなく、駅前も一面の焼野原だったから、暫くはものも云わなかったそうである。

感慨無量の有様で街々を眺めた子供たちは、市長代理の出迎への挨拶に、こんな風な挨拶を返していた。

「これが勝って帰って来たのならどんなにうれしいか知れません。敗けたと知ったときは、谷底へ蹴落されたような気がしました。」

もう一人の女の子は新聞社の人に感想をのべた。

「これが勝ったのならと思うと残念でたまりません。壊されている街を見て非常に驚きました。どこがどこだかちっともわかりませんから、母が迎いに来てくれなかったら家へも帰れません。」

子供たちの多くは市の周辺ではあっても半壊の家や、焼トタンのバラックで床の低い仮住居に帰ったので、梅雨のように降りつづける雨の日々、家の中でも傘をさしていたということだった。

進駐軍とともに日本に入ったアメリカ人記者団は九月三日いち早く広島へ来た。その日も雨が煙っていたという。撮影班もいっしょで二十人、今度の大戦の終結に、有力な導因をつくった原子爆弾の威力のあとを見に来たのである。その人たちは呉近くの飛行場へ一旦着いてから、海軍差廻しの自動車で宿命の土地、広島へ入った。

新しい対象への当事者としての関心のために、わざわざ訪れた人々を迎えて、広島は野ざらしのまま雨にぬれていたのだ。

　その人達の念入りな視察の終ったあと、県の政治記者団はニューヨーク・タイムスのW・H・ローレンス記者やほかの人たちと一問一答している。

「広島市の惨状を視てどう感じられましたか。」

「われわれはヨーロッパや太平洋の各戦線に従軍したが、広島の被害が最も甚大だと思った。H・G・ウェルズは『科学の新たな威力を持って行われる戦争が、いよいよ猛烈に破壊的となり、到底それにはたえ難くなる』と〝来るべき世界〟の中で云っているが、その現実を広島でまざまざと見た。」

「原子爆弾を投下した地域は今後七十五年間、人類や生物の生棲は不可能と云われるがどうであろう。」

「われわれにはわからない。これから日本の治安が確立し、わが国から学者が来て調べるとはっきりすると思う。」

「原子爆弾が将来の平和に役立つと思われるか。」

「今は不明である。」

　この冷静な答えのあと、アメリカ人記者団がこちらに訊いている。

「諸君は戦争に勝つと思っていたか。」

「そうです。最後の瞬間まで敗けると思っていたものは一人もいなかった。」

　日本では新聞人でさえこのように消極的にしか云えないのである。この寂しい答え方は、その新聞のトップに大きく書かれた「広島の被害世界一」という暗い字よりもはるかに深く私の胸をえぐった。

「言論の取締はどういう風か。」

　と相手にたずねられて、

「戦争の終った現在は自由だ。」

　と答えているのに。

　いったい日本人は対外的に口を利くときの言葉は足りない。沈黙は金というけど、これはよくわかっている人間同士の間でのことであろう。理解し合っていない間柄でのいやにあっさりした言葉や、沈黙なんぞ理解される筈がなく、陰険であったりする。言論の自由は思い切り飛躍したところから出発しはじめるほかないのであろう。日本人はいまとなっては、自由な言葉をうまく使うことを忘れているのだから。これが自由だと思って、つまらぬことを自由がっているのだ。

　雨はわき眼もふらず憎々しげに降りそそぐ。

　そして広島から出る新聞は紙面の二分の一以上を、まだ原子爆弾の記事にゆずってその後の状況を書きつづけていた。

28

七十五年間広島に棲めないという、はし折った数字のセンセーションがかなり有力になっていた。少しへんな気がしたけれど、これに対してある日の新聞の二面のトップに、

「嘘だ、七十五年説」

とぺたっと大きく書き出された。嘘だというのはどういうことなのであろう。誰がはじめに嘘を云い出したというのであろうか。

米人記者とは別に、九月八日の朝、連合国側の専門家視察団が海の向うからわざわざ広島を訪れて来た。米国陸軍代将ファーレル、同ニューマンの工兵科に属する技術者のほか物理学者モリソン博士、万国赤十字社代表ジュノー博士などであった。無論写真技師も入っている。この一行にはその時広島にいた都築博士もいっしょになった。この人々は警護のため「ケイサツ」と書き英字でポリスと記した腕章をつけた数人の警察官をつれて、爆発中心地の護国神社附近を通り、大本営跡に着いた。

この日も雨は降りしきっていた。視察団は雨の中を、都築博士の専門家的な実地調査研究の結果を熱心に聞きながら、広島城の焼跡に立って一帯の惨状を視た。それから放射能測量所や罹災患者収容所をも視た。

ジュノー博士はゼネバの万国赤十字社から来た人だったが、世界空前の惨禍に同情の意を示して十五トンの急救医療品を飛行機で岩国飛行場まで持って来たのだった。新聞によると、そのジュノー博士はこんな風に言っていた。

「僅か一発でこの破壊力を持つ原子爆弾の恐るべき能力には驚いた。その原子爆弾を人類として最初に体験した広島市民には全く同情の外はない。われわれはかかるものを二度と再び使用しないですむようつとめなければならない。わが万国赤十字社は広島惨劇の入報で直ちに派遣団を組織し渡日した。」

このジュノー博士やモリソン博士などに、今まで説明と通訳の立場にいた都築博士がウラニウム毒素説について質問した。

「ただ一つ私からお訊ねしたいことがある。それはあの原子爆弾には何か毒ガスに類したものが装置されていな

かったか。爆発当時の模様をきくと白いガス様なものが中心地域にただよっていたという。」

するとファーレル代将とモリソン博士とがともに答える。

「それについてはのちほど明らかにする。」

都築博士は重ねて訊いている。

「外電によると米国の専門家の発表として、原子爆弾の毒素は今後七十五年間影響力を持つと報道された。しかし私の調査した結果は全くのあやまりだと信じる。諸君はどう思われるか。」

今度は即座にモリソン博士もファーレル代将も口を揃え、

「七十五年なんてとんでもないことだ。あの爆弾の影響は一年はおろか一ヵ月、否爆発当日は危険性があったであろうが翌日あるいは二、三日後から、影響ない筈である。」

と七十五年説はきっぱり否定した。

またロイター電報でも次のように云っている。つまり米国の新聞記者はニューメキシコの原子爆弾試験場を視察して、広島と長崎の被害地域が放射能性活動のため、人間の居住に適せぬ危険地帯と化したということを、日本側の報道として反駁しているのである。反駁者は、

「投弾地に持続的な放射能活動を持たせるような方法で原子爆弾を使うことも可能だが、科学戦に累する攻撃力を発揮させるためだったので、この方法は採用されなかった。広島、長崎の場合は、原子爆弾が最大の破壊力と最少限度の放射性活動を現わす程度で爆発せしめられた。」

と報じている。

視察団が広島を去って長崎へ行くときはじめて物理学者のモリソン博士は前の都築博士の質問に言葉を残した。

「瓦斯に類する装置が今回の原子爆弾にあったかどうかと各方面から質問を受るが、あの爆発直後に白い瓦斯体に似た異様のものが、中心地域にただよっていたのは、薬品が爆発に際して空中で化合作用し、ああした象状を呈したもので、その濃度によっては、多少の害があるが、最近頻出すると云われる死亡者は、全くウラニウム放射による深部障害で、毒ガスに類するものの作用ではない。」

ファーレル代将も広島を去るとき言葉を残して行った。

「広島市の被害状況は、直後に上空から撮影した数十枚の写真により予備知識を持って来たが、実際の現場にの

ぞんで見れば見るほど、聞けば聞くほど被害程度の甚大なのに驚いている。調査結果については本国に報告するまでは発表の限りでない。」

一方、厳島でも岩惣旅館で調査団の中の軍医たちと県の記者とが、晩餐をいっしょにしながら一問一答している。

県の記者「調査された結果、どんな風に考えられますか。」

オーターソン軍医大佐「悲惨の一語につきます。われわれ軍医は心から同情しています。ときに原子爆弾災害調査に関してはマッカーサー元帥に報告するまでわれわれは勝手に発表出来ないから質問しないで下さい。但しお国の都築博士の説とわれわれのそれとは大体一致しているし、その点われわれ一行は同博士の協力と学者的態度には、大いに感謝もし、敬意を表しているから、同氏の説を引用されることは結局われわれの説と同一であることをつけ加えておきたい。」

記者「被害者や軽傷者がつぎつぎに死亡して行くので、広島の焦土に住む住民達は、大恐慌を来たしています。七十五年説は事実でしょうか。」

ワーレン大佐「これは全然根拠のない愚説である。原子爆弾は爆発と同時に風とともに吹き飛ばされて居り、夏季は空気よりも軽いから、雨とともに土中に沈澱するなどという心配は決してない。」

記者「治療方法はどうでしょう。」

オーターソン大佐「輸血が最上の方法で、今回厚木から岩国まで十五トンの医療薬品を空輸したが、その中には輸血用の血漿も多量にある。」

その時ついでに県の記者は素直に訊いているのだった。

記者「米国は結局原子爆弾を幾個持っていたでしょうか。」

この問にはかたわらから都築博士が答えている。

「一行は発表出来ぬ立場にあるかも知れぬから、私が他の方面から得た材料から推定すると、米国はすでに百個くらい出来ているらしい。これを二個広島と長崎とに使ったのだろう。」

記者「まだ九十八個も残っているわけですね。」

都築博士「原鉱はアメリカとアフリカにしかない。結局日本には材料がないのだから仕方がない。もっとも僕は一九二五年、二十年前米国のピッツバーグで少しばかり研究用の標本を手に入れたが、それ位では原子爆弾はつくれないからね。」

オーターソン大佐「真珠湾は米国の予測しないアンエキスペクテッド・トラゼディ（悲劇）であった。広島、長崎の原子爆弾も日本側の予期しない悲劇であった。予期せざる悲劇に始まり、悲劇に終った。今後の世界は予期しない悲劇は双方に起きないよう協力したい。」

　このように穏和で妥当な会談も発表されたし、広島の焼跡には野菜が生きかえって青々と葉を出しているときいた。しかしその風聞の中でなお人々は死んだ。広島にいた者で健在者は僅かに六千人という数字を眼にすると、吹く風さえ、雨さえ、暗黒なものに思えた。そして山村に落ちてきた罹災者たちはアメリカから運ばれた医療品の影も見ることはなく、新聞記事は平気で「お灸をすぐすえろ」と横柄に命令でもするように叫んで、ちっとも見えぬ真黒な灸点の写真を出したり、南瓜を食べれば薬になると書いたり、南天の葉や柿の葉を煎じてのむことをすすめた。髪がぬけていても効くといわれたどくだみは、高貴なものであるように、おそろしく闇値があがって必要な者の手には入らなくなった。野には一枚のどくだみの葉も見つからなくなった。

　雨は軀のしんがくさる思いをするけどしとしとと降った。私は村に来て四十日も経ってから半ば麻痺していた魂がぼつぼつ恢復したようであった。それは眼に見えて、ちょうど重い病気をしたあとの人が薄紙を一枚ずつ剝ぐように健康へ恢復するという、ああいう感じでじりじりと八月六日以前へあと戻りしはじめた。

　するとそれに伴って云いようもない恐怖に脅えはじめた。雨の音が急にはげしくなった夜中など、今にも青い光におおわれ、寝ている家屋が音もなく崩れるような感覚に囚われて、飛び起きては天井を見たりした。こんなに生々しい感覚がかえって来ても、それでも私は人々のあとからおくれて死ぬのだろうかと思った。

「これからぼつぼつ死んでしまうのでしょうか。」

　私は寄寓している家の人たちに向って、朝に晩にそう云った。冗談のようにしか云えなかったけれど、書置は本気で書いた。昔住んでいた、川の上流にある部落に今も墓地だけはあるから、その部落の人たちの手でそこに埋めてもらうことを書いておいたりした。

　九月は半ばまで梅雨のように降り通してすぎ、十六日は終日豪雨で暮れ、十七日もその豪雨は一刻も止まないで、夜になると台風になった。寝ている二階はゆらめいた。東の風が大きな池のある庭からつきのめすように吹きあがり、雨戸をゆさぶって蚊帳を千切りそうであった。

雨は家を押しつぶす勢いで一分もやまずに降りつづけ、雨漏りがしはじめた。電灯は切れたままだった。とつぜん郵便局で空襲警報のサイレンが鳴り出した。戦争がすんでから、朝の五時や正午や夜の九時の時を知らせるのに、戦争中の警戒警報のサイレンをそっくりあのとおりに鳴らすことに私は反対だったし、村に来てあれほどいやな物音はなかった。

その度に忘れていた戦争中のことを思い出して、私は生汗をかいたけれど、豪雨と台風の中でいきなり空襲警報が出たのだったから私は二階の階段を駆け降りた。母家の人たちのところへ飛び込んで見ると、老婦人や若い妻君などが提灯に灯をつけているところだった。

「びっくりなさったでしょう。今声をかけようと思っていたところでした。」

そう云って婦人たち母子は笑った。土間には雨具をつけた年寄りの主人が立っていた。田畑や人家や道路が雨と風で押し流されるかも知れないので、警防団の人達がそれを防ぎに出るのである。表ではそれらの人の足音と賑やかな声が、風と雨の中からきこえた。

それにしてもあの怖ろしいサイレンで人をよび集めないで、太鼓でも打ってもらいたかった。東京や広島であのたまらないサイレンが鳴る度、土穴にめり込んで、明日までいのちがあるかどうかわからなかったのだ。

階下へいっしょに寝るようにというのを、ランプをもらって二階へ帰って来た。二階は大きく台風の波が来る度、音響がしてゆれるので、蚊帳の中へも入れなかった。立ったり坐ったりしていると、東の障子の上、欄間の横額がどさりと落ちて、うしろの壁土がいっしょにどたどたと畳に崩れ落ちた。障子はびっしょりぬれて来た。私はランプを持ってまた階下へ降りたが、夜が明けるまで起きていた。

深夜台風と豪雨にさらされた翌日の真昼ほど白々しいものはない。天気になったわけではなく、台風の名残も豪雨のあとも、まだあたりを曇らせていたけれど、ときどき薄陽がさした。真向いの川の向うの小山の崖は、そぎ取られて赤土を川まで突落していた。川幅は広くなってごうごうと大きな音を立てて流れた。方々の土橋はみんな落ちていた。

人家も屋根をそがれたり半倒れになったところがあった。ある場所では道路が崩れて川になった。黄金の波を打っていた。一面の稲田もところどころ川岸の方へ吸い込まれて崩れ、稲は土に伏せていた。

広島から逃げ帰っていた専門学校の学生は、一旦原子爆弾症に罹って、皮膚に斑点が出たり髪の毛が抜けたりしていたのだが、恢復して元気が出ていた。その学生の家では十七日の夜、寝ている上へ天井が落ちて来たという。学生はまた爆弾が落ちて来たのかと思ったそうである。

村の古老はこれほどの大荒れは六十年ぶりのことだと話し、

「こりゃあ、はア踏んだ上に蹴るようなもんで、いかさまやれませんわい。」

と語っていた。

電灯線が切れたままだったから、村は再び真暗になった。蠟燭や石油のない家が多かったが、私の部屋には古風な形のいいランプがともされた。なまじランプは素的だと思って、暗く静かな夜をはじめのうち私はありがたく思った。ランプの灯はぽうっとしてやわらかく、やさしげに部屋を照らす。本を読んでいても、なにか書いていてもすぐ眠くなる。

29

以前よくランプの灯で夜をすごすような山奥の温泉へ仕事をしに行きたいと思い、人に訊いたりしたものだったが、そういうところにはなかなか行き当らなかった。

電気が来ないのだから、ラジオもきくことは出来なかった。人の顔も見えないで、四角の箱の中から生々しい無気味な人間の声のするラジオを私は好きでないから、ちょうどよいと思った。

町からの交通はまったく途絶えてしまい、新聞も郵便も来なかった。

十七日以後も雨はさかんに降った。

十月に入るとまた早々に豪雨は大地をゆすぶりかえし、はじきかえすように降り募り、荒々しい嵐が吹き起った。村はぺしゃんこの歪んだ顔になった。川幅はますます広くなって岩や石がごろごろ響きあがって流れていた。丘や小山の崖は眼の下の稲田へどっさり落ちて稲穂を押しのけてしまい、巨木は物々しく稲穂の上に横たわり、灌木は立ったまま稲のあとへ植木のように根を下ろしていた。一面の田は荒廃の公園に似て、真赤なはぜや紅葉や紫の野菊におおわれてしまった。

電灯もつかないし新聞も来なかった。九月十七日からそのままになっていた。廿日市町から来るトラックもバスも、今年いっぱいはだめだろうと云われた。村の人達が集まって崩れた泉水峠の道を修繕に行き、十四、五人のひとは秋祭に使う醤油や酢を背負いに町へ出た。「ニコ」という負籠を背にした老人や若者が仲よくあとさきになって、酢や醤油を買いに行く様子は何かの道中のようであった。ほかの配給品の受取り方も面白かった。自転車を持っている人は自転車をもって、それのない人は「ニコ」を背負って、青年団や警防団の人が勢揃いして廿日市へ出かけた。あちこち壊れた六里の道を日帰りにするのである。

この自転車と「ニコ」の行列は壮観であった。隣り村の連中も私のいる村を通って行ったから、朝は運動会か遠足の自転車競走を見るようであったし、夕方は疲れ果てたマラソン選手を思わせた。

村からはめったに出て行く人もなかった。ほかから入って来る人もめったになかった。ランプの夜は二週間もつづき、新聞は一カ月経っても来なかったから、昼も夜も太古のようであった。太古のような生活の中では村のことしかわからなかった。広島市のことさえわからない。一カ月経った頃も死体は町の方々に転がっていたというし、いたるところ白骨があったし、嘔吐しそうな臭気は町から町をおおっていたと云う。蠅はどこへ行っても小豆をまいたようにいて、市中の一部を走っている焼けた電車では、乗客の全身に真黒になるほど蠅はたかり、特に赤ん坊なんぞの顔には大きな黒い蠅が恐ろしいほどよりたかるという。蓋のきっちりしてあるアルミニウムの弁当箱の中にも、蠅は何匹となく入ってごはんの上に死んでいるというのだった。

赤痢患者は戦災直後に出たけれども、繁華だった街の真中の、福屋と云った百貨店の地下室は、赤痢患者の隔離病舎になっていた。このような話をきいていると、世界一の不衛生国で、悪疫の本場だと云われていた中国の裏街を思い出さないではいられなかった。また蚊のために細菌を媒介されて「黄熱」に苦しめられた一八九八年後のハバナの町に彷彿としていた。キューバ島のハバナは美しい海港だったし、地勢は健康的だったけれど、不潔で町全体は悪臭に溢れていて、街路は腐った野菜、死んだ動物、汚物や塵埃でいっぱいだった。施療病院はいつも大入満員だったが、沢山の貧乏人はそこへも入れないで街頭にころがっていたし、どこへ行っても乞食が手を出して金をせびったというのである。

このハバナではのちにアメリカ本国から黄熱調査委員会を組織して、学者や軍医が研究に派遣されて来た。その人々のうち、キャロールやラジアー氏などが研究のため殪れたりしたけれども、旺んな実験の結果レー総督や衛生局長官のドクター・ゴーガスの血みどろな実践運動が行われ、一九〇五年頃には町は生れ変ったように清潔になった。蚊やボーフラが撲滅しつくされ清掃されたのだった。その時代のハバナは人口三十万だったというし、どこか広島に似ているのだったけれど、戦災後はとりわけ一九〇五年以前のハバナの街に似通っている。しかし現在の広島にはドクター・ゴーガスもレー総督も、黄熱犠牲者のキャロールも、蚊の細菌の発見者のリードもいない。市長も決定していないし、地方長官は本省へ栄転したままあとが来ていなかった。広島は一世紀以前のハバナを絶海に切り離した孤島のようにも思われる。家のないことがそれ以上にも思われる。そのくせそこでは二カ月経っても、バラック建てに住みついて、動かない人々もあった。私の知り合いの婦人は、家の裏の畑に人が作ったままどこかへ行ったあとのバラックに一カ月も暮らしていたというのだった。死体といっしょに寝て、ウラニウム毒説と、毎夜方々にあがる屍を焼く火の手に心怖ろしく、頭がへんになるかと思ったけれど、風と雨でバラックがこわれるまでそこにいたというのである。

たまたま村から広島へ出て行った人の話で、広島では橋という橋がみんな落ちたということを知った。七つの河に二十あまりの近代風な橋がかかっていたのだった。広島では町々が橋と橋とでつながっているのだから、落ちてしまうと、隣りの町へも出掛けることは出来ない。渡舟で河を渡っているというが、その渡舟にも人が乗りすぎたりして、ひっくり返ったり、水死した人があったりした。

ある爺さんは船頭でもないのに、自分の荷物を小舟で渡しているとき、人々によびとめられて何人かいっしょに向う岸へ渡した。人々は五十銭、一円と爺さんに渡賃をくれた。爺さんは舟を貸借りして渡しの船頭になった。そして大雨の日舟を裏返しに顚覆させて大勢の人を殺した。自分も海へ流れ込んで死んだ。

原子爆弾でも落ちなかった橋が水で流されたのだから、よほどひどい雨だったに違いない。どうしてあれほどの劇しい雨が一カ月も降り通すほど空にあったのか。百姓は旱魃に、ちょっとでも空に近い丘などに火を焚いて天に雨を乞うた。

八月六日には大火災のあべこべの側で、強い陽光があるのに大粒の雨が降り注いだ。火災と雨とは天空で微笑し合うのであろう。踏んだり蹴ったりだと嘆くけれど、べつものでなく、豪雨も台風も火災の余韻にちがいない。都会から都会を焼き払い、最後に原子爆弾で潰崩し焼き捨てた都会の空の響きが、地上に降り落ちる。爆弾は地上だけではなく天空にも働いたのだ。

私は夜のランプの灯に不自由を感じはじめた。初めの間のやさしい浪漫的な光は、毎夜つづいているうちに眼を痛めた。姿勢は悪くなり、頭に濁ったようになった。石油の匂いもはじめのように香ばしくは思えなくなった。なによりもランプは陰気くさく、狐の声でもきこえそうでたまらなかった。

晩秋の琴

30

人はいろいろな用事が出来て広島へ出て行く。しかし私はどうしても行って見る気になれなかった。小説家などは格別よく見物しておく方がいいと人はすすめるし、そうであろうと思うけれど、再びあそこへ行ってきょろきょろする気にはなれなかった。見物がてら出て行く人を見ると、安価な侮辱を私は受けでもしたように不愉快であった。いつまで経っても淡い恥辱感はぬぐい去れない。

広島を戦争記念物として、永久にあの日のまま置くという話の、出どころを私は知らないけれど、九月上旬の中国新聞の社説欄で執筆者は顰《しか》めかえって、次のように怒っている。

「廃墟と化した広島を指して『戦争記念物』呼ばわりし、この見渡す限りの焼野原を永久に保存せよとか。かくの如き無責任極まる暴論を吐き、恬として恥じざるにいたっては、その厚顔さに地元民たる者みな郷土愛を有するが故に、烈火の如く怒らざるを得ない。なるほどウラニウムの惨禍は未曾有のものであった。われら市民の過半数を原子爆弾の犠牲として地下へ葬り去った。野辺の送りも済んだ昨今、気をとり直して復興建設へ乗り出す矢先を心なくも他人ごとのように、気勢をそぐ輩の短見、まことに思わざるの甚だしきと評したい。戦争記念物たらしめよと説く論者は、人の生理と病理学的立場から、市民の居住にも地上生産にも不適当と云い、そこから出発して広島市の運命に終止符を打つものである。然るに何んぞや、この地に再び市内電車が運行し、残骸の高層建築物内には、旧来の規模こそ縮められているが、事務所に出入りする人の数も尠くない。電信、電話の復旧計画あり、その他、破壊せられた文化諸施設も日を遂うて再建さるべき機運にある。としたらその矛盾撞着をいかに調整したらよいのであろうか。今のところ白血球の減少と、都市再建が両天秤にかけられ、もろもろの権威の名において種々なる調査がすすめられている。（中略）慎重と云えば大した慎重ぶりだが、中ぶらりんの戸惑いで、合理主義の日和見で荏苒日を空しうしているのである。想うても見よ。広島市の光輝ある歴史は、日清戦争に始まって、太平洋戦争が終った役割の負担は、全国中でも稀に見る過分なものであった。（中略）われらの白血球の多少の減退の如きを顧みず、たとえ建設途上で斃れる最悪の場合に出合わすことあるべしとしても、なお決死の覚悟もて、祖先の与えた三角洲の地を守り抜こうではないか。（後略）」

広島をそっくり標本のように記念物にすることは、風化作用や人間の意慾などのために不可能と思う。それよりも勇壮な明治時代調の文章をもってしたこの口惜しそうな執筆者の胸中は見捨て難い。上海の閘北方面で当時の戦争記念的な爆弾の破壊の跡を私は見た。「戦跡」と云われ、そこは旅行者の誰もが見物した。無残に壊れた鉄筋コンクリートの建物の地下では乞食が暮らしていた。あたりの壁には抗日文字がいたるところに刻みこまれていた。

あとで閘北一帯を「戦跡」として日本が保存するか、或いは取り払ってきれいに清掃するかが今問題になっていると聞いた。（昭和十五年だったと思う。十四年だったかも知れない。）私はそのことをきいたとき、なんてへんなことを議論しているのかと思った。和平提携と、おかしいほど力説しているくせに、こちらでむちゃくちゃに打ち砕いた中国の文化建設を、そのまま中国民衆の眼に永く曝しておくなんて、そのような逆な道はないのである。

私は広島の中国新聞の怒った社説をよんだとき、このことを思い浮べた。広島の土を死臭でおおった科学モルモットたちは、新しい建設を祈りながら眠っていることであろう。美しくて平和な豊穣な明るい街の出来ることを。

ランプのほのかな光のなかで、私はいろんなことを考える。真夏の朝の悲劇の日から、田園の山や野良が、黄金色に変る晩秋の今日まで、異様な経験を積み重ねたけれど、その中から私は深々とした人生の影を新しく汲みとった思いである。精神の艦褸に比べれば、着物の艦褸などなんでもないのだ。精神の艦褸こそは着替えることが出来ない。河原で多くの死体とともに三日間起き伏したその一つのことでさえも、私の人間にとって何に比べることも出来ぬ、深い教えを永久に残すと考えた。八月六日以前に、安全なところへ立ちのいていたことと、そうでなかったこととは、一生を支配するほどの相違と思える。簡易生活というけれども、摑もうとしてこれまでつかみ得なかったそのことの真髄をも、今度は摑み得た気がしている。誰も彼も丸裸で出たと云いながら、裸で歩いている人もないし、跣足の人も歩いてはいない。私の身につける小物は別として、夏中三枚の着物しか持っていなかった。一枚は毎日着て、一枚は寝巻に、あと一枚は洗替えにしたけれど、それは簡単清潔でもあった。一足の下駄に昔の知り合いのお婆さんのくれた一足の藁草履とを大切にはいてこと足りた。これまでの生活も簡易なものと思っていたのは、間ちがいであったことに気がついた。持ちすぎてその圧力に押しつけられて、精神までも俗悪化されていたのだった。日本人は着物の種類や枚数に囚われすぎ、栄養のない美食に精根を使いすぎて来た。その二つに日本人は老練であったけれど、時間を奪われて深遠な智能を磨く時間をうしなったのだ。

私のうちに作家魂の焔が燃えてくることを感じはじめて幸福である。長い冬籠りに虐げられて来た者のみが感得する、あの劇しい感動が私をゆりうごかす。原子爆弾の遭難から、種々様々なものが私の身心に派生したが、すべての嘆きは、いつか濾過機に入れられた水が濾されて、きれいな水だけがしたたり落ちるように、作家魂一本が生のまま残る気がしている。実は、広島を破壊された事実よりも、作家生活を崩壊しようとした帝国主義の無智に腹を立てているのだった。個人としての怒り方ではなく、自分の国を嘆く思いのなかにふくまれている。致命的な敗北を、見送って悲しんでいるのだ。日本はいま大きく伝統の性格から脱しつつあるのだろう。戦争に打ちひしがれたことは戦争以外のすべてのものにも敗北した意味にはならない。あらゆるものが敗けたと思うのは心理的な副作用で、附随的なものなのだ。

そのあらゆるものは、敗戦のためにのみ、根本的にくつがえりはしない。本質的には進歩である。

鋭い針は平和へ向って、急速につきさされているかに思える。しかし、日本の土と人間は、日本人のものであって、誰のものともなり得ない。悲劇とも思え、幸福とも思えるのはそのためであろうか。

日本人の多くは民主主義がなんであるかよく知らないと思われるけれど、日本の土と人間の復活、というよりも旧い皮膚の剝脱によって新しい人間像を創り出すためには、民主主義の土を切りひらくよりないと思うのである。

未だこの国では開花したことのない、この政治的な原理は、その言葉の短さに比べて長い歴史のジグザグを乗り越えたものであり、近代を創造した母体ではあるが、日本の土壌はそれを移植するにさえあまりに固いように思われる。

けれども、混沌とした現在の敗戦情勢のなかでなお、私どもは理想的に生きなくてはならない。遠い将来のほんとうの平和のために、今さし迫っている何物かをはっきり見極めなくてはならないのであり、そこに深い苦しみのあることを当然としなくてはならない。特に耳を傾けるまでもなく、まったく直接に生活自体へ齎らされる強烈な響きに、私たちの精神は鋭くなるばかりであろう。

深刻な運命を一様に背負う日本人全体が意識されるならば、その暗さを突き抜けて生きる聡明や、認識された苦闘や、大きな強い希望こそ、高い生活原理でなくてはならない。

深刻な共通の運命の暗示は、私どもに虚無観念をも、安易な逃避も、とうてい許しはしない。

小さな田園に漸く晩秋が訪れた。もう鬼面人を脅かすような猛雨は降らなくなり、たまに霧のような時雨がくることがあっても、空はじき透きとおった、晩秋特有な群青に晴れあがる。

熟れ切った黄金の稲田に風が渡ると、乾いた黄いろい穂波に、さらッさらッときこえる衣摺れの音が起る。なんとも云えぬ快いリズムで、琴爪を琴の糸に当てて、横にしゅっしゅっとやさしくしごいて音を出す、あの音に似ている。琴と云えばもうすがれはしたが秋のいろんな虫もまた鳴いていて、それが禽鳥の啼声や川のせせらぎや、風の音などといっしょになると、調子のいい琴歌にきこえる。すると私は少女の日、琴の稽古をはじめたとき、いちばん最初に習った琴歌を思い出して、心のうちで歌って見るのだ。

金剛石も磨かずば
玉の光は出でざらん
人も学びて後にこそ
真《まこと》の徳はあらわるれ

むきつけな教訓をきらって、長くうとんじて来た歌も、今となっては心にしみるようである。

広島市から来た人たちも、死をまぬがれることの出来なかった人々は死につくして、もう今は命をとりとめたひとたちが、浮かぬ顔で生きている。よそから入って来た者に、副食物の配給をまったくしていないという、この俗悪で怠慢な（俗悪という言葉を不用意に使っているのではない）やり方は、いつか社会性を帯びて大きく問題にされると思う。そのときあわてて悲鳴をあげる部面を思うと寂しい。よそから入って来ているものはすべて金を持って、食物を持たぬジプシーなのだ。

生きている戦災者たちの火傷の名残りや、顔や首や手にのこされた裂傷の傷痕は、今となっても生々しい。いつまでも広島市内をさまよっていて手当をしなかった火傷の痕をもった人は、腋の下の皮膚がひきつれて、腕ぜんたいが上にあがらなくなったり、眉毛が焼けたまま、新しく生えなかったりしている。裂傷のあとは普通の切傷とはまったくちがって、谷の両側から内側に巻き込み、不整型に接着した瘢痕になっている。切口の皮膚組織がウラニウム毒によって破壊されたものと、S医師はきたない瘢痕についていうのだった。

はじめの方に書いた銀ちゃんという人は、S医師も九月末まで生きるかどうかと云っていたのに、いまも生きている。凄味を持った末期の風貌のまま、剽悍な生き方である。うしなった妻の衣類を広島のどこかの土の中へ埋めておいたと云い、放っておくと盗まれそうだから、と掘り出しに出かけたりする。生命は死の刹那までわからない。凄惨な原子爆弾症の皮膚のまま、強引に生きている人たちが幾人かあるのだった。しかしそれも生きている屍のように、魂の瘢痕を、肉体のどこかに空虚にただよわせてである。

私も、理解出来ない死の影を三カ月垣間見ているうちに、死から遠のいた。そして一日に一度か二度は四、五枚の幻想的な絵をくりひろげて眺める。それは巨大な市街の潰崩の絵ではない。

河原の水際に、寝そべったように息を引きとっていたうつ伏せの幼女の姿、道端の防空壕に芝居の巡礼お鶴に似た恰好で、死へ旅立っていた少女と、その傍らの焼石に腰かけていた若い父親の姿、樽のようにふくらみ、金仏色に焼けていたたくさんの娘達の死の森を忘れることは出来なかった。その上、吠えもしないで河原をさまよっていた佐伯綾子の家の犬のことや、墓場をうろついていた寺の白い鶏のことなどが、奇妙に思い出の中で光るのだ。

村々では全く狐色に焦げた稲が刈り取られた。よく見ると稲刈る人の姿にも、よろこびは見出されず、戦争に疲れた農民の痛々しさが見られた。綿の垂れ下った袖なしちゃんちゃんこを着て、帽子もかぶらず、足は素足のまま、破れた藁草履から半ばはみ出ている。稲は組木の材木に房々と掛けられた。稲は黄金の屛風となって、見渡す限りの田の面に高々とかけられ、空は抜けるように高く瑠璃紺色に輝いている。

囂々として掻き鳴らされる日本人飢餓の呻きごえは、今年の田園の鬼哭啾々とした琴歌のようにきこえる。戦災と天災、二つの歯車のぎしぎし鳴ってからみ合う、瀕死の琴歌が地に這っている。

宇《う》野《の》千《ち》代《よ》

おはん

一

『よう訊《き》いてくださりました。私はもと、河原町《かわらまち》の加納《かのう》屋《や》と申す紺屋《こうや》の倅《せがれ》でござります。生れた家はとうの昔に逼塞《ひっそく》してしまい、いまではこのような人の家の軒《のき》さき借りて小商《こあきな》いの古手屋《ふるてや》、もう何の屈托もない身の上でござりますのに、何を好んでいらぬ苦労するかとおもいますと、わが身の阿呆《あほう》がおかしゅうてなりませぬ。

へい、あの女《おなご》は、実は私の女房《にょうぼう》ではござりませぬ。いまから七年ほど前に、生れてはじめて馴染《なじ》みました町の芸者《げいこ》でござります。私より一つ齢上《としうえ》の三十三、名前はおかよと申します。あなたさまもご存じの、半月庵《はんげつあん》の抱えであったのでござりますが、いまでは自分でに鍛冶屋町《かじやちょう》の裏手に細《こウま》い家持って、ほんの一人か二人の女衆《おなごし》をおいたりして、芸者屋《げいこや》をいたしております。私はその女《おなご》の家に寝とまりして、ここへは昼食《ひる》の弁当もって通うているのでござります。

古手屋とは名《なア》ばかり、お客さま相手に茶をたてたり、すきな花を生《い》けたりしてますのでござりますが、収入《みいり》というたら、わが身ひとりの小遣銭《こづかいせん》にも事かかんならんような、まァ言うたら女《おなご》に食わしてもろうてる、しがない男でござります。

あれは去年の夏、盆《ぼん》も間近かの或る晩のことでござりました。

町の寄合いのくずれで、よそのお人と二三人あの臥竜《がりょう》橋《ばし》の橋の上でええ心持になって風にふかれていたのでござります。すると誰やら、白い浴衣《ゆかた》きた女《おなご》がすうっと私のすぐ傍《ねき》をすりよって通るのでござります。この広い橋の上をあなに近うに人の傍《ねき》を通らいでもと、そう思うて顔みますと、別れた女房のおはんでござります。思わずあと追いそうになりながら、お人の手前もござりますけに、わざとに間《マア》おいて急いで警察の横手までいきますと、あとから私の来るのが分ったのでござりましょう、くらい板塀のところで待っておりました。「おはんか。かわりないか。久しいかったなァ。」と私は申しました。

　あのあたりはちょうど藪堤《やぶづつみ》の蔭になっておりますので、昼でも淋しいようなところでござります。川風が絶え間なしにさあァと藪の上をふきぬけてきましてなァ、そのたんびに川向うの糸くり工場から女衆《おなごし》のうとうてる唄が手にとるように聞えてくるのでござります。

　おはんは白い浴衣きて、見覚えのある手《て》織縞《おりじま》の帯をしめておりました。どことというて男の心ひくような女《おなご》ではござりませねど、いつでも髪の毛のねっとりと汗かいていますような、顔の肌理《きめ》の細《こま》こいのが取柄《とりえ》でござりましたが、そこの板塀にはりつくような恰好《かっこう》して横むいているのでござります。「何やて？　子供もたっしゃやて？」と私はたたみかけて申しました。「へえ、この春から、もう学校へ行きよります。」やっと口の中で申すのでござります。「いつやらお前にあいに行《い》て、そや、子供の顔も見たいと思うたのやったけれど、剣《けん》もほろろにお母《か》はんに突きだされた。それァ俺《おれ》の方が、何ぼう虫のええこと考えとるかわからんけど。」と、やくたいもないことをぼそぼそというてます中に、もう恋しゅうてならん女《おなご》と無理無体に仲せかれてでもおりますような、おかしげな心持になったのでござります。

　この女房のおはんとは、七年前あのおかよのことがもとで別れたのでござります。私は女《おなご》の家へ行《い》てしまい、おはんは新門前《しんもんぜん》の親の家へ引きとられ、それはこういう狭《せエ》まい町の中のことでござりますけに、あおうと思えば何ぼでもあいそうなものでござりますのに、もう久しいこと出あいもせなんだのでござります。

　へい、おはんが子供を生みましたのは親の家へ往《い》てからでござります。男の子で、名前は悟《さとる》と申します。ほんに小説みたよな話でござりますが、二人いっしょにおります中は、もうながい間子供がほしいほしいというてまして、お大師さまに願《がん》かけたり、易者《えきしゃ》に見てもろうたりしてたのでござります。それでいよいよ別れんならんというときになって、気がついてみたら子供が宿っていたのでござります。

　ほんに一しょにいてます中におぎゃァと生れておりま

したら、私も迷いはせなんだやろと思うのでござりますが、そんでいて、こういうときの男の心いうたら、畜生みたようなものでござりますわなァ。七年ぶりにおうた女房の口から、現在血をわけたわが子が学校へいきよるときかされましても、へえ、そうか、知らん間に大きゅうなりよったなァ、とは思いましたれど、それでどうぞこうぞしてやりたいとは夢にも思わなんだのでござります。

子供のことよりも何よりも、私にはいまそこの眼の前にたっているおはんの心の中が気にかかってなりませぬ。それァもう、ほかに女《おなご》をこしらえて、罪咎《つみとが》もない女房を塵芥《ちりあくた》のようにすててしもうたのでござりますけに、おはんのお袋《ふくろ》さまには勿論《もちろん》のこと、世間のお人にどう思われておりましょうとも不足には思いませぬ。それァもう、覚悟の上でござりますけれど、ただ、いまそこにいてます女房のおはんにだけは、どうでも悪うは思われともない。あの男はいまよその女《おなご》と一しょにいてるけど、そりゃ、よんどしょうむないことがあってのことやろ。しんから薄情《はくじょう》な心があってのことではないやろ、とそう思うてもらいたいのでござります。

「なァ、あのな、大名小路《だいみょうこうじ》の角に吉田屋て花屋があったやろ、あそこの店かりて商売《しょうばい》してるのや。朝早うはおらんけど、昼すぎやったら、たいがい往《い》てる。裏のおばはんにもよう話しておくけに、一ぺんあいに来てんか、」とあとさきの考えものう、いうてしもうたのでござります。

それゃもう、そのようなことというて女《おなご》の気をひいたり、早ういうたら、もう一ぺんおはんと撚《より》もどして、もとの夫婦になりたいと思うたりしてたのではござりませぬ。ただその一ときの間でも、おはんの心をしずめたい、恨《うら》まれていともない、とそう思うていたまでのことでござります。

ほんに人の心ほど浅墓《あさはか》なものはござりませぬ。いうたらほんのその場きりの、阿呆《あほう》なてんごうでござりますのに、「分ったな、」と私はおはんの肩を押すようにして低い声して申しました。「誰やら向うからきよる。早う行《い》き、」と申しますと、おはんははじめて顔あげて何やらものいいたそうな眼をしてちらっと私をみましたが、それなり、あとも見んと馳《か》けていてしもうたのでござります。

そのおはんの白い浴衣きた後姿《うしろすがた》が藪堤の一本道をずうっと向うの方へだんだんと小そうなって、とうとう曲《さし》尺町《ものちょう》の露路《ろおじ》の方へ見えんようになっていてしまうまで、私はそこにたっていたのでござります。

あと追いかけていこか、いやいかんとこ、とその間中《あいだじゅう》、迷うていたのでござりますが、まァいうたら私の、これが心の迷いのはじまりでござりました。

二

それからしばらくの間、私は何とのうおはんのあいにくるのを心待ちにしていたのでござります。夏の祇園祭《ぎおんまつり》もすんで、秋の恵比寿《えびす》さまも間近いと言いますのに、おはんのやってきそうな気配《けはい》はござりませぬ。私は相かわらず大名小路の出店《でみせ》へ通うていたのでござりますが、晩方、店の暖簾《のれん》をおろして、さて一服と煙草をすいながら往来の人通りをぼんやりと眺めてますと、わが身の上の安穏《あんのん》なのが、なにやら不思議に思われるのでござります。「おばはん、ではお願い申しますで、」というて、いつものように裏手の家へ声をかけ店の鍵を預けると、そわそわとわが家へもどるのでござりますが、ちょうど日の暮れ方で、鍛治屋町のあたりは一日の中で一ばん活気のあるときでござります。

お茶屋へよばれていく芸者《げいこ》たちの、わが手に褄《つま》とって歩いていくのんもあり、人力《りんりき》に乗っていくのんもあり、私はその灯のついた色町の軒《のき》さきを、人目をはばかるようにして小走りに走ってもどるのでござりますが、わが家の格子《こうし》をあけるかあけん間に、奥からおかよの癇高《かんだか》い声がして、「あんたはんかいな?」といいながら走ってでてくるのでござります。

玄関と茶の間の間《あいだ》に、形ばかりの屏風《びょうぶ》をたてて、その蔭に晩飯の膳がそろえてござります。膳の上にはおきまりの酒も一本つけてござります。

女《おなご》どもはたいがい出たあとで、おかよにとっては、やっといま手があいたというときでござりますので、髪もひっくくるように鬢《びん》つめて、浅黝《あさぐろ》い顔に白粉《おしろい》もつけず、わざとに年量《としかさ》な粧《つく》りをするのが癖《くせ》でござりましたが、それでもしゃんと着がえはすましておりました。「こうして差しむかいで飯《めし》くうてて、お前、なんともないかいな。ひとの女房のけて一しょになったのやけに、ときには済まんと思うこともあるやろ、」とある晩のこと私は、おかよにきいたことがござります。

半分は酒の機嫌《きげん》もござりましたが、まァいうたら、わが心ひとつにつつんでおくのが切《せつ》のうて、思わず口にでたのでござります。するとおかよは、「何でもない。暇《ひま》とって往《い》んだ人が損したのや、」と、しん底、何でもないことのようにいうのでござります。おかよの心にしましたら、まァ、これほどまでに何でもないことなのかいなと思いますと、横着《おうちゃく》な女《おなご》やと呆《あき》れるよりも、なにやら私まで気楽な心持になりましてなァ、忘れるともなく半月ばかりすぎましたある昼すぎ、ちょうど私はお客さまのお届けもの持って、そこまで行《い》てこうと、一足でかけたときでござります。

店さきにおいてありますあの石灯籠《いしどうろう》の蔭におはんが立っておりました。肩掛《かたかけ》で顔かくすようにしてそこにいてましたが、私の姿を見ると、逃げるような恰好《かっこう》して行《い》てしまいそうにするのでござります。

私はそのあとから、「おはん、おはんやないか、」とよびました。

すると、すくまったように立ちどまって、「へい。」と消えるような声でこたえるのでござります。あとでききますと、おはんは幾度もこの店の前まできたけれども、おもての明るい中はどうしてもはいってはこれなんだ。それで日の暮れるのをまってから、思いきって鍛冶屋町の家の前までいき、あの暗い格子戸《こうしど》の前をいったり来たりしたことも二度や三度ではないというのでござります。

私は「早うはいり、」とおこったような声していうてから、急いで裏手の家へいきました。

「おばはん、いまそこに女房のおはんがきてます。すんませんけど、ちょっとここ貸してもらわれませんやろか、」「へえ、よろし、」とおばはんは座蒲団《ざぶとん》をつき出すようにそこへおいて、急いで部屋を出ていきました。おのれの恥をあかすようで、それまでにはおはんのことなどわれから打ちあけて話したことはござりませなんだけれど、まァ私の狼狽《あわ》てようでそれと察してくれたのでござりましょう、おはんのそこにいてます間、私のかわりに店番までしてくれたのでござります。私はおはんをつれてそこの座敷へ上りました。

町中の家のことでござりますので、部屋の中は昼でも日の目がみえず、おや、と思うほどに暗うござります。まァ、その家の中の暗さでやっと心が落ちついたのやろと思います。おはんはガラス障子の傍《ねき》にすりよって、おずおずと坐っておりました。

「ようあいにきてくれたなァ。ここやったら誰もやってくるものはない。こなことというて悪いかしらんけど、このさきの寺の境内《けいだい》ぬけたら、悟《さとる》の学校もすぐやぜ。

なァ、これからもときどきあいにきてもらえるやろな?」と言いましても、「へい、」と答えるきりでござります。

　片手を半纏《はんてん》の襟《えり》の下へ入れたまま、こう下むいてるときの様子といい、ほうっと肩で息して、それからゆっくりとものいうときの癖といい、もう七年前とそっくり同じでござります。

　うす暗《くら》がりの中に、そのおはんの顔のぽうっと白う浮いてるのを見てますと、七年前、あの河原町の昔の家で、泣いて別れたときのことが思いだされます。家のそとには、はや迎えの人力《りんりき》がきているときいて、暗い納戸《なんど》の簞《たん》笥《す》の蔭で、泣きの涙で別れたのでござります。

　へい、それァもう、飽いて別れたというのではござりませぬ。おかよという女《おなご》ができたからには、いますぐというては離れられぬけれど、その中には俺も眼が覚めるけに、待ちにくいことやろけど、まァ、ちっとの間《まァ》だけ待っていてくれと、まァ、そのようなことというて往《い》なしたのでござります。おはんの貞節に対しましても、このようなことといえた義理ではござりませぬのに、魔《ま》のさしているときというものは、何をいうやら分ったものではござりませぬ。

　ほんにこうして、いま眼の前におはんの姿をみてますと、ながい間、苦労かけてすまなんだなァと言うのさえ気がひけるよな心持でござります。「そや、うまい菓子が買うてあった。茶《ちゃ》ァいれてご馳走《ちそう》しょう、」といいながら、そこにあった茶盆《ちゃぼん》の茶筒《ちゃづつ》とろうと手《てェ》のばしたのと、おはんが茶碗とろうと手《てェ》あげたのとが、はっとあたりました。「おはん、」というて私は、思わずその手をとりました。

　ひい、というような声あげたと思いますと、その細い、糸みたようなおはんの眼がつりあがって、さっと顔から血の気がひきました。「離して、離してつかさんせ、」と身悶《みもだ》えして、息もとまるような声して申しました。ほんにわが心ながら、何をする気であったのやら合点《がてん》がいきませぬ。

「いやか、こなな男は、しん底愛憎《あいそ》がつきたか、」というてます中に、まァあれが男の出来心と申すものでござりましょうか。ついさきがたまで、も一度おはんの体に指ふれようなぞとは夢にも思うてはおりませなんだのに、わが身も女《おなご》の身の上も、もうめちゃくちゃに谷底へつきおとしてしまいたいというような、阿呆《あほう》な心になったのでござります。

ほんに七年というながい間、身を堅く守ってきたおはんにとりましては、それはまァ、どのようなことであったかということも、あとになって分ったことでござります。

おはんはながい間そこの屛風の蔭で慄《ふる》えておりました。「こないことして、また、あんたはんの家庭をめぐ（こわすの意）かと思うと、それが恐《おそろ》しゅうて、」ととぎれとぎれにいいながら、はらはらと泣いているのでござります。

「何いうてる。お前と俺とは子まででけてる仲やないか。今さら恐しいて、何のことがあるかい？」と私はわざとに声を荒うして申しました。そのようなことというて、それが何の役に立つものか私にも分りませぬ。

「そやないか。人は何というてようと、お前は俺の女房や。俺はその気でいる。」と私は申しました。へい。私はそう申しました。罪深いことというてると思えば思うほど、なおいうてやりたいのでござります。昼間とも分らんような暗い家の中でござりますので、おはんのそのぽってりとした体を抱いてます中に、なおのこと愚かな心がつのりましてなァ、もう身も心ももみくちゃに打ちくだいてやりたいと思うばかりでござりました。

おはんが往《い》にましたのは、まだ表は日のある中でござりました。挨拶《あいさつ》もようせず、小腰《こごし》をかがめて、軒《のき》したに身をかくすようにして行《い》てしもうたのでござりますが、しばらくのあいだ私は、もうぼんやりと呆《ほ》けたようになって、そこの上《あが》り端《はな》に腰かけてたのでござります。ああ、俺は何してのけたというのや、と思いますと、夢みるような心持でござります。

するとそこへ、「ああ、もう往《い》になさったのやな、」というて、この家のおばはんがもどってきました。そして私の耳に口よせて、

「ついいまがた、おかよ姐《ねえ》さんが見えましたぞ。うちの人はおりませんかいうて、これ、これおいていかしゃった、」というではござりませんか。見るとそれは、細《こう》まい箱に、なにやら茶うけの摘《つま》み物《もの》いれた包みでござります。間《まァ》さえあると何かこさえては届けてよこすのがおかよのくせでござりましたが、今日はそれを自分でに持ってきたときいて、私はさあァと背中が寒うなったのでござります。

いま一とき、おはんの出ていくのが早かったら、ついそこの軒したでばったりとおうたであろうと思いますと、その一ときの間の違いが仏のお慈悲でもあったかと、思

わずぎょっといたしました。

いまから申せば愚痴《ぐち》になりますけど、なぜにあのとき、あのぞっと鳥肌《とりはだ》だったよなこわさ恐しさが、どうしてもっと身にしみてはいなかったのやろ、と恨めしくおもいますのも、阿呆《あほう》な男の身勝手でござります。

三

おはんはそのことがござりましてから、もう十日もおかずに、しげしげとやってくるよになりました。

「いま、お母はんが風呂《ふろ》もらいに行かしゃった間《まア》にきました。ほんに、親にも嘘《うそ》いうたりしてなァ、」というて、袂《たもと》を口にあてながら笑うた。するかと思いますと、またときには、「誰にはばかるものもない、晴れて夫婦《めおと》であったものが、人にかくれて、こうして媾曳《あいびき》みたよにせんならん。」というて嘆いたりするのでござります。

そうかと思いますとまた、「なんぼ親が迎えにきても往《い》ななんだら宜《よ》かった。一たん嫁《よめ》にきて、どななことがあったとしても、往《い》んだのがわたしがわるかった。」というたり、また別のときはあのおかよのことを、「ほんにあの女《ひと》いうたら、浮気《うわき》なお人やけに、じきに飽いて退《の》かはるやろと、そう思うて待ってたに、」というてみたり、それはもうくるたんびに、猫《ねこ》の目みたよに機嫌がかわるのでござります。話《はなし》することも、口軽るというほどではござりませねど、しゃんしゃんときさくにいうてのけたりしましてなァ、それァもう、人目を忍んであいにくるのでござりますけに、言いたいと思うことは山ほどもござりましょうけれど、これがあのおはんか、人にもの問われても、ろくに返答《へんと》もでけんような穏当《おんとう》なあのおはんかと思いますと、別人のようでござります。

まァいうたら、そのむら気なおはんが、私にはなんとも哀れに思われてきましてなァ。秋から冬と日がたつにつれて、離しともない心がつのってまいりました。店の商《あきな》いも手につかず、一日炬燵《こたつ》にむきおうて、もういつまでもの言わんとじっとしていたこともござります。よそに女をこしらえて、一旦いなした女房と、また撚《より》もどして乳繰《ちちく》りおうてる、阿呆《あほう》な男やといわれましても、なんの返答《へんと》もござりませぬ。

へい、子供のことでござりますか。子供の悟《さとる》のことにつきましては、わが心ながら私は、まァどういう気《きイ》であったやら合点がまいりませぬ。

そりゃ、こなごたごたの中に生れた子でござりますけに、父親の身としましては、哀れはかけにゃならん筈《はず》でございます。可哀そうに、阿呆《あほう》な親もって苦労してるとそう思わにゃならん筈でございますのに、あのはじめて、臥竜橋《がりようばし》の橋の上でおはんにおうたあのときから、ただもう、眼の前にいてますおはんのことにばかり心がとられまして、子供のことといいますと、ただ話《はなし》する合間《あいま》に、そや、あの子どないしてるやろと、思い出すのもたまさかでござりました。

ひょんなこと申すようでござりますけれど、おはんとたびたびおうてます間にも、ただおはんの心つなぎたいばっかりに、なにやら子供子供というてみた覚えはござりますけれど、まァそれもどれほどの考えがござりましたやら。子供に父親のこと訊《き》かれて、なんというてある？　とおはんにたずねましたときにも、「へえ、遠いところへ旅してはる、というてきかしてございます。」というてましたをええことに、もうとんと触《さわ》らぬつもりでいてたのでござります。

いうてみれば、女《おなご》二人の間にはさまれて身のおきどころもない男が、まァどう、子供の行末を考えてやったりするものでござりましょう。

へい、さようでござります。寺の裏手をぬけて一二町もいきますと、もうすぐそこが学校でござりますので、風の具合で退《ひ》けどきの鐘《かね》と一しょにわやわやと子供たちの立騒いで戻ってくる声が、手にとるように聞えて来ることがござります。そなときにも、そや、あの声の中に子供の悟《さとる》もいよるのや、とは思いませいで、ひょっとあの中に、おはんが子供つれにいてたりして、戻りにここへ寄りはせまいかと、そう思うて胸騒ぎしたりするのでござります。

そなな薄情な心でいてたものが、まァようも、こうして人並《ひとなみ》の親心もって泣いたり笑うたりすると思いますと、わが心ながらおかしゅうてなりませぬ。

へい、ところが、或る日のことでござりました。もう暮に間近うござりましたが、店一ぱいにほかほかと日があたって、そこの暖簾《のれん》の下の、細《こま》こい石ころの影までぺったりと地面におちてましてな、もう逆上《のぼ》せるようなぬくとい日のことでござりました。

「おっさん、」とそういうて、その暖簾のあわいから、誰やら稚《おさな》い子供がひょっこりと顔出したと思いますと、「おうち、ゴム毬《まり》ないのん？」と申すのでござります。学校の裏手のことでござりますけに、朝晩そこを通りしなに、何《なに》や彼《か》やいうてくる子供はござります。

私はなんの気ものう、その子供の、ま新しい帽子かぶったまま、なにやら眩《まぶ》しそうに細い眼《めエ》して、にっと笑うてるあどけない顔見ながら、

「毬はないなァ、」といいますと、

「ないのん？　あこの古手屋へ行《い》たら何でもあるいうてたけどなァ、」というて、ちょっとの間《まア》、思いきりわるう、はにかむような顔してたと思いますと、そのまま、一さんに駆けていてしまいました。はっと思うて私はそこにあった草履《ぞうり》を突《つ》っかけました。

「坊《ぼん》！　坊《ぼん》！」と呼びながらあと追いかけて出てみたのでござりますが、もうそのときには、あの寺の石畳《いしだたみ》の横手にある、大きな銀杏《いちょう》の樹《き》の向うに見えなくなってたのでござります。

　私はしばらくの間、よう陽《ひ》があたって、落葉の一ぱいおちてる道に、ぼんやりと立っておりました。一体まァなにしに、あの見もしらぬ子供のあと追うて駆け出てきたのやら分りませぬ。

　短い絣《かすり》の着物きて、ま新しい、真鍮《しんちゅう》の徽章《きしょう》のぴかぴか光った帽子かぶってる、あの小さな子供のどこが、よその子供と違うていたというのでござりましょう。私には分りませぬ。いうてみればただの学校もどりの子供の一人が、もの買いに寄ったというて、まァこの私の、早鐘《はやがね》みたよな胸の動悸《どうき》は何ごとでござりましょうぞ。

　その日の日暮れがた、猪の子の団子《だんご》もってきたというて、おはんがひょっこりまいりました。話そうが話すまいかと迷うた末、その話をいたしますと、おはんは魂《たましい》も消えるほどに吃驚《びっくり》して、あの子に違いない。けさ、毬買うのやいうて、針箱の抽出《ひきだ》しあけて銭《ぜに》もってはいたけれど、まさかにここへこようとは、というてはぽろぽろと泣いてるのでござります。

　ではおはんも何にも知らなんだのかと思いますと、ここがわが親のいてる店とも知らずにもの買いにきたあの子の哀れさ。神仏《かみほとけ》のこと申すは何でござりますが、これも何かのお導きかと思うさえ恐しい心持でござりました。

　その翌《あけ》の日から私はおはんには内緒《ないしょ》で学校の前にいてました。あなたさまもご存じのように、学校から新門前の方へもどりますには、この店の方角とはまるで道が違います。あそこの薬屋と唐津屋《からつや》とのあわいに大きな椋《むく》の樹《き》がござりますやろ、あの樹の後《うしろ》にかくれてますと、向いの黍《きび》畑からぴゅうっと寒い風が吹いてきましてなァ、黍の枯れっ葉やら埃《ほこり》やらが一ぺんに頬《ほお》げたにまいかかって、もう眼も上げられんようでござりましたが、ひょん

なことに、それが何ともないのでござります。ただ、わあっと一ぺんに学校の門を出てくる子供たちの中から、それと見分けようとしましても、一つ家に朝晩いてるわけではない親の身の悲しさ、すぐに見失うてしまうのでござります。

へい、ある日のことでござりましたが、時間を見はかろうて私は、あの鉄砲小路《てっぽうこうじ》の堤《つつみ》のところで、あっちい行《い》たりこっちい行《い》たりして待ってたのでござります。あそこから新門前の橋までは、ずうっと一本筋の堤でござります。

もう学校へ行《い》てさえいたら、必ずこの道をまっすぐにもどって来るに違いない、とそう思うて待ってたのでござりますが、一ときの間に向うから、もうたしかにあの子にちがいない稚《おさな》い子供が、なにやら縄《なわ》きれみたよなもの持ってふりながら、鞄《かばん》かけてひょこひょこともどってくるのでござります。

思わずあとさきをみますと、誰ひとり見てるものもござりませぬ。

「坊《ぼん》！　毬《まり》もってきたで、」そういうて私は、そこの道《みち》端《ばた》にしゃがみました。へい、毬はあの晩の中に、本町の天狗屋《てんぐや》まで行《い》て買うたのでござります。そこの道端にしゃがんで、わが子の体に膝《ひざ》すりよせ、手をとって毬のせてやりましたときの、あの心持は、え忘れはいたしませぬ。

悟《さとる》はだまって毬をとりました。ありがとうとも、貰うてええかともいわずに、なにやらまぶしげな眼《めエ》してにっと笑いました。

それは一ときの間のことか、ながい間のことやったか分りませぬ。片側は竹藪《たけやぶ》の、もう昼中とも思えんほど冷《ひや》っとしてます中で、風のたびに、ささ、ささと笹藪《ささやぶ》の鳴るのが聞えました。

そうか、これがわが子か、こなな狭《せエま》い町の中に、一つ町の中に住んでるというのに、七年というながい間、顔も見んと放《ほ》っといたあの子供かと思いますと、胸がしめつけられるよになりましてなァ。

「さ、早う往《い》に！　また今度目のとき、おもしろい絵本そろえておいとくけになァ、」といいながら、この稚《おさな》い子供の、なにやら頼りない虫みたよな体《からだ》を、両手でつき出すようにしたのでござります。へい、そうします間にも、誰か人目にかかりはせまいかと思いましてなァ。

四

子供の悟《さとる》にはじめてあの鉄砲小路の堤のところで会いましたは、あれは去年の暮ちかくのことでござります。やがてのことに春になって、世間はなにやら浮々《うきうき》としてますのに、私の心の重荷は、お蔭でまたもう一つ重なったような心持でござりました。

朝早うに眼をさまして、床《とこ》を列《なら》べて寝てますおかよの、ぐったりと髷《まげ》をおとして、すやすや眠ってる横顔みながら、あァあ、俺はこのさきどないしたら宜《よ》かろ、とほうっと吐息《といき》せぬ日とてはござりませぬ。なにやらかたかたと勝手もとで女衆《おなごし》の働いてる音にまじって、町中《まちなか》の家のことでござりますけに、つい壁ひとえの隣の家で、はや眼をさました子供の、おかァちゃん、おかァちゃんとよぶ声に、つづいて何やらばたばたと足で畳たたいてるような音まで、もう手にとるようにきこえてきたりするのをきいてますと、思わず息のとまるような心持になったりするのでござります。

それァ、いいますれば、こうして、おかよの傍《ねき》に温《ぬく》もって、毎晩毎晩ねてるのでござりますけに、それが可《い》厭《や》やと申すのでござりませぬ。可厭《いや》やと申しますどころか、明日《あす》が日にも、この俺という男はこの家から出ていかんならん体やと思いますと、ひょんなことに、この住みなれた家の中が、二つとない温《ぬく》といところであったよな気がしましてなァ。いっそのこと、このまま、何事ものう暮していられるものやったら、と思うこともたびたびでござります。

「あんさん、起きてるのん？」とおかよが、眼のさめるのと一しょに声かけるのがつねでござります。子供のない夫婦の、なにやらごてごてと寝床の中で話するのが、ながい間の癖でござりましたが、ついその朝も、

「なァ、あの朝日屋の無尽講《むじんこう》、今月が満期やで。あれおとしたら、ここへ二階あげて、あてら二人《ふたアり》だけの座敷こさえたい思うけど、どうやの？」というのでござります。

朝日屋の無尽講といいますのは、この町の銀行で世話してる、細《こうま》い無尽のことでござります。月々の掛金《かけきん》いうたら、ほんの蚊の涙ほどの僅かなことでござりますけれど、五年六年と積《つも》り積って、満期やというときには、みな、それで、身上《しんしょう》ひらく気《きイ》になるのでござります。

おかよはこの五六年、この無尽講の金つくるために、その金のためばかりに働いてたのでござります。そのた

めには、店の芸者《げいこ》も一人よそへ遣《や》り、自分でにその代りになって座敷を勤めたり、そうかと思いますと、お人のみえん昼の間は、女衆《おなごし》と一しょになって、すすぎ洗濯《せんたく》ふき掃除、まァ、これが、鍛冶屋町という花街《いろまち》で、客稼業《きゃくしょうばい》してる女《おなご》の恰好《かっこう》かと思いますほど、もう、竈《かまど》の中から出てきたような態《なり》してましたりなァ、わが女《おなご》ながらまァようするど思うほどでござりました。

ほんに、あの無尽講がおちたら、というのがこの五六年このかたの、おかよの夢でござりました。「へえ、二人の座敷こさえて、そんで、どない酒盛する気や？」と申しますのも上《うわ》の空、私の胸の中は、なにやらどしんと重《おも》たいものがかぶさりでもしたように、重くるしゅうなってしもうたのでござります。

鍛冶屋町のこの家は、もともとおかよが前の旦那《だんな》から貰うた家でござります。

見かけはさほどにもござりませねど、ほんの細《コウま》い、猫の額《ひたい》ほどの町家《まちや》で、玄関と唐紙一重の六畳の茶の間、それに続いた板敷の台所があって、その横手から梯子段《はしごだん》あがったとりつきが六畳の座敷でこざりまして、東に申しわけほどの物干《ものほし》がござります。客座敷というたら、この二階の六畳一間《ま》きりでござりますけに、お人の立てこんだ夜《ヨウさ》なぞ、もうあの、狭《せエま》い玄関の片隅で、夫婦だき合うて眠ることもたびたびでござります。

「あんさん、呆《ぼ》けてるのんやなァ？　はァ？　あんまり嬉しいて、返答《へんと》もでけんのやろ。なァ、」といいながら、おかよはさっと私の方へ体よせ、

「七年も一しょにいてて、ただの一晩かて、気を許して寝たことない。なァ、あて、どないしても、ここへ二階あげたる。四畳半ほどでええけに、床の間つけて、誰もはいってこんように、よう鍵かけてなァ、」というたかと思いますと、いきなり、その冷《ひや》こい手を背中《せな》にまわしながら、もう気の狂うたようになって顔つけてくるのでございます。

なが年の思いが叶うて、はじめてわが手にわが力で、座敷こさえるというのでござりますけに、おかよにとりましたら、なんぼう嬉しいやら分りませぬ。あんまり嬉しいて、あとさきも分らぬようになってしもてるのやとは思いましたれど、もう気の狂うたよになって顔つけてくるおかよの、まァあの、いつものおかよとは違うて正月の髪結《かみゆ》うてますのんが、思いもかけず、鬢《びん》つけの匂いがして、なにやらぺたっと冷《ひや》こいものが、はだけた私の胸もとにあたりました。はあっ、と私は声たてそうに

なったのでござります。

へい、あの大名小路の裏手の家で、人に隠れておはんと寝るようになりましてから、まァ私は、何をたよりに、この二人の女《おなご》をだき分けていたでござりましょう。このぺたと冷《ひや》こい、鬢《びん》つけの肌《はだ》ざわりは、あれはおはんのものでござります。そななことに、この私は、いま気がついたというのでござりましょうか。私は息の根もとまったような心持で、おかよの体をのけました。

「阿呆《あほう》！　もう朝やで、」と、そういうてやるのがやっとのことでござりました。ほんに、それにしましても、それほどにまでもおかよが、わが思いにばっかり心をとられておりませなんだら、私のこの朝の口にはいわれぬ恐しい胸の中が、とうに分っていた筈やのにと思いますのも、得手勝手な男の阿呆な繰《く》り言《ごと》でござりましょうぞ。

ほんにいうたら私ほど、犬畜生の姿して生きてるものがござりましょうか。私は何《なに》も彼《か》も知っての上で、そんで、知らん振りしてたのでござります。おかよのことでござりますけに、明日が日にも大工呼《だいくよ》うで、仕事はじめるに違いないのでござります。一しょに住もうという気はさらさやらない、二人のための二階座敷が、明日が日にもこの家の上に建ちはじまるといいますのに、朝に晩に、その大工の鉋《かんな》の音きさながら、私は知らんふりして、このままここにいてようというのでござります。

どうぞお笑いなされて下さりませ。へい。女《おなご》に銭《ぜに》もろうて、その日《ひ》の口濡《くちぬ》らしている男の、それが性根《しょうね》やと、お笑いなされましても不足には思いませぬ。

さようでござります。私には何もかもよう分っていているのでござります。それァ、もう、印判《はんこ》で捺《お》したようにはっきりと分っているのでござります。このさきどないしたらええかということは、誰にきいてみるまでもない、もうはっきりと分ってることでござります。

私はおかよに、いまこうして同じ寝床の中にいてることのおかよに、こういうてやればええのでござります。

「おかよ。俺はもう、この家にいる人間ではのうなったのや。訳はあとで人が聞かしてくれるやろ。その訳きいたら、お前も得心《とくしん》してくれる筈や。そんで俺は、明日の朝といわず今夜の中に、人力呼《りんりきよ》うでくるけにな。俺の荷物というては、あの押入にある行李《こうり》一つだけや。あれのせて、そや、俺の膝の間にはさんで、もう人力《りんりき》一台で、ここをでてく気や。そんで、あの大名小路の出店にちょっとの間《まア》いてるつもりやけど、頼むけに俺のあと追うてあいになぞ来てくれるな。ほんにこの七年というながい間、俺という男に関《かかわ》って、世間を狭うに暮してきたそのお前に、今更すまなんだと詫《わび》いうたりする気はないけにな、」とそう言うてやればええのでござります。

それだけのことというてやればええのでござりますのに、私にはそれがいえませぬ。恐しゅうていえませぬ。こななこと思いきっていうてしもうたら、このおかよかどなな顔するか、それが恐しゅうてはござりませぬ。たったいままでこの女《おなご》に、もう花も実もある男やと思われていたその甲斐《かい》が、一どきにのうなってしまうのや思いますと、それが恐しいのでござります。へい、みな、みな、わが身可愛さからでござります。へい、私は何もかも承知してるのでござります。ほんに、どのようなお情深い神さまのお心でも、これが裁《さば》きのつくことでござりましょうか。

そのとき誰やらかたかたと、表の敷石に下駄の歯うちつけては、通っていく音がいたしました。あ、雪やな、と私は思いました。そういえば、今日は七草《ななくさ》で、新小路の巴座《ともえざ》に朝から人形芝居《でこ》がかかってるのでござります。そや、今日は人形芝居《でこ》があるんや、とそう思いますと、あれはまァ、なんという心のまやかしでござりましょう。私としたことが、ふいに飛び立ったよな心になって、「さ、起きんかいな、芝居やないか、」と、われからおかよの肩に手をかけて抱きおこし、大きな声して女衆呼《おなごしよ》うだりするのでござります。

私は、何ごとかというように、勝手もとに走りでて弁当の支度させたり、人力《りんりき》呼びにやりましたり、ごてごてとせからしゅう指図《さしず》をいたしました。さよでござります。もうわれから弾《はず》んだようになってこまこまと用いいつけたり、そわそわとそこらの簞笥をあけたりいたしました。おかよをつれて人形芝居《でこ》みせ、まァそんで女《おなご》の心を喜ばせてやりたいと、しんからそう思うてたのでござりましょうか。

こなな私の心は、私にも合点がまいりませぬ。ほんのいまのいままで、あのように思うてたことでござりますのに、そのわが胸の中の思いを、一ときの間でもこのおかよに知らせずにすむためには、私はそのとき、もうわれから飛びついて、どななことでもしてのけたやろと思うのでこざります。

おかよは私に急《せ》かれてようよう床から起き、ゆるゆると雨戸をあけました。

「ほ、えらい雪、」というて、長襦袢《ながじゅばん》一枚の、痩《や》せて細《ほそ》こい体して袖《そで》かき合せて立っているおかよの、科《しな》つくって、なにやら安堵《あんど》しきってるその後姿《うしろすがた》を、私はいまでもえ忘れはいたしませぬ。おかよはそとの景色見て、私の名を呼《よ》うで何やらうきうきというておりましたが、私は覚えてもおりませぬ。神さまがご覧《ろう》じてて、もし、罰《ばち》おあてなされるというよなことがござりましたなら、ああ、それは、このときの私の身に違いござりませぬ。

五

話があとさきになりましたが、子供の悟《さとる》は、いつぞやあの鉄砲小路の堤で、はじめて声かけてやりましてからというものは、自分でにひょっこりと店へよるようになったのでござります。

すぐ裏手の、寺の境内ぬけたら学校でござりますけに、つい昨日やって来たと思うてる間に、つづけて今日もきましたり、そうかと思うと十日ほども顔みせんことがござりましたりなァ。

「おっさん、きたえ、」というては、そこの門口《かどぐち》の柱のとこに立って、にいっと笑うてるのでござります。

短い絣《かすり》の着物きて、ま新しい、真鍮の徽章のぴかぴか光ってる帽子かぶって、そこに立ったまま笑うてるあの顔は、いまでも眼のさきにちらついて忘れることができませぬ。さよでござります。悟のあの顔は、私の心の中に灼《や》きついて生涯消えることはないやろと思うてるのでござります。

ほんにいまから思いますと、あれが、あの子供を待ってる間のせつない思いが、虫の知らせというものであったのやらも分りませぬ。へい、この大名小路の店で、人にかくれてわが子を待っておりましたは、去年の暮からこの秋までの、ほんの一年足らずの間でござります。

いうたら蟬《せみ》の命ほどもない、短い間のことでござりますけど、あの夢のように過ぎ去った短い月日のことが、いまでも眼の前にありありとみえてくるのでござります。

ほんに、かた、という下駄の音にも、私はどきっといたしました。そこの裏手の寺からぬけて、こっちへ来るのに土塀《どべい》の築地《ついじ》がござります。その築地の上を、なにやら棒切れ引《ひ》こずっては音させて歩くのが、ここらの子供の習慣《ならわし》でござりましたが、店の中で、その棒切れ引《ひ》こずる音を聞いてますと、どこの子供の来よるやら、また姿も見えぬ間に、はっと胸さわがせるのでござりました。

ほんに、あのおはんを待ってる心が恋でござりましたら、この子供を待つ心は、これはまァ何というものでござりましょうぞ。

「何やな、その足。早う足袋《たび》ぬがんと風邪《かぜ》ひく、」と、そなな風なことというて、わが手に子供の足ひきよせ、足袋ぬがして炬燵《こたつ》にいれてやりましたり、店の火鉢に網かけて、餅やいてやりましたりなァ。一日一日と、わが身の業《ごう》の深うなるとも、そのときには知らなんだのでござります。

へい、子供の悟は私を何と思うておりましたやら、口に出しては問うてみたこともござりませぬ。母親の口からは、遠いところへ旅してはると聞かされていたその人が、ひょっとしたら、ついこの眼の前に坐ってる人やないか、と思うことがあったとしましても、どうまァ、この稚《おさな》い者に、それを口にして問うたりする才覚《さいかく》がござりましょう。誰もいうてきかせるものはござりませいでも、何やしらん、懐《なつか》しいとこや思うて会いに来よるのかと思いますと、この世の縁も空恐しい心持でござります。子供はようわが家の話をいたしました。だまってそれを聞いてますと、そういう気《きイ》でいうてるのではござりませねど、新門前《しんもんぜん》のおはんの家の中が、手にとるように分るのでござります。

おはんの家には、お袋さまのほかに、おはんの弟とその嫁と、細い子供《こウま》が二三人ござります。親代々の米屋で、家中のものが一日中忙《せわ》しゅう働いております中に、在《ざい》から米売りにきてます百姓《ひゃくしょう》衆《しゅう》やの、馬買いに寄る馬喰《ばくろう》やの、人の出入りの多い中で、おはんと悟と二人、もう人中に挟まるように身を屈《こご》めてくらしてます有様が、なにやら眼にみえるよな気がしましてなァ。

おはんはその中で、近まわりのお人の縫物《ぬいもの》など貰うて、細々とその日の口ぬらしてるのやろ、と思いますと、あの新門前《しんもんぜん》の家の暗い納戸《なんど》の間で、針しごいてる横顔が眼にみえるような気がしましてなァ。明日が日にもどこぞ家さがして、親子揃うて一つ竈《かまど》の飯《めし》食えるものやったら、と思わぬこととてはござりませぬ。

へい、悟はいつでも、この店の傍《ねき》まできて、店の中にもの買いにきたお人の姿でもみえますと、ついそこの石《いし》灯籠《どうろう》の蔭にかくれて待ってたりするのでござります。上林《かんばやし》というのが子供の家の苗字《みょうじ》でござりますが、私が子供のくるのを待ってて、ものやったりいたしますと、ときには、ついそこまで一しょについてきたよその子供が、「あれ見い、上林はよそのおっさんに何かもろうたぞ。先生にいうたらんならん、」などいうて、わやわやと囃《はや》したてるのでござります。親でもなく兄でもない、見も知らぬよそのお人にものもらうはようないことと言うてるのでござりましょう。言うたらわけもない、腕白《わんぱく》の悪戯《てん》《ごう》でござりますのに、日蔭《ひかげ》に育った子供心に、どうそれが気にかかるのでござりましょうぞ。

「な、すぐ行《い》くけに、さき往《い》んどれ。な、」というたりして、なだめてるのでござります。

八つにもなるやならずの稚《おさな》いものが、同じ仲間の子供にも気《き》かねてるのやと思いますと、つい眼のさきが暗うなりましてなァ。おもわず、「なに言うてる。親にもの貰うてわるいか。早う行きこて先生に訊《き》いて来《こ》、」と大きな声してそう言うてやったらばと、はははは、笑うてくださりませ。やくたいもないことに、わくわくと胸騒がせることもござりました。

ほんにいまから思いますと、私はまァどういう心で、あの子供に会うてたのでござりましょう。

「悟！　俺《おれ》はお前のお父《と》はんや。な、お父《と》はんやぜ、」と、なんでひと言いうてやるのが恐《こわ》かったのでござりましょう。親子の名乗りさえせせなんだら、こうして人にかくれてもの食わせたり、顔よせ合うて話《はなし》したりしてようと、そんで浮世の義理は欠けぬものと、そう思うてたのでござりましょうか。へい、そなな大そうな義理欠いては、誰にすまぬと思うてたのでござりましょうか。

あれは春の彼岸《ひがん》の中の日でござりましたが、悟と二人、ここへ坐って往還《おうかん》をみてますと、びしょびしょと雨の降ってる中を、傘《かさ》もささず濡れていく子供がござりました。

「ほら、いま、あこを駆《か》けていた三吉やかて、お父《と》はんいやはらんのやで、」と、ふいに頓狂《とんきょう》な声たてて悟の言うたことがござりました。そや、よその子供かて親なしはいよるのや、と子供心にまァそう思うて言うたのでもござりましょうか。

その日の暮れがた、いつものようにさよなら言うて帰っていく子供を呼びとめて、私は、

「な、坊《ぼん》、坊もおとなしゅうにしていたら、そのうち、おっさんが迎えに行《い》てやるけにな、」と思わず言うてしもうたのでござります。この粗忽《そこつ》な私の一言《ひとこと》が、稚《おさな》い子供の心の、どのような奥ふかくに蔵《しま》われたかということも、のちになって分ったことでござります。

六

お城山《しろやま》の桜が咲いて、一年に一度の大騒ぎしますのは、

この町の慣《ならわし》でござります。近在《きんざい》は申すもおろか、京大阪、門司博多の遠方から、汽車に乗って銭《ぜに》捨てにくる客のためにと、町も破れるような繁昌《はんじょう》でござりますが、わけても色町の景気は格別で、鍛冶屋町《かじやちょう》は踊りの山車《だし》ひくやら、花芝居《はなしばい》の狂言組むやらで、茶屋も置屋《おきや》もてんてこ舞《ま》いの騒ぎでござります。

おかよの店でも、抱《かか》えの女衆《おなごし》二人、手踊りの組にまわって、その支度《したく》やら座敷へいくやら、家の中は足の踏み入れ場もない始末で、

「おきよどん、お前そんで髪結《ゆ》うた気でいるのかいな。とき子は今夜、もどったらすぐに半月庵やぜ。ほれ、衣《い》裳揃《しょうそろ》てるやろなァ?」とおかよは一日中、声たてて勝手へ行《い》たり店へ出たり、もうひとりできりきりと舞うてるのでござります。

いつぞやお話申しました、あの建増しの二階座敷は、彼岸前に畳建具《たたみたてぐ》入れて、いうたらそこが、おかよと私との新しい居間になってたのでござりますが、ちょうど私は、花の騒ぎの十日ほど、あの大名小路の店は生花《いけばな》の陳《ちん》列《れつ》に貸してしもうて、朝から家にいてたのでござります。

女《おなご》の丹精《たんせい》した座敷の中で、こうして煙草《たばこ》くわえてでんと坐っていてましても、ここをわが住家《すみか》ともおもうていられぬ身の因果《いんが》。塀《へい》のそとを浮かれて過ぎる人声にも、なにやら心の急《せ》きたてられる思いがしましてなァ。

ほんに常日頃《つねひごろ》、女《おなご》の背中《せな》に逃げかくれて、これがわが家業とも思うてなんだ返報《へんぽう》には、いま家中の忙《せわ》しさに、手を貸してやろうにも、三味線糸《しゃみせんいと》のしまい所《どこ》さえわからぬ始末でござります。

あれはその日の昼すぎ、ばたばたと女衆《おなごし》の出払うたあとのことでござりました。おかよは外出《そとで》の衣裳つけたまま二階の障子あけて、

「あのな、お仙《せん》のとこから、近い中に来たい言うて手紙きてたけど、」というのでござります。

「お仙て何や?」と私は申しました。

「何やて?」とおかよは申しました。見なれない髪結《ゆ》うて、白粉《おしろい》つけてる顔の、なにやら険《けん》にみえましたのも、私の僻目《ひがめ》でござりましょうか。

「せんどから、よう言うてあるやないの。お仙て、讃岐《さぬき》のお仙やがな、」というのでござります。そういえば讃《さ》岐《ぬ》《き》の高松に、おかよの姉が一人あって、そこにお仙という細い娘のあることは、誰かに聞いたことがござります。そのお仙を呼うで、いまの中から下地《したじ》っ子《こ》にして育《そだ》てたいと、たしかにおかよの言うてたのを聞いたことがござ

ります。

いうてみれば、こうして念がとどいて、新しい座敷ができたのでこざりますけに、せめてのことに子供がほしいと思いますのは、それこそものの順序でござります。

そや、その娘呼《こ》うだらええなァ、とそのとき、私もたしかにそう思うたのでござりますが、それにしてもあれはまァ何という、心の迷いでござりましょう。そや、おはん呼うでその間《ま》に、その間《ま》にやったら、もしひょっとこのままここを出んならん破目《はめ》になったとしても、あとには子供がいてる。そうなればそれだけでも、おのれの心が軽うなる、と咄嗟《とっさ》の間に思うたのでこざります。

「ふうん、その娘《こ》いくつやて?」

「十三や、柄《がら》が大きいけに、すぐにでも役に立つやろ思《おも》てるのん、」とそう言うて、

「なァ、こなな忙《せわ》しいときにもう一人、助《す》けてくれるもんいてたら、ええけになァ。ふん、あの娘《こ》、細《コウま》いときは摘《つも》うだような鼻《はま》して、可愛いい子やったけど、」とおのれのその言葉に、われにもなくうっとりしてるおかよの顔をみてますと、なにやら胸の騒ぐような心持でこざりました。

ほんに人の心ほどあさはかな、頼りないものがまたとござりましょうか。ひとの娘もろうて育てたいと言うてる女《おなご》の顔を眼の前に、さもいとしげに見ていながら、まァこの私の、心の中は何思うていたというのでござりましょう。

「ええな、来い言うたら、明日にでも来るや知れんけど、」念おすようにそう言うて、そわそわとおかよの出ていきましてからのちも、私は呆然《ぼうぜん》とそこに坐っていたのでござります。

遠い町から聞えてくる山車《だし》の囃《はや》しの音にまじって、わあっという人声《ひとごえ》のするたびに、眼の前の手摺《てすり》にかけた新しい手拭《てぬぐい》が、風になびいてるのでござります。いまが人の出盛《でさか》りで、つい眼の下を、白粉《おしろい》つけた男の、首に花さしたり、瓢簞《ひょうたん》さげたりして浮かれていく姿をみてますと、私の胸の中には、一どきにさまざまな思いが湧きあがるのでござりました。

どれがあとやらさきやら、わが心にも覚えがござりませぬが、去年の夏、おはんにめぐり合うてからの、言葉につくせぬかずかずの心の重荷が、なにやらすうっと軽うなるよな気がしましてなァ。へい、私はこのとき、もう一度おはんと家もって、わが子の悟そだてる決心をしてしもうたのでござります。

ああ、それにしましてもこの歳月《としつき》、私はこのこと一つに関《かかわ》って、こと細《こま》こうに膳立《せんだ》てして、このおかよと連《つ》れ添《そ》うてたのでこざりましょうか。へい、そなな酷《むご》いとも得手《えて》勝手《かって》とも知れぬこととしてのけてたのでござりましょうか。何といわれましょうとも、心にはかけませぬ。

私はあの子供の悟と一つ家に寝起きして、おのれの血《ち》筋《すじ》の子供の口から、「お父《と》はん、」と呼ばれたいのでござります。おのれの血をひいた子供がいとしいのでござります。

それァ、人さまの眼からご覧《ろう》じたら、道端《みちばた》に生えたぺんぺん草の実《み》ほどもない、はかないものではござりますけれど、私にはこの、おのれの血筋をうけた子供がいとしいのでござります。さよでござります。あの子供の頼りない、虫みたような体《からだ》だいて、「悟！　俺《おれ》はお前のお父《と》はんや、」というてやりたいのでござります。そや、おかよの出てったこの間に、と咄嗟《とっさ》の間に思いつきますと、私はそのまま板草履《いたぞうり》つっかけて、

「おとよどん、ちょっと店まで行《い》てくるけにな、ご寮人《りょん》はん戻らはったら、花の生替《いけか》えに行た言うてな、」と申しのこすも上《うわ》の空《そら》、騒がしい家々の軒下《のきした》ぬうようにあたふたと大名小路の店まで行き、おはん呼びに人をやったのでござりますが、こなな命の瀬戸際《せとぎわ》にも、まだ、一しょにいてる女の眼をはばかり、ぬす人みたよに忍《しの》んで行くこの私の有様を、どうぞお笑いなされてくださりませ。

へい、おはんの会いにきましたのは、その日もくれてからでござります。かた、と裏木戸のあく音がして、

「お晩で、」という細《こウ》まい声が聞えました。

「おはんか、」といいながら障子をあけますと、ちょうど木戸のあわいから、河原町の堤《つつみ》のあたりであげてるのでござりましょう、揚げ花火の夜空にあがってぱちぱちとはじけたと見る間に、雨戸のそとに身を寄せて、おどおどとお高祖頭巾《こそずきん》の紐《ひも》といてるおはんの姿が、その明るいあかりの中に、ぱっと照らしだされたのでござります。あ、というておはんは顔をかくしました。

「早う上りんかいな、」とわざとに声たてて、

「ほんに、花の咲いたも知らんでるやろと思うてはいたけれど、」という間ももどかしく、手をとって座敷の中へひき入れたのでござります。

へい、私は今宵《こよい》こそ、このおはんの顔を、もう何のはばかりもない心で見ることができるのでござります。なが の歳月《としつき》ふびんをかけて、合わす顔もない思うていたこ

の切ない胸の中が、もうからりと晴れるよな心持でござります。

「な、俺は決心したで。一しょになる決心したで。」と私はおはんの肩を抱きながら急《せ》きこんだようになって申しました。

「な、もう苦労させェへんで。俺ももう、これまでみたよな古手屋《ふるてや》じゃない。車もひく。市へも行く。」と言うてる間に、私の眼からはぼろぼろと涙がこぼれてまいりました。ほんにこれからは、子供の悟を中にして、おはんと二人ひとつ家《や》の中うちに寝起きして、道にはずれぬ暮しするのやと思いますと、とめどもなく涙がせき上げてくるのでござります。

「なァ、細《こま》こいもの片つけて、さァ言うたらその日にでも、家移《やうつ》り出来《でけ》るようにしてな、」と言いますと、まァ何ということでござりましょう、おはんは、はあ、と息をして体をあとへひきました。

「堪忍《かんにん》して、あんさん、堪忍しとくなはれ、」というては、あとへしさるのでござります。

「あてはやっぱり、このままでいてます。へい、このまいてる方が勝手だす。」

「何いうてる、」と私は女《おなご》の手をおさえ、おもわず大きな声して申しました。「そんで子供にすむか。悟を父《てて》なし子にして、そんでお前すむ気か。」この期《ご》になってまだ尻込《しりご》みしてると思いますと、私の心はたかぶりました。

それァ、おはんのことでござりますけに、明日にも鍛冶屋町の家を出て、親子三人ひとつとこで暮す気やと言うてこませたとしましても、そうか、そんならあてはすぐに出て来《こ》う、と二つ返事で言うわけはござりませねど、それにしても、この恐しげに肩ふるわせて、猫《ねこ》みたようにあとしさりしているさまを見てますと、私は思わずかあっとなったのでござります。

「ふん、いややて？　一しょになるの、いややて？」とあとさきものう声たてて言いますと、おはんは、

「あんさん、何いうて、」と言うたかと見る間に、いきなり私の胸もとへ跳《と》びかかってまいりました。そのまま顔よせて、ひーいィ、ひーいィと声たてて泣きはじめたのでござります。

そのぬくとい、傷のような涙のわが内懐《うちふところ》を伝うては流れるのが、なにやら肝《きも》にしみるように思われてきましてなァ、

「はあ？　うれしいか？　うれしいと言うてくれ。おォ、泣け、泣け、」と私はおはんの背《せな》を抱いたまま、気が違

うようになって申しました。

何どきたったやらわかりませぬ。春とはいえ、火の気《け》のない炬燵《こたつ》の、蒲団《ふとん》ひき合うては肌《はだ》よせてたのでござりますが、ぱらぱらと庭の木の葉にあたる雨の音がしたと思うと、俄かにざあッッと降ってきました。

私はいまでも、あの雨の音を忘れることはできませぬ。ああ、俺はいまこそ真人間《まにんげん》になれるのや、と思いますと、わが身の上とも思われぬ心持でござりました。

やがて雨の小休《こや》みを待って、おはんの往《い》んでいきましたのは、はや何どきでござりましたやら。ついそこの寺の横手まで送っていき、そこの築地《ついじ》の、銀杏《いちょう》の樹《き》のとこまでひとりで戻ってまいりますと、行く手に誰やら人の影がして、

「あんさん？　あんさんやないの？」と呼びかけました。暗い境内《けいだい》の、ぼうっと一面に雨靄《あめもや》のこめてる中に、頭髪《あたま》といわず肩といわず、浴びたように桜の花びらつけて雨にぬれ、座敷着《ざしきぎ》きたまま、大きな茶屋の番傘《ばんがさ》さしてる女《おなご》の姿が、ふいにまざまざと見えたのでござります。

「おかよか。」と私は声をのみました。

「そなとこで何してる。」

「ふん、人力《りんりき》できたのやけど、そこの角で往《い》なしたのや。なァ、傘もって迎えにきたのやで。ほんに、あてが傘もってこなんだら、あんた、どうする気やの？　へえ？　ほんに世話のやけるお人や。」

酔うてるのでござりましょう、二足三足、よろよろとそこの築地《ついじ》の端《はた》にこけかかり、そのままどしんと私の胸に体をよせました。

「これ、この着物、どうするのや、」と申しますのも、ようようでござります。

へい、この一瞬の間に、私の心の底をよぎりました空《そら》恐《おそ》ろしさは、何に喩《たと》えることができましょう。ほんにもう一とき、おはんの往《い》ぬるのがおそうござりましたら、この同じ境内で、ぱったりと会うたに違いござりませぬ。ついいまのさきまで二人で肌よせて、このおかよから退《の》く相談《そうだん》してたのやと思いますと、ぞうっとみぞおちの抜けるような思いでござりました。

忘れもいたしませぬ。あれは去年の恵比寿《えびす》さまのあとの、はじめておはんと忍《しの》び逢《お》うた晩のこと、ちょうど今夜をそのままに、ほんの一ときの間の違いでおかよの眼を逃《のが》れたときの、あの身の毛のよだつよな恐しさを。へい、のどもと過ぎたあの恐しさを、今夜はまだもう一度くりかえしたのであったかと思いますと、そこに立って

る足もわななきました。

ついいまのさきおはんに対して大そうな口きった、その舌の根も乾かぬ間に、私はこの酔うてる女《おなご》の肩抱いて、

「ほれ、こなに、肩も袖も濡《ぬ》れ鼠《ねずみ》や、」とおのれの声とは思われぬやさしい声して申しました。ほんにまァ私は、何してたというのでござりましょう。心も空《そら》な手つきして手拭とり、屈《かご》うだり立ったりして、雨にぬれてる女《おなご》の着物をふいてたのでござります。おかよは体そらして、私のするままになっておりましたが、

「ほ、着物の一枚二枚惜しゅうて、好きな男と寝られるかいな、」となにやら浮きうきと鼻唄《はなうた》みたよに節《ふし》をつけ、

「さァ、往《い》んで寝《によ》う。今日はうちの妓《こ》、どの妓《こ》もどの妓もみなよう売れて、もどって来よりやせん。あてら二人《ふたアり》きりや。なァ、これから往《い》んで飲みなおして寝《によ》う。早う寝《によ》う、」と、はあ、はあ、まだ年若い女《おなご》みたよに息はずませ、そのまま私の手《てエ》とらんばかりにして急《せ》きたてるのでござりました。

七

ほんにものごとの右左《みぎひだり》に分れるときと申しますものは、わが心にも合点の行かぬほど、あっちこっちになるものでござります。へい、讃岐《さぬき》の高松から娘のお仙の出てまいりましたのは、あれは花が散って間もなくのことでござります。

おかよによう似て、色の黝《くろ》い、大柄《おおがら》な娘でござりましたが、見る間に垢抜《あかぬ》けてきましてなァ。紅白粉《べにおしろい》つけますと、これがあの娘かいな、と思うほど愛《あい》くるしゅうになって来るのでござります。

「ほんにあの娘《こ》、ただで拾うてきたよなもんやのに、案外や。なァ、よその子もろうて、そんで銭《ぜに》になったら雑《ぞう》作《さ》ないなァ、」とおかよは夜寝てからも口癖《くちぐせ》のように申しました。

おかよにとりましたら、わが血をひいた姉の娘やというばかりか、朝に晩に手塩《てしお》にかけて、やれ踊《おどり》の稽古《けいこ》の三味線のと追いたてたりしますのも、いうたらわが身の生《たつ》計《き》のもとになる、大切な娘やと思うてるけにござります。それゃもう、毎朝のように生玉子《なまたまご》のませたりしましてなァ。

「なにや、生の玉子いややて。阿呆《あほう》いわんとするっと一気に呑み。ええ声になるでェ、」と言うたりするかと思いますと、夜《ようさ》は自分でに糠袋《ぬかぶくろ》さげて風呂屋《ふろや》へつれて行《い》た

り、もう端《はた》の見る眼もあまるほど愛《いと》しげにしてますのも、いうたらわが家の繁昌ねがう心やと、そう思うてる有様がようわかるのでござります。

「お仙、お仙、さっきにから呼うでるの聞えんか、」と癇《かん》たてたよに言うているおかよの声の、日がな一日聞えぬときとてはござりませぬ。たまさかに夫婦揃うて町あるくことでもござりますと、おかよは呉服屋《ごふくや》の店ごとに足とめて、

「あの友禅《ゆうぜん》、お仙の振袖《ふりそで》にええなァ、」なぞと言いましたり、また或るときは茶の間の隅《すみ》に私を呼び、なにやらごてごてと置きならべた棚の上の、細い《こウま》用箱の蓋《ふた》とって、

「ほれ、この中にお仙の講掛《こうか》けの銭《ぜに》ためてあるけにな、秋の恵比寿《えびす》さままでには披露目《ひろめ》しょうと思《おも》てるのん、」

言うたり、それァもう、おかよの胸の中にあるのはお仙のことばっかりかと思うほどでござります。そななこと思うたびに私は、おのれのわびしい心の中にひきくらべ、誰はばかる気《きイ》もなく娘の世話して暮してるこのおかよの有様を、どうまァ、けなるう（羨ましゅうの意）思わずにおらりょうぞと思うのでござります。

　ほんに娘のお仙まで、うちへ来ましたその日から、何のためらいもなく『お父《と》はん』と私を呼びました。十三といいますのに、髪を勝山《かつやま》に結《ゆ》うて、なにやら媚態《しな》つくっては、「お父《と》はん、これ何やの？」など言うたりして、私の袂《たもと》おさえたりするのでござります。

　ああ、それにしましても、人の娘に『お父《と》はん』と呼ばれるのが、それがいやいやと申すのでござりましたら、それは私の得手勝手《えてかって》でござります。ひとつ家《や》の中に起伏《おきふし》して、顔洗う手拭《てぬぐい》とるにも下駄とるにも、稚《おさな》い女《おなご》の、柔《やわ》こい手のぺたとわが身に触《ふ》れるたびに、あの大名小路の店で、人にかくれてわが子の手ひき寄せたときの哀しい心持に思い紛《まぎ》れ、思わずぎょっとするのでござりました。

　日の暮れがた、それは毎度のことでござりますが、わが家の前までもどってきますと、門口《かどぐち》の柳《やなぎ》の木の蔭《かげ》から、あけひろげた二階座敷の、簀《す》の子の簾《すだれ》とおして、トントンと畳《たたみ》ふんでは踊《おどり》の稽古《けいこ》しているお仙の姿が見えるのでござります。

「ほれ、その手《てエ》あげて、チン、雨《あめエ》のォ、トン、降るゥ日《ひイ》もォォ、雪のォ日《ひイ》も、」と聞えてくる、おかよの甲高《かんだか》い口三味線《くちじゃみせん》の声まで、なにやら私には、わが身に関《かか》りのない、遠いよその世界のことのように思われましてなァ。ついおのれの家までもどってて、われにもなくそこの暗がりに立ちすくむのがつねでござりましたが、あれは

まァ何という心の迷いでございましょう。そや、悟《さとる》はいまごろ何してるやろ、と思わず心につぶやくのでござりました。

あれほ梅雨《つゆ》にはいって間もなくのこと、或る晩おかよは座敷に招《よ》ばれて、遅《おそ》うにまで戻らぬことがございました。芸者屋《げいこや》の娘のつねとて、お仙は夜更《よふ》けまで何やらごてごてとしていましたが、やがてのことに二階の梯子《はしご》あがってきて、障子のそとから、

「お父《と》はん、そこにいてはる？」と声かけるのでござります。

「何や、はいってきてもええがな、」と私は申しました。

色町のことでござりますけに、雨の音にまじって、つい軒《のき》さきを駆《か》けて行く人力《りんりき》の轍《わだち》の音や、客を送りだす女《おな》衆《ごし》の声、木履《ぼくり》の音が手にとるように聞えるのでござります。

見ればお仙はこの夜更けに、髪の風なら化粧《けしょう》なら、まァどこの雛妓《こども》かと思うよな態《なり》しましてなァ、ぺたりと私の横手に膝つけて坐りました。

「いんまなァ、豆腐屋町《とうふやまち》の大工《だいく》さんとこの若《わか》い衆《しゅ》がきて、何や彼《か》や言うてったわ。」

「若い衆て、留吉《とめきち》か、」と私は申しました。この春、この二階の建増しに、仕事しにきてました親方とこの若い衆が、この頃もよう遊びにやってきて、風呂の焚《た》き物《もの》くれたり、押込みの棚なおして行《い》たりしてますので、調法《ちょうほう》な男やと思うてたのでござります。

「ふん、お仙ちゃんほどええ女《おなご》は鍛冶屋町《かじやちょう》にもいんやろて。なァお父《と》はん。あて、なんぼでも男だまして銭《ぜに》とるわな。ええ着物《べべ》こさえたり、そりゃ金持になる積りやけになァ。ほんとやでェ、お仙ちゃんさえいてたら、ほんに金のなる木植えたもひとつやて留さんも言うてたわ、」

「ふゥん、そうか、」と私は申しました。

実のこと申しますと、おかよの腹にしましても、人の娘そだてて、そんで銭《ぜに》とるつもりばかりはござりませぬ。そのつもりばかりはござりませねど、いつの間にやらこの稚《おさな》い女《おなご》の、銭《ぜに》とることを待ちかねて、あどけのう受け売りして自慢《じまん》らしゅう言いますのも、いうたらこちらの心根《こころね》のなす業《わざ》やと思いますと、なにやら罪深いことに思えましてなァ。

「お前、芸者《げいこ》になるの好《す》きか。」

「ふん、お父《と》はんかて芸者《げいこ》好きやないか。男はみな芸者《げいこ》好きなんや、」とお仙は首すくめて、ふふと笑いました。

「あて、聞いたでェ。なァお父《と》はん、お父《と》はんいうたら

芸者《げいこ》好きで、そんでうちのお母《か》はんに迷うてしまいなさったのやて、そうかいな。なァ、お父《と》はんの嫁《よめ》はん、いんまも新門前《しんもんぜん》にいてはるのやて。」

「何いうてる、」とおだやかには申しましたものの、思いもかけぬお仙の言葉に私はうろたえました。

「ふぅん、お父《と》はんいうたら赧《あこ》うなって。ほんと言うたらな、留さんとこ新門前のお家《うち》のすぐ近所やて。そやけに、その嫁はんにもよう会うのやて話やけど、何や近ごろ、えろう綺麗《きれい》に髪結《ゆ》うたり、やつしたり、ええ男でけたて評判《ひょうばん》やて。」

「お仙、」と私は申しました。留吉という若い衆の、何思うてこの稚《おさな》い娘に話《はなし》したかは知れませぬが、おのれの女々《めめ》しい心から、この一年の間、人にかくれておはんと忍《しの》び会うてることなぞ、誰知るものもないように、まァそうばっかり願うてました私には、寝耳《ねみみ》に水でござります。

　へい、おのれひとりの内証《ないしょう》ごとと思うていたそのことが、世上の口にのぼるばかりか、はやつい足もとの、この家《や》の内にまで聞えてきたかと思いますと、空恐しさに、さあッと背筋《せすじ》が寒うなりました。

「ふん、男の癖《くせ》して、ようぺらぺら言うわなァ。お仙、お前、そなな阿呆《あほう》なこと人に言うたら不可《あか》んでェ。」

「分ってるがな、そやけど、なにやらいう男の子がいてるて、それ、ほんとかいな。その子供がいてるけに、いんまにお父《と》はんは新門前へ行《い》てしまいなさるに違いないて。なァ、嘘《うそ》やなァ、この家にかてお仙がいるもんなァ、お仙が子供にきてるもんなァ、」と言うのさえ半分は鼻《はな》声《ごえ》で、甘たれたよに私の肩ゆすぶっていますとき、じゃりじゃりと表の砂ふむ人力《りんりき》の音がして、がらッと格子《こうし》があき、

「ただいまァ、ご寮人《りょん》はんのお帰りィ！　北のお方のお帰りやでェ、」と酔うてるおかよの甲高《かんだか》い声が聞えました。

「あ、お母《か》はんや。お父《と》はん、いんまの話、内証や、内証やでェ、」といいすてて、お仙はころがるように梯子《はしご》を馳《か》けおりて行《い》たのでござります。

八

　へい、私でござりますか。あの花の頃の一夜《よさ》、おはんともう一度世帯《しょたい》もつ約束をしましてからはや四月《つき》、いまだにここにいてますのは、おのれにも了見がわかりませ

ぬ。

そりゃもう、この頃のことでござりますけに、おいそれと家のあるわけはござりませぬ。人に明かせぬ故あって、こそこそと手をくばるのでござりますけに、見当らぬが道理と、まァ言うたら家のないことが、一ときの間の気休めでもござります。おはんと世帯もとうにもその家がない。いまではそれが気休めになろうとは、おのれの心とも思えませぬ。

あれは七夕《たなばた》のあけの日のことでござりました。暑《あつ》い日のことで、店へ行くとすぐに私は、冷《ひや》こい水もらおうと裏手《うらて》へまわりますと、待ってたようにおばはんが出てきました。

「あんさん、家ありましたでェ。川西の奥の、ほれ、あのお大師《だいし》さまの横手に、」と言うのでござります。

「へえ、あのお大師さまの、」と申しましたきり、私は井戸端《いどばた》へ屈《こご》みました。

「ほれ、あの製糸の旦那《だんな》はんとこの借家《しゃくや》や。あすこにいてた女衆《おなごし》が、俄かのことで上方《かみがた》へ行《い》たのやて話やけに、なァあんさん、善は急げや、今日、日暮れにでもご寮人《りょん》さん連れて行《い》て見なさったらと思うのや。な、話はあとで決《き》めておくけに。」

「へい、そやったらもう、願うてもないことや。けど、おはん呼びに行《い》て、うちにいてますやろか。」

「そや、急いで寺の衆に行《い》てもらお、」と言いすてて、転《ころ》げるように駆け出て行《い》たおばはんの後姿《うしろすがた》を、私は呆然《ぼうぜん》と見送ったのでござります。

ほんにこの世に私ほど阿呆《あほう》な男がござりましょうか。あれほどにおはん口説《くど》いておきながら、たしかにいま、ここにその家が見つかったということが恐しいのでござります。

寺の衆が呼びに行《い》て、おはんが家におりましたら、今夜にも家移《やうつ》りの決心せねばなりませぬ。へい、おはんともう一度世帯《しょたい》もつ決心をするからには、鍛冶屋町の家は捨てる覚悟せねばなりませぬ。

そりゃもう、とうの昔に分ってるそのことが、いまこの、咄嗟の間まで伸ばし伸ばししてきたことが、その最後のどん詰りまできたのやと思いますと、ええ、何とでもええよになったれと、なにやら肝《きも》のすわるよな心持でござりました。「そや、いまが最後のどん詰りや。」と私は心の中で思いました。

やがてのことに寺の衆がもどってきて、おはんは日暮れになり次第こっちへくるという返答《へんとう》でござります。

「さァ、忙《せわ》しゅうなってきましたでェ」といいながら、おばはんは腰あげて奥の座敷へ上りました。

「済んませんけどあんさん、ちょいと手《てエ》貸してもらいますえ。これで、ご寮人《りょん》さんの嫁入道具《よめいりどうぐ》にも、日が当てられるいうもんや。こないだ中の雨で、ほれ、折角の蒲団《ふとん》が黴《かび》くそうなってるわ、」と言うてそこの押入あけ、ぱんぱんと蒲団たたくのでござります。へい、おはんはもう先から、何やかとここへ物あずけてたのでござります。

「ほんに、あてら二人《ふたアリ》とも、裸《はだか》同然の体やけになァ、」と申しますのが口癖《くちぐせ》で、夜の掻巻《かいまき》から小枕《こまくら》、鍋釜《なべかま》、皿小《さらこ》鉢《ばち》まで運《はこ》うできたりしましてなァ、いちずに世帯もつ支度してたのでござります。

ご寮人《りょん》さんの嫁入道具と、半分はおどけて言うたりしてますのも、いうたらおはんの心根のいとしさから、家《や》移《うつ》りやいう話に、おばはんまで何やら浮きうきしてたのやと思います。

それから日暮れまでの小半日、どう過ごしましたやら覚えもござりませぬ。おはんは白い浴衣《ゆかた》きて、髪を一束《そく》にたばねたまま裏手からはいってきました。あなたさまもご存じのように、七夕のあけの朝は、どこの女《おなご》も川で髪洗うて、その一日束ねたままでいてますのが、ここいらの習慣《ならわし》でござります。

「何や、お前《ま》はんか、」と思わず声とがらせたのでござりますが、そこの土間の薄暗《うすくら》がりに、互いの顔も見えぬこそ仕合《しあわ》せでござります。

「あんさん、あて、嬉《うれ》しゅうて、」というたきり、おはんは顔に袂《たもと》をあてました。

「ふん、どなな家や知れん中に喜うだら損するわな、」と私は、なにやらぐずぐずと雪駄《せった》はき、それはいつもの癖《くせ》でござりますが、暖簾《のれん》の内から、おもてのあとさき見てますと、さァと涼しい夜風とともに、向いの露地《ろじ》のあわいから、蚊遣《かや》りの煙の立ちのぼるのが見えました。

日の暮れて間のないのに、はや寝支度をしてますのか、かちゃかちゃと蚊帳《かや》の吊《つ》り手の鳴る音、つづいて誰やら人を呼うでる声など手にとるように聞えます。そや、おかよはいまごろ二階座敷に膳ならべて、人のもどりを待ってるやろと思いますと、こうして二人の女《おなご》に挟《はさ》まれて、心も空でいてますのが、何や、うとましゅうなりましてなァ、ふいに後を振りむき、

「な、俺は河原町通って行くけに、お前、沖野屋《おきのや》の裏ぬけて行き。な、あのお大師さまの横手の、杉垣のとこで待ってるけにな、」というて、おのれひとり、すたすた

と出てしもうたのでござります。いうたら明日にも家もって、晴れて夫婦《めおと》になるのやといいますのに、なんでこの夜道を、人にかくれて別々に行《い》たりしますやら、わが心ながらおかしゅうてなりませぬ。

星の明るい晴れた晩でござりました。臥竜橋《がりようばし》から河原町へぬけて、抜け殻みたよにふらふらと歩いていたわが姿が、いまもおのれの眼に見えるよな心持でござります。

せん度《ど》も申しましたよに、私はこの河原町の生れでござります。七年前に逼塞《ひつそく》して、捨ててしもうた親代々の店の、いまは人の手で近在に鳴りひびくほどの醤油屋《しようゆウや》、見覚えのあるその門口《かどぐち》を通るたび、気のひけたも昔のことでござります。それァもう、ここが昔のわが家とも思わず過ぎるのがつねでござりますのに、芝居《しばや》の伊左衛門ではござりませぬが、今宵《こよい》はその掛《か》け行灯《あんどん》の暗い灯が、なにやらもの言うてるように思われましてなァ。

あなたさまもご存じのように、夏場《なつば》はあのすぐ下の、広い河原がさかり場でござります。屋台《やたい》の氷店やの、小屋がけの見世物やの灯が、ほおずきみたよに見えましてなァ、河原を駆《か》ける人の足音、呼び声にまじって、川瀬の速い水音を聞きながら、私は川西へかかる竜江《りゆうこう》の、あの木立の中を夢うつつで抜けました。あのあたりは昼でも暗うござります。道をおおうた大樹のあわいに、ただ一とこガス灯のともってますのが、却って暗さをますよに思われましてなァ。

「そや、あれが首縊《くびく》り松やな、」と私は、われとわが思いに囚《とら》われて、おもわず暗い淵を見下しました。暗い夜空をうつした水の面の、なにやら足を吸い込むように見えますのも、気の迷いでござりましょうか。

へい、その淵にかぶさって低う突き出て見えるあの松に、誰やら首縊《くく》ってのけたというのは、細《こウ》まい子供らまで、よう知ってる話でござります。

そりゃもう、誰知らぬものもない話でござりますけに、なにやら名物《めいぶつ》見てるよな気《きイ》でなァ、

「ふん、ありゃ首縊《くく》り松や、」と見過ごしてたのでござりますのに、今宵はその木影が、なにやらわが身に関《かかわ》りのある、身に覚えのあるもののように見えましてなァ。

そのまま、ふらふらと淵《ふち》に沿うて歩いてますと、この四五日の雨に、ところ構《かま》わずずり落ちていたごろた石に足とられ、あっという間にこけ落ちたのでござります。

へい、そのあたりは一面に、湿《しめ》った苔《こけ》が生えてるのでござりますけに、あの松の、太い根っこがござりませなんだら、もうそのまま苔に足すべらせ、眼の下の暗い淵

へ、ざんぶと身を投げてたにちがいござりませぬ。へい、首縊って死ぬのやのうて、ごろた石に足とられて死ぬとこやったと思いますと、なにやら膝《ひざ》がすくみましてなァ。それなりそこに這《は》いずって、一とき屈《かご》うでたのでござります。

ほんに死ぬる気ものうて、足ふみはずして死ぬときもあるのやと思いますと、人の命ほどはかないものはござりませぬ。

見れば向いの河原に、涼み台出して茶屋の花茣蓙《はなござ》敷き、女《おなご》に三味線ひかせて唄《うた》うとうたりしている人の、顔は見えませねど、世にもおどけて屈託《くったく》なくしてますのも、あれはつい昨日までの、この私でござります。唄うとうてるかと思うと、ふらふらと淵へはまったり、明日にも知れぬ人の命やと思いますと、そこに屈《かご》うでいてます間も、なにやら夢みてるよな気《きイ》でござりましてなァ。

へい、その一瞬の夢の間に、そや、俺《おれ》ァいまここで死ぬとこやったな、と我知らずもう一ぺん操りかえして心に思い浮べたといいますのも、あれが虫の知らせであったかと、いま思うさえあとの祭りでござります。

お大師さまの横手にある借家《しゃくや》まで行《い》たのはもう、程経《へ》てからのことでござります。

「あんさん、」とおはんは駆《か》けてきました。「あて、ところ聞き違えたのや知らん思うてなァ。ほんに手間《てま》いったわな、どこぞ寄らはったん？」

「ふん、もうちょっとでお陀仏《だぶつ》や、竜江《りゅうこう》んとこで滑《すべ》ったわな、」と思わずその話《はなし》しますと、おはんはあっと声たてて私の袂《たもと》つかみました。去年、誰それの川へはまったも、あれも七夕《たなばた》のあけの日の晩やった、というて、恐しげに身を寄せるのでござりました。

「阿呆《あほう》やな、俺ァここにいるやないか、」と言うてる間に、なにやら浮きうきと気が軽うなりましてなァ、われから先きにその背戸口《せどぐち》の扉《と》を押して、裏庭へまわって行《い》たのでござります。

その高い杉垣《すぎがき》の内側《うちら》にかくれて、小《こウま》い藁家《わらや》がござりました。へい、今朝《けさ》も裏のおばはんの話きき、そや、あの家やな、とあたりはつけていましたれど、こうしてわが眼でしげしげと見るははじめてでござります。そりゃもう、一眼で、女囲《おなごかこ》うたりするようなひっそりした家でなァ、背戸の庭の思いのほかに広いのが取柄《とりえ》でござります。

つい昨日《きのう》、誰やら宿替《やどかえ》して行《い》たばかりの、縄きれやの木箱やの、紙屑《かみくず》やののまたそのままそこに散らばってますのが、ぼうと暗がりの中に見えました。

雨戸もあいたまま、なにやらふゥんと埃《ほこり》くさい臭いのする縁側《えんがわ》に腰かけて、

「ふん、こりゃ、ええ具合や、ここやったらはいってきたかて人の眼につかんわ、」と私は思わず言うたのでござります。

そりゃ、もう、杉垣の横手がちょうど入口でござりますので、お大師さまのお看経《かんきん》の声まで手にとるように聞えますのに、垣の内側《うちら》はまるで屏風《びょうぶ》立てたような具合でなァ、参詣《さんけい》のお人の眼もとどかん具合になってるのでござります。

ほんに言うたら私には、家の内外《うちそと》の有様より、この家《や》の中に住みついて、そんで人眼に立つかどうか、案じられるのはそのことでござります。

「ほほ、また言うて、」とおはんは軽う笑いながら、

「あんさんたら、癖《くせ》やなァ。ここへ宿替《やどがえ》してしもたら、もう、世間晴れてのわが家とちがいますかいな、」と言うたと思いますと、私の傍《ねき》にすり寄って、すうと身を寄せてまいりました。

そのときの私の心の中を何に喩えたらよかったでござりましょう。そや、俺ァここでこの女《おなご》と一しょにくらす約束したのやな、と思いますと、この見知らぬ家の中の、埃《ほこり》くさい温気《うんき》の中で、平気で女《おなご》と腰かけているわが身のほどが分りませぬ。

どこやら暗い叢《くさむら》で喧《かしま》しゅうに鳴いている虫の声、遠い在所《ざいしょ》のあちこちから風に乗って聞えてくる盆踊りの稽古《けいこ》太鼓《だいこ》、その聞きなれた音までが、なにやら身の行く先を急《せ》きたてるよな心持でござりましてなァ、すぐ傍《ねき》に腰かけてるおはんの、そのねっとりと汗かいたよな体のぬくみに、そりゃ、もう、遠い昔に忘れてしもうたはずの夢でござりますのに、われから好んで引き込まれる心になったのでござります。

「どや、まだそこに一枚、莚《むしろ》が敷《ひ》いてある、」と、そのままおはんの帯を手繰《たぐ》って、暗がりの床《ゆか》の上に転《ころ》がしました。

いま思うても私には、その夜の錯乱《さくらん》した心持は何であったやら、皆目合点が行きませぬ。暗い床の上に屈《こご》まって、猫みたよにくたくたとなってる女《おなご》の体おしのけて、私は庭へ下りました。

「へん、お前そんで何しにこの借家見にきたのや。ここでこうして家見たら、たしかにこの女《おなご》と、天下晴れて夫婦やと言い切る気《きイ》か。それほど男らしゅうに何時《いつ》なった

のや、」とわれとわが身を嘲笑《あざわら》わずにはいられませぬ。

実のことといいますと私には、いまここに眼の前に、たしかに宿替《やどかえ》出来《でけ》る家があったということが、いまだに納得出来ませぬ。「こりゃ、ほんまか。こなとこで旦那《だんな》らしゅう、庭へ出たり、木戸あけたりしてるのはこの俺か、」と呆《あき》れるほどの心持でござります。

いうたらこの日暮れに、人眼忍《しの》んで女《おなご》と家見にきましたも、そりゃもう、明日《あす》にも世帯《しょたい》もつその支度やのうて、その明日というどん詰りの、抜きさしならぬときの来るまで、一とき伸ばしに伸ばす手段《てだて》やと思いますと、わが身の阿呆《あほう》がおかしゅうてなりませぬ。

思えばあの春の桜の夜、無理からにおはん口説《くど》いてもう一度世帯もつ約束をしましてから、一日として安穏《あんのん》に過ごした日はこざりませぬ。

このままで行きましたら、毎日の新聞にも出てますように、三人の中の誰か一人、川にはまるか、首縊《くく》って死ぬかしますより、ほかに手段《てだて》はござりませぬ。というて、そのどちらかの女《おなご》に、「大事ない、何にも言わずにあてはこのまま退《の》くけに、」と言われたとしましても、「へえそうか、そんなら頼むけにそうしてくれ。俺も心が軽うなるけに、」と言うたり出来ましょうか。

「あんさん、」と暗い家の中からおはんの呼ぶのが聞えました。私の胸の中をそのまま見通しでもしましたか、

「あの、あのな、」と言い淀《よど》み、

「おかよはん、家移《やうつ》りしてもええて、納得《なっとく》しなはったのやな、ほんまに納得しなはったのやな。」

「したとも、」と私はわれ知らず、きっぱりと言うてのけたのでござります。

「おかよが納得せんで、なんで家《うち》見たりするかいな。しょうむない、子供には替えられん言うてな、」と言うてます中にも、ほんにこれがおかよの言うてくれたことやったらと、心も動顛《どうてん》する思いでござりました。

見るとおはんは暗い中に屈《こご》まって、両手を合せて拝《おが》うでるのでござります。

「どうぞ堪忍《かんにん》しとくれやす。子供がいとしいばっかりに……」

「ふん、おかよかて分ってるがな。お仙もろうて育ててるのも、半分はそのつもりや。」

「ほんに、こうして会うてもろてるだけでも、済まん済まん思《おも》てるのに、」というおはんの声も、参詣のお人の、絶え間なしに鳴らしてる鈴の音に掻《か》き消えて、あとは泣き声だけきれぎれに聞えました。

あれは何というまどいでござりましょう。心も空に、おはんのその泣き声を聴いてます中に、そや、鍛冶屋町でもいまごろ、お灯明《とうみよう》あげてるとこやな、と思いますと、「お母《か》はァん、行っといでやァす、」と声はりあげ、おかよの人力《りんりき》のあとから、カチカチと火打石鳴らしてるお仙の様子がまざまざと眼に見えるのでござりました。

へい、いまのいま、二人していとしいと言い合うたわが子の悟《さとる》の姿やのうて、人の子もろうて育ててるその娘の有様を思い浮べるとは、ほんに不思議な心やと思わずにはいられませせぬ。

九

あの七夕のあけの晩、おはんをつれてお大師さまの横手の家を見に行きましてからのちのことは、お話し申すも愚かしいことばかりでござります。

へい、あの家でござりますか。裏のおばはんの口利《くちき》きやいうことで、後家賃《あとやちん》の敷金《しききん》もいらず、戸障子も畳《たたみ》も、前の女衆《おなごし》のおいて行《い》たをそのまンまという、もう何から何まで願うてもないことばかりでござりますので、「ほんに、あるとき言うたら、こなな間《ま》のええ家があるけになァ、」と言うておばはんは、私の顔見るたびに声おとして、

「あんさん、よう暦操《こよみく》ってなァ、今度は宿替えと嫁取《よめと》りと一緒やけに、ええ上にもええ日を選ってなァ、」というのでござりました。

ちょうど夏の休みの間のことでござりますけに、子供の悟も、川へ泳ぎに行《い》たもどりに、濡れた着物ぶらさげて、よう店へも寄りました。

へい、このあたりの子供らはどこの子供も、夏の休みいうたら、泳ぎを習うのが習慣《しきたり》でござりましてなァ、細《こウま》い体に褌《ふんどし》して、裸《はだか》のまンま町中を歩いてますのがきまりでござります。

その日は俄かの雨で、あなたさまもご存じの、あの鍋《なべ》町《ちよう》の旅宿屋《はたごや》の男衆《おとこし》が、店の上《あが》り框《がまち》に腰かけて雨宿りしたのでござりますが、篠《しの》つくような雨や思うと日が出てなァ、そこそこに行《い》てしもうたのでござります。

私は下駄はいて、日覆《ひおい》おろす気《きイ》で庭（店の土間のこと）へ下りますと、そこに、その葦簀《よしず》のあわいに、子供の悟が裸のまま、ずぶ濡《ぬ》れになって立ってるではござりませぬか。

「阿呆《あほ》やなァ、雨やいうのに、立って濡《ぬ》れてる奴がある

かいな、」と私はわざとに手荒う腕とって、店の中へ引き込うだのでございますが、ひょろひょろと上り框に倒《こけ》込《こ》うで、ぺったりと手《てエ》つき、私の顔見たときのあの子の眼を、いまでも私は忘れることが出来ませぬ。

「へえ、よその男衆《おとこし》がいたけに、そんで中へはいれんのか、」と私は、その濡れた子供の褌《ふんどし》とって、手《てエ》やら頭やら背中《せな》やらそれさえも分らずに、夢中になって拭《ふ》いてたのでございますが、人並みに日に灼《や》けた、その細《コウマ》い、瘦《や》せた手足のまま私に縋《すが》りついたと思いますと、悟《さとる》はなにやら涙声になって、

「おっさんの嘘《うそ》ばっかり……」と言うのでございます。

「何や、何が嘘や、」と私はあしらうように申しました。

みるみる店の中までカッと照りつけて来る西日うけて、葱《ねぶか》の茎《くき》ほどもないその子供の、細《コウマ》い頸筋《くびすじ》の慄《ふる》えてるのを見てますと、俄かに胸の中が騒がしゅうなりましてなァ、わざとに浮きうきと声たてて、悟の肩を小突《こづ》きました。

「ほれ、何が嘘か言うてみ。」

「ふゥん、おとなしゅうにして待ってたら、迎えに来る来る言うて……」

「ほん、そやったら坊《ぼん》、お母《か》はんに聞かなんだか。川西のお大師さまの横手にええ家があって、もうじっきに、宿替《やどがえ》するのやでェ。どや？　あこの橋渡ってすぐやけに、学校行《い》くのに、新門前《しんもんぜん》の家の半分道《はんぶんみち》もない、」というも上の空、そや、たしかに迎えに行《い》てやると、はっきりとこの口で言うたわな、と思いますと、あの春の彼岸《ひがん》の日、やっぱり雨の降る中を傘《かさ》もささずに濡《ぬ》れながら、この店さきを駆《か》けぬけて行《い》たよその子供の姿まで、まざまざと眼に浮んできたのでございます。

あの日から今日までの小半年、この覚束《おぼつか》ない子供の心の中で、今日か明日かとその日の来るを待ってたかと思いますと、その母親のおはんに対して、あれやこれや一寸逃れの言訳いうては過ごしてきたこの半年の間の術《じゅつ》なさも、ものの数ではございませぬ。

そや、この子供ひとりのために、宿替えせにゃならんのや、あの横手の細《コウマ》い家で、親子三人枕ならべて寝にゃならんのや、と俄かに急《せ》きたてられたよな気になったのでございます。

「なァ坊《ぼん》、あの家行《い》たら、ええ具合やでェ。坊《ぼん》は学校行《い》く、おっさんは店へ来る、ちょうど道づれになるやないか。」

「………」悟《さとる》はだまって眼を伏せました。

「坊《ぼん》！　どうぞしたのんか、このおっさんと一しょに、

毎朝行《い》くん言うてるのに、そんで坊《ぼん》、嬉《うれ》しゅうも何ともないのんか、」といいますと、みるみる庭の土の上にぼたぼたと涙をこぼし、

「そやけど、そやけど……」といいながら、その揚げ戸の蔭に身をかくし、しゃくりあげては泣くのでございました。

私の耳には、いまでもあの悟《さとる》の泣き声が聞えてくるよな気がいたします。二人の女《おなご》に挟《はさ》まれて、今日はこうと決心をきめながら、その心の下からまたこうと、日毎に惑う心の中のあさましさも、おのれの心の弱さゆえ誰知るはずもないものと思うてたのでございますのに、では、この、稚《おさな》い子供の悟《さとる》にだけは知られていたと言うのでもございましょうか。

「な、坊《ぼん》、坊《ぼん》はそんで、まだおっさんが嘘《うそ》いうてると思《おも》てるのか、」と言うてる間も私は、その鉄砲小路《てっぽうこうじ》へつづいてる雨上りの往還《おうかん》を思わず見上げたのでございます。

俺ァあの道を、この子供つれて毎朝通うてくるやろか。あこの橋を渡ったら、すぐそこの横手が、あのおかよの家のある鍛冶屋町《かじやちょう》やというのに、平気でひょこひょこ歩いてくるやろかと思いますと、わが身の上とも思えぬ心持でございますのに、あれはまァなんという不思議な心でございましょう、その空恐しさをなおのこと掻《か》きたてるよな気《きイ》になったのでございます。

「そや、今日こそ宿替えの日《ひイ》きめるけにな、坊《ぼん》が来ててええ具合や、さ、坊《ぼん》、こっちへ来《きイ》、」と言いさま私は店の奥へはいりました。裏手の雨戸あけますと、嘘みたよに涼しい風がさァと吹きぬけました。

「坊《ぼん》！　早う来《こ》んかいな。坊《ぼん》とおっさんと二人して、暦の日《ひイ》、繰《く》るんや、坊《ぼん》が自分でに、日《ひイ》きめるんや、」と言いますと、そこに、そのうすぐらい床柱《とこばしら》に、富山の薬やの、種物《たねもの》の袋やのと一固《かた》めにぶらさげてある暦《こよみ》とるかとらん間に、はやそこに、悟がきて屈《かご》うでるのでございます。

「なァ、九月の月にはいってから一番のええ日や、大安《たいあん》と書いたる字《じイ》、坊《ぼん》、読めるなァ？　大安《たいあん》やでェ。」

親と子とただ二人、膝をならべて息《いき》していたあの一瞬の間の哀しさを、思い出すさえあとの祭でございます。二百廿日のあけの日、九月の十三日というところに、大安と大きく書いてあったを見つけましたのも、わざとに子供のせいにしてやりますと、もう転《ころ》がるように駆《か》けて行《い》てしもうたのでござります。

「おっさん、また来るけにな、な、九月の十三日やな、」

と嬉しげに言いながら、寺の横手の裏道へたちまち見えなくなってしもうたのでござりますが、痩《や》せた細い体に褌《ふんどし》して、着物ふりふり駆けて行《い》たその稚《おさな》い後姿が、あれがこの世の見納《みおさ》めになろうとは、まァ、どう思いかけましょうぞ。

十

ほんにこの世にまたとない阿呆《あほう》な男のくどくどと、いつ果《は》てるとも知れぬなが話を、ようお腹立ちものうお聞きなされたあなたさまでさえ、実はついその日の朝まで、あの鍛冶屋町《かじやちょう》の二階の間で、おかよと枕ならべて寝てましたのやと申しましたら、まァどのようにおさげすみなされることでござりましょうぞ。

その日の中の出来ごとは、いま思い出しましても夢《ゆめ》のようでござります。

子供のない夫婦の、朝はいつまでも寝床の中で、ごてごてと暮し向きのことまでも話し合うのがつねでござりましたが、昨日までの暑さにひきかえ、その日の朝は、枕許《まくらもと》の屏風《びょうぶ》のかげから、すうっとうすら寒い風が忍び寄るよな気《きィ》がしましてなァ、おかよは夜のあけあけから、薄い蒲団かきよせて、わざとのように足からませて来るのでござりました。

「あて、どないしょう。寒うなって、何や心細うて心細うて、」と作り声して、私の懐《ふところ》の中まで顔さし入れるのでござります。

へい、それはもういつものことで、年嵩《としかさ》な女《おなご》やとも露《つゆ》思うてはいませぬに、なにやらことさらにお俠《きゃん》な娘みたよに振舞《ふるも》うてますのが癖《くせ》でなァ、雨戸のあわいからさしこむ陽《ひ》ざしの、きらきらと明るうなるまで寝たまま、他愛もない繰《く》り言《ごと》をつづけてたのでござります。

「昨夜《ゆんべ》もな、半月庵《はんげつあん》のおばァはんの話やけど、あてほど間《ま》のええ廻《めぐ》り合せのもんはない、と言うてはったわ。こうして新しゅうに二階は建てる、貰い子した娘は何や、鍛冶屋町でもいっちええ女《おなご》になりそやし、おまけにあんさん言うたら、こなにあてを愛《いと》しがって、」と、それはもう、唄の文句になってるよな風に言うのでござりますけに、言うたら寝言の続きやと気楽ゥに聞き流せばええのでござりますのに、なにやら心が騒ぎましてなァ、うけ答えの軽口も、空々しいよな心持でござりました。

「お父《と》はん、ちょいと、」と、そのとき、足音を忍《しの》ばせて梯子段《はしごだん》を上ってくる気配《けはい》がして、障子のそとから、お仙の呼んでる声がしたのでござります。

「何や、」と言いさま、私は体を起しました。おかよは私の袖《そで》おさえ、

「何やな、お父《と》はんはまだ夜中やぜェ、また眼がさめんわなァ。」

「ふゥん、お父《と》はんにちょいと用や。」

「阿呆やなァ、用やったらさっさとそこで言わんかいな、」とまた浮きうきと言うてるおかよの体おしのけて、あわてて帯をたぐりながら、障子のそとへ出て行《い》たのでござります。

「大名小路《だいみようこうじ》からお人や。背戸《せど》のとこで待ってはる、」お仙は眼顔《めがお》にものいわせて低声《こごえ》で申しました。寝間着《ねまき》の浴《ゆか》衣《た》きたまま駆《か》け降りて行きますと、そこの背戸口の木戸のとこに、裏の家のおばはんのそわそわと立ってる姿が見えました。

「あんさん、大八《だいはち》(荷車のこと)が来てなァ、荷物もあらかた積んだのやけどな。」

「へえ、いンま、」と言いかけて、あとは声も出なんだのでござります。

　へい、今朝は早うにから手筈《てはず》して、あのお大師さまの横手の家へ、いよいよ宿替《やどかえ》するのやということは、あの子供の悟《さとる》と約束しましてからのちに、このおばはんまで仲間に入れ、もう繰返《くりかえ》し話し合うて決《き》めてたことでござりますけに、いま、このお人の眼の前に、やたら縞《じま》の寝間着きて、帯結ぶ間もないような姿して立ってるおのれの風体《ふうてい》の、まァどう言い抜け出来《でけ》ましょうぞ。

「ほんなら一《ひと》っ走《ぱし》り、さき行ってるけに、」と言うもそこそこ、あたふたと出て行《い》てしもうたおばはんの後姿を、呆然《ぼうぜん》と見送っておりますと、はやそこに、私の腰のあたりに肩ならべて、お仙が立っておりました。

「へい、着物、」見ると手に、私の糸織《いとおり》の縞《しま》の単衣《ひとえ》に博多の帯揃えて持っているではござりませぬか。まだ十三になるやならずの娘の身の、何事とも知らぬまま、おもしろげに声ひそめて、

「あて、お母《か》はんに知れんよにと思うてなァ、難儀《なんぎ》したわ、」と、大げさに顔しかめるのでござりました。

　酢《す》いも甘いも嚙《か》み分けて、ようご存じのあなたさまながら、そのときの私の、まァ、どういう気《きイ》でのこのこと家を出て行きましたやら、ご存じよりもないことと思います。

　もし、二階の寝床《ねどこ》から、一言《こと》でもおかよの呼びかえす声がしましたら、よもやよう出はせなんだやろと思うの

でござりますが、お仙のくれた着物きて、なにやら土偶《でこ》みたような風してなァ、人のするままになって、ふらふらと家を出たのでこざります。

「お早うさん、ええお日和《ひより》やなァ、」と、行きずりの豆《と》腐屋《ふや》の、声かけて駆けぬけて行きますさえ、私には夢のようでござります。「これがあの、家を出るいうことか、女《おなご》を捨てて行くいうことか、」と繰り返し思うさえ、他《ひ》人事《とごと》みたよな心持でござりました。

土手を下りて行きますと、はや大名小路の店の前に、荷を積み終えた大八《だいはち》の、きらきらと朝の陽《ひ》をうけて横《よこた》わってるのが見えました

車力屋《しやりきや》の若《わか》い衆《しゅ》の、道傍《みちばた》で一服してる有様まで、なにやら大仰《おおぎょう》に、芝居じみて見えましたも、いまから思えばくよくよと、思い惑うて定まらぬ、おのれの哀しい心柄ゆえでござります。

おはんはそこに、荷を積み出したあとの、縄きれやの木屑やのの一面に散らばった店の框《かまち》に腰かけて、茶《ちゃ》ァ掬《く》んでるところでござりました。

「あんさん！」と言いさま駆け出てまいりましたが、なにやら上気してなァ、汗かいた髪の毛の、ぺったりと頬《ほお》にかかったその顔の、これがあのおはんかと思うほど、きらめくように見えましたも、思えば不思議でござります。

「ようまァ、早うに来ておくれやしたわなァ。はや、大八が出るのやいうてるけど。」

「へえ、ほんで悟《さとる》は？　悟はどないした、」とせわしなく訊きましたも、おのれの胸の術《じゅつ》なさを、かくそうためであったやらと思います。

「へえ、あの子なァ、昼過ぎまでには必ず帰すいうて、ほれ、あんさんも知っててやろ、あの、南河内《みなみごうち》のおっさまが、昨日《きのう》つれてお行《い》きたのやわ、」と言うのでござります。

「権現《ごんげん》さまの秋祭やいうてなァ。ほんに今日の宿替のこと、言うてええやら悪いやら、つい思案のつかん間に、悟、早うせんかいな言うてせついてなァ。言うたら聞かんお人やけに、そのまま出してやったのやけど、まァ、その、門口《かどぐち》出るときの、悟の顔つきいうたらなァ、ほほほほほ、あんさんにも見せたいくらいやったわなァ、」と言うも浮きうきと、しばらくは汗ものごわず、前掛《まいかけ》を口にあてたまま、笑うてるのでござりました。

そのおはんの笑い声は、いまでも耳に聞えてくるような気がいたします。私はせわしなく股引《ももひき》に腹掛《はらがけ》かけ、

「ほんなら、俺は大八《だいはち》のあと押すけに、」とそのまま往《おう》還《かん》に駆けでたのでござりますが、横手の寺のあわいから、思わず見上げた坂道の、土手からつづいて峠へ出るその道を、そや、あの子、おっさまのあとついて、あの山道を行ったわな、と思いましたも束《つか》の間、

「なァ、おばはんにそう言うて、早う行かんと荷が着くぜえ、」と声あげて、新しい家へと出て行《い》たのでござりました。

十一

土手から河原町へ出て、竜江《りゆうこう》の崖《がけ》っ淵《ぶち》へ抜けるまでの裏道は、昼も陽《ひ》のささない山蔭でござりますのに、思いのほかに坂つづきでござりましてなァ、まァ、こなな罰《ばち》当《あた》りの、何ひとつ力業《ちからわざ》したこともない男の、車のあと押してる間も滝《たき》のよに汗流して、息つくのもようようでござります。

「そや、俺ァ、これ、この通り、車押してるのや。ほんに俺ァ、しょうむない男やけど、――」と、やくたいもないぼそぼそと、わが胸に呟《つぶや》きながら、あれはまァ何という、阿呆《あほう》な心でござりましょう、言うたら、こなな、頭を低うさげて車押してるのも、なにやらおのれの罪深い心ざまの償《つぐな》いでもしてるよな、ひょんな気《きイ》になったのでござります。

「旦《だん》那さん、今日はまた、竜江の底がむやみと蒼《あお》いなァ、雨でござりますぜェ、」と、車力《しやりき》の若い衆が申しました。

あの竜江の崖のとこは、上り下りの人たちの、申し合わせたよに足とめるとこでござりましてなァ、そこの木の根方に腰下して、一服してたのでござりますが、あれはあの七夕のあけの晩、同じこの竜江で、足ふみはずして危《あや》う命おとし損《そこ》うたときの恐しさも、つい昨日のことのよでござります。

「ほんに、いつ見ても気味悪いとこや。」

「ほれ、あこの岩のとこに、一つ枝が出てますやろ、あの松の枝に、去年首くくったおとき婆《ばば》がひっかかってなァ、もう、ながいことひっかかったまま風に揺られてなァ、町の消防の衆がみな河原へ寄ったりして、えらい騒ぎしたのやけど、」と、また、あの松に首くくった人の話をして、おもしろげに笑うのでござりました。

山道を吹きぬける風の、ざあと音たてて水の面へ吹きつけるのでござります。その淵の渦巻《うずまき》の、きらきらと陽《ひ》をうけてくるめきながら川下へ流れて行くさまの、なに

やらもの言うてるよな気のしましたも、あれも虫の知らせであったやらと思うもあとの祭でござります。

ほんにこの眼の前に、のちと言わずすぐそこに、おのれの上に振りかかる出来事のあるとも知らず、うかうかと見過ごしてたのやと思いますと、人の身の定めなさに、胸もふさがる思いでござります。

お大師さまの横手の家へ着きましたのは、はや昼過ぎてからでござります。

裏のおばはんの手《てェ》借りて、名《なア》ばかりの宿替《やどかえ》ではござりますが、畳《たたみ》も敷き、障子の目張りまで済ませますと、なにやら人の家らしゅう見えますも、思えば不思議でござります。おばはんは軒下《のきした》に人の残して行《い》た鉢植の夕顔にも水やったりして、

「ああ、これで、あても肩の荷が下りた。ではご寮《りょ》んさん、ほしいもんあったらあとからまた運ぶけに、――ほんに今日から、ここが天下晴れての、あんさんらァのお家やけになァ、」と言うもいそいそと、裏木戸押して帰って行《い》たのでござりますが、あとはただ二人顔見合せて、おのれらの身のなりゆきに、夢みてるよな心持でござります。

「悟、どないしてるやろ、」と、にわかに縁に出ておはんは申しました。背戸の植込《うえこみ》のあたりまで、低うに雲が下りてなァ、その雲のあわいから、くるめくような陽《ひ》が出てたのでござります。

おはんの話によりますと、悟は学校の行き帰りに、幾度となくこの家まで見にきてたというのでござりますけに、あの南河内《みなみごうち》のおっさまのとこから、まっすぐに戻るのでござりましたなら、おっつけここへ駆け込うで来るはずでござります。

「犬でももどってくる一本道や。眼《めエ》つぶっててもこの門へもどるわな。それよりもあの机、どこへ置いたらええかいなァ、」と私は、とうにから悟のために買うておいた小机を、そこここと抱え歩いたりしてます中に、にわかにざわざわと風の渡る音がしましてなァ、みるみる遠い山肌の暗うなったと思いますと、ぽつりと背戸の池の面に、大粒の雨が落ちてきました。

蟬《せみ》の声が一時にひいて、咲きこぼれた白萩の、さっと池に散りしくのが見えました。

「おはん、雨やでェ、」と呼ぶ私の声も掻《か》き消すほど凄《すさま》じい音たてて、木立といわず縁といわず、叩きつけるような勢で降ってきたのでござります。

おはんは軒下《のきした》に駆け《け》り出ると、なにやらけたたましゅ

う声あげて雨戸を締《し》めはじめました。雷の音と一しょに稲妻《いなびかり》がしましてなァ、見なれぬ家の中の有様は、なおさら空恐しく見えたのでござります。

「あんさん、悟、どないしてますやろ。」

「だいじないけに、」と私は、声おとして申しました。

「あのおっさまのことや。山の衆やもの、雨やいうたら、もう、雲ひとつ見れば分るわな。今日は朝の内にから、もようてた（催《もよお》していた、その気配があったの意）やないか。」

「そやったら、まだ、おっさまとこにいてますわなァ。」

「ふん、おっさまとこで、お萩《はぎ》でも食うてるがな、」と申しましたも上の空、この篠《しの》つく雨風の山道を、一散に駆けぬけて戻ってくる子供の有様が、まざまざと眼に見えるよな心持でござりました。

そや、たしかに悟はこの雨風の中をもどって来よるのや、この新しい家へもどりたい一心で、この雨風の中を駆けって来よるのや、と思いますと、まざまざとその姿が眼に見えるよな気《きイ》になったのでござります。いまになって思いますと、あれこそお大師さまのお告げであったのやと思います。

ほんに人の心持ほど分らぬものはござりませぬ。いまそこに、子供の姿を見るようにあれこれと案じながら、またもう一つの心では、それはただ一ときの、たわいもない思い過ごしであるように思われたのでござります。

「そやったら、あんさん、あてらァあの重箱《じゅうばこ》あけましょか。ほれ、あのおばはんの持ってきてくれはった、」といいながら、わざとに気《きイ》ひき立てるよに浮きうきと、おはんの拡《ひろ》げる包みを中にして、その暗がりの中で、鮨《すし》つもうだり、茶ァのんだりしてます中に、あれはまァどういう気の変りようでござりましょう、ついいままで案じてた同じことが、みな、おのれひとりの阿呆《あほう》な思い過ごしであったよな気になったのでござります。

そや、悟《さとる》は今日はもどらんのや、もどるもんならとうの昔、朝の中にからもどって来よるはずや、あのおっさまのことやけに、用心に用心して、こなな雨もよいの日には、もう、どななことがあったとしても、もどしては来やはらぬはずや。おまけに今日が宿替えやということは、子供の胸の中だけに包うでるに違いないけに、そやったらまァなんで、この雨風の中を無理にもどしゃはるものか、悟は今日はもどらんのや、と繰り返し、おのれの胸の中で合点したのでござります。

雨の音の、どうやら静かになってきたと思いますと、はやそのまま、日の暮れになったのでござります。

座敷の中にらんぷを吊《つる》しますと、不思議に家の中が空々《そらぞら》しゅうに見えましてなァ。子はかすがいやと世間で申します通り、この空々しい家の中に、女《おなご》と二人、さし向いに坐ってます中に、なにやら私は、ふいに追いたてられるよな心持になりましてなァ、「俺ァここで何してるのや、ほんにここでこの家で、この女《おなご》とも一度女夫《めおと》になる気《きイ》か、」と思いますと、ここまで追いつめられるよに来てしもうたおのれの身の行末が、いまさらのよに恐しゅうなったのでござります。

見れば部屋の片隅に、ちょこんと細い行李《こうり》をおいて、ありありと一ときの間の宿としか見えませぬに、まァ何をたよりにおはんは安穏《あんのん》な風《こウま》してるかと、それさえ不思議に思われます。

「おかしいなァ、何やこの家、よう知ってる家みたいな気《きイ》するなァ。」

「ほんに、あこの板敷《いたじき》の低うなってるのが、河原町の納《なん》戸《ど》の間《まア》とよう似てますけに。」

「ふふ、違うてるのは俺の懐《ふところぐ》具合《あい》や。なァ、これからどなな苦労するか、覚悟は出来てるなァ。」

「へえ、あんさんいうたら、その話ばっかりや。あてはまた、その苦労がしたいばっかりに、もうながいこと、あくせくしてましたのやわ。ほれ、この針箱の中にしもうてある袋、」とおはんは、また置き場も定まらぬ小道具の、蓋《ふた》あけて何やらそわそわしてると見る間に、ぱらぱらと夥《おびただ》しい小銭が畳の上に転《ころ》がり落ちたのでござります。

その鬱《う》金木綿《こんもめん》の袋の中に、何ほどの銭《ぜに》が入れてあったでござりましょう。

おはんの話によりますと、新門前《しんもんぜん》の弟の家で、よそのお人の針仕事もろうては、もう何年となく、細々《こまごま》と貯《た》めていたのやとのことでござりますけど、しがない男の身にとりましたら、どう聞き流せばええことでござりましょう。ほんに、二人の女《おなご》に銭もろうて、どう嬉《うれ》しいやら悲しいやら、人には言えぬ心持でござります。

「ほう、その銭《ぜに》で山買うか。ほんなら俺ァいまから、楽《らく》隠居《いんきょ》のご身分やな。」

「ほほほほ、ほんにあんさんは、どこにおいやしても殿《との》さまや、」と声たてて笑いながら、畳を這《ほ》うては銭拾うてるおはんの、そのむっちりと露《あら》わな手つきに、われからふいに引き込まれる心持になりましたも、言うたらこの術《じゅつ》なさを、逃れる道やと思うたのでござりましょうか。

「あんさん、」と声あげて、おはんの、片手を後《あと》へ引くような振りしましたのと一しょでござります。女《おなご》の帯に手《てエ》かけて、そのまま奥の間へ引き込うだのでござります。

「悟が、悟がいんま戻るけに……」というおはんの声も、そのときの私には、ただ一ときの言い逃れに、子供の名《なア》あげてるのやと思われたのでござります。

「へえ、こなな暗うなって悟がもどるげな、」となにやら揶揄《かま》うよに言うてる間も、そのおのれの胸の中は、どなな鬼の棲家《すみか》となってましたやら、思いもかけなんだことでござります。

へい、その暗がりに転《ころ》うだまま、短い夢をむすびましたも、いまは人の身の上かと思われます。

ざわざわと風の鳴る音がして、お大師さまのお看経《かんきん》の声が、手にとるように聞えます。見れば雨戸のあわいから、お堂の前のお灯火《ともし》の、ゆらゆらと風にはためいているさままで、ついそこに見えるのでござります。

そや、鍛治屋町でもいまごろ、お灯火《ともし》をあげてるわ、とわれにもなく心の内に呟《つぶや》きますと、今朝《けさ》起きぬけに捨ててきたおのれの家のありさまが、まざまざと眼に見えるよな気《きイ》になったのでござります。


いまはちょうど日の暮れがた、大名小路の店かたづけ、鍛治屋町へもどる時分やと思いますと、ついその朝捨ててきたおのれの家が恋しゅうて、そわそわと落ちつかぬ心持になったのやと申しましたら、どのようにお笑いなされるでござりましょう。

言うたら飼《か》い馴《な》らされた犬畜生の、日が暮れたら尾をふって、おのれの家へもどって行く有様と一つやと言われましても、返す言葉はござりませぬ。

「そや、俺ァちょいとの間、悟がいん間に、ちょいと行《い》てくるけに、」と仔細《しさい》らしゅうに呟いて、帯まきつける間ももどかしゅう、雨戸おしあけたのでござります。

「あんさん、」と呼ぶ声につづいて、

「どこへお行《い》きやすのや、今夜はここへお泊りやすのやないのんか、」と呼びとめてるおはんの声を、まァどなな心で聞き流しましたやら、逃げるように下駄はいて、背戸のくぐりを抜けたのでござります。

冷《ひや》こい風に吹きなぶられ、杉垣の露路《ろウじ》をあたふたと駆け出ますと、思わずそこに足とめて、ほうっと息をいたしました。

見れば雨上りの山の端《は》に、思いもかけぬまるいお月さまが出てるのでこざります。ほんにこの往還《おうかん》が、おのれ一つの身の置きどころかと思うほど、なにやらほうっと安穏《あんのん》な心持になりましてなァ、ええわ、あの女《おなご》、今宵《こよい》一夜《よさ》くらい、お大師さまがお守護《まもり》や、ぬすっともようはいりはせんやろ、とまだ宿替えのあともそのまま、縄屑《なわくず》の中においてきたおはんのことは、さほど心にとめなんだも不思議でござります。

小半町《ちょう》も行《い》たときでござります。なにやらがやがやと人声がして、沖田《おきた》の畝道《あぜみち》を、騒がしゅうに馳けてくる人《ひと》影《かげ》が見えました。

「お大師さまの裏手の家や、ほれ、あこに灯が見える、」と口々に言うてるのを聞きましたとき、何思うてか私は、そこの杉垣のあわいにさっと身をひそめ、人々の駆けぬけて行くにまかせました。確かにいま、おのれの抜けてきた家へ行く人やと分ってて、私はそこに、ぬすっとのよに身をひそめたのでござります。

「おはん、おはん、」と呼うでる声が続いて聞えました。そや、あの声は、あれは確かに新門前《しんもんぜん》の叔父ごや、と思いますと、私はそのまま、夜道の町を駆けぬけて逃げもどったのでござります。

へい、あのおはんを呼うでる声が叔父ごやと知れませなんだら、あれほどまでに恐れはせなんだやろと思うのでござりますが、あなたさまもご存じでござりましょう、あの新門前の橋の袂《たもと》で、馬喰《ばくろう》相手に鍛冶屋をやってましたあばれ者の平太と申しますのは、あれはおはんの叔父でござります。

それにしてもほんの一とき、あとさきになったばかりで、人の眼にかからなんだと思いますと、夜道を駆けぬけながらも、ただそればかりに心をとられましてなァ、「そや、新門前の叔父ごや、やれやれ、ほんの一ときの間のことで、あのあばれ者に会わずに済んだわな、」とただそればかりを繰り返しましてなァ、女《おなご》をあとに残して、おのれひとり、身の安穏を願うたのやということさえ、心にもとめなんだのでござります。

へい、実のこと申しますと、あの鍛冶屋町の堀端《ほりばた》から、ついそこに、今朝ぬけて出たわが家の、二階の手摺《てすり》にかけてある手拭《てぬぐい》の、何事もない風に、ひらひらしてるのを見ましたとき、なにやら夢から醒《さ》めたよな心持になりましてなァ、「俺ァまた、あこで、今夜もおかよと寝るのやなァ」と思いますと、あれはまァ何という阿呆《あほう》な心でござりましょう、去年の夏、臥竜橋《がりようばし》の上で、はじめておはんと会うてからこの幾月、大名小路と鍛冶屋町と、二つの家を行きつ戻りつしてたよに、今日からは川西の奥に、新しゅうにまた一つ、家が出来《でけ》たのやと、何食わぬ気でいてたのでござります。

あの一夜《よさ》の恐しさは、のちになってようように、思い知られたのでござります。

十二

あけの日は嘘みたように晴れた日でござりましてなァ、途中《みち》で土産《みやげ》の外郎《ういろう》買うたりしましてなァ、もう何の屈托《くったく》もない気《きイ》で、そのお大師さまの横手の家へ、いそいそと行《い》てみたのでござります。

背戸《せど》へまわりますと、その真昼といいますのに、また雨戸がしまっております。

「おはん、留守《るす》か、」と声かけて、縁《えん》の戸をあけますと、暗がりの家の中には、昨日ほどいた荷もそのまま、おはんの姿の見えませぬは、さては昨夜《ゆんべ》の中に、どこへやら行《い》てしもうたかと思いますと、庭（家の中の土間のこと）の藁屑《わらくずか》掻きのけて、あたふたと駆けでて行《い》たさまの、眼に見えるよに思われます。

俄かに胸さわざがしましてなァ、雨戸もそのまま露路《ろウじ》へ走り出ますと、

「あの、もし、」と後から声がして、見覚えのあるお大師さまのご寮人《りょうにん》が、お堂の横手に立っていてでござりました。

「あの、ご寮人《りょん》さんは昨夜《ゆんべ》、新門前のおうちからお人でなァ、誰やら怪我人《けがにん》がおあんなさったげな言うて、」と言うてではござりませぬか。

そこの露路《ろウじ》から新門前まで、どう駆けぬけて行きましたやら、いまは覚えもござりませぬ。曲尺町《さしものちょう》の土橋のねきまで参りますと、見覚えのあるおはんの家の黒板塀《くろいたべい》に、葬列《そうれつ》の提灯《ちょうちん》や竜《りゅう》の首やの、蓮《はす》の花環《はなわ》やのの、夥《おびただ》しゅう立てかけてあるさまの、さては誰やら死んだのかと思いましても、誰はばからずおもてからもの問うて、どう返答の聞ける身ではござりませぬ。

「悟やない、あの子供が死んだのやない、」と繰り返し、あこの山手の桑畑《くわばた》ぬけて、米倉のある裏手へまわりました。

あなたさまもご存じのように、どこの家の葬列《そうれつ》でござりましても、庭のそとに竈《へっつい》を出すのんが、ここいらの習《なら》慣《わし》でござりましてなァ、膳椀《ぜんわん》を高うに積んで、煮物《にもた》炊く煙りの、空まで立ち昇っているあわいを、近所の衆《しゅ》の寄り合うて、がやがやと立ちさわいでいるさまは、お祭や

ら葬式やら、見る眼には分らぬほどでござります。

「うちらの子と同じ組やけに、よう連れようて行《い》てたけど。」

「ほんでご寮人《りょん》さんは、加納屋《かのうや》はんとまた撚《よ》りもどしゃはったてなァ。」

「ほんでなァ、あの竜江《りゅうこう》のとこの崖《がけ》の、松の切株にな、雑嚢《ざつのう》の紐がひっかかってたげなぞ。」

「なんでまァあの雨の中を、急《せ》かいて戻したか言うてなァ。」

「へえエ、そりゃ無理もないわな、一ときも早うに、お父《とと》とお母《かか》の揃《そろ》てるとこへ戻りたかったのやわな、」など言うてる声聞いたと思いますと、その人だかりの中を、まァどう駆けぬけて行きましたやら、気のつきましたときは、裏門ぬけてよりつきの、納戸《なんど》の間《まァ》の板戸押しあげてたのでござります。

「おはん、俺や、加納屋や、」と、ようまァ、大声して人を呼んだりしたものと、後々になりましても、あの折りの狂人《きちがい》みたよな心持は、え忘れはいたしませぬ。縁《えん》の日覆《ひおい》の中まで、夏の日のさし込うでる家《や》の中に、もやもやとお香《こう》の煙りがたてこめてましてなァ、たしかにそれと見覚えのある親類の衆の誰彼の、一どきに顔振り向けましたもおぼろげに、

「おはん、おはん、」と喚《わめ》いてるおのれの声の、なにやら他人《ひと》の声かと思えたのでござります。

ほんに人の心ほどおかしなものはござりませぬ。七年前、おはんの別れて往《い》にましてから、広い世界にここばかりは、おのれの足の踏《ふ》めぬとこと、心に刻《きざ》んで忘れなんだその家《や》の中に駆け込うで、満座のお人の眼の前で、何しでかそう気《きイ》でござりましたやら。

ひいいい、いいと女《おなご》の泣く声がして、なにやらへたへたとわが足もとに這《は》い寄ったと思いますと、にわかに温《ぬく》いものが膝にまつわりましてなァ、

「あんさん、悟が死にました。あの、あの南河内《みなみごうち》の戻りになァ、竜江《りゅうこう》から落ちてなァ。」

「そんで、そんで、悟はどこにいよるのや、」と私は、まつわりつくおはんの体かきのけて、納戸《なんど》の奥の板敷の間《まァ》へ駆け込うだのでござります。

あとになって考えますと、ちょうどそれは納棺《のうかん》のときやったと思われます。

「まァ、あんた、加納屋はん、」と誰やら大きな声して呼ばはったと思いますと、にわかにサッとみなの衆の、あとへ退《の》かはった隙間《すきま》から、そこに悟の寝てますのが見

えたのでござります。

へい、ま新しい浴衣《ゆかた》きて、ほんに、どこぞ祭にでも行きますような姿のまま、そこに寝てたのでござります。なにやら私は、わが身もそこに引き込まれるよな心持になりましてなァ、

「悟！　俺や、お前のお父《と》はんや、」と掻《か》き口説《くど》くように声おとして、枕もとに縋りました。

わが子に死なれると申すことは、まァこなな心持やと誰が言うてくれましたろうぞ。去年の冬はじめて悟に会いましてからこの日まで、親やとも子やとも言わず待ち暮らしていたその日に、今日からは親子三人一つ家で枕ならべて寝るのやというその日に、もうわざとに選ってその日に死んだと申しますは、まァどなな神仏のお思召しでこざりましょうぞ。

「悟！　俺や、お前のお父はんや、」と私はお人の前も忘れましてなァ、子供の生きてます間、口に出しては得《え》言わなんだこの一言が、いまさら子供の心に聞えるやろと思うてでござりましょうか。

ま新しい浴衣きた裾《すそ》のあわいから、よう陽にやけた細《コウ》まい足の、ちょこんとそとに出てますさまの哀《かな》しさ。ほんに何やらもの言うてるよに思われます。「お父はん、大事ないけに、もう何にもいらんようになったけに、」と言うてるように思われます。

あれはつい半月ほど前の日、たしかに悟と二人して、店の奥で暦繰《こよみく》ってきめたその日に、九月十三日大安というその日に、悟は死んだのやと思いますと、「ふゥん、おっさんの嘘《うそ》ばっかり……。大人《おとな》しゅうにしていたら、迎えに来る来る言うて、」と言うて恨んだいつぞやの雨の日のことも思い合わされましてなァ、なにやら私には、おのれの不甲斐なさを、この細《コウ》まい体して、なじってるよに思われたのでござります。

へい、こななときの心持は、あとでは思いあわすことも出来ませぬけれど、俄かにふゥとおかしな心持になりましてなァ、そや、俺ァ今日のことを、わが子の悟の死ぬことを、あの竜江の崖《がけ》っぷちから、このおのれが死ぬのやのうて、わが子供の滑《すべ》り落ちて死ぬことを、もうせんどにから、よう知ってた、まざまざと眼で見るようによう知ってた、と思うたのでござります。

あれはあの七夕《たなばた》のあけの日、おはんと二人あとさきになって、お大師さまの横手の家を見に行《い》たときのことでござります。竜江の崖《がけ》っ淵《ぷち》を通りしな、ほんにおのれの足とられて、すんでのことに辷落ちて死ぬとこやったあ

のときに、あのときに俺ァ今日のことを、わが子の悟の死ぬことを、思い知ってたはずやないかと、ひょんなこと思うたりしましてなァ、篠《しの》つく昨日の雨の中を、山道ぬけて南河内《みなみごうち》から駆けもどって来たこの子の姿が、眼に見えるよに思われたのでござります。

　へい、まざまざと、いまそこに、眼の前に見てますようと思われましてなァ、向い風に傘《かさ》ひろげて、すぐそこが竜江の崖っ淵やとは思いもかけず、傘もろとも、そのまま淵に辷り込うだのやと思いますと、撰りに撰ってこの大雨《おおあめ》の日を家移りと決めましたは、この子を殺そうためやったかと空恐しく、いまこそ神仏の思召《おぼしめ》しの思い知られる心持でござりました。

　へい、ちょうどあの日暮れどき、まだ家移りの荷も解かぬ板敷《いたじき》の中で、逃げまどうおはんの手おさえ、無理強いに帯とかせましたは私でござります。「悟が、……悟がいんま戻るけに、」と言うて身をちぢめながら、いつの間にやら私の傍《ねき》に寄り添うて、呼吸《いき》つめてる女《おなご》のさまのおかしさに、「へえ、こなな暗うなって悟がもどるげな、」と、わが子の名を呼《よ》うで女《おなご》をかまう（揶揄《からか》うの意）つもりでいたりしてましたあのときに、ちょうどあのときに悟は死んだのでござります。へい、あの同じときに悟は死んで、こなな哀しい姿して、いまこの眼の前にいてるのでござります。

　へい、これが神仏のお罰《ばち》でのうて何でござりましょうぞ。この私の命はおとりなされいで、まだこの上にも私の術《じゅつ》なさを増そうとて、この子の命をおとりなされたのでござります。

「ま、加納屋《かのうや》はん、そなに泣かはると、それが一っち仏に毒や。ほれ、その外郎《ういろう》、ここへお供《そな》えもしなはれ、お供えして早う拝うでやんなはれ、」と誰やらくどくどと申しまして、私の持《も》て参りました紙包みを、無理からに棺の傍《ねき》にさし入れたりしましてなァ、まァ言うたらお人の眼にも、阿呆な男のとりみだした恰好《かっこう》を見兼ねてでござりましょう、私の背《せな》を抱くようにして、奥へ連れ込もうとしやはったときのことでござります。

「あんさん、早う往《い》んで、」とおはんの消魂《けたたま》しゅうに呼うでます声と一しょに、

「皆の衆、この外道《げどう》が悟を殺しましたのや。罪もない子をおもてにおびき出して、そんで殺しましたのや、」と大声にわめきながら、なにやら光るもの手《てエ》に、私めがけて座敷へ駆け込うで来ましたおばばの、そや、あれは確かに、おはんのお袋《ふくろ》さまや、と思いつく間もあらばこそ、

「おどれェ、(おのれの意)どの面《つら》さげてこの家の敷居またぎやァがったぞ。おどれェ、ようもようも、のこのことこの仏の傍《ねき》へ来やァがったぞ、」と喚《わめ》きたてながら、刃物《はもの》もったお袋さまの背後《うしろ》から、折重なるようになって駆け込うできましたは、まざれもなく、新門前の橋本の、あのあばれ者の平太叔父でござります。

へい、つい昨日の晩、やれやれ顔合せずによう逃げもどったものやと胸なで下したばかりのあの平太叔父に、とうとうここで押えられたのや思いますと、そのままそこの板敷にへたへたと屈《かが》みましてなァ、

「へェい、どうぞ堪《こら》えて遣《つか》さりませ、どうぞ堪えて……」と私は、お人の手前も忘れて、叔父ごの足にしがみつきました。

なにやら肩に重たいものの落ちかかったよに思いましたも、一ときのことでござります。

「おどれェ、おどれの性根の直るまで、叩きのめして、のめして……」

「この人でなし奴! 子殺し奴!」と口々に罵ってます声にまじって、

「お母《か》はん、まァ、何言うて、」と言うてるおはんの泣き声も、夢の中のよに聞えました。立ち騒いでるお人の声の中に、お寺さまの読経《どきょう》の声も、裏庭の蟬《せみ》の声も一しょになって、どこやら遠いところから聞えてくるよに思われたのでござりました。

へい、その板敷に打ち据えられたまま私は、正気を失《の》うしてしもうたのでござりました。

十三

さよでござります。悟の四十九日もとうに済んで、十一月も早や半ばになった肌寒《はださむ》い日のことでござりました。

へい、あの家でござりますか。あの騒ぎがござりましてから、おかよはもう、気の狂うたよになりましてなァ、「ひとに男をとられるのは、とられる方が阿呆《あほう》なのや。とられるのがいややったら、なんで用心せなんだのや、」というたりして、以前にそうでござりましたよりも、なおのこと、私の起伏《おきふ》しの細《こま》かしいことにかかずらいましてなァ、そりゃあの女《おなご》のことでござりますけに、顔向け合うて彼《か》れ此《こ》れと、うっとうしゅうに言うたりはいたしませねど、日暮れになって、どこの店にも灯がついて、あちこちでカチカチと火打石うってる音がしましても、いつまでも二階の座敷にいてるままでござりましてなァ、

「ご寮人《りょうん》はん、半月庵から見えましたで。鉄砲小路の釘《くぎ》万《まん》の宴会やて、」と呼うだりする声がしましても、なにやら忙《せわ》しげにもの片附けたりしてるまま、「言うとくれ、あてはもう、芸者《げいこ》はやめましたて、」と大声にいうたりするのでござりました。

ほんの一ときの間、大名小路の店へ行《い》て、裏のおばはんに言伝《ことづ》てしたい、気《きイ》おとして病《や》みついてるのやないか聞きたいと思うてさえ、早鐘《はやがね》のよに胸が打ちましてなァ。新門前のお人の手で、お大師さまの裏手のあの家も、きれいに荷《にイ》ひき払うてしもうたのや言いますけに、言うたらおのれのしくさったことを、みな人の手で拭《のご》うてもろてるよな、世にも術《じゅつ》ない心持でござりまして、も一度逢いたい、逢うてたがいに死んで行《い》た子の冥福《めいふく》いのりたいと思わぬ日とてはござりませぬに、この切《せつ》ない心持も、これがおのれのうけました罰《ばち》の一つやと思うほかはござりませぬ。

へい、悟《さとる》のことでござりますか。ほんに気の迷うてるときと申しますものは、おかしなものでござります。秋になりまして時雨《しぐれ》の多い寒い日なぞ、ふっと家の前を、子供の馳けぬけて行く姿見たよな気がしましてなァ、悟は傘《かさ》もって出たかいなと、死んでることも忘れたよに、思うこともござります。そや、あの子はもういんのや、この世に生きてはいんのやと思いますと、にわかに足もとをすくわれたよな心持になりましてなァ、浄瑠璃《じょうるり》の玉《たま》手御前《てごぜん》ではござりませねど、こなとき、迷うて会いにきはせぬかと、雨戸のそと見ることもたびたびでござります。

あとで思いますと、おかよはえべす講《こう》のお詣《まい》りで、ほんのちょいとの間、今津《いまづ》のおえべっ様に、行《い》てたときやったのでござります。

「加納屋はん、もし、」と誰やら低声《こごえ》で呼うでるよな気がしましてなァ、見ると門《かど》さきの柳《やなぎ》が木蔭《こかげ》に、もうながいこと待ってたのでござりましょう、大名小路のおばはんの行きつ戻りつしてる姿が見えました。

私は転《ころ》げるよにして裏木戸をあけました。「おばはん、あの、おはん来ましたやろか、」「へェ、そのご寮人《りょん》はんからや。訳はこの中によう書いたるて、」という間も気づかわしげに、私の手に文《ふみ》のこし、あたふたと駆けて行きました。

見覚えのあるおはんの手《てエ》やと思いますと、にわかにがたがたと足もとが顫《ふる》えましてなァ、「お仙、お仙、」とせからしゅう娘の名呼ぶ声もかすれて、「俺ァ二階の奥にいるけに、お母《か》はん戻ってみえたら、大けな声して呼うでや、」と、どうぞお笑いなされてくだされませ。心も動顛《どうてん》してます筈《はず》のこの際《きわ》にも、一つ家《や》の中《うち》にいる女《おなご》に気を兼ねては、もの言うてる私の愚かさはおかしゅうてなりませぬ。

「とり急ぎ、しるしあげます。千里万里も行くような、こなな文《ふみ》書き残したりいたしましては、さだめし仰山《ぎょうさん》そうな女《おなご》やとおわらいなされるでござりましょう。

もう、ずうっとせんどにから、私ひとり決心しておりましたらば、何ごともござりませなんだやろにと思いますと、あなたさまにも、またあのおひとにも、申訳のないは私でござります。

ほんにこれまでのながい間、待ち暮しておりましたは、なんでやろとわが心にも合点がまいりませぬなれど、あなたさまに難儀かけ、またあのおひとを押しのきょうと思うたりいたしましたことの夢々ござりませぬは、お大師さまもご照覧《しょうらん》でござります。

もし私がこのままでいてまして、そんで世間のお人の眼に立つのでござりましたら、どこぞ嫁入《よめい》りいたしましてもええのでござりますけれど、それでも間《ま》のええことに、もうそななこと考えいでもええ齢《とし》になってるのやないか、と思うたりしましてなァ。

ほんにもう私は、このままひとりでいてましても、それが当り前や思うてるのでござります。自分でにはもうそれで、何でもないと思うてるのでござりますけれど、おやさしいあなたさまゆえ、ひょっと、可哀《かあい》そうやとお思いなされてではないやろか、ながい一生の間、あなたさまを待ち暮してた、可哀そうな女《おなご》やとお思いなされてではないやろか、と思いますけれど、もしそうでござりましたら、それはあなたさまのお間違いでござります。

思えばこの私ほど、仕合せのよいものはないやろと思うてるのでござります。あなたさまと一つ家の中に暮しはいたしませなんでも、言うたら夫婦《めおと》になって、一しょにいてますよりもなおのこと、あなたさまにいとしいと思われてたのやないかと思いましてなァ。

ほんに私ほど仕合せのよいものはないやろと思うてますのゆえ、どうぞ何ごとも案じて下さりますな。

亡《の》うなりましたあの子供も、死んで両親《ふたおや》の切《せつ》ない心を拭《のご》うてしもてくれたのや思うてますのでござります。子供にとりましたら、何よりもそれが親孝行や思うてるのやないかと、そう思うてやってるのでござります。

ほんに、そう思うてやりますのが、何よりの供養《くよう》になるよに思われましてなァ。

何ごともみな、さきの世の約束ごとでござりますけに、どうぞ案じて下されますな。七七忌の法事もすみましたことゆえ、いまはもう、この故里《ふるさと》の家をはなれましてもええように思いましてなァ。どこそこと行くさきのあては申しあげませねど、私ひとり朝夕の口すぎして行きますくらい、何とかなるよに思いますけに、どうぞ案じて下さりますな。

ただこの際《きわ》になりましても、申訳ないはあのお人へのことでござります。私の行きましたあとは、どうぞ私の分まで合せて、いとしがっておあげなされて下さりませ。申しあげたきことは海山ござりますけれど、心せくままに筆をおきます。薄着《うすぎ》して、風邪《かぜ》などお引き下されますな。

おはんより

旦那さままいる」

人の一生に、これほどの文《ふみ》貰うたものがどこの世界にござりましょうぞ。どなな遠い国の果てに出て行《い》たとしましても、これほどの文《ふみ》残して、私ひとり安穏《あんのん》に暮せるものやと思うてるのでござりましょうか。なんでただの一言《こと》でも、恨《うら》めしゅうに言うてはくれんのやと思いますと、いまここに、この眼の前に、あのおはんの体ひき据えて、逆恨《さかうら》みに打って打って打ちすえてやったらばと、まァ、どうぞお笑いなされて下さりませ。これが阿呆《あほう》な男の未練《みれん》やとも知らいで、猛《たけ》り狂うたよな心になったのでござります。

そや、大名小路のおばはんが知っている。あのおばはんが知っていんはずがない、と矢も楯《たて》もたまらぬ気《きイ》になりましてなァ、鍛冶屋町から鉄砲小路にかけ、日暮れのうす靄《もや》に包まれたまま灯をともしてる街道《かいどう》を川沿いに、南河内《みなみごうち》へ抜けてる暗い山道へと、いまそこを駆けぬけて行くおはんの姿見てるよな気《きイ》になったのでござります。「お父《と》はん、どこ行かはる！」と甲高《かんだか》いお仙の声がして、千切れるほどに袂《たもと》を引かれました。気のつきましたときには私は、雪駄《せった》も穿《は》かず往還《おうかん》に駆け出てたのでござります。「じっきにお母《か》はんが戻らはる！　お母《か》はん戻って来はるけに、」と身を押しつけて泣きながら、私を押し戻そうとするのでござりました。「行ったら不可《あか》ん、不《あ》可《か》んてや、」とまぶれついたまま身を捻《ね》じってるお仙の、どこまで見当ててるかは知れませねど、言うたら子供の心ほど空恐しいものはござりませぬ。へい、あれはあの、いつぞやの俄か雨の日のこと、裸《はだか》で雨に濡《ぬ》れてた悟の、

「おっさんの嘘ばっかり……」と泣いて恨んだあの声も、いまこの耳に聞いてるよに思われます。へい、ぺんぺん草の実ほどもない血筋やとは思うても、おのれの血《ちィ》ひいたただ一人の子を死なせて、なんでこのよその子に、「お父《と》はん、」と呼ばれながら立ちすくむのでございましょうぞ。この稚《こウま》い娘の力に負かされて、背戸口《せどぐち》の暗がりに身を屈《こご》めたまま、わあッと大声あげて泣くほかはござりませなんだのやと申しましたら、さだめしお蔑《さげず》みなされることやと思います。

　それから後の幾月日と申しますものは、何して過ごしましたやら。あとで聞きますと、おはんは悟の七七忌の済みましたあけの日に、ちょうどあのおばはんの文《ふみ》届けてきました七八日ほども前の日に、出て行《い》たのやいうことでございますけに、どれほど未練がございましても、あと追うすべのないように、気配《きイくば》ったよに思われます。

　お人の話によりますと、備中《びっちゅう》玉島の停車場《すてんしょ》の傍《ねき》で、たしかにおはんの立ってるを見たと言いますけに、ひょっとあそこいらで町屋《まちや》奉公《ぼうこう》でもしてますことか。へい、死んでしもうたりするはずはございませぬ。ただ私の眼の前から消えてしもうて、阿呆な男の煩悩《ぼんのう》をのうしてやろ

と思うてるに違いございませぬ。

「お父《と》はん、お父《と》はん、」と以前にもまして、日がな一日呼うでるお仙の声にも、また、「男のいらんおひとは、どこの国など行《い》たらええ。あては男がいるのや、男がほしいのや、」とはばかり気ものう言うては寄り添うてくるおかよの肌の温《ぬく》ときも、これがこの私の、お天道《てんと》さまもはばからぬ横道《おうどう》の報《むく》いやと、いまこそ思い知られるよな心持でございます。』

幸福

1

　いつでも一枝は風呂から上ると、ちょっとの間、鏡の前に立って、自分の裸の体を見る。タオルを当てて、少し腰をひねるように曲げて立っている。ぽっと赧らんだ肌をしている。「似てる。」と思う。ボッチチェリのヴィナスの絵に似てると思うのだ。足もとに貝殻がないだけで、ポーズが似ている。ほんの少し膨らんだ腹の形も、両足の形も似ている。こう書くと、それはながい間、自分の体に見惚れているように聞えるが、そうではない。ただ、似ていると思うだけで、すぐに着物を着て了う。

　しかし一枝は、自分の裸の体がヴィナスのようだと、しんから思う訳ではない。七十歳をとうに越している体が、ヴィナスのようである筈がない。ひょっとしたら、少しは斑点があるかも知れないし、肉のおちているところもある。しかし一枝は眼がよく見えない。その上、湯気の中で視点が定まらない。一枝はそのことを、幸福の一つに数える。

　一枝はこうして、幸福のかけらを一つ一つ拾い集める。自分の周囲にそれを張り遶らして生きている。人にはおかしく思われることでも、自分では幸福と思うようにした。一枚は五年前に良人と別れた。そのとき、別れるのを辛いと思わないようにしたいと思った。一枝は自分でも別れるのが好いと思うようにした。良人が荷物をまとめているのを、何となく手伝ったりした。それが自然に出来たと思う。

　良人は別のところで齢の若い女と暮すようになった。一枝はその女を見たことはない。しかし、良人がながい間その女とつき合っていたと言うことで、その女がどう言う人か分るような気がする。良人が一枝と別れて、その女と暮すことは当然である、と一枝にも思われる。一枝が良人と一緒に暮していた間は長かった。じきに三十年にもなるかと思う。それくらいの間、一緒に暮しているると、相手のことが気にかからなくなる。相手はいないのと同じように思うことがある。良人ばかりでなく、一枝もまた、自分はひとりで暮しているように思うことがある。良人の気持を構わず、自分のしたいと思うことを平気でしていることがある。

二人が一緒に暮していた間、一枝は絶えず良人のことを気遣い、良人の喜ぶことばかりをしていた、ように見えた。そうすることは一枝にとって気持の好いことであった。しかし、よく考えて見ると、一枝は何かするとき、決して相手の心の方になってすることはなかった。いつでも、自分の方から考えて、それが気持の好いこと、面白いこと、愉しいことである場合を、自分では意識しないで、そう言う場合ばかりを撰っていたように思われる。良人の喜ぶことをしていたのは、それが面白いからであったように思われる。相手に気に入るようなことをする場合、一枝にとってはそれが愉しいことなのであった。自分の方から考えて、それが愉しいのであった。いまになって考えると、それは一種利己的な喜び方であったと思われる。

あれは戦時中のことであった。熱海に疎開していたが、町に近い家であったので、いつここもやられるかも知れない、と言う話であった。あの小さな温泉町が狙われているとは思えないのに、その頃はそう言う噂であった。どこか、もっと辺鄙なところへ越したい、そう思っていたときに、こんな話をした人があった。熱海からそう遠くないところに、低い山があって、その頂上に一軒の別荘がある。或るもの好きな人の建てた家だ。但し、水が引いてないので、水は雨水を溜めておくか、谷あいの川まで汲みに行くかしなければならない。それを承知なら貸しても好い、と言う話であった。

一枝は一度若いときに、山の小屋で暮したことがある。やはり、谷あいの川まで下りて水を汲んだ。それは可厭《いや》なことではなかった。寧ろ、愉しかったと言う記憶がある。一枝は良人にその話をして、一緒に家を見に行った。山は思ったほど高くはなかった。頂上の木の間がくれに、その家の屋根と雨戸が見える。それはすぐ近いようでもあるが、遥か上の方であるようにも見える。

「あんなところに越せると思うかい。」良人は呆れたように言う。「それに、谷まで水を汲みに行くなんて、出来ると思うかい。」「あら、あたしが汲みに行くのよ。」と一枝は言った。少しは不便でも、危険のないことが何よりだと思われたが、良人にはその気がなかった。

一枝はそのときのことを、いまでも思い出す。ひょっとしたら一枝は、いつでも相手の喜ぶことをしている積りで、多少は気に入らないことでも、気がつかずにしていたとも思われる。はっきりと気に入らないと言われても、それでやめて了うのが、いかにも惜しい気がしたのを忘れない。

いつでも一枝は、何か思いつくことがあると、そのことが酷く愉しいことのように思って了う癖がある。山の上の家で、谷あいの川まで水を汲みに行くと言うことも、ちょっとの間は面白くても、ながい間には厄介と思うようになるかも知れない。良人の言ったことは、ひょっとしたらその通りであるかも知れない。それでも、良人がまともに反対しなかったら、やはりその家に越していただろう。いまになると一枝も、自分の癖を笑って了うことが出来るけれど。

しかし一枝は、相手がなく自分ひとりで出来ることは、何でも思いついたことをそのままして了う。山の上の家に越さないで、一枝たちは熱海から良人の田舎の栃木の在へ越して行った。荷物は鉄道便で送って、良人だけさきに田舎へ行った。一枝はあとに残って、細かい物を片附けた。闇で買った胡麻油があった。表立って送ると没収されるかも知れない。一枝はその油を入れた石油缶を大きな風呂敷に包み、それを背中に背負って、熱海から汽車に乗った。戦争も末期に近い頃だった。汽車は無蓋の汽車で、人が鮨詰めになって乗っている。あれは品川の駅の近くだった。空襲だと言うので、汽車が停ったことがある。空襲なら、早く走って行った方が宜いのではなかったかと思われたが、しかし汽車は停った。パリパリと音がして、焼夷弾が落ちた。しかし、汽車には当らなかった。

あとで考えると、よく弾が当らなかったと思う。無蓋の汽車だから、狙われると簡単に当る。背中に油を背負っているから、弾が当ったら体中に火が燃え移る。自分だけでなく、一緒に乗っている鮨詰めの人たちにまで燃え移る。一枝のすることは、いつでも、ここまでは考えられない。ただ、田舎に疎開している人に、油を入れたものを食べさせたい。食べさせて喜ぶ顔が見たい。ただそのことだけを考えて、あとは考えなかった。

　栃木の田舎へ行っても、一枝は食べ物を見つけに、百姓家を歩いた。おかしなことであるが、一枝は食べ物を見つけるのが巧かった。また、それが面白かった。それまでに持っていた着物や洋服を、食べ物に替えた。そんなことは誰でもした。しかし一枝は大きな荷物を背負って、田舎道を歩いている間に、たびたび小さな空襲に出会った。近くに兵営があったので、ときには一二機の敵機が地面から十メートルくらいのすれすれのところまで降りて来ることがあって、乗っているアメリカ兵の顔がはっきり見えることもあった。「歩いているね、ほら、機銃でお見舞しようかね、」とふざけて言っているように思われたりした。そう言うときにも一枝は、へんに恐くなかったのを覚えている。なぜ、恐くないのか。それは分らない。ひょっとしたら、そう言うとき、相手は決して撃って来ないものと思い込んでいたのかも知れない。

　田舎にいる間、一枝はよく働いた。朝寝坊であったのに、良人の父母が起きて来る前に起きることが出来た。それは不思議であった。ひょっとしたら良人の父母は、一枝の起きるまで寝床で待っていてくれたのかも知れない。へっついに火をつけて、味噌汁を炊いた。まだ、はっきり明けていない庭に霧がおりている。一枝は自分で集めて来た材料で、飯の支度をする。一枝の作ったものは旨い。良人の父母も良人も旨いと言う。一枝にはそれが愉しくてならないのである。だから、おかしなことであるが、戦争は一枝にとって苦しいと言う思い出ではなく、愉しかったと言う気さえする。

　愉しい。それが一枝の生きて行くテーマである。

2

　一枝は自分を、不幸な女として考えないようにしている。世間普通には不幸と思われることでも、一枝はそうは考えない。どうしてそんなことが出来るのか。自分でもよくは分らないが、ひょっとしたら一枝は、人一倍、臆病なのではないか。不幸だと考えることで、自分が傷つくのが恐いのではないか。いつでも自分を幸福だと思うように工夫をして、そう言う習慣を、癖を身につけていたのではないか。

　あれは戦争の初めであった。或る朝、軍部から命令が来て、良人は麻布の聯隊へ編入された。こんなとき、一枝に何かすることが残っていたか。良人はどこへやられるのか分らない。ひょっとしたら、このまま行って了うのかも知れない。面会は許されなかった。一枝はしかし、毎日、食べ物を詰めた重箱だとか、果物の籠だとかを持って聯隊まで行った。良人の手に渡るかも知れない。とにかく運ぶことだった。何を持って行くか。どう言う方法でそれを受取らせるか。そのことだけを考えれば宜かった。あとで分ったことであるが、その食べ物のどの一つも良人の手には渡らなかった。毎日、女が食べ物を運んで来る、と言う笑い話だけが残った。しかし、いまになって考えると、一枝にとって、それらの食べ物が無駄になったことは何でもない。一枚はそれを運んだことで、充分に報いられていたからである。

良人が現地のジャワへ発ったのは、雪の降っている朝だった。一枝と良人の父とは、その日を知らず、ただその日らしいと言う噂で、聯隊の前に立っていた。夜があけて間もなくだった。軍服とは言えない、枯葉色の服を着たおおぜいの兵隊が門から出て来た。この中に良人がいるのか。品川から汽車に乗ると言う。その発車真際に時間があって、そこで面会が許されるかも知れないと言う。一枝と良人の父とは雪の道を兵隊たちと一緒に歩いた。麻布から品川まで、どれくらいあるか分らない。雪の上に日が照って来た。良人の父は七十を過ぎていたが、(ちょうどいまの一枝と同じくらいの齢であった。)くたびれたとは言わなかった、兵隊たちの服の匂いと汗の匂いがした。この中に良人がいるに違いないと思われたが、探せなかった。やっとのことで品川へ着いた。

あれは何と言う邸なのか、大きな構えの家があった。そこの広い庭で、兵隊がおおぜい固まっていた。あの中に良人がいるのか。駅のホームはものものしかった。紙屑が落ちていた。風が出て、紙屑が飛んだ。あのホームへ下りていたい。駅の上に立っていると、おおぜいの人ごみの中に、思いがけなく知っている人の顔が見えた。「お会いになりましたか、」とその人は言う。ほんの五分ほど前、良人たちの部隊が汽車で発ったと言う。黒い手袋をした手をあげて、良人はその人に挨拶したと言う。その手袋は出発のとき、一枝が買ったものだ。たぶん良人は会えなかった一枝たちのことを哀れに思ったに違いない。しかし一枝は、もう五分早かったら良人に会えたのに、と残念には思わなかった。ここまで歩いて来たことで、会えなかったけれども心残りはなかった。「帰りましょう。お父さま、」「ふむ、」二人は車で帰って来た。

そのときから一年、一枝は良人のいない生活をしたことになる。いつ帰って来るか分らない人を待つことは難しい。ひょっとしたら一枝には、そういう生活が一番難しいのではなかったか。精神を抽象的に保って、同じ状態を持続する。それが一枝には出来なかった。初めの間、暦を壁に貼って、一日ずつ消して行った。どこまで消して行ったら好いのか。どこまでか知りたい。どこまでと言う目安をつけたい。しかし、それはつけられなかった。一枝には目安をつけられないことを続けて行くことが出来ない。いつであったか一枝は、壁に貼ってあるその暦を、つい剝がして了ったのを覚えている。

言って見れば一枝には、眼の前に見えているものだけを当てにして、そのことだけを当てにして行動することだけが愉しいのか。一枝はその頃、阿波の或る人形師に会いにたびたび行ったが、良人へ出す手紙に、「また阿波へ行って来ました。」と書き、その人形師の作った人形の写真を入れたりした。

良人のいたところでは、実際に戦闘はなかったと言う。それにしても、故国を遠く離れ、いつ帰れるとも知れぬ人のところへ出す手紙としては、それは間の抜けたものであった。しかし、そのことに気がついたのは、良人が帰って来て、「人形、人形と言う手紙には困ったよ。」と言ったときであった。

一枝には遠くにいる人との、いや、その人が遠くにいると言うことで、感覚の上での距離が分らなくなるのか。相手を喜ばすと思っていて、実は自分の関心しているとについてしか、心が動かなくなるのか。良人が遠くにいる月日がながくなるにつれて、良人との感覚の交流が見えなくなる。いや、良人の姿が見えなくなる。良人は消えて了いそうになる。

この期間に、一枝が単独に行動したことは、一枝にも分らない。良人の姿が見えないことで、良人と言うものの抽象体をとらえていることは、一枝には難しい。世間の多くの女たちが、当然に持っている、出征した良人に対する極く普通の気持を、一枝も確かに持っていたのに、途中で、いつの間にかそれを見失いそうになる。而も一枝はそのことに気がつかない。

いつの間にか一枝は、良人のところへ手紙を出すたびに、遠くにいて、いつ帰れるとも分らない人、と言うことを忘れて了い、自分の方のことばかり書いた。良人がそれを喜ぶ、と誤解していたのか。そして、良人のいた頃と同じ家の中とは思われぬほど、家具その他のたたずまいの変った家の様子を、写真にとって送ったりした。

家の中の様子を変えて、吃驚させたい、と言う気であったのか。とにかく一枝は、良人を待つと言うのではなく、ひょっとしたらそれが良人の気に染まぬことであっても、思わず何か行動しないでは暮せないのであった。「この春は裏庭にえんどうの種を蒔きました。」と書き、そのえんどうの畑で豆をもいでいるところを、写真にして送ったりした。

えんどうの種を蒔いたあと、一枝は何をしたか。そのことを書くのは難しい。良人が帰還して来たとき、一枝は湧き上って来る歓喜とともに、或る断絶した、異物のようなものの突然に現れ出たような、一種、狼狽に似たものを感じたのを忘れない。良人は家の中のあますところのない変貌を、呆れて見守ったからである。

3

男と女がいつでも一つ家の中で暮す生活の中で、しばしば一枝ははみ出して了う。どこではみ出すようになるのか、一枝には分らない。いつでもそれは、何かを思いつき、そのことを追いかける。その行動の中で始まる。一緒にいる人は、もし一枝がそのことを始める前にそれを知っていたなら、確かにとめたであろうその行動の中に、一枝はもう体ごと這入り込んでいる。そのときにはもう、とめるのが厄介だった。

大抵の男がそこで、一枝のすることを傍観して了う。何か始める前に相談してくれたら、と一枝に言うことが出来ようか。気がついたときに一枝はいつでも、もうすでに何かをし始めていた。それはさあッと風の吹き過ぎるのに似ていた。とても信じられないことであるが、一枝は若いときから今日までに、家を十一軒建てた。それは或る日、改めて指を折って数えて見ると、既に十軒ほど建てていた。そしていま、その十一軒目の家を建てているのである。たぶん世の中には、一生の間に一軒だけ自分の家を建てたいと思っている人もいる。そして、その一軒も建てずにいる人もいる。それだのに、次々に十一軒も家を建てるとは、どう言う気か。ひょっとしたら一枝は、それほど慾が深いのか。いまになって思い返すと、それらの家の中には、家とは言えないくらいに粗末なものもある。また、万金を投じたと言う豪奢な家もある。家は建てたが、何かの都合で、一ケ月とは住まなかった家もある。季節が変って、或るとき行って見ると、その家には、畳と畳の隙間から筍が生えていたこともある。ひょっとしたら一枝は、慾が深いのでさえもなく、もっと何か大切なものが欠けているのか。

　畳の隙間から筍が生えていてもそれほどに驚かなかった一枝は、また万金を投じた家が抵当でとられても、それほどに悲しまなかった。引越の車が出て、最後にその家を出た一枝は、一度くらいあとを振り返り、名残りを惜んだか。未練がない、と言うのでさえもない。一枝にとって、そこは最早家ではなかったから。おかしなことであるが一枝は、そこから越して行く日蔭の小さな家に、もう心がとられていたのだから。小さな家に、紙を貼ったあの行灯を置こう。世間普通には、大きな傷をうけるのが当然であることにも、何かすることによって、一枝はすっとそこを通り抜ける。何かすること。いつでもそれが必要でもあったが、しかし一枝は、それが必要だからするのではなかった。自分でも気がつかずに、もう何かしていた。そしてそれが、凡ゆる場合に、一枝を傷つかせないのであった。いつでも、どこでも、傷をうけない一枝。そんなことがあるだろうか。しかし考えてみると、一枝には、傷をうけたために、しばらくの間でも同じところにじっとしている、何もしないでいることがないのだった。

　人の眼からはこの一枝は、ひょっとしたら、尻尾を切られたのも知らずにまだ這っている蚯蚓に似てると思われる。家を抵当に取られたあと越して行った青山の家でも、一枝はその二つの家を比較してみることはない。これから住むのはこの家だから。言ってみれば前の家は抜け殻なのだから。越して来たその日から、日蔭の家に定着する。諦めが好いなどと言うのではない。ただ、行くさきが急ぐからである。行くさきにだけしか、一枝の気持がないからだ。

　行くさきとは何であろう。それは分らない。一枝にとって、その行くさきに何か幸福に似たものがあるような気がするのか。幸福と言うものは、現状を積重ねて築くものではなく、現状を抜けてその先にあるものなのか。ただ、一枝は行くだけなのか。行くさきに何があるかも意識しないで、ただ忙《せわ》しなく行こうとするだけなのか。ただ、そう言う動物力だけなのか。一枝はそれも知らない。「はははは、この家じゃ裏木戸なんかいらないわ。この穴から出這入り出来るもの、」と言って、一枝の妹が笑った。コンクリートの垣根が戦災のときのまま、大きな穴があいていたから。一枝はそのとき、その穴さえも眼にとまらなかった。

4

青山の家に越したとき、ともかく一枝は良人の仕事の出来ることを先に考えた。青山には別棟になっている、ちょっとましな部屋があった。良人はそこに落着いた。一枝たちは二つの棟を渡って生活した。忙しいときには、良人は別棟にいるままのことがある。一枝は何かするとき、良人にその話をするのを忘れることがある。後になると、それらのことを話さないままのことがある。意識しないで、一枝たちは二つの別の生活をしたことになる。

しかし一枝は、ときどき別棟の方に行って、一枝の仕事にしているきものを見せに行くことがある。それは美しい出来上りであったから。「きれいだ。色の配置がきれいだね。」良人はそう言う。しかし、良人の落着いた顔つきは隣家の人の顔である。一枝の作ったものが美しいと言うことは、良人の心情にとって、隣人の感想である。一枝もまた、その上を望まない。そして、そのことは習慣になった。一枝たちはその喜怒哀楽ともに、影響をうけない場所に、ちょうど体を除けて暮していた。或いは相手のすることを見て見ぬ振りをして、そのことによって被害をこうむることを少くした。被害を？　そうである。一枝の向う見ずとも言える多くの行動は、その近くにいると、相手は多少とも被害をこうむるのではなかったか。しかし、一枝がその結婚生活において、実は加害者であったと気がついたのは、やっと、そうである。それら凡てのことが、遠く雲の彼方に消えて了った、やっとこの頃のことである。

そしていま、いろいろなことがあった後で、一枝はまた、十一軒目の家を建てようとしている。この山に土地を見つけて、最初の家を建ててから三軒目である。同じ土地に三軒も家を建てるのか。いまは、一緒に暮している人はない。一枝は何か思いつくと、思いついたことをその翌日からすることが出来る。あの人に話したら、そんなことはよせ、と言われはしないだろうか、と思わないで済むからだ。確かに初めは、一緒にいる人に気に入られたい、と言う気持で始めたに違いないのに、どこでどう紛れたのであろう、いつの間にか一枝は、自分のしたいと思うことの方へ、気持が行って了うのだった。ここまで来ると、もう相手の人はいないのと同じであった。ときにはそれが、とんでもない方向に行って了うことがあった。

一枝はこのときの、あのはぐれた孤独に似た気持を忘れることが出来ない。相手はここで一枝から離れ、一枝のすることを傍観する。一枝がどこまで行っても追っては来ないで、後から見送る。一枝のしたどの結婚生活も、そのどれも、全く同じ経過を辿って、ここで破綻したのではないか。

一枝はいま、十一軒目の家の二階にいる。ガラス戸の遥か向うに、枯れた林と遠い山々が見える。雪が降っている。街で見る雪ではなく、山で見る雪だ。粉のまま、小止みなく、しんしんと降る。枯れた木の枝と言う枝に雪が積っている。それでいて、うす日が洩れているのだ。向うの家から来る途中の、沢のところで雪が跡切れ、沢に氷が張っている。この雪の中で、家がもう少しで出来上る。いや、出来上らないままで、この冬を越そうと言うのだ。「七十をとうに過ぎて、また家を建てるなんて、」と人が言ったと言う。或いは、もう家なぞ建てないのが、謙虚な生き方であると言うのか。しかし、一枝はもう建てて了った。山の尾根の白い雪が遠く霞んで見える。一瞬の間、思慮の及ばない、架空な世界のようなものが一枝の心をとらえる。一望の白い雪が一枝をその世界に引き込む。

山の中の寒い季節の頂点で、外壁のまだ出来上らない家では、部屋の中のヒーターが凍りついて了うことがある。「那須山《なすやま》は寒いですけにねェ、」とちょっと尻上りの方言で、ヒーターを直しに来た頬の赤い少年が言う。それは、この寒い山で冬を越すのは無理ではないか、と言っているようにも聞える。水道管が凍りついて、水の出ないことはしばしばである。しかし一枝は、それでこの山の冬籠りを止めようとは思わない。この一枝の気持は不遜とも言えるか。いや、それは戦時中、あの熱海の丘の上の家でも暮せる、とふと思いついたのと同じように、多少の不便なことは、その不便を訂正する労苦を計算しないばかりか、どうにかすればそれは済むと簡単に思って了うためなのか。

しかし、一枝はいま、この山の家にひとりでいる。誰も一枝のすることを止めないばかりか、とめそうな気配を示すものもない。これはあの人の気に染まぬことだと思って、躊躇することもない。一枝をとめるものは、金が足りない、と言うことだけになった。そして、その金が足りないと言うことさえ、ひょっとしたら気にかからないことがある。一枝はひとりでいることで、ひょっとしたら淋しいとさえ感じない。前にも書いたように、一枝は自分のぐるりに、幸福のかけらのようなものをいくつもいくつも張り遶らして、生きているからである。沢が凍りついて、水の流れがとまって鏡かと見えるその小さなことも、二階のテラスから見た瞬間に、愉しいと思うからである。これは一枝の護身術か。しかし或る日、一枝と一緒にいたどの人も、一枝を傍観し、一枝をひとりで行かせた地点に立って、或いはほっと安堵の吐息をついたのではないかと気がついたとき、さすがに一枝は心が騒いだのを忘れない。

一枝と別れたあと、どの男もまた別の女と結婚した。そしてどの男も、それはちょうど初めて行きつくところへ行きついたのでもあったように、そこに落着いた。よそ目にもそう見えるのが、一枝にもうかがわれた。一枝と別れて、初めて生活らしい生活に這入ったのだと言うことが分ったとも言える。しかし一枝は、これを嫉ましいと思ったか。一枝はそうは思わなかった。別れた男たちの穏やかな生活を、一枝もまた、当然だと思うからである。

雪は止まない。もう二尺も積ったろうか。すぐ家の横手に、ゆるい坂になった道が見える。スキーと言うものを知っていたら、恰好の場所なのに、と思うのも愉しい。

昨日からの雪で、その道には車のあともない。この家は四方とも同じ雑木の林に囲まれているので、雪を支えた細かい木々の枝が、どこからでもレースのように見える。まだ日がさしているのに、雪粉が舞い上る。風が出たのである。

解説

解説

橋本のぞみ

本巻が対象としているのは、プロレタリア文学の壊滅後、第二次世界大戦後にかけての昭和の激動期に、その命脈を保った女性表現である。具体的には、大谷藤子と矢田津世子、岡本かの子がいずれも一九三五（昭和一〇）年から一九四一年頃の作品を三つあるいは四つずつ、網野菊は一九四〇、一九四六、一九五三、一九六〇年の作品、大田洋子は一九四八年、宇野千代は一九四七～五七、一九七〇年の作品を収録しており、例外はあるものの、およそ二〇年余りの間に発表されたものである。

紙幅の都合上、全作品に触れることはできないが、その様相を時代状況に注目しながら概観してみよう。一九三一年の満洲事変以後、日本は一気に非常時へと突入していく。やがて、政府は人的・物的資源を統制運用するため、一九三八年、国家総動員法を発令した。翌年、これに基づき、国民職業能力申告令と国民徴用令を制定し、男性不在の職場へ女性を駆り出すための戦時動員も図られた。また、人口増加政策の一環として、一九四〇年に厚生省は「多産報国思想」の指導を主張し、翌年には、結婚の早期化・出産奨励のための人口政策確立要綱が閣議決定した。

こうした状況の下、モダニズム文学とともに昭和文学の二大潮流の一つであったプロレタリア文学運動が敗退を余儀なくされると、多くの文学者が混迷に陥り、様々な方向性を模索して、多様な文学を花開かせた。本巻に収めた大谷藤子や矢田津世子、岡本かの子の作品は、この転換期の所産である。

プロレタリア文学の影響下に作品を手掛けたことのある藤子と津世子は、この時期にそれぞれ鉱脈を探り当て、代表作を発表している。藤子の代表作「須崎屋」は、山村に生きる女の不如意な日常を掬い上げ、その不遇を幾重にも強調することで、逆に彼女の力強い生の在り様を写し出した。津世子の場合は、この頃から〈妾もの〉を専らとし、「しきたり」と「習わし」の中に涙を押しとどめた亡妻と「妾」、両者の胸中に迫った「父」や「神楽坂」を世に問う。いずれも、女の語るに語れぬ内面に迫った佳作である。また、「産めよ殖やせよ」の時代に母性をテーマとして脚光を浴びたかの子は、一方、「鮨」や「家霊」では、戦争に突き進んでいく時代を背景に、〈いのち〉の重みを謳って独自な作品世界を展開してもいる。

戦時下において、女性政策は一層強化されていく。一九四三年、一七から四〇歳までの未婚・未就学・未就業者による女子勤労挺身隊を編成し、一、二年間勤労させる方針を打ち出す。これに基づき、翌年、「学徒動員令」「女子挺身勤労令」が法制化された。文学状況に目を向けると、一九四一年の太平洋戦争の開戦とともに文学者に対する言論の抑圧は一層強まり、翌年には、日本文学報国会が設立され、文学者は戦争遂行のために献身することを余儀なくされた。文学的抵抗を示し得た作品も僅かにあるものの、戦争末期には文学的空白期に入る。

一九四五年八月一五日、戦争が終結すると、アメリカが日本を占領し、対日政策にあたった。女性施策では同年、婦人参政権が実現し、翌年には、大学・専門学校の男女共学が認められた。また一九四七年、姦通罪も廃止され、両性の平等を謳った新憲法が発布される。文学界も息を吹き返し、無頼派や戦後派をはじめ、百花繚乱の趣を呈するが、この新しい時代に発表されたのが網野菊、大田洋子、宇野千代の本巻収録作品である。

菊は、戦後間もなく発表した「風呂敷」において、離婚した元夫への執着を断ち切り、新たな一歩を踏み出す女の、迷いと覚悟の心中をこまやかに描いている。また、「憑きもの」や「業」では、自己と四人の母、あるいは叔母の不幸な人生を顧み、その元凶は男女が不平等の社会ゆえであると強く訴えるまでの、長きにわたる女の心的過程を辿る。同じ告発であっても、菊のそれが来し方を俯瞰する冷静なものであったのに対し、洋子の「屍の街」は臨場感あふれる生々しいルポルタージュである点が注目されよう。広島で被爆した彼女が、過酷な体験、凄惨な状況から目を逸らすことなく、その元凶を名指しで追及した、稀に見る抗議の書となっている。また、その語りに定評がある千代の代表作「おはん」では、家父長制社会における男女の関係構造を暴いており、戦後、変化を遂げつつある両性の関係性を考える上でも興味深い。

弾圧や戦火により、刻々と移り変わる状況の中で、メッセージを発信し続けた女性たちの文学は、より一層、女の内奥に分け入り、精緻にその現実を写すものとなったのである。

大谷藤子

一九〇三（明治三六）年一一月三日〜一九七七（昭和五二）年一一月一日

一九〇三（明治三六）年（一九〇一年説あり）一一月三日、埼玉県秩父郡両神村に生まれる。父・大谷与三郎、母・ミノの四女。本名は、大谷《オオヤ》トウ。小学生の頃から読書好きだった藤子は、当時から創作もしていたのだという。小学校を卒業後に上京する。私立三田高等女学校卒業。東洋大学文科に一年ほど聴講生として通う。海軍大尉であった井上良雄と結婚。その後、広島県呉市に住み、その間、同人雑誌『創作月刊』や『文芸尖端』に短編小説を発表。

一九三一年、矢田津世子を知り、生涯の友となる。翌年、結婚生活を捨てて上京。一九三三年、同人雑誌『日暦』の同人となり、九月、その創刊号に「伯父の家」を発表。これが川端康成、武田麟太郎に認められて、『文学界』からの原稿依頼があり、「信次の身の上」（一九三四年）を寄稿。この小説は、小学生・信次が家中で疎まれている理由が、父と祖母との長年にわたる不和に由来することを語ったものである。藤子の作品は、一見地味であるが、手堅いリアリズムと社会批判の精神に支えられているものが多い。山村を舞台としているものが多いのも特徴であろう。

大きな転機となったのは、『改造』の懸賞小説に応募した「半生」が入選したことである。これは、出生を望まれなかった女性の鬱屈した少女時代と、成人してからの不幸を描いた作品である。女性で初の入選であった。プロレタリア文学の全盛期には、その影響が顕著な「尊き御事業」や「転形期」が書かれた。一九三五年一月、「須崎屋」（『改造』）を、一二月、「血縁」（『中央公論』）を発表。以後、『改造』や『文芸』に作品を発表する。「須崎屋」は、藤子の代表作であり、不景気で寂れていく宿屋に焦点を当て、そこに生きる女性の不如意な生活を描いた小説である。

一九三六年、武田麟太郎が『人民文庫』を創刊。『日暦』と合流した同誌に書くようになった。一九三九年三月、「山村の母達」（『改造』）を発表。後、一九四一年九月、『山村の女達』（昭和書房）として刊行。「山村の女達」は、山村における高齢者や世代交代の問題、杉の植樹への動きなどに光を当て、パターン化された山村像を打ち破る女達の現実を炙り出した小説である。一九四〇年には、若い女性を描いた『青花集』（時代社）を刊行。

一九四六年四月、「谷間の店」（『人間』）を発表。その後、少女小説も手掛けたが、一九五二年一二月には、土地の有力者に家屋を奪われ、息子の死により将来への希望も絶たれた一家を描く「釣瓶の音」（『改造』）を発表。これにより、第五回女流文学者賞受賞。一九六三年一一月の「最後の客」（『新潮』）では、殺人を犯した青年の裁判をめぐるあれこれを、叔母の視点から辿り、一九六九年八月、その続編「再会」（『新潮』）を発表。これにより、第九回女流文学賞受賞。一九七七年一一月一日、死去。同月、『風の声』を新潮社より刊行。「風の声」は、象徴的表現を駆使し、閉ざされていく女の内面を浮かび上がらせた作品となっている。

須崎屋　大谷藤子の代表作。作中の「不景気」は、一九三〇年から三一年にかけて日本経済に打撃を与えた昭和恐慌を指すと思われる。本作では、この恐慌を背景に衰退していく「田舎町」の安宿・須崎屋と、そこで暮らす一家の人間模様、とりわけ「嫁」・さだの抑圧された日常に光を当てている。

さだの舅・九蔵は、かつては近隣の農家に高利で金を貸し付けていたが、その後は須崎屋で算盤を弾き、「細かい稼ぎを積り積らせることに熱中」してきた男である。九蔵は、不景気で客足が落ちたこともあり、さだが「嫁」に来ると女中二人に暇を出した。そのため、彼女は宿のこと全てを取り仕切らねばならなくなったが、この舅は、さだが客からこっそり心付けをもらったのではないかと疑い、また色気で客を釣るよう彼女を唆す。

また、彼女の夫・伊之吉は、父からいつまでも帳場を任されないことに苛立ち、酒を飲んでは管を巻いて、釣りをして一日過ごす放蕩息子である。そればかりか、この度、秋祭りの間だけと雇い入れた若い「女中」にも手をつけたらしい。客に出す酒まで飲み、しつこく客に絡む伊之吉は、自分の非を人のせいにして憚らない。

彼女の希望は子供二人の存在だったが、長男の源作は奉公先で亡くなり、長女の繁子は行儀見習いに出した岸坂家の主人と関係を持つような始末である。自身の不義を恥もせず、親を怒鳴りつけるような娘に、諦めを感じるさだである。この繁子と岸坂との関係は、九蔵も知ってのものだという。やがて岸坂と九蔵との関係から、須崎屋が場所を移して鉱泉旅館として生まれ変わるという話も、さだは客から聞いたのであった。絶望的な状況下で、ひたすら働くさだは、「心に衝撃をうけるたび」に手が震えるという。やがて、この旅館も岸坂のものになるだろうことを匂わせて小説は幕引きとなる。

本作においては、資本家による搾取の様相と、その下での女性の抑圧がうかがえるが、注目すべきは、プロレタリア文学が壊滅に追い込まれた時代を反映し、より後者に焦点化していく展開であろう。

また、このように、様々に過酷な状況を引き受けていくさだであるが、彼女は、周囲の皆が不況や旅館の建て直しを通して変わっていく中、一人状況に振り回されない人物でもある。「須崎屋」は、さだの不変で弛みない日常と、恐慌で大きく変わっていく時代とを対照することにより、彼女の不動の強さが際立つ展開となっているのである。

山村の女達　大谷藤子の故郷・秩父の山村を舞台とし、方言を交えつつ、そこに生きる女達の姿を描いた小説。原題「山村の母達」を単行本化にあたり改題。

　冒頭に出てくる二人の老女は、ともに周囲とのディスコミュニケーションの中で、行き場を失いつつある人物である。口達者で情報通のもよは、揉め事の種として村人から恐れられている。畑仕事の最中も、人々は彼女独特の悪態を聞かないふりでやり過ごす。家でも孤立しているもよは、息子夫婦から呼ばれて家に戻りたいと思っている。家族から忘れられて、一人畑に取り残されたくはない。ようやく自分を探して呼びに来た「嫁」が、こういっているのが聞こえる。「年寄りがいなくなっても半日は気がつかねえでさあ」。

　せいは、もよより一〇歳年下である。息子二人は家を出て行き、滅多に帰ってこない。やがて縁続きの娘と一緒に住むことになり、その娘が婿を取って家を継ぐと、せいは居所を失くしていった。跡取り夫婦が彼女を気遣う言葉は、悪気がなくても、せいを遠ざける結果となってしまう。せいは、「仕事の出来ない埋合わせに東京の息子のところへ出かけなければならないと思う。そんな心とは知らないでも、跡取り夫婦がそれを喜ぶ」。彼らの心は交わらないまま、せいはいつの間にか疎外されていく。

　そのようなせいに自身の行く末を見、「今のうちに防がなければならない」と恐れを抱くのが、彼女より年若いたみである。延々と続く静かな時の流れに身を任せ、「若いものの繁昌を眺めて満足するよりほかはない齢」を受け入れていく生き方を、彼女は拒む。たみは、現在にとらわれず、将来を見据えて、孫の代の財産とするべく杉の植樹に精を出す女性だ。すぐに結果の出る田や畑に汲々とする村民から異端視されようと、彼女は、時間はかかるが大きな実を結ぶ杉を育てる。そして、夫と他の女性との間にできた子どもの存在に苦しみながらも、彼を受け入れていくことで、心の平安を取り戻していくだろうことがうかがえる結末となっている。

　このように本作では、山村の女達における高齢者の孤独や世代交代の問題、植樹という新しい動きなど、パターン化した山村像を打ち破る彼女たちの現実に光が当てられる。とりわけ、しだいにたみの営為に焦点化していく展開は、静かで変化に乏しいと思われがちな山村の中のダイナミズムを感じさせよう。さらに、「村長あがりの男」に対する村人の尊敬と蔑視の入り混じる態度からは、「素朴」な彼らの異分子への「頑な」さもうかがえ、老女の場合と併せ、村における疎外の構造が複層的に炙り出されているといえよう。

風の声　山村の生活を多く描いてきた大谷藤子は、やがて都会を主要舞台とする作品を書くようになる。本作は、長年にわたり凝り固まっていく女性の内面を一人称で語った小説。

「私」は、病死した友人・繁子との苦い思い出を回想し、悔恨の念にとらわれる。四〇年以上も前、「私」は恋人から結婚を申し込まれていたが、一緒に住んでいた繁子にその恋人を奪われてしまう。それからというもの、「私」は自分を裏切った繁子に対し、表面的にはあくまでも優しく振舞った。しかし、心の内では彼女と彼の破局を強く願う。こうして「腹黒い」女となってしまった「私」の心的経緯が辿られていく。

本作では、女性の内面における無意識裡な葛藤が、きわめて象徴的に描かれている。「私」が聞いたという「風の中の声」は、「私」の内なる声の謂いであろう。最初、その声は明瞭で、幾度も聞こえてくるものだったが、今ではちらとも耳にすることがない。それは声のいう、許し、祝福することは、憎むことよりも価値がある、という考えが、「私」の中で失われていく様子を端的に示していよう。また、怒りに燃える「私」を諌める匿名の友人も、いわばより現実的なレベルでの、彼女の内なる声だったのではないか。しかし、この友人も早々と姿を消してしまう。

次に、「私」は、故郷で感じのよい女性と出会い、自身の人間性を省みるが、この故郷とは、彼女の心の最も深い部分を表している。心の奥底で、「私」は、いい人間になりたいと願っていた。しかし、彼女はこの自己の内なる声にも耳を貸さず、裏で人の不幸を熱望するような、性悪な女への道を邁進していく。心の荒みが、彼女の生活をも転落させる日々。こうして段階を踏むかのように、自分を立て直す機会を失っていった「私」は、繁子が盆暮れに家を訪ねてくるようになっても、表面的な付き合いを崩さず、彼女が病と聞いても、さして気にしなかった。その間に、彼女は亡くなったのだと知り、「私」は今更ながらにこれまでの自分を悔いる。繁子の死は、「私」にとっての再生の可能性が閉じられてしまったことの象徴であろう。

平易な文章の中に象徴的事象を嵌めこむことで、女性の心の襞を表現した本作は、藤子の後期に特徴的な作品といえよう。

[解題]

「須崎屋」
〈初出〉『改造』一七巻一号　改造社　一九三五・一
〈底本〉『大谷藤子作品集』まつやま書房　一九八五・六

「山村の女達」
〈初出〉『改造』二一巻三号　改造社　一九三九・三、「山村の母達」の題で発表。その後、一九四一・九、『山村の女達』(昭和書房)として刊行。
〈底本〉『大谷藤子作品集』まつやま書房　一九八五・六

「風の声」
〈初出〉『新潮』七二巻一一号　新潮社　一九七五・一一
〈底本〉『大谷藤子作品集』まつやま書房　一九八五・六

[略年譜]

一九〇三(明治三六)年(一九〇一年説あり)
一一月三日、埼玉県秩父郡両神村に生まれる。父は大谷与三郎、母はミノ。本名は、大谷《オオヤ》トウ。小学校を卒業後に上京。私立三田高等女学校卒業。東洋大学文科に一年ほど通う。

一九二五(大正一五・昭和元)年　二二歳
一二月、埼玉県川越市の素封家の長男・井上良雄(義良という説あり)と結婚。結婚後、広島県呉市に五年ばかり住む。その間、同人雑誌『創作月刊』に小説を発表。

一九二九(昭和四)年　二六歳
五月、『文芸尖端』創刊号に、「指」を発表。

一九三一(昭和六)年　二八歳
この年、矢田津世子を知る。

一九三二(昭和七)年　二九歳
結婚生活を捨てて上京。本所から湯島、高円寺を経て下北沢に転居。

一九三三(昭和八)年　三〇歳
同人雑誌『日暦』創刊、同人になる。九月、その創刊号に「伯父の家」を発表。これが川端康成、武田麟太郎に認められ、『文学界』からの原稿依頼がくる。

一九三四(昭和九)年　三一歳
一月、「信次の身の上」(『文学界』)を、四月、「一つの展開」(『文芸』)を、八月、「半生」(『改造』)を発表。これは、第七回『改造』懸賞創作に入選したものである。九月、「私事一つ」(『文芸』)を発表。

一九三五(昭和一〇)年　三二歳
一月、「須崎屋」(『改造』)を、一二月、「血縁」(『中央公論』)を発表。以後、『改造』や『文芸』に作品を発表する。六月、矢田津世子を『日暦』同人に推挙する。

一九三六(昭和一一)年　三三歳
武田麟太郎が『人民文庫』を創刊。『日暦』が合流したため、『人民文庫』

に書くようになる。八月、「顔」（『改造』）を発表。

一九三七（昭和一二）年　三四歳

八月九日、朝日新聞社の尾崎秀実の紹介で矢田津世子と「満洲」旅行（九月一四日まで）。

一九三八（昭和一三）年　三五歳

母が死去。一二月、『須崎屋』を版画荘より刊行。

一九三九（昭和一四）年　三六歳

三月、「山村の母達」（『改造』）を発表。後、一九四一（昭和一六）年九月、『山村の女達』（昭和書房）として刊行。七月、「山の家」（『文芸』）を発表。

一九四〇（昭和一五）年　三七歳

『青花集』（時代社）を刊行。

一九四六（昭和二一）年　四三歳

四月、「谷間の店」（『人間』）を、八月、「石島」（『新人』）を、九月、「岩瀬の眼医者」（『座右宝』）を発表。

一九四七（昭和二二）年　四四歳

二月、『若草日記 少女小説』（偕成社）、『谷間の店』（民友社）を刊行。

一九四八（昭和二三）年　四五歳

二月、『早春の人』（喜久屋書店）を刊行。

一九四九（昭和二四）年　四六歳

二月、『ゆく春の物語　少女小説』（金の星社）を、九月、『花さそう嵐　少女小説』（偕成社）を刊行。

一九五二（昭和二七）年　四九歳

一二月、「釣瓶の音」（『改造』）を発表。これにより第五回女流文学者賞受賞。

一九五四（昭和二九）年　五一歳

一一月から翌年七月まで、『日暦』に「巷で」を分載。

一九五八（昭和三三）年　五五歳

五月、『六匹の猫と私』（竜南書房）を刊行。

一九五九（昭和三四）年　五六歳

八月、『青い果実』（角川書店）を刊行。

一九六〇（昭和三五）年　五七歳

六月、『断崖』（雪華社）を刊行。

一九六八（昭和四三）年　六五歳

一一月、『最後の客 大谷藤子小説集』（広済堂出版）を刊行。

一九六九（昭和四四）年　六六歳

八月、「再会」（『新潮』）を発表。これにより第九回女流文学賞受賞。

一九七〇（昭和四五）年　六七歳

一二月、『再会』（中央公論社）を刊行。

一九七五（昭和五〇）年　七二歳

一一月、「風の声」（『新潮』）を発表。

一九七七（昭和五二）年　七四歳

一一月一日、死去。同月、『風の声』を新潮社より刊行。

＊原山喜亥「大谷藤子について」（原山喜亥・大谷健一郎編『大谷藤子作品集』まつやま書房、一九八五・六）をもとに、板垣直子『婦人作家評伝』（メヂカルフレンド社、一九五四・六）等を参照した。

【参考文献】

関谷幸子「大谷藤子研究」（『実践文学』一八号、実践文学会、一九六三・三）

吉田精一監修『近代作家研究叢書56』

（日本図書センター、一九八七・一〇）
紅野敏郎「「学鐙」を読む（80）――大谷藤子」（学鐙編集室編『学鐙』九二―九、丸善出版、一九九五・九）
植地一行「大谷藤子試論――作品中の女性像を通して」（杉野要吉編『「昭和」文学史における「満州」の問題第三』早稲田大学教育学部杉野要吉研究室、一九九六・九。〔叢刊〈文学史〉研究　第三〕）
近藤富枝「大谷藤子と矢田津世子」（『「青鞜」と「女人芸術」――時代をつくった女性たち展』世田谷文学館、一九九六・一〇）
さいたま文学館『近代埼玉の女性文学――時代の表現者たち』（一九九九・一）
沢豊彦「時代の綴り文字――大谷作品」（尾形明子監修『近代女性作家精選集四一　大谷藤子『青花集』』ゆまに書房、二〇〇〇・一一）
渡邊澄子「大谷藤子の世界」（『大東文化大学紀要　人文科学』四八号、二〇一〇・三）

（橋本のぞみ）

矢田津世子　一九〇七（明治四〇）年六月一九日～一九四四（昭和一九）年三月一四日

　秋田県南秋田郡五城目町に、矢田鉄三郎とチエの四女として生まれる。本名ツセ。五城目尋常高等小学校、中通尋常高等小学校を経て、東京市富士見尋常小学校を卒業。麹町高等女学校に入学後は、雑誌『令女界』などに投稿し、文学に親しむ。一九二三（大正一二）年九月、関東大震災で家が焼けたため、飯田町に転居。後に、ここでの見聞が「神楽坂」の世界につながった。女学校卒業後は日本興業銀行に入行すると同時に、東京タイピスト学院を卒業。これらの経験が、後の作品へとつながっていく。

　父が亡くなっていたこともあり、一九二七（昭和二）年、兄・不二郎の転勤が決まると、日本興行銀行を退行し、母と名古屋へ転居する。『女人芸術』の名古屋支部に入り、長谷川時雨や林芙美子らの知己を得る。この年頃から、「黄昏時の感情」（『中央新聞』八月一九日）など、創作をするようになった。一九三〇年、名古屋の同人誌『第一文学』に参加し、作品としては初期を代表する「嗤ひを投げ返す」（『女人芸術』三月）や、「反逆」（同、一二月）などを執筆。「罠を跳び越える女」は、

『文学時代』の懸賞小説に当選し、文壇デビュー作となった。いずれも当時、隆盛を誇ったプロレタリア文学の影響を受けた作品である。

「反逆」では、世話になってきたと思っていた牧師が、欺瞞に満ちた存在で、娘を食い物にしていたことを知ったお松が、牧師を詐欺師と告発するまでを追った小説である。また、「罠を飛び越える女」では、勤めている銀行の部長室に呼ばれ、労働運動に奔走していることを理由に解雇を言い渡された槙子が、転職先を餌に言い寄ってくる部長を袖にして、昂然と銀行を出ていく様子を描く。

一九三一年に知り合った大谷藤子とは、生涯の友となる。翌年には、兄の転勤に伴い、母と三人で東京に移り住む。坂口安吾を知ったのも、この年であった。

一九三三年、五月に創刊された同人誌『桜』に参加、モダン派から芸術派の作家への転身をはかった。七月には、地下活動に入っていた湯浅芳子の縁により、資金カンパの廉で検挙され、一〇日間拘留された。以後、健康を損なう。

一九三五年六月、大谷藤子の紹介で武田麟太郎らの『日暦』同人となり、「弟」「父」により、長期のスランプを脱していく。「弟」は、母と父の「妾」との長年にわたる不穏な関係の中に身を置いていた女性が、母に引き取られたその「妾」の子、義理の弟に寄せる温かな感情を描いている。また、「父」は、父をめぐる母と二人の娘、「妾」という四人の女性の関係性に焦点化した小説であり、いずれの作品も、表題となった男性ではなく、周囲の女性を描くことに筆を費やす点が特徴である。

これ以降、津世子には、妻と「妾」との感情の機微、それゆえの家庭の歪みを描く作品が多くなる。翌年、「神楽坂」が第三回芥川賞候補作となってからは、人気作家となった。「神楽坂」は、妻と「妾」それぞれの悲しみを象徴的に描きつつ、その双方に無頓着な男の無神経さを撃つ作品となっている。

一九三八年からは病床に就くことが多くなり、肺炎を患う。七月、「秋扇」が「母と子」の題で映画化される。

一九四一年二月に川端康成に批判を求め、才を認められる。同月に発表された「茶粥の記」(『改造』)は、「神楽坂」と並ぶ津世子の代表作となった。夫との日々への愛着と、姑との仲睦まじい旅の風景を描いた「茶粥の記」は、女二人の厳しい行く末を見据えた作品ともなっている。

一九四三年の夏頃から病状が進み、翌四四年三月一四日、死去。東本願寺田無墓地に埋葬された。

父　第一創作集『神楽坂』(改造社、一九三六・一二)の冒頭に収録。次女・紀久子を視点人物とし、母亡き後、父の「妾」を本妻として家に迎え入れるまでを辿った小説。

　注目したいのは、混迷を深めていく紀久子の内面を前景化することで、娘にとっての父の「妾」の不可解さを浮かび上がらせていく点だ。たとえば、姉から、その「妾」おきえを本妻として家に入れようと相談された彼女は、父の気持ちも分からぬではないと思う一方、それを素直に受け入れることができない。また彼女は、自分たちに追い縋ろうとするおきえの「一生懸命さが不憫」にはなるものの、この思いがけず胸へ込み上げてきたものの正体が彼女への「愛情」なのか、「愛情を堰止める何か」なのか、判別できなくなる。

　とつおいつする紀久子をさらに追い詰めるのが、水面下で複雑になっていく人間関係であろう。おきえを扱き下ろしていたはずの母の友人・飯尾は、いつのまにか彼女と歌舞伎にゆく仲となっている。最初は気を遣い、外出のたびに手土産を忘れなかったおきえは、紀久子がそれを腐したと漏れ聞き、彼女と距離を置くようになった。紀久子は紀久子で、おきえの心遣いが嬉しく、その心根が哀れではあったものの、飯尾の手前、手土産をけなす羽目になる。このようなことが繰り返されるうち、紀久子は果てしない孤独感に苛まれるようになり、そうなって初めて、終始耐え忍んで死んだ母の無念に思い至るのであった。

　女達には、父の蓄妾を批判しようという発想がほぼ見られない。しかし、迷い、孤立していく紀久子の心事が、追体験的に母の悲哀に満ちた心情を蘇らせ、その不条理や非人間性を物語る。また、おきえの心映えや一歩引いた態度に情を掻き立てられていく紀久子を通じ、彼女もまた憐れむべき被害者であることが印象づけられていく。母とおきえ二人の目に光る涙を想い出しつつ、紀久子が流す涙。これらにより、すべての元凶が、「妾」の存在そのものではなく、父の蓄妾にほかならないことを浮き彫りにしていくのである。

神楽坂　「茶粥の記」と双璧をなす矢田津世子の代表作。第三回芥川賞候補作品。

　「馬淵の爺さん」は、高利貸しの手代から身を起こし、一代で財をなした人物である。始末屋の彼は、最近とりわけ「妾」お初の贅沢ぶりが気に入らず、働き者で倹約家の妻を誇りに思うことが多いのだという。

　着目したいのは、すべてにおいて対照的な妻と「妾」が、等しく深い悲しみを湛えた存在であるということだ。妻は馬淵の不遇時代から苦楽を共にして針仕事に明け暮れ、生活が豊かになった今も、針を手放すことはない。長い間の過労や栄養不足が祟って、一昨年の秋から肺疾となり、先は短いといわれている。こうした状況でも馬淵の「妾」通いは止まらないが､彼女は、馬淵が何かのはずみでお初の名を口にした時も、静かに頷きながら聞いている。しかし、彼女が言うに言われぬ怒りや悲しみを内に秘めていることは、障子を這い上っていく毛虫を針で突き刺し、その姿を凝視するという行為に明らかであろう。

一方、お初は一六歳で馬淵と関わりを持った。ある日、友達から新婚の幸せをのろけられたお初は、自分の現在を省みて、泣きたい気持ちになる。自分も愉しい世帯を持ってみたいと願う彼女には、馬淵の訪れを待つ日々は、空しく思える。「狭い鉢の中を窮屈さうに泳いでゐる金魚」が、肩身狭く世を渡らなければならない自分のように思えてならず、将来に何一つ希望が持てないのだ。

そのような二人の想いに馬淵が気付くことはない。やがて妻が亡くなると、位牌の守をするようになった彼は、新しい着物一枚着ることのなかった妻を不憫がり、贅沢三昧のお初を忌々しく感じる。また、妻の墓参りにお初を連れ出した彼は、帰りに鳥鍋を食べたいとねだる彼女の「贅沢心」に腹を立てて一喝する。「精進」の問題以前に、彼には、妻を何より苦しめたのが、自分の蓄妾だったということや、この墓参が二人の女にとって、いかに酷いものであるか、などという発想がまったくないことが明らかな結末といえよう。

「神楽坂」では、妻と「妾」双方の心中に踏み込むことで、疑問視されることのない蓄妾の不条理を炙り出している。と同時に、「父」とは違い、妻の存在を誇りに思う男ですら同じ弊に陥ることから、この悪しき因習の根深さを感じさせる作品ともなっている。

茶粥の記　矢田津世子の代表作。

亡夫の四十九日を過ぎ、姑と二人で秋田へ帰郷する清子は、在りし日の夫の姿を思い出す。夫は茶粥が好きで、ご馳走を体が受け付けない質であるにもかかわらず、食通として名が通っていた。わずかに聞き知った事柄を頼りに想像の翼を広げ、食べたことのない料理の味覚談義を繰り広げる夫。彼に神秘を感じ、尊敬していた清子だが、今は違う。郷里で教職に就き、姑と生きていくことを決めた彼女は、二人で湯宿に立ち寄り帰る道々、夫に対し妙に「肚立たしい気持」を覚えるのである。

満洲事変以降、「物資不足」の顕著な時代に、清子の夫は閉塞した現状を、想像の力で乗り越えようとする人物として描かれている。彼の好物が茶粥である点に注目したい。粥が、事変以降に推進された節米料理であることから、そもそも彼の嗜好は時宜にかなったものであることがわかる。にもかかわらず、食糧難の時代に彼が云々するのは、節約とは程遠い旬で粋な料理だ。自己の嗜好に逆らい、あえて時流に反する食べ物の魅力を語る彼は、強い越境願望を持った人物であろう。清子や彼の周囲がその話に引き込まれていく様子からは、生活を制限されていく人々の渇する思いがうかがえる。

　そのような彼の死は、空想の世界が力を持ちえない、より過酷な時代の到来を象徴的に表している。夫亡き後、清子は姑を抱え、女手一つで世を渡っていかなければならない。姑との仲はきわめて良好に見えるが、当初、姑が縁談に積極的ではなかったことが語られる。また、末尾では、二人の応答の食い違いがさりげなく配置されており、潜在的な両者の違和が感じられもする。夫との日々への愛着と、姑との仲睦まじい旅の風景を描いた「茶粥の記」は、女二人の厳しい行く末を見据えた作品ともいえよう。

鴻ノ巣女房　戦時中、六本木の「あたりや」で女中奉公するぎんの内面世界に光を当てた小説。

　今年四二歳のぎんは、「同じ郷《くに》生れの婆様から昔話《ムカシコ》をきく」ことが無上の安楽であるというが、模範的な労働者である彼女の内面には、物語世界が生きている点に注目したい。

　たとえば、婆様から聞いた昔話「鴻ノ巣女房」は、自分を助けてくれた男のため、人間の女に姿を変えて働くコウノトリの話である。その結末は、自分の羽で機織りしたコウノトリが、風切羽だけになって飛び去っていくというものだ。ぎんは、この話よろしく、恩人のために無私の労働を捧げる。また、ぎんは時折、大切にしている「奥様のお下りのラッコの毛で縁どつたシヨール」を羽織って同僚の前に現れ、皆を驚かせるというが、このショールは「虫のせゐか、あちこちボツコリと毟り取つたやうに毛が抜けて」おり、コウノトリの赤裸の姿を思わせる。

　また、女工時代、レース機械を操る彼女の心の中では、様々な模様レースが流れていたという。空想で「子供のころ見なれた山の端の茜雲や、青空にふんはりとかかつた白い薄雲」を織つた後は、「夏の雨上りの虹の橋や朝露のつぶつぶを光らせた浅緑の草むらを織つてみたいと思つた」。そのような架空の世界は、彼女の見る夢とリンクしている。立派な西洋間に薄紅のコスモス模様の白いレースカーテンがはためいている夢、その花々の中を赤子を背負って歩いていく夢。幸福な恋愛・結婚への願望を表すこの夢の内に、捨吉との恋愛や彼の子供との母子関係も位置づけられている。だからこそ、捨吉の嘘がいくつも露見しようとも、二人が姿を晦まそうとも、そして彼らから手紙で金をせびられようとも、何ら問題にはならない。彼女は、実体のない彼らの言葉をもつなぎ合わせて物語を続行し、喜んで彼らに送金し続けるのである。

勤勉な労働者という外面を下支えする内的世界の豊かさを取り上げた本作は、「労働者」という概念や「幸福」の定義を相対化するものだろう。と同時に、一面においては、戦時中、結婚報国が求められる時代に、四二歳で独身のぎんの日常の厳しさ、心細さを伝えて余りある作品ともなっている。

［解題］

「父」
〈初出〉『日暦』一三号　春陽堂
一九三五・一一
〈底本〉『矢田津世子全集』小沢書店
一九八九・五

「神楽坂」
〈初出〉『人民文庫』一一号　人民社
一九三六・三
〈底本〉『矢田津世子全集』小沢書店
一九八九・五

「茶粥の記」
〈初出〉『改造』二三巻四号　改造社
一九四一・二
〈底本〉『矢田津世子全集』小沢書店
一九八九・五

「鴻ノ巣女房」
〈初出〉『文芸』九巻一〇号　改造社
一九四一・一〇
〈底本〉『矢田津世子全集』小沢書店
一九八九・五

［略年譜］

一九〇七（明治四〇）年
六月一九日、父矢田鉄三郎、母チエの四女として、秋田県南秋田郡五城目町字下タ町三五番地に生まれる。本名ツセ。

一九一四（大正三）年　七歳
五城目尋常高等小学校へ入学。一年間、全甲であった。

一九一五（大正四）年　八歳
五月、秋田市亀ノ丁東土手町三五番地に一家で引っ越す。秋田市中通尋常高等小学校へ転校。

一九一六（大正五）年　九歳
夏に、東京市麹町区飯田町五ノ二四番地に一家で移り住む。九月、東京市富士見尋常小学校へ転校。

一九二〇（大正九）年　一三歳
富士見尋常小学校を優等で卒業。麹町高等女学校へ入学。九月、次兄・不二郎が第一高等学校へ入学。

一九二三（大正一二）年　一六歳
三月、不二郎が東京帝国大学へ入学。九月、関東大震災で自宅が消失し、飯田町六ノ二四番地に転居。この頃、『令女界』などに投稿するようになる。

一九二四（大正一三）年　一七歳
三月、麹町高等女学校を優等で卒業。

一九二五（大正一四）年　一八歳
四月、日本興業銀行に勤務。月俸は二一円。東京タイピスト学院を卒業。七月、父が胃癌で死去。

一九二七（昭和二）年　二〇歳

四月、日本興業銀行を退職。不二郎の転勤により、母と名古屋市東区千種町丸田九三番地に転居。

一九二九（昭和四）年　二二歳
『女人芸術』の名古屋支部員として活躍。長谷川時雨や林芙美子、生田花世、片岡鉄兵、林房雄らを知る。八月、創作「黄昏時の感情」（『中央新聞』一九日）を発表。

一九三〇（昭和五）年　二三歳
一月、毎日新聞主催「女人芸術名古屋講演会」で、初の講演「健康な大衆文学へ」を行う。兄・不二郎と名古屋の地元同人誌『第一文学』に参加。三月、創作「嗤ひを投げ返す」と随想「女人芸術名古屋講演会記」を『女人芸術』に発表。一二月、創作「反逆」（『女人芸術』）を発表。創作「罠を跳び越える女」（『文学時代』）が、懸賞当選小説として掲載される。

一九三一（昭和六）年　二四歳
一月頃、東京へ。秋頃、時事新報記者・和田日出吉と交際。大岡昇平、湯浅芳子、軽部清子、大谷藤子を知る。

一九三二（昭和七）年　二五歳
八月、加藤英倫の紹介で坂口安吾を知る。一一月、不二郎が東京に転勤し、母と三人で下落合四ノ一九八六番地に居を定める。一月、「一隅」（『火の鳥』）を、二月、「硬いクッション」（『文学時代』）を発表。

一九三三（昭和八）年　二六歳
三月、モダン派コント作家から純文学作家への転身を図り、同人誌『桜』に参加。七月二二日、共産党へのカンパという理由で、戸塚署に検挙・留置される。これをきっかけに湯浅芳子と断絶。

一九三四（昭和九）年　二七歳
夏、秩父の大谷藤子を訪問。秋以降、作品ができず苦悩する。八月、創作「旅役者の妻より」（『文学界』）を、九月、随想「月と父の憶ひ出」（『日本女性』）を発表。

一九三五（昭和一〇）年　二八歳
五月七日から六月末まで肺炎により臥床。六月、大谷藤子の推挙により、『日暦』同人となる。一一月、創作「父」（『日暦』）を発表。

一九三六（昭和一一）年　二九歳
三月、『日暦』から『人民文庫』に移る。同月、創作「神楽坂」（『人民文庫』）を発表。六月、坂口安吾と絶縁。九月、「神楽坂」が第三回芥川賞候補となる。一〇月、同作で第一回人民文庫賞受賞。一一月に結成された日本女流文学者会に参加。一二月、創作「女心拾遺」（『文学界』）を発表。同月、第一創作集『神楽坂』（改造社）を刊行。

一九三七（昭和一二）年　三〇歳
一月創刊の『新女苑』に迎えられる。八月九日、朝日新聞社の尾崎秀実の紹介で大谷藤子と「満洲」旅行（九月一四日まで）。一一月、創作「花蔭」（『新女苑』）を、九月、随想「五城目町」（『婦

人公論』）を発表。同月、第二創作集『仮面』（版画荘文庫）を刊行。

一九三九（昭和一四）年　三二歳

一月、「大陸開拓文芸懇話会」、五月、「少年文芸懇話会」が創立し、会員となる。二月頃、下落合四ノ一九八二番地に転居。この頃から芹沢光治良と文通する。一月、創作「家庭教師」（『新女苑』一月～一二月）を発表。三月、短編集『花蔭』（実業之日本社）を刊行。八月、創作「巣燕」（『北海タイムス』夕刊八・一五～一九四〇・一・九）を連載。

一九四〇（昭和一五）年　三三歳

一月、『家庭教師』（実業之日本社）を、六月、『巣燕』（白水社）を刊行。

一九四一（昭和一六）年　三四歳

八月、体調が悪く、一日おきに注射をする。一一月、林芙美子、大谷藤子、網野菊らと関西旅行。一月、『女心拾遺』（筑摩書房）を刊行。二月、創作「茶粥の記」（『改造』）を発表し、八月、『茶粥の記』（実業之日本社）を刊行。一〇月、創作「鴻ノ巣女房」（『文芸』）を発表。一二月、長編『駒鳥日記』（冨士書房）を刊行。

一九四二（昭和一七）年　三五歳

八月、『鴻ノ巣女房』（豊国社）を刊行。この年、心身の疲労から病床につく。

一九四三（昭和一八）年　三六歳

夏頃から病状が悪化。

一九四四（昭和一九）年　三七歳

三月一四日、結核のため死去。東京田無市東本願寺田無墓地に埋葬される。

＊高橋秀晴編「年譜――矢田津世子」（矢田津世子『神楽坂／茶粥の記 矢田津世子作品集』（講談社、二〇一六・三）を参照した。

【参考文献】

花田俊典「評伝――矢田津世子（一）～（四）」（『文献探究』一・二・五・六、一九七七・八～一九八〇・六）

近藤富枝『花陰の人――矢田津世子の生涯』（講談社、一九七八・五）

真銅正宏「矢田津世子「茶粥の記」の出典について――『食通放談』とグルメの言説」（『河南論集』五号、一九九九・一二）

紅野敏郎「逍遥・文学誌34「第一文学」――名古屋時代の矢田津世子」（『国文学 解釈と教材の研究』三九巻五号、学燈社、一九九四・四）

高橋秀晴「矢田津世子著『神楽坂』の背景」（『上越教育大学国語研究』八、一九九四・二）

真銅正宏「グルメの論理と小説の論理／岡本かの子「食魔」・矢田津世子「茶粥の記」――食通小説の世界（一）」（『人文学』一六四号、一九九八・一二）

武田幹夫「矢田津世子と秋田」（『秋田の文芸と風土』無明舎出版、一九九九・一二）

渡邊澄子「矢田津世子の世界」（『大東文化大学紀要（人文科学）』四一号、二〇〇三・三）

高橋秀晴「矢田津世子に潜在する問題系列」（秋田風土文学会編『秋田風土文学』第一二号、二〇〇四・三）
萬処恵「矢田津世子『家庭教師』における「満洲」表象――坂口安吾『吹雪物語』との邂逅」（坂口安吾研究会運営委員会編『坂口安吾研究』（一）二〇一四・一二）
山﨑眞紀子「矢田津世子の文学的中核」（新・フェミニズム批評の会編『昭和前期女性文学論』翰林書房、二〇一六・一〇）

（橋本のぞみ）

岡本かの子

一八八九（明治二二）年三月一日～一九三九（昭和一四）年二月一八日

大貫寅吉、アイの長女として東京市赤坂区青山南町の大貫家別邸に生まれた。本名はカノ。大貫家は多摩川河畔にいろは四八蔵を構える大地主で、代々続く旧家である。一九〇二（明治三五）年に跡見女学校に入学すると、服部躬治から短歌を習う。谷崎潤一郎とともに第二次『新思潮』を発行した文学青年である兄・雪之助（晶川）の影響で文学に親しむと、新詩社に参加し、『明星』に短歌を発表する。『明星』終刊後は『スバル』に発表の場を移した。

一九一〇年、岡本一平と結婚し、翌年に長男・太郎が誕生した。一平は東京朝日新聞社に入社し漫画を担当すると「宰相の名は知らぬが一平なら知っている」と言われるほどの人気を博し、時代の寵児となったが、放蕩の限りを尽くし、家庭を顧みなかった。かの子は精神的にも経済的にも追い詰められ、二人の結婚生活は危機に陥る。「魔の時代」と称される危機は、その後一〇年間にも及び、その間に実家の大貫家は破産に瀕し、堀切重雄との恋愛・岡本家での同居生活・別離があり、最愛の兄と母を相次いで亡くし、神経衰弱に陥ったかの子は入院するに至る。

この時期に、かの子を支えたものは芸術に対する渇望と短歌であった。青鞜社に参加し、『青鞜』に短歌を発表すると第一歌集『かろきねたみ』が刊行された。他方、心を慰めたものに仏教があり、思想の研究に没頭する。

一九二九（昭和四）年、かの子は、一平のロンドン軍縮会議取材を契機に、太郎、同居していた恋人の恒松安夫・新田亀三を伴い、三年におよぶ西欧外遊へと旅立った。出発時、既に歌人・仏教研究家としての地位を確立していたが、『わが最終歌集』を刊行し、歌人から小説家への転身を宣言した。

かの子は自己を短歌・仏教・小説の「三つの瘤をもつ駱駝」にたとえているが、なかでも小説を「初恋」とし、小説家として立つことを宿願としていた。外遊が転機となり、願いが実現するのは帰国から四年後の一九三六年のことである。芥川龍之介をモデルにした『鶴は病みき』で文壇デビューを果たすと、一九三八年暮れに脳充血で倒れ翌年永眠するまでのわずか三年の間に数多くの作品を生み出した。題材は多彩であるが、いずれの作品にも、「いのち」を憧憬する人間の様相が流麗な文章によって象徴的に描かれている。『渾沌未分』（一九三六）、『母子叙情』（一九三七）、『花は勁し』（一九三七）、『老妓抄』（一九三八）、『生々流転』（一九三九、没後遺稿として発表された）などの作品では、既成の枠組に収まらない魅力的な女性主人公たちが造形された。かの子の描く女性たちは生身を伴わない神秘的な存在と解されるきらいもあるが、同時代の現実に生きる女の実相を確かに描き出している。

波乱に満ちた生涯、血肉とされた短歌の素養と仏教思想、欧州で獲得した見聞、時代を見通す透徹したまなざし、それら全てが結実したことによって、豊饒で容易に掴み取ることのできない深淵な作品世界が展開されている。

金魚撩乱　崖下の金魚屋の青年・復一が「自分等のコースより上空を軽々と行く女」「自分とは全く無関係に生き誇っていく女」真佐子（崖の上に住む令嬢）を見上げる。両者の関係を象徴する構図が印象的である。作者が「窪地の崖下には水の湧くような処があって、今でも金魚屋がある」（「赤坂青山辺の事」）と述べており、白金三光町で崖下の家に住んでいた頃の体験がモチーフとなったとされている。旧家である金魚屋の一家は、新参者の実業家である崖上の家に階級意識から反感をもっていた。一方で、崖上の家は上客で、復一の学費を援助し、金魚の研究のために庇護する。「素晴らしい、見てゐると何も彼も忘れてうつとりするような新種を作つてよ」と願う真佐子に対して、復一は「崖邸の奴等め、親子がかりで、おれを食ひにかゝつたな」という反抗心を抱きつつも、思慕し続けてきた真佐子の願いを実現せんと金魚の創造に命がけで取り組む。真佐子と金魚は融合し、「真佐子を髣髴させる美魚」を希求する。「生命感は金魚に、恋のあはれは真佐子に、肉体の馴染みは秀江に」「おれの存在は器用に分裂したものだ」と復一は言い、自己の統一を願う。
「十余年間苦心惨憺して造り得なかつた理想の至魚」を見出す末尾の場面について、作者は「人間からは偶然と唱へられるが実は大自然的コースによつて生まれたもの」（「肯定の母胎」）と述べる。金魚は「失敗の痕」である「出来損ひの異様な金魚」を打ち捨てていた古池から生まれたものであり、復一によって創造されたわけではないという点が本作の肝であろう。古池からは「生命を封付けられる恨みがましい生もの、気配ひ」が漂っていた。

老妓抄　発表当時に大絶賛され、その後の研究史においても高く評価される、かの子文学最高峰と目される傑作である。

冒頭では「素人の素朴な気持ちに還らうとしてゐる」老妓が「真昼の寂しさ」に「紙凧の糸」のようにたゆたい「憂鬱な顔」を見せる日常の場面と、水を得た魚として「いくらでも快活に喋舌」る職業の場面が対置され、老妓の人生の悲哀が滲み出ている。発明家を志す青年・柚木の「パッシヨンが起らない」という言葉には「パッシヨン」をついぞ感じることなく終えようとしている自らの生涯に「憐みの心」を抱く。「たった一人の男」を求めていたが得られない「まどろい生涯」の最後に、老妓はパトロンとして援助することで若い柚木の「パッシヨン」に賭けた。「男を飼う」行為は、「それまでの芸者として自らの位置を反転する」（菅聡子）行為であり、老妓が身に付けた悲しい価値観の表れと捉えられよう。老妓の思いとは裏腹に、生活の心配がなくなった柚木は当初の情熱を失い、「普通の生活」を望む。「苦労の種を見付けるんだ」という忠告は老妓の辛苦多き生涯に裏打ちされている。

末尾の短歌をモチーフに作品が構想されたといわれる。「悲しみは深くして」「いよよ華やぐいのち」とは逆説的だ。「満たされぬことによる悲しみや虚無の深さが、逆に命を華やがせている」（岩淵宏子）。老妓の「悲しみ」とは、芸者として「辛苦」を重ね「ほとんど生涯勤めてきた」一人の女の生の「悲しみ」である。本作品では長きに亘って「自由」を奪われ「パッシヨン」を抱くことを許されなかった女が、人生の終焉を目前に、それまでの生涯で積み重ねてきた多くの苦労や悲しみを新たな生への原動力と転化していこうとする輝きが見事に活写されている。

家霊　代々続くどじょう屋「いのち」の跡継ぎくめ子は、客に精力をつけるという「下品な」家の商売が嫌で嫌で堪らなかった。また自己の将来の姿を先代である母親に見ては、「身慄い」した。くめ子にとって母親は、自我を奪われ、主体的に生きることを阻まれた家業の犠牲者である。「家霊」は、かの子文学を論じる際の重要なキーワードとして使用されてきた。母やくめ子は、旧家のもつ「霊」、人智の及ばぬ力に押し潰される宿命に絡めとられる存在なのだろうか。徳永老人との出会いは、くめ子の家業や母への思いに変化をもたらす。彫金職人として作品に精魂込める徳永老人を支えたものこそ、どじょうの「いのち」であり、母であったことが語られる。くめ子は、どじょうに「いのちの呼応」を感じ、母が強靭な意志の下に「帳場に噛じりついて」いたことを思い知るのである。

本作品は「鮨」と「一対をなす短編」（川端康成）といわれる。「鮨」では鮨屋、「家霊」ではどじょう屋という日本古来の食べ物を扱う料理屋が舞台で、跡継ぎの一人娘と老成した常連客の心の交流が描れる構図は確かに共通している。ただし、徳永老人と「鮨」の湊の生き様は対照的である。職業を捨て諦念を生きる姿勢とした湊と対比することで、職業に「いのち」を刻み、人生の終焉を迎えてもなお「生き伸びたい」とする徳永老人の生への執着がかえって浮き彫りになる。作品は徳永老人がくめ子に「毎晩必死とどぜう汁をせがみに来る」場面で閉じられる。母を「いのちを籠めて慰めて」きた徳永老人は、家業を担うことに迷い、葛藤するくめ子の救い主である。くめ子が家を継ぐことが示唆されるが、それは神秘的な力によるものではなく、母同様に自己の意志によるものとなるだろう。

鮨　舞台は「別天地」にある鮨屋。訪れる客は誰もが「ぎりぎりに生活の現実に詰め寄られている」。鮨を愉しむほんの一時「現実から隠れんぼう」し、再び現実に戻っていく。そんな店のなかでどこか浮世離れしている謎めいた客が主人公の湊だ。もうひとりの主人公は看板娘のともよ。鮨や家業に対する情熱はなく、「孤独感」を内包するともよは湊のもつ「憂愁」の蔭に惹かれ、生きることの虚しさをともに抱える二人は共鳴する。湊は、ともよに自らの過去を語って聞かせる。母が子供に鮨を握り、偏食を克服させる挿話は、作者の実体験が反映されているともいわれているが、温かさと光に満ちた母子のやりとりが描かれ、かの子文学全体を見渡しても珠玉と言える名場面である。しかし、その後の湊の人生において「永い憂鬱」と体のうちの「切ないもの」が晴れることは決してない。

湊のこれまでの生涯が解き明かされる仕掛けになっているが、ともよはいかに受け止めたのか。湊の来し方は語られるものの、行く末は明らかにされない。作品末尾、湊はともよの前から姿を消す。孤独の世界に取り残されたともよの生は湊同様に「諦念」に覆われるのか。「また何処かの鮨屋へ行つてらつしやるのだらう――鮨屋は何処にでもあるんだもの――」と考えるともよにとって、湊は新陳代謝する客の一人となる。かつて春の小川でともよが見た風景は魚が流れて来ては去り、また新しい魚が流れてくる、交替の情景であった。「新陳代謝」という言葉には、「人生から引退してしまった湊とこれから人生に乗り出して行くともよ」「滅びるものと生まれるものの対照」（宮内淳子）が象徴される。二人の別離には、両者の生の軌道が反対の方向へ進むことが示されている。

（近藤華子）

【解題】

「金魚撩乱」
〈初出〉『中央公論』五二年一〇号
中央公論社　一九三七・一〇
〈底本〉『岡本かの子全集』第三巻
冬樹社　一九七四・四

「老妓抄」
〈初出〉『中央公論』五三年一一号
中央公論社　一九三八・一一
〈底本〉『岡本かの子全集』第四巻
冬樹社　一九七四・三

「家霊」
〈初出〉『新潮』三六巻一号　新潮社
一九三九・一
〈底本〉『岡本かの子全集』第四巻
冬樹社　一九七四・三

「鮨」
〈初出〉『文芸』七巻一号　改造社
一九三九・一
〈底本〉『岡本かの子全集』第四巻
冬樹社　一九七四・三

【略年譜】

一八八九（明治二二）年
三月一日、東京市赤坂区青山南町三丁目（現・港区）に生まれる。父・大貫寅吉、母・アイの長女。大貫家は、幕府御用商を勤めた家柄で、大地主であった。

一八九七（明治三〇）年　八歳
眼疾のために小学校を一時休学する。

一九〇二（明治三五）年　一三歳
次兄・雪之助の影響で、文学に興味を持つようになる。一二月、跡見女学校に入学し、寄宿舎に入る。

一九〇五（明治三八）年　一六歳
この年、跡見女学校の校友会誌『汲泉』に短歌を発表。

一九〇六（明治三九）年　一七歳
春、兄・雪之助を通してその友人、谷崎潤一郎と会う。七月、兄とともに新詩社に参加。『明星』に短歌を発表し始める。

一九〇七（明治四〇）年　一八歳
三月、跡見女学校を卒業。

一九〇九（明治四二）年　二〇歳
避暑のために追分の油屋に逗留した折、同宿の東京美術学校の学生・岡本一平を知る。新詩社同人として、短歌を『スバル』に発表。

一九一〇（明治四三）年　二一歳
岡本一平との交際を深める。八月、一平は大貫家にかの子との結婚を申し込む。両親の許しを得た二人は、京橋区の岡本家に一時同居。

一九一一（明治四四）年　二二歳

二月、高津村二子の実家で長男・太郎を出産。赤坂区青山北町六丁目に、アトリエ付の二階家を建てて引っ越す。一二月、平塚らいてうの誘いを受け、九月に創刊された雑誌『青鞜』に参加。父が高津銀行破綻の取り付け騒ぎの責めを負い、大貫家は破産に瀕した。かの子は、家事や育児に疲れ、夫の収入が不安定なうえ、実家の危機に直面したことにより、精神的に追い詰められる。

一九一二（明治四五・大正元）年　二三歳

八月、一平は朝日新聞社社員に迎えられ、コマ絵を描いて好評を博す。一平の放蕩が始まり、文通していた早稲田大学の学生・堀切茂雄と心を通わせるようになっていく。一一月、兄・雪之助が急性丹毒症で死去。一二月、第一歌集『かろきねたみ』（青鞜社）を上梓。

一九一三（大正二）年　二四歳

一月、母が死去。八月二三日、長女・豊子を出産。一平の容認のもと、堀切茂雄が岡本家で同居する。一一月、かの子は神経衰弱のため、京橋の岡田病院に入院。

一九一四（大正三）年　二五歳

春、岡田病院を退院。四月、長女・豊子が死去。

一九一五（大正四）年　二六歳

一月二日に生まれた次男・健二郎が、七月に死去。九月、随筆「病衣を脱ぎて」（『青鞜』）を発表し、文筆活動を再開。

一九一七（大正六）年　二八歳

精神的救済を求めて、一平と植村正久から聖書の講義を受ける。四月、慶応義塾大学生・恒松安夫が、その兄に次ぎ岡本家に下宿。

一九一八（大正七）年　二九歳

二月、第二歌集『愛のなやみ』（東雲堂）を上梓。四月、太郎が慶応義塾幼稚舎に入学し、寄宿舎に入る。

一九二一（大正一〇）年　三二歳

参禅し、大蔵経を読むなど、仏教研究に傾倒する。

一九二三（大正一二）年　三四歳

避暑のため、鎌倉の平野屋に滞在。同宿の芥川龍之介を知った。鎌倉で関東大震災に遭い、一時、島根県の恒松家に避難する。

一九二四（大正一三）年　三五歳

四月、『中央公論』において、「桜」の題で一三九首を詠む。慶応義塾大学病院医師の新田亀三に心を惹かれる。

一九二五（大正一四）年　三六歳

五月、第三歌集『浴身』（越山堂）を刊行。

一九二七（昭和二）年　三八歳

この頃、新田亀三が、岡本家に同居。

一九二九（昭和四）年　四〇歳

四月、太郎が東京美術学校西洋画科へ入学。五月、『散華抄』（大雄閣）を刊行。六月に刊行の始まった『一平全集』（先進社）がベストセラーとなり、その印税により、一家そろっての海外旅行が実現する。一二月、第四歌集『わが最終歌集』（改造社）を上梓。小説家への転身を決意する。

一九三〇（昭和五）年　四一歳
一月一三日、マルセイユからパリに入る。一七日、パリで学ぶ太郎を残し、ロンドンへ向かう。二六日よりロンドン郊外のハムステッドに住む。一一月三〇日より、パリに住む。

一九三一（昭和六）年　四二歳
七月二七日、パリからベルリンへ移る。

一九三二（昭和七）年　四三歳
一月三一日、ロンドンを発ち、アメリカ経由で帰国。三月、横浜港へ入る。

一九三三（昭和八）年　四四歳
一二月、父が死去。

一九三四（昭和九）年　四五歳
九月、随筆集『かの子抄』（不二屋書房）を上梓。一〇月、『綜合仏教聖典講話』（交蘭社）、『観音経　附法華経』（大東出版社）を、一一月、『仏教読本』（同）を出版。この年は、釈尊生誕二五〇〇年、弘法大師没後一一〇〇年に当たり、仏教ルネサンスの気運が高まっており、かの子に仏教に関わる著述依頼が殺到する。

一九三六（昭和一一）年　四七歳
六月、芥川龍之介をモデルにした「鶴は病みき」（『文学界』）が話題となる。九月、「渾沌未分」（『文芸』）を発表。一〇月、第一創作集『鶴は病みき』（信正社）を、一一月、随筆集『女性の書』（岡倉書房）を刊行。以後、多くの小説を発表。

一九三七（昭和一二）年　四八歳
三月、「母子叙情」（『文学界』）を、六月、「花は勁し」（『文芸春秋』）を、七月、「過去世」（『文芸』）を、一〇月、「金魚撩乱」（『中央公論』）を発表。一二月、随筆集『女の立場』（竹村書房）を刊行。

一九三八（昭和一三）年　四九歳
五月、恒松安夫が結婚のため、岡本家を出る。七月、「巴里祭」（『文学界』）を、八月、「東海道五十三次」（『新日本』）を、一一月、「老妓抄」（『中央公論』）を発表。一二月、三度目の脳充血で倒れ、自宅で療養する。

一九三九（昭和一四）年
一月、「鮨」（『文芸』）、「家霊」（『新潮』）を発表。二月一七日、病状が悪化し、一八日に死去。四月、「河明り」（『中央公論』）が発表される。四月以降、「生々流転」（『文学界』）など、遺稿が一平によって整理・発表される。

＊宮内淳子「岡本かの子／年譜」（宮内淳子編『作家の自伝56　岡本かの子』日本図書センター、一九九七・四）を参照した。

【参考文献】

岩崎呉夫『芸術餓鬼　岡本かの子伝』（七曜社、一九六二・八）
古屋照子『華やぐいのち　評伝岡本かの子』（南北社、一九六七・七）

熊坂敦子編『岡本かの子の世界』（冬樹社、一九七六・一一）
昭和女子大学近代文学研究室『近代文学研究叢書』第四四巻（昭和女子大学近代文化研究所、一九七七・一）
瀬戸内晴美『かの子撩乱その後』（冬樹社、一九七八・七）
久威智『岡本かの子研究ノート』（菁柿堂、一九九三・八）
宮内淳子『岡本かの子　無常の海へ』（武蔵野書房、一九九四・一〇）
専修大学大学院文学研究科畑研究室『岡本かの子作品の諸相』（専修大学、一九九五・六）
尾崎左永子『かの子歌の子』（集英社、一九九七・一二）
入谷清久『岡本かの子――資料にみる愛と炎の生涯』（多摩川新聞社、一九九八・五）
三枝和子『女性作家評伝シリーズ4　岡本かの子』（新典社、一九九八・五）
宮内淳子『岡本かの子論』（イー・ディー・アイ、二〇〇一・八）
高良留美子『岡本かの子　いのちの回帰』（翰林書房、二〇〇四・一一）
外村彰『岡本かの子の小説――〈ひたごころ〉の形象』（おうふう、二〇〇五・九）
溝田玲子『岡本かの子作品研究――女性を軸として』（専修大学出版局、二〇〇六・三）
外村彰『岡本かの子　短歌と小説――主我と没我と』（おうふう、二〇一一・三）
近藤華子『岡本かの子――描かれた女たちの実相』（翰林書房、二〇一四・一〇）
（橋本のぞみ）

網野　菊

一九〇〇（明治三三）年一月一六日～一九七八（昭和五三）年五月一五日

一九〇〇（明治三三）年一月一六日、東京市麻布区で馬具製造販売業を営む父亀吉と母ふじのの長女として生まれる。六歳で赤坂尋常小学校に入学した菊に、一生を左右する悲劇が訪れるのは、この年の秋冬頃のことである。母が取引先の御用商人と関係した廉により姦通罪で訴えられ、懲役に服したのである。この一年後、父が二人目の妻・かまを迎える。継母は生粋の江戸っ子で、機嫌がいい時にはユーモアに富んだ人物であったが、癇癪を起こすと言葉が荒くなり、菊を罵ったという。この継母に二一年間育てられた菊は、兄弟のうち唯一人血のつながらない自分を「余計者」（『母』）と思い、孤独を深めていった。この経験が、彼女独特の冷徹な観察眼を生むに至ったといわれる。父はその後、二人と結婚したため、菊は四人の母と異母妹弟という複雑な家庭の中で暮らすこととなった。

千代田高等女学校から日本女子大学校英文科に進む。同級に中條百合子らがいた。一九二〇（大正九）年、同校を卒業後、同窓会・桜楓会の機関紙『家庭週報』編集部の英文係として就職。一二月、第一作「二月」を収録した短編集『秋』を自費出版した。「二月」は、実母への厭わしさを前面に押し出した小説である。これ以降、菊は実母への複雑な感情を作品化していくことになる。翌年には日本女子大学校の英語別科の教員となり、初等英語を受け持つ。翌年四月には、早稲田大学露文科の聴講生となる。

一九二四年の秋、山科に小説の師となる志賀直哉を訪問。この出会いによって、小説家としての道が拓けた。志賀の紹介で、「家」（『文芸春秋』一九二五・八）と「光子」（『中央公論』一九二六・二）が発表される。このうち「光子」は、二番目の母の死を題材とし、義理の仲であることを意識せざるを得ない光子の内面に焦点を合わせた小説である。菊は、実母のみならず、他の三人の母についても、他作品で幾度か言及している。一九二六年七月、志賀の世話で、短編集『光子』を新潮社より刊行。

一九三〇年一月、結婚して「満洲」奉天に住む。一九三六年三月には「満洲」を引き揚げて東京に戻り、一九三八年四月、正式に離婚。この結婚から離婚についての経緯は、小説「おかしな結婚」や「妻たち」などに描かれることになる。前者は見知らぬ男の手紙に心惹かれた女が、彼と結婚するまでを辿り、後者においては、「満洲」から戻った夫婦の離婚一歩手前の様相が、何組かの夫婦の顚末と併せて描かれる。

一九四〇年一一月、短編集『汽車の中で』を春陽堂から刊行。これに収録された「風呂敷」では、離婚後の女の微妙な心の推移に光を当てた。また、彼女には、一九四二年四月に刊行されたギャスケル夫人著の翻訳『シャーロット・ブロンテ伝』（実業之日本社）など、翻訳作品も多い。

戦後の作品としては、「憑きもの」（『世界』一九四六・四）や、「業」（同、一九五三・一二）などがある。前者は、四人の母や自分の結婚生活を通じ、男女の非対称性への違和感を明らかにしたヒロが、そのような不条理が解消される世の中の到来を謳ったものである。

また後者は、同じく女が虐げられる世にあって、辛酸を嘗めた叔母の生涯を振り返るよしの視点で語られている。いずれも、女個人の不幸を、広く社会の問題としてとらえようとする意識に支えられた作品といえよう。

一九六二年四月、「さくらの花」で中央公論社の第一回女流文学賞を、また単行本『さくらの花』で文部省芸術選奨を受賞。「さくらの花」は、菊が死と正面から向き合った小説である。一九六四年八月、自伝的長編『ゆれる葦』（講談社）を、一九六七年二月には、短編集『一期一会』（講談社）を刊行した。晩年には、単身者の孤独を見つめた作品も残した。一九七八年五月、腎不全のため死去。

風呂敷　網野菊は、「おかしな結婚」や「妻たち」など、自身の結婚生活を題材とした作品をいくつか残している。これらと内容を共有しながら、離婚後のミツの心事にクローズ・アップしたのが「風呂敷」である。

恩師の見舞いに行った際、ミツは、知人から木原の結婚を知らされた。木原とは一〇年近くの結婚生活にピリオドを打って間もないため、彼女は大きな打撃を受ける。そのような時に心に浮かんだのが、風呂敷にまつわる思い出である。まだ木原と「満洲」に暮らしていた頃、気に入りの風呂敷を失くしたミツは、木原から、「いいじゃないか、その代り、その風呂敷を拾って喜ぶ奴があったら」と諭され、ひどく感心したのだった。彼女は、その考え方を今回の木原の再婚にも当てはめようと苦心するが、うまくいかない。心乱されるミツは、しだいに自分の中で、木原よりも恩師の存在が大きくなっていることに気付いていく。やがて恩師の病が癒えたことで、ミツの迷いも覚め、心身が回復していくのである。

本作では、ミツにおける微妙な心の推移が詳細に辿られている。まず、元夫・木原の再婚の報に衝撃を受けた彼女は、その状況を努めて冷静に分析しようとする。それでも、嫉妬や怒りを鎮められないと知るや、手紙の文言に惹かれて結婚したのであろう相手の女性を憐れみ、そのような彼女が自分と同類であると認めた上で、その非を笑い飛ばす。このように彼女の中では、自己のダメージを軽減するための心的操作が行われているが、これは風呂敷をめぐるエピソードについても同じことがいえる。

そもそも風呂敷のエピソードとは、「自分は損をしても、誰かのためになるならそれでよい」という、無私の精神の表れであった。しかし、ミツの中では、これがしだいに「何かを犠牲にしても、さらに大事な何かを得られればよい」という、自分個人の問題へと転化していく点が興味深い。彼女は、元夫の再婚話において、相手の幸せを願うという方向はとらず、そのようなことよりも、患っている師匠の無事が自分にとっては大事なのだと問題点をすり替えることで、心の危機を脱していくのである。

　ミツが本当の意味で離婚を乗り越えていくプロセスを描いた「風呂敷」は、迷妄する内面を凝視し、その複雑な変化を追った、まさに菊のリアリズム作家としての面目躍如たる小説といえよう。

憑きもの　網野菊作品の中心テーマの一つに、母の問題がある。第一作「二月」は実母との、初期の「光子」は二番目の母との日々を題材にしたものであり、他作品においても母への言及がいくつも見出せる。これらの作品間では、母をめぐる具体的な記述も重なる部分が多い。

　本作は、これまで四人の母が、それぞれ女としての悲劇的な顛末を迎えたのに対し、女性に不自由しない父の姿を長年見てきたヒロが、その不条理を広く男女の問題としてとらえるまでを辿った短編小説である。人ごとではなく、自分自身が離婚の憂き目を見たヒロは、「日本の家での妻の立場を思い知らされた」ことにより、この女の運命が「誕生間もない赤児」にも降りかかることを憂える。やがて敗戦後、彼女は「女も哀れでなくなる時が来た」ことを感じ、「長年の憑き物が急にとれたような」気持ちを味わうのだった。

　前述の二作品、及び小説「母」と比較すると、これらが四人の母のうち、それぞれ一人をクローズ・アップしているのに対し、「憑きもの」では全員に光を当てていることが分かる。また、生き別れになった実母についても、どの時点で知り得た情報であるかを整理し、配列している。つまり、この作品では自分をめぐる母たちの在り様を俯瞰し、かつその時々での状況を正確に把握しようという意図が感じられるのである。実母に寄せる想いも変容し、他作品に散見するような汚らわしさや疎ましさなどの生々しい感情は影を潜め、これまでは感じることのなかったしみじみとした哀れを彼女に覚えるようになっている。

　本作は、一九四五（昭和二〇）年一二月、選挙法改正による婦人参政権の獲得を背景とし、刑法第一八三条による姦通罪の廃止を一九四七年に控えた、一九四六年四月の作品である。心的成長を遂げた女性が、長らく自己を縛ってきたジェンダーの問題に眼を開いていく過程を、こうした時代的転換と併せて語ることにより、その転機の大きさを強く印象づけた作品といえよう。

業（ごふ）　網野菊作品のうち、母について描いたものには、必ずといっていいほど、叔母が登場する。菊を彷彿とする主人公よし（あるいはヒロ）と親しく付き合いがあり、その実母に関する情報をしばしば彼女にもたらすこの叔母は、彼女の父親の妹であり、その名は竹という。他作品においては、姿を現すことなく、情報源としてのみ存在意義をとどめている彼女を、単独で取り上げたのが「業」である。

本作は、叔母の葬儀から始まり、よしが彼女の一生を大きく振り返るという構成を持つ。幼き日、両親の離婚を体験した竹は、当初、母の再婚先に連れられていったが、そこでは「女中」並みの扱いを受け、母親を恨んでいたという。長じた彼女は、実父の命令で人の「妾」になる。やがて、父の反対を押し切って元之助と結婚し、三人の息子に恵まれるものの、夫は「妾」を囲い、経済的に苦しくなると、竹たちと彼女との同居をいい出す。家を出ることを余儀なくされた竹は、息子と郊外の借家に引っ越すが、息子・一郎の死を経験しなければならない。よしとは、何度か一緒に暮らしていた竹だが、この時も三男と三人の共同生活が約一年続く。その後の貧しさ、「嫁」との不和、息子・三郎の死。リウマチに苦しみ、亡くなったのは最も嫌った二男の家であった。

他作品において、叔母は主人公に対し、実母が父に訴えられて姦通罪で懲役に行ったことを伝えるなど、一見、子供の気持ちを斟酌しない女性という印象が強い。しかし、決して幸福とはいえない彼女の人生に立ち会う時、長年夫の女性関係に悩み苦しんだ彼女が、思うままに生きたよし（あるいはヒロ）の実母に対して、複雑な感情を持っていたであろうことは想像に難くない。よしと同居していた事実からも、二人の近い関係性がうかがえ、その発言の性質が再考されるのである。

さくらの花　一九六二（昭和三七）年、第一二回芸術選奨、第一回女流文学賞受賞。菊の作品には、死を描いたものが多い。例えば、初期小説「光子」では二番目の母の、また本書収録の「業」では、叔母の死を取り上げるという具合である、これらは登場人物の名こそ違えど、いずれも菊の自伝的な作品と思われるが、本作では、菊の二番目の母に生まれた義理の妹を題材としている。

ある日、よし子は伊豆の旅館に嫁いだゆう子から体調がすぐれないという電話を受けるが、その後間もなく彼女は胃がんであることが判明する。やがて手術をしたゆう子だったが、その後腸に転移し、しだいに弱り亡くなってしまう。その間、よし子は花を買って見舞いに行く日もあれば、「仕事の事やら何やらで忙し」く健康が思わしくないこともあって、彼女のもとを訪れない日もあった。よし子に対するゆう子の態度も、辛く当ってヒステリックな日もあれば、手土産など用意して穏やかな日もあった。病室には、伊豆から届けられた大輪のさくらの花があり、それを嬉しそうに眺めるゆう子の姿に、よし子は哀れを覚えもする。ゆう子の死後、よし子は盛大な葬儀に参列しながら、彼女の死によって、この家と一層疎遠になったことを感じるのであった。

「さくらの花」は、「業」が葬儀の場面から幕を開け、故人の人生を振り返ることに筆を費やすのに対し、病院での日常に特化した作品である。また、「光子」と同様、入院前から死後に至るまでの出来事を緻密に描出しているものの、「光子」が義母に対する心の葛藤に焦点化していくのに対し、本作では、死に向かうゆう子の姿と彼女との日々を淡々と写していく点が着目される。

本作は、齢六〇となった菊が、人の死そのものと正面から向き合った小説といえよう。表題「さくらの花」は、まだ若く、華やかなことの好きなゆう子の象徴であると思われる。幾分、無骨な筆でなされる細かい描写が、死を間近に凝視する彼女の眼差しを感じさせる小説となっている。

【解題】

「風呂敷」
〈初出〉『文芸』八巻九号　改造社　一九四〇・九
〈底本〉『網野菊全集』第一巻　講談社　一九六九・五

「憑きもの」
〈初出〉『世界』四号　岩波書店　一九四六・四
〈底本〉『網野菊全集』第二巻　講談社　一九六九・五

「業」
〈初出〉『世界』九六号　岩波書店　一九五三・一二
〈底本〉『筑摩現代文学大系40　網野菊・壺井栄・幸田文集』筑摩書房　一九七八・九

「さくらの花」
〈初出〉『群像』一五巻七号　大日本雄弁会講談社、「白い花」（「さくらの花」第二部）『別冊小説新潮』新潮社、「野辺おくり」（「さくらの花」第三部）『挿花』一九六〇・七、一九六一・一、四
〈底本〉『網野菊全集』第二巻　講談社　一九六九・五

【略年譜】

一九〇〇（明治三三）年　〇歳
一月一六日、父・亀吉、母・ふじの長女として、東京麻布に生まれる。

一九〇六（明治三九）年　六歳
四月、赤坂尋常小学校に入学。この年の冬頃、母が家を出て行き、翌四〇年の秋、二度目の母として藤田かまが来る。

一九一二（明治四五・大正元）年　一二歳
四月、私立千代田高等女学校に入学。

一九一六（大正五）年　一六歳

三月、私立千代田高等女学校を卒業し、五月、日本女子大学校英文科に入学。同級に、中條百合子、丹野禎子らがいた。この年、「二月」を執筆。
一九二〇（大正九）年　二〇歳
三月、日本女子大学校英文科を卒業。同校同窓会・桜楓会の機関紙『家庭週報』編集部に就職。一二月、短編集『秋』を自費出版。
一九二一（大正一〇）年　二一歳
一月、日本女子大学校の英語別科の教員となる。四月、構内にある桜楓会女子アパートに移る。一二月、義母が亡くなり、父の家に戻る。
一九二二（大正一一）年　二二歳
四月、早稲田大学露文科の聴講生となる。一年上級の聴講生に、湯浅芳子がいた。
一九二三（大正一二）年　二三歳
春、三人目の母・汎子が来る。父の結婚を機に、桜楓会女子アパートに戻る。秋、山科に小説の師となる志賀直哉を訪問する。
一九二五（大正一四）年　二五歳
七月、早稲田大学での聴講をやめ、九月、九段にある父の家作に移る。八月、志賀の紹介で、「家」（『文芸春秋』）を発表。
一九二六（大正一五・昭和元）年二六歳
二月、「光子」を『中央公論』に発表。四月、英語教師と編集手伝いをやめる。七月、志賀の世話で、短編集『光子』を新潮社より刊行。秋、破石町に家を借り、一人で住む。
一九二八（昭和三）年　二八歳
五月に義母が、一一月には祖父が死去。
一九二九（昭和四）年　二九歳
五月、四番目の母・春枝が来る。
一九三〇（昭和五）年　三〇歳
一月、結婚して「満洲」奉天に居住。七月、妹幸子生まれる。
一九三六（昭和一一）年　三六歳
三月、「満洲」を引き揚げ、東京に戻る。
一九三七（昭和一二）年　三七歳
八月、単身で父の家に移り、翌年四月、正式に離婚。
一九四〇（昭和一五）年　四〇歳
一一月、「風呂敷」を含む短編集『汽車の中で』を春陽堂から刊行。
一九四二（昭和一七）年　四二歳
三月、中編集『若い日』（全国書房）を、四月、ギャスケル夫人著の翻訳『シャーロット・ブロンテ伝』（実業之日本社）を刊行。九月、妹や末弟と共に麹町四番町に転居。
一九四三（昭和一八）年　四三歳
三月、中編集『妻たち』（東晃社）を、八月、短編集『雪の山』（昭南書房）を刊行。一二月、一人住みとなる。
一九四五（昭和二〇）年　四五歳
五月、空襲により罹災し、北沢の父の許に身を寄せる。
一九四六（昭和二一）年　四六歳
四月、「憑きもの」（『世界』）等を発表。
一九四七（昭和二二）年　四七歳

一月、桜楓会女子アパートに転居。短編集『街の子供』（東京出版）を刊行。三月、父が死去。

一九四八（昭和二三）年　四八歳

前年に発表された「金の棺」が鎌倉文庫第二回女流文学者賞受賞。二月、短編集『花束』（雄鶏社）を刊行。

一九五三（昭和二八）年　五三歳

一二月、「業」（『世界』）などを発表。

一九五八（昭和三三）年　五八歳

二月、初の随筆集『幸福ということ』（竜南書房）を刊行。

一九六〇（昭和三五）年　六〇歳

七月、「さくらの花」（『群像』）を発表。翌年一〇月、短編集『さくらの花』（新潮社）を刊行。

一九六二（昭和三七）年　六二歳

四月、「さくらの花」で中央公論社の第一回女流文学賞を、また単行本『さくらの花』で文部省芸術選奨を受賞。

一九六四（昭和三九）年　六四歳

八月、自伝的長編『ゆれる葦』（講談社）を刊行。

一九六七（昭和四二）年　六七歳

二月、短編集『一期一会』（講談社）を刊行。一一月、随筆集『白文鳥』（土筆社）を刊行。

一九六八（昭和四三）年　六八歳

二月、『一期一会』で第一九回読売文学賞を受賞。六月、第二四回日本芸術院賞受賞。一〇月、随筆集『山茶花——志賀直哉先生』（大雅洞）を出版。

一九六九（昭和四四）年　六九歳

五月、『網野菊全集』（全三巻、講談社）を刊行。この年、芸術院会員に推される。

一九七二（昭和四七）年　七二歳

一月、随筆集『心の歳月』（新潮社）を刊行。

一九七三（昭和四八）年　七三歳

七月、『雪晴れ——志賀直哉先生の思い出』（皆美社）を刊行。

一九七五（昭和五〇）年　七五歳

二月、『陽のさす部屋』（講談社）を刊行。

一九七八（昭和五三）年　七八歳

三月、随筆集『時々の花』（木耳社）を刊行。五月一五日、腎不全のため、死去。

＊網野菊「年譜」（『網野菊全集』第三巻、講談社、一九六九・五）、保昌正夫編「網野菊年譜」（『筑摩現代文学大系40　網野菊・幸田文・壺井栄集』筑摩書房、一九七八・九）を参照し、作品は単行本を中心に収録した。

【参考文献】

三ツ木照夫「網野菊ノート」（解釈学会編『解釈』一七—八、一九七一・八）

阿部正路「網野菊『ゆれる葦』」（『国文学 解釈と鑑賞』三七巻三号、至文堂、一九七二・三）

杉本邦子「網野菊」（馬渡憲三郎編『女流文芸研究』南窓社、一九七三・八）

広津桃子『石蕗の花――網野菊さんと私』（講談社、一九八一・三）
紅野敏郎「「学鐙」を読む（81）――網野菊」（上）（下）（学鐙編集室編『学鐙』九二巻一〇号、一一号、丸善出版、一九九五・一〇、一一）
高橋昌子「おかしな結婚／おかしな小説――網野菊論1」（『名古屋大学国語国文学』七八、一九九六・七）
河野多恵子ほか監修『女性作家シリーズ5　網野菊・芝木好子・中里恒子』（角川書店、一九九九・五）
橋口武士「特集小論　女性作家の私小説を読む　網野菊「一期一会」」（『私小説研究』三号、二〇〇二・三）
花崎育代「網野菊「二月」小考」（『創造と思考』一二、二〇〇二・三）
沼沢和子解説「憑きもの　網野菊」（渡邊澄子編『短編女性文学　近代　続』おうふう、二〇〇二・一〇）
三上公子「網野菊」（青木生子・岩淵宏子編『日本女子大学に学んだ文学者たち』翰林書房、二〇〇四・一二）
佐々木清次「網野菊の死生観――『さくらの花』を中心にして」（『論究日本文学』八二号、二〇〇五・五）
菅井かをる「網野菊「二月」」（新・フェミニズム批評の会編『大正女性文学論』翰林書房、二〇一〇・一二）
沼沢和子「網野菊「妻たち」の位置」（新・フェミニズム批評の会編『昭和前期女性文学論』翰林書房、二〇一六・一〇）
（橋本のぞみ）

大田洋子

一九〇三（明治三六）年一一月二〇日～一九六三（昭和三八）年一二月一〇日

大田洋子は二一世紀への警鐘を鳴らし続ける原爆体験の語り部といっても過言ではない。そのことに詳しく立ち入る前に、トラウマの生涯ともいえる生の足跡について触れておこう。少女期における家族の崩壊と一時的ではあるが母の再婚による母との別れ、妻子ある男との恋愛と結婚から離婚体験、再婚および再々婚の相手との別れ、そして決定的なトラウマとなる原爆体験である。

生の出発から「隠花植物の暗さ」を背負っていたと江刺昭子が『評伝大田洋子　草饐』で指摘しているように、実父と義父の家の没落に遭い、旧家の荒廃した血と母が再三結婚を繰り返したことが、彼女の生い立ちに複雑な陰影を投げかけ、自意識の万華鏡のような性格を形成した。「私がこの世でたゞ一度怨恨と云ふものを知つたとすれば、それは母の姿が真新しい女となつて山陰に消えた瞬間であらう」（「祖母と涙と」）といった心の疵は文学への救済を求め、やがて作家としての自己実現へと向かっていく。妻子あることを秘した男との苦悩多き恋愛結婚は、それに拍車をかけ、一児をなしても養子に出し離婚して単身上京したり大阪へ出奔したりして作家修業を続け、ついに一九二九（昭和四）年、投稿した「聖母のゐる黄昏」が『女人芸術』に採用され、念願を果たす。当時全盛期にあったプロレタリア文学の影響下にある短編であった。

『女人芸術』廃刊後の不遇な作家生活の中で再婚し破綻。苦境の中で自伝小説「流離の岸」を脱稿する。離婚後の再出発にあたって、少女の日から作家に至る血みどろな闘いの半生を見つめ直した「書かないではおかぬ」作品で、再起をかけ背水の陣で書かれた戦前の代表作であった。だが、日中戦争開始後の国民精神総動員体制の時代に遭遇し、知識階級の不安・動揺に洋子も襲われ、生産文学・銃後小説「海女」を発表して文壇にカムバックし、続いて「皇紀二千六百年」の時代における最も先端的な大陸文学・国策文学「桜の国」によって時代に迎合、作家としての地位を獲得し戦争中の流行作家として自己実現していくのである。

一九四五年一月に、空襲の激しい東京を逃れて広島に疎開した洋子は、八月六日市内の妹の家で被爆する。「人間の眼と作家の眼」で見た原爆の惨状を「作家の責任」として、まずエッセイ「海底のような光」を皮切りに、原爆症の恐怖におびえながらルポルタージュ「屍の街」を書き続ける。そして、それを「一つの文学作品」として書き上げたのが宿願の長編「人間襤褸」であった。被爆した当日から一年余までの、傷痕から這い上がろうとしながら、襤褸と化して回復できない被爆者たちのポリフォニーを描く。爆風に乳房を抉り取られ死に瀕した多保子を見捨てる羽目になった学徒動員生・杉田と、海軍の部隊でセックス奉仕させられ妊娠している女子挺身隊の菊江が原爆投下後の広島の街中を爆心地に向かって走り続ける火の海の地獄のような惨状。「魂のやけどの苦悶」から逃れられず、睡眠薬や抗うつ剤を常用し虚無と自嘲にまみれて人間的破壊に陥り生ける屍と化した杉田の実母。「原子爆弾は近代の世界的な性格破産を示したものだ。人類はこれからもっと崩れて行き、最後に精神を破壊させてしまうのではないか」と、人類を滅亡させる原爆の犯罪性を問うている。

さらに短編「半人間」では、神経科に入院するほどの病む精神を表出。死体の腐臭まで幻臭となってつきまとう原爆のトラウマから逃れられず、安保条約や破防法など戦争を準備する戦後の社会情勢への不安から自殺の誘惑にかられ不安神経症に陥る自らを追跡。「夕凪の街と人と――一九五三年の実態」は被爆した広島の復興のあり方を問う意欲的な力作長編だ。原爆は夕凪まで変質させ、街や生き残った人々を大きく歪ませた被爆後八年の実態を抉る。アメリカの原爆傷害調査委員会のモルモットにされ、被爆者の多いハモニカ住宅では家中になめくじが這い回り、不法住宅には台所や便所や電気もなく、土手には朝鮮の人をはじめ、戦災で焼け出された被爆者が「失人間」として放置されている。原爆後遺症によって女性の子宮まで冒され、ケロイドに覆われ唇も眉もない女性や、両足の指が皆あべこべにひっくり返っている男の子。眼球が破裂し眼の形をした二つの空洞に膿の液汁があふれた男の、「ニューヨーク、ワシントン、モスクワに、なんでもかまわず原爆が落ちて、六七十万人の人間が、焼けただれて見ればええとおもつていますね。死んだんじゃいけない。焼けただれたまま、五年なり十年なり、どんな工合か、生きていればいいでしょう。そうすればはじめて地球上に、永久に戦争がなくなりますよ。逆に云えば、そうなってみないと、戦争とは何かということが、アメリカ人にはわかりませんよ」という怨念と怒りは、今日にまで突き刺す痛烈な批判といえよう。

「残醜点々」でも、アメリカが世界戦争の主導権を握るために、あるいは原子力時代の実験のために日本で原爆を使用したと指摘。原爆は人類破壊・自然破壊・地球破壊そのものをもたらす兵器として、被爆者の立場からいち早く大田洋子は警鐘を鳴らし続けた。だが、原爆を売り物にするという悪評を受け、しだいに虚無的な心情に陥っていく。「山上」や「半放浪」では日本の侵略下の中国を反芻し、日本や自らの戦争責任についても言及。後者では、亡霊のような売春婦がどぶ川沿いに筵を被されて死んでいる光景を目撃、「輾転の旅」でも「地上を這いまわ」って生きる人間の姿に出会い、自分も又その一人であることを痛感する。

晩年に至るにしたがって、「八十歳」「八十四歳」で母の老いや死を、「世に迷う――ふしぎな弟と私」（遺稿）では一家離散した弟たちを描くなど、肉親たちに視点を向けている。そして、小説家も芸者を騙す置屋家業のようなものだと恐ろしいまでに自己相対化し、人間不信、国家・社会・世界・自己への不信が渦巻き、虚無の果てに辿り着いていくのである。

屍の街　大田洋子の原爆小説の代表作。一九四五（昭和二〇）年八月六日に洋子は広島で被爆し、故郷の避難先で死の影を負いながらも被爆の惨禍を書き残すことの責任を感じて、茶色に煤けた障子紙やちり紙に鉛筆で書き綴る。翌年は米占領軍の検閲のため発行できず、さらに翌々年には作家自身が取り調べを受け、四八年に刊行されたが一部削除されたものだった。一九五〇年になって、あらためて「『屍の街』序」が付されて冬芽書房から刊行されたのであった。ルポルタージュならではの臨場感と迫真性で、死屍累々たる惨状が伝わって来る。

アメリカにより広島に投下されたのは、ウラニウム原子爆弾であり、三日後の九日に長崎に投下された原爆はプルトニウム爆弾であった。洋子はやっと故郷の田舎に逃げ延び、広島から避難してきた人々が原爆後遺症によってつぎつぎと亡くなっていく光景を目撃する。一五日に敗戦になったにもかかわらず、「戦争がなくなってもまだ戦争のために」死んでいくことへの疑問や嘆き。原爆を落としたのは「アメリカであると同時に、日本の軍閥政治そのものによって落されたのだ」という自国への怒りや不信、痛烈な批判が噴出している。

そして、被爆当日の青い閃きとその前後の記憶に洋子は遡っていく。閃光の瞬間とともに家は崩壊し、出血しながらも女ばかりの家族とともに河原に一時避難して野宿した時の、傷を負い血だらけになった避難民の腐臭をともなう様相は凄絶だ。広島全市が野火のように燃え広がり、夜中燃えさかり、朝になっても翌日になっても焼け続ける。照り焼きのように全身火傷した肉から皮膚がぶら下がっているものや、着衣が燃えて裸同然のもの、水をくれと乞う男や寒い寒いと訴える少年、狂ったように絶叫し続ける娘。原爆症の特性たる「痴呆症」か亡霊のように沈黙していた避難民が少しずつ狂い、死んでいき、死臭が漂いはじめる。原爆が投下された情報も伝わらず、街中は足の踏み場もないほど死体が転がり、蝿が群がる。人類の破滅、地獄のような光景を克明に再現しているのだ。さらに、早くも被爆者とそうでない者との間に生じる被差別・差別の意識を凝視する。

追憶は再び逃げ延びてきた田舎の避難先の現在に戻るが、依然として避難者たちの訃報は続き、自らも「痴呆」状態から脱して意識が鮮明になるにつれ死の恐怖に襲われる。あらためて原爆は「悪の華」であることを痛感し、書くことで抗議する覚悟を決める。原爆の残酷さを表象し罪悪を撃つばかりではない。今後いかに生きるべきかまで問うている。鬼哭啾々たる心境の中で、悲惨で混沌たる敗戦情況から「民主主義の土」を切り拓く道を模索し始め、終幕しているのである。

広島市での死亡者数をはじめとする被爆状況や、マッカーサーの指令なくして実態も公開できない現実など、執筆時点までに把握した情報をも満載して、原爆を追及、告発した作品である。戦争ができる国になり、憲法改悪の危機に陥った今日こそ、読み継がれなければならない原爆文学といえよう。核の時代に向けて発信する大田文学の復権を切に願う。

（長谷川啓）

【解題】

「屍の街」

〈初出〉『屍の街』中央公論社　一九四八・一一

〈底本〉『大田洋子集』第一巻復刻初版　日本図書センター　二〇〇一・一一

【略年譜】

一九〇三（明治三六）年

一一月二〇日、父・福田滝次郎、母・トミの長女として、広島県山県郡に生まれる。本名初子。

一九〇五（明治三八）年　二歳

六月二六日、弟・久が生まれる。

一九〇八（明治四一）年　五歳

三月二九日、弟・一三が生まれる。

一九一〇（明治四三）年　七歳

この年、両親が離婚。初子（洋子）は、母とその実家である山県郡都谷村の横山家に移り住む。四月、都谷村の尋常高等小学校へ入学。一二月二八日、広島県山県郡津浪村一九五番屋敷の大田幸助とカメの養女となる。

一九一二（明治四五・大正元）年　九歳

この年、母が広島県佐伯郡の地主・稲井穂十と再婚。祖母と暮らしていた初子は、稲井家に引き取られる。四月、広島県佐伯郡玖島尋常高等小学校尋常科に転校。

一九一三（大正二）年　一〇歳

三月、義父・穂十と母の間に妹・雪枝が生まれる。

一九一六（大正五）年　一三歳

三月、広島県佐伯郡玖島尋常高等小学校尋常科を卒業。四月、同校の高等科へ入学。この年、妹・礼子が生まれる。

一九一八（大正七）年　一五歳

三月、玖島尋常高等小学校高等科を卒業。四月、広島市進徳実科高等女学校本科へ入学。

一九二〇（大正九）年　一七歳

三月、広島市進徳実科高等女学校本科を卒業。四月、広島市進徳女学校研究科へ入学。一〇月、養父・大田幸助が死去。享年八〇歳。

一九二一（大正一〇）年　一八歳

三月、広島市進徳女学校研究科を卒業。

一九二二（大正一一）年　一九歳

一一月、広島県安芸郡切串補習学校（現・切串小学校）の裁縫教師となる。

一一月、無試験検定により、小学校専科正教員の免許状を取得。

一九二三（大正一二）年　二〇歳

九月、広島県安芸郡切串補習学校を退職。

一九二四（大正一三）年　二一歳
この年、広島県庁でタイピストとして勤める。
一九二五（大正一四）年　二二歳
この年、藤田一士と結婚式を挙げるが、彼に妻子があることを知る。
一九二六（大正一五・昭和元）年　二三歳
この年、男児を出産したが、養子に出す。藤田と別れて東京へ。菊池寛の秘書となったが、半年ほどで広島へ戻り、再び藤田と加古町に家を持つ。
一九二九（昭和四）年　二六歳
六月、第一作「聖母のゐる黄昏」を『女人芸術』に発表。以後、同誌を中心に作品を発表する。一〇月、大阪女人芸術支部を結成。
一九三〇（昭和五）年　二七歳
二月、「朱い訪問着」を、三月、「検束のある小説」を『女人芸術』に発表。五月頃、『女人芸術』の主宰者・長谷川時雨の勧めで上京。
一九三六（昭和一一）年　三三歳
二月、興中公司社員の黒瀬忠夫と結婚。
一九三七（昭和一二）年　三四歳
七月六日、黒瀬忠夫と離婚。一〇月、自伝小説「流離の岸」の執筆を開始。
一九三八（昭和一三）年　三五歳
三月、父が死去。この年、母が東京に来て、同居する。一〇月、天津・北京へ行き、「桜の国」の構想を胸に年末に帰国。
一九三九（昭和一四）年　三六歳
一月、中央公論社の知識階級総動員懸賞に応募した『海女』が創作第一席に当選。二月、「桜の国」を小倉緑の名で東京朝日新聞の懸賞に応募。一二月、第一創作集『流離の岸』を小山書店より刊行。
一九四〇（昭和一五）年　三七歳
一月一日、「桜の国」が朝日新聞の懸賞に当選。五月二三日、輝ク部隊の慰問使として、神戸港から上海へ渡る。六月末には帰国。一〇月、『桜の国』（朝日新聞社）を刊行。
一九四一（昭和一六）年　三八歳
八月、『淡粧』（小山書店）を、九月、『友情』（報国社）を刊行。一一月、松竹映画『桜の国』（監督・渋谷実）が封切られる。
一九四二（昭和一七）年　三九歳
五月、『星はみどりに』（有光社）を、一一月、『野の子・花の子』（同）を刊行。
一九四三（昭和一八）年　四〇歳
三月、『暁は美しく』（赤塚書房）、『たかひの娘』（報告社）を刊行。
一九四五（昭和二〇）年　四二歳
一月、広島市白島九軒町の妹・中川一枝宅に疎開。四月、内蔵を病み、日赤病院に入院し、七月に退院。八月六日、広島市で母や妹とともに被爆し、かすり傷を負う。一一月、「屍の街」を脱稿。
一九四七（昭和二二）年　四四歳

一月、「屍の街」の執筆に関し、占領軍の調査を受ける。五月、広島県江田島の共産党員・筧中静雄と結婚。

一九四八（昭和二三）年　四五歳

三月、『情炎』（新人社）を刊行。一一月、『屍の街』を一部削除のうえ中央公論社より刊行。

一九五一（昭和二六）年　四八歳

八月、『人間襤褸』（河出書房）を刊行。この作品により、第四回女流文学者賞受賞。暮れには不安神経症が悪化し、東京大学医学部附属病院神経科に入院。

一九五四（昭和二九）年　五一歳

三月、「半人間」（『世界』）を発表。五月、同作を大日本雄弁会講談社より刊行。これにより、昭和二九年度平和文化賞受賞。

一九五五（昭和三〇）年　五二歳

一〇月、『夕凪の街と人と』（大日本雄弁会講談社）を刊行。

一九五九（昭和三四）年　五六歳

一〇月、母が死去。

一九六三（昭和三八）年　六〇歳

六月、胆管結石で東京女子医科大学病院に入院。後、転院を繰り返し、一一月に退院。一二月九日、「なぜその女は流転するか」の取材のため福島県猪苗代町に旅行。一二月一〇日、午後五時四〇分、福島県耶麻郡猪苗代町の旅館五葉荘で入浴中に心臓麻痺で死去。

＊浦西和彦「大田洋子／年譜」（浦西和彦編『作家の自伝38　大田洋子』（日本図書センター、一九九五・一二）を参照した。

【参考文献】

江刺昭子『草饐』（濤書房、一九七一。のち、大月書店、一九八一・七）

黒古一夫「戦後・ある呪詛と怒りの構造――大田洋子の場合」（新日本文学会編『新日本文学』三二巻四号、一九七七・四）

渡辺春美「「屍の街」の成立について」（『国語教育研究』二六―上、一九八〇・一一）

『日本の原爆文学2　大田洋子』（ほるぷ出版、一九八三・九）

松岡直美「大田洋子の『屍の街』――原爆文学の中での位置づけ」（『日本大学国際関係学部研究年報』六、一九八五・二）

沢田章子「『屍の街』（大田洋子）」（『国文学 解釈と鑑賞』五〇巻九号、至文堂、一九八五・八）

深川宗俊「原爆文学の軌跡――大田洋子論」（『民主文学』二四九、一九八六・八）

塚原理恵「大田洋子「屍の街」」（日本民主主義文学会編『民主文学』三四四号、一九九四・七）

菅本康之「歴史のトラウマ――大田洋子論」（『社会文学』一五号、二〇〇一・六）

長谷川啓「〈研究ノート〉二十一世紀への警鐘――原爆体験の語り部大田洋子の生と文学」（『城西文学』二七号、

二〇〇二・三）
原爆文学研究会編『原爆文学研究』第一～一四号、（花書院、二〇〇二・八～二〇一五・一二）
岩崎文人「GHQ／SCAP占領下の大田洋子」（『国文学攷』一九七、二〇〇八・三）
竹内栄美子「女性作家が書く（4）大田洋子『屍の街』」（『日本古書通信』七五―一二、日本古書通信社、二〇一〇・一二）
小林孝吉「原爆の記憶と文学の責任――大田洋子『屍の街』『人間襤褸』」（『社会文学』三三号、二〇一一・二）
鳥羽耕史「廃兵と原爆――大田洋子に見る戦争の記憶」（早稲田大学比較文学研究室「比較文学年誌」編集委員会編『比較文学年誌』五一号、二〇一五・三）

（橋本のぞみ）

宇野千代　一八九七（明治三〇）年一一月二八日～一九九六（平成八）年六月一〇日

山口県玖珂郡横山村（現・岩国市西町）に、父・宇野俊次、母・トモの長女として生まれる。二歳の時、母が病死し、翌年父は再婚、継母リュウに育てられる。宇野家は代々酒造を営む旧家であったが、俊次は早くから家を離れ、ついに定職を持たずに放蕩無頼の生涯を送った。尾形明子『宇野千代』（二〇一四）は、岩国での生育期に関して、『宇野千代全集』全一二巻（一九七七～七八）から注意深く外された作品などをもとに、父の狂気ともいうべき理不尽な言動や凄まじい家庭内暴力から身を守るために、常に巧妙な嘘を考えていた体験を重く捉えている。それが物語作家・宇野千代の原点になったと見做し、初期の「墓を発く」にみられる軍隊批判や、後年、戦時下においてプロレタリア作家でさえ応じた南方派遣要請を断った反戦的姿勢も、暴力的な恐怖で支配した父の存在が、当時は国家に代わったと推測している。

一九一〇（明治四三）年、岩国高等女学校入学。翌年、父の命令で、当時中学生であった従兄弟藤村亮一の元に嫁入りしたが、一八日後には実家に戻り帰らなかった。翌年、父が病没し、父の抑圧から解放される。一九一四（大正三）年、女学校卒業後、川上村小学校代用教員となるが、翌年、同僚との恋愛により退職。一九一六年、両家の合意で第三高等学校在学中の従兄弟藤村忠の元に行き京都で同棲。翌年、忠が東京帝国大学に入学、千代も同行。忠の実家からの送金が途絶えたため本郷三丁目の燕楽軒のウェートレスとして一八日間働いた折、『中央公論』編集長の滝田樗蔭、今東光、東郷青児、芥川龍之介、久米正雄、菊池寛などを識る。一九一九年、忠と正式に結婚。一九二〇年、忠は大学卒業後、北海道拓殖銀行札幌支店に就職、任地に赴く。

一九二一年一月、『時事新報』の懸賞小説に応募した「脂粉の顔」が一等当選を果たし、新進女流作家の名声を得る。東京時代から『万朝報』の常連投稿者で、札幌でも同人誌『啓明』に参加し文学修業の日々を送り、それらを基に書いたのが、出世作『墓を発く』（『中央公論』一九二二・五）であった。

一九二二年、同小説採否の問い合わせに東京へ行き、尾崎士郎と恋に落ちる。一九二四年、忠と協議離婚が成立し、尾崎との結婚生活に入る。流行作家となった千代は、大森馬込に居を構え、盛んに書くと同時に、二人の家に集まる文化人たちや一族郎党の世話にも明け暮れた。しかし、妻・主婦の生活が作家を覆そうになったため伊豆の湯ヶ島へ逃避し、『新選宇野千代集』（一九二九）が刊行されるが、一九三〇（昭和五）年には離婚をする。

「罌粟はなぜ紅い」（『報知新聞』一九二九・一二・二一〜三〇・五・二二）にガス自殺場面を書くため旧知の東郷青児に取材を申し込み、東郷との同棲生活に入ることになる。しかし、一九三四年には別れることになり、その経緯は「別れも愉し」（『改造』一九三五・六）、「未練」（『中央公論』一九三六・一〇）に描かれる。翻って、フランス帰りの画家東郷の影響で重要なのは、文学的手法として自然主義的リアリズムから脱し、モダニズム小説「色ざんげ」（『中央公論』一九三三・九〜一九三五・三）を結実させたことにあると言われている。主人公湯浅譲二の語りで、彼と関わりをもった三人の女性が鮮やかに描き分けられ、「おはん」執筆の示唆を得る。

一九三六年六月、スタイル社を創設、日本初のファッション誌『スタイル』を発行。翌年、当時『都新聞』記者だった北原武夫がインタビューに訪れ親しくなり、一九三九年、結婚する。『スタイル』の記事で特筆すべきは、一九四一年一月号に、当時の非国民作家宮本百合子の原稿が掲載されていることで、千代の反骨精神躍如がみられる。また、戦時下の仕事として注目されるのは、八六歳になっても文楽の人形の頭《かしら》作りにひたむきに取り組む阿波の人形師に取材した『人形師天狗屋久吉』（『中央公論』一九四二・一一〜一二）である。久吉の鄙びた語りは、「おはん」の語りを導き出すことになる。

スタイル社は、一九四四年、戦時下の統制のために解散するが、戦後の一九四六年、北原を社長、千代を副社長として、『スタイル』を復刊させる。

当初経営は好調だったが、同種の雑誌刊行が盛んとなるに従い経営は苦しくなり、一九五九年、多額の債務を負って倒産する。借金返済のため北原は中間小説を大量に書き、千代は着物の仕事で稼ぎ、一九六四年九月、完済と同時に離婚をした。別居を含む二五年間の結婚生活であったが、北原の女性関係に懊悩する歳月であったことが、離婚後の「刺す」（『新潮』一九六三・一〜一九六六・二）や、死別後の『雨の音』（一九七四）から窺われる。

　その後の活躍は、一九六七年、着物の仕事を手掛ける「株式会社宇野千代」を設立、実業家としての手腕を発揮する一方、作家としては、一九七二年、『或る一人の女の話』『私の文学的回想記』、一九七五年、『薄墨の桜』、一九七七年、『水西書院の娘』などを刊行。一九八三年には『生きていく私』がミリオンセラーとなった。一九七二年、日本芸術院賞を受賞し芸術院会員に、一九九〇年には文化功労者となり、九九歳を目前に、恋多き波瀾に満ちた生涯を閉じた。

　華やかな人生だが、本質的には強靭な自我が生を貫いており、今後は作品研究をさらに深めることが望まれる。

おはん　一〇年の歳月をかけた畢生の代表作。野間文芸賞、女流文学者賞受賞。「よう訊《き》いてくださりました。私はもと、河原《かわら》町《まち》の加納屋《かのうや》と申す紺屋《こうや》の倅《せがれ》でござります。生れた家はとうの昔に逼塞《ひっそく》してしまい、いまではこのような人の家の軒《のき》さき借りて小商《こあきな》いの古手屋《ふるてや》」という男の語りで小説は展開する。男は、七年前に妻のおはんと別れ、芸者のおかよと暮らすようになったが生活力はなく、おかよに養われている。ある日偶然おはんと出会い、よりが戻り、おかよと別れる決心がつかないまま、おはんとの関係にのめり込む。二人が別れたあとに生まれた子供の悟への愛着も募り、おかよには内緒で親子で住むための貸家を見つける。引っ越しの当日大雨が降り、古手屋がおはんを抱いている間に、悟は川へ落ちて死ぬ。事情を知ったおかよは古手屋を引き戻し、おはんは次の哀切な置手紙を残して姿を消すのであった。

　思えばこの私ほど、仕合せのよいものはないやろと思うてるのでござります。あなたさまと一つ家の中に暮しはいたしませなんでも、言うたら夫婦《めおと》になって、一しょにいてますよりもなおのこと、あなたさまにいとしいと思われてたのやないかと思いましてなァ。

　従来の評価は、中央公論社初刊の帯に、「春琴抄、濹東綺譚につづく昭和文学の古典的名作」と謳われたように名作の誉れが高い。佐伯彰一は「近松が理想化したタイプの再現」と捉え、奥野健男は「純粋な愛とあわれさだけを味わい得た幸福な女、理想の女性」

と指摘している。

小説は、古手屋のいわば懺悔録であるが、二人の女からよく思われたい男の狡さ、身勝手さ、優柔不断さ、可笑しさ、哀れさ、弱さなどが、浄瑠璃のような連綿とした絶妙な語りによって浮き彫りにされていく。この古手屋の下らなさが逆に、女たちの、とりわけおはんの愛における無償性・純粋性を鮮やかに際立たせ、ジェンダー社会で男の求める救済としての理想の女性像を描き出しているといえよう。

また、二人の女は、古手屋の眼を通して語られ、男のまなざしの客体となるべく構造化されている。男によってまなざされ、想われなければ女の命は輝かない仕組みとなっており、「人にもの問われても、ろくに返答《へんと》も」できなかったおはんは、古手屋との関係性の再燃により、「しゃんしゃん」と口を聞く「別人」のような面をみせるようになる。これも、男性中心社会における女性の一側面を研ぎ出していよう。

不朽の誉をもつ本作は、家父長制社会における男女の関係構造を、情念を軸に巧みに暴いた点でも評価したい。なお、文体は『人形師天狗屋久吉』の語りで会得し、内容・構成は『色ざんげ』から示唆を得たと評されている。


幸福　七三歳時の作品で、本作を中心とした作品群により女流文学賞を受賞。

宇野千代と等身大に思われる一枝が主人公である。小説は、一枝が入浴後に鏡の前で自分の裸身を見て、「ボッチチェリのヴィナスの絵に似てると思う」場面から始まる。それは、一枝は眼がよく見えず、湯気の中で視点が定まらないからであり、彼女はそのことを、「幸福の一つに数え」、「こうして、幸福のかけらを一つ一つ拾い集める。自分の周囲にそれを張り遶らして生きている」。これが、一枝の「幸福」観の核である。老齢に達しても、老いを卑下しないばかりか、むしろ老いによるプラス面を見出す豊かな感性や境地、前向きの姿勢は、どのように生成されたのだろうか。このあとに展開される回想時の自己省察などから探ってみよう。

一枝は、一途で無鉄砲な性格である。たとえば、戦時中、水が通っていない山の上の別荘を借りようとしたり、夫の田舎へ疎開するために油を背負って屋根のない汽車に乗り、焼夷弾を浴びるエピソードが語られる。そんな危険は想像だにせず、人を喜ばせたい一心の行動だった。一枝にとって「愉しい」が「生きて行くテーマ」だからだ。

また、一枝は自分を、不幸な女と考えないようにしている。もしかしたら「人一倍、臆病なのではないか」とも疑う。戦争の初めに夫が編入された軍隊に、毎日、食べ物や果物を届けたが、一つとして夫の手には渡っていなかった。しかし、彼女は運んだことで報いられたのである。

　これらの体験から一枝は、「相手を喜ばすと思っていて、実は自分の関心していることについてしか、心が動かなくなるのか」と自身の自己中心性を振り返る。しかし、「幸福と言うものは、現状を積重ねて築くものではなく、現状を抜けてその先にあるものなのか」とも考える。つまり、常に前しか見ない独自の「幸福」観である。

　そして、五年前に別れた夫との結婚生活において、「実は加害者であった」ことに気づく。また、他のどの結婚生活も、同じだったのではと思い至る。だが、どの人も、「一枝を傍観し、一枝をひとりで行かせた地点に立って、或いはほっと安堵の吐息をついたのではないかと気がついたとき、さすがに一枝は心が騒いだのを忘れない」。けれど、それを恨むのではなく、別れた男たちの穏やかな生活を、「当然だ」とも思う。

　このように一枝は、自己の無鉄砲さや自己中心性、臆病さ、加害性などを省察するが、弱点はすべてプラスに転化されていることに気づく。思いついたことを即実行する行動力に富み、いつでも他者を喜ばせたい思いに溢れ、老いても昔を振り返らず前だけを見て、人生に「愉し」さを求める。そこには、主体的・能動的かつ自在で強靭な意思が貫かれており、それが一枝の「幸福」観を成り立たせている基幹といえよう。

（岩淵宏子）

【解題】

「おはん」

〈初出〉『文体』第一、二、四号　文体社　一九四七・一二、一九四八・六、一九四九・七。同誌の廃刊により中断し、改めて『中央公論』（中央公論社、一九五〇年六・七・一二月、一九五三年一・一〇月、一九五四年八月、一九五七年四・五月）に連載。

〈底本〉『宇野千代全集』第五巻　中央公論社　一九七七・七

「幸福」

〈初出〉『新潮』六七巻四号　新潮社　一九七〇・四

〈底本〉『宇野千代全集』第六巻　中央公論社　一九七七・八

【略年譜】

一八九七（明治三〇）年

一一月二八日、山口県玖珂郡横山村（現・岩国市）に、宇野俊次・トモの長女として生まれる。

一八九九（明治三二）年　二歳

母が病死。翌年五月、父は佐伯リュウと再婚。

一九一〇（明治四三）年　一三歳

三月、岩国尋常小学校を卒業し、四月、玖珂郡立岩国高等女学校へ入学。

一九一三（大正二）年　一六歳

父が病死。
一九一四（大正三）年　一七歳
三月、岩国高等女学校を卒業。川上村小学校の代用教員となる。
一九一五（大正四）年　一八歳
友人と海鳥社を結成し、回覧誌『海鳥』を発行。秋、同僚との恋愛が問題となって退職。女学校時代の教師を頼り、朝鮮京城に渡る。
一九一六（大正五）年　一九歳
帰国し、従兄弟の第三高等学校生・藤村忠と同棲。
一九一七（大正六）年　二〇歳
藤村忠が東京帝国大学に入学したため、東京へ行き、同棲。
一九一九（大正八）年　二二歳
八月二九日、藤村忠と結婚。翌年、忠が北海道拓殖銀行札幌支店に就職し、九月、札幌に転居。
一九二一（大正一〇）年　二四歳
一月、『時事新報』の懸賞短編小説に応募した「脂粉の顔」（筆名は藤村千代）が一等に入選。賞金は二〇〇円。
一九二二（大正一一）年　二五歳
「墓を発く」が『中央公論』五月号に掲載。尾崎士郎と相愛の仲となる。
一九二三（大正一二）年　二六歳
五月、東京府荏原郡馬込町で尾崎と住む。六月、初の短編集『脂粉の顔』（改造社）を刊行。
一九二四（大正一三）年　二七歳
四月、藤村忠と協議離婚し、尾崎士郎との結婚生活が始まる。「夕飯」（『中央公論』四月号）で初めて宇野千代の筆名を用いた。一〇月、作品集『幸福』（金星堂）を刊行。
一九二九（昭和四）年　三二歳
九月、新選名作集『新選宇野千代集』（改造社）を刊行。
一九三〇（昭和五）年　三三歳
画家・東郷青児と同棲。八月、尾崎士郎と離婚。一一月、『罌粟はなぜ紅い』（中央公論社）を刊行。
一九三三（昭和八）年　三六歳
四月、『都新聞』の記者・北原武夫を知る。『中央公論』九月号から「色ざんげ」を断続的に連載し、一九三五年四月、中央公論社より刊行。
一九三四（昭和九）年　三七歳
東郷青児と別れる。
一九三六（昭和一一）年　三九歳
六月、スタイル社を設立、日本初のファッション誌『スタイル』を発行。
一九三八（昭和一三）年　四一歳
一一月、スタイル社より月刊文芸誌『文体』を創刊（七号で終刊。一九四一年九月に文体社を設立して再刊するが、四号で休刊）。一一月、『月夜』（中央公論社）を刊行。
一九三九（昭和一四）年　四二歳
四月、北原武夫と結婚。
一九四六（昭和二一）年　四九歳
戦時下、スタイル社を解散していたが、二月、『スタイル』を復刊。
一九四七（昭和二二）年　五〇歳

一二月、『文体』を季刊誌として復刊。同誌第一、二（一九四八・六）、四（一九四九・七）号に「おはん」を連載。
一九五〇（昭和二五）年　五三歳
「おはん」を改めて『中央公論』六月号から一九五七年五月号まで八回にわたり分載。
一九五七（昭和三二）年　六〇歳
六月、『おはん』（中央公論社）を刊行。
一二月、「おはん」により、第一〇回野間文芸賞受賞。
一九五八（昭和三三）年　六一歳
二月、『おはん』により、第九回女流文学者賞受賞。
一九五九（昭和三四）年　六二歳
四月、スタイル社が多額の負債により倒産。
一九六四（昭和三九）年　六七歳
九月、北原武夫と離婚。
一九六六（昭和四一）年　六九歳
二月、『刺す』（新潮社）を刊行。
一九七〇（昭和四五）年　七三歳
四月、「幸福」（『新潮』）発表。
一九七一（昭和四六）年　七四歳
五月、前年に発表した「幸福」その他により第一〇回女流文学賞受賞。
一九七二（昭和四七）年　七五歳
四月、第二八回日本芸術院賞受賞。
一一月、『幸福』（文芸春秋社）を刊行。
一九七四（昭和四九）年　七七歳
三月、『雨の音』（文芸春秋社）を刊行。
四月、勲三等瑞宝章受章。
一九七五（昭和五〇）年　七八歳
四月、『薄墨の桜』（新潮社）を刊行。
一九七七（昭和五二）年　八〇歳
七月、『宇野千代全集』全一二巻（中央公論社）を刊行開始（翌年六月に完結）。
一九八二（昭和五七）年　八五歳
一〇月、第三〇回菊池寛賞受賞。
一九八三（昭和五八）年　八六歳
八月、『生きて行く私』上下巻（毎日新聞社）を刊行。
一九九〇（平成二）年　九三歳
一一月、文化功労者として顕彰される。
一九九六（平成八）年　九八歳
六月一〇日、死去。

＊『宇野千代全集』第一二巻（中央公論社、一九七八・六）に収録の年譜と、渡辺正彦「宇野千代／年譜」（渡辺正彦編『作家の自伝32　宇野千代』日本図書センター、一九九五・一一）を参照した。

【参考文献】

瀬戸内寂聴『わたしの宇野千代』（中央公論社、一九九六・八）
中山庸子『宇野千代の幸せを呼ぶ生き方』（三笠書房、一九九六・一一）
神埜努『女流作家の誕生　宇野千代の札幌時代』（共同文化社、二〇〇〇・八）
小林裕子「風に裏返る男の心理――宇野千代作『おはん』の雨と風」（『始更』一号、二〇〇二・一〇）
宮内淳子「宇野千代――〈反・恋愛〉の作家として」（菅聡子編『女性作家《現

在』国文学解釈と鑑賞 別冊、至文堂、二〇〇四・三）
オステン・クリスティーネ「宇野千代「おはん」に描かれた性」（『国文学 解釈と鑑賞』七三巻四号、至文堂、二〇〇八・四）
与那覇恵子「自由自在な老境〈老いる幸福〉の秘密」（尾形明子・長谷川啓編『老いの愉楽――「老人文学」の魅力』東京堂出版、二〇〇八・九）
藤木直実「宇野千代の出発期――「脂粉の顔」「墓を発く」とその後の活躍」（新・フェミニズム批評の会編『大正女性文学論』翰林書房、二〇一〇・一二）
藤堂友美「第一期『スタイル』刊行の戦略」（『国文目白』五〇号、二〇一一・二）
奥田富子『宇野千代の生き方』（日本文学館、二〇一二・八）
尾形明子『女性作家評伝シリーズ6 宇野千代』（新典社、二〇一四・三）
工藤美代子『恋づくし 宇野千代伝』（中央公論新社、二〇一五・三）
藤木直実「宇野千代「老女マノン」までの軌跡」（新・フェミニズム批評の会編『昭和前期女性文学論』翰林書房、二〇一六・一〇）
（橋本のぞみ）

編者紹介

橋本のぞみ（はしもと・のぞみ）

日本女子大学他非常勤講師

著　書『樋口一葉　初期小説の展開』翰林書房、二〇一〇
『阿部次郎をめぐる手紙　平塚らいてう／茅野雅子・蕭々／網野菊／田村俊子・鈴木悦／たち』（共著）翰林書房、二〇一〇
「「新しい女」の平和思想――斎賀琴にみる宮田脩、成瀬仁蔵の影響」『『青鞜』と世界の「新しい女」たち』（共著）翰林書房、二〇一一

協力執筆者紹介

近藤華子（こんどう・はなこ）

フェリス女学院中学校・高等学校教諭

著　書『岡本かの子　描かれた女たちの実相』翰林書房、二〇一四
「岡本かの子と「巴里」――憧憬のイメージ」『国文目白』第五四号　二〇一五
「岡本かの子『帰去来』――関東大震災へのまなざし」『昭和前期女性文学論』（共著）翰林書房、二〇一六

長谷川啓（はせがわ・けい）

女性文学研究者・元城西短期大学教授

著　書『家父長制と近代女性文学　闇を裂く不穏な闘い』彩流社、二〇一八
『女性作家評伝シリーズ』全12巻（共編）新典社、一九九八〜
『田村俊子全集』全10巻（共監修）ゆまに書房、二〇一二〜

岩淵宏子（いわぶち・ひろこ）

日本女子大学名誉教授

著　書『宮本百合子――家族、政治、そしてフェミニズム』翰林書房、一九九六
『はじめて学ぶ日本女性文学史【近現代編】』（共編著）ミネルヴァ書房、二〇〇五
『少女小説事典』（共編著）東京堂出版、二〇一五

［新編］日本女性文学全集　第七巻

二〇一八年一二月二〇日　第一刷発行
二〇二〇年　三月三一日　第二刷発行＊

著者代表　大谷藤子
責任編集　橋本のぞみ
発行者　山本有紀乃
発行所　六花出版
東京都千代田区神田神保町一丁目二八
電話〇三―三二九三―八七八七
印刷製本　栄光
装幀者　川畑博昭

＊第二刷はＰＯＤ（オンデマンド印刷）すなわち乾式トナーを使用し低温印字する印刷によるものです。

ISBN978-4-86617-049-7